新潮日本古典集成

説　経　集

室木弥太郎　校注

新潮社版

目次

凡例 …… 三
かるかや …… 九
さんせう太夫 …… 七九
しんとく丸 …… 一五三
をぐり …… 二〇九
あいごの若 …… 二九九
まつら長者 …… 三四五

解説……三九一
付録
地名・寺社名一覧……四二七
校異等一覧……四三八
本文插絵一覧……四五〇
参考地図……四五七

凡例

日本の古典に関心を持つ一般読者に、正確で読みやすい説経のテキストを提供するため、次のような配慮をした。

一、本書の目的に従って、本文を次のように作成した。

1 底本は現存最良のものを用い、それぞれ原本（「をぐり」は原本の写真）によった。ただし「まつら長者」のみは原本の所在が不明なため、横山重編『説経正本集』第一の翻刻によった。

2 底本の誤脱あるいは不明の部分は他の本によって補ったが、それでも不十分な場合は校注者の判断によって補正した。巻末の「校異等一覧」を参照されたい。

3 通読しやすいように、底本の仮名を漢字に、あるいは漢字を仮名に改めたところがある。漢字は現在の標準的な表記法に従った。例えば「みなと」の場合、当時は「湊」としているが、これを現行の「港」に統一した。ほかに次のような例がある。

みめ（眉目→見目）　ちご（児→稚児）　すてご（棄児→捨て子）　へいゆ（平愈→平癒）

4 仮名づかいは歴史的仮名づかいに統一した。ただし、正確な読みに問題がある場合は底本のままとし、必要に応じ頭注に説明を加えた。例えば元禄四年刊の『初心仮名遣』によると、「ふ」と書きながらムと読む場合がある（烟（けふり）・睡（ねふり）・冠（かふり）・侍（さふらひ）・弔（とふらひ））。高羽五郎氏によると、同じ『節用集』の中でも特に易林本は、「ふ」でムの音を表す仮名づかいの傾向が強い。同じころの別の本はこのほかに、「ふ」をモと読み、「ひ」をミと読み、「へ」をメと読む例のあることを指摘している。またムと読む「ふ」は「ぶ」の濁点無表記ではないかという考えもある（森田武・前田金五郎両氏）。

5　次のように、打ち消しの助動詞の「ず」の下、または形容詞連用形の下に接続する場合の「は」は、バと読むことも考えられるが（その例があるが）すべて原本のままとした。

　高野に心止まらずはい（「かるかや」二九頁六行目）

　世に出てめでたくはい（「さんせう太夫」一〇六頁二行目）

6　「をぐり」の底本（絵巻物）は、撥音（はつおん）を「む」と表記しているが、すべて「ん」に改めた。

7　送り仮名は新送り仮名法によった。

8　底本「有」「申」の読みを、アリ・アル、モウシ・モウスのいずれとするか、また「出」の読みを、イダ・ダ、あるいはイデ・デのいずれとするか、判断に苦しむ場合があるが、用例等を考慮していずれかに決定した。例えば「有」の終止形は、「お尋ねある」というふうに、上に敬語「お」がある場合は「ある」とし、ない場合は「あり」とした。

9　漢字に適宜振り仮名を付けた。ただし「御」（オン・オ・ゴ・ミ）、「今日」（コンニチ・キョウ）、「あき人」（あきビト・あきウド・あきンド）など、底本の表記が二様以上に読める場合は振り仮名を付けなかった。

10　底本はいずれも句読点を欠き、段落がない。本書はこれに適宜句読点を付け、段落を設けて改行した。

11　会話あるいは独り語りの部分には「　」あるいは『　』を付けた。しかし地の文と区別しがたいところもある。

12　底本の挿絵はそのまま載せた。ただし「をぐり」は底本が絵巻であるため、他とのバランスを考慮して、刊本の挿絵を用いた。挿絵の一々については巻末の「本文挿絵一覧」に簡単な説明をし、挿絵の中の文字を翻刻した。

一、本書の目的に沿って、最少限の傍注（色刷り）と頭注を付した。

1　傍注は、本文の難解な部分に口語訳を付し、通読の便を図ったものである。

2　傍注欄の〔　〕は主語・目的語等を補うものである。また（　）は補足的な説明を加えるもので、例えば、

まだ夜も深や高槻（月）や、

は、「槻（つき）」に同音の「月」を掛けていることを示す。

3　頭注は、傍注だけでは不十分と思われる語句、および本文の読みあるいは校異について施した。

4　頭注欄には、随時本文を要約する小見出し（色刷り）を付けた。また語句の注のほか、本文の理解に必要な説明は、＊印を付して施した。

5　地名・寺社名について、スペースの関係上説明のできなかったものは、巻末の「地名・寺社名一覧」にゆだねた。

6　頭注に引用した辞書等の略記号は次の通りである。
日葡―長崎版日葡辞書　日仏―パジェス日仏辞書　ロ氏文典―ロドリゲス日本大文典（土井忠生訳）　温故―温故知新書　運歩―運歩色葉集　文明―文明本節用集　黒本―黒本本節用集　易林―易林本節用集　饅頭―饅頭屋本節用集　天正―天正十八年本節用集　書言―書言字考節用集　明応―明応本節用集　弘治―弘治本節用集　永禄―永禄本節用集　仏教大辞典―望月『仏教大辞典』　説経節―荒木・山本『説経節』

本書は先学の研究成果に負うところが多く、何ほどの前進もないが、特に次のことを明記して感謝の意を捧げたい。
一、横山重氏には「あいごの若」をはじめ諸本の借覧、およびその翻刻を許された。また挿絵の写真のほとんどを提供して頂いた。
一、天理図書館には本書の底本となった貴重書の閲覧ならびに翻刻を許された。
一、故祐田善雄氏、高羽五郎氏・吉永孝雄氏・信多純一氏・原栄一氏・柿本典昭氏・多田治夫氏・藤村重美氏・中野文夫氏・梶井重明氏をはじめ多くの方々から御教示を得、便宜を図って頂いた。
一、本書は島津久基氏『近古小説新纂初輯』ならびに荒木繁・山本吉左右両氏『説経節』に啓発されるところが多い。また荒木氏から「あいごの若」の挿絵写真の提供を受けた。
一、本書は、新潮社の関係各位から、非常なお骨折りを頂いて、ようやく完成したことを特記しておきたい。

説経集

かるかや

コトバ 一ただ今、説きたて広め申し候本地(ほんぢ)は、国を申さば信濃(しなの)の国、二善光寺如来堂の弓手(ゆんで)〔左手の〕のわきに、三親子地蔵菩薩(ぼさつ)といははれて〔祭られて〕おはします御本地を、あらあら〔おおよそ〕説きたて広め申すに、由来を〔〔その菩薩の〕〕詳しく尋ね申すに、〔〔元は〕〕これも大筑紫(おほつくし)筑前の国〔九州筑前の国〕、四松浦(まつら)党の総領に、重氏殿〔総領の重氏殿で〕の御知行は〔ご領地は〕、五筑後(ちくご)・筑前・肥後・肥前・大隅(おほすみ)・薩摩(さつま)、六か国が御知行で、六御所をさへ四季を学うで〔四季の景にならって〕お建てである。

春は花見の御所、夏は涼みの御所、秋は月見の御所、冬は雪見の御所と申して、四季を学うでお建てであるが、七ころはいつなるらん、三月は八当春(たうしゆう)半ばのことなるに〔春たけなわのころに〕、一家(いつか)一族御一門、花見の御会(ごくわい)とお触(ふれ)れある〔になる〕。花見の御会の座敷には、九玉の簪(かんざし)・黄金(こがね)の御簾(みす)、一〇大筒(おほづつ)・大瓶(たいへい)をかきすゑて、一一順の杯逆に通り〔杯が上座から下座に〕、逆の杯順に巡る〔下座から上座にと次第に回る〕。

一 説経独特の序詞。神仏の前生(ぜんじやう)(前の世)が人間であって、その人間について語るが、ここは親子地蔵の本縁(由来)を説く形式になっている。親子地蔵の本地(本源)が人間重氏(しげうじ)で、その重氏を中心に物語は展開する。

二 長野市の善光寺本堂。本尊は著名な阿弥陀(あみだ)如来。

三 現在、長野市石堂町(いしどうちやう)西光寺と同市往生寺山往生寺(いずれも浄土宗)にある。本篇の末尾及び写本『かるかや』では、善光寺の奥の御堂としているので、往生寺(善光寺本堂の西北約七〇〇メートル)らしく思われる。

重氏、遁世修行を決意

四 中世、肥前(筑前は誤り)松浦地方(佐賀県)に割拠した武士の集団。

五 今日のおおよそ福岡・熊本・佐賀・長崎・鹿児島の五県に相当する。

六 御所もすばらしく、四季の美景を居ながらにしてながめられるように建てた意。

七 慣用句。「ころはいつぞのころなるらん、弥生(やよひ)なかばのことなるに」(奈良絵本『十二段草子』)。

八 底本「たうしう」。「当春(タウシユン)」(『文明』)、「タウシュ(アタルハル)」(『日葡』)。

九 「玉」「黄金」は極めて美しい意。ここは婦人帯のきらびやかな様をいったか。

一〇 慣用句。酒を入れる大きな竹筒やかめ。

一一 酒盛りの前のしきたりか(舞曲「烏帽子折(えぼしおり)」)。

その時[一]重氏殿は、酒(しゅ)[二]をたぶたぶと受け、控へさせたまひし時(杯を手もとに置かれた時)、時ならぬ山おろしがそよとして(そよそよと吹いて)、いつも寵愛(ちょうあい)の地主桜(ぢしゅざくら)[三]と申すが、本の〔枝の〕開いた花は散りもせで、末のつぼうだ花が(先のつぼみの花が)一房散つて、この花よそへも散らずして、重氏殿の杯の中に散り入つて、ひとせとふたせと[四]、三巡り(みめぐり)まで巡つたり。重氏悟りの人なれば、まづこの花を感じたまふ(この花に感動なさる)。フシ 花だにも盛りを待たで散る時は(散るのだから)、老少不定(ふぢやう)[五]は目(ま)の前と(目前のことと)おぼしめし、「いかに[六]御一門に申すべし。それがしにはいとま賜れ御一門。遁世(とんせい)[七]修行」とのたまふなり。

コトバ 御一門はきこしめし、「花見の御会(ごくわい)の座敷にて、花の散つたが不足[八]かの。お止まりあれや(思いとどまって下さい)重氏殿」。重氏この由きこしめし、「花も順儀[九]を散る(順序よく散る)ならば、末のつぼうだ花は木に留まり、開いた花の散る時こそ、それは順儀の散りやうよ。開いた花は木に留まり、つぼうだ花の散る時は、老少不定は目(ま)の前なり」。

御一門はきこしめし、「六か国が御知行で、八万騎の大将で、な

一 底本「しけうち」。「繁氏」を当てることもできる。三九頁注九参照。
二 底本「たふ〳〵とうけ」。『ロ氏文典』に「たぶたぶと受けて」。
三 東山清水寺(きよみずでら)の地主権現(地主神社)の桜で、謡曲「西行桜」等で知られている。この品種は一重、大輪、白花、微紅を帯びたものと解されている(『古今要覧稿』、三好学『桜』)。
四 未詳。江戸版「二しほ三しほと巡り」(「しほ」は「潮」か)。「一瀬戸二瀬戸」で、海や川の狭くなった所で舟が回るように、一・二・三度まで回った意か。
五 老人が先に死に、少年があとから死ぬとは限らないこと。ここは人の死はいつ訪れるか分らない、この世の無常。
六 「いかに……に申すべし」は慣用句。「いかに」は呼び掛け。
七 仏門に入って修行します。「遁世」は俗世を遁(のが)れて仏門に入ること。
八 不満ですか。「の」は後に出る「に」や「や」「よ」とともに説経に多い間投助詞。
九 底本「しゅんき」。「順儀」(『運歩』等)、「巡儀」(『易林』等)、「順義」(『書言』)を当てる。

にが不足で遁世とはのたまふぞ。それなにがし[一〇]の遁世は、我が御知行を、勝る武士に奪ひ取られ、身の置き方のない時にこそ、遁

花見の宴

世修行と聞いてあり」。重氏きこしめし、「我が御知行を、勝る武士に奪ひ取られ、身のたたずみのなき時の遁世は、身過ぎ世過ぎのためぢやもの。栄耀[一一]・有徳を振り捨てて遁世するこそ、後の世の後生の種ではあるまいか。なにとお止めあるとも、思ひ切つたる重氏を止まるまい」と御意あつて、居たる座敷をずんど[一二]立ち、持仏堂にお移りある。

一〇　特に名を指さない高貴な人（『日仏』）。

一一　栄華・富裕。富み栄えること。

一二　底本「すんと」。『ロ氏文典』に「ずんど」。

フシ このことが北の御方[一]に漏れ聞え、三つになる千代鶴姫（ちよつる）[二]を乳母（めのと）にいだかせ、薄衣（うすぎぬ）[三]取つて髪に置き、渡り廊下（らうか）をはや過ぎて、重氏殿の住み慣れたまふ持仏堂に参り、間（あひ）の障子をさらりと開け、重氏殿の御姿、見上げ見下ろし召されてに[四]、とかく物をば御意なうて（なんにもおっしゃらず）、まづさめざめとお泣きある[五]。フシ「いかに我が夫（つま）に申すべき。承れば、今日（こんにち）の花見の御会の座敷にて、花の散つたを御覧じて、遁世修行の由を承る。花見の御会の座敷にて、花の散つたが不足かなう[六]。お止まりあれや重氏殿」。

コトバ 重氏この由きこしめし、「御一門のお止めあつても止まらぬ重氏を、〔北の方が〕なにとお止めあるとも止まるまい」と御意ある。御台（みだい）[七]はこの由きこしめし、今申さうか申すまいかとは思へども、今申さでは、いつの世にかは申すべき、〔と思い〕「恥づかしき申しごとではござあれども、重氏殿は二十一、自らは十九なり。嫡子（嫡女）に千代鶴三つになる。女の役とて、夫（をつと）のふせう[八]を受け取つて、胎内に七月（ななつき）半にまかりなる、水（みづ）[九]

一 貴人の妻の尊称。
二 底本「ちよつるひめ」。
三 地の薄い着物。
四 「……てに」は説経独特の語法。「に」は現代語の「ね」に近い間投助詞。
五 「お＋動詞連用形＋ある」は独特の慣用語法。
六 説経の慣用語。文末に付く感動の助詞。
七 「御台所」の略。貴人の奥方。前の「北の御方」を指す。
八 底本・写本とも「ふせう」。「不請（ふしやう）」か。『無量寿経』の「不請之友」あるいは「不請之法」の「不請」で、菩薩（ぼさつ）が衆生（しゆじやう）の請求を待たずに大慈悲をもって利益（りやく）を与える意であるが、「夫の不請」は、御台が請い求めないのに夫のおかげで授かったもの、の意であろうか。あるいは「不浄（ふじやう）」で、九穴（九竅（きゆうきやう））すなわち両眼・両耳・両鼻孔・口・両陰より出るきたないもの、の意か（『孝養集』巻上に「九の穴より色色に出る不浄」とあり、『説経節』は精液とする）。
九 底本「みつこ」。「ミヅゴ」（『文明』）、「ミヅコ」（その他の節用集等）。「若子」あるいは「若」を当てる。赤子。しかしここは胎児の意。

子を受け取り申したよ。長き世の遁世を（永久に仏門に入ることを）お止まりないものならば、三月たたうはやすいこと（たつのはすぐのこと）、三月たつて身も二つになるならば（子供が生れたら）、乳母に預け置き申し、御身はいかなる山寺にも取りこもり、念仏申してましまさば、自らも一〇たかのふもとに参り、一一柴の庵を結び上げ、一二比丘の姿と様を変へ、月に一度の（月に一度は）、あかなれし（あかづいた）衣をも、すすぎ上げて参らすべし。重氏いかに」とお止めある。重氏この由きこしめし、一三蛇身と書いて女と読む。理非の分らぬ女と問答は、一四夫の僻案とおぼしめし、やすやすとの一五領掌なり。

コトバ 御台所は、御一門のお止めあつたれども、お止まりない我が夫の、自らが参り、胎内の水子がことを申してあれば、お止まりあつた（夫は）、うれしやな、明日になるならば、筑紫大名差し集め、長き世（夫の）の遁世を止めうもの（必ず止めよう）、とおぼしめし、御喜びは限りもなし。

重氏、家を出る

一六重氏は、あの御台が三月と申し、止め置いたりとも（たった三月だと申し一時的に止めたにしても）、筑紫大名差し集め（結局）、長き世の遁世止めうは（自らの）一七一定なり。一八止まれば後生菩提が欠く

一〇 誤脱があるか。写本「からや（高野）のふもと」。

一一 柴で葺いた粗末な家を造り。

一二 ここは比丘尼の意。尼僧。あま。

一三 蛇身とは女のことである、の意。『法華経』提婆達多品に、舎利弗が八歳になる娑竭羅龍王の娘に対し、「女身は垢穢にして、これ法器（仏の教えを受けるに堪える人）に非ず。いかんぞよく無上菩提を得ん。……また女人の身には、なほ五つの障りあり。……いかんぞ速やかに成仏することを得ん」といっている。これはまた『今昔物語』や謡曲等の古典にも引用され、女人はもと蛇身で罪深いとされた。

一四 夫としてばかげている。「僻案」は偏った考え。

一五 底本「りやうしやう」。「リヤウジヤウ」（『日葡』『伊京集』等）、「リヤウシヤウ」（『温故』等）。承諾の意。

一六 「重氏は」は、次頁二行目「料紙・硯を」に掛る。

一七 きまりきっている。

一八 思い止まれば、あの世で仏果を得ることができない。

る。止まらねば重氏が不足なり〔人の不満を買う〕。時もいるまい日もいるまい〔日時を考える必要はない〕。[一]雨の降らぬを吉日と、料紙・硯を取り出だし、フシ 文こまごまとお書きある。〔(置き文)〕「いかに御台に申すべし。変る心がないぞとよ〔愛情に変りはありません〕。変る心のあるにこそ〔愛情に変りがあったのでは〕、深き恨みは召されうずれ〔深くお恨みになるでしょう〕。この世の縁こそ薄くとも、又〔再び〕こそ弥陀の浄土にて巡り合はう」とお書きある。

〔(置き文)〕「胎内の七月半にまかりなる[二]緑児は、生れ成人するならば、男子にてあるならば、名をば[三]石童丸とお付けあつて、出家にないてたまはれよ〔坊さんにして下さい〕。女子にてあるならば、それは御台のともかくも〔好きなように〕。返す返すも御台所に、この世の縁こそ薄くとも、弥陀の浄土にて、同じ[四]蓮の縁とならう」と書きとどめ、鬢の髪を一房切り、文の見よ〔文を見よ〕とおぼしめし、片時〔しばしも〕もお離しないお腰の物〔お刀〕と、置き文とを、持仏堂に[五]とうど置き、油火少しかき立てて、当ても慣らはせたまはぬ〔ふだん履いたこともない〕、[六]ごんずわらんぢ締め履いて、玉の屋形を〔立派な屋敷を〕夜はに〔夜に〕紛れて、忍び出でさせたまふなり。

一 「思い立つ日が吉日」のことわざによるか。旅立ちであるから「雨の降らぬを」といったのであろう。江戸版「思ひ立つを吉日と」。

二 底本「みとりこ」。「ミドリコ」（『日葡』等）。節用集等は「嬰児・嬰子・若子・赤子」などを当てる。水子と同意。ここは胎児の意。

三 底本「いしとうまる」。謡曲「苅萱」では「松若」。

四 一蓮托生（死後極楽浄土で、同じ蓮華の上に生れること）の縁を結ぼう。

五 底本「とうと」。「トウド（シカト）」（『日葡』）。

六 乳（ひもを通す輪）とひもを布などで作ったわらじ。「あとづけざうり」「武者わらぢ」「武者ざうり」ともいった（『物類称呼』）。

七 以下一八頁八行目まで道行（苅萱の荘～清水寺）。「苅萱の荘」は、福岡県筑紫郡太宰府町通古賀に苅萱の関があった、その辺りの荘名か。

＊ 道行は古くから日本の芸能のほとんどに付属している。室町時代では能・狂言に一定の形式を持ったものがあるが、語り物では『平家物語』の「海道下り」が一つの典型であろう。説経の場合、幸若舞曲の影響が強いように思われる。ある目的地までの道程で、通過する土地の名を次々と挙げていくに過ぎないが、素朴な修辞と七五を基調としているのが特徴である。後の浄瑠璃のように、主人公の叙情までいっていないが、旅の実感がまだ

残っている。「……をはや過ぎて」「……はあれかとよ」「先をいづくとお問ひある」は道行の慣用句。
八 福岡県遠賀郡芦屋町の芦屋の津は著名であり、芦屋に近い遠賀町別府に山崎明神があった（『太宰管内志』）が、地理的には合わない。
九 「博多の津」が正しい。
一〇 未詳。福岡市東区箱崎に小松町があるが、これは新しい地名。
一一 下関市赤間町の辺り。
一二 底本「かう」。同市長府の辺り。
一三 厳島神社の祭神市杵島姫神の俗称。五弁才天の一。
一四 底本「御さふね」。岡山県邑久郡の長船（備前刀で有名）を掛けたか。
一五 岡山県備前市伊部。
一六 未詳。備前市伊部の東に高下という所がある。
一七 未詳。写本「広峰」（姫路市）。
一八 姫路市御国野町御着。
一九 未詳。
二〇 現在高砂市。「光」「阿弥陀（の後光）」「明し」「暗し」は縁語。
二一 兵庫の港。神戸市。
二二 摂津の国菟原郡御影村（神戸市東灘区御影町）の南浜辺（『摂陽群談』）。
二三 雀が松原の一部（『兵庫名所記』）。
（上）御台所、持仏堂の重氏に話しかける　（下）重氏、家を出る
苅萱[七]の荘をはや過ぎて、蘆屋[八]の山崎・博多[九]の宿、小松[一〇]が浦より小舟に召され、赤間[一一]が関にお着きある。長門の国府[一二]はあれかとよ打ちながめ、安芸の国に入りぬれば、厳島[一三]の弁才天、そなたばかりと伏し拝み、備後・備中はや過ぎて、備前の国に入りぬれば、あら面白の御座船[一四]や、伊部[一五]・かうか[一六]をはや過ぎて、播磨の国に入りぬれば、仏法ここにくろもと[一七]の宿、御着[一八]・かけかは[一九]はや過ぎて、光はささねど阿弥陀[二〇]が宿、明石といへど夜暗し、心細いぞ須磨の浦、兵庫[二一]に早くお着きある。雀[二二]が松原・御影[二三]の森、西宮にお着きある。

先をいづくとお問ひある。かんこ過ぐれば[一]宇野辺[二]の町、しばしはここに太田の宿、用はなけれどようし川[三]、あらむつかしの宿の名や。ちりかき流す芥川[四]、まだ夜も深や高槻や、山崎[五]に宝寺。先をいづくとお問ひある。向ひに峨々とそびえたは、八幡正八幡[六]と伏し拝み、舟に乗らねど久我[七]畷、東寺[八]の門や羅生門、羅生門[九]は荒れ果てて、礎ばかりや残るらん。五条の橋をしどろもどろ[一〇]と打ち渡り、お急ぎあれば程もなく、日数を積りて三十九日と申すには、東山に聞えたる、坂[一一]の清水にお着きある。

勧進聖の都案内

重氏は音羽が滝に下がり、うがひ・手水で身を清め、礼堂[一二]にお参りあつて、鰐口[一三]ちやうど打ち鳴らし、「南無[一四]や大慈大悲の観世音、楽の上に福、福の上の徳をも申すにこそ、真[一五]にかうき[一六]は被る[一七]べき。遁世者の末を遂げさせてたまはれ」と、「法師[一八]ばかり」と伏し拝み、勧進聖[一九]に近付きて、「いかに勧進聖。都にて霊仏霊社を教へてたまはれ、お聖様」。お聖この由きこしめし、「こなたへ御入り候へ」と

一 未詳。
二 次の「太田」とともに現在茨木市。
三 未詳。ヨウジと読み、「用事」を掛ける。
四 高槻市を流れ、淀川に注ぐ。同名の宿駅がある。
五 京都府乙訓郡大山崎町の宝積寺（真言宗）。
六 同綴喜郡八幡町男山の石清水八幡宮。
七 「下鳥羽の西、久我の渡りをわたり、久我村に至る。これより西南、山崎に至るの道なり」（『名所都鳥』）。「久我」に「漕が」を掛ける。
八 教王護国寺（真言宗）の南大門か。
九 以下、室町物語『横笛草紙』に同様の句がある。
一〇 歩行の乱れている様。疲労の描写であろう。
一一 清水坂か。写本「さかのきよ水てら」。
一二 本堂の前方にある礼拝のための堂。
一三 底本「わにくち」。仏殿・社殿の前につるす銅製円形の金鼓で、長い布製の緒で鳴らす。
一四 梵語で「帰命」と訳し、帰依礼拝する意。
一五 底本「しんに」。
一六 「勘気（とがめ）」の誤りか。あるいは「強義（勢いの激しいこと。ここは強力な懲らしめ）」か。写本「神慮も憎ませたまふべし」。
一七 『日葡』『ロ氏文典』、仮名草子『伊曾保物語』、『落葉集』ほとんどの節用集等は「かうむる」、『温故』『易林』は「かうふる」とする。発音はコウムルか。
一八 法師を願うばかり。写本「肝胆砕きお祈りある」。

て、西門[二〇]に御供申す。

「あれあれ御覧候へ。西にはるかに高きお山、愛宕のお山。ふもとは嵯峨、法輪寺・太秦寺、こなたなるは松の尾七社の大明神。新熊六社の大明神、御霊八社の大明神、こなたなるは北野に南無天満[二一]大自在天神。北にはるかに見えたるは、鞍馬の大悲多聞天、賀茂[二二]御手洗、貴船の明神。都の城[二三]に入つては、経書堂[二四]に六波羅・誓願寺、あれにてある（あそこにあります）。東山に当つては、祇園・清水・三十三間・東福寺、これこそ都の霊仏霊社なれ。拝うで通らい若侍[二五]」。

重氏きこしめし、「それは都の地神社[二六]のこと。五山[二七]候か、十山かを教へてたまはれ」。勧進聖はきこしめし、「それがしが如くなる元結切りには（出家には）、仮名に物御意ござあれ（分りやすくおっしゃって下さい）」。重氏きこしめし、「それがしが如くなる大俗人が、髪を剃つて出家になるらん寺のあるか（なれる寺があるか）、教へてたまはれ」となり（と言う）。

お聖きこしめし、「それこそござあれ。比叡の山西塔北谷、法然[二八]

一九 人の作善を策進するため、造寺等の寄付や念仏・法会を勧誘する聖。回国して唱導（説教）に従事する遊行僧。旅慣れていて名所旧跡に詳しかった。
二〇 清水寺三重の塔の西にある。
二一 天満天神（菅原道真）。「大自在天」は第六天ともいい、欲界の最上天。欲界の主が住み、その天主を「天魔」といい、「天満」と音通による成語。
二二 賀茂御祖（下鴨）神社の摂社、御手洗社か。
二三 平安城（平安京）。ここは洛陽（洛中）であろう。経書堂・六波羅蜜寺は洛外愛宕郡に入る。
二四 来迎院。清水坂にある。開基聖徳太子。住僧が経を書いた小卒塔婆に水を注いで礼拝するところからいう（『雍州府志』）。
二五 ワカサムライと読むか。凡例参照。
二六 底本「ち丶んやしろ」。土地の神の社。写本「参り衆生の御寺」。「地鎮社」（『説経節』）。
二七 五山がありますか、それとも十山でも。「十山」は十刹（五山に次ぐ寺格の十大寺）の誤りか。ここの「五山」は、「地神社」に対し、参詣だけでなく、剃髪を許す、修行中心の寺であろう。「五山」は天竺五山・シナ五山・鎌倉五山等あるが、京都五山は臨済宗の五大寺で、天龍寺・相国寺・建仁寺・万寿寺のほか、前の東福寺を含む。
二八 源空。美作の人。十五歳（久安三年〔一一四七〕）で比叡山に登り、西塔北谷の源光、三年後に西塔黒谷の叡空に師事した。浄土宗の開祖。

お上人と申すは、大原の里の古屋を頼み、百日の大原問答[一]召されてに、これよりも東山に分け入つて、新規に寺[二]をお建てあるによつて、寺の近うまで、新黒谷と申すなり。後生まつ最中のことなれば、これにお参り候てに、出家におなりあれ」と申す。

重氏きこしめし、「とてものことに、道を教へてたまはれ」とあれば、「祇園林[三]の山はづれ、粟田口を、まづ北へとお急ぎあるならば、黒谷にお着きあらうは一定なり」。重氏きこしめされて、「あれにて髪を剃り、出家を遂ぐるものならば、重ねて御礼に参らう」と、いとまごひを召されて、清水坂をはや下り、轟[四]を打ち渡り、祇園林の山はづれ、粟田口をはや過ぎて、黒谷にこそお着きある。

お上人の御目にかかり、「十念[五]を授かつて、とてものことに、それがしが髪を剃つて、出家にないてたまはれ」との御諚なり。法然きこしめされて、「門外に遁世者禁制[六]と、札を立てたによつて、髪をば剃らぬ」と御意あれば、重氏きこしめされて、「なにとて[七]極楽

一 文治二年（一一八六）大原（左京区）勝林院丈六堂で、顕真（後に天台座主）の求めに応じ、浄土宗の教理を説いたのが大原談義（いわゆる大原問答）で、一日一夜に及び、ついで三日三夜の間不断念仏が続いた（百日は顕真の大原籠居）。

二 法然が承安五年（一一七五）、比叡山の黒谷を出て（大原問答以前）、紫雲の立ち上る瑞相に従って止住したのが白河禅房で、その旧址が今日の紫雲山金戒光明寺（左京区）といわれる。浄土宗五大本山の一。「新黒谷」とも「黒谷」ともいう。

三 八坂神社の南。「清井町及びその以東の地」（『京都坊目誌』）。

四 轟の橋。田村堂の前にある。轟はこの所の旧称で、轟の房は今の慈心院である（『山州名跡志』）。轟橋を渡った後、清水坂を下るのが順序である。

＊ 重氏は花の散るのを見て老少不定を悟り、栄耀・有徳を捨てるのが真の遁世と考える（彼の思索というより当時の常識である）。それで早速家出し、剃髪を急ぐ。彼は武士らしく行動型の人物で、御台所の意見にも耳を貸さない。

重氏、法然に剃髪を請う

五 浄土宗で、『観無量寿経』の「至心に声をして絶えざらしめて、十念を具足して南無阿弥陀仏を称せしむ」に基づき、僧が南無阿弥陀仏の名号を十遍唱えて、信者を阿弥陀仏に結縁せしめること。

六 底本「とんせいしや」。「トンセイシヤ」（『弘

の大門（入口に）に、遁世者禁制とはござあるぞ。それがしが国で（郷里で）承るは、都は洛中（らくちゆう）洛外とて、広い都のことなれば、道通る大俗人をも、

（上）重氏、勧進聖の説明を聞く　（下）重氏、法然上人に会う

押へて（押しとどめて）髪を剃（そ）つてこそ、広い都と申すべき。この寺にて髪をお剃りなくとも、再び国に下るにこそ（郷里に下ることはありません）。この門外をも出でるにこそ。門の唐居敷（八 からゐしき）を御座の間とし（お部屋とし）、扉（とびら）を屏風（びやうぶ）と定めて、五日も十日も水・食事を断つて、干死（ひじに）につかまつり（飢え死にしまして〔そのことが〕）、その後お上人の御耳に入り（お耳に入れば〔私に〕）、引導（九）お渡しあらうは一定なり。急ぎ剃らるるも、死して剃らるるも、剃られ（そられ）はば同じもの（てしまえば同じこと）。出家出家によらず。俗俗によらず（出家も俗人もその形によるものではない）」と思ひ切り（決心して）、

治』)、「トンセイジヤ」(『明応』等)。
七 初めの部分は重氏の上人に対する言葉のようであるが、後のほうは心内語のようで、その区別がはっきりしない。以下そういう例が往々ある。
八 門の柱の下に敷きつめた石。
九 死者を葬る時、亡者の転迷開悟のため、僧が法語を唱えること。

万死をかけてお伏しある。（決死の覚悟で横になっていらっしゃる）

都道者[一]はこの由御覧じて、「これなる若侍は、きのふもこれにお伏しあるが、今日もお伏しあるよ。なんの所望がかなはいで（望みがかなわぬといって）、お伏しある」との仰せなり。重氏きこしめし、「それがしは草深き遠国の者なるが、『髪を剃つて、出家にないてたまはれ』と申せば、『髪をば剃るまい』と御意あるほどに、さてこそ（そのため）これに伏してある」との御諚なり。都道者がこれを聞き、法然の御前にて、このことかく（以上のことをありのまま）とお語りある。

お上人はきこしめし、重氏をお前に召され、「いかに若侍に申すべき。御身の髪を剃るまいではないが（そらないと言うのではないが）、御身のやうな若侍が、親の勘当・主の無興[二]を得て、この寺に参り、髪を剃つて、五日十日は出家を遂ぐるが、親が尋ぬる、妻子が尋ぬるとて、再び還俗[三]召さるれば、剃つたる上人も、剃られたる人も、阿鼻無間[四]に落つるによつて、さてこそ門外に、遁世者禁制との札を打つたるぞよ。御身も国元よ

一 都の社寺を連れ立って巡拝する旅人。

二 底本「しうのふけう」。「主の勘当・親の不孝」の誤りかも知れない（五九頁七行目参照）。「無興」は主君の機嫌を損うこと、勘気を受けること。

三 再び俗人になること。

四 阿鼻地獄（無間地獄に同じ）。大悪を犯した者が絶え間なく責め苦を受ける地獄。

五 厳しい誓文（神仏に対して誓う文言。起請文）。

六 神仏に祈願する時、湯・水・潮を浴びて身心を清めること。「さんせう太夫」一二三頁一二行目以下参照。

七 護摩の壇に同じ。「さんせう太夫」一二三頁注二六参照。

重氏、大誓文を立てる

りも、親が尋ねて参るとも、子が尋ねて参るとも、会ふまい見まい、再び還俗申すまいと、大誓文[五]お立てあれ。髪をばやすく剃つて参らせう」との御諚なり。

重氏きこしめし、お情けなのお上人の仰せやな、きのふにも、とく（早速）御意はござなうて（おっしゃりもせず）。〔それでは〕大誓文を立ててなりとも、髪を剃らうとおぼしめし、重氏は湯殿に下りて、二十一度の垢離[六]を取つて身を清め、誓文の壇[七]にこそお上がりある。

「南無や筑紫[八]の宇佐八幡。国元にありしその時は、弓矢の冥加[九]、国を豊かにお守りあれと申したを（願ったが）、今日より引き換へて（変更して）、遁世者の末を遂げさせてたまはれと拝むなり。謹上散供再拝[一〇]、敬つて申す。か[一一]みを初め申すに（初めに申すと）、上には梵天帝釈[一二]、下は四大天王[一三]・閻魔法王・五道[一四]の冥官、たいしんに[一五]泰山府君[一六]、下界の地にて、伊勢は神明天照皇大神宮、外宮が四十末社、内宮が八十末社、両宮合はせ百二十末社の御神、ただ今の誓文に降ろし奉る（誓文のために降ろし奉る）。

八 重氏は筑紫出身の武士である。

九 弓矢に対する神仏の加護を祈る意。

一〇 以下、中世の山伏祭文（神降ろし）。「謹上散供再拝」は祈禱・礼拝の形式語。「散供（サングの転）」は銭・花・米などを散らして神仏を供養すること。

一一 「上」で、下界に対する上界（天上界）か。

一二 梵天王と帝釈天。共に仏法を守護する。梵天王は三界の一つ色界の初禅天の主で、娑婆世界を主宰する神。帝釈天は須弥山の頂にある忉利天に住み、喜見城の天主。

一三 四天王。帝釈天に仕え、須弥山の中腹の四天王の主。すなわち東方の持国天・西方の広目天・南方の増長天・北方の多聞天の称。仏法を守護し、四方を鎮護するという。

一四 「五道」は五趣ともいい、人間が善悪の因によって赴く五つの世界（地獄・餓鬼・畜生・人間・天上）。「冥官」は人間の罪を裁く冥府の役人。

一五 「大じん」（「さんせう太夫」一二四頁六行目参照）。「大神」か。

一六 底本「大さんほく」。「たいさんぼく」（「さんせう太夫」一二四頁六行目参照）。タイサンブクンの転。中国では泰山の山神として道家で祭るというが、日本では陰陽道の神として、生命をつかさどり幽界を支配する。閻魔大王の太子あるいは書記といい、あるいは五道の冥官と同一視される。

伊賀の国に[一]一宮大明神、[二]熊野に三つのお山、新宮は薬師、本宮は阿弥陀、[三]那智は飛滝の権現、〔那智の〕滝本に千手観音、神の倉に龍蔵権現、[四]湯の峰に虚空蔵、天の川に弁才天、[五]大峰に[六]八大金剛、高野に弘法大師、吉野に[七]蔵王権現・子守・勝手、[八]三十八社の大明神、[九]多武の峰に大織冠、初瀬に十一面観音、三輪の明神、布留は六社の[一〇]牛頭天王、奈良は[一一]七堂の大伽藍、春日は四社の大明神、木津の天神、宇治に神明、藤の森の牛頭天王、八幡は正八幡大菩薩、愛宕は地蔵菩薩、ふもとに三国一の釈迦如来、梅の宮、松の尾の大明神、北野に天神、鞍馬に大悲多聞天、祇園は三社の牛頭天王、比叡の山の伝教大師、〔根本〕中〔中堂に〕堂に薬師、ふもと〔坂本〕に山王二十一社、打下に白髭の大明神、〔琵琶湖の上に〕海の上に〔は〕は竹生島の弁才天、近江の国にはやらせたまふはお多賀の明神、美濃の国に[一二]なかへの天王、尾張の国に津島の祇園、熱田の大明神、三河の国に矢作の天王、[一三]遠江に牛頭天王、駿河の国に富士権現、信濃の国に諏訪の明神、戸隠の大明神、甲斐の国に一宮の大明神、伊豆

一 初めに伊賀の国一の宮（三重県上野市の敢国神社）を挙げたのは、語り手（説経与七郎か。解説参照）の出身地と関係があろう。

二 熊野三山（三社）。すなわち本宮・新宮・那智。その本地（神の本源である仏）を、それぞれ阿弥陀・薬師・観音とする。

三 那智は滝を神霊として飛滝権現と称し、本地は千手観音（滝本の本地堂の本尊）。

四 ここで有名なのは王子権現社（別当は東光寺）の薬師如来。「虚空蔵」は未詳。

五 大峰山。紀伊半島の中央部、北吉野山より南玉置山に至る山地。ここはその一峰の山上ヶ岳（金峰山）。

六 八大金剛童子。不動明王の使者。

七 底本「さわこんけん」。吉野山金峰山寺本堂（蔵王堂）の本尊。

八 蔵王権現をとりまく吉野山中の諸社（『説経節』）。

九 談山妙楽寺護国院（談山神社）の祭神藤原鎌足。

一〇 もとインドの祇園精舎の守護神。日本ではその垂迹神を素戔嗚尊とし、防疫神として京都祇園社等広く祭られる。この神降ろしでも各地の牛頭天王が挙げられている。

一一 七堂（例えば金堂・塔・講堂・鐘楼・経蔵・食堂・僧坊）を備えた大寺院。

一二 未詳。写本「ながゐの天神」。岐阜県本巣郡糸貫町長屋の長屋神社（祭神は素戔嗚尊）か。

一三 遠江には浜松市和地の須賀神社など各所にある。

の国に三島の権現、相模の国に箱根の権現、関東に鹿島・香取・浮[14]洲の大明神、出羽の国に羽黒の権現、奥州に塩竈六社の大明神、越後の国に蔵王権現、越中に立山権現、能登に伊須流岐[15]の大明神、加賀に白山権現、越前に御霊の宮、若狭に小浜の八幡、丹後に切戸[16]の文殊、あかりか[17]明神、但馬に一の宮の大明神、丹波に大原[18]の八王子。〔摂津の〕津の国にひるかみ[19]の天神、西宮の若夷、河内の国に恩地・枚岡の大明神、誉田の八幡、〔摂津の〕天王寺は聖徳太子、十五社[20]の大明神、住吉四社の大明神、〔和泉の〕堺に三[21]の村の大明神、和泉の国に大鳥五社の大明神、紀伊の国に淡島権現、淡路島に千光寺[22]は世の始まり、十一面[23]観音、諭[24]鶴羽の大明神。

四国に入りて、阿波につるが峰[25]の大明神、土佐にみふね[26]の大明神、伊予につばき[27]の森の大明神、讃岐の国に志度の道場。筑紫のをんし[28]に入りて、宇佐・羅漢・くもひくひほ[29]天王・阿蘇の御岳・志賀・宰府・鵜戸・霧島・高来の温泉、勧請申す。播磨の国に、一に神戸、

一四 茨城県鹿島郡神栖村の息栖神社か。「浮州にあり、鹿島より二里」（『和漢三才図会』）。
一五 底本「ゆすりき」。石川県鹿島郡鹿島町の石動山頂近くの伊須流岐比古神社。写本「いするぎ」。
一六 京都府宮津市の文殊堂（天橋山智恩寺）。
一七 未詳。
一八 京都府天田郡三和町の大原神社。「当社に八王子の号といふことあり、社家相伝の神秘」（『丹波国天田郡 郷村社祭神記』）。大原神子で有名。
一九 「降り神」（写本）の誤りか。「さんせう太夫」一二六頁注二参照。
二〇 四天王寺内、南大門の東にある。
二一 堺市の開口神社の俗称。
二二 淡路島先山の頂上にある。ここは伊弉諾・伊弉冉の二神が一女三男の神をお産みになった地というので（『和漢三才図会』）、「世の始まり」といったか。
二三 淡路島都志浦の浄土寺の本尊。
二四 底本「ゆつりは」。淡路島南方の諭鶴羽神社。
二五 「剣が峰」の誤りで、剣山（徳島県）の大剣神社、剣神社をいうか。
二六 未詳。「いはふね」の誤りで、高知県香美郡香我美町山川の天忍穂別神社（石船大明神）か。
二七 未詳。底本「つはき」は「さかき」の誤りで、宇和島市榊森の宇和津彦神社か。一宮大明神ともいった。
二八 「遠地」か。
二九 未詳。修験道場の「英彦・求菩提」（『説経節』）。

重氏、法然の弟子となる

二にやはた（一）、三に酒見の北条寺（二）、室（三）の大明神、備中に吉備津宮（四）、備（五）前に吉備津宮、備後（六）にも吉備津宮、三か国の守護神勧請申す。伯耆に大山（七）地蔵権現、出雲の国に大社、神の父は田中の御前（八）。総じて山には樹神（九）、石には補天（一〇）、海に八大龍王（一一）、川には水神、人の屋の内に入りて、七十二社（一二）の宅（一三）の御神、二十五王（一四）の土居（一五）の竈、道のはたの道陸神（一六）までも、ただ今の誓文に降ろし、勧請申す。

〔誓文を破った時は〕それがしがことは申すに及ばず、一家一門、一世（一七）の父母に至るまで、無間（一八）・三悪道に落し、国元よりも親が尋ねて参る、妻子が尋ねて参るとも、再び見参申すまじ。〔自らは十分得心しておりますから〕ただ得心の者のことなれば、ひら〔是非〕さら髪を剃つて、出家にないてたまはれ」と、大誓文をお立てあるは、身の毛もよだつばかりなり。

フシ お上人はきこしめし、「近ごろ殊勝なりや若侍。髪を剃つて参らせん」とて、半插（一九）にお湯をとり、欲垢（二〇）〔欲心の垢や煩悩の垢を洗い清め〕・煩悩の垢をすすいで、四方浄土（二一）〔髪を四方にそり落す〕と剃りこぼす。「いかに若侍、髪を剃る上は、故郷国元を名〔名乗〕

一 「あらた」の誤りで、兵庫県多可郡中町安楽田の荒田神社（播磨の国二の宮）を指すか。
二 同県加西市北条町の三の宮酒見神社・酒見寺。
三 同県揖保郡御津町室津の加茂神社。
四 岡山市吉備津の吉備津神社。吉備の国の総鎮護であったが、吉備が備前・備中・備後に分れた後、次の二社が創建された。
五 岡山市一宮の吉備津彦神社。
六 広島県芦品郡新市町宮内の吉備津神社。
七 鳥取県の大山に祭った大智明神。本地地蔵菩薩。現在、大神山神社の奥宮。
八 誤脱があろう。「神の父は佐陀の宮、神の母が田中の御前」（「さんせう太夫」草子）がよい。佐陀の宮は島根県松江市の佐太神社（佐陀大社）。伊弉諾・伊弉冉・素戔嗚・瓊瓊杵尊四神を祭る故「神の父」といったか。「田中の御前」は摂社の田中の社（『和漢三才図会』に「神殿の近処二町ばかりにあり深秘の社」）であろう。
九 底本「こたま」。写本「こだま」。両音行われた。
一〇 『淮南子』に「女媧五色の石を錬り、もつて蒼天を補ふ」とあり、ここは女媧（女媧氏。伏羲氏の妹で、上古の帝名）という神人を補天といったか。
一一 難陀以下八体の龍王（龍神）。水中に住む水の神。
一二 未詳。
一三 底本・写本「やけ」。ヤゲとも読む、家の意。

乗るぞよ。国はいづくの人なるぞ」。重氏きこしめされ、「国を申さば筑前の国、荘を申さば苅萱の荘」とお答へある。「そ

（上）重氏、湯殿で垢離をとる　（下）法然上人、重氏の髪を剃る

の儀にてあるならば、御身の名をば、苅萱道心[二二]と付くるぞよ」。〔上人が〕道心にお渡しある物とては、古き衣に古袈裟をお渡しあつて、「いかに苅萱に申すべき。五戒[二三]の文を授かるが大事ぞよ。それ出家は、人の栄ゆるをもうらやまず、衰ふるをも悲しまぬが出家ぞよ」。夕べは星を頂き、朝には霧を払ひ、お上人への御奉公は、黒谷に御弟子多けれども、苅萱は一のみ弟子と聞えたり。

一四 未詳。三十六神の誤り（『説経節』）。
一五 屋敷のかまどの神。「土居」は屋敷（『文明』）。
一六 道祖神。
一七 三世（過去・現在・未来）の一。ここは現在。
一八 無間地獄や三悪道に落してかまいません。「三悪道」は衆生が自分の業によって行くべき地獄・餓鬼・畜生の三道。
一九 湯や水を注ぐ道具。ここは洗面用の小さいたらい。
二〇 底本「よくはか」。
二一 十方浄土（十方に存在する諸仏の浄土）のもじりか。ここは、四方に、の意。
二二 成人して仏門に入った人（道心者）をいうが、『紀伊続風土記』第五輯「道心者」の条では、近世の転落卑賤化した、諸伽藍掛り道心・御影堂花摘み道心・六時鐘撞き道心等を挙げている。中世でも聖同様、下層の僧であったと思われる（同書は上級僧、学侶・行人の下に、聖と道心を挙げている）。
二三 五戒の一々について説き、五戒を持する者は、二十五神の守護を受けること、あるいは次生に人身を受けることなどを説く経文。「五戒」は在家の人の守るべき、殺生・偸盗・邪婬・妄語・飲酒の五つの戒律。

重氏、高野山へ

[一]きのふけふとは思へども、黒谷に十三年の月日を送らるる。十三年の正月の、初の夢を見て、苅萱はお上人の御前に参り、「それがしには暇を賜れ。高野の山へ上らん」とあるを、上人はきこしめされ、「いかに苅萱、高野の山でも念仏、黒谷でも念仏。黒谷でともかくにもおなりあれ。引導渡いて参らせん」となり。「さて御身は高野へではなくて、再び国に下り、還俗するは一定なり。げにや国に下らんならば、一夜の懺悔物語[二]に、無量劫の罪が消ゆるとや申す。懺悔を召され候へ。暇をばやすく参らせん」となり。

道心はきこしめし、「お情けなの御諚かな。およそ人の儀は、五日三日でだに知るると申すに、およそ十三年の御奉公を申すに。その儀ならば、懺悔物語を申すべき。この寺に参り、余り髪の剃りたいままに、親[三]も妻子もござない、ただ得心の者と申したよ。それがしは二十一、御台所は十九。嫡子に千代鶴姫と申して三つになる。母の胎内に七月半にまかりなる、緑児を見捨てて上りたが、胎内の

一 時のたつことの早きをいう慣用句。

二 懺悔話をすれば。底本「さんけ」。当時サンゲ。「懺悔物語申し候はん。懺悔に罪を滅すると申すことの候へば、何かは苦しく候べき」(室町物語『三人法師』)。

三 二六頁八行目の誓文では「国元よりも親が尋ねて参る、妻子が尋ねて参るとも」とある。

水子が生れ、成人つかまつり、〔その子が〕母もろともにこの寺に尋ねて上り、衣のすそにすがりつき、落ちよ（還俗せよ）道心、落ちさせたまへ重氏と、名乗りかくると夢を見た。夢心にも心乱れて悲しやな。もしもかやうにあるならば、立てた誓文の御罰(ばち)をば、なにとなるべき悲しやな。とかく女人(にょにん)（女人禁制の）の上らぬ高野に上らん」とあれば、お上人はきこしめし、「その儀にてあるならば、暇をば参らすべき。高野に心止まらずは（心がひかれないなら）、重ねてお下りあれ」と。

[四]十念を頂いて、[五]黒谷を打つ立ちて、先をいづくとお問ひある。東(とう)寺(じ)の前をゆき過ぎて、先をいづくとお問ひある。八幡(やはた)正八幡を伏し拝み、先をいづくとお急ぎある。天王寺にお着きある。[六]亀井の水に差し掛り、[七]法界衆生と書き手向け、堺の浜をはや過ぎて、[八]大野の芝はこれかとよ。[九]中の谷はや過ぎて、[一〇]このみ峠をはや過ぎて、お急ぎあれば程もなく、紀の川に便船請うて、向ひに越せば[一一]清水(しみづ)の町。お急ぎあれば程もなく、[一二]不動坂をはや過ぎて、高野山に聞えつる、[一三]大(だい)

四 道心は法然(ほうねん)より十念を授けられて。「十念」は、念仏を十回唱えて、阿弥陀仏と結縁(けちえん)させること。
五 三〇頁一行目まで道行（黒谷〜高野山）。
六 「金堂の内に龍井ありて流れ出づ、白石玉出の水と名づく」（『和漢三才図会』）。これは「また亀井の水と号す。（聖徳）太子経論諸経を書き写したまふの水なり。……世俗経書堂において、法名を経木の表に記し、この水に手向け、霊魂を弔ふ」（『摂陽群談』）。
七 無縁の人々へと。「法界」は広大な世界。ここは自分に関係のない意。
八 堺市大野芝町の辺りか。
九 現在の大阪府河内長野市の高野街道に面した、石仏(いしぼとけ)・清水(しみず)・岩瀬(いわぜ)にその地名がある（南昭雄説）。
一〇 現在の紀見(きみ)峠（和歌山県橋本市）。『長禄記』に「木実峠」とあるので、コノミとも読んだか。
一一 橋本市清水。
一二 神谷より高野山に至る、清不動の辺りの坂。
一三 根本大塔。空海の創建。度々焼失したが、文禄三年（一五九四）三月再建、寛永七年（一六三〇）十月また焼けている。「壇」は球形の大塔の基壇。

塔の壇にお着きある。一大塔・金堂・御影堂・四社明神は、いらかを並べてお打ちある（建っている）。こと懇ろ（ていねいに）に伏し拝み、二奥の院にお参りあつて、こと懇ろに伏し拝み、それよりも三蓮華谷に聞えたる、四萱堂と申すに取りこもり、後生大事（後世の安楽を）とお願ひあるは（お願いするさまは）、たとへんかたはなかりけり（たとえようもなく見事であった）。

御台所、重氏の出家を嘆く

五これは（以上は）重氏殿の物語、さておき申し、殊に哀れをとどめたは、〔それは〕国元におはします御台所にて、殊更哀れをとどめたよ。六その夜のことなるに、いつもは重氏殿の称名の音がつかまつるが（念仏の声が聞えるが）、今夜は称名の音のせぬなりとおぼしめし、薄衣取つて髪に置き、渡り廊下をはや過ぎて、持仏堂にはや参り、間の障子をさらりと開け、持仏堂を見てあれば、七油火少しかき立てて、八旅装束の跡ばかり。御台所は、さても我が夫の、今夜のうちに忍び出でさせたまうたよ。か程もろく（これほど簡単に）思ひ切りたまふ（決意なさると分っておれば）と存ずるならば、今夜一夜は九御伽申し、後の忍びに（あとでこっそりお出ししたのにと）出だそうものと、一〇流涕焦がれてお泣きある。

一 以下、壇上（山中中央の伽藍が集中している所）の主要な建物。「金堂」は弘仁十年（八一九）大師の創建、本尊薬師如来、しばしば焼失し、天正十三年（一五八五）大塔と同じく豊太閤の命で木食応其が再建、寛永七年（一六三〇）また焼失。「御影堂」は大師の影像を安置、これも寛永七年に焼失。「四社明神」は丹生都姫・高野御子の両所明神と、総社に十二王子・百二十番神・摩利支天を祭り、後に気比・厳島両明神を勧請して四社とする。

二 一ノ橋から大師廟堂に至る間をいう。

三 蓮華三昧院（明遍の住房）から出た名称。小田原谷の東の一帯。明遍は承安三年（一一七三）ごろ入山。

四 覚心（一二八六年入山か）を開祖とする聖の一派が、萱原に萱の庵を結んで、高声念仏・鉦叩念仏・踊念仏をしたのに始まる。現在の苅萱堂はその跡という（五来重『高野聖』）。

* 重氏は上人に会ってひたすら剃髪を願い、上人の不信感を解くために、大誓文を立てる。以後の重氏はこの誓いを貫くために頑固に行動する。女人禁制の高野山に姿を隠すのもそれである。重氏と上人との間には宗教的な対話はほとんどない。重氏は一度出家したら絶対に還俗しないことを、上人に信じてもらおうと懸命になる。大誓文を立てるのもそのためであるが、仏の道とは関係のない

落つる涙の暇よりも[一一]、持仏堂を見てあれば、置き文と[一二]、片時（へんし）もお離しない、お腰の物がござあるよ。取り上げ拝見召さるるに、「御台所の御方へ、変る心はないぞとよ。変る心があるにこそ、深き恨みは召されうずれ。この世の縁こそ薄くとも、またこそ巡り合はう」とお書きある。「胎内の緑児（みどりこ）は、生れ成人するならば、男子（なんし）にてあるならば、名をば石童丸（いしどう）とお付けあつて、出家にないてたまはれよ。または姫にてあるならば、御台のともかくも」とお書きある。「返す返すも御台所の御方へ、この世の縁こそ薄くとも、弥陀（みだ）の浄土にて巡り合はう」とお書きある。

（置き文）（深くお恨みになるでしょう）（置き文）（置き文）

　御台所はこの由を御覧じて、「我が夫（つま）の、これ程に思ひ切りたるに、自らなぜに思ひ切らぬぞや。いかなる淵瀬（ふちせ）へも身を投げ、死なん」ともだえたまふ。女房たちに、唐紙（からかみ）[一三]のお局（つぼね）と申すが「これはもつたいないことを御意（ぎょい）あるものかな。ただの身でもなし。身も二つにおなりあつてその後（のち）、夫（つま）の便宜（びんぎ）[一四]、行方（ゆくへ）もお尋ねあるものならば、

（おっしゃるものですね）（お産をなさってその後）

ことである。
五「殊更哀れをとどめたよ」まで、説経独特で、話題を変える場合の冒頭の語り。
六 十三年前、石童丸が母の胎内にいたころ、重氏がひそかに家を出た、その夜。一六頁一三行目参照。
七 底本「あふらひ」。「アブラヒ」（『日葡』）、「油燈（アブラヒ）」（『書言』）。一六頁一二行目の「油火」も同じ。燈心を油にひたしてともす燈火。
八 旅装束に着替えた跡があるばかり。
九 お話の相手をし。
一〇 慣用句。涙を流し、ひどく悲しんで泣く様。
一一「流涕焦がれてお泣きある」を受ける慣用句。
一二 重氏の置き手紙で、一六頁三行目以下とほぼ同じ文句を繰り返している。
一三 底本「からかみ」。
一四 便りがあり。

連れて（一緒に）御供申さう」となり。

きのふけふとおぼせども、当る[一]十月（とつき）と申すには、御産[二]の紐（ひぼ）をお解きある。男子（なんし）か女子（によし）かと見奉るに、玉[三]を磨いた、瑠璃（るり）を延べ（広げた）たる如くなり。御若君にておはします。親ありながら、親ない子と呼ばせんことの無念さよ。さあらば父御の置き文に任せ、御名をば石童丸とお付けある。石童丸の成人を、物によくよくたとふれば、[四]よひに生えたるたかんなが（竹の子が）、夜中（よなか）の露にはごくまれ（育てられ）、尺を伸ぶるが如くなり（ぐんぐん伸びるのに似ていた）。[五]

石童丸の誕生

きのふけふとは思へども、〔石童丸が〕はや十三におなりある春のころ、嫡子の千代鶴姫は、女房たちに誘はれて、よその花見にござあるが、石童丸や母御様は、広縁に立ち出でて、お庭の花をながめたまふ。花の小枝に、燕（つばめ）と申す鳥が、十二のかひご[六]を育てて、順儀（〔それを〕順番に）任せに並べ置き、ちちは[七]しとさへづるやうの面白や。石童丸は御覧じて、「いかに母御に申すべき。あの鳥の名をば、なにと申すぞ母御様」。

石童丸、母とともに家を出る

一 慣用句。臨月（産み月）に。
二 お産をなさった。「サンノヒモヲトク（産む）」（『日葡』）。
三 赤ん坊の、玉（瑠璃）のように美しい様をいう慣用句。
四 「尺を伸ぶるが如くなり」まで、成長のすばらしく早い様をいう慣用句。
五 以上、上の巻の本文。次に「しやうるりや喜衛問〔ママ〕　寛文八年　卯月吉日」の刊記がある（中の巻も同じ）。
六 底本「かひこ」。「卵（カイゴ）」（『永禄』等）。ここは「子鳥」の誤りか。
七 燕の鳴き声を表す語。

御台(みだい)この由きこしめし、「いまだ知らぬか石童よ。あれは常磐(ときは)[八]の国より、春は来て秋もどる、燕といふ鳥ぞや。そのやうにちちはしとさへづるとは思へども（さえずるように思うけれども（実は））、法華経(ほけきやう)[九]の一の巻の要文(えうもん)に、止止不須(ししふしゆ)[一〇]説(せつ)、我法(がほふ)とさへづるぞよ。なんぼう（たいそう）親に孝行なる鳥ぞとよ。あなたなるは父鳥よ。こなたなるは母鳥よ。中十二[一一]羽子鳥ぞよ。石童丸も、母に孝行に当らいよ（孝行をなさいよ）」。

フシ 石童丸はきこしめし、「あの如くに天を飛ぶ燕さ[一二]よ、地を這(は)[一三]ふけだもの、ろうか[一四]山野(さんや)のうろくづ（魚類）までも、父よ母よとましますが、

石童丸の誕生

八 永久不変の国。つばめが毎年変らず同じ方向から来るので、そう言ったのであろう。常盤島ともいい、蝦夷(えぞ)（北海道）のかなたにありと。

九 『法華経』巻一「方便品(ほうべんぼん)」の大切な文句。

一〇 止止不須説、我法妙難思。その意は、「（その時、世尊は重ねて偈(げ)を説いて言(のた)もう）止みなん、止みなん、説くべからず、わが法は妙にして思い難し」（岩波文庫『法華経』）。ただしここでは「妙難思」が欠けている。

一一 底本「十二は」。

一二 説経でまれに「さへ」の意に使う助詞。

一三 底本「ほう」。ホウと読む。

一四 「江河（大きな河）」の誤りか。『平家物語』巻十「維盛入水」に「山野のけだもの、江河(がうが)のうろくづ」とある。江河はコウガ・ゴウカとも読む。

千代鶴姫や石童丸には、母といふ字（母という人は）ましませど、父といふ字がござないよ。それ弓取り（武士）のことなれば、時の（当座の）口論・笠とがめ[一]、せんりやう[二]の野辺の争ひに（争いなどで）も、討死（うちじに）をも召されたか（討死でもなされたか）。いつが日ぞ命日ぞ。敵（かたき）教へてたまはれや」。

母御はこの由きこしめし、「幼少のその時は、父とも母とも申さぬが（申さなかったが）、丈（たけ）成人をするにより（背丈がおとなになって）、父を尋ぬる優しさよ。御身が父は重氏殿と申せしが、花見の御会の座敷にて、花の散つたを御覧じて、これを菩提（ぼだい）[三]の種として、若道心[四]を起し、承れば都黒谷にて、髪を剃（そ）つて出家を遂げてましますと、風の便りに聞いてあり。自らも年々文（としどしふみ）は上（のぼ）すれども、上する文をば受け取りて、返り返事のない折は（返事がないのですから）、父はこの世にござあるぞ」。

石童丸はきこしめし、「なういかに母上様。父のこの世にござないと思うたが、父だにこの世にござあらば、姉御様とそれがしに、暇（ひま）を賜り候へや。父御尋ねに参らうなう」。母上この由きこしめし、

一 路上で行きあって、笠をかぶったまま通り過ぎたり、笠がぶつかったりして、無礼をとがめだてすること。

二 未詳。「せんちやう（戦場）」の誤りか。

三 煩悩（ぼんのう）を断ち悟りを得るきっかけ。

四 「青道心」（三九頁七行目、六〇頁六行目）と同意で、にわかに道心を起して、の意であろう。「道心」は仏道に帰依（きえ）する心。二七頁注二二参照。

石童丸、つばめを見て母に問う

なのめならず（この上もなくお喜びに）におぼしめし（なり）、「その儀にてあるならば、あすと言へば人が知る。ただ今夜の夜（よ）のうちに、忍び出でう」とのたまひて、旅装束をなされてに、あらいたはしや二人の人々は、屋形の内を涙とともに御出である。

千代鶴姫との別れ

親子の機縁[五]のことなれば、妻戸[六]のきりりと鳴る音が、姉御の寝耳へ入り、不思議やとおぼしめし、かつぱと起きさせたまひてに、間（あひ）の障子をさらりと開け、「母上様はござあるか。石童丸はあるか。さていかにいかに」とのたまへど、母上様はござなうて、旅装束の

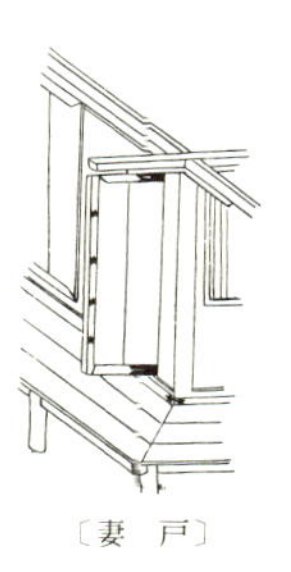
〔妻　戸〕

五　機会と因縁。関係のただならぬこと。
六　家の端の方にある開き戸。

跡ばかり。

千代鶴この由見るよりも、「[一]母上様の常々御申しなされたは、『いつか石童成人し、父を尋ねに出でうぞ（出ましょう）』と、御申しありてござあるが、さて今夜(よ)のうち、忍び出でさせたまうたか。父には捨てられ申すとも、母には捨てられ申すまい」と、かちやはだし（はだしのままで）で出でさせたまふ。親子の機縁の深ければ、[二]五町が浜にて追ひ付き、母上様の御たもとにすがりつき、ただざめざめとぞ御泣きある。

流るる涙のひまよりも、打ち恨みたる風情(ふぜい)にて、「なう、いかに母上様。継子(けいし)継母（間柄のように）のその仲で、[三]中に掛子(かけご)をなさるるぞ。石童丸ばかり父の子で、さてから申す自らは、父の子にてはござないか。共に尋ねに参らうなう」。

母上この由きこしめし、「なう、いかに千代鶴よ。中に掛子はなさねども、弟(おとと)なれども石童は、男子(なんし)のことなれば、[四]路次(ろし)[五]の伽(とぎ)とはならずして、路次の障(さは)りとなるぞかし。それをいかにと申するに、こ

一 心内語と解すべきか。

二 底本「五ちやうかはま」。架空か。写本「五ちやう（町）が間で」。

三 分け隔てをなさるのですか。「掛子」は、他の箱の縁に掛けて、その中にはまるように作った箱であるが、ここは転じて本心を打ち明けて話さないこと。写本「なにか隔てをなさるるよ」。

四 脱文がある。写本は「石童丸は弟(おとと)なれども、男子(なんし)にて、道の伽にもなるぞとの。又御身は姉なれど、女の身にて候へば、道の伽にはならずして、道の妨げになるぞかし」とする。

五 あなたは道すがら相手（助け）にならないばかりか。

六 底本「みめ」。『文明』等「眉目」を当てる。顔かたち。

七 底本「ことつて」。『運歩』等「言伝」を当てる。伝言する意であるが、ここは「言付け（ことつけ）（品物を依託する意）」の意に使っている。

れよりも上方（かみがた）は、人の心が邪見にて、御身のやうなる、見目形（六）のよい姫は、押へて捕（と）つて売ると聞く。売られ買はれてあるなら

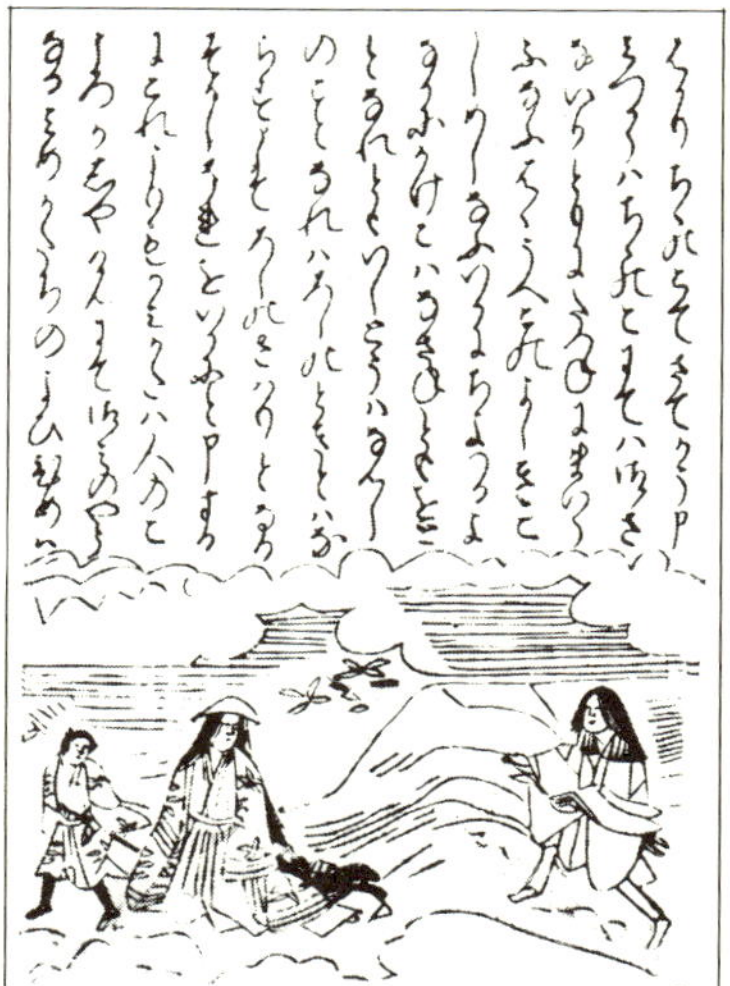

千代鶴、母と石童丸を追う

ば、二世の思ひであるまいか〔来世まで悲しい思いをするでしょう〕。御身は屋形へ帰りつつ、屋形の留守を申さいの〔なさい〕。父だに〔父にさえ〕尋ね会ふならば、今一度父に会はせうぞ。はやはや帰れ」とありければ、千代鶴この由聞くよりも、「その儀ならば、自らは屋形の留守を申すべし。父御のかたへ、なにか〔どなたか〕の言つて（ことつて）（七）申すべし。げにまこと忘れたり。自ら六つの年よりも、いかなるお聖（ひじり）にも参らせんと思ひてに〔お坊さんに差し上げようと思って〕、手わざの絹の衣（ころも）を裁ち縫ひて、持ちて

一 「や」は軽い感動の助詞。
二 出発をことほぐ慣用句。「門出よし」は旅立ちのめでたい意。「物よし」は幸せ多い意。
三 一一行目まで道行（小松が浦〜新黒谷）。一七頁一行目以下の道行参照。
四 兵庫県尼崎市大物町辺り。
五 未詳。
六 洛中。
七 三四頁九行目〜一一行目参照。

石童丸、法然に会う

候が、これを言つて申すべしや。[一]いかに石童丸よ。『これは三つにて捨てられし、ことし十五になる姫の、手わざの絹の衣なり。見苦しうは候へども、情けをかけて召されい』と、父御に参らせ申すべし。とても尋ねてござあらば、[二]門出ようて物ようて、父御に御会ひありてござあれの。やがてもどれの石童」と、さらばさらばのいとまごひ、かりそめながら長き別れとおなりある。

[三]御台所や石童丸は、小松が浦より小舟に召され、順風よければ、[四]尼が崎大物の浦にお着きある。先をいづくとお急ぎあれば、[五]かんこ過ぐれば宇野辺の宿、しばしはここに太田の宿、ちりかき流す芥川、山崎をはや過ぎて、[六]都の城に入りぬれば、東寺の前をはや過ぎて、お急ぎあれば程もなく、都新黒谷にお着きある。

〽コトバ御台この由御覧じて、「やあ、いかに石童丸よ。父のござあるお寺はこれなり。自ら参り、尋ねたくは候へども、[七]自ら夫の恋しき折々は、時々文を上せたが、上する文を受け取りて、返り返事のない折は、もはや御縁も尽きたるぞ。自らこれに待つぞとよ。御身は親子のことなれば、お会ひあらうは一定なり。急ぎ上らい[八]石童丸」。

石童丸は承り、御上人様の御前に参り、「なうなう、いかにお上人様。物が問ひたうござあるの。かう申すそれがしは、国を申せば大筑紫筑前の国、荘は苅萱の荘、加藤左衛門、氏は[九]重氏と申す人、御年二十一、母上様は十九なり。姉千代鶴姫とて三つの年、さてそれがし母の胎内七月半のその折に、あらしに花の散るを見て、青道心を起いてに、この御寺にござありて、出家にならせたまひてに、名は苅萱の道心と、風の便りに聞くからに、母上様とそれがしが、尋ねて上りて候が、御存じあつてござあらば、教へてたまはれお上人様」。

お上人はこの由をきこしめし、「まんづは見たり正夢を。なう、いかに幼いよ。御身の父の苅萱は、この寺へ参り、髪を剃り、出家になりてござあつたが、ある夜の正夢に、国元に残し置く、妻の御

八　上れの意。説経に多い語法。「い」は命令の助詞。

九　「名は」とあるべきところ。「氏」は加藤であって、「重氏」が名（実名）。「重氏」の「氏」に誘われた誤り。説経には往々ある。

台と、胎内七月半の緑児(みどりこ)が、生れ成人つかまつり、これまで尋ねて参ると夢を見て、会ふまい見まい語るまいと、それがしに暇(ひま)を請ひ、今は女人(にょにん)のえ上(のぼ)[一]らん、高野の山へ上られて候ぞや。いたはしやの幼いや」とて、お上人様も、衣のそでをお絞りある。

〽(フシ)あらいたはしや石童丸は、いとま[二]申してさらばとて、御門(もん)の母御にいだきつき、なにとも物は言はずして、たもとを顔に押し当てて、ただささめざめとお泣きある。母上様はきこしめし、「やあ、いかに石童丸は、父に会ひてうれしさに、うれし泣きをするか。さていかにいかに」とありければ、石童丸はきこしめし、「なう、いかに母上様。重氏様はこの御寺にござありたが、母上様とそれがしと、尋ねて参ると夢を御覧じて、会ふまい見まい語るまいとて、今ははや女人え上らぬ、高野の山へお上りありてござあると、上人様の仰せなり。高野の山は、いづくの国にてござある。なう、教へてたまはれ母上様」。

一　上ることのできない。

＊　石童丸が成長し、父に会うために家を出る。姉を家に残し、母が付き従う。上人のもとに着いたが、一足違いで父に会うことができず、続いて高野山へと跡を追う。男たちは物に憑(つ)かれたように行動し、女たちは犠牲を強いられる。家は解体し、漂泊の悲しみが限りなく続く。

石童丸、母とともに高野へ

二　いとまごいして別れる意の慣用句。

（上）石童丸、上人に会う　（下）お寺の前の御台所と石童丸

御台この由きこしめし、「やあ、いかに石童丸。さのみに物（嘆き）な嘆いそ（なさるな）。連れ（共に）て心の乱るるに。父だに浮き世にましまさば、いかなる野の末山の奥、虎（とら）伏す野辺の果てまでも、一度は尋ね会はせうぞ。こなたへ来よや石童丸」とて、新黒谷[三]をば、涙とともに立ち出でて、四条の橋を打ち渡り、「[四]やあ石童丸、あれは五条の橋とかや。左に当りて見えたるは、祇園（ぎをん）・清水（きよみづ）・稲荷（いなり）[五]とかや。右に当りて見えたるは、嵯峨（さが）、太秦（うづまさ）や法輪寺、高きお山は愛宕山（あたごさん）、都の名所旧跡を拝ませたくは候へども、父御に尋ね会うたらば、下向（帰りに）に必ず拝（拝み）

三　四二頁一〇行目まで道行（みちゆき）（新黒谷～学文路（かふろ））。

四　一九頁二行目以下の勧進聖の都案内参照。

五　京都市伏見区稲荷山山麓の稲荷大社。藤の尾社・熊野社・田中社に四大神を加えて五社とする。

（なさい）まいよ」。

互ひに手と手に取り合うて、急ぎたまへば程もなく、鳥羽に恋[一]塚・秋[二]の山。淀[三]の川瀬の水車、つまを待つかのくるくると。八幡の山へお上りあり、「南無や八幡大菩薩、本[四]地は弥陀でおはします」と、よきに祈誓をなされつつ、交[五]野の原を通るにも、禁野の雉は子を思ふ。（というが）御台この由きこしめし、鳥だに我が子を思ふ習ひあり。夫の重氏殿は、我が子思はぬ、悲しやと、心の内に打ち恨み、宿を過ぐれば糸[六]田の宿、窪[七]津の明神伏し拝み、お急ぎあれば程はなく、高（高野）野（山の）三里ふもとなる、学[八]文路の宿と申すなる、玉[九]屋の与次殿にこそはお着きある。

（御台所）「いかにや石童丸。明日になるならば、高野の山に上り、恋しき父御に尋ね会はせう」との御諚なり。与次はこの由きこしめし、「いかに旅の上臈（奥様に）に申すべき。高野の山へは、御存じあつて上らうと御意あるか、又は知らいで（知らずに）お上りあらうと御意あるか。高野の山と申

与次、女人禁制を説く

一 文覚上人（遠藤盛遠）が、源渡の妻袈裟を恋して誤って殺し、発心出家の上、女を弔って築いた塚という。京都市南区上鳥羽の恋塚と、伏見区下鳥羽の恋塚寺とがある（『京童』等）。前者は鯉塚ともいわれる。

二 鳥羽殿（白河院・鳥羽院の離宮）の中に四季の風景を造ったが、中でも南西隅の楓を植えた築山をいう（『山州名跡志』）。伏見区中島秋ノ山町。

三 「水車」は淀城内に淀川の水を入れるため、城の外郭に設けた大きなもの。「くるくると」まで当時有名な歌謡。下の句はいろいろあり、「誰を待つやらくるくると」（狂言「靫猿」）、「何と浮き世を廻るらん」（『日本歌謡集成』五の『狂言小歌集』）など。伏見区淀。

四 「仏陀は神明の本地、神明は仏陀の垂迹―諸神は本地を仏菩薩とし、王法護持・済世利民のために迹を人界に垂れる―という本地垂迹説によるもので、八幡神の本地は古来阿弥陀如来とせられた」（『仏教大辞典』）。

五 舞曲「敦盛」の「八幡の山を下向して、惟喬のみ子のみ狩りせし、交野の原を通り、禁野の雉は子を思ふ、鵜殿にしげき籬垣の、宿を過ぐれば糸田の原、窪津の王子伏し拝み、天王寺へぞ参らるる」によったか。「交野の原」は河内の国交野郡禁野・中宮・片鉾の諸村（枚方市）をいう（『五畿内志』）。「禁野」は古く天皇の狩場として他の狩猟を禁じた所。ここは「焼け野の雉（親が子をいつくしむたとえ）」によって後に続

高野の巻――空海の誕生

すは、一〇七里結界・一一平等自力の御山なれば、一二八葉の峰・八つの谷・一三三かの別所・四かの院内。七里結界・平等自力の御山なれば、男木が峰に生ゆれば、女木ははるかの谷に生ゆる。雄鳥峰を飛べば、雌鳥はるかの谷を飛ぶ。雄鹿が峰で草を食めば、雌鹿は谷で草を食む。木・萱、草木・鳥類・畜類までも、男子といふ者は入るれども、女子といふ者は入れざれば、一切女人は御嫌ひなり」。

御台この由きこしめし、「いかに石童丸に申すべき。旅で一夜の宿借るは、親とも子とも頼むに(頼むのですが)、頼みがひなき宿取らうより、とても寝られぬ月の夜に、いざ来い、上らん石童丸。この山に御身が父御のましますは一定なり。〔国元から〕かやうの者が尋ねて上らば、女人結界とて上せずと(上さぬようにとお頼みになったに違いありません)、お頼みあつたは一定なり。いざ来い、上らん」との御諚なり。

〽コトバ与次はこの由聞くよりも、上すればお山の御法度背く(おきてに背く)。上さねば旅の上臈の御意に背く。(与次)「いかに上臈様に申すべき。一四高野の

く。「宿」は籬垣の宿で、地名ではあるまい。

六 垂水山中より南流する糸田川の周辺で、吹田市の西南部か(『五畿内志』、前田金五郎『仮名草子集』)。

七 天神橋の川岸に立つ熊野一の王子(『一目玉鉾』)。後に大阪市東区内平野町神明宮に合祀か(『五畿内志』等)。「窪津」は渡辺といった所、淀川の渡河点。

八 和歌山県橋本市。底本・写本「かふろ」、江戸版「かむろ」。『南遊紀行』は「かぶろ」。現在カムロ。

九 学文路村の南にあった茶店。庭中に御台所(千里の前)の墓があったが、後に村中の苅萱堂(元文年中仁徳寺と改む)に移された(『紀伊続風土記』)。

一〇 空海の『性霊集』高野建立の初めの結界の時の啓白文に「あらゆる東西南北四維上下七里の中の、一切の悪鬼神等は、皆我が結界を出で去れ」とある。「結界」は堂塔・伽藍のために一定の境域を定めること。

一一 すべての物の間に差別をせず、自分の修行によって仏果を得ること。

一二 胎蔵界曼荼羅の八葉(八葉の蓮華)九尊(大日如来を中心に四如来四菩薩)に擬したというが、『平家物語』をはじめ、八葉の峰八つの谷としている。

一三 「三か」「四か」は正確な数字でない。「別所」・「院内」については五七頁注三、注五参照。

一四 『平家物語』にも同名のものがあるが、それと違って、ここは弘法大師とその母の物語。これだけは独立して語られたと見え、写本『かるかや』にはない。

巻とやらんを、そつと聴聞申してござあるほどに、あらあら語つて聞かせ申すべし。

[一]弘法大師の母御と申すは、この国の人にてましまさず。国を申さば[二]大唐本地のみかどの御娘なるが、余なるみかどに御祝言あるが、三国一の悪女とあつて、父御のかたへお送りある。本地のみかどきこしめし、[三]空舟に作り込め、西の海にぞお流しある。日本を指いて流れ寄り、ここに四国讃岐の国、[四]白方の昇風が浦、とうしん太夫と申すつり人が、唐と日本の潮境、[五]筑羅が沖と申すにて、空舟を拾ひ上げて見てあれば、三国一の悪女なり。とうしん太夫が養子におなりあつたと申し、又は下の下女にお使ひあつたとも[六]申し、御名をばあこう御前と申すなり。

[七]あこう御前、この年なれども、[八]山といふ山に、かすみのかからぬ山もなし、女人となつて夫の念力のかからぬ女人もなし、自らはいまだ夫の念力もかからず、さあらば日輪に申し子をせばやとおぼし

一 大師は宝亀五年（七七四）に生れ、幼名真魚。母は阿刀氏（名は不詳）、父は佐伯田公。『高野大師御広伝』に「父母の夢に、聖人天竺より飛び来り、我らのふところに入ると。よつて妊胎し、十二か月を経て誕生す」。『塵添壒嚢鈔』もほぼ同文。

二 底本「ほんち」。本来の領地。本国。本土。

三 空舟を作って中に入れ。「空舟」はウツオブネと読む（『運歩』『日葡』）。大木をえぐって作った丸木舟。

四 「多度津町（香川県仲多度郡）の西に接続して、西白方といふ地あり、弘田川の北流して海に注ぐ所、この海岸一帯は白方の浜と称して、はなはだ海陸の景勝に富み、今世に白方屛風浦とも称す」（『仲多度郡史』）。

五 日本と朝鮮の間にある、巨済島の古称「瀆盧」の転かという。「対馬の海中にちくらが澳といふ所あり、潮の戸ははなはだ速し、韓国と日の本のしほ堺なりといへり」（『和訓栞』）。

六 底本「申」。「申す」とも読める。

七 「あこう御前」は二行あとの「おぼしめし」に、また「この年なれども」は次行の「自らは」に掛る。

八 「昔より山と申すに、かすみのかからぬ山もなし。……女人と申すに夫の懸念のかからぬ女人もなし」（絵巻『上瑠璃』）。その他用例が多い。

めし、屋の棟に〔屋根の上に〕[九]一尺二寸の足駄をはき、三斗三升入りの桶に水を入れ頂いて、二十三夜の月をこそはお待ちある。その時西の海よりも、黄金の魚が、あこう御前の胎内に入るとの[一〇]御夢想なり。余なる〔ほかの〕女人は、当る十月と申すには、[一一]御産の紐と聞えたる、あこう御前は、三十三月と申すには、御産の紐をお解きある。玉を磨き、瑠璃を延べたる如くなり。男子にてまします。

『さらば御名を参らせん』とて、御夢想をかたどり〔夢中の御示現にならって〕、[一二]金魚丸とお付けある。なにか人間にてましまさねば、母御の胎内よりも御経を遊ばしける〔お読みになる〕。屏風が浦の人々たち、『とうしん太夫の御内の、あこうがまうけたる〔産んだ〕子こそ夜泣きするよ。夜泣きする子は、七浦七里枯るる』と申す。その子を捨てぬものならば、とうしん太夫ともに、浦〔浦で〕の安堵かなふまじ〔暮すことは許さないとの〕との使者が立ち、あこうはこの由きこしめし、『この子ひとりまうけ[一三]ぬとて、なんぼう[一四]難行苦行申したに、捨てまいぞ金魚よ』。連れてお迷ひある〔放浪をなさる〕。その数は八十八所とこそ聞えた

九『人倫訓蒙図彙』の「高履」(「一つ歯の高木履、頭上に手桶を頂き、水を入れ……」)という曲芸に似る。一尺二寸は約三六センチ。
一〇 夢をご覧になった。「夢想」は夢の中で神仏が現れて指示することで、夢を神仏の示現と見ている。
一一 御産の紐を解く(出産)というが。
一二 金魚渡来後に付けられた架空の名であろう。金魚は文亀二年(一五〇二)正月二十日、中国から堺の津に渡ったという(『金魚養玩草』等)。一六〇三年刊行『日葡』には「キンギヨ(コガネノウヲ)」とある。
一三 つくるため。「ぬ」は「む(ん)」に相当する推量の助動詞。ンと読んだか。森田武『伊曾保物語』補注(『仮名草子集』所収)参照。
一四 申し子のため「屋の棟」に上がり、懐妊が三十三か月も続いたことを指す。

れ。さてこそ（それで）四国遍土[一]は、八十八か所とは申すなり。

その時母御は、『いかに金魚に申すべき。夜泣きするだにうるさいに、長泣きを始むるか。昔が今に至るまで（昔から今日に至るまで）、身捨つるやぶ[二]はなけれども、子捨つるやぶはあると聞く』。〔金魚を〕ひとまづお捨てあつたと申すに（ことだが）、その時和泉[三]の国槇の尾[四]のたらん和尚と申すが、讃岐の国志度[五]の道場にて、七日の説法をお述べある。あこう御前もお参りあるが、〔説法を〕聴聞召され、皆人はお下向あれども、あこう御前は御下向なし。くわらん和尚[六]はその時、〔以前〕[七]下がり松のその下をきこしめせば（下に耳を傾けられると）、御経の声がする。くわらん和尚掘り起し、御覧候へば、玉を延べたる如くなる男子なり。和尚は御覧じて、これは不思議やとおぼしめし[八]、あこう御前が手をすり足をすり、流涕焦がれて嘆くを御覧じて、『いかにこれなる女人よ。なにを嘆く』と御意ある（仰せになる）。

あこうはきこしめし、『たまたま子を一人まうけてあれば（もうけたところ）、夜泣きするとあつて、使者が立てば、これなる下がり松の下に埋みてあ（埋めたところ）

一　四国遍路ともいう。四国における弘法大師の霊場八十八か所（徳島県の霊山寺に始まり、香川県の大窪寺で終る）を巡拝すること。すでに平安時代に始まるといわれ、白衣を着、笠・金剛杖の出で立ち、詠歌あるいは真言を唱えて巡回する。ここは四国遍路の由来を述べたが、もちろん事実ではない。語り手が物知りぶったもの。

二　ことわざ。困窮のため最愛の子を捨てることはできても、我が身は捨てようにも捨てどころがない。

三　和泉市槇尾山町の施福寺（槇尾寺）。天台宗。

四　未詳。あとの「くわらん和尚」と同一人物であろう。

五　香川県大川郡志度町の志度寺。真言宗。藤原不比等の子、房前の創建といわれ、謡曲「海人」、舞曲「大織冠」の伝説で有名。

六　「その時」は「あこう御前が手をすり足をすり」に続き、その間は挿入句。

七　枝の垂れ下がった松。下がり松の下で赤ん坊を発見する話は、謡曲「生田敦盛」に似ている。謡曲では法然上人が賀茂参詣の途次敦盛の遺児を拾う。

八　お思いになったが、今……と続く。

れば、きのふまでは泣く声がつかまつるが、けふは死したるやら、声がつかまつらぬ（声がしないので）と嘆く（嘆いています）』と申すなり。和尚はきこしめされ、『この子のことか』とて、あこうにこそお渡しある。あこうな（この）のめにおぼしめす（上もなく喜ばれる）。『いかに母に申すべき。この子の泣くは、夜泣きではなうて、御経をあそばすよ』とあつて（おっしゃって）、それよりも槇の尾指いてお上りある。

[九]七歳の御年、金魚［あこうは］をお供に召され、和泉の国槇の尾指いてお上りある。[一〇]仏と仏のことなれば（いずれも仏のことであるから）、槇の尾の和尚はお会ひあつて、御室の御

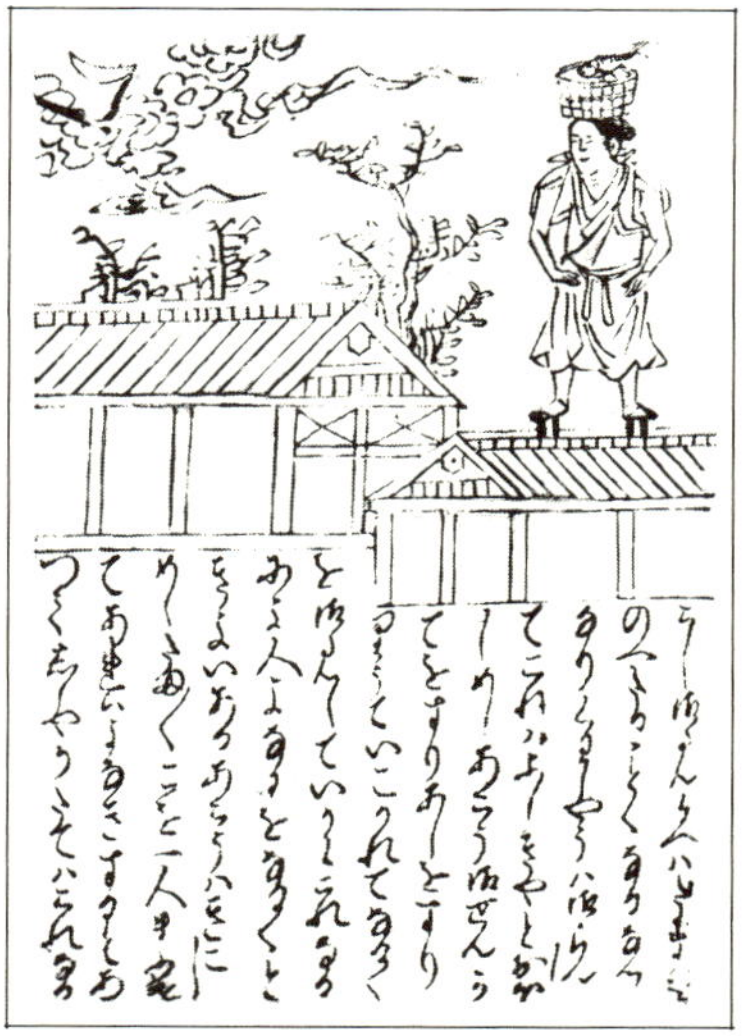

あこう御前、屋根の上で申し子

九　大師は延暦七年（七八八）十五歳で山城長岡京に上り、母方の伯父阿刀大足について儒書を学ぶ。二十五歳（二十歳説あり）の時、大安寺の僧勤操に従って、槇尾山寺で受戒し、教海と称し、後に如空と称した。三十歳（二十二歳説あり）の時、東大寺戒壇院で具足戒を受け、空海と改める。

一〇　京都市右京区御室大内の仁和寺（真言宗）。仁和寺は仁和二年（八八六）の創建で、空海の没後である。

所にこそとりお移りある。[一]なにか仏のことなれば、（〔金魚は〕なにしろ）師匠の一字をお授けあれば、十字とお悟りある。（師匠が十字を）学問に暗いことはましまさず、御年積り十六と申すに、髪を剃つて、空海にこそはおなりある。

二十七と申すに、[二]入唐せんとおぼしめし、筑紫の国宇佐八幡にこもり、[三]御神体を拝まんとあれば、（〔御神体が〕）十五・六なる美人女人と拝まるる。空海御覧じて、それは愚僧が心を試さんかとて、『ただ御神体』と（ただまことの御神体をと）こそある。（おっしゃる）重ねて（二度目は）第六天の魔王と拝まるる。[四]（空海）『それは魔王の姿なり。ただ御神体』と御意あれば、社壇（社殿）の内が震動雷電つかまつり、火炎が燃えて、内よりも六字の名号が拝まるる。（南無阿弥陀仏の文字が）空海は『これこそ御神体よ』とて、舟の船枻[五]に彫り付けたまふによつて、船板の名号と申すなり。それよりも大唐にお渡りあつて、七みかど[六]に御礼召され、その後善導[七]にお会ひあつて、さらば官[八]をなせやとて、（つけよというので）弘法[九]にこそはおなりある。

とてものことに（いっそのこと）渡天せばや（天竺に渡ろうと）とおぼしめし、天竺流沙川[一〇]を過ぎて、

一「とり」は誤り入ったか。江戸版「御室の御所にお移りある」。

二 延暦二十三年三十一歳の時難波を出発入唐。大同元年（八〇六）三十三歳の時帰朝。

三『大師御行状集記』に「大師御入唐の刻、先づ鎮西において、宇佐大明神を始め奉り、およそ勢ある明神に祈誓す」。

高野の巻――空海の入唐

四 第六天の天主。第六天は欲界六天の第六で欲界の主。他化自在天ともいい、この天では他の作り出した楽事を受けて自由に自分の楽しみとするという。

五 船の両側の船端に渡した板。舟子が踏んで、漕いだり棹をさしたりする所。船棚。

六 当時の皇帝徳宗（雍王）は延暦二十四年正月二十三日に崩じ、ついで順宗（誦王）が即位。空海在唐中はこの二帝だけであるが、大唐は広く、国がいくつもあるとして「七みかど」としたのであろうか。

七 山東省（あるいは安徽省）の人。中国浄土教を大成。唐代の僧で空海以前の人（六一三～六八一）。

八 舞曲「和田宴」の「さらば官をなせ」、「つるぎ讃談」の「すなしを引きかへて、友きりに官となる」の例によると、「官」は本来官職であるが、ここは権威ある人から賜るよい名の意と思われる。

九「弘法」は、空海の没後延喜二十一

高野の巻――空海、文殊に会う

お上りあれば、大聖文殊[11]は御覧じて、『日本の空海、なにしてこれまで来るぞよ』。空海きこしめし、『文殊の浄土へ参る』となり。文殊、童子と変じ、『いかに空海、この川に渡りはないぞ。それよりもどれ』となり。空海きこしめし、『川となる川（川という川に）に、渡りのないこともあらじ』。『小国の空海、それよりもどれ』とある。空海きこしめし、『それ天竺は、星をかたどる国なれば、震旦国[12]と名付くる。大唐は月をかたどる国なれば、月氏国[13]と名付くる。日本は小国なれども、日をかたどる国なれば、日域[14]と申すなり。知恵第一の国なるよ[15]』。

文殊きこしめされ、『物をばなんぼう書く（どれだけ字が書けるか）』とお問ひある。空海きこしめされ、『まづ童子書け』との御諚なり。『いで書いてみせん』とて、飛ぶ雲に阿毘羅吽欠[16]といふ文字をおすゑある。雲は速けれども、文字はそつとも違はず、空海御覧じて、『あつ、書いたり、童子かな。それがし書いてみせん』とて、流るる水に、龍といふ字

年（九二一）醍醐天皇より諡号として賜ったもの。

一〇 インドの砂漠を流れる川をいったか。「流沙」は地名として新疆ウイグル自治区のタクラマカン砂漠をいうが、一般に砂漠をいう場合もある。

一一 「大聖」は高位の菩薩の尊称。「文殊」は文殊師利。インド実在の菩薩。知恵をつかさどり、普賢とともに釈尊の脇に侍し、獅子に乗っている像が多い。

一二 底本「しんたんこく」。「シンダン」（『運歩』等）。「大唐（シナ）」の異称。「天竺」ではない。「印度で古代中国の称。一説に震は秦の音転、旦は坦、地の義といふ」（『大漢和辞典』）。「震」は八卦の一。雷にかたどり、星ではない。

一三 「天竺（インド）」の異称。地形が半月に似ているので、そのようにいう（『文明』）。「大唐」ではない。

一四 「日本」の異称。ジツイキともいった（『饅頭』）。

一五 舞曲「笛巻」に「弘法きこしめされて、国は小国なれども、名を日域と名づけて、日をかたどる国なり。唐土広しと申せども、震旦国と名づけて、星をかたどる国なり。天竺その名高けれど、月氏国と名づけて、月をかたどる国なり」とあり、また「大織冠」に「そも本朝と申すは、小国なりとは申せども智恵第一の国なり」とある。弘法の知恵は小国日本の自尊心を満足させた。

一六 大日如来を祈る時の呪文で、この五文字に一切の諸法が含まれ、これを唱えると万法ことごとく成就するという。

をおするゐある。童子御覧じて、『あの字の点を打つてこそは、龍とは読まれうずれ。点が足らぬ』との御諚なり。空海きこしめし、『あの字に点を打たうはやすけれども、にはかに大事の出で来うは一定なり』。文殊はきこしめし、『大事は出で来うとままよ、ただお打ちあれ』となり。『いで打つてみせ申さん』とて、点をお打ちあれば、川上なる龍龍の眼に筆が当り、その涙一時の洪水となつて、空海も五・六町ばかりはお流れある。童子御覧じて、『それそれ空海』とあれば、空海石の印を結んで、川上にお投げあれば、五尺ばかりの大石となつて、あと白川となりにけり。

文殊は御覧じて、捨て鞭打つて、文殊の浄土におもどりある。空海は跡を慕ひてお参りある。大聖文殊御覧じて、三十三尋、黄金の卒塔婆を取り出だし、『この卒塔婆に文字をおするゐあれ、一の御弟子』とお御意ある。文殊の御弟子に、ちけい和尚と申すが、われ書かんとおぼしめし、卒塔婆に乗つてお書きある。空海御覧じて、非

一 「龍」の草書体の右上の点。
二 底本「れうたつ」。「りよう（りゆう）」「たつ」ともに「龍」で、雲を起し雨を呼ぶという。
三 未詳。「印」は印相。密教では手印（手相の印）といって、両手の指をいろいろ組んで、呪文を唱える。ここは大石を生むまじないをしたのであろう。
四 洪水は消えてなくなった。「あと白浪」が正しい。「白浪」は「知らず」を掛けて、跡形もなくなった意を表す。
五 底本「すてふち」。「鞭」はムチ・ブチ両音があった（『倭玉篇』『日葡』）。乗馬で駆け去る時、馬の尻に鞭を当てること。「捨ふちうつてにぐる所へ」（舞曲「高館」）。
六 中国山西省五台山とされる。
七 「一尋」は両手を左右に広げた時の両端間の長さ。
八 底本「そとは」。次は「そとわ」。以下六三頁八行目の一例を除き「そとは」。「そとは」の場合ソトバと読んだと思われる。写本は「そとば」「そとは」「そとわ」三種を表記している。
九 謡曲「渡唐空海」の「知恵」に相当するが、これをチケイと読んだか。文殊五使者の一に地慧童子があり、また大師は渡唐中（延暦二十四年）長安城醴泉寺で罽賓国の僧智慧（般若三蔵）について教法を学んだという。

を入れ(を指摘しようと)ばやとおぼしめし、『それがしが国は小国なれども、牛・馬にこそは乗れ、卒塔婆(そとば)に乗つたは見始めなり』。ちけい大きに腹を立て、『御身の姿を見るに、背小(せいこ)さう色黒く、文字(もんじ)[一〇]の讃嘆(さんだん)かなふまい』となり。空海きこしめし、日本の法を(道理を)お引きある。『漆黒(うるし)いと申せども、よろづのかくをのふる[一一]なり。針小さいと申せども、よろづの衣装をとづるなり。筆小さしと申せども、よろづの書を書くものなり。まづその如く、背小(せい)さう色黒くとも、文字(もんじ)の讃嘆参り会はん(批評に参加します)』との御諚なり。

文殊この由きこしめし、『空海書け』との御諚なり。『いで書いて御目にかけん』とて、三十三尋の黄金の卒塔婆(そとば)取り出だし、法力(仏法の威力が現れたので)が立つたれば、先手(まっ先に手で)の手にて押し立てて、五管[一二]の筆に墨を染め、卒塔(そと)婆(ば)がしらに投げ上ぐれば、筆獅子(しし)の毛と申せども、ちりちり[一三]と書き下(くだ)り、空海の御手に渡る。文殊この由御覧じて、『書く(よくも書いた)は書いたり空海かな。[一四](しかし)一字足らぬ』との御諚(ごぢやう)なり。空海きこしめされ、『いで

一〇 文字についてかれこれ言う資格はない。「讃嘆」は批判・批評の意。「讃歎(サンダン)(讃嘆)」(『易林』)、「サンダン(ホメカタル)」(『日葡』)。
一一 「家具(かぐ)を延ぶる」で、家具に塗り広げる意か。江戸版「やくをのふる」(「やく」は屋具(やぐ)であろう)。
一二 底本「五くわむ」。江戸版「五くはん」。五本。「五貫」を当てることもできる。
一三 すらすらと。活発・軽快に走る様(『日仏』)。
一四 「阿」の一字をいったか。

書いて御目にかけん』とて、阿字十方三せんふつう、一切諸仏たち、八万諸聖経、皆是阿弥陀仏、筆獅子の毛と申せども、元の硯にもどるなり。さらば官をなせよとて、大聖文殊の大の字をかたどつて、弘法大師とおなりある。

その後文殊は、空海に渡さんとて、独鈷・三鈷・鈴を、〔その〕三つの宝物を箒に結ひ添へ、庭をこそお掃きある。空海は文殊の手よりも受け取つて、師匠の賜つたる箒とて、我が料に(自分が使うために)掛け置きたまへば、三節結うたる縄目より、金色の光さす。切りほどき御覧ずれば、三つの宝物がまします。『わが朝にて巡り合はん』と、文殊の浄土よりも、日本にお投げあれば、独鈷は都東寺に納まつて、女人の高野と拝まるる。鈴は讃岐の国れいせん寺に納まつて、西の高野と拝まるる。三鈷は高野に納まつて、三鈷の松と拝まるる。その後空海は、知恵比べ筆比べを召されて、我が朝にこそおもどりある。

これは(以上は)大師の物語。さてさて大師の母御、御年八十三におなりあ

一 「阿字十方三世諸仏、一切諸菩薩、八万諸聖経、皆是阿弥陀仏」(江戸版)の転か。「阿字十方三世仏、弥字一切諸菩薩、陀字八万諸聖教、皆是阿弥陀仏」(室町物語『天狗の内裏』、謡曲「渡唐空海」)。「それ六字の名号を集むる経論は、華厳経にて南の字を作り、阿含経にて無の字を作り、方等経にて阿の字を作り、大般若にて弥の字を作り、法華経をもつて陀の字を作つて、南無阿弥陀仏と申すなり。十方三世仏、一切諸菩薩、八万諸聖教、皆是阿弥陀仏」(舞曲「十番斬」)。

二 底本「とつかう」。正しくは「とくこ」。ここはトッコウと読む。金剛杵の一つ。金剛杵はもとインド古代の武器。密教では悪魔や煩悩を破砕する法具として修法に用いる。握りの部分の両端がとがって分かれぬものを「独鈷」、三つに分かれているものを「三鈷」という。

三 底本「さんかう」。正しくは「さんこ」。

四 法具の一。鐘に似て小形。中に舌があり、手に持って振り鳴らす。金剛鈴。

五 箒の三か所。

六 大師堂(西院)の前に三鈷(独鈷ではない)の松があり、大師が投げた三鈷が、落ちた所に生えた松と伝える(『山州名跡志』等)。ここの「女人の高野」については未詳。天野山金剛寺(大阪府河内長野市)を女人

〔独鈷〕

〔鈴〕

るが、大師に会はんとて、高野を指いてお上りあるが、にはかにかき曇り、山が震動雷電するなり。大師その時、いかなる女人この山に赴きてあるか、ふもとに下り見んとおぼしめせば、矢立[11]の杉と申すに、八十ばかりな尼公が、大地の底ににえ入るなり。大師御覧じて、『いかなる女人』とお問ひある。母御はきこしめし、『自らは讃岐多度の郡白方の屏風が浦の、とうしん太夫と申す御内に、あこうと申す女なるが、この山に新発意[12]を一人持ちてござあるが、延暦[13]八年六月六日に相離れ、けふに至るまで対面申さず、我が子の恋しきままに、これまで尋ねて参りた』となり。

大師御手を打ち、『我こそ昔の新発意、弘法なり。これまで御上りはめでたくは候へども、この山と申すは、天をかける翼、地を走るけだものまでも、男子といふ者は入るれども、女子といふ者入れざる山にて候』とあれば、母御はその時、『我が子の居る[14]山へ上らぬことの腹立ちや』とて、そばなる石をお捻ぢあつたるによつて、

高野と呼ぶ。

七 未詳。「渡唐空海」も「れいせん寺」。寺号等に疑問があるが、香川県大川郡志度町末の霊芝寺か。弘仁年中空海の開創といわれ、天正の兵火で焼失したが、寛文年間再興。江戸版「鈴は讃岐の国屏風が浦にとどまつて西の高野と拝まるる」。『沙石集』巻二「弥勒行者ノ事」に「五鈷は東寺にとまり、三鈷は高野山にとまり、独鈷は土佐の国にとゞまりて」とあり、土佐は室戸市室戸岬町の最御崎寺とされている。

八 高野山御影堂の前にある。

九 大師は帰朝後、弘仁三年（八一二）高雄山寺に住む。弘仁九年高野山に草庵を作り、高雄より移住する。承和二年（八三五）三月二十一日入寂。六十二歳。

一〇 大師の母君は承和元年（大師入寂の前年）大師を慕って来られ、同二年二月五日八十三歳で亡くなったという（『紀伊続風土記』）。また大師は母君を慈尊院に留め置かれ、弥勒の秘法などを授けられたという（『野山名霊集』等）。

一一 高野山大門の西五・五キロに、昔茶屋のあった矢立の部落がある。「矢立の杉とて狩場の明神矢を射させ給ふ杉あり」（『高野山通念集』）。

一二 出家して間もない者。今道心。

一三 大師十六歳。

一四 底本「いる」。あるいは「入る」か。

[一]捻ぢ石と申すなり。〔また〕火の雨が降り来れば、〔大師は〕母御をお隠しあつたによつて、隠し岩と申すなり。『いかに大師なればとて、父が種を下ろし、母が胎内を借りてこそ、末世の能化[二]とはなるべけれ。浮き世に一人ある母を、急ぎ寺へ上れ（上れとは言わないで）とはなうて、里に下れとは情けない』とて、涙をお流しある。

大師その時、『不孝にて申すではなし』。七条の[三]袈裟を脱ぎ下ろし、岩[四]の上に敷きたまひて、『これをお越しあれ』となり。母御は我が子の袈裟なれば、なんの子細のあるべき（なんの差し支えもあるまいと思って）とて、むんずとお越しあれば、四十一にてとどまりし月の障り[五]が、八十三と申すに、芥子粒（芥子粒）と（ほど）落つれば、袈裟は火炎となつて天へ上がる。

それよりも大師、常在浄土[六]にて三世[七]の諸仏を集め、両界九尊[八]の曼荼羅を作り、七々四十九日の御弔ひ[九]あれば、大師の母御、煩悩[一〇]の人界を離れ、弥勒菩薩[一一]とおなりある。[一二]奥の院より百八十町のふもとに、慈尊院[一三]の寺に、弥勒菩薩とおいはひ（としてお祭りし）あつて、官省符[一四]二十村の氏神と

一 矢立から大門に向って一キロほど上にある。さらに上に隠し岩（押し上げ石）がある。「大師は石を押し上げて御母堂を隠したまふ」によっていう（『高野山通念集』）。
二 衆生を教化する者。仏菩薩。
三 僧尼が着る三衣の一つ。鬱多羅僧衣。布七幅（約二・一メートル）を横に継いで作った袈裟。
四 袈裟掛け石。馬の鞍に似ているというので鞍掛け石ともいう（『高野山通念集』）。
五 月経。
六 高野山は大日如来が常在する浄土。
七 過去・現在・未来の三世にわたる一切の諸仏。
八 金剛界と胎蔵界の曼荼羅（密教で諸尊の悟りの世界を図絵化したもの）。「九尊」は胎蔵界曼荼羅の九つの仏尊で、大日如来を中尊とし、四如来四菩薩を総称する。
九 「トムライまたはトブライ」（『日葡』）。
一〇 煩悩の多い人間界。
一一 兜率天に住み、釈迦入滅後五十六億七千万年に成仏して、釈迦の救いに洩れた衆生を教化する未来仏。
一三 慈尊院から壇場を経て山道の御廟所まで、道のかたわらに一町（約一〇九メートル）ごとに町石が建てられている。すなわち慈尊院から金堂まで百八十基、金堂から奥の院まで三十六基ある。「奥の院より」は誤り。

一三 底本「ちそうゐん」。高野山下百八十町北西にある（和歌山県伊都郡九度山町）。大師があらかじめ母君のために弥勒菩薩を製作し伽藍を草創、山号を万年山とし、弥勒安置の壇を慈氏寺（慈氏は弥勒）と称し、明神勧請の壇を神通寺と号した。これを両壇と言い、慈尊院はその総名である（『紀伊続風土記』）。明神は七社大明神で、祭礼は毎年九月尽日（末日）に行われ、これを官省符祭と言う。

一四 官省符荘三十六か村のうち二十村。『紀伊続風土記』は二十一村としている。慈尊院村の有無によるか。

一五 底本「しんはい」。「シンパイ」（『日葡』）。参詣。

一六 以上、中の巻。以下、下の巻。

おいはひあつてござある。九月二十九日と申すに、神拝[一五]とこそ申すなり。大師の母御さへお上りない御山へ、きのふやけふの

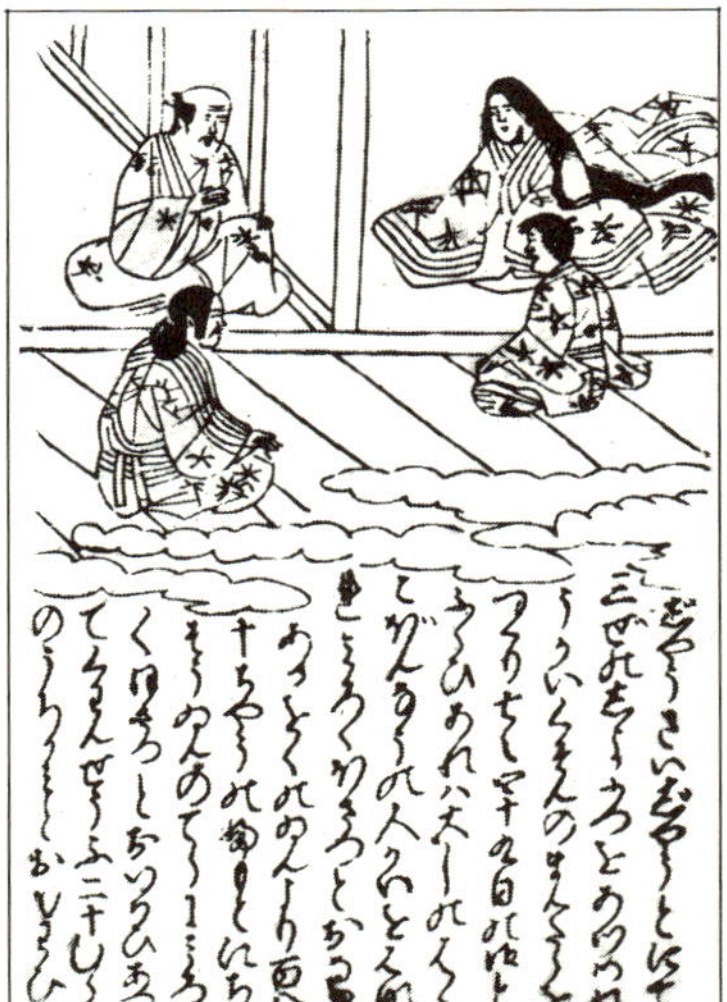

与次、御台所と石童丸に語る

道心者の分として、高野の山へ上らうとはなにごとぞ」。与次はかやうに申す。「お上りあらうとも、お上りあるまいとも、旅の上臈次第」と申すなり。[一六]

石童丸、母と別れる

〽フシ御台所は、与次に大きに脅されて、「その儀にてあるならば、自らはえ上るまいかや（上ることはできますまいね）、与次殿様。あの子ひとりはせんもなし（〔しかし〕仕方がありませんね）、

あの子と申すは、母が胎内に七月半に（母の胎内で七か月半の時）、〔父が〕お捨てあつたる若なれば、現在父に会うたりとも、〔お互い〕我が父ともまた我が子とも、え見知るまいよ、不便（ふびん）やな」。上（のぼ）せまいか（お山へやらないほうがと思われたが）とおぼせども、（御台）「いかに石童丸、お山に上り、一両日か[一]二両日は尋ねてに、〔父に〕尋ね会うたりとも、又は会はずとも、又は上るとも（改めて上るにしても）、まづ下れ（ひとまず下りなさい）。母に待ちかねさせてたまはるな。いかに石童丸、御身が父の印には（父の証拠としては）、[二]筑紫（つくし）言葉をよく名乗れ。筑紫言葉があるならば、衣のそでに取り付いて、よきに教訓申して（よくおいさめ申して）に、これまで御供申さい（お供なさいね）よ。門出（かどいで）ようて物ようて、やがて下らい石童丸」と、いとまごひをなさるるは、事かりそめ（ほんの一時のことと）とはおぼせども、親と子の生き別れとは、後（のち）こそ（あとになって）思ひ知られたり。

石童丸、父を捜す

〽コトバ石童お山へお上りあるが、お山より五人連れたるお聖（ひじり）の、ふもとの宿（しゅく）へ御下りあるが、不動坂にてお会ひある。〽フシ石童丸は御覧じて、さてもうれしの御事や。あのお聖のその中で、父道心やましますか、問はばやとおぼしめし、「ならなう、いかにお聖様。

一　二、三日の意か。

二　九州弁をよく使います。「筑紫言葉をこそよく名乗れ」の「こそ」省略か。

＊　与次が長い「高野の巻」を語って、高野山が女人禁制であることを説く。これは弘法大師母子伝ともいうべきものであるが、御台所は圧倒されて登山を断念する。悲劇はここから深刻になる。

どの院内[三]にか、[四]つくりやうの道心聖のましますか、教へてたまはれお聖様」。

〽コトバお聖この由きこしめし、「これなる幼い(幼な子)

(上) 石童丸、不動坂で聖に会う　(下) 石童丸、大橋で父に会う

は、をかしき物の問ひやうやな。この山に居る者は、から申す五人連れの聖も、道心者にて候」と、一度にどつとぞ笑ひける。

〽フシ石童丸この由きこしめし、「知らねばこその問ひごとよ。教へぬ者の邪見や」と、お山へお上りなされてに、法師一人近付けて、院内の数をお問ひあるが、(法師)「七々四十九院内」。「坊の数は」(僧坊の)とお問ひある。(法師)[五]「七千三百余坊なり」。「法師の数は」とお問ひある。

三 高野山は、何々院と称する寺院が、江戸時代に、学侶・行人・聖を合わせて、二千余あったという。ここは聖関係の寺院を指すか。慶長年中高野聖が行人僧と争った時は、聖三十六院といわれ、蓮華谷（明遍の流れ）・萱堂（覚心の流れ）・時宗（一遍の流れ）の三類があった（『紀伊続風土記』）。あるいは寺院の山内の意で、下級僧（聖）がその寺院の一郭に寄食していたのでそういったのであろうか。

四 未詳。「作り様」で、形だけの本心でない意か。一三行目参照。

五 往時、全盛期は七千七百余坊といわれる。これには別所も含んでいるのだろう。別所は本坊の周辺に草庵を結び、それが集落をなすに至ったもので、半僧半俗の遁世者が多かったという。応永・永享ごろの記録（『宝簡集』）では、金剛峰寺の別所は清浄持律の聖人の住所であるにもかかわらず、すっかり乱れたことを伝えている。別所は相当数あったと思われるが、勧進聖俊乗坊重源が開いた新別所が知られている。

「（法師）およそ大師の御金文（きんもん）[一]にも、九万九千人と教へたまふ」。石童丸はきこしめし、「あら殊（たいへん）もおびたたし[二]の次第やな。これをばなにと尋ねん（どうして尋ねられよう）」と、奥の院にお参りある。右や左の高卒塔婆（そとば）、みな国々（諸国の人々の）の涙かの。けふは会はうか[三]けふは会はうかと、院内ごとを御尋ねあるほどに、お山を六日尋ねたまふ。

石童丸、父道心に会う

ヘコトバ あらいたはしや石童丸は、六日目の朝早天（明け方のこと）のことなるに、学文路（かふろ）の宿（しゆく）にござある母上様の御諚（ごぢやう）には、又は（改めて）尋ねに上（のぼ）るとも、一両日尋ねてに（尋ねたら）、まづ下れ（ひとまず下れ）と御申しあつてござあるに、あすは早々下らばやとおぼしめし、五更（ごかう）[四]に天も開（ひら）くれば、石童丸はこしらへて[五]、今一度奥の院に参りてに、母上様に〔奥の院の〕御物語を申さうとおぼしめし、奥の院へお参りある。

父苅萱の道心は、花かご[六]を手に下げて、奥の院よりお帰りある（お帰りになる時）と、ゆくともどると、大橋[七]でヘフシ お会ひあつては（お会いにはなったが）ござあれど、親が子とも御存じなし、子がまた親ともえ見知らず、ゆき違うてお通りあ

一 金言を記した文章、あるいは経文。具体的には何を指したか不明。僧侶の数は明暦元年（一六五五）の注進によると、三千七百八十八人（『紀伊続風土記』）。盛時でも九万人は多過ぎる。

二 底本「をひたゝし」。オビタタシと読む（『日葡』『易林』等）。非常に多い意。

三 写本の「けふは会はうかの、又今日は会はうかと」の意。

四 日没から日の出までを五等分した、その五番目の時間で、ほぼ午前三時から五時までの間。寅（とら）の刻。「五更に天も開くれば」は慣用句で、夜も明けようとするころ、の意であろう。

五 身なりを整えて。「奥の院へお参りある」に掛る。

六 花摘（はなつ）み道心（御影堂に供える花を摘むなど雑役をする道心）に相当する、下級の僧の姿。二七頁注二二参照。

七 「大渡橋または一の橋ともいふ。寺家より奥の院に詣（まう）づる第一橋、奥の院山の入口にあり」（『紀伊続風土記』）。

るが、親と子の機縁かや、石童丸は立ち返り、父道心の衣のそでにすがりつき、「ならなう、いかにお聖(ひじり)様。物が問ひたうござある。なう、どの院内にか、つくりやう道心聖のましますか、教へてたまはれ、お聖様」。

〽コトバ道心きこしめし、「さてもこれなる幼いは、をかしき物の問ひやうかな。[八]この山に居る者は、国元にて、[九]鵜(う)の綱・鷹(たか)の綱・[一〇]家(や)焼(や)き、人を殺し、主(しゅう)の[一一]勘当・[一二]親の不孝(ふけう)を被(かうむ)りたるともがらかや〔連中か〕、又後生大事と心掛け〔来世の安楽を大切に思って〕、[一三]所知に所領を振り捨てて、髪を剃(そ)りてゐるもあり、この山に居る者は、皆道心者(しゃ)にてある。ここにて人を尋ねば〔尋ねる場合は〕、武士ならば名・[一四]名字を書き、また土民ならば、所・在所の〔住んでいる所の〕名を書きて、[一五]三枚札を立つる。さるほどに〔相手が〕会はうと思へば添へ札をし、会ふまいと思へばその札を引くによつて〔引き抜くことによって〕、三日が内に、在り所(しょ)が知るるなり。御身がやうに尋ねては、三年三月(みとせ)尋ぬるとも、会ふまいこと〔会うことのできない〕のむざんさよ〔のが気の毒だ〕。国はいづくの人ぞ、名を名乗れ。それがしも共に尋

八 以下、下級僧「聖」の実態を述べる。
九 鵜の綱や鷹の綱を持って、鵜飼や鷹狩をする殺生(せっしょう)。
一〇 放火。
一一 不興を被ること。
一二 親が不孝者として勘当すること。
一三 「所知」「所領」同意。
一四 「名字」は、武士が出身地の名田(みょうでん)の名を自分の字(あざな)とする場合の称であるが、ここは氏・姓と同意。
一五 写本は「三ところに札立つればよ」とある。

ねてとらせうぞ。旅の幼い」とお申しある。

〽フシ石童丸はきこしめし、「さてもうれしのことや。さて〔父は〕国を申せば、大筑紫（おほつくし）筑前の国、荘（しやう）は苅萱の荘、加藤左衛門、氏は重氏様と申すなり。〔当時〕重氏様は二十一、母上様は十九なり。姉千代鶴姫の三つの年、さてから申すそれがしは、母上様の胎内に、七月半のその時に、〔父は〕あらしに花の散るを御覧じて、青道心を〔にわかに道心を〕起いてに、都のかたに聞えたる、新黒谷にて髪を剃（そ）り、名は苅萱の道心と、風の便りに聞くからに、母上様とそれがしと、はるばる尋ねて参りたり。〔ところが父は〕母上様と自らと、尋ねて参ると夢を見て、会ふまい見まい語るまいと、今ははや女人のえ上（のぼ）らぬ、高野の山へ御上りありてござあるが、〔父を〕御存じあつてござあらば、教へてたまはれ、お聖様」。

父道心、石童丸を偽る

父道心はきこしめし、さて今までは今までは、いかなる者ぞと思ひしに、尋ぬるわつぱ[一]は我が子なり。〔自らは〕我が子のためには父なれば、〔問わなければよかったのに〕問ふまいものを、くやしやの、問うて心の乱るるに。見れば我が子

一 ワラハ（童）の転。子供・少年。ここは親しみを込めてぞんざいに言った。

のむざんさに(いたわしさに)、忍ぶ涙はせきあへず。

〽フシ石童丸は御覧じて、「それがしお山へ上り、けふ七日にて、いかほどの(たくさんの)お聖(ひじり)様に会ひ申せども、御身のやうなる、心優しき、涙もろきお聖様には、今が初めてでござあるの。父の在り所(しょ)を、御存じあつたる風情(ふぜい)と見えてあり(様子に見えます)。教へてたまはれお聖様」。父道心はきこしめし、さても賢きあの子にて、父よと悟られては大事とおぼしめし、まづ偽りを御申しある。

〽フシ「あふ[二]、そのことよそのことよ。御身の父の道心は、さてかう申す聖とは、この山にて師匠が一つで(同じで)相(あひ)弟子で、仲のよかりし折(をり)節(ふし)に、こぞの(去年の)このころ夏のころ、不思議の(思わぬ)病(やまふ)を受け取りて(病気にかかって)、むなしくならせたまうたる[三]。殊にけふはその命日に当りてに、み墓参りを申すとて(しようとして)、御身に会うたと思ひてに(思うと)、それに(それで)涙がこぼるるぞ」。石童丸はきこしめし、「これは[四]夢かや現(うつつ)かや。これはまことか悲しや」と、流涕(りうてい)[五]焦がれ、たださめざめと御泣きある。

二 底本のまま。オウと読む。思い当った時に発する感動詞。

三 「が」の誤りかも知れない。

四 これは夢であろうか現実であろうか。六八頁注二参照。

五 「流涕焦がれ……御泣きある」「こぼるる涙のひまよりも」はともに慣用句。三二頁注一〇参照。

石童丸、卒塔婆に慟哭(どうこく)する

こぼるる涙のひまよりも、「なう、いかに相弟子様。父に会うたる心地して、み墓参りを申すべし。み墓はいづくぞ、教へてたまはれ相弟子様」。父道心はきこしめし、我が建てたる塚とてあらばこそ(あるわけがない)。このころ夏のころ、旅人(たびうと)[一]の逆修(ぎやくしゅ)[二]のために御立てある、卒塔婆(そとば)のもとへ連れてゆき、「これが御身の父道心の卒塔婆にてござあるぞ、拝ませたまへ」とて、共に拝ませたまひけり。

石童丸はきこしめし、あらいたはしや、塚のほとりに倒れ伏し、「さて今までは今までは、〔父が〕この世にだにもましまさば(いらっしゃるなら)、見参(げんざん)[三]せんと思ひしに、今は卒塔婆に会ふこと」と、流涕(りうてい)焦がれ、塚のほとりを枕(まくら)とし、消え入るやうにぞお泣きある。

こぼるる涙のひまよりも、「さてこの塚の地の下に、父苅萱のござあるか。重氏様はござあるや。〔母の胎内に〕七月半で、捨てられし緑児(みどりこ)が、生(む)まれ成人つかまつり、これまで尋ねて参りたり。石童丸かとて、この塚の下よりも、言葉を交(か)はいてたまはれ」と、流涕焦がれお泣きあ

一 底本「たひうと」。「タビユウト」(『日葡』『ロ氏文典』)。
二 逆(あらかじ)め冥福(めいふく)を修すること。生きているうちに仏事をして、冥福を祈ること。
三 底本「けんさん」。ゲンザンと読む(『日葡』『天正』等)。

る。

流るる涙のひまよりも、姉御の言(こと)つてなされたる、絹の衣(ころも)を取り出だし、かい[四]打ち振ひ、この衣、卒塔婆(そとわ)[五]のかしらに投げ掛けて、衣の腰にいだきつき、「ならなう、いかに父御様。これは三つにて捨てられし、ことし十五になる姫の、手わざの絹の衣なり。『見苦しうは候へど、情けをかけて召され』と、御言(こと)つてござあるの(ございました)。いつか父御に尋ね会ひ、この如くに着せ申し、衣の腰にいだきつき、見る〔父御を〕とだにも思ひなば(思っただけで)、いかばかりうれしからうもの。今は卒塔婆(そとば)に着せ申し、曲もなき(おもしろくもない)」とて、元の如くに押

（上）父、石童丸を庵室に案内する（下）父、石童丸に卒塔婆を示す

四「かい」は「害」で、障害物・邪魔物の意であろう。方言では秋田県平鹿(ひらか)郡・和歌山・淡路島等で、その意に使われている。ガイともいう（『全国方言辞典』）。写本「かいふちはらうて（害ぶち払うて）」。

五 この語はふつうソトバと読ませているが、まれにソトワとしている。

し畳み、「ならなら、いかに相弟子様。見苦しうは候へど、この衣と申するは、三つにて御捨てなされてに、ことし十五になる姫の、手わざの絹の衣なり。父御に尋ね会うたらば、情け[一]をとうて召されいと、言付(ことづ)けあつてござあるが、父はこの世にござらねば、相弟子様に参らする。相弟子とは思へども、千代鶴姫の志、父の御手に渡るなり」。

父道心、卒塔婆の持参を許さず

ヘコトバ あらいたはしや石童丸は、卒塔婆を持ちて下り、母上様に拝ませ申さんと、やがてかたげて（かついで）御下りある。父道心はきこしめし、さても賢きあの子にて（だから）、卒塔婆をふもとの宿(しゅく)に下すならば、御台所(みだいどころ)が見るよりも（それを見るやいなや）、これは道心とはなくて（父道心ではなく〔他人の〕）、逆修(ぎゃくしゅ)の卒塔婆とあるならば（知った場合）、今まで包みしことが無になるとおぼしめし、「なう、いかに幼いよ。その卒塔婆を、ふもとの宿(しゅく)へ下すなれば、無間(むけん)[二]の業(ごふ)へ引き落すが如くなり。この世に立てたる卒塔婆は、同じ台座(だいざ)[三]（仏と同座しているようなもの）に直つたるが如くなり（だ）。まつこと卒塔婆が欲しくは、それをばそこに立て置け（〔改めて〕）。書きて

一 三八頁三行目、六三頁一一行目では「情けをかけて」。同意か。写本「情けに取りて」。

二 その罪業のため私を無間地獄へ引き落すようなものだ。「無間の業」は無間地獄に堕する業因。五逆（害レ母・害レ父・害二阿羅漢一・破レ僧〈僧の和合を破る〉・悪心出二仏身血一〈悪心をもって仏身の血を出す〉）を特に五無間業といい、中でも破僧が最も罪が重い（『仏教大辞典』等）。

三 仏像を安置する台。仏座（『書言』）。

四 「蓮華谷に聞えたる萱堂（かやんだう）」（三〇頁四行目）であろう。

＊ 「心優しき、涙もろき」苅萱道心であるが、石童丸に父と悟られないよう、偽りを言い心を砕く。上人に立てた誓文は絶対であるから、父親の愛情は押し殺さねばならない。最も感動的な場面である。

御台所の急死

取らせん幼いよ」とて、蓮華（れんげ）[四]坊へござありて、道心（父道心の）のいろいろ次第をお書きあり、石童丸に参らする。石童丸は受け取りて、ふもとの宿（しゅく）にお下りある。

これ（以上は）は石童丸の御物語、〔それは〕さておき申し、物の哀れをとどめしは、学文路（かふろ）の宿（しゅく）にござありし御台所にて、諸事の哀れをとどめたり。

〽フシ あらいたはしや御台は、一両日を待ちかねて、風のそよと吹く音も、妻戸のきりりと鳴る音も、今は石童丸か、さて夫（つま）の便宜（びんぎ）も（便りもあろうかと）あるかとて、嘆かせたまへども、そのかひ更になかりけり。

あらいたはしや御台は、「なう、いかに与次殿よ。さて幼い（幼な子）をお山へ上してに、けふ七日にまかりなる。今や今やと待ちかぬる。けふも来ぬかや悲しやの。あすも来まいか悲しやの。知らぬ山路に踏み迷ひ、道を忘れてまだ来ぬか。ただし父に尋ね会ひ、恋し床し（ゆかし）き物語に、離るることをえ知らいで（忘れて）、父御に会うても帰らんか（帰らないのか）。なうなう、いかに与次殿。さて自らはけふの日を（今日一日を）、え過すまい（過すことはできまい）との覚悟なり（と覚悟しています）。もしもむなしくなるならば、膚(はだ)に黄金(こがね)のさふらふ[一]を、与次殿に参らする。影を隠いて[二]たまはれの。膚の守り(まぼり)[三]と黒木の（黒檀の）数珠(じゆず)をば、幼い者が下(くだ)りたらば、これを形見にやりてたべ。鬢(びん)の髪をばなう、国元に残し置く姉千代鶴に届けよと、幼い者にやりてたべ。今も来ぬか、まだ来ぬか、まだ参らぬかや悲しやの。なう、いかに与次殿よ。夫(つま)の行方(ゆくへ)は聞かずとも、一度会ひたや石童や。恋し恋し」とのたまひし、その恋風[四]や積りけん、さて定業(ぢやうごふ)[五]や極(きは)まりけん、惜しむべきは年のほど、惜しかるべきは身の盛り、明け三十を一期(いちご)[六]とし、あすの日を待ちかね、こよひむなしくおなりある。

与次、母の死を知らせる

〽コトバ宿の与次は肝を消し、かりそめに旅の上臈(じやうらふ)様にお宿を参らせ、憂き目を見ることの悲しさよ。あすは早々(さうさう)お山へ上(のぼ)り、幼い人を尋ねばやとおぼしめし、五更(ごかう)に天も開(ひら)くれば、与次はこしらへ（身ごしらえして）、お山へぞ上りける。あらいたはしや石童丸は、卒塔婆(そとば)をかたげて御下りあると、〔与次は〕不動坂にて御会ひある。

一　底本「さふらふ」。サムロウと発音か。女性用語で、「ある」の意を丁寧にいう。現代語の「ございます」に当る。
二　自らの姿を隠して下さい。葬って下さい。
三　お守り（守り袋または守り札）。
四　恋しく思う切ない気持。以下慣用句。「恋風や積りけん、さて定業や来けん」（舞曲「屋嶋軍(やしまのいくさ)」）。
五　寿命が尽きたのであろうか。「定業」は現世で苦楽の報いを受ける、前世から定まっている業因（原因となる善悪の行為）。
六　当年三十歳を一生とし。年齢は正確でない。三十一歳あるいは三十二歳になろう。一四頁一三行目、三二頁八行目、三八頁一行目、三九頁六行目、七一頁一〇行目参照。

（上）石童丸、不動坂で与次に会う（下）与次ら、御台所の急病に驚く

与次はこの由見るよりも、「さてもこれなる幼いは、それ（そんな）ほど母の御最期（に）を御存じあつて、卒塔婆を舁（か）きて（担いで）ござあらば（おいでなら）、な（な）ど（ぜ）きのふに御下りあり、母の死に目に御会ひないぞ」。石童丸はきこしめし、「これは母上様の卒塔婆にてはござないぞ。父の卒塔婆でござあるぞや。門出（かどいで）わるや、母の卒塔婆かとはなにごとぞ。あら物わるの（不吉な）この卒塔婆」とて、谷へからりと御投げあるが、与次と打ち連れて、たどろたどろ（たどたどしく）とお下りある。

石童丸、母と死の対面

急ぐに程のあらばこそ、刹那（せつな）が間（あひだ）に、学文路（かぶろ）の宿（しゅく）に御着きあれば、妻戸をきりりと押し開き、屏風(びやうぶ)引きのけ見たまへば、あらいたはしや母上様は、北枕(きたまくら)[一]に西へ向いて、往生遂げておはします。

死骸(しがい)にかつぱといだきつき、これは夢かや現(うつつ)[二]かや、夢ならばはやさめよ、現ならばとくさめよと、〔母の〕面(おもて)を顔に押し添へて、「ならなら、いかに母上様。[三]たつきも知らぬ山中(やまなか)に、石童丸は、たれやの者に預け置き、捨てていづくへゆきたまふ。ゆかでかなはぬ道ならば〔訳：ゆかねばならない死の道ならば〕、共に連れてゆきもせで、一人ここに残し置き、憂き目を見せさせたまふぞ」と、いだきついてはわつと泣き、押し動かいてはわつと泣き、流涕(りうてい)焦がれ、消え入るやうに御泣きある。

さてあるべきにてあらざれば〔訳：そのままにしておくわけにもいかないので〕、清き水を取り寄せて、開(あ)きもせぬ口を開け、小指に水をむすび〔訳：すくって〕つつ、「今参らするこの水は、同じ冥(めい)途(ど)におはします重氏様[四]の、末期(まつご)の水でござあるぞ。よきに受け取り、成仏召され候へや。又参らするこの水は、国元に残し置く、姉千代鶴〔訳：姉千代鶴が〕の末期なり〔訳：手向ける末期の水です〕。よきに受け取り、成仏あれ。また参らするこの水は、

一 頭北面西右脇臥(ずほくめんさいうきようが)。釈迦入滅の時に倣(なら)って、死者を寝かせる姿勢。

二 夢に対して、覚めている状態（現実・正気）であるが、「夢うつつ（ぼんやりしていること）」というところから誤り用いて、夢心地をもいう。

三 寄る辺(べ)もない。底本「たつき」。「タヅキまたはタツキ」（『日葡』）。便りの意（『温故』等）。「をちこちのたづきも知らぬ山中におぼつかなくも呼子鳥かな」（『古今集』巻一）。

四 重氏様が手向ける、の意。

これまで御供申してに、あつてかひなき石童丸が手向けなり。よきに受け取り、成仏召され候へ」と、もだえ焦がれてお泣きある。諸[五]事の哀れと聞えける。

石童丸、道心に葬送を頼む

あらいたはしや石童丸は、自らここにて頼む島もあらざれば（自分はここでは頼りにするものもないので）、お山へ上りてに、蓮華（れんげ）坊へ御参りあり、「なうなう、いかに相弟子様。ふもとにござありし母上様も、むなしう御なりあつてござあるが、相弟子様を頼み申すなり。〔母の〕影を隠いてたまはれの」。

〽コトバ父道心はきこしめし、「おつ」と答へて、石童丸と打ち連れて、ふもとを指（さ）いてお下りあるが、学文路（かふろ）の宿（しゆく）も近くなる。道心心におぼしめすは、さても賢きあの子にて（だから）、〔母に〕お山にて、[六]かやうの者に会うたると申すなら、御台所（みだいどころ）が聞くよりも（聞くやいなや）、それは相弟子ではなうて、なんぢが父の道心にてあるらんと、〔自らを〕たばかり下し、懺悔（さんげ）させうと心得て。[七]〔道心は〕偽らばやとおぼしめし、ただ今（たった今）思ひ出（だ）いたる風情（ふぜい）にて、「なう、いかに幼いよ。この山の作法にて、ふもとへ下れば（下る際は）、師匠

五 慣用句。いろいろ哀れなことであった、の意。

六 こういう人に会ったと言ったかもしれない、そうとしたら、の意。

七 下に「妻があの子をよこしたのであろう」の意の脱文があろう。

に暇を請ふが習ひなり。御身が知つたる如く、今朝いとまを請はで下りたぞ。まづ御身はゆきたまへ。それがしはいとまを請ひ、やがてあとより参るべし」。石童丸はきこしめし、「なう、いかに相弟子様。いとま請ふは時による。これは衣の上の結縁なり」と御申しあれば、〔道心は〕なるほどと、げにもやとおぼしめし、ふもとを指いて御下りある。

学文路の宿にもお着きあれば、与次はこの由見るよりも、「今まではたれやの人と思ひしに、蓮華坊にてござあるか。かりそめながら旅の上臈様にお宿を参らせて、憂き目を見ることよ。我らもそれへ参りたくは候へども、旅人あまた御着きあつてござあるほどに、よきに影を隠してたまはれなう」。

〽フシ道心この由きこしめし、人のないこそうれしけれ。間の障子をさらりと開け、屏風引きのけ見たまへば、〔御台は〕北枕に西向いて、往生遂げておはします。死骸にかつぱといだきつき、「さぞや最期のその時に、自ら恨みたまふらん。変る心のあるにこそ、変る心はな

一 お坊さんを見かけて、仏の道に御縁を結ぶのです、の意。写本「衣の上の結縁のことなれば、なに偽りのあるべきと、衣のそでを控へある」。

御台所の葬送

二 「変る心のあるにこそ」の次に、「深き恨みは召されうずれ」があるべきところ、省略したのであろう(一六頁三行目参照)。愛情に変りは決してありません、の意。

いものを。後生を問うて参らせん。〔来世の冥福を祈って差し上げよう〕これにつけても[三]石童が心の内のさぞあるろ。〔自らが〕余りに嘆くものならば、あの石童が悟るらん」

父子・与次夫婦、御台所を野辺送り

と、忍び涙を押しとどめ、かみそりを取り出だし、髪下ろさうと召さるるが、なにか〔なにがさて〕十三年先に捨てたる御台のことなれば、[四]よしみあしみが思はれて、かみそり立て所（ど）も見も分けず、されども髪をば、四方浄土と剃（そ）りこぼし、野辺の送りを早めんと、先を道心、あとは石童丸の御舁（か）きあるが、あらいたはしや石童丸は、こぼるる涙のひまよりも、[五]口説きごとこそ哀れなり。

三　石童丸の心の内はいかばかりであろう。

四　好（よしみ）。昔の因縁。「あ（悪）しみ」は「よしみ」に添えて、それを強調した語。

五　恨みがましく訴えること。語り物ではクドキとしてそれぞれ独特な語り方があり、説経でも哀切な節回しで聴衆を泣かせたという。

姉千代鶴の死

「我が国の大筑紫にて、かやうのことのあるならば、大名小名一門眷属集まりて、貴賤群集[一]にあるらんに、たつきも知らぬ（よるべもない）高野のことなれば、相弟子様と石童丸と、ただ二人ならでは人もなし」（たった二人しか人はいない）。千町[二]が野辺に送りてに、栴檀薪[三]を積みくべて、諸行むをん無常[四]と、三つ[五]の炎と火葬する。

煙[六]しむれば、つつかん[七]死骨を拾ひ取り、〽コトバ「なうなう、いかに幼いよ。この剃り髪を御持ちあつて、国に姉御のあるならば、急ぎ下らい幼いよ。この骨はこの山の骨身堂[八]にこむるぞ」と、そこにても名乗らずし、突き放す道心の、心の内こそ哀れなり。

〽フシあらいたはしや石童丸は、母の剃り髪首に掛け、筑紫を指いて御下りあるが、路次[九]の遠き所にては、この剃り髪を取り出だし、口説きごとこそ哀れなり。「この剃り髪の母上様と、〔父を〕尋ねて上るその折は、路次も遠くなかりしに、今の路次の遠きや」と、泣いつ口説いつなされてに（泣いたり口説いたりなさって）、お下りあれば程もなく、大筑紫にぞ御着きある。

一 身分の高い人も低い人も、大勢集まっただろうが。

二 底本「せんちやうかのへ」。広々とした荒野を指すか。日光中禅寺湖の北、戦場ケ原は千町ケ原ともいい、広漠とした平原。ただしこれは固有名詞化した例であろう。

三 白檀の薪。『和漢朗詠集』巻下「無常」に「生ある者は必ず滅す、釈尊いまだ栴檀の煙を免れたまはず」（大江朝綱）とあり、仏の荼毘に栴檀を薪にしたところからいうのであろう。『長阿含経』に仏が自らの葬法を次のようにいっている。「先づ香湯をもつて洗浴し、新しき劫貝を用ひてあまねく身をまとひ、五百張の畳をもつて次にひとしくこれをまとひ、身を金棺にいれ、灌ぐに麻油をもつてし畢らば、金棺を挙げて第二の大鉄槨中に置き、栴檀香槨を次に外に重ね、もろもろの名香を積みて厚くその上を衣ひ、しかしてこれを闍維し……」（「劫貝」は木綿の布、「槨」は外柩、「闍維」は火葬の意）。

四 「むをん」は未詳。「無音」か。「諸行無常」は万物が常に変転してしばらくも常住しないこと。死はその顕著な例。写本「諸行無常、ほん無常、三つの炎と火葬する」。

五 未詳。死は三火（貪・瞋・痴の三つの煩悩）を滅するゆえにいったか。

六「煙染むれば」で、火が消えて、煙が色づく意か、あるいは「煙過ぐれば」の転か。
七 未詳。写本「静かに骨を拾(こつ)ひ取り」。
八 舎利(しゃり)堂で、仏または聖者の遺骨を収める堂。ここは「骨堂(六角宝形造り、一面七尺、貴賤の遺髪遺骨を納むる所なり)」(『紀伊続風土記』)か。
九 道中遠く隔てた所では、の意。写本は「路次の伽(とぎ)なきところでは」とあり、「伽」は話し相手。
一〇 千部読経。千部会(せんぶえ)。追善のため千人の僧が同じ経を一部ずつ読む法会。
一一 悪い行いがすぐ世間に知れわたる意。しかしここは悪事ではなく、凶事である。誤用か。
一二 自分が知らせるより先に、の意。
一三 慣用句。「お乳」「乳母」ほとんど同意で、母親に代って幼児に乳を飲ませ守(もり)をする女。うば。「お乳や乳母もとりどりなり」(室町物語『花世の姫』)も同例。『色道大鏡』乳母(めのと)の篇に「地下(ぢげ)の乳母(めのと)もおちといふよし。うばは俗言(ぞくごん)なり」とある。
一四 左右に。「弓手」は弓を持つ手で左、「馬手」は馬の手綱を取る手で右。

〽コトバ大筑紫にも御着きあれば、屋形の内に[一〇]千部の経の音(声)がする。石童丸は、[一一]悪事千里を走るとは、ここのたとへを申すかや。母上様の御最期が、[一二]我より先に漏れ聞え、御弔(とぶら)ひかやうれしやと、屋形の内へ入らせたまへば、石童丸の[一三]お乳(ち)や乳母(めのと)は、[一四]弓手(ゆんで)馬手(めて)にいだきつき、「果報めでたの石童丸や。〔父御に〕尋ねお会ひあつて、お下りなされてござあるか。果報少なの千代鶴姫や。御身のお上りなされてに、母上様が恋しや、石童丸がかはいやの、恋し恋しとのたまひし、その恋風や積りけん、むなしうおなりあつて、きの

石童丸、姉の死を嘆く

ふ[一]一七日にてある間、御弔ひに千部の経を読ませ申す。これが姉御の死骨・剃り髪よ」と、石童丸に参らする。

〽フシ石童丸はきこしめし、これは夢かや現かや。親とも子とも御主とも、頼みに頼うだ千代鶴は、むなしくおなりあるとかや。これは夢かや現かや。父には後れ、母には後れ、まして千代鶴姫も、今はこの世にござなうて、死骨を見るぞ悲しやな。かひなき命長らへて、せんなきこととおぼしめし、共に果てんとおぼしめすが、[二]待てしばし我が心、我が身も死するものならば、あとの菩提を弔ふ人もあるまじや（「と思い」）。もはや頼む島も（頼みにするものも）ないほどに、国を（領国を）ば御一門に預け置き、姉御の死骨・剃り髪首に掛け、高野を指いてぞ御上りある。

〽コトバさても高野の山の、父苅萱の道心は、幼い者を国元へ下したるが、国をばなにと持ちなす（どう処置するか）ぞ、よそながら見て通らうとおぼしめし、[三]笈取つて肩に掛け、高野の山を出でさせたまふ。[四]ゆくともどると、不動坂にてお会ひある。父道心は御覧じて、「さてもこれな

一 一七日に当るので、の意。「一七日」は人の死後七日目に当る日。初七日。

二 慣用句。いや待てよ、の意。

＊ 御台所は石童丸を待ち切れずに急死し（御台は父に会いたいという子供の望みをかなえるため苦しい旅を続けるが、自らが夫に会いたいといったことは遂にない）、石童丸はその直後に帰り着く。道心は妻に久しぶりに再会したが、それは物言わぬ姿である。一足違いの不幸はさらに続き、石童丸が九州の家に着いた時は姉の死の直後であった。ここではやや不自然なくらい、悲しみの極限を技巧的に構成している。

石童丸、道心の弟子となる

三 行脚僧や山伏が旅行中、仏具・経巻・衣服などを入れて、背負って歩く、箱形のつづら。ここは高野聖の笈であろう（『易林』）。

四 ゆく人（道心）ともどる人（石童丸）と、の意。

五 出家の定めは果さずして、の意。「出家の法」は人を救うことである。

六 六四頁注二参照。

七 「道心」は本来固有名詞ではないが、苅萱道心として固有名詞的に使われているため（二七頁九行目参照）、ここの命名になったのであろう。『刈萱堂往生寺略縁起』によると、重氏は寂昭坊等阿、石童丸は信生坊道念という。

八 来世で極楽往生するよう、仏にひたすら頼みなさい、の意。

道心・道念の大往生

〔高野聖の笈〕

る幼い者は、お山に長居をつかまつり、国へはいまだ下らぬかや」とのたまへば、石童丸はきこしめし、「国へは下りて候へど、国元の姉御様も、母上様を待ちかねて、むなしうおなりあってござあるが、これが姉御の死骨・剃り髪よ」と、父道心に参らする。

〽フシ父道心はきこしめし、さて情けなの次第やな。さてそれがしはこの山で、出家の法はなさずして、人を殺すか悲しやの。あの子に親とも名乗りて、喜ばせうとおぼしめすが、中にて心を引き返し、あの子ひとりに名乗るならば、黒谷にての誓文が、さて無になりて、無間の業が恐ろしや。え名乗るまいかの悲しやの。「なう、いかに幼いよ。御身はこの山にて髪を剃り、出家になりて、親兄弟の菩提を問はせたまへ」とて、蓮華坊へ帰らせたまひて、〔石童丸の〕髪をば四方浄土と剃りこぼし、髪剃りての戒名に、道心の道の字をかたどりて、道念坊と申すなり。〔父道心〕「後生大事と願はいの」。

いたはしや道念坊は、お山にて樵りたまひける。さる程にお山の人々、「[一]あの道心と道念と、師弟子ながら、仲のよいことはあるまじ（あんなに仲のよい人たちはほかにあるまい）」と、風聞こそはなされける。道心この由きこしめし、人の心の[二]さがんないもの、真実の親子と悟られては大事とて、〽コトバ「なうなう、いかに道念坊。さてそれがしは、北国修行に出づるなり。老少不定(ふぢやう)の習ひにて、北に紫雲(しうん)[三]の雲立たば、道心坊が死したると思はいの。西に紫雲の立つならば、道念坊の死したると思ふべし」。いとま申して道心は、笈(おひ)取つて肩に掛け、高野の山を立ち出でて、都新黒谷にて、百か日の別時(べちじ)[四]念仏を御申しあつて、そこにも心の留まらずし（そこも気に入らず）、新黒谷を立ち出でて、信濃の国善光寺の、奥の御堂(みだう)[五]に閉ぢこもり、後生大事と御願ひある。

〔道心は〕殊に寿命はめでたうて、[六]八十三と申すには、八月十五日午(むま)[七]の刻に、大往生を遂げらるる。北に紫雲の雲立てば、高野の山におはします道念坊も、六十三と申すには、同じ日の同じ刻に大往生を遂げたまふ。北に紫雲の雲立てば、西に紫雲の雲が立つ。紫雲と紫雲が回り

一 写本は「蓮華坊の道念こそ、仲のよかりし間なり。その上蓮華坊に少しも違はず、似たるとて、とりどりに評定する」とある。

二 意地の悪いものだが、の意。写本「さかないもの」。「さがないもの（よくないものの意）」の転。

三 紫色の雲。めでたい雲とされ、念仏の行者の臨終の時、仏がこの雲に乗って来迎(らいごう)するという。

四 浄土宗などで、特別の日時・期間を限って唱名念仏をすること。

五 往生寺を指すか。一一頁注三参照。

六 石童丸が父に会った時、父が三十三歳、石童丸が十三歳として、それからちょうど五十年たっている。

七 午前十二時ごろ。

合ひ、たなびき合ふこそめでたけれ。この世にてこそ御名乗りなくとも、もろもろの三世[八]の諸仏、弥陀(みだ)の浄土にては、親よ兄弟、父・母よと、御名乗りあるこそめでたけれ。

[九]異香(いきやう)薫じて花が降り、三世の諸仏御覧じて、かやうにめでたきと[一〇]もがらをば、いざや仏になし申し、末世の衆生に拝ませんとおぼしめし、信濃の国の善光寺、奥の御堂(みだう)に、親子地蔵といははれて（祭られて）おはします。親子地蔵の御物語、語つてをさめ申す（すべて語り終りました）。国も富貴(ふつき)、所繁盛（所も繁盛）。

[一一]一念後生は大事なり。

八 過去・現在・未来の三世にわたる一切の諸仏。ここは「もろもろの三世の諸仏」が集まる「弥陀の浄土」の意であろう。

九 すばらしい香りが漂い。

一〇 仲間。ここは共に後生大事と修行している父と子。

一一 一心に極楽往生を願うこと。

＊ 弥陀の浄土に往生すれば、一家の団欒(だんらん)も思うままになる。道心・道念が同時に死去したのも、これによって父と子の名乗り合い（むつみあい）が都合よく行くからであろう。現世の家（家庭）に絶望的な放浪芸能者の願いが、浄土信仰と絡まりあっているように思われる。

さんせう太夫

正氏の流罪と家族の不遇

コトバ 〔一〕ただ今語り申す御物語、国を申さば丹後の国、金焼地蔵の御本地を、あらあら説きたて広め申すに、これも〔この地蔵も〕一度は人間にて〔かつては人間で〕おはします。人間にての御本地を尋ね申すに、国を申さば奥州日の本〔二〕の将軍、岩城〔三〕の判官正氏殿にて、諸事の哀れをとどめたり〔いろいろ哀れなことがあった〕。この正氏殿と申すは、情のこはいによつて〔強情なため〕、筑紫安楽寺〔四〕へ流されたまひ、憂き思ひを召されておはします。

フシ 〔五〕あらいたはしや御台所は、姫と若〔姫君若君とともに〕、伊達〔六〕の郡信夫〔七〕の荘へ御浪人〔流浪の〕をなされ〔身となられ〕、御嘆きはことわりなり〔もっともであった〕。ある日の内のことなるに、いづくとも知らずして、燕夫婦舞ひ下がり、御庭のちりを含み取り、長押の上に巣をかけて、十二のかひご〔卵〕を暖めて、父鳥互ひに〔八〕養育つかまつる。つし王丸は御覧じて、「なう、母御様。あの鳥、名を何

＊「かるかや」の場合と同じく、仏が人間であった時の物語、すなわち人間としての本地（本源）を説くという本地物。ここでは金焼地蔵の由来を語るのであるが、それは岩城の判官正氏としてこの世に現れ、その正氏にかかわる物語が展開する。この地蔵は正氏の子供の危機を救う身代り地蔵で、鹿原山慈恩寺金剛院（舞鶴市志楽地区鹿原）の末寺、由良山如意寺（宮津市由良、熊野権現の別当）に現存するが、懐に入るような小さな像ではない（『丹哥府志』等）。

一 説経の典型的な序詞。

二 慣用句。「奥州」は「日の本（日本）」の一部のはずであるが、ここは奥州五十四郡の広大な領域を「日の本」といったのであろう。

三 底本「いわき」。正徳版により「岩城」を当てる。岩城氏は桓武平氏の子孫と称して、常陸の国から奥州に移り、慶長六年（一六〇一）まで磐城地方に勢力があった。「正氏」は架空の人物であろう。

四 宰府の天神（太宰府神社）の神宮寺。ここは菅原道真の流謫の連想があろう。

五 「あらいたはしや」は慣用句。本篇には特に多い。

六 伊達郡はもと信夫郡より分れ、信夫郡の東。

七 継信・忠信の父佐藤荘司の信夫の荘であろう。その館は信夫郡佐場野（福島市飯坂町）にあったらしい。

八 「父鳥母鳥互ひに」の誤りか。

と申す」とお問ひある。母御この由きこしめし、「あれは常磐(ときは)[一]の国よりも来(きた)る鳥なれば、燕(つばめ)とも申すなり。又は耆婆(ぎば)[二]とも申すなり。なんぼう〔とても〕優しき鳥ぞかし」。

コトバ　つし王丸はきこしめし、「あら不思議やなけふの日や。あのやうに天をかくる〔天がける〕燕さへ、父・母とて、親をふたり持つに、姉御やそれがしは、父といふ字〔父といわれる人が〕ござないぞ、不思議さよ」とのたまへば、母御この由きこしめし、「御身が父の岩城(いはき)殿は、一年(ひととせ)みかどの大番(おほばん)[三]調へさせたまはぬ御罪科に〔おそろえにならなかったおとがめで〕、筑紫(つくし)安楽寺へ流されて、憂き思ひしておはします」。

つし王ら、上京を決意

つし王はきこしめし、「父は浮き世にござないかと思ひてござあれば〔思っていましたのに〕、父だに浮き世にましまさば、姉御やそれがしに、暇(ひま)を賜り候へ。都へ上り、みかどにて〔朝廷で〕安堵(あんど)[四]の御判を申し受け、奥州[五]五十四郡の主(ぬし)とならうよ、母御様」。

母御この由きこしめし、「さほどに思ひ立つならば、自ら共に上

一　永久不変の国。空想の国である。「かるかや」三三頁注八参照。

二　耆婆鳥。「一身両頭なり。又命々鳥といひ、阿弥陀(あみだ)経に共命鳥といふなり」（『運歩』等）。空想上の鳥で、常磐の国にふさわしいが、つばめを耆婆といったかどうか不明。

三　底本「大ばん」。大番役。中古、諸国の武士が交替で京都に駐在し、皇居や市中を警護した役。

四　知行地確認の御綸旨(ごりんし)。一三八頁一三行目以下参照。

五　旧白河・勿来関(なこそのせき)以北の、陸奥の国(むつのくに)（みちのくのくに）の異称。今の福島・宮城・岩手・青森の四県に当り、信夫・伊達・玉造(たまつくり)・志太(しだ)等の各郡を含む。

らん」と、御乳母うわたき[六]一人御供にて、忍びやかに旅の用意をなされけり。国を三月十七日に、事かりそめに（ほんの一時のつもりで）立ち出でて、のちの後悔とぞ聞えける。三十日ばかりの路次[七]の末、越後の国直江[八]の浦にお着きある。

直江の浦の野宿

日も陽谷[九]を立ち出で、扶桑[一〇]を照らし、日も暮れ端[一一]なりぬれば、（御台）「宿取りたまへ」。うわたき承り、直江千軒[一二]の所を「一夜一夜」と借るほど（一夜の宿をと借り歩いて）、九百九十九軒ほど借れど、貸す者更になし。フシあらいたはしやな四人の人々は、とある所に腰を掛け、「さても凡夫[一三]世界のこの里や。一夜の宿を貸さざることの悲しさよ」。

コトバ 嘆かせたまふところに、浜路よりもどる女房この由聞き、「旅の上臈[一四]様の御意[一五]もつともなり。これは直江の浦と申して、悪い者が一人二人あるにより、越後の国直江の浦こそ、人売りがあるよとの風聞なり。このこと地頭[一六]きこしめし、所詮宿貸す者あるならば（処罰するだろうとお達しがあるので）、隣三軒、罪科に行ふべきとあるにより、貸す者ござあるまい。あれ

六 乳母の名。草子「うはたき」、寛文版「うは竹」、豊孝本「うわ竹」。
七 道筋。みちすがら。道中。
八 底本「なおい」。新潟県上越市直江津。直江の津・直江津今町などといい、荒川河口の港町。舞曲「笈さがし」は「なをいのつ」「なをい千間（軒）」、古浄瑠璃「よろひがえ」は「なをいの二郎」等、いずれもナオイと読む。
九 本字は「暘谷」。「ひのたに」（『書言』）。昔、東の果て、日の出る所を想像していった。
一〇 底本「ぶそう」。『日葡』等諸辞書フソウと読む。舞曲「屋嶋軍」は「日は陽谷を出で、部州（南瞻部州）を照らし」とある。「ぶしう」の誤りかもしれない。
一一 底本「くれば」。暮れぎわ。
一二 「居家千軒余、檐を並べて賑ひ侍る」（『越後名寄』）。
一三 凡夫ばかりの。「凡夫」は煩悩に束縛されて、仏の教えを悟りえず、迷っている人。
一四 身分の高い婦人をいう。奥様。
一五 仰せ。
一六 平安時代、荘園領主が土地管理のために置いた職名。直江津に、当初の水門駅の実権が、直江荘司の手に移り、民間経営となり、庶民の交通運輸の機関となった（『直江津町史』）。ここはその時の荘官か。

に見えたる黒森の下に、逢岐(あふぎ)[一]の橋と申して、広い橋のござある。これへござありて、一夜(いちや)明かいてお通りあれ」と申しける。

フシ御台(みだい)この由きこしめし、これは氏神の教へさせたまふかと、四人連れにて、逢岐の橋に着きしかば、昔が今に至るまで、親と子の御仲にて、諸事の哀れをとどめたり。北風の吹くかたは、いづくもつらいとおぼしめし、うわたきに風を防がせたまふなり。南から吹く風を、御台所の防ぎたまひ、御小袖を取り出だし[二]、御座のむしろに参らせて、中にはきやうだいお伏しある。

コトバこれは直江(なほい)の浦の御物語。ここに山岡[三]の太夫(たいふ)と申して、人を売っての名人なり。[四]さても昼の上臈(じやうらふ)たちに、お宿を申し損なうて、腹立ちや。たばかり売りて、春過ぎ[五]をせうと思ひ、女人(によにん)の足のことなれば、よも遠くへはござあるまい。浜路を指(さ)いてゆくべきか、まつた逢岐の橋へゆくべき[六]と、草鞋(わらんぢ)・脛巾(はばき)[七]の緒を締めて、鹿杖(かしづゑ)[八]をついて、逢岐の橋へぞ急ぎける。

一 底本「あふき」「大ぎ」。寛文版「あふげ」。荒川に架けられ、応化・往下・応解・逢岐・逢妓・大笥・王源などを当てる。文禄三年（一五九四）以前に、至徳寺地内大塩口付近から、有田村門前と春日新田(かすがしんでん)との中間に架けられ、慶長十二年（一六〇七）にやや北に架け替えられ、慶長十九年には撤去して高田に移された（『直江津町史』）。

二 底本「取出し」。以下同じく「取り出だし」と読む。

山岡太夫、一行をたぶらかす

三 底本「山をか」。山岡太夫の墓は、高田市裏寺町（現在上越市）日蓮宗妙国寺の境内にある（『直江津町史』）。「太夫」は五位の通称。また能太夫のように、芸能者集団の首長をいった（『ロ氏文典』『日仏』）。しかしここは芸能には直接関係なく、小集団の長、あるいは親方の意であろう。

四 うわたきが宿を借り歩いた時を指すか（八三頁五行目以下）。ただしそれは「暮れ端(ば)」のことである。

五 底本「はるすぎ」「春すぎ」。未詳。ここは四月の中旬で春を過ぎているが、正月以来の生計の締めくくりをする意であろうか。
六 行くべきかと迷ったが。
七 脚絆。
八 底本「かしづへ」（八五頁三行目では「かせづゑ」）。末端がまたになった木の杖、あるいは上端が鐘を打つ撞木の形に似た杖。ここは後者か。

〔鹿　杖〕

九 底本「ぞうみやう」。
一〇 七つ時（午後四時ごろ）を過ぎると。夕暮れに近づくと。
一一 行方が分らなくなるとのうわさだ。

一二 化け物。

逢岐の橋にも着きしかば、四人の人々は、旅くたびれにくたびれて、前後も知らず伏しておはします。一脅し脅さばやと思ひ、持つたる鹿杖にて、橋の表を、どうどうと突き鳴らし、「これに伏したる旅人は、御存じあつてのお休みか、まつた御存じござないか。この橋と申すは、供養のない橋なれば、山からはうはばみが舞ひ下がり、池から大蛇が上がりて、夜な夜な会うて、契りをこめ、さて暁がたになりぬれば、会うて別るるによつて、さてこそ橋の[九]贈名を逢岐の橋と申すなり。[一〇]七つ下がれば人を捕り、[一一]ゆき方ないと風聞する。あらいたはしや」と言ひ捨てて、さらぬていにておもどりある。

フシ御台この由きこしめし、かつぱと起きさせたまひて、月の夜かげよりも、太夫の姿を見たまひてあれば、五十余りの太夫殿、慈悲ありさうなる太夫殿に、宿借り損じてかなはじと、太夫のたもとにすがりつき、「なう、いかに太夫殿。我らばかりのことならば、虎狼・[一二]変化の物どもに、捕らるるとても力なし。あれあれ御覧候へや。これに伏したるわっぱこそ、奥州五十四郡の、主とならうず者なるが、さて不思議なる論訴[一]に、都へ上り、みかどにて安堵の御判を申し受け、本地[二]に返るものならば、やはか太夫殿に、切[三]に施料が惜しかるべきか。一夜の宿」とお借りある。

コトバ　太夫この由聞くよりも、宿借るまいと言ふとも、押へて宿の貸したいに、宿借らうと申す、うれしやな。さりながら偽らばやと思ひ、「なう、いかに上臈様。お宿を参らせたうはござあるが、御存じの如く、上の政道[四]が強ければ、思ひながらも、お宿をばえ参らすまい」とぞお申しある。

フシ　御台この由きこしめし、「なう、いかに太夫殿。これはたとへでなけれども、費長房[五]や丁令威[六]は、鶴の羽交[七]に宿を召す。達磨[八]尊者は蘆の葉に召す。旅は心、世は情け[九]。さて大船は浦がかり。捨て子は村の育みよ。木があれば鳥が住む。港があれば舟も寄る。一通り一時雨・一村雨の雨宿り、これも多生[一〇]の縁と聞く。ひらさら一夜」

一　訴えのため。底本「ろんぞ」。明暦版「ろんそ」。当時の諸辞書「論訴」とする。

二　もとの領地。底本・明暦版・草子「ほんぢ」、寛文版「本地」。『日葡』の「ホンチヘカエル」は「本知へ返る」で、ここの本地・本知は同意であろう。

三　むやみに布施の金品を惜しがりましょうか。

四　取り締りが厳しいので。底本「せいとう」。「政道」(『文明』)。

五　後漢、汝南の人。薬売りの翁から一枚の符を得て、鬼神を自由に駆使することができたが、後にその符を失って鬼神に殺されたという(『後漢書』巻百十二)。鶴との関係不明。

六　底本「ていれい」。「ていれいゐ」が正しい。遼東の人、仙道を霊虚山に学ぶ。後に鶴に化けて遼に帰り、城門の華表の柱(標柱)にとまったところ、少年が弓で射ようとしたので、空中に飛び、「鳥アリ鳥アリ丁令威、家ヲ去リテ千年今始メテ帰ル、城郭ハ故ノ如クニシテ人民ハ非ナリ、何ゾ仙ヲ学バズシテ塚塁々タルヤ」と言って高く天に昇った(『捜神後記』)。

七　翼(『書言』)。

八　蘆葉達磨。達磨はインドより来て、梁の武帝に会ったが、機縁熟せず、揚子江を渡って北へ去ったといわれる。その後揚子江を渡るのに、蘆葉に乗ったという伝説が生れ、それが大悟した達磨の変通自在を示す画題となり、南宋以後さかんに行われた。

九　ことわざ。旅では思いやりが、世渡りでは情けが何より大切の意。以下もよく似た意味のことわざ。
一〇 前世からの因縁。多くの生死を経ている間に結ばれた因縁。
一一 運が傾いてきたので。
一二 八三頁一〇行目の「女房」とは別人。
一三 正徳版は「あら情けなの太夫殿。や、御身は若き時の心が失(う)せたかと思へば、さはなくて、またあの人人を売らんためにて、お宿とはのたまふか」とあって、文意が明快。
一四 飽きも飽かれもせぬ仲の離縁。「しんとく丸」一八三頁注一〇参照。
一五 うわべだけ道心めかした。「道心」は菩提(ぼだい)心（仏道に帰依(きえ)する心）。
一六 文意がはっきりしない。正徳版「それにてもかなふまじきか」のほうが分りやすい。

とお借りある。

太夫、一行を宿に案内

（コトバ）太夫この由承り、「お宿を参らすまいと思へども、余りに御意の近ければ（親しくおっしゃるので）、さらばお宿参らせん。路次(ろし)（道すがら）にて人に会うたりとも、太夫にばかり物言はせ、お忍びあれ（人目をさけて下さい）」と申し、太夫が宿へ御供ある。

上臈様の運命尽くれば[一一]、路次(ろし)にて人に会ひもせず、太夫が宿にお着きある。

太夫は女房[一二]近付けて、「いかに姥(うば)。昼の上臈様にお宿を申してあるぞ。飯(はん)を結構にもてなせ」。女房聞いて、「御身[一三]若き時のことをいまだ忘れたまはず、お宿とのたまふか。あの上臈に、お宿をお申しあらば（お宿を貸そうとおっしゃるなら）、自らには飽[一四]かぬいとま」とお請ひある。

太夫、はつたとにらんで、「さてもわ殿（そなたは）は、なま道心[一五]ぶつたることを申すものかな。ことしは親の十三年（十三年忌）に当つて、慈悲のお宿を申すが、それもをしいか[一六]、女房」。姥この由聞いて、「さて今までは、売らうためかと思ひ申してござあれば、慈悲のお宿とあるなれば、こなたへ」と申し、洗足（せんそく）[一]取つて参らせ、中の出居（でゐ）[二]へ入れ申し、もてないて、女房は夜半のころ参り申しけるは、「なう、いかに上臈（じやうらふ）様。御物語に（お話に）参りたよ。さても昼、〔自らが〕[三]お宿を参らすまいと申したは、あの太夫と申すは、七つの時よりも、人買ひ船[四]の相櫓（あひろ）を押し、人売りの名人なり。もし上臈様をも売り申し、情けなの太夫やな、恨めしの姥（うば）やと、お申しあらう悲しさに、さて（それで）お宿申すまいと申してござある。〔しかし太夫が〕慈悲のお宿とあるならば、五日も十日も足を休めてお通りあれ。それとても油断な召されそ（それでも油断はなさいますな）。太夫が売ると知るならば、自ら（わたしが）知らせ申さうぞ」。

太夫は立ち聞きをつかまつり、姥が何やうに申すとも、たばかり売りて、春過ぎせんと思へば、寝られはせず。中の出居（でゐ）に参り、「いかに上臈様に申すべし。宿の太夫でござあるが、御物語に参りたり。もとも（以前にも）京へ御上りか」と問ひければ、御台（みだい）運命尽きぬれば、「今が初め」とお申しある。太夫この由聞くよりも、今が初めのこ

一 汚れた足を洗うための湯水。すすぎ。
二 客間。庭（土間）と奥の間との間の、中の間（座敷）であろう。「デイ（ザシキ）」（『日葡』）。
三 うわたきが宿を借りに来た時をいうか（八四頁注四参照）。その時女房（姥）は、太夫の意志に反して断ったのであろう。寛文版・正徳版は、太夫が一行を連れて来た時、女房が離婚するとまで言って止めた時のこととしている。
四 人買い船の櫓を相方（あいかた）と一緒に押し。

とならば、船路[五]売るとも、陸を売るとも、しすまいたと思ひ、「いかに上臈様。船路を召されう、陸を召されうか」と問ひければ、御台この由きこしめし、「船路なりとも、道に難所のなきかたを教へたまはれ」と仰せける。

太夫この由聞くよりも、「ただただ船路を召され候へや。太夫がよき小船[六]一艘持つてある間、沖までこぎ出だし、便船[七]請うて参らすべし。とかう申す間に、夜が明けさうにござある。夜が明け離れば、宿の大事になるほどに、はやはやお忍びあつてたまはれや、上臈様」とぞたばかりける。

太夫、四人を売る

フシ あらいたはしやな、四人の人々は、売るとも買ふとも知らずして、太夫の内を忍び出で、人の軒端を伝うてに[八]、浜路を指いてお下りある。さて浜路にも着きしかば、太夫が夜船[九]に取つて乗せ、[一〇]とも綱解く間が遅いとて、腰の刀をするりと抜き、とも綱ずつと[一一]切つて、あつぱれ切れ目の商ひかなと、心の内に打ち祝ひ、「えいやつ」

五 船路で売るにしても、陸で売るにしても。「陸」は底本「こが」（底本次行は「こか」）。クガの転か。寛文版「くが」。

六 小舟。「シヨウセン（コブネ）」（『日葡』）。

七 幸便の船。都合よく出る船。

八 「……てに」は説経独特の語法。「に」は現代語の「ね」に近い間投助詞。

九 夜航行する船。

一〇 節用集等「纜（トモヅナ）」。艫（とも）（船尾）にあって船をつなぎとめる綱。

一一 底本「ずつと」。寛文版「ふつと」。

と言うて、櫓拍子踏んで押すほどに、夜の間に三里押し出だす。

コトバ　沖をきつと見てあれば、かすみのうちに、舟が二艘[一]見ゆる。「あれなる舟は、商ひ船か漁船か」と問ひかくる。一艘は「ゑどの[二]二郎が舟」、一艘は「宮崎[三]の三郎が舟候」と申す。「おことが舟はたが舟ぞ」。「これは山岡の太夫が舟」。「あら珍しの太夫殿や。商ひ物はあるか」と問ひければ、「それこそあれ」と片手を差し上げ、大指を一つ折つたるは、四人あるとの合点[四]なり。「四人あるものならば、五貫[五]に買はう」と、はや値さす[六]。宮崎の三郎がこれを見て、「おことが五貫に買ふならば、それがしは先約束にてあるほどに、一貫撒いて六貫に買はう」。我買はう、人買はうと口論する。

かたなつき[七]にもなりぬれば、太夫は舟に飛んで乗り、「手な打つそ、鳥の立つに。殊にこの鳥若鳥なれば、末の繁盛するやうに、両方へ売り分けて取らせうぞ。まづゑどの二郎が方へは、上臈二人買うてゆけ。まつた宮崎の三郎が方へは、きやうだい二人買うてゆけ。

一　底本「二ぞう」。「二さう」の誤りか。
二　「江戸」か。明暦版「ゑと」、寛文版・正徳版「さど（佐渡）」。
三　富山県下新川郡朝日町宮崎か。
四　同意のしるし。
五　銭五千文。天正十八年（一五九〇）八月の秀吉朱印状によると、京都では金十両が銭二十貫。『天正日記』によると、この年十月、金十両で米が三十五石六斗買えた。従って「五貫」は米約九石の価に相当する。また慶長四～五年（一五九九～一六〇〇）の桑名の相場では四・五石ないし三・五石である。
六　値をつける。寛文版「値をなす」。
七　「片馴付（よく馴らしていない、十分なじまないこと）」の転で、ここはけんかになろうとしたので、の意か。

負けて五貫に取らする」と、又我が舟に飛んで乗り、「なう、いかに旅の上臈様。今の口論は、たれ故とおぼしめす。上臈様故にてござあるぞ。二艘の舟の船頭どもは、太夫がためにはをひどもなり。人のをぢの舟に乗つたる旅人を、我送らう、人送らうと口論する。人の気に合ふはやすいこと。里も一つ、港も一つのことなれば、舟の足を軽う召され、類船召され候へや。まづ上臈二人は、あの舟に召され候へ。おことさやうだいは、この舟に召され候へ」と、太夫は料足五貫に打ち売つて、直江の浦にもどらるる。

フシ 殊に哀れをとどめたは、二艘の舟にてとどめたり。五町ばかりは類船するが、十町ばかりもゆき過ぎて、北と南へ舟がゆく。御台この由御覧じて、「さてあの舟とこの舟の、間の遠いは不思議やな。同じ港へ着かぬかよ。舟こぎもどいて、静かに押さいよ船頭殿」。コトバ「なにと申すぞ。けさ朝恵比須を祝ひ損ひ、買ひ負けたるだにも腹の立つに。上臈二人は買うてあるぞ。船底に乗れ」とば

八 当時の諸辞書は「湊」とする。

九 一緒に行く船にお乗りなさい。「類船」は、船が相伴って航行すること。またその船。

* 貴種流離譚（尊い家柄に生れた者が一時没落して他国に流浪する物語）の典型。山岡太夫という人買いの巧みなわなにかかり、母と子が別々に売られるが、特に次（九五頁七行目まで）は別れの悲しみを語って最も哀切な場面である。

母子の別れ

一〇「殊に哀れをとどめたは……にてとどめたり」は説経の慣用句で、最も哀れな場面の語り出しに用いる。

一一 朝早く恵比須を拝むことであるが、早朝の客を福神恵比須に見立てて祝う場合もある。ここは山岡太夫を「朝恵比須」とし、希望どおり買えなかったところから、「祝ひ損ひ」といったのであろう。

一二 フナソコと読む（『日葡』）。

かりなり（ばかりである）。

フシ 御台（みだい）この由きこしめし、「やあやあ、いかにうわたきよ。さて売られたよ、買はれたとよ。さて情けなの太夫やな。恨めしの船頭殿や。たとへ売るとも買うたりとも、一つに（一緒に）売りてはくれずして、親と子のその仲を、両方へ売り分けたよな、悲しやな」。宮崎の方（はう）を打ちながめ、「やあやあ、いかにきやうだいよ。さて売られたとよ、買はれたぞ。命を惜（たば）へ[一]きやうだいよ。又も御世には出づまいか[二]。姉が膚（はだ）に掛けたるは、地蔵菩薩（ぼさつ）でありける（ありますが）が、自然（もし）きやう

御台所、扇で子供たちの舟を招く

一 守れ。大切にせよ。

二 再び世に出ることもありましょう。ここの「世に出づ」はいわゆる出世と異なり、奴隷として売買される身の上から解放されて、元の奥州五十四郡の将軍に復帰することである。そのためには地蔵菩薩の霊験と身分を証明する系図が必要になる。

だいが身の上に、自然大事があるならば、身代りにもお立ちある、地蔵菩薩でありけるぞ。よきに信じて掛けさい（掛けなさいね）よ。又弟（おとと）が膚に掛けたるは、志太（しだ）[三]・玉造（たまつくり）の系図の物[四]。死して冥途（めいど）へゆく折も、閻魔（えんま）[五]の前のみやげにもなるとやれ。それ落さいな、つし王丸」と、声の届く所では、とかくの御物語をお申しある。

次第に帆影は遠（とほ）うなる。声の届かぬ所では、腰の扇取り出だし、ひらりひらりと招くに、舟も寄らばこそ（近寄るどころか）[六]。けさ越後の国直江（なほい）の浦に立つ白波が、横障（わうしやう）[七]の雲と隔てられ、「（御台）我が子見ぬかな、悲しやな。

三　奥州五十四郡の中の二郡（「志太」は「志田」とも書く）。現在の宮城県内。

四　系図の巻物（一〇六頁八行目参照）。代々二郡を所領している旨の由緒（ゆいしよ）を書き記した物。

五　閻魔王の前に差し出すみやげにもなると言いますよ。閻魔王は死者が生前に犯した罪を計って賞罰を決めると言われるので、娑婆（しやば）のみやげ物を差し出せばいくらか罪は軽くなる、という心持で言ったのであろう。「やれ」は親しく呼び掛ける声。

うわたき入水、御台は蝦夷（えぞ）に売られる

六　以下、謡曲「善知鳥（うとう）」によるか。

七　横障の雲（妨げとなる雲）のように隔てとなって。次頁注一参照。

一うとうやすかたの鳥だにも、子をば悲しむ習ひあり。なう、いかに船頭殿。舟こぎもどいて、今生にての対面を、も一度させてたまはれの」。

コトバ船頭は聞くよりも、「なにと申すぞ。一度出いたる舟を、あとへはもどさぬが法ぞかし。船底に乗れ」とばかりなり。二うわたきの女房、「承つてござある」と、「三賢臣二君に仕へず、貞女両夫に見えず。四二張の弓は引くまい」と、五船梁に突つ立ち上がり、六しゆへんの数珠を取り出だし、西に向つて手を合はせ、七高声高に念仏と十遍ばかりお唱へあつて、直江の浦へ身を投げて、底の藻屑とおなりある。

フシ御台この由御覧じて、「さて親とも子ともきやうだいとも、頼みに頼うだうわたきは、かく成り果てさせたまふなり。さて身は何となるべき」と、八流涕焦がれてお泣きある。こぼるる涙を押しとどめ、九縢・一〇村濃の御小袖取り出だし、「なう、いかに船頭殿。これは

一 鳥の名。陸奥外の浜におり、砂の中に子を産み、親鳥がうとうと呼ぶと、子鳥がやすかたと答えるという。これを利して鳥を捕った猟師が、死後その罪に苦しむのが謡曲「善知鳥」の内容で、その中に、猟師の霊が妻に会うが、互いに声をかけることもできず嘆く場面がある。「（猟師が）千代童（猟師の子）が髪をかき撫でて、あらなつかしやといはんとすれば、横障の雲の隔てか悲しやな、雲の隔てか悲しやな、今まで見えし姫小松の、はかなやいづくに木隠れ笠ぞ……」。

二 寛文版はうわたきの心境を次のように述べている。「つくづくものを案ずるに、付き添ひ申すは御恩の主。又ゆく先もお主にて、同じ朋輩といはれなば、御台様さぞや心苦しくおぼすらん。しからば二張の弓を引くがごとし。所詮長らへ何かせん」。

三 ことわざ。「忠臣ハ二君ニ事ヘズ、貞女ハ二夫ヲ更ヘズ」（『史記』田単列伝第二十二）による。

四 ことわざ。「二張の弓を引く」は二心を抱くこと。

五 和船の両側外板の間に渡した横木。水圧を防ぎ、船内の仕切りになる。

六 「呪遍」か。呪遍の数珠は、呪文を唱える時、数をかぞえながらつまぐる。珠の小さい数珠で、婦人持ち。

七 底本「かうせう」。「カウシヤウ」（『運歩』等）。

八 涙を流し、ひどく悲しんで泣く意の慣用句。

九 縢（縦糸を巻く織機具）の形の紋様。「をぐり」二五三頁注一〇参照。

不足に候へど、これはけさの代物なり。さて自らにも、暇を賜り候へや。身を投げうよ、船頭殿」。

コトバ 船頭この由聞くよりも、「何と申すぞ。一人こそは損にするとも、二人まで損にはすまい」とて、持つたる櫂にて打ち伏せ、船梁に結びつけて、蝦夷が島へぞ売つたりけり。蝦夷が島の商人は、能がない職がないとて、足手の筋を断ち切つて、日に一合を服して、粟の鳥を追うておはします。

姉弟、さんせう太夫に買われる

これは御台の御物語。さておき申し、殊に哀れをとどめたは、さて宮崎の三郎が、きやうだいの人々を、二貫五百に買ひ取つて、あとよ先よと売るほどに、ここに丹後の国由良の港のさんせう太夫が、代を積つて十三貫に買うたるは、ただ諸事の哀れと聞えける。

太夫はこの由御覧じて、「さてもよい譜代下人を、買ひ取つたることのうれしやな。孫子・曾孫の末までも、譜代下人と呼び使はうことのうれしさよ」と、喜ぶことは限りなし。

一〇 底本「むらごう」。「村紺」（『運歩』）。各節用集は「ムラゴ」として「村濃」あるいは「村紺」を当てる。同じ色（特に紺）でところどころ濃淡のあるものをいう。

一一 底本「しろもつ」。代価。お代。

一二 北海道。

一三 逃亡を防ぐためである。

一四 寛文版は「いたはしや御台所、思ひもよらぬ賤がわざ、ならはぬ下職といひながら、鳴子の手縄に取り付き、粟の鳥をぞ追ひたまふ。安寿恋しや、つし王恋しや、ほやれほう。鳥も生あるものならば、追はずと立つてえさせよと、涙の雨は絶えもなく、つひに両眼泣きつぶし、明け暮れ鳥を追ひたまふ。奥州五十四郡の主、御台所の成れの果て。申すばかりはなかりけれ」と詳しい。一四七頁一三行目以下参照。

一五 京都府宮津市、大雲川（由良川）の河口。由良川の西岸、石浦の南に、その屋敷跡といわれる所があり、地名にもなっている。

一六 底本「ふたい」。「フダイノゲニン」（『日葡』）。「普代」（『落葉集』）とも書く。代々その家に仕える下人（『日仏』『言葉の和らげ』）。仮名草子『伊曾保物語』の「譜代のところを赦免」あるいは「譜代の赦し」は奴隷から解放されることをいう（『ロ氏文典』等）。

ある日のうちのことなるに、きやうだいをお前に召され、「これの内には、名もない者は使はぬが、御身が名をばなにと申す」とお問ひある。姉御この由きこしめし、「さん候[1]、それがしきやうだいは、これよりも奥方、山中の者にてござあれば、姉は姉、弟は弟と申して、つひに定まる名もござない。ただよき名を付けてお使ひあれ」。太夫この由きこしめし、「げにもなることを申す者かな。その儀にてあるならば、国里はいづくぞ。国名を付けて呼ばう」との御諚なり。

姉御この由きこしめし、「さん候、それがしきやうだいは、伊達の郡信夫の荘の者でござあるが、国を三月十七日に、事かりそめに立ち出でて、越後の国直江の浦から売り初められ、それがし余りの物憂さに、静かに数へてみてあれば、この太夫殿までは七十五てん[2]に売られたが、あなたにては代物[3]よ、こなたにては商ひ物よとこそ申したれ、つひに定まる名もござない。ただよき名を付けて、お使

一「さにさうらふ」の転。応答の言葉。そうです。

二「てんに」は「手に」の音転で、「手」は方面の意か。一〇四頁二行目の「四十二てん」も底本には「てん」とあるが、明暦版・寛文版は「四十二て」「二十五て」としている。

三 底本「しろ物」。売買する商品。

四　ウラボシ科のしだ植物。当時は多く「荵」と書いた。忍ぶ草。また忘れ草の別称。「忘れ草を忍ぶ草といふとて」（『伊勢物語』）。
五　ヤブカンゾウの別称。当時は「萱草」と書いたが、「忘憂草」をも当てた。「よろづのことを思ひ忘れて」はこれによる。
六　「荷」は肩に担ぐ荷物を数える語。一荷は天秤棒（てんびん）の両端に掛けて、一人の肩に担ぐだけの量。
七　夜も明けようとするころ。「かるかや」五八頁注四参照。「五更」は日の出前の夜の時間。午前三時から五時までのころ。
八　底本「おうこ」。多くは清音、しかし「ワウゴ」（『運歩』）の例もある。天秤棒。

姉弟の悲嘆

ひあれや太夫殿」。

　太夫この由きこしめし、「その儀にてあるならば、伊達の郡信夫の荘をかたどりて（にちなんで）、御身が名をばしのぶと付くる。忍（しのぶ）[四]に付くは忘れ[五]草。よろづのことを思ひ忘れて、太夫によきに奉公つかまつるやうに、弟（おとと）が名をば忘れ草と付くるなり。まづ姉のしのぶは、明日にもなるならば、浜路に下がり、潮をくんで参るべし。まつた弟（おとと）の忘れ草は、日に三荷（が）[六]の柴（しば）を刈りて参りて、太夫をよきに育（はごく）まい（養えよ）」とお申しある。五更（ごかう）[七]に天も開（ひら）くれば、鎌（かま）と朸（あふご）[八]と桶（をけ）と柄杓（ひしやく）を参らする。
　（フシ）あらいたはしやきやうだいは、鎌と朸と桶と柄杓を受け取りて、山と浜とにござあるが、あらいたはしやな姉御様は、とある所に立ちやすらひ（たたずんで）、桶と柄杓をからりと捨て、山の方（はう）を打ちながめ、「さて自らは、この目の前に見えたる、多い潮さへえくまぬに（くめないのに）、〔弟は〕鎌取つたることはなし（鎌を使ったことはない）。手元覚えず（手元が狂って）手や切りて、峰のあらしが激しうて、さぞ寒かるらう悲しや」と、姉は嘆かせたまふなり。

まつた弟のつし王殿も、ある岩鼻に腰を掛け、浜の方を打ちながめ、「さてそれがしは、この辺りに多い柴さへえ刈らぬに、あの立つ白波にも、女波男波[一]が打つと聞く。男波の潮を打たせては、女波の潮をくむとかや。女波も男波もえ知らいで、桶と柄杓を波に取られて、浜あらしが激しうて、さぞ寒かるろ、悲しや」と、その日は山と浜にて泣き暮す。

つし王の苦しみ

コトバ　かかりけるところに、里の山人[二]たち、山より柴を刈つておどりあるが、「これなるわつぱ（子供）は、さんせう太夫の御内[三]なる、今参（新参の）りのわつぱにてあるが、山へゆき、柴を刈らいで（刈らずに）もどるならば、邪見なる太夫・三郎が、責め殺さうは一定[四]なり。人を助くるは、菩薩の行[五]と聞く。いざや柴勧進[六]をしてとらせん」と、柴を少しづつ刈つて、やうやう（やっと）柴を三荷ほど刈り寄せて、「さあ、荷造つて持て」と申す。つし王殿はきこしめし、「さん候、それがしは刈つたることがござなければ、持つたることも候はず」。山人たちはきこしめし、

一　「男波」は高低のある波のうち高いほうの波。「女波」は男波と男波との間に低く弱く打つ波。

二　ヤモウドと読む（『日葡』）。きこり。

三　底本「み内」。お屋敷の意であろう。

四　確かだ。

五　菩薩としての修行。「人を助くるは菩薩の行と申すことの候へば」（狂言「聟入自然居士」）。「菩薩」は菩提薩埵の略。仏の次の位。仏となるために、菩提を求めて修行する者。

六　作善のため人に勧めて柴を集めること。由良より西、栗田に越える所五十町（約五・四五キロ）を七曲り八峠といい、ここを柴勧進の場所とする（『丹哥府志』『和漢三才図会』、貝原益軒『西北紀行』）。

「げにもなることを(もっともなことを)申すものかな」と、面々(各々)の重き荷の端(はな)に付けて、七あすみが小浜(こばま)までお出しある。上代より(昔からいう)、八重荷に小付(こづ)けとは、その御代(みよ)よりも申すなり。

あらいたはしやつし王殿は、三荷の柴をお運びある。三郎がこれを見て、わつぱを片手、柴を片手に引つ提げて、太夫殿に参り、「なう、いかに太夫殿に申すべし。わつぱが刈つたる柴を御覧候へ」。太夫この由御覧じて、「さてもなんぢは柴をえ刈らぬと申したが、柴をえ刈らぬものならば、九本口が揃はいで(揃わなくて)、一〇もんどり打たせて束ねうが、なんぼう所の習ひに(全く土地の人がやるように)、いつくしく(きれいに)刈つたよな。これほどの柴の上手ならば、三荷は無益(むやく)。三荷の柴に七荷増し、十荷刈れ。十荷刈らぬものならば、わつ殿ら(お前らの)が命はあるまいぞ」と責めにける。

フシあらいたはしやなつし王殿は、門外へ立ち出でて、姉御様をお待ちある。あらいたはしや姉御様っすそは潮風、そでは涙にしよぼぬれて、桶をかづいて(頭に載せて)おもどりある。御衣(ぎょい)のたもとにすがりつ

七 底本「あすみかこはま」、草子「やすみがこばま」。「あすみ」は「やすみ」の誤りか。山椒(さんしょう)太夫屋敷跡といわれる所のすぐ北に休場(やすみば)という所がある。しかし七曲り八峠からはやや離れている。また七曲り八峠より由良の港に至る間に、太夫の子三郎の墓があり、その海辺に小浜(こはま)という所がある(『西北紀行』)。

八 ことわざ。重い負担の上、さらに負担の加わること。「小付け」は、荷物の上にさらに付ける小さい荷物。底本「こつけ」。寛文版「こづけ」。ここでことわざの起りを説いているが、こういうたわいのない起源説はほかにもあって(一四七頁注九参照)、当時の語り物の特徴である。博識ぶったユーモアがある。

九 根本に近い太い切り口。末口の対。

一〇 本と末を一緒にして雑然と束ねるだろうが。「もんどり打つ」はとんぼ返りをすること。

き、「ならなら、いかに姉御様。さてそれがしは、けふの柴をばえ刈らいで、里の山人たちの、情けに刈つてたまはりたを、いつくしいがとがよとて、三荷の柴に七荷増し、十荷刈れとよ姉御様。三荷にわびてたまはれの」。

姉御この由きこしめし、「さのみに嘆いそつし王丸。さて自らも、けふの潮をばえくまいで、桶と柄杓を波に取られて、海人の情けにくんでたまはりたが、けふの役は務めたが、あすをば知らぬぞつし王丸。承れば太夫殿、五人ござある二番目の、二郎殿と申すは、慈悲第一のお人と聞いてあり。三荷にわびてとらすべし。さのみ嘆いそつし王丸。連れて心の乱るるに」と、きやうだい連れ立つておもどりある。

姉御は、柴を三荷にわびてお出しある。邪見なる三郎がこれを聞き、「なう、いかに太夫殿。きのふの柴を、わつぱが刈つたかと、思ひ申してござあれば、里の山人どもが、末も遂げぬ柴と聞い

一「あま」に同じ。海で漁業を営む人。漁師。

二 終りを全うしない。一時的な。つい気まぐれに刈った。

てござある。由良千軒（由良の家々）を触れ申さん」と言ふままに、ツメ邪見なる三郎が、由良千軒を触るる様こそ恐ろしや。「さんせう太夫の御内（みうち）には、今参りの姫とわつぱをお使ひある。山にて柴を刈つてとらせたる者も、まつた浜にて潮をくんでかあるならば（くんだりしたなら）、[三]隣七軒両向ひ、罪科に行ふべき（罪に問われるぞ）」と、触れたる三郎を、鬼かと言はぬ者はなし。

コトバ あらいたはしやつし王殿は、三郎が触れたも御存じなうて、まつたきのふの所へござありて、柴の勧進をしてたまはれかしとおぼしめし、立ちやすらうておはします。山人（やまうど）たちはこれを見て、「御身に柴を惜しい者は（柴を惜しむ者は）なけれども、邪見なる太夫殿から、触れが参りてあるにより、思ひながらも、柴を刈つてやる者はござあるまい。かう持つて、かう刈るものよ」と、鎌（かま）[四]て教へて皆通る。

フシ あらいたはしやつし王殿は、心弱うてかなはじと、腰なる鎌を取り直し、なに木とは知らねども、木をば一本切りたるが、こなす法を（処理する方法を）知らずして、本（根本）を持つてお引きあれば、[五]またもしやが生山（はえやま）[六]

三 寛文版「あたり七軒」。近隣の意。

四 底本「かまて」。「鎌手」で、鎌の使い方の意か。

五 未詳。この前後、寛文版・延宝版は「木をば一本焦（こ）りたまへども、茨（いばら）・葎（むぐら）にかかり、木は進退（しんだい）に及ばねば」とある。

六 底本「はへ山」。草木の生えた山。禿山（はげ）の対。

を、柴を逆様に引くやうなとて、進退[一]にはならぬなり。「世に従へ[二]ば、柴さへ進退にならぬよ」と、口説きごとこそ道理なり[三]。「それ人の寿命と申すは、八十・九十・百までとは思へども、年にも足らぬそれがしは、十三を一期とすれば安い」とて、守刀[四]の紐を解き、自害をせうとおぼしめす。「待てやしばし我が心[五]。ここで自害をするならば、浜路にござある姉御様の[六]、さぞや名残が惜しかるべき」と、さて浜路へ参りてに、姉御様に暇請はばやとおぼしめし、守刀を又収め、鎌と枴を打ちかたげ、浜路を指してお下りある。

あらいたはしやな姉御様。もすそは潮風、そでは涙にしよぼぬれて、潮をくんでおはします。御衣のたもとにすがりつき、「ならなう、いかに姉御様。さてそれがしは自害せうと思うたが、御身に名残が惜しうてに、これまで参りてござあるぞ。暇を賜り候へや。自害せうよの、姉御様」。

姉御この由きこしめし、「さても御身は弟なれども、男子とて自

小萩、姉弟の自殺をとめる

一 にっちもさっちもいかない。底本「しんたい」。シンダイと読む（『運歩』『日葡』等）。思うままに扱うこと。

二 今の境遇に従えばの意で、太夫に使われている身の上をいったか。

三 嘆いたのはもっともである。この前後説経独特の悲しい調子で語ったのであろう。「かるかや」七一頁注五参照。

四 底本「まふりかたな」（七行目は「まほりかたな」）。当時マブリ・マボリ・マモリ三様の読み方があった。

五 思いとどまる時に使う慣用句。

六 一一行目に「御身（姉）に名残が惜しうてに」とあるので、「姉御様の」は「名残」にかかり、（死後も）姉御様をさぞ名残惜しく思うだろう、の意になろう。

害せうと申すかや。さて自らも身をも投げうと思うたに、待つて待ち得てうれしやな。その儀にてあるならば、いざさらば来い。身を投げう」とおぼしめし[七]、たもとに小石を拾ひ入れ、岩鼻にお上がりあつて、「やあやあ、いかにつし王丸。さて御身は自らを、越後の国直江の浦で別れ申したる、母上拝むと思うてに、自ら一目拝まいよ。又御身が顔を自らは、筑紫安楽寺に流されておはします、父岩城殿を拝むと思うてに、御身が顔を拝む」とて、すでに投げうと召さるるが、同じ内に使はれたる、[八]伊勢の小萩がこれを見て、「やあやあ、いかにきやうだいよ。命を捨つると見てあるが、命を惜へきやうだいよ。命があれば、[九]蓬萊山にも会ふと聞く。又も御世には出づまいか。命を惜ふものならば、自らが先祖をぞ、今は語りて聞かすべし。さて自らも、あの太夫殿に伝はりたる、譜代下人にても候はず。国を申さば大和の国、[一〇]宇陀の者にてありけるが、継母の仲の[一一]讒訴により、伊勢の国[一二]二見が浦から売られてに、それがし余りの物

七 実際は思っただけではなく、つし王に話しかけたのであろう。

八 伊勢市の旧宇治・山田をはじめ、伊勢・伊賀の国に説経を語る連中が多かった。「小萩」は、「をぐり」の照手姫が、青墓の宿万屋で、水仕をしていた時の呼び名と同名。二六三頁一三行目参照。

九 中国の伝説で想像上の山。東海の中にあって仙人が住み、不老不死の霊山。ここは幸運の意。

一〇 奈良県宇陀郡。大和の国の中央、伊賀・伊勢両国に接している。

一一 底本「さんそう」。ザンソの延音か。「讒訴」は他人をあしざまに訴えること。あるいは「讒奏（他人を悪く奏上する意）」か。寛文版「なさぬ仲のざんにより」。「をぐり」二五七頁注八参照。

一二 度会郡二見町。当時舟を利用することが多く、交通の要衝であった。謡曲「歌占」のシテ（男巫）もこの出身で、歌占いをし、地獄の曲舞を舞うが、古くからそういう芸能者の出入りが多かったと思われる。

憂（う）さに（つらさに）、ついたる杖（つゑ）に刻（きざ）をして（きざみ目を付けて）、数を取つてみてあれば（数えてみましたら）、この太夫殿までは、四十二てん[一]に売られたが、ことし三年（みとせ）の奉公をつかまつる。初めからは慣らはぬぞ（慣れません）。慣らへば慣るる習ひあり（繰り返しやって慣れるというものです）。柴（しば）をえ刈らぬものならば、〔わたしが〕柴を刈つて参らすべし。潮をえくまぬものならば、潮をもくんで参らすべし。命を惜（たば）へ」とお申しある。

姉御この由きこしめし、「あふ[二]、その職が成らいでに（そのわざができないために）、命を捨てうとの申し言なれ（言っているのです）。その職だにも成るならば、何しに命が捨てたかるべきぞ」。（小萩）「その儀にてあるならば、けふよりも太夫の内に、姉を持つたと思ふべし」（姉弟）「おとと[三]持つたとおぼしめせ」とて、浜路にて、弟兄（おとこい）[四]の契約を召され、きやうだい連れ立ちて、太夫殿におもどりある。[五]

姉、つし王に脱走を勧める

コトバ 太夫は、きのふけふとは存ずれども（昨日今日と思っているうちに）、はや師走大晦日（すはすおほつもごり）[六]にまかりなる（なったが）、三郎を近付けて、「やあ、いかに三郎。あのきやうだいの

一 「手（て）」の転か。九六頁注二参照。

二 底本「あふ」。オウと読む。承諾の意の感動詞。

三 姉から見た妹と弟。

四 兄弟・姉妹。はらから。

五 与七郎正本では、以上、上の巻の本文。次に「西洞院通長者町」という刊記がある。これは板元（はんもと）の住所で、板元の名はない。たぶん何かの事情で削ったのであろう。しかしその名は「さうしや長兵衛」と推定されている（『説経正本集』第一解題）。

* 「さんせう太夫」に買われて、姉弟の潮くみと柴刈りの厳しい奴隷生活が続く。近くのきこりがか弱いつし王を助けたが、特に自殺を決意した二人を勇気づけたのは宇陀出身の小萩である。

六 底本「すわすおうつもごり」。「すわす」は「しはす」（明暦版）の誤りか、あるいは転訛か。「つもごり」は「つごもり」の音韻転倒。陰暦十二月末日。

者どもは、これよりも奥方(おくがた)、山中(やまなか)の者なれば、正月といふことも知らずして、いつも泣き顔をしてゐるものならば、一年中の物ふ[七]の悪いことにてはあるまいか。あれらきやうだいの者どもをば、三の木[八]戸のわきに、柴(しば)[九]の庵(いほり)を作つて、年を取らせい。三郎いかに」との御(ご)諚(ぢやう)なり。「承り候」とて、三の木戸のわきに、柴の庵を作つて、年を取らする。きやうだいの口説きごとこそ哀れなり。

フシクドキ　あらいたはしやなきやうだいは、〔(姉)〕「さてこそその〔去年〕正月までは、御浪人とは申したが〔いいながら〕、伊達(だて)の郡信夫(こほりしのぶ)の荘(しやう)で、殿原(とのばら)[一〇]たち上﨟(じやうらふ)たちの、破魔(はま)[一一]・胡鬼(こぎ)[一二]の子の相手〔遊び相手〕となつて、〔我々を〕寵愛(ちようあい)なされてあるものを、ことしの年の取り所、〔例年と違い〕柴の庵で年を取る。我らが国の習ひには、忌みや忌まるる者をこそ、別屋(べちや)[一三]に置くとは聞いてあれ。〔我々は〕忌みも忌まれもせぬものを、これは丹後の習ひかや。寒いかよつし王丸。ひもじな[一四]るこつし王丸。やあ、いかにつし王丸。この太夫殿に、遂げての奉公〔奉公を全うする〕はなるまいぞ〔ことはできますまい〕。この国の初山(はつやま)[一五]が、正月十六日と聞いてあり。初山

七　未詳。明暦版「物ぶ」。モノブと読むか。「ふ」は運の意(『日葡』、室町物語『唐糸草紙』)。「物ぶの悪いこと」は不運あるいは不吉の意か。寛文版「一年中のほむらの種とはなるまじか」。

八　城や柵(さく)に設けた門。「城戸」(『書言』)。一の木戸から奥へ奥へと作り、三の木戸は従って母屋(おもや)に近い。

九　柴(小さな雑木)で葺(ふ)いた小屋。

一〇　身分の高い男女のかたがた。

一一　底本「はま」。「胡鬼の子」とともに正月に子供がもてあそぶ物(『文明』)。「はま」は麦わらまたは燈心草(『日仏』)を丸めて作った輪であるが、これを的にして小弓で射る遊びも「はま」といった。「破魔」は邪気をはらう意味の当て字で、弓を破魔弓、矢を破魔矢、遊びそのものを破魔弓といったりする。

一二　底本「こぎのこ」。羽根。羽子。「子供が空に飛ばすために羽根を付けた硬い木の実」(『日仏』)。胡鬼板(羽子板)で打って遊ぶ。

一三　血のけがれ(お産など)や悪い病気を忌んで、産婦や病人を一時別居させる家あるいは小屋。

一四　「ひだるし」の女房ことば。ひ文字(もじ)。空腹であること。

一五　正月の山入り。初山入りともいう。現在も行われ、山の神を祭って、酒や餅を供える等の行事をする。

にゆくならば、姉にいとまを請はずとも、山から直ぐに落ちさいよ（逃げなさい）。落ちて世に出てめでたくは、姉が迎ひに参らいよ」。

つし王殿はきこしめし、姉御の口に手を当てて、「なうなう、いかに姉御様。今当代の世の中は、岩に耳[1]、壁の物言ふ世時なり。自然（もし）このことを、太夫一門聞くならば、さて身は（わたしは）何となるべきぞ。落ちたくは、姉御ばかり落ちたまへ。さてそれがしは落ちまいよの[2]」。

姉御この由きこしめし、「自ら落てうはやすけれど、女に氏は[3]（家柄は）ないぞやれ（ないのですよ）。又御身は、家に伝はりたる、系図の巻物をお持ちあれば、一度は世に出でたまふべし」。いや姉に落ちよ、弟に落ちよ、落ちい落ちじと問答を、邪見なる三郎が、やぶに小鳥をねらひゐて、立ち聞きこそはしたりけり。

コトバ 三郎は太夫殿に参り、「なう、いかに太夫殿。きやうだいが姉に落ちよ、弟に落ちよと問答す。かう申す間に、はや落ちたも存ぜぬ」と申す。太夫聞いて、「連れて参れ」との御諚なり。（三郎）「承る」

一 ことわざ。秘密の洩れやすいこと。「壁に耳岩の物いふ世の中」（謡曲「小鍛冶」）。

二 「の」は「に」「よ」などと同じく間投助詞で、説経にはよく用いられる。九四頁三行目参照。

三 「氏無くして玉の輿（女は家柄が卑しくても、美貌で貴人の寵愛を得れば、高い地位に上れる意）」の「氏」。

三郎の密告で、姉弟に焼き金

と申して、三の木戸のわきにお使ひ立つ。

フシ いたはしや姉御様は、「さてこそ申さ〔それ言わないことじゃ〕んかや〔ありません〕。正月三日の御祝(おいわ)ひ〔祝いの物を〕、今

（上）三郎、二人の話を立ち聞きする（下）太夫の前で姉に焼き金を当てる

賜らうは一定(いちぢやう)なり。今こそは太夫殿、〔我々を〕譜代下人と呼び使はるとも、いにしへ伊達(だて)の郡(こほり)信夫(しのぶ)の荘(しやう)で、殿原たち上臈(じやうらふ)たちの、正月初(はつ)の御礼〔拝賀〕の時の、式次第をば忘れさいな〔忘れなさるな〕」とのたまひて、きやうだい連れ立ちて、太夫殿にお参りある。

コトバ 太夫は大の眼(まなこ)に角(かど)を立て、きやうだいをはつたとにらんで、「さてもなんぢらは、十七貫で買ひ取つて、まだ十七文(もん)[四]ほども使は

四 「十七貫」の千分の一。

ぬに、落てうと申すよな。落てうと申すとて落さうか。いづくの浦(一)ばにありとても、太夫が譜代下人と呼び使ふやうに、印(しるし)をせよ。三郎いかに」との御諚(ごぢやう)なり。

(ツメ)邪見なる三郎が、「何がな印にせん」〔何か印をつけよう〕と言ふままに、天井(てんじやう)より(二)からこの炭を取り出だし、大庭(三)にずつぱ(四)と移し、尻籠(しこ)(五)の丸根(まるね)(六)を取り出だし、大団扇(おほうちは)を持つてあふぎたて、いたはしや姫君の、丈(たけ)(七)と等(ひと)せの黒髪を、手にくるくるとひん巻いて、ひざの下にぞかい込うだり。

(フシ)いたはしやつし王殿は、「なう、いかに三郎殿。それは実(じち)(八)か邪興(じやきよう)かや。おどしのために召さるるか。そもやその焼き金を、お当てなさるるものならば、そもや命がござらうか。たとへ命がありとても、五人ござある〔太夫の子息の〕嫁御たちの、月見花見の御供に参らうずる〔姉が〕時は、あのやうなる見目形(みめかたち)もよい姫が〔器量のよい姫が〕、何たるとがを〔過ちを〕したればとて、あの焼き金を当てられたといふならば〔〔人が〕尋ねるなら〕、主(ぬし)のとがをば申さいで〔本人の過ちは申さないで〕、これはお主(しゆう)(九)の御難なり。姉御にお当てある焼き金を、二つなりともそれが

姉弟、互いに身代りになろうとする

〔尻籠〕

〔丸根〕

一 片田舎にいても。底本「うらは」。明暦版「うらば」、草子「うら」。「まつら長者」三五八頁三行目「うらば」。「浦端」か。浦辺の意で、ここは辺鄙(へんぴ)な所を指す。

二 「殻粉の炭」で、麩炭(ふたん)（浮炭）のことか。殻粉は小麦をひいて麦粉をとったあとのかすで、麩すなわちふすまである。麩炭は水に入れて浮ぶ炭、消し炭の類（『大漢和辞典』）。

三 広い土間。草子「広庭」。

四 底本「ずつはと」。勢いよくどうっと、の意。

五 「矢籠」とも書き、靫(ゆぎ)・胡簶(やなぐい)の類を含めて、矢を入れる物の総名（『貞丈雑記』巻十二）。「皮の箙(えびら)」（『日仏』）。

六 矢じりの一種。「槇(まき)の葉のごとくにして、中にしのぎ（稜線）を立てずして、少し丸みを付くるなり」（『貞丈雑記』巻十）。

七 身の丈ほどの黒髪。

八 本気か戯れか。底本「じち」。草子「まこと」。底本「じやきやう」。明暦版・草子「じやけう」。「ジヤケウ（ヨコシマノタワムレ）」（『日葡』）、「邪興(ジヤケウ)」（『ぎやどぺかどる字集』）。

九 御主人の御欠点になります。御主人が悪いという

ことになります。

一〇 神仏の罰も利生（利益）も恐れ尊ばないこと。

一一 一〇六頁三行目以下の教訓。

一二 底本「おつと」。草子「おのこ」。男の意。以下の文は当時のことわざであろう。

三郎の慈悲

しにお当てあつて、姉御は許いてたまはれの」。

コトバ 三郎この由聞くよりも、「なんの面々（一人一人に）に当ててこそは、印にはなるべけれ」と、金真赤いに焼き立て、十文字にぞ当てにける。

つし王丸は御覧じて、大人しやか（〔いつもは〕大人びていらっしゃるが）にはおはしけれども、姉御の焼き金に驚いて、ちりりちりりと落ちらるる（逃げられる）。三郎この由見るよりも、「さてもなんぢは、口ほどにはない者よ。なに逃げば逃がさうか（逃げようとしても）」と、たぶさ（もとどり）を取つて引きもどし、ひざの下にぞかい込うだり。

フシ あらいたはしやな姉御様は、我が焼き金に手を当てて、「なうなう、いかに三郎殿。さても御身様は、罰も利生[一〇]もないことをなさるるぞ。姉こそ弟に落ちよと申したれ（申しましたが）、弟は太夫殿のためには、[一一]よい教訓を申したる。それ夫[一二]の面の傷は、買うても持つとは申せども、傷こそは傷によれ（傷も傷によります）、これは恥辱の傷なれば、二つなりとも三つなりとも、自らにお当てあつて、弟に許いてたまはれの」。

コトバ 三郎この由聞くよりも、「なんの面々に当ててこそは、印にはなるべけれ」と、じりりじつとぞ当てにける。太夫この由御覧じて、「さてもなんぢらは、口故に熱い目をしてよいか」（失言で熱い目にあい結構か）と、一度にどつとぞお笑ひある。「あのやうなる、口のさがない（いまいましい口をきく）者どもは、命の果つることも言はぬものぞかし[一]。浜路に連れて下がり、八十五人ばかりして持ちさうなる、松の木湯船（松の木の浴槽）のその下で、年を取らせい。食事をもくれな。ただ干し殺せ（飢え死にさせよ）」との御諚なり。（三郎）「承り候」とて、浜路へ連れて下がり、松の木湯船のその下で、年を取らする。きやうだいの口説きごとこそ道理なり。

フシ あらいたはしやな姉御様は、つし王殿にすがりつき、「やあ、いかにつし王丸。我らが国の習ひには、六月晦日に、夏越の祓ひの[二]輪に入るとは聞いてあれ。これは丹後の習ひかや。さらば食事をも賜らず、干し殺すかや、悲しや」と、姉は弟にすがりつき、弟は姉に抱きつきて、流涕焦がれてお泣きある。

太夫殿、五人ござある、〔子息の〕二番目の二郎殿と申すは、慈悲第一の人

一 かえって命の終る（死ぬ）ようなことでも、口を割らぬものだ。姉御（安寿）の拷問による死を予言するか。

二 旧暦六月晦日の行事。名越の祓えともいう。諸社で行われる神事に、茅の輪（ちがやというイネ科の多年草を太く束ねた輪）をくぐって、体を祓い清めるという習俗があった。

＊ 姉が弟に脱走を勧めたのは、二人が別屋に移されるという屈辱のためで、別屋は悪い病気などで「忌みや忌まるる者」を置く所であるから。それ

で男であるつし王の出世に一すじの望みを抱いたのである。立ち聞きされて失敗し、焼き金の刑を受けて絶望的になった時、太夫一家の二郎から救いの手が差し伸べられた。

三 草子『さんせう太夫物語』(江戸鶴屋版)插絵では、舟を引っ繰り返し、底に穴を開け、そこから姉と弟が首を出し、二郎から大きな握り飯を受けている。

四 「太夫は」は「三郎を」に掛る。一〇四頁一二行目参照。

太夫、姉弟ともに山へやる

にてござあるが、主(ぬし)(本人が召し上がる)のお参りある飯(はん)を、少しづつお分けあつて、御衣(ぎょい)のたもとにお入れあり、父・母・兄弟の目を忍び、夜々(よるよる)浜路へお下がりあつて、松の木湯船[三]の底を掘り抜いて、食事を通はしたまはつたる、二郎殿の御恩をば、報じがたうぞ覚えたり。

(コトバ)太夫は[四]、きのふやけふとは存ずれども、はや正月十六日にまかりなる、三郎を近付けて、「やあ、いかに三郎。それ人の命といふものは、もろいやうで、まつたつれないものでありけるぞ(案外なものであるのだぞ)。浜路のきやうだいが命があるか、見て参れ」との御諚なり。(三郎)「承つてござある」と、浜路へ下がり、松の木湯船をあふのけて見てあれば、あらいたはしやな、きやうだいの人々は、土色になつておはします。太夫殿へ連れてお参りあるが、太夫この由御覧じて、「命めでたい(命冥加な者たち)者よな(だな)。もはや山へもゆけ、浜へもゆけ」との御諚なり。

姉御この由きこしめし、「さん候(ざうらふ)、山へならば山へ、浜へならば浜へ、一つにやつてたまはれ(一緒にやって下さい)」とお申しある。太夫きこしめし、

「あふ、それ人のうちには、笑ひぐさとて、一人ならてかなはぬものよ。姉だに山へゆかうと言はば、大童（ざんばらにして）にないて山へやれ。三郎いかに」との御諚なり。（三郎）「承つてござある」と、あらいたはしや姉御様の、丈と等せの黒髪を、手にくるくるとひん巻いて、元結ぎはより、ふつと切りて、大童にないて山へやる。きやうだいの口説きごとこそ哀れなれ。

フシ あらいたはしやなつし王殿は、姉御様を先に立て、つくづくあとから御覧じて、「それ人の姿と申すは、三十二相と申すが、姉御様の御姿は、一際増いて、四十二相の形（容姿）なり。四十二相のそのうちに、一、髪形と申するが（髪つきが最高と）、姉御様の髪がござなければ、それがしあとから見てだにも、頼り力のござらぬに（頼もしさがありませんので）、さぞや姉御様の力のほどの（さぞかし姉御様の落胆のほどが）、思ひやられて悲しやな」とお嘆きある。

姉御この由きこしめし、「世が世の折の髪形（栄えている時の髪つき）。かくなりゆけば髪も形もいらぬもの。きやうだい連れ立ちて、山へゆくこそうれしけ

一 いったい大勢の中には、物笑いの種として、一人ぐらいいなくてはいけないものだよ。姉御を笑い物にするため、道化役の必要を述べた。

二 仏および転輪聖王の身に具足している三十二種の優れた相。ほかに八十種好というものがあって、両者に重複がある。また両者を合わせて相好という。『往生要集』巻中「観察門」には阿弥陀仏の四十二相好を挙げている（『仏教大辞典』等）。ここは女性の容姿のすばらしいことをいったもので、「四十二相」はそれ以上に優れていることをいう。当時の慣用。

れ」。とある獣道[三]をお上がりあるが、雪のむら消えたる、岩の洞に立ち寄りて、膚の守りの地蔵菩薩を取り出だして、岩鼻に掛け申し、「母上様の御諚には、自然きやうだいが身の上に、もしや大事のある時は、身代りにもお立ちある、地蔵菩薩とお申しあるが、かくなりゆけば、神や仏の勇力も尽き果てて、お守りなきかよ悲しやな」。

つし王殿はきこしめし、姉御の顔を御覧じて、「なうなう、いかに姉御様。さても御身の顔には、焼き金の跡もござない」とお申しある。姉御この由きこしめし、「げにまことに御身が顔にも、焼き金はござないよ」。地蔵菩薩の白毫[四]どころを見奉れば、きやうだいの焼き金を受け取りたまひ、身代りにお立ちある。

姉、つし王に脱走を勧める

「そもやその焼き金をお取りなさるるものならば、あの邪見なる太夫・三郎が、又当てうは一定なり。痛うも熱うもないやうに、おもどしあつてたまはれの」。何が一度[五]再び身代りにお立ちあれば、あとへはもどらず。「さてもよいみやうせ[六]やな。これをついでに落ち

三 鹿（かのしし）や猪が通る小道。けものみち。

四 仏の眉間にあって光を放つという毛。仏像では水晶などをはめてこれを表す。

五 「再び」は「一度」を強調したか、あるいは「あとへはもどらず」に掛るか。

六 幸せですね。「みやうせ」は「名詮」の転か。名詮は名詮自性の略。名によってそのものの性質を表す。名実相応。『文明』は「名詮字声」を「仕合能キ事ナリ」としている。

さいよ。落ちて世に出てめでたくは、姉が迎ひに参らいよ」。つし王殿はきこしめし、「一度には懲りをする、二度に死にをするとは、姉御様の御事なり。落ちたくは、姉御ばかり落ちたまへ。さてそれがしは落ちまいよの」。

姉御この由きこしめし、「さて今度の焼き金をば、姉が口故に、当てられたと思ふかよ。さて自らが落ちよと申すその折に、おうと（はいと）領掌するならば（承知していたら）、なにしに焼き金をば当てらるべきぞ。その儀にてあるならば、けふよりも太夫の内に、姉を持つたと思はいな（思いなさるな）。弟があるとも思ふまい」とて、鎌と鎌とで、金打々ど打ち合はせ、谷底指いてお下りある。

つし王殿は御覧じて、「さても腹のあしい（おこりっぽい）姉御やな。落ちよなら（逃げろとおっしゃるなら）ば落てうまで（逃げますよ）。おもどりあつてたまはれの」。姉御この由きこしめし、「落てうと申すか、なかなかや（それがいい）。その儀ならば、いとまごひの杯せん」とのたまへど、酒もさかなもあらば（あるわけがない）こそ。谷の清水を酒と

一 ことわざ。一度目は懲りるだけだが、二度目には死に目に遭う、の意。「二度で懲りいで二度の死をなさるる（一度では懲りないで、二度目に死に目に遭う意）」（狂言「清水」）。「一度には懲りをする」は誤りか。

二 以下、わたしのおしゃべり故に当てられたのではなく、お前がわたしの言うことに従わない故に当てられた意。

三 金打。誓いのため金を打つことが行われた。ここは鎌を打ち合った。「笛を吹かじと言ふ誓事をなし給へとて、権現の御前にて金を打たせ奉りて候へば、少人の笛をば御免候へかし」（『義経記』巻七）。

姉と弟の永別

御名付け、柏(かしは)[四]の葉をば杯にて、姉御の一つお参りあつて、つし王殿にお差しあつて、「(姉)けふは膚(はだ)の守(まぼ)りの地蔵菩薩(ぼさつ)も、御身に参らする。自然落ちてありけるとも(もし逃げたにしても)、たんじやう[五]なる心をお持ちあるな。たんじやうはかへつて未練の相と聞いてあり。落ちてゆきてのその先で、在所があるならば、まづ寺を尋ねてに、出家をば頼まいよ(頼みなさい)。出家は頼みがひがあると聞く。もはや落ちよ、はや落ちよ。(御身を)見れば心の乱るるに。やあやあ、いかにつし王丸。かやうに薄雪の降つたるその折は、足に履いたる草鞋(わらんぢ)を、あとを先へ(後先逆に)履きないて(しっかり履いて)、

（上）姉と弟、柏の葉で水杯　（下）姉、拷問を受ける

四　古くから食物や酒を盛るのに用いた。

五　未詳。「短情」か。短慮の意であろう。『文明』に「短慮ハ未練ノ相」とあり、未練は臆病の意としている。

右についたる杖（つゑ）を、左の方（はう）へつき直し、上（のぼ）れば[一]下（くだ）ると見ゆるなり。下れば上ると見ゆるなり。もはや落ちさい、はや落ちよ」と、さらばさらばのいとまごひ、事かりそめとは思へども、長の別れと聞える。

太夫ら、姉を責め殺す

いたはしや姉御様は、「けふはみづ[二]、あすより後（のち）に、たれやの者か弟（おとと）と定めてに（思って）、御物語を申さう（お話をしましょうか）」と、泣いつ口説いつ召さるるが、こぼるる涙を押しとどめ、人の刈つたる梢（こずゑ）[三]も、つゑを拾ひ取り、わづかの柴（しば）に束ねて、つきいただいて[四]、太夫殿におもどりある。

コトバ 太夫は、正月十六日のことなるに、表の櫓（やぐら）に、遠目を使うて（櫓にあがり 遠くを物見）ゐたりしが（していたが）、姉御の柴を御覧じて、「さてもなんぢは、弟（おとと）に増して、よい木を刈つて参りたに、どれ弟（おとうと）[五]は」との御諚（ごぢやう）なり。姉御この由きこしめし、「さん候（ざうらふ）、けさそれがしが、浜へとは申さいで、山へと申して候へば、〔弟は〕髪を切られた、愚痴ない姉と連れうよりと申して（愚かな姉と一緒に行くよりもと申して）、里の山人（やまうど）たちと、打ち連れ立ちて参りたが、自然（ひょっとして）道にも踏み迷ひ、

一 上りの場合逆に下りに見えます。

二 未詳。「まつら長者」三六一頁六行目に「けふはみつ、あすより後（のち）の恋しさを、たれやの者を頼みつつ、さよ姫と名付けつつ慰まぬ」とあり、慣用句。あるいは「みづ」は「水」で、水のように流れ去った意か。

三 「梢も、すゑ（末）」の誤りか、あるいは「梢を拾ひ取り」（明暦版）の誤りか。寛文版「柴の梢を拾ひ取り」。

四 頭の上に載せて。「つき」は「突き」で、ここは接頭語か。

五 底本「おとをと」。この語は多く「おとと」と表記している。実際の発音はオトウトか。

まだ参らぬかよ悲しやな。それがし参りて、尋ねて参らう」とお申しある。

太夫この由お聞きあつて、「あふ、それ涙にも五[六]つの品（しな）がある。[七]めん涙（るい）・怨涙（をんるい）・感涙・愁嘆[八]とて、涙に五つの品があるが、御身が涙のこぼれやうは、弟（おとと）をば、山から直ぐに落いて、首より空の〔顔つきだけの〕、喜び泣きと見てあるぞ。三郎いづくにゐるぞ。〔この女を〕責めて問へ」との御諚なり。

ツメ邪見なる三郎が、「承り候」とて、十二格（ご）[九]の登り階（はし）に絡（から）み付けて、湯責め水責めにて問ふ。それにも更に落ちざれば〔自白しないので〕、三つ目錐（ぎり）[一〇]を取り出だし、膝（ひざ）[一一]の皿を、からりからりと揉（も）うで[一二]問ふ。今は弟（おとと）を落いたと申さうか、〔いや〕申すまいとは思へども、（姉）「物をば言はせてたまはれの」。

コトバ太夫この由お聞きあつて、「物を言はせうためでこそある〔物を言わせるためにこそしているのだ〕。物を言はば言はせい」とお申しある。フシ（姉）「今にも弟（おとうと）が、山からもど（もどり）

六 「五つ」は不審。一つ脱落しているか。
七 未詳。「面涙」か。
八 「秘涙（愁嘆の涙）」の誤りか。
九 足をかける横木が十二あるはしご。「のぼりはし」は、当時の諸辞書は「梯」を当てる。草子「十二格（ご）ののぼりはしを取り出だし、つがひつがひをからめつけ」（「つがひ」は関節）。
一〇 刃先が三角形になっている錐（きり）。
一一 膝蓋骨（しつがいこつ）。膝のかわら。
一二 錐の柄（え）を両手ですり回して穴をあける様。

りたものならば、『姉は弟故に、責め殺された』とお申しあつて、よきに御目をかけて、お使ひあつてたまはれの」。

太夫この由聞くよりも、「問ふことは申さいで、問はず語りする女めを、物も言はぬほど責めて問へ。三郎いかに」との御諚なり。

ツメ邪見なる三郎が、天井よりもからこの炭を取り出だし、大庭にずつぱと移し、大団扇を持つてあふぎ立てて、いたはしや姫君のたぶさを取つて、あなたへ引いては、「熱くば落ちよ、落ちよ落ちよ」と責めければ、責め手は強し、身は弱し。何かはもつてこらふべきと、正月十六日日ごろ四つの終りと申すには、十六歳を一期となされ、姉をばそこにて責め殺す。

コトバ太夫この由見るよりも、「脅しのためにしてあれば、命のもろい女かな。それはそこに捨てて置け。幼い者のことなれば、よも遠くへは落ちまいぞ。追つ手を掛けい」と言ふままに、八十五人の手の者を、四つに作つて追つ掛くる。つし王殿の方へは、太夫・子

一 底本「すつぱと」。一〇八頁注四参照。
二 午前十一時ごろ。「日ごろ」は昼間の意か。
＊ 姉は試練のたびに強くなる。特に地蔵菩薩の身代りを知った時、決然として弟を脱走させる。弱い弟もためらうひまもないほど、強硬かつ冷静に指示する。その後姉は激しい拷問に遭ったが、弟の行方について口を割らないまま絶命する。

つし王に追っ手

供ぞ追つ掛くる。
いたはしやつし王殿は、〔太夫らが〕今や今は姉御を、打つか、たたくか、さいなむか、あとへもどらうものを、とおぼしめし、あるく峠[三]に腰を掛け、あとをきつと見たまへば、先に進むは太夫、あとに続くは五人の子供。諏訪(すは)[四]・八幡も御示現(ごじげん)あれ、逃れんところ[五]とおぼしめし、守刀(まぶりかたな)の紐(ひぼ)を解き、太夫が心元に〔太夫の胸もとに〕差し立てて[六]、あすは閻浮(えんぶ)の塵(ちり)とならばなれ[七]、とおぼしめさるるが、待てよしばし我が心、姉御様の、たんじやう[八]心を持つなとお申しあつてござあるに、かなはぬまでも落ちてみばやとおぼしめし、ちりりちりりと落ちらるるが、里人にはたと会ひ、「この先に在所はなきか」とお問ひある。(里人)「在所こそ候へ、渡り[九]の在所」「寺はないか」とお問ひある。(里人)「寺こそ候へ、国分寺[一〇]」、「本尊(ほぞん)はなんぞ」とお問ひある。「毘沙門(びしやもん)」と答へける。「あら有り難の御事や。それがしが膚に掛けたるも〔膚に掛けた地蔵菩薩も〕、神体[一一]は毘沙門なり。力を添へてたまはれ」と、ちりりちりりと落ちらるるが、かの国分寺へお着きあ

三 未詳。草子「ありく峠」。現在の遺跡から考えると、和江(わえ)(舞鶴市)の北、由良ヶ岳の東南のすそに当る。

四 誓いの詞。ここは絶対にの意。諏訪明神も八幡神も武の神。「示現」は神仏が霊験を示すこと。謡曲「籠太鼓」は「諏訪八幡も御知見あれ」。底本「しけん」。草子「じけん」で、「示現」を当てる。

五 とても逃れられないと。「逃れん」の「ん」は、打ち消しの助動詞「ぬ」の転。

六 突き付けて。草子「さしあて丶」。

七 慣用句。(太夫と闘ったすえ)あすはこの世の塵となろうが構わない(死んでも構わない)。「閻浮」は閻浮提(えんぶだい)・閻浮州の略。須弥山(しゅみせん)の南にある州。もとインドの称であったが、後に人間世界あるいは現世を指すようになった。

八 草子「短気を持つな」。一一五頁注五参照。

九 『西北紀行』は和江(わえ)の対岸中山(旧東雲(しののめ)村)を「渡りの里」としている。渡し場であった。中山を南下して京都に出る。

一〇 和江に仏国山国分寺の跡といわれるところがあり、国分寺は天暦(てんりゃく)十年(九五六)九月焼失したと伝える(『丹哥府志』『加佐郡誌』)。『西北紀行』に「今小堂に弥勒(みろく)の像のみ残れり」とある。

一一 草子「本地を申せば毘沙門なり」、正徳版「いにしへは御一体と承る」。神体としては毘沙門、の意。

る。

つし王、国分寺にかくまわれる

お聖[一]は、日中[二]の勤め[三]を召されておはしますが、つし王殿は御覧じて、「なう、いかにお聖様。あとよりも追つ手のかかりて、大事の（絶体絶命）身にて候（でございます）。影（姿）を隠してたまはれ」。お聖この由きこしめし、「なんぢほどなる幼い（幼な子）が、なにたるとがをしたればとて、さやうの儀を申すぞ。語れ、助けう」との御諚なり。つし王丸はきこしめし、「命のありての物語。まづ影を隠してたまはれ」との御諚なり。

お聖はきこしめし、「さてもなんぢは、げにもなることを（もっともなことを）申す者かな」と、眠蔵[四]よりも、古き皮籠[五]を取り出だし、皮籠の中へどうど入れ、縦縄横縄むんずと掛けて、棟[六]の垂木につつて置き、さらぬ体（知らん顔で）にて、日中の勤めを召されておはします。

何が（何しろ）正月十六日のことなれば、雪道の跡を慕うて、国分寺の寺へぞ追つ掛けたり。太夫は表の楼門に番をする。五人の子供はお聖に参り、「いかにお聖。ただ今ここへ、わつぱが一人はひり候。お出し

一　ここは和尚さんの意。
二　正午。一昼夜を六分した時刻を六時（晨朝・日中・日没・初夜・中夜・後夜）といい、「日中」はその一つ。
三　勤行。仏前で念仏・読経・回向をすること。六時の勤め（六時三昧）というが、日常、晨朝・日没を大切にし、日中あるいは夜中にも行う。
四　僧家の寝所（『書言』）で、家財も置く（『日仏』）。
五　皮で張ったかご。行李。
六　棟から軒に渡す木。
＊　つし王は迷いながらも、姉に言われたとおり寺に逃げ込む。果してお聖は頼もしかった。一人の命を守るため、以下（一二七頁四行目まで）三郎の要求する大誓文まで立てて、独り奮闘する。

あれ」とぞ申しける。お聖この由きこしめし、耳は遠うなけれども、「何と候や。春夜(はるよ)[七]の徒然(とぜん)なに、斎(とき)[八]の檀那(だんな)に参れとお申しあるか」。三郎聞いて、「さてもお聖は、川流れ[九]が杭(くひ)[一〇]にかかつたお聖かな。斎の檀那は追つてのこと。まづわつぱをお出しあれ」と怒(いか)りける。お聖は「今ぞ聞きて候（やっと分りました）。この法師にわつぱを出せとお申しあるか。それがしは百日の別行(べちぎやう)[一一]にこそ心が入れ（熱中していて）。わつぱやら、すつぱ[一二]やら、番はせぬ」との御諚なり。

（三郎）ツメ「につくいお聖の御諚かな。さあらば寺中を捜させん」とお申しあれば、（お聖）「なかなか（結構）」とお申しある。身の軽き三郎が、尋ぬる所はどこどこぞ。内陣[一三]・長押(なげし)[一四]・庫裏(くり)[一五]・眠蔵(めんざう)・仏壇・縁の下・築地(ついぢ)の下、天井[一六]の裏板はづいて尋ぬれども、わつぱが姿は見えざりけり。

（三郎）コトバ「あら不審やな、背戸(せど)[一七]へも門(かど)へもゆき方(がた)のなうて、わつぱのないは不審なり。いづれお聖の心の内にござあるは一定(いちぢやう)なり。わつぱをお出しあれ。わつぱをお出しないものならば、身にも及ばぬ大(だい)[一八]

七　春の夜が退屈だから。草子「春の日の寂しきに」。
八　正月十六日は斎日・斎の日、あるいはお斎日(きいにち)といって、先祖を祭る大事の日。特別の食事が行われた（柳田国男『先祖の話』）。「檀那」は、布施あるいは布施をする人。ここはお斎を布施するので参れの意。
九　川でおぼれ死んだ人。
一〇　「杭」に「食い」を掛け、以下食い意地の張ったの意とする。「川流れのごもく（芥・五目）」のことわざがあり、食べることに夢中になることを皮肉る。
一一　特別に執り行う仏事。
一二　悪党の総名（『明応』）。戦国時代の忍びの者あるいは掏摸(すり)・盗賊等を指す。
一三　本堂で本尊を安置してある所。
一四　鴨居(かもい)の上の、柱から柱へ渡す横木。大きな柱の場合は、両側の長押の間に、子供が隠れることもできたろう。
一五　寺の台所。
一六　屋根裏に張った板。
一七　裏口へも門口へも。
一八　（三郎にとって）過分の。寛文版「身に余れる大誓文」。

経尽しの誓文

誓文をお立てあらば、由良の港へもどらう」との御諚なり。

ツメ お聖は「わつぱとては知らねども、誓文を立てていならば立て申すべし。そもそもこの法師と申すは、この国の者でもなし。国を申さば大和の国、宇陀[一]の郡の者なるが、七歳の時に播磨[二]の書写へ上り、十歳にて髪を剃り、はたちで高座[三]へ上がり、幼い折より、習ひおいたる御経を、ただ今誓文に立て申すべし。

そもそも[四]御経の数々、華厳[五]に阿含[六]・方等[七]・般若[八]、法華[九]に涅槃[一〇]、並びに五部の大蔵経[一一]・薬師経[一二]・観音経[一三]・地蔵お経[一四]・阿弥陀お経[一五]に、小[一六]文に古経は、数を尽くいて、七千余巻に記されたり。よろづの罪の滅する経が、血盆経[一七]・浄土の三部お経、倶舎[一八]の経が三十巻、天台[一九]が六十巻、大般若が六百巻、それ法華経が一部八巻二十八品、文字[二〇]の流れが六万九千三百八十四箇の文字に記されたり。この神罰と、厚う深う被るべし。わつぱにおいては知らぬなり」。

太夫この由聞くよりも、「なう、いかにお聖様。それ誓文などと

一 小萩も同郡の出身であった。一〇三頁注一〇参照。
二 姫路市の書写山円教寺。天台宗の大道場。
三 寺で論議・説法のため僧が座る高い席。
四 以下の経尽しの誓文は、写本『かるかや』の、苅萱が高野に登る時、法然上人に対して立てた誓文とよく似ている。誓文としてよく用いられたのであろう。
五 華厳宗所依の経典。大乗経典の一つ。漢訳に六十華厳（旧訳）、八十華厳（新訳）がある。
六 釈尊の教法を伝承した小乗仏教の根本経典。
七 大乗経典のうち華厳・般若・法華および涅槃に属さないもの。
八 玄奘訳の『大般若波羅蜜多経（大般若）』六百巻等を含む膨大な経典群。
九 漢訳に正・妙法・添品妙法の三があるが、一般に妙法蓮華経の略称。鳩摩羅什の訳で、八巻二十八品。
一〇 大般涅槃経。有名な大本は曇無讖訳。中国涅槃宗所依の経典。
一一 「大蔵経」は仏教聖典の総称。経・律・論の三蔵のほか仏教典籍を網羅する。ここは「大乗経」（草子）の誤りか。五部の大乗経は、華厳・大集・大品（般若）・法華・涅槃の五経典（『撮壌集』）。
一二 薬師瑠璃光如来本願功徳経。
一三 法華経の観世音菩薩普門品。
一四 地蔵菩薩本願経。
一五 浄土三部経の一つ、阿弥陀経。他は無量寿経・観無量寿経。

大誓文

いふものは、日本国の高い大神、低い小神を勧請申し、驚かして〔その神を〕こそは、誓文などと用ひるものなり。今のはお聖の、幼い折より習ひおいたる、檀那誑しの経尽しといふものにてはなきか。ただ誓文をお立てあれ」とぞ責めにける。

クドキ いたはしやお聖様は、今立てたる誓文だにも、出家の上では、なんぼう物憂う思うたに、又立ていとは曲もなや。今はわつぱを出さうかよ。又誓文を立てうかよ。今わつぱを出せば、殺生戒を破るなり。又わつぱを出さいでに、誓文を立つれば、妄語戒を破るなり。破らば破れ、妄語戒。殺生戒を破るまいとおぼしめし、「なう、いかに太夫・三郎殿。誓文を立ていならば、立て申すべきぞ。お心安かれ太夫殿」。

ツメ お聖はうがひにて身を清め、湯垢離七度・水垢離七度・潮垢離七度、二十一度の垢離をとつて、護摩の壇をぞ飾られたり。矜羯羅・制吒迦、倶利迦羅不動明王の、剣を呑うだるところをば、真つ

一六 底本「こふみ」。手紙の形式の一つ（鳥の子または杉原紙を半切りにして書いたひねり文）であるが、ここはコの同音で、「古経」を呼ぶため添えたか。

一七 女人血盆経とも。わが国禅僧によって作られた。

一八 阿毘達磨倶舎論三十巻。倶舎宗所依の論。

一九 智顗の法華玄義・法華文句・摩訶止観と、湛然が講述した玄義釈籤・文句記・止観輔行の各十巻をいう。

二〇『拾芥抄』下に「六万九千三百八十四字」。室町物語『大橋の中将』に「文字の数六万九千三百八十よ字」。

二一 上界下界の大小の神。一二四頁五行目以下参照。

二二 来臨を願うこと。神降ろしをすること。

二三 生き物を殺すことを戒める戒律。

二四 うそをつくことを戒める戒律。

二五 湯・水・潮を浴びて、体を清浄にすること。

二六「護摩」は梵語で焚焼の意。壇・炉を設け、真言を誦し、護摩木をたいて、諸仏に供養する真言密教の秘法。息災・増益・降伏・誓文等、目的に従って、本尊・壇・炉等を異にする（『仏教大辞典』等）。

〔護摩の壇〕

二七 矜羯羅童子と制吒迦童子。不動明王の左と右の脇に侍す。

二八 不動明王が龍王として現れた姿。岩の上に立って、剣に巻きついた黒龍が剣を呑み、火炎に包まれている。倶利迦羅龍王。

逆様に掛けられたり。眠蔵よりも、紙を一帖[一]取り出だし、十二本の御幣切つて、護摩の壇に立てられたは、ただ誓文ではなうて、太夫を調伏[二]するとぞ見えたりけり。

「敬つて申す」。独鈷[三]握つて鈴[四]を振り、苛高[五]の数珠をさらりさらりと押し揉うで、「謹上散供再拝再拝[六]。上に梵天帝釈、下には四大天王・閻魔法王・五道の冥官、大じん[七]に泰山府君。下界の地には、伊勢は神明天照大神、外宮が四十末社、内宮が八十末社、両宮合はせて百二十末社の御神、ただ今勧請（降ろし奉る）申し奉る。

熊野[八]には新宮・本宮、那智に飛滝[九]権現、神の倉には重蔵[一〇]権現、〔那智の〕滝本に千手観音、初瀬は十一面観音、吉野に蔵王権現、子守・勝手の大明神、大和に鏡作[一一]・笛吹[一二]の大明神、奈良は七堂大伽藍、春日は四社の大明神、転害[一三]牛頭天王、若宮[一四]八幡大菩薩、下つ河原[一五]・かもつ河原・たちうち[一六]・べつつい[一七]・石清水[一八]、八幡は正八幡、西の岡[一九]に向日の明神、山崎に宝寺、宇治に神明、伏見[二〇]に御香の宮、藤の森の大明神、

一 半紙なら二十枚、美濃紙なら四十八枚。
二 密教で、不動明王などを本尊にして、怨敵を降伏する修法。ここは太夫を呪詛する意。
＊ 以下の大誓文は、前の経尽しの誓文同様、「かるかや」のそれとよく似ている。説経与七郎（解説参照）が得意としたのであろうが、いかにも中世的で、この作品でも一つの眼目になっている。
三 「かるかや」五二頁注二参照。
四 「かるかや」五二頁注四参照。
五 珠が平たく角が高く、粒の大きい数珠。修験者が用い、もむと高い音を立てる。
六 底本「さいへい」。サイハイ（再拝）の転か。以下「かるかや」二三頁一〇行目以下の注参照。
七 「大神」か。
八 「新宮・本宮・那智」を熊野三山とする。
九 底本「ひろう」。ヒリョウの転か。
一〇 「かるかや」二四頁二行目に「龍蔵権現」とある。
一一 奈良県磯城郡田原本町八尾の鏡作坐天照御魂神社。
一二 奈良県北葛城郡新庄町笛吹の笛吹神社。
一三 東大寺転害門（景清門）の南の祇園社（奈良市押上町八坂神社）。
一四 春日若宮か。若宮は天児屋根命の子天忍雲根命を祭るというが、「けだし然らず。社家の秘説にして、

他人その実を知らしむることなし」(『和漢三才図会』)ともいわれる。

一五 次の「かもつ河原」とともに未詳。現在の京都府相楽郡木津町の下河原に当るとすると、それに近い同町相楽の相楽神社(八幡)か。「かもつ河原」(草子「上つ河原」)を「賀茂つ河原」とすれば、同郡賀茂町里の賀茂明神か。

一六 未詳。

一七 未詳。

一八 石清水権現宮(八幡宮の摂社石清水社)か。

一九 京都府向日市向日町の向日神社。「西の岡」は「惣じて乙訓郡なり、北は大江坂、東は桂河を限り、南は淀河山崎を限り、西は山を限る」(『山城名跡巡行志』)。

二〇 京都市伏見区桃山の御香宮神社。

二一 未詳。「牛頭天王」(明暦版)、「三社の牛頭天王」(寛文版)。

二二 愛宕山。

二三 多賀大社(滋賀県犬上郡多賀町)の祭神は伊邪那岐・伊邪那美命。「八幡大菩薩」は不審。

二四 「かるかや」二四頁注一二参照。

二五 底本「ばんとう」。関東地方の古称。

稲荷は五社の御神、祇園に[21]八大天王、吉田は四社の大明神、御霊八社、今宮三社の御神、北野殿は南無天満天神、梅の宮、

お聖の大誓文

松の尾七社の大明神、[22]高きお山に地蔵権現、ふもとに三国一の釈迦如来、鞍馬の毘沙門、貴船の明神・賀茂の明神、比叡の山に伝教大師、ふもとに山王二十一社、打下に白髭の大明神、海の上に(琵琶湖の上に)竹生島の弁才天、[23]お多賀八幡大菩薩、美濃の国に[24]ながへの天王、尾張に津島・熱田の明神。
[25]坂東の国に、鹿島・香取・浮洲の明神、出羽に羽黒の権現、越中

に立山、加賀に白山、敷地の天神、能登の国に伊須流岐[1]の大明神、信濃の国に戸隠の明神、越前に御霊の御神、若狭に小浜の八幡、丹後に切戸の文殊、丹波に大原八王子、津の国に降り神[2]の天神、河内の国に恩地[3]、枚岡、誉田の八幡、天王寺に聖徳太子、住吉四社の大明神、堺に三の村、大鳥五社の大明神、高野に弘法大師[4]、根来に覚鑁[5]上人、淡路島に、論鶴羽[6]の権現、備中に吉備の宮、備前にも吉備の宮、備後にも吉備の宮、三が国の守護神を、ただ今ここに勧請申し、驚[7]かし奉る。

さて筑紫の地に入りては、おさらかに四こくほてん[8]、鵜戸・霧島、伊予の国に一宮、ぼだいさん[9]、たけの宮[10]の大明神。総じて神の総政所[11]、出雲の大社、神の父は佐陀の宮、神の母が田中の御前、山の神が三十五王[12]、いはんや梵天・鬼魅[13]・樹神、屋の内に、地神荒神[14]・三宝荒神[15]・八大荒神[16]・竈[17]、七十二社の宅[18]の御神に至るまで、ことごとく誓文に立て申す。

一 底本「ゆするき」。「いするぎ」(写本『かるかや』)の転か。
二 『摂陽群談』に、能勢郡稲地村(大阪府豊能郡能勢町)、有馬郡東末村・西末村(兵庫県三田市末)の天神社、河辺郡小部村(同県川西市小戸)の小戸神社(小部天神)は天降の神を祭るとしている。
三 底本「をんしゆ・ひろうおか」。
四 底本「こほう」。
五 底本「かくば」。カクバンが正しい。「覚鑁」は真言宗新義派の開祖。高野山の再興に努力したが、追われて紀州根来に移った。現在の根来寺はその跡。
六 「ゆづりは」(草子『さんせう太夫物語』)の転か。
七 神の眠りをさまさせ申す。神霊の活動を促すため。
八 未詳。「宇佐・羅漢・四国補天」か。写本『かるかや』は「うさらかいし(宇佐・羅漢寺)四こくのほてん」。「かるかや」二五頁注二九参照。
九 未詳。写本『かるかや』「五大三」。高知市五台山の竹林寺(真言宗。文殊で有名)か。
一〇 徳島県麻植郡木屋平村の滝宮神社(祭神素戔嗚尊)か。
一一 すべての神の元締め。
一二 未詳。
一三 鬼。ばけもの。
一四 底本「ぢじんかう神」。草子『さんせう太夫物語』「ぢしんくはうしん」。屋敷神・同族神・部落神とし

かたじけなくも、神数九万八千七社の御神、仏の数が一万三千仏、（偽るにおいては）この神罰と、厚う深う被るべし。その身のことは（自分自身は）おんでもなし（言うまでもない）。一家一門、六親眷族に至るまで、堕罪の車に誅せられ、修羅三悪道へ引き落され、浮ぶ世更にあるまじ。わつぱにおいては知らんなり」。

太郎と地蔵菩薩の慈悲

コトバ 太夫この由きこしめし、「殊勝なりやお聖。明日よりも、斎の檀那にまかりならう（なってあげましょう）」との御諚なり。三郎この由聞くよりも、「なう、いかに太夫殿に申すべし。ここに不思議なることを、一つ見出いてござある。あれにつつたる皮籠は古けれども、掛けたる縄が新しし。風も吹かぬに一揺るぎ二揺るぎ、ゆつすゆつすと動いたが、これが不思議に候。あれを見いで（見ないで）、もどるものならば、一年中の炎の種となるまいか。おもどりあれや太夫殿」。

フシ 兄の太郎はこれを聞き、「やあ、いかに三郎よ。父こそ老いに（老いぼれ）ほれたりと（たにしても）、わ殿は老いにほれまいぞ。このやうなる古寺には、古

て祭る地荒神か。

一五 修験道および日蓮宗等で祭る神で、仏・宝・僧の三宝を守るという。またかまどの神として祭られる。

一六『荒神式』に「咲へば八葉中台の尊神、瞋れば八大荒神の大神なり」とある。荒神には三宝荒神のほか、小島・如来・麁乱・忿怒・夜叉・清等がある。

一七 かまどの神。「かるかや」二七頁注一五参照。

一八 未詳。

一九「惣じて神の御数は、九万八千七社とぞ聞えける」(舞曲「伏見常盤」)。

二〇「(十六巻ノ仏名経)ノ中ニ載セル所、仏菩薩賢聖等ノ名一万三千余ナリ」(『塵添壒嚢鈔』巻十四)。

二一 シンバットと読む。神罰を、の意。

二二 すべての親族まで。「六親」は父・母・兄・弟・妻・子または父・子・兄・弟・夫・婦。「眷族」は親族。

二三 罪人として車裂きにされる、あるいは火の車に乗せられる意か。

二四 地獄・餓鬼・畜生(以上三悪道)・修羅・人間・天上を六道といい、一切の衆生が前世の業によって赴き住む迷界(迷いの世界)。

二五 与七郎正本では、以上、中の巻。しかし落丁のため刊記不明。

二六 心が怒りや怨みで燃え立つ、その原因。

経（ぎやう）・古仏（ふるぼとけ）の、破れた反古（ほうぐ）のいらぬ［不必要なものを］をば、いらいで［いらないので］つつてあるものよ。きのふつるも習ひなり、又けふつるも習ひなり［きのうつることもあろうし］。外は風が吹かねども、屋鳴（や）[一]りて上は、樹神（こたま）の響きとで、内は風が吹くぞやれ［内には風が吹くのだよ］。たとはば（たとい）あの皮籠（かはご）の中なるが、わつぱにてもあれ、今お聖（ひじり）の誓文を聴聞（ちやうもん）するからは、使はうかたはないぞやれ［〔わっぱの〕使いようがないぞ］。あのわつぱでなければ、太夫の内に、人は使ひかねた身か［使う者がないという身の上か］。まづこの度は、我に免じてまづもどれ」。

コトバ三郎この由聞くよりも、「太郎殿の御意見、聞くこともあら（ありま）うず（しょう）。又聞かぬこともござらう。生（なま）[二]道心ぶつたることを申しあるものかな。そこのきたまへ」と言ふままに、打ち物［刀］の鞘（さや）をはづいて、つつたる縄（なは）を切つて、降ろいて、宙にて要（かなめ）[三]を引いて、わつぱあると喜うだり。下へ降ろす間（ま）が遅い［もどかしい］とて、縦縄（たてなは）横縄むんずと切つて、ふたを開（あ）けて見てあれば、膚［〔つし王の〕］の守（まぶ）りの地蔵菩薩（ぼさつ）の、金色（こんじき）の光が放つて、三郎が両眼に霧降り、縁から下へこけ落つる。

太郎この由御覧じて、「さてこそ申さぬかや。当座に［〔仏が〕即座に］命をお取り

一 屋鳴りする上に、こだまの響きが重なり、の意か。草子「屋鳴りこたまの響きにて」。

二 未熟な道心（仏門に入った人）。

三 底本「かなめをひゐて」。要所を引っ張って、の意か。

ないは、なんぢが冥加よ（幸せよ）。元の如くにつつておけ」と、縦縄横縄むんずと掛けて、元の如くにつつておき、三郎は兄弟の肩に

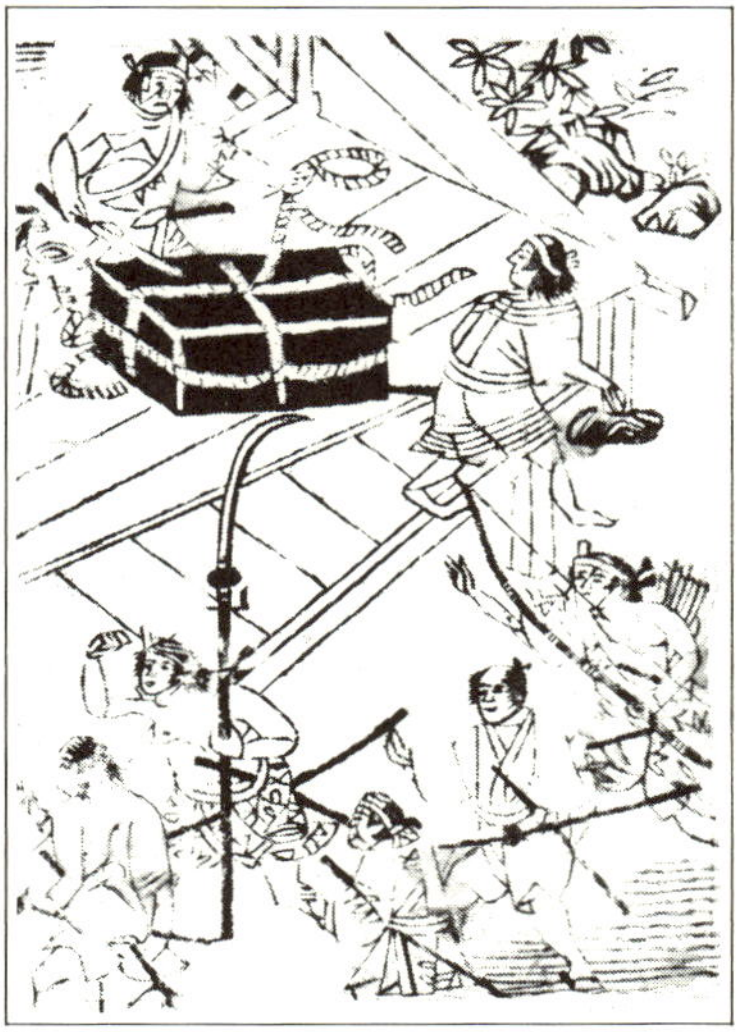

三郎、皮籠を見ようとする

かかつて、由良の港へもどりたは、ただ面無い[四]体とぞ見えたりけり。

つし王の告白

フシ いたはしやお聖様は、今の皮籠を降ろすと見てあるが（今も皮籠を降ろすところを見ていたが）、皮籠を降ろすものならば、わつぱを連れてゆかうは一定なり。わつぱを連れてゆくならば、さてこの聖にも、縄を掛けうと申さうが（「それにしても」）、皮籠の中なるは神方便[五]、仏神通の者か。さて（その後）皮籠の下へ立ち寄りて、「わつぱはあるか」とお問ひある。

四 面目ない。

五 「神」「仏」ここでは同意。「方便」は仏・菩薩が衆生を救うために用いる巧妙な手段。底本「しんつ（神通）」は「じんづう」あるいは「じんつう」（『弘治』）の転。自由自在に働く不可思議な力。

つし王殿は弱りた声をして、「わつぱはこれにござあるが、もはや太夫の一門は、辺りにはござないか」。お聖この由きこしめし、「心安く思はい」と、皮籠を降ろし、ふたを開けて見たまへば、あら有り難や、地蔵菩薩は、金色の光を放つておはします。

皮籠の中より跳んで出で、お聖様にすがりつき、「なうなう、いかにお聖様。名乗るまいとは思へども、今は名乗り申すべし。我をばたれとかおぼしめす。奥州五十四郡の主、岩城の判官正氏殿の総領に、つし王丸とはそれがしなり。さて不思議なる論訴により、都へ上り、みかどにて安堵の御判申し受けに上るとて、越後の国の直江の浦から売られてに、あなたこなたと売られて後、あの太夫に買ひ取られ、刈りも習はぬ柴を刈り、くみも習はぬ潮をくみ、その職がならいでに、これまで落ちてござあるが、又太夫の内に姉が一人ござあるが、もし都への路次をお問ひあらば、教へてたまはれお聖様。それがしは都へ落ちたうござあるよ」。

一 底本「たうと」。寛文版「とうど」。
二 草子「町屋関屋の通ひ路にて」。以下「さしてとがむる者はあるまい」まで、聖のつし王に対する言葉とも、聖の心内語ともとれる。
三 一三一頁一四行目まで道行（国分寺～権現堂）。「かるかや」一六頁＊印参照。ここは「これとかや」の繰り返しが特徴。
四 「菟原・大身」（京都府天田郡三和町）か。
五 京都府船井郡瑞穂町。次の「みぢり」は、鎌谷の東の「井尻」の誤りか。
六 未詳。
七 郡名か。丹波六郡のうちに桑田郡がある。また同郡山本村（亀岡市山本）に桑田があるが、これを想定するには道順に難点がある。
八 「口郡（奥郡に対し、同郡の都に近い地方）」の誤りか。
九 「浮き木の亀」は「盲亀の浮き木」と同じく、仏に巡り合うことの困難なたとえから、一般に巡り合うことの容易でない意。「花に」は浮き木の亀と同意の「優曇波羅の華」（『法華経』）に引かれたのであろう。

つし王、お聖に負われて上洛

お聖この由きこしめし、「さてもあどないつし王や。太夫があまたある人を、五里三里も先へ、追ひ手がかかりてござらうぞや。まつこと落ちたうござあらば、とてものことに、それがし送り届けて参らせん」と、元の皮籠へとうど入れ[一]、縦縄横縄むんずと掛けて、聖の背中にとうど負ひ、上には古き衣を引き着せて、「町屋[二]関屋関々で、『聖の背中なはなんぞ』と、人が問ふ折は、『これは丹後の国国分寺の金焼地蔵でござあるが、余りに古びたまうたにより、都へ上り、仏師に彩色しに上る』と言ふならば、さしてとがむる者はあるまい」と、丹後[三]の国を立ち出でて、いばら[四]・ほうみはこれとかや。鎌谷[五]・みぢりを打ち過ぎて、くない[六]・桑田[七]はこれとかや。くちこぼ[八]りにも聞えたる、花[九]に浮き木の亀山[一〇]や。年[一一]は寄らぬとおもひの山、沓掛峠を打ち過ぎて、桂の川を打ち渡り、川勝寺[一二]・八町畷[一三]を打ち過ぎて、お急ぎあれば程はなし、都の西に聞えたる、西の七条朱雀[一四]、権現堂にもお着きある。

一〇　亀岡の旧名。

一一　「年は寄らねど老の坂」の誤りか。老の坂は京都市右京区から亀岡市に通ずる坂。「沓掛峠」（底本「くづかけたうげ」）はその東。

一二　村名。桂の渡し（桂村）の東、西七条村の西（右京区西京極の辺り）で、丹波街道。秦川勝（「河勝」とも。聖徳太子に仕えた帰化豪族）の建てた寺の跡（『山州名跡志』等）。

一三　川勝寺村から西七条村に至る間。「西京紙屋川より西の方、宇多川に至るかたの道なり。八町の余あり」（『名所都鳥』）。

一四　西七条村の東が朱雀村で、丹波街道。ここは七条朱雀通（千本通）の西角を示す。ここに権現寺（浄土宗）があり、門は東北、堂（本尊、阿弥陀仏）は南向き。その北門内南向きに「権現堂」があった。祭るところは将軍地蔵、脇に地蔵（都子王丸守り本尊）と聖徳太子の像。この寺および堂はもと歓喜寺の森（七条の南、朱雀の東）にあったのを、秀吉時代に移したといい（以上『山州名跡志』等）、現在は鉄道敷設のためにさらに西に移っている。この辺りは交通の要点で、江戸時代では旅籠・煮売り・茶店などが多かった（『山城名跡巡行志』）。乞食も多く集まったであろう。

コトバ 権現堂（ごんげだう）にも着きしかば、皮籠（かはご）を降ろし、ふたを開けて見てあれば、皮籠の内の窮屈やらん、まつた雪焼け（凍傷にでもかかったのか）ともなし、腰が立たせたまはざれば、お聖（ひじり）この由御覧じて、「それがしが都へ参り、安堵（あんど）の御判を申し受け参らせたうはござあるが、出家の上ではならぬこと（できないこと）。これからおいとま申す」との御諚（ごぢやう）なり。

フシ あらいたはしやなつし王殿は、「命の親のお聖様は、丹後の国へおもどりあるか、けなりやな（うらやましいな）。物憂いも（つらいと思うのも）丹後の国。姉御一人ござあれば、又恋しいも丹後なり。命の親のお聖様に、何がな（何か）形見を参らすべし。地蔵菩薩（ぼさつ）を参らせうか。守刀（まぶり）を参らせうか」。

お聖この由きこしめし、「さて今度（こんど）の命をば、この聖が助けたとおぼしめさるるか。膚（はだ）の守り（まぶ）の地蔵菩薩の、お助けあつてござあるぞ。よきに信じてお掛けあれ。それ侍（さぶらひ）と申するは、守刀（まぶり）をば、七歳よりも差すと聞く。出家の上の刃物には、かみそりならでは（以外は）いらぬなり。まつこと形見が賜りたくは、鬢（びん）の髪を賜れや。聖の方（はう）の形見には、衣の片そで参らすべし」とて、鬢の髪を一房生やいて[一]お取りあり、衣の片そで参らせて、お聖は涙とともに、丹後の国へ

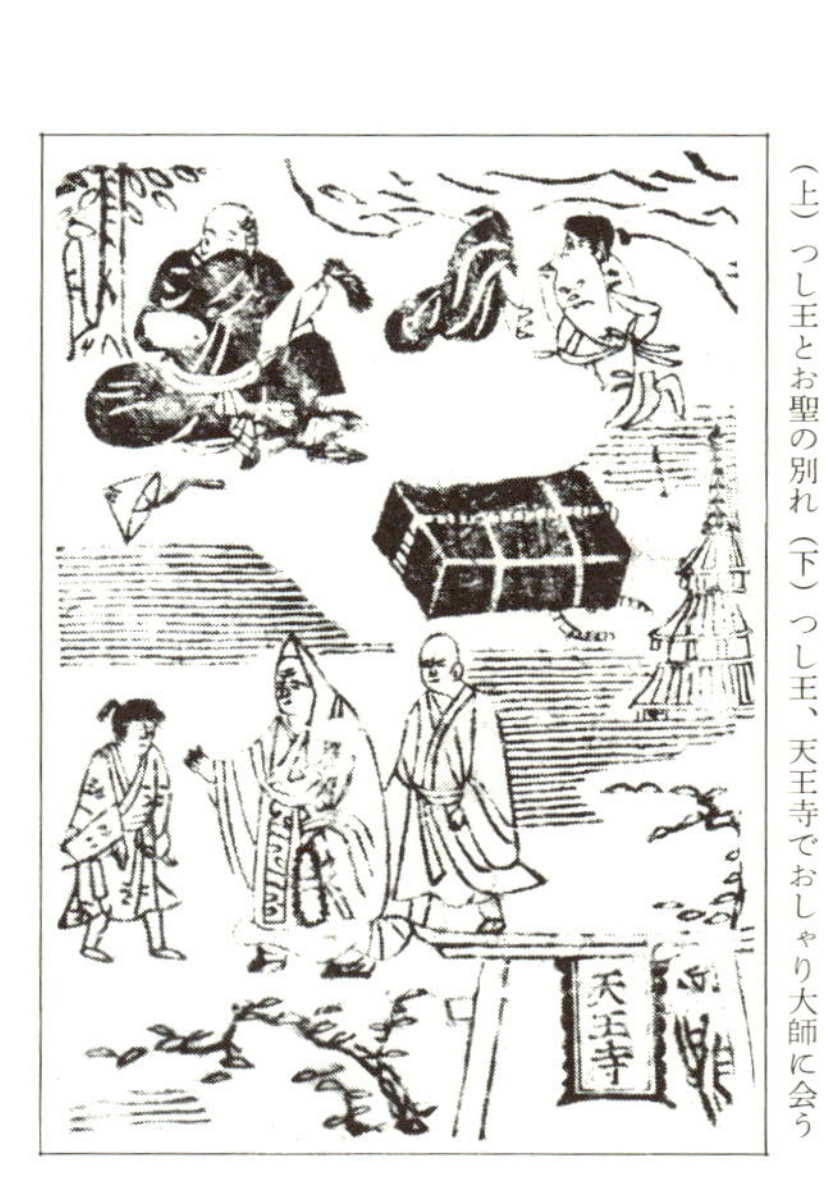

（上）つし王とお聖の別れ（下）つし王、天王寺でおしゃり大師に会う

ぞおもどりある。

つし王、天王寺へ

コトバ　あらいたはしやつし王殿は、朱雀権現堂にござあるが、朱雀七村のわらんべ[二]どもは集まりて、「いざや育み申さん」と、一日二日は育むが、重ねて育む者もなければ、「いざや土車[三]を作つて、都[四]の城へ引いてとらせん」とて、都の城へぞ引いたりける。

都は広いと申せども、五日十日は育むが、重ねて育む者もなし。

一　切って。「生やす」は「切る」の忌み言葉。

二　子供ども。ここは乞食の子供たちで、乞食仲間の連帯と、「をぐり」の場合（二七二頁以下参照）と同じく供養のために、つし王に食を与え、土車を引いたのであろう。

三　土を運ぶ車。また乞食・病人・不具者を運ぶに用いられた。

四　洛中。朱雀村のすぐ東が洛中になる。

「いざやこれより[一]南北天王寺[二]へ、引いてとらせん」とて、宿送り村[三]送りして、南北天王寺へぞ引いたりけり。

あらいたはしやつし王殿は、石の鳥居[四]に取り付いて、「えいやつ」と言うてお立ちあれば、[五]御太子の御計らひやら、又つし王殿の御果報やら、腰が立たせたまひける。

折節御太子の守をなさるる、[六]おしやり大師のお通りあるが、つし王殿を御覧じて、「これなる若侍は、遁世望みか、又奉公望みか」とお問ひある。つし王殿はきこしめし、「奉公望み」とお申しある。おしやり大師はきこしめし、「それがしが内には、百人の稚児・若衆を置き申す。その古ばかまを召されて、お茶の給仕なりとも召されうか」との御諚なり。「なかなか」とお申しある。おしやり大師に御供ありて、稚児たちの古ばかまを召されて、あなたへは[七]声なまりの茶道、こなたへは声なまりの茶道と、よきに寵愛せられておはします。

一 東寺口より鳥羽・淀を経て南下するのが大阪への道になっていた。
二 大阪市天王寺区の四天王寺（山号荒陵山、院号敬田院）。なぜ「南北」とするか未詳。伽藍の配置は、南大門・中門・塔・金堂・講堂を南北の一線上に並べた、いわゆる四天王寺式である（巻末地図参照）。
三 宿駅から宿駅へ、村から村へと送って。
四 西大門の門前にある衡門。永仁二年（一二九四）に建てられた最古の石造鳥居。扁額に「釈迦如来転法輪所、当極楽土東門中心」と記されている。西大門との間に引声堂・短声堂があって、称名念仏の道場になっていた。「しんとく丸」一八八頁注三参照。
五 四天王寺を創建したといわれる聖徳太子。
＊ 太郎の慈悲もあったが再び地蔵菩薩の霊験でつし王丸は救われる。お聖に負われて待望の都に着くが、権現堂から四天王寺まで土車に乗って乞食の生活を送る。しかし極楽浄土の東門と言われる石の鳥居で腰が立ち、若侍に変身する。大領主の子つし王に下層民に浸透した浄土信仰の一面がある。
六 挿絵は「あじやり（阿闍梨）」としている。阿闍梨は天台・真言で宣旨によって補せられる僧位であるが、ここは高僧あるいは師の僧の意。
七 つし王丸は東国育ちで、当然なまりがある。
八 架空の名か。梅津の里（右京区梅津の辺り）・梅津川（桂川の上流）は古くから歌に詠まれ、梅津の里には貴族の山荘もあった。またこの里の貧しい男が出世して、百余町の永代安堵を受け、民部大輔になったという話（室町物語『梅津長者物語』等）が当時行われていた。それから思いついた名か。

九 畳のへりの一種。白地に雲形・菊花などの模様を黒く織り出したもの。寺社や高貴の家で用いる。

一〇 正しくは「もくけい」。中国の画僧。生没年は分らないが、宋末元初の人。杭州西湖六通寺の開山。我が国には鎌倉時代の末ごろよりもたらされ、室町時代では水墨画として最高の評価を受けた。大徳寺にある「観音猿鶴図三幅」（国宝）は晩年の名作といわれる。ここの三幅は架空であろう。

一一 御成飾の花で、三幅一対の中尊（観音）の前の卓に三具足（香炉・燭台・花瓶）を置き、花瓶には真の立花、両脇の掛物の前に草の立花を一つずつ生ける（『抛入花伝書』）。ここは三具足の真の花（最も基本的な生け花）が右長左短、すなわち右に副、左に請が出る形（花に向ってはその逆）である（『立花大全』）。副は心（例えば若松）に添えて、その働きをたすける枝、請は副をうけて、心をひきたてる枝。『仙伝抄』では「三具足に定まる花の枝、右長く左短く、主居客居の花（副と請か）、もとより心これあり」といい、この真の花の「右の枝にて天をさし左の枝にて地をさす」心を「天上天下唯我独尊（釈迦が生れた直後七歩歩いて四顧し、右手で天を、左手で地をさして言ったという語）」といっている。

梅津の院、つし王を養子に

これ（以上は）はつし王殿の物語、さておき申し、（それは）花の都におはします、三（みかどの）十六人の臣下大臣の御中に、八梅津の院と申すは、男子にも女子にも、末の世継ぎ（行く末のあととりが）がござなうて、清水の観音へ参り、申し子を召さるるが、清水の観音は、内陣よりも揺るぎ出でさせたまひて、枕上にぞ立ち給ふ。「梅津の院の養子は、これよりも南北天王寺へお参りあれ」との仏勅（お告げ）なり。「あら有り難の御事や」と、梅津の御所に御下向ありて、御喜びは限りなし。三日先に、南北天王寺参りと聞えける。

ツメ おしやり大師はきこしめし、「都の梅津の院の、この所へお参りと承る。さあらば座敷を飾らん」とて、天井を綾・錦・金襴をもつて飾られたり。柱をば豹・虎の皮にて包ませたり。九高麗縁の畳をば千畳ばかり敷かれたり。座敷にかかつた本尊は、そのころ都にはやりける、一〇牧谿和尚の墨絵の、観音・釈迦・達磨、三幅一対掛けられたり。一一花瓶に立てたる花は、天上天下唯我独尊と立てられたり。百人の稚児・若衆も、花の如くに飾り立て、今よ今よ（今か今かと）とお待ちある。

コトバ　はや三日〔三日たって〕と申すには、南北天王寺へお参りあるが、「あら面白の花の景色や」と、座敷□□□□□お通りありて、百人の稚児・若衆を、上から下へ、三遍まで御覧ずれども、養子になるべき稚児はなし。

梅津の院は御覧じて、はるかの下におはします、つし王殿の額には、米といふ字が三下りすわり、両眼に瞳が二体ござあるを、確かに御覧じて、「それがしが養子に、〔あの〕お茶の給仕を、それがしに賜れ」との御諚なり。

百人の稚児・若衆は御覧じて、「さても都の梅津の院は、目も利かぬことをお申しあるものかな。きのふやけふの、土車に乗りて乞食したる、卑しき茶道を、梅津の院の養子なんどとお申しある」と、一度にどつとぞお笑ひある。

梅津の院はきこしめし、「それがしが養子をお笑ひあるか」と、〔つし王を〕湯殿に下ろし申し、湯風呂にて御身を清めさせ申し、膚には青地の

一　底本五字不明。草子「座敷に直らせたまひて、百人の稚児たちを」。

二　どういう容貌か分らないが、米を菩薩と言い、古仏のお舎利とも言うので、めでたい相を言ったのであろう。「をぐり」二三七頁注一四参照。草子「三つすわり」。

三　平将門やその子孫信田小太郎と同じ異相で、ただの人でないことを示す。また「さんせう太夫」の原拠は、将門の伝説や舞曲「信太」の原拠と同じく、関東・東北の語り物であることを示していよう。「をぐり」二三七頁注一五参照。

四　武士の最高の装いを示し、説経の慣用句（「をぐり」二三三頁四行目以下参照）。しかし膚に錦を着るのも、直垂の上に水干を着るのも実際的ではない。

錦を召され、絡[五]巻の直垂[六]に、刈[七]安色の水干[八]に、玉の冠を召され、一段高う、梅津の院の左の座敷に、お直りありたるは、百人の

梅津の院、つし王を養子に望む

稚児の中に、似たる（匹敵する）稚児は更になし。

つし王、所領を受く

梅津の御所にお下向ありて（帰られて）、山海の珍物[九]に国土の菓子（土地の果物）を調へて、御喜びは限りなし。梅津の院の御代官[一〇]に、みかどの大番[一一]に、つし王殿をお直しある（任ぜられる）。三十六人の臣下大臣は御覧じて、「いかに梅津の院の養子であらうとままよ（かまわぬ）。卑しき者は、我らが同じ対座にはかなふまい」とて、居たる座敷を追つ立つる（〔つし王を〕座っていた座敷から追い立てる）。

五 絡巻染め。糸をからめ巻いて染めること。絞り染め。

六 鎌倉時代以後武家の間で行われ、方領（かくえり）で、胸ひも、五か所の菊綴、袖の下端の露（袖括の名残か）が特徴。鎌倉時代には平服として用いられたが、室町時代には礼装となり、袴も切袴より長袴を用いた。また侍烏帽子や風折烏帽子をかぶる。

七 刈安（イネ科の多年草。茎や葉は乾かして黄色の染色に用いる）で染めた色。

八 狩衣系で、闕腋衣。平安時代末から武家に用いられ、鎌倉時代では礼装にもなった。後には下級の武士あるいは児童の服装になる。菊綴を胸に一か所、背面・左右の袖の縫い目に四か所、それぞれ二つずつ付け、丸組の緒を前領の上部と後ろ領の中央に付ける。袴は切袴あるいは長袴、かぶり物は立烏帽子が主で、冠の場合もある。

九 慣用句。最高の馳走。

一〇 梅津の院の臣下大臣の職を代行する意であろう。

一一 八二頁注三参照。

フシ あらいたはしやつし王殿は、今は名乗り申さうか、今名乗れば、父岩城殿の御面目、又名乗り申さねば、養子の親の御面目、〔にかかわる〕父の面目追つてのこと、まづ養子の親の威光をあげばや、とおぼしめし、膚の守りの、志太・玉造の系図の巻物取り出だし、扇に供へ、はるかの上に持つて上がり、その身は白州[一]へ跳んで降り、玉の冠を地につけて、答拝[二]召されておはします。

ツメ 中にも二条の大納言、この巻物を取り上げ、高らかにお読みある。「[三]そもそも奥州の国、日の本の将軍、岩城の判官正氏の総領、つし王判」とぞ読うだりけり。

コトバ みかど叡覧ありて、「今までは、たれやの人ぞと思うてあれば、岩城の判官正氏の総領つし王か。長々の浪人、何よりもつて不便なり。奥州五十四郡は、元の本地[四]に返しおく。日向[五]の国は馬の飼料[六]に参らする」と、薄墨[七]の御綸旨をぞ下されける。

つし王殿はきこしめし、今申さうか、申すまいとは思へども、今

一 ここは宮中の広庭であろう。白い砂の敷いてある所。
二 中古、大饗（盛大な饗宴）の時など、尊者が到着した際、主人が堂を降りて迎え、共に拝したこと。ここは天皇に向って丁寧に拝すること。
三 系図の巻物を省略したと解されるが、「判」はどういう判か理解しにくい。説経関係の人々は「そもそも蟬丸と申すは……」に始まる、祖神蟬丸の縁起を記した御巻物抄というものを、身分証明書として持っていた。解説参照。
＊ 清水観音のお告げ、額と目の特殊な相、そして系図の巻物で、つし王丸は完全に復権した。奴隷・乞食に転落したつし王丸は、梅津の院によって急激な出世を遂げた。しかし彼の行動は姉に比べて常に受動的である。
四 本領として返す。底本「ほんじ」。もとの領地。八六頁注二参照。
五 宮崎県。日向としたのは、舞曲「景清」によるか。景清は「日向」の国宮崎の庄を拝領する。
六 馬を飼う費用。
七 天皇の側近の蔵人が、天皇の意を奉じて出す奉書様式の文書を綸旨といい、その用紙として薄墨色の宿紙を用いた。宿紙は以前禁中の書き捨ての反古を、紙屋川（北野天満宮の西を流れる）のほとりですき返した再生紙で、薄墨紙、紙屋紙ともいった。

申さいで〔申さないで〕、いつの御代(よ)にか申すべし。「奥州五十四郡・日向の国も〔(つし王)〕望みなし。存ずる子細の候へば〔考えるところがありますので〕、丹後五郡[八]に相換へてたまはれ」とぞお申しある。

みかど叡覧ありて、「なに、大国[九]に小国を換へての望みは、思ふ子細(しさい)やあるらん」と、〔(みかど)〕「丹後の国も馬の飼料に参らする」と、重ねて御判〔御綸旨を〕ぞ賜るなり。三十六人の臣下大臣は御覧じて、「さて今までは、たれやの人ぞと思ひ申してござあれば、つし王丸にてござあるか。我らは同じ対座にはかなふまい」とて、座敷[一〇]をこそはお下がりある。つし王殿は、梅津(むめづ)の御所にお下向ありて、御喜びは限りなし。

フシ あらいたはしやなつし王殿は、口説きごとこそ哀れなり。「それがしは今一度(ひとたび)鳥になりたや、羽欲しや。丹後の国へ飛んでゆき、姉御様の、潮をくんでおはします、御衣(ぎょい)のたもとにすがりつき、世に出た由を語りたや。蝦夷(えぞ)[一一]が島へも飛んでゆき、さて母上様に尋ね会ひ、世に出た由の申したや。筑紫(つくし)安楽寺へも飛んでゆき、父岩城

八 伽佐(かさ)・与謝(よざ)・丹後・片野(竹野とも)・熊野の五郡(『易林』)。

九 大国(奥州五十四郡と日向の国)の代りに小国(丹後五郡)を望むのは。

一〇 臣下大臣が、つし王丸の身分の尊いことが分って、前とは逆に逃げるように座を立つ。

一一 つし王は知らないはずであるが、物語の語り手(説経の者)はすべてを知っているので、自然これが出て来たのかも知れない。この作品はあとの鳥追いの歌の物語が核になっていて、それは最も辺鄙(へんぴ)な蝦夷が島(後に佐渡が島)のこととされたのであろう。

殿に尋ね会ひ、世に出た由の申したや」。

いつまで待たうことでもなし。みかどへこの由お申しありて、安堵の御判を申し受け、筑紫安楽寺へも迎ひの輿をお立てある。さてその後に、丹後の国へ入部[1]をせんとお申しありて、三日先の宿札[2]を、丹後の国国分寺の寺の、中の御門にお打たせある。

つし王、お聖に再会する

コトバ お聖この由御覧じて、丹後はわづか小国とは申せども、広い堂・寺のござあるに、このやうなる古びたるお寺に、都の国司の、宿札を御打ちありたは、聖[3]の身の上とおぼしめし、それ出家と書いては、家を出づると読むぞかし。傘[4]一本打ちかたげ、いづち[5]ともなく落ちたまふ。
はや三日と申すには、丹後の国分寺に着きたまふ。里人を近付けて、「いかになんぢら、この寺に堂守はなきか」と問ひ給ふ。里人答へて申すやう、「さん候、この以前まで、尊き僧の一人ましましたが、国司の宿札を打ちたまふは、聖の身の上とやおぼしけん、い

一 国守が自分の領国に初めて入ること。
二 宿屋の名と宿泊人の名とを記した札。高貴の人が宿泊の時宿屋の前に立てるもの。
三 聖が我が身の上にかかわるとお思いになり。
四 僧が寺を追放される場合、傘一本の所持は許されたところから、「傘一本」は僧侶の追放を意味した。しかしここは無欲な聖が、傘一本だけは出家のたしなみとして持って出たのであろう。「出家がたつた一本たしなみに取つておいた傘を貸すといふことがあるものか」(狂言「骨皮」)。
五 どこへともなく逃げられる。聖は宿札を見て、国司の入部と知ったが、それがつし王と気付かなかったので、逃げたのであろう。

づくともなく落ちたまふ」と申す。「しからば尋ねて参れ」との御諚なり。「承る」と申して、丹波の穴太[六]より尋ね出し[七]、高手小手[八]にいましめて、国分寺へぞ引きたりける。

つし王は御覧じて、「命の親のお聖に、何とて縄を掛けたるぞ。解きて許せ」との御諚なり。聖この由きこしめし、「今まで都の国司に、命を助けたることはなし。さやうに出家はなぶらぬものぞ。早く命を取りたまへ」。

つし王はきこしめし、「げに道理なり、ことわりや。それがしをいかなる者とおぼしめす。皮籠の中のわつぱなり。都七条朱雀まで、送りたまはるその時に、取り交はしたる形見には、衣の片そでこれにあり。鬢の髪を賜れや」。聖この由きこしめし、「まだ百日もたたぬ間に、世に出でたまふめでたさよ。侍と黄金[九]は、朽ちて朽ちせぬとは、ここのことをや申すらん」と、御喜びは限りなし。

つし王、さんせう太夫父子を召喚

つし王丸の仰せには、「由良の港に残し置く、姉御はこの世にま

六 京都府亀岡市曾我部町穴太。ここに天台宗穴太寺という古刹がある。西国三十三所の一で、慶雲二年（七〇五）左大弁大伴古麻呂の創建と称し、本尊薬師如来は創建同時の古仏という（現在の本尊は聖観音）。天正および享保年間に炎上している。

七 底本「たつね出し」。「尋ね出だし」とも読める。

八 両腕をうしろ手にして肘を曲げ、首から縄を掛けて厳しく縛り上げること。

九 ことわざ。黄金が朽ちないように侍の名も朽ちぬ意。

しますかや」。聖この由きこしめし、「さればこそとよ、姉御前は、[一]御身を落したとがぞとて、邪見なる三郎が、つひに責め殺して候。捨てたる死骸(しがい)を取り寄せて、この僧が火葬にいたし、その死骨・剃(そ)り髪」とて、涙とともに取り出だし、つし王殿に参らする。つし王は御覧じて、「これは夢かや現(うつつ)かや。さてそれがしはこの度は、世に出たかひも候はず」と、死骨・剃り髪を顔に当て、流涕(りうてい)焦がれて泣きたまふ。

[二]さてしもあるべきことならねば、さんせう太夫を召し寄せて、重罪を行はんと、由良(ゆら)の港へお使ひ立つ。太夫この由聞くよりも、五人の子供を近付けて、「やあ、いかになんぢら。それがしは、国処(くにところ)に久しき者のことなれば〔この国に長らく住んでいる者だから〕、定めて名所・旧跡をお尋ねあらんは一定(いちぢやう)なり。その時それがし御前(まへ)にまかり出で、一々次第を申すべし。その折は所知を賜らんは一定なり。いかに三郎。所知を賜るものならば、小国ばし好むなよ〔小国を望んではいけないぞ〕。太夫は孫子(まごこ)の末も広き者のことにて候へば〔子孫も大勢いるのだから〕、

一 寛文版は「君を落せしとがぞとて、邪見の太夫・三郎が水火を当てて責め殺す。さらば死骸(しがい)も取り置くか、ここの茅原(かやはら)に手が一つ、かしこのつつじの株に足一つ、犬・烏(からす)が引き荒せしを、愚僧が衣のそでに拾ひ入れ、火葬にあげて候なり」と詳しい。

二 慣用句。いつまでもそのままにしておけないので。

大国を賜れと好むべし。構へて構へて（決して決して）忘るな」とて、五人の子供に手を引かれ、国分寺へぞ参りける。

つし王は御覧じて、「さても太夫は、よくこそ早く参りたれ。それがしを見知りたるか」との御諚（ごぢやう）なり。「なかなか（いかにも）、都の国司とあがめ申す」と申しけり。つし王殿はきこしめし、「さてもなんぢが内には、よき下女（げぢよ）を持ちたると聞く。それがしを従座婿（じゆうざむこ）[三]に取つて、富貴（ふつき）の家と栄えよかし」。

太夫は三郎がかたをきつと見て、「げにまことに伊達（だて）の郡（こほり）信夫（しのぶ）の荘（しやう）の者とて、姉にしのぶ、弟（おとと）に忘れ草とて、きやうだいありたるが、姉のしのぶは、見目も形もよかりたものを、殺さいでおくならば、都の国司を従座婿に取りて、富貴（ふつき）の家と栄えんものを」と後悔す。

つし王殿はきこしめし、包むとすれど包まれず（隠そうとするが隠しきれず）、太夫が前に差し掛かり（身を乗り出し）、「やあ、いかになんぢら。姉のしのぶをば、何たるとがのありたれば、責め殺してはありけるぞ。我をばたれとか思ふらん。

三　召使いの女と結婚した男。

一　九八頁七行目以下参照。

二　仇（恨み）に対して仇（敵対）で報いれば。恨みに対して仕返しをすれば。

なんぢが内にありたりし、忘れ草とはそれがしなり。姉御を返せ。太夫・三郎よ。さてもなんぢは、死したる姉を返せといふを、無理なることと思ふべけれども、かの[一]三荷の柴（しば）さへえ刈らずして、山人（やまうど）たちの哀れみに〔木こりたちが哀れんで〕、刈りてたまはりたる柴を、美しきがとがぞとて、三荷の柴に七荷（か）増し、十荷（か）刈れと責めたるは、これは無理にてなきかとよ。

さてもそれがしは、はかなきことを申してあり〔つまらぬことを申したものだ〕。仇（あた）[二]を仇にて報ずれば、燃ゆる火に、薪（たきぎ）を添ふる如くなり。仇を慈悲にて報ずれば、これは仏の位なり〔仏と同格だ〕。いかに太夫。大国が欲しきか、小国が欲しきか、望み次第に取らすべし。太夫いかに」との御諚（ごぢやう）なり。

太夫につこと笑ひて、三郎がかたをきつと見る。三郎答へて申すやう、「さん候（ざうらふ）、太夫は孫子（まごこ）の末も広き者のことにて候へば、小国にてはなり申さぬ。大国を賜れ」とぞ申しける。

太夫父子を賞罰

つし王殿はきこしめし、「さても器用に好みたる〔抜け目なく望んだ〕三郎かな。太夫

三　人間の死後、その魂が行くとされる所。冥途（めいど）。

四　都から遠く離れた所に住む者。

が小国を好むとも、押へて大国を取らす（ぜひに大国を取らすだろうが）べきに。幸ひ太夫には（〔望むが〕）、広き黄泉（よみ）[三]の国を取らせよ」との御諚なり。「承る」と申して、太夫を捕つて引き立て、国分寺の広庭に、五尺に穴を掘りて、肩より下（しも）を掘り埋（うづ）み、竹のこぎりをこしらへて、「構へて（決して）他人にひかするな。子供にひかせ、憂き目を見せよ」との御諚なり。「承る」と申して、肩より下（しも）を掘り埋み、まづ兄の太郎に、のこぎりが渡る。「太郎には思ふ子細（しさい）があるほどに、のこぎり許せ」との御諚なり。

さて二郎にのこぎりが渡る。二郎のこぎり受け取りて、後ろのかたへ立ち回り、口説きごとこそ哀れなれ。「昔が今に至るまで、子が親の首をひくことは、聞きも及ばぬ次第かな。それがしが申したること、少しも違ひ申すかや。遠国（をんごく）[四]波濤（はたう）の者なりとも、情けをかけて使ひたまへと、よりより申せしはここぞかし。（〔国司が〕）おひかせある（おひかせになるのは）こそことわりなれ（もっともです）」と、涙にむせて、えひかねば（ひきかねていると）、「げにまことに、二郎にも思ふ子細あれば、のこぎり許せ」との御諚なり。

三郎にのこぎりが渡る。邪見なる三郎が、こののこぎりを奪(ば)ひ取つて、「卑怯(ひけふ)なりやかたがた。主(ぬし)のとが〔自分の罪を〕をばのたまはで、我らがとがとあるからは、なう、いかに太夫殿、一期(いちご)申す念仏〔生涯唱えた念仏を〕をば、いつの用に立てたまふぞ。この度の用にお立てあれ。死出[一]三途(さんづ)[二]の大河(たいが)をば、この三郎が負ひ越して参らすべきぞ。一(ひと)ひきひきては千僧供養[三]、二(ふた)ひきひいては万僧供養。えいさらえい」とひくほどに、百に余りて[四]六つの時、首は前にぞひき落す。

さてその後に、三郎をやすみが小浜(こばま)[五]に連れてゆき、行きもどり〔往来の〕の山人(やまうど)たちに、七日七夜首をひかせ、さてその後(のち)に、二郎・太郎を御前(まへ)に召され、「昔を伝へて聞く〔（つし王）昔から伝え聞いているが〕からに、苦(にが)い蔓(つる)には苦い実がなる。甘い蔓には甘い実がなると聞きたるに、なんぢら兄弟は、苦い蔓[六]に甘い実のなりたる者どもかな。まづ兄の太郎に、のこぎりを許すこと、別(べち)の子細にあらず。皮籠(かはご)の中にありし時、『あのわつぱでなければ、太夫の内に人を使ひかねたる身か、我に免じてまづもどれ』

一　死んで冥途(めいど)へ行くこと。
二　死後七日目に渡る川。緩急を異にした三つの瀬があり、罪の軽重により渡るところが異なる。
三　千人あるいは万人の僧（千僧あるいは万僧）を招いて供養すること。非常な功徳とされる。
四　百六回目に。寛文版「百に余りて六つのとし（百六歳）」。
五　九九頁注七参照。
六　悪い父に善い子の生れたことをたとえた。

と申したる、言葉一言(いちごん)によりて、のこぎり許して参らする。
又、二郎にのこぎり許すは、別(べち)の子細にあらず。松の木湯船のその下にて、空年(からとし)取らせたる（むなしく年を取らせたその時に）その折に、夜度(よるごと)に浜路へ下がり、食を通はしたまはりたる（食事を送って下さった）、二郎殿の御恩をば、湯の底水の底までも報じがたくぞ覚えたる。
丹後は八百八町[七]と申するを、四百四町を押し分けて、兄の太郎に参らする」。（ところが）太郎は髪を剃(そ)り落し、国分寺にすわりつつ（落ち着いて）、姉御の菩提(ぼだい)を弔(とぶら)ひ、又、太夫の跡も問ひたまふ。「残る四百四町をば、二郎殿に一式[八]総政所(そうまんどころ)に参らする」とお申しある。上代より丹後の国の地頭をば、一色殿[九](いっしき)とぞ申しける。さて又お聖(ひじり)様を、命の親と定め、同じ内に（太夫の内に）使はれたる、伊勢の小萩といふ姫を、姉御と定め、網代(あじろ)[一〇]の輿(こし)に乗せ参らせ、都へ上らせたまひける。

つし王、蝦夷に渡り母に再会

それよりもつし王殿、蝦夷(えぞ)が島へござありて、母御の行方(ゆくへ)をお尋ねある。いたはしや母上は、明くれればつし王恋しやな、暮るれば安(あん)[一一]

七 実は水田五千五百三十七町（『文明』）。ここは多い町数を漠然(ばくぜん)と「八百八町」としたのであろう。

八 一括してその元締めになってもらう意。「総政所」は所領の事務を総括する所。ここはその役目をする人。「君主の収入をすべて徴収する役人」（『日仏』）。

九 「一式」との音通により、二郎を一色氏の先祖とする。なお一色氏は清和源氏、足利氏の一族。三河の国幡豆(はず)郡吉良庄(きらのしょう)一色に居たところから一色氏を称した。三代範光は丹後守護職。四代詮範(あきのり)は将軍義満に従って功あり、若狭今富庄を領す。五代満範は丹後にも封ぜられ、二国を領した。その子持範は丹後を分領、その後数代これを伝えた。

一〇 竹や檜皮(ひわだ)を網代(あじろ)で張り、黒塗りの押し縁(ぶち)をつけた輿。親王・大臣が常用し、他は晴れの時に用いた。

〔網代輿〕

＊ 自由と権力を得たつし王丸が、ただ一つ積極的に行ったことは信賞必罰である。特に太夫と三郎に対しては厳しく処罰し、その時のつし王丸はかつてないほど生き生きしている。

一一 底本「あんじゅ」。ここで初めて安寿の名が出る。

寿(じゅ)の姫が恋しやと、明け暮れ嘆かせたまふにより、両眼を泣きつぶしておはします。千丈が畑(はた)[一]へござありて、粟(あは)の鳥を追うておはします。鳴子(なるこ)の手縄(てなは)に取り付きて、[二]「つし王恋しや、ほうやれ。安寿の姫恋しやな。うわたき恋しや、ほうやれ」と言うては、どうと身を投ぐる。

つし王殿は御覧じて、「さても不思議な、鳥の追ひやうかな。ま(もう)一度追へかし(一度追いなさい)。所知を与へてとらすべし(領地を与えてやろう)」。母上この由きこしめし、「なう、所知までがいるべきぞ(領地までいりましょうか)。これの(ここで)ぶに[三]してゐるものを。又追(え)へならば(とおっしゃるなら)追ふべし」とて、鳴子の手縄に取り付きて、「つし王恋しや、ほうやれ。うわたき恋しや、ほうやれ。安寿の姫が恋しや」と言うては、どうと身を投ぐる。

つし王丸は御覧じて、「これは母上様にまがふところはなきぞ」とて、母上にいだきつき、「なういかに、それがしはつし王丸にて候が、世に出で、これまで参りたり、母御様」とぞのたまひける。

一 底本「せんしやうがはた」。広々とした畑。

二 以下、母が歌う鳥追い歌（九五頁注一四参照）。鳥追い歌を中心とする物語が、説経以前からあったのだろう。正徳版「明けては安寿恋しやな。暮れてはつし王恋し。追はずと立てやこの鳥」。

三 かせいでおりますのに。底本「ふに」。「ぶに」は、長野県上田市付近・淡路島・岡山市の方言で、分け前、所得の意（『大辞典』）。ここもその意か。

母はこの由きこしめし、「さればこそとよそれがしは、姉に安寿の姫、弟(おとと)につし王丸とて、子をばきやうだい持ちたるが、これより奥方へ売られゆき、行(ゆ)き方(がた)なきと聞きてあり。さやうに目の見えぬ者はたらさぬもの(だまさないものです)ぞ。[四]盲の打つ杖(つゑ)にはとがもなし」と、辺りを払うておはします。

つし王殿はきこしめし、「げにも(全く)道理や、なかなかに(ほんとに)。[五]思ひ出したることあり」とて、膚の守(まぼ)りの地蔵菩薩(ぼさつ)を取り出だし、母御の両眼に当てたまひ、「[六]善哉(ぜんざい)なれや、明らかに。平癒(へいゆ)したまへ、明らかに」と、三度なでさせたまひければ、つぶれて久しき両眼が、はつしと明きて、鈴(すず)を張りたる如くなり(鈴のようにぱっちりとしている)。

母はこの由御覧じて、「さては御身はつし王丸か。安寿の姫は」と問ひたまふ。つし王殿はきこしめし、「そのことにてござあるよ。越後の国直江(なほい)の浦から売り分けられて、あなたこなたと売られて後、丹後の国由良の港の、さんせう太夫に買ひ取られ、くみも習はぬ潮

四 盲人が杖で人を打っても過失として非難されることはない意。当時のことわざであろう。

五 底本「思ひ出したる」。「思ひ出だしたる」とも読める。

六 開眼のための呪(まじな)いの文句(「しんとく丸」二〇二頁六行目・「まつら長者」三八七頁一〇行目参照)。「善哉なれや」はすばらしいなあと喜び祝う意。「善哉なれや善哉と、夜遊を奏して舞ひ給ふ」(謡曲「輪(りん)蔵(ぞう)」)。

をくみ、刈りも習はぬ柴を刈り、その職を勤めかね、それがし落ちたるあとの間に、安寿の姫をば責め殺して候を、それがし世に出で、敵を取り、これまで尋ね参りたり。母御様」とぞ語りたまふ。

母はこの由きこしめし、「御身は世に出て、めでたきが、さてそれがしは、若木[一]を先に立て、老蔓のあとに残るよ、悲しやな。よし[二]それとても力なし」とて、玉の輿に乗りたまひて、国へ帰らせたまひけり。

さてその後、越後の国直江の浦へござありて、売り初めたる山岡の太夫をば、あら簀に巻きて柴漬け[三]にこそ召されけれ。女房の行方をお尋ねある。女房は果てられたると申す。よしそれとても力なしとて、柏崎[四]に渡りたまひ、なかの道場[五]といふ寺を建て、うわたきの女房の菩提を問はせたまひけり。

（初めに売った）（山岡太夫の）

つし王、再び栄える

さてそれよりもつし王殿、母御の御供なされつつ、都を指して上らせたまふ。梅津の御所に入りたまへば、梅津の院も立ち出でたま

一 若木（安寿）を先立て、老蔓（自分）があとに残るよ。
二 慣用句。ままよ、仕方がない、の意。
三 簀巻きにして水中に投げる刑罰。
四 新潟県柏崎市。
五 未詳。

ひ、母御に御対面あり、「さてさてめでたき次第」とて、御喜びは限りなし。

　これはさておき岩城殿、つし王世に出でたまふ故、みかどの勅勘許されて、都に上らせたまひつつ、御所に移らせたまひければ、御台所もつし王丸も、立ち出でさせたまひつつ、思はず知らずにいだきつき、これはこれはとばかりなり。うれしきにも悲しきにも、先立つものは涙なり。これにつけても安寿の姫、浮き世に長らへあるならば、なにしに物を思ふべきと、雨やさめとぞ泣きたまふ。

　梅津の院もお聖も、伊勢の小萩を先として、「御嘆きはことわりなれども、さりながら、嘆きてかなはぬことなれば、おぼしめし切らせたまへ」とて、六蓬莱山を飾りたて、御喜びのお酒盛りは、夜昼三日と聞えける。

　御杯もをさまれば、姉御の菩提のためにとて、膚の守りの地蔵菩薩を、丹後の国に安置して、七一宇の御堂を建立したまふ。今の世に

六 **蓬莱山**（中国の伝説で、東海にあり、仙人が住むという不老不死の山）にかたどり、台の上に松竹梅・鶴亀などを配して作ったもの。「今時蓬莱の嶋台とて、洲浜の台に三の山を作り、松竹鶴亀などを作り、其の下に肴をもり置く事、昔よりありし事なり。これは風流の事にて規式の事にはあらず、たゞ酒宴の興に出すなり」（『貞丈雑記』巻七）。

七 八一頁＊印参照。

至るまで、金焼(かなやき)地蔵菩薩とて、人々あがめ奉る。

それより(そののち)もつし王殿、国へ入部せんとのたまひて、父上や母上を、網代(あじろ)の輿(こし)に乗せ参らせ、さてまた命の親のお聖(ひじり)様、伊勢の小萩もそれそれに、輿や轅(ながえ)[一]に乗せたまひ、その身は御馬に召されつつ、十万余騎を引き具して、陸奥(みちのく)指(さ)して下らせたまふ。

いにしへのその跡に(昔屋敷のあった跡に)、数の(たくさんの)屋形を建て並べ、富貴(ふっき)の家と栄えたまふ。いにしへの郎等ども、我も我もとまかり出で、君を守護し奉る。

上古も今も末代も、ためし少なき次第なり。[二]

一 慣用句。「輿」は屋形の中に人を乗せ、それを二本の轅で、肩でかついだり、手で腰の辺にささえたりして運ぶもの。『女用訓蒙図彙(おんなようきんもうずい)』では「轅」として二種の輿を挙げている。ここは「輿や轅」で普通の輿を指すのであろう。

二 与七郎正本では、以上、下の巻。しかし落丁のため刊記不明。

＊ 盲目の母御との感動的な再会。三たび地蔵菩薩の利益(りやく)を得て開眼。その地蔵菩薩は安寿姫の菩提のために祭られる。めでたい結末。

しんとく丸

コトバ ただ今語り申す御物語、国を申せば河内の国高安の郡、信吉[一]長者と申して有徳人のましますが、この長者と申すは、四方に四万の蔵を建て、八方に[二]八つの蔵、なににつけても不足なることはなし。しかれどもこの長者、男子にても女子にても、子といふ字があらざれば、これを明け暮れ悲しみて、ある日のことなるに、フシ [三]御台所近付けて、「いかに御台、聞きたまへ。御身と我に、子といふ字のないこそは、なによりもつて無念なり。御台いかに」とありければ、御台所はきこしめし、「[四]愚かなる夫の御諚かな。御身と自らが、過去の因果の恥づかしや。昔が今に至るまで、子のない人は神仏に参り、[五]申し子すれば、子種授かる由承る。信吉殿も、いかなる神や仏にもお参りあり、申し子なされ」とありければ、コトバ 長者げにもと

長者夫婦の申し子

＊これは弱法師と仇名された盲目の乞食の物語で、この乞食は高安の長者の子息であるが、故あって四天王寺に捨てられる。世阿弥以前からの古い説話であって、謡曲「弱法師」「天王寺物狂」はそれによったのであろう。しかし本篇は謡曲と直接の関係はない。長者の名を「弱法師」は左衛門尉通俊、「天王寺物狂」は同じく信俊としている。

一 底本「のぶよし」。仮に「信吉」を当てる。高安郡山畠村（大阪府八尾市山畑）に旧跡を伝える（融通念仏宗宝積寺の近辺、古い五輪の塔などがある）。

二 「八万」の誤りか。

三 貴人の奥方。

四 あなたはとんでもないことをおっしゃいます。「愚かなる」は認識が不十分で、思慮が行き届かない意。ここは夫が申し子に気付かなかったことを責めている。

五 神仏に子を授かるよう祈ること。

本尊のお告げ

おぼしめし、「いづかたへも申さんより〔どこの神仏に祈るよりも〕、これより都東山、清水寺[一]の御本尊な[二]、三国一の御本尊と承る。この御本尊に参らん」と、大勢〔大勢の供は〕は旅の煩ひ、小勢は道もさらさし[三]やと、百人ばかりの御供にて、輿[四]や轅をやり続け、犬の鈴[五]・鷹の鈴・くつわの音がざざめいて〔ざわざわとして〕、清水までと聞えける。

フシ お通り[六]あるはどこどこぞ。植付畷[七]はや過ぎて、さくらこうり[八]はこれとかや。洞[九]が峠をはや過ぎて、八幡の山[一〇]はこれとかや。淀の[一一]小橋を、たどろもどろ[一二]と踏み渡り、伏見の里はこれとかや。三十三間伏し拝み、お急ぎあれば程もなく、東山清水寺にお着きある。

長者夫婦[一三]の人々は、音羽の滝にお下がりあり、うがひ・手水で身を清め、御前に参りあり、鰐口ちやうど打ち鳴らし、「南無や大悲の観世音。徳福を願ふこそ〔金持になることを願ってこそ〕、真の憎みも被るべし。ただ願はくは、男子にても女子にても、子種を授けてたまはれ」と、深く祈誓を参らせ、弓手の方なる所に〔左手の所に〕おこもりある。

一 キヨミズデラともいう。山号音羽山。法相宗。延鎮の開創、坂上田村麻呂の創建。延鎮が滝の下で修行していたところ、田村麻呂が狩猟のついでに来て、延暦十七年（七九八）両人の合力で金色十一面四十手観音を造って安置し、清水寺といったという。今の本堂は寛永十年（一六三三）の再建。
二 「は」に相当する格助詞。説経に多い。
三 「道も去らさじや」で、道をもよけさせることができまい（露払いもできまい）の意か。
四 慣用句。「さんせう太夫」一五二頁注一参照。
五 慣用句。行列のにぎやかないでたちをいったか。「をぐり」二八九頁八行目参照。
六 九行目まで道行（高安〜清水寺）。「かるかや」一六頁＊印参照。
七 東大阪市植附町の辺り。古くは河内郡植付村。
八 「讃良郡」の誤りであろう。同郡は住道・四条・甲可・田原・豊野・寝屋川の六村で、河内郡と交野郡との間。
九 大阪府枚方市と京都府綴喜郡との境。「八幡の山」の南。
一〇 綴喜郡八幡町の男山。石清水八幡宮がある。
一一 宇治川に架り、南は淀城、北は納所。すぐ下流で桂川と合流、淀川となる。淀城造営の時架けられ、長さ七十間一尺五寸（約一二八メートル）。今はない。ここは納所より東北伏見に出、北上して東福寺・三十三間堂を通ったのであろう。
一二「辿ろ辿ろ（歩行が難儀ではかどらない意）」の転か。疲れてもどりたくなる心持で「もどろ」としたか。
一三 以下「かるかや」一八頁九行目以下の文に非常に似ている。申し子・祈誓に共通した型である。
一四 重々しく体を揺すって出る。神の出を表現する慣用句。
一五 底本「まる」。「麻呂」の転。ここは御本尊の自称。
一六 底本「さきしよ」。「さきしよう（前生）」の転。前世。「前世の因果」は、前世の悪業の報いである現世の不幸な状態。前世からの巡り合せ。
一七 以下子無しという現世の果報は、いかなる因、いかなる業によるものかを説明する。『浄瑠璃物語』等にも例があり、この時代の語り物の特徴である。
一八「丹波」は「摂津」の誤りで「能勢の郡（現在大阪府豊能郡）」か、あるいは舞曲「築島」に「丹波の国小川の庄のせ」とあり、小川の庄（亀岡市千代川町小川の辺）に「のせ」という所があったか。
一九 ヤモウドと読む。きこり。

長者の前生

夜半ばかりのことなるに、かたじけなくも御本尊な、揺るぎ[一四]出でさせたまひて、長者夫婦の枕上にお立ちある。「いかに長

本尊の告げ

者夫婦の者。はるばるこれまで参り、子種申すこと、なによりもつて不便なり。さりながら丸[一五]が出でたるついでに、なんぢ夫婦が前生[一六]の因果を、語つて聞かせ申すべし。
まづ[一七]長者がさきの生は、これより丹波[一八]の国、のせの郡の山人[一九]なるが、春にもなれば、ぜんまい・わらび折らんとて、山に猛火を放しける。地三尺下なる虫を焼き殺し、鳥はさまざま多けれど、

雉[一]夫婦の者にて[二]、物の哀れをとどめたり。

コトバ春にもなれば、十二の卵を生み揃へ、父鳥母鳥喜びなす折からに、猛火手近う燃え来れば、父鳥母鳥悲しみて、谷水を含み取り、卵の周りを湿せども、猛火手近う強ければ、十二の卵を母鳥が、両の羽交に巻き込うで、雄鳥とはしを食ひ合うて、引いて逃げんとせしけれど、いばら・むぐら[三]に掛けられて、退くべきやうのあらざれば、父鳥は術計[四]づき、向ひのはばた[五]に飛び移り、『来いや来れや母鳥よ。命があれば、子をばまうけて又も見る。その子捨てて立てよ』と呼ぶ。母鳥これを聞くよりも、『情けないとよ父鳥よ。十二の卵のその中に、一つ巣ごもり[六]になるだにも、世にも不便と思ひしに、この子においてはえ捨てまい』と、おのれと野火に焼け死する。父鳥これを悲しみて、はしを鳴らし、翼をたたき、呪ふやうこそ哀れなり。

フシ『けふこの野辺に、火を掛けたるともがらが、生[七]を変へであら

一 きぎす。「焼け野のきぎす、夜の鶴」といい、親の子に対する切なる愛情にたとえられる。

二 「……にて、物の哀れをとどめたり」は慣用句。……が取り分け哀れであった、の意。

三 とげのある木や蔓草の茂み。

四 底本「しゆつけつき」。術計（手立ての意）を巡らし。

五 底本「はゝた」。舞曲「高館」「信太」の用例ではハバタで、川や堀の岸を言うらしい。『俚言集覧』によると、信濃の国の方言で山崖を「はば」と言う。『日本国語大辞典』は「巾太」を当てている。

六 巣にこもったきり飛び立たないこと。

七 生を必ず変えてやろう。ここは生れ変らせて、苦しめてやろう、の意。

じ。石と生変へるならば、鎌倉海道[八]の石となり、上り下りの駒に蹴られて物思へ（思い煩え）。過去の行ひめでたうて、人間と生れをなすならば、長者と生れをなせ。それをいかにと申すに（なぜかというと）、貧に（貧乏人に）子あり、長者に子なしと申すなり。明けても子欲しや、暮れても子欲しや、案じ暮らいて、さて果てよ（そして死んでしまえ）』と、羽交の端を食ひ破り、死したりし一念が、胸の間に通じ来て、下るる子種を、中にて取つて服するによりて（食べるため）、それにて子種がないぞとよ。

御台の前生

また御台がさきの生は、これより近江の国、瀬田[九]の唐橋の下に住む、大蛇にてありたるが、[一〇]ここに哀れをとどめしは、常磐[一一]の国よりも、春は来て秋もどる、燕といふ鳥夫婦にて、物の哀れをとどめたり。橋のゆきげた[一二]に、十二の卵を生み置きて、母鳥卵を暖むれば、父鳥餌食み[一三]に立つて、養育を申せしが、ある日のことなるに、父鳥も母鳥も、連れて餌食みに立ちけるが、大蛇これを見るより、よき透き間と思ひ、巣共に取りて服すれば、燕夫婦立ち帰り、大きに驚

八 鎌倉時代、鎌倉と各地を結ぶ主要な道をいった。上の道（鎌倉—武蔵府中）、中の道（鎌倉—柏尾—府中）、下の道（鎌倉—房総・奥州）の三道があった。ここは往還の激しい海（街）道として挙げたのであろう。

九 大津市。琵琶湖から流れ出る瀬田川に架る。大橋九十六間（約一七五メートル）、小橋三十六間（約六六メートル）。幅は共に四間（約七メートル）。擬宝珠・欄干の付いた唐橋（中国風の橋）造り。

一〇「ここにあはれをとどめしは、……にて物のあはれをとどめたり」は、説経に多い慣用句。

一一 永遠の国。つばめの故郷に見立てた。

一二 橋脚の上に、橋の長い方向に沿って渡した受け材。橋桁。

一三 餌をさがしに飛び立って。

き、ここやかしこと尋ぬれど、そのゆき方は更になし。『これはこの川の大蛇が服すべし。せめて一つは残さいで、常磐へのみやだて[1]に、なにがならうぞ悲しやな。常磐へはもどるまじ』と、夫婦、はしを食ひ違へ、身を投げければ、大蛇これを見るよりも、『これもけふの餌食ぞ』と取つて服したる、この一念妄念が、胸の間に通じ、下るる子種取つて服す。それにて子種がないぞとよ。とがない丸を恨むるな。明日になるならば、急ぎ河内に下向せよ」と、夢の間にお告げあり、消すがやうにお見えなし。

夫婦、さらに願状をこめる

コトバ 長者夫婦の人々は、夢さめ、かつぱと起きたまひ、（長者）「あら情けなの御本尊や。たとへ夫婦の者ども、過去の因果はあしくとも、[2]方便にて授けて賜り候へ。まことお授けないならば、[3]御前再び下向申すまじ。御前にて腹十文字にかき切り、臓腑つかんで繰り出だし、御神体に投げかけ、[4]荒人神と呼ばれ、参り下向の人々を、取つて服すものならば、〔境内を〕七日が内はいさ知らず、三年が内に草木を生やし、

一 未詳。
二 仏の方便として。「方便」は衆生を教え導く巧みな手立て。
三 神前から再び家に帰ることはありません。
四 人にたたりをする神。

鹿のふしど(寝床に)となすべし」。〔長者は〕ただ一筋に思ひ切つて(決意して)ましますが、〔長者の〕屋形(屋敷)に久しきおきなは(に久しく仕えている老人が)、「なう、いかに我が君様。かほどはやらせたまふ(もてはやされる)[五]霊仏に、言はれぬ御難申したまふ(とんでもない非難をなさいます)。七日で御夢想ないならば(七日たっても夢に御示現がないなら)、大願宿願おこめあれ、重ねて七日おこもりあれ、我が君様」と申しける。

フシ 長者、げにもとおぼしめし、料紙(用紙)・硯(すずり)取り寄せ、願状書いて、[六]御内陣におこめある。御台所(みだいどころ)も、〔願状を〕同じく御内陣におこめあり、〔その後〕重ねて七日おこもりある。かたじけなくも[七]堂の[八]別当は、やがて高座にお上がりあり、[九]苛高(いらたか)の数珠(じゅず)さらさらと押し揉(も)うで、「有り難(がた)の御本尊(ほぞん)や。末世の衆生(人々の)が[一〇]ほむらをやめ、長者夫婦の者どもに、子種授けてたまはるものならば、御堂建立(みだうこんりふ)申すべし。[一一]天竺(てんぢく)よりも[一二]唐木(からき)を下し(入れ)、[一三]石口(いしぐち)・[一四]桁口(けたぐち)を唐金(からかね)もつて含ませ(青銅で包み)、龍(りよう)と[一五]田鶴(たづ)が舞ひ下がりたところを、げにありありと(あざやかに)彫りつけて参らすべき。[一六]それも不足におぼしめさるるものならば、御前(まへ)の[一七]舞台古び見苦しや、あれ取り替へて、欄

五 霊験あらたかな仏。ここは清水観音。
六 本堂の中で本尊を安置してある所。
七 底本「たう」。
八 「諸大寺の長官」(『書言』)。ここは僧侶(そうりよ)の長であろう。
九 珠(たま)が平たく角ばった数珠。もむと高い音を出す。
一〇 たぎる心をいやし。「ほむら」は怒り・恨み・嫉(しっ)妬(と)などで心が燃え立つこと。
一一 インドの古称。
一二 紫檀(したん)・黒檀など熱帯産の木。
一三 礎石の上面で、柱の根元に接する部分。根石の上(うわ)端(ば)。
一四 桁(柱の上に渡して、上に梁(はり)を受ける木)の、左右両端の切り口であろう。
一五 底本「たつ」。鶴(つる)の異称。
一六 祈誓の際の慣用句。
一七 本堂の主殿・礼堂の前面にある、いわゆる清水(きよみず)の舞台。文明十六年(一四八四)六月落成、寛永六年(一六二九)九月焼亡、同十年十一月再建。本文のとおり古びていたとすると、底本の刊行は正保五年(一六四八)であるが、底本がよりどころとしている語り物の成立は寛永六年以前ということになる。

干・擬宝珠に至るまで、みな金銀にてみがきたて参らすべし（飾りたてて差し上げましょう）。

それも不足におぼしめさるるものならば、鰐口古び見苦しや。あれ取り替へて、表は黄金、裏白金[一]、厚さ三寸、広さ三尺八寸に鋳たて、つり替へ参らすべし。それも不足におぼしめさるるものならば、御前の斎垣[二]古び見苦しや。白柄[三]の長刀三千振り、韓紅[四]にて結はせて参らすべし。それも不足におぼしめさるるものならば、黄金のいさご（砂）三升三合、白金砂子三升三合、月に（毎月）六升六合づつ、清めの砂とま（砂として）き替へて参らすべし。それも不足におぼしめさるるものならば、長者が（長者の）御内[五]に、明け六歳の春駒[六]に、金覆輪[七]の鞍置かせ、白金の轡をかませ、御前を引き替へ引き替へ（何度も取り替えて引き）、仏の眠り[八]を覚まいて参らすべし。男子なりとも女子なりとも、一人子種の所望」と読み上げたり。

ツメ 御台所の願状拝見申すに、「子種授けたまふなら、唐の鏡七面・真澄み[九]の鏡七面・白鑞[一〇]の鏡七面、二十一面（〔合計〕）に、八尺の掛け帯[一一]、五尺の髪文字[一二]、十二の手具足[一三]、重代のたから物とこめて（代々伝わる宝物として奉納いたしましょう）参らすべし。

一 底本「しろかね」。シロカネと読む。銀。
二 神社の垣根。玉垣。当時は神仏混淆。
三 白木の柄の長刀。
四 深紅のひもで垣に結わせて差し上げましょう。
五 底本「みうち」。邸内にいる、の意。
六 底本「はるこま」。「ハルゴマ」（『日葡』）。春の野にいる駒で、元気よく勇み立っている。
七 底本「きんふくりん」。「キンブクリン」（『日葡』）。鞍の前輪・後輪などを鍍金で飾ったもの。
八 底本「ねふり」。当時ネブリ・ネムリ二様の読み方があった（『日葡』等）。ここはネムリか。
九 よく澄んで明るい鏡。
一〇 白銅で作った鏡。白鑞（鉛と唐錫との合金）（『和漢三才図会』）とは別。
一一 女子が神社仏寺に参拝する時、物忌みのしるしに赤い絹を畳んで、胸先から背後に掛けて結んだもの。

〔掛け帯〕

一二 「髪」の女房言葉。
一三 十二の手箱（中に二列に六つの小箱のある箱）に入れる手回りの道具。『安斎随筆』巻十八には、十二の手箱に入れる物として、次の十三を挙げている。「丸鏡家とも・毛垂箱・元結箱・練墨・香箱・五倍子箱・香具箱・折鏡立・くし入・おしろいとき・油桶・びん水入・化粧水入（異説に、丸香箱・丸鏡家）」（「家」は小箱、「毛垂」はかみそり、「練墨」はまゆず

それも不足におぼしめさるるものならば、香炉・独鈷[一四]・鈴[一五]・錫杖[一六]、金銀（金銀製で）にて百八、千の花皿[一七]に至るまで、みがきたて参らすべし。それも不足におぼしめさるるものならば、御前の斗帳[一八]古び見苦しや。あれ取り替へ、綾の斗帳七流れ、錦の斗帳七流れ、金襴斗帳七流れ、〔合わせて〕二十一流れ、表の織り付け[一九]には、天人・二十五[二〇]の菩薩、天降らせたまひて、末世の衆生救ひ上げさせたまふ所、物の上手（名人）に織り付けさせ参らすべし。日光・月光・三光[二一]織り付けさせ、仏の眠り覚まいて参らすべし。男子なりとも女子なりとも、一人の子種の所望」と読み上げたり。

コトバ 有り難や御本尊な、内陣よりも揺るぎ出で、長者夫婦の間に立ち、「夫婦の者どもに授くる子種はなけれども、余り大願こむるにより、子種を一つ求めたり。この子生まれ、七歳になるならば、父[二二]にか母にかな、命の恐れある（命にかかわる心配が起ろう）べきが、明け透け好め（ありのまま望みを言え）」と、夢の間にお告げある。

大願成就

み、「五倍子」は歯を染めるのに用いる)。

一四 密教で用いる金属製の仏具。金剛杵。両端がとがり、中ほどが握れるようになっている。

一五 金属製の仏具。振り鳴らすりん。

一六 僧侶・修験者が持ち歩く杖。頭部は金属で、数個の環を掛ける。

〔錫　杖〕

一七 底本「花さら」。「ハナザラ」(『日葡』)。仏具。散華に用いる花を入れる器。花籠。

〔花　皿〕

一八 神前仏前に掛けるとばり。

一九 織り出した模様か。

二〇 観音・勢至をはじめとする二十五体の菩薩。念仏の人を護持するという。

二一 天上の三つの光で、日光・月光・星光。前の二つと重複する。

二二 父あるいは母には。「か」は疑問の助詞。「な」は「は」に相当する主題提示の助詞。一七五頁注一四参照。

＊ 祈誓が絶望的になって、神仏を強迫し、あるいは願状で高価な物の寄進を約束する(「それも不足におぼしめさるるものならば」の繰り返しが特徴)。当時の人々の神仏に対する態度がうかがわれる。

長者夫婦の人々は、夢覚めてかつぱと起き[一]、「宵にまうけ、あすはむなしくなるとも、子種授けたまはれ」。「(御本尊)さあらば子種得さすべし。すなはちこの子男子(男子であろう)にてあるべき。下向申せ(帰りなさい)」と、夢の間にお告げある。(御本尊は)消すが如くお見えなし。

フシ長者夫婦の人々は、夢覚めかつぱと起き、「あら有り難の御夢想や」。(夫婦は)御前をまかりたち、急げば程なく[二]、御供を引き具して、清水寺を立ち出でて、お急ぎあれば程もなく、河内高安の御城にお下向あり、御喜びは限りなし。

仏の誓ひあらたさよ[三]。御台所は月の月水身に止まり[四]、七月の煩ひ[五]、九の月の苦しみ、当る十月と申すには、御産の紐をお解きある。御前近き女房たち取り上げ、男子か女子かと見たまへば、瑠璃を延べ[六]、玉をみがきたる如くなる、若君にておはします。長者夫婦の御喜び、なにたとへんかたもなし。

コトバ屋形に久々しき[七]おきなは参り、「この若君に、御名を付け参

一 「夢覚めてかつぱと起き」は誤って入ったか。すぐ下に続く文も夢想であるから、文脈の上からは削除すべきであろう。
二 不要の語句。次の「お急ぎあれば程もなく」と重複している。
三 「あらたかさよ」と同意。神仏の霊験の著しいこと。
四 毎月の月経が止り。
五 「七月の煩ひ……お解きある」は出産までの経過をいう慣用句。
六 幼児の玉のように美しい様をいう慣用句。
七 古くから居る。底本「ひさ久しき」。

らせん。なにと付けん」とありければ、信吉こ の由きこしめし、「この子清水（きよみづ）の申し子なれば、いかやうにも計らへ」とある。（何とかいい名を考えてくれ）

しんとく丸の誕生

おきな承り、「福徳は父御にあやかりたまへ。[八] □[九]みやうはおきなにあやかりたまへ」と、しんとくをかたどりて、御名を[一〇]しんとく丸と奉る。この若君には、お乳[一一]が六人、乳母（めのと）が六人、十二人のお乳・乳母、産湯（うぶゆ）を引かせ奉り（産湯にお入れになり）、御寵愛（ちょうあい）は暇（ひま）もなし。二歳三歳暇もなく（すぐに過ぎ）、九つにおなりあるは、きのふけふの如くなり。長者夫婦御喜びは限りなし。

フシ 信吉、御台所（みだいどころ）近付けて、「なう、いかに御台。あのしんとく

八 財物に恵まれること。

九 底本一字虫食いのため不明。残っている部分からは「ち」らしく思われ、「しん」とは読めないので、あとの「しんととく（徳）をかたどりて」は不審。仮に「ちみやう」で「ち」はジと読んだとすれば、寿命（じゅみょう）（『日葡』等はジユミヤウとする）の転訛（てんか）とも考えられる。

一〇 折口信夫は、俊徳丸（謡曲「弱法師」「天王寺物狂」）は後の当て字で、元は身毒（しんとく）丸であろうという（『折口信夫全集』十七巻）。江戸時代では、「新徳」「信徳」「真徳」などを当てているが、語り物の性質上文字はさほど重要ではない。

一一 慣用句。「おち」「めのと」はほとんど同意で、母親に代って幼児に乳を飲ませ守（もり）をする女（うば）。「かるかや」七三頁注一三参照。

丸を、[一]しぎのの寺へ上せむ」とありければ、(御台)[二]「もつとも然るべき」とて、[三]郎等仲光召され、(御台)「いかに仲光、あのしんとく丸を、しぎのの寺に三年が間預け申し、よきに学問させてたまはれ」。「承る」とて仲光、若君の御供申し、寺入りと聞えける。

急げば程なく着きしかば、[四]阿闍梨に対面申し、「あの若君と申せしは、河内高安、信吉長者の御子なり。三年が間預け申す」とありければ、(阿闍梨)「やすき間の御事なり」。仲光、若君に近付いて、「よきに学問したまへ」と、「三年過ぐるものならば、御迎ひに参らん」と、[五]「いとま申してさらば」とて、河内の国へと帰りける。しんとく丸は余の幼い(他の幼な子)に増して、師匠のかたより、一字と聞けば、二字と悟り、十字を百字・千字と悟り、寺一番の学者とおなりある。

稚児の舞

これはさておき申し、和泉・河内・津の国(摂津)、三か国の[六]有徳人、一つ所に集まり、「なにか栄耀のもてあそび(豪華な遊びごとを)」と(と言い)、[七]「二月二十二日と申すには[八]天王寺[九]蓮池の上に、石の舞台を張らせ(作らせ)、四方に花を差させ、

一 地理的には信貴山(奈良県生駒郡平群町)の朝護孫子寺らしく思えるが、東成郡鴫野村(大阪市城東区)の寺かも知れない。その場合は大日寺(真言宗、本尊大日如来、弘仁年間〔八一〇～八二四〕弘法大師の建立と伝える)であろう(『東成郡誌』)。

二 それがいいでしょう。承諾の意に用いる慣用句。

三 家臣。家来。「仲光」は謡曲「仲光」、舞曲「満仲」の仲光にヒントを得ているように思われる。

四 「沙門(僧侶)の総称」(『書言』)。ここは寺の住持であろう。

五 別れの挨拶言葉として慣用句。

* 長者の家に子のないのがただ一つの不足であったが、清水観音に申し子をして生れたのがしんとく丸。寺入りして秀才の誉れ高く、幸せ一杯で過す。長者物語の典型で、後の急激な没落の前奏となる。

六 金持。

七 この日辰の刻(午前八時ごろ)に聖霊会(俗称御聖来)が行われる。聖徳太子の御忌会で、この時の稚

稚児(ちご)の舞の御慰み[一〇]」とありしかば(提案すると)、「もつとも然るべき」と、各々同じたまふ(賛成なさる)。さて当年は、信吉殿当屋(たうや)[一一]に指されたまふ(指名された)。

信吉我が家(や)に帰り、郎等仲光近付け、「なんぢはしぎの寺へ参り、しんとく丸具して(連れて)参れ」とある。「承る」とて、しぎの寺へと急ぎける。急げば程なく着きしかば、阿闍梨(あじやり)に対面申し、この由かくと申す。阿闍梨きこしめし、「やすき間のことなる」と、しんとく、里に送りある。

フシ 父母(ちちはは)に対面ある。信吉殿の御諚(ごぢやう)には、「やあ、いかにしんとく丸。なんぢこれまで呼び下す、別(べち)の子細(事情)で更になし。天王寺にて稚児の舞のありけるが(があるのだが)、さて当年は、それがし頭屋(とうや)に指されたり。余人(よじん)の稚児を雇ふべきか(雇ったらよいか)、なんぢ参り申すべきか(お前が行って勤めるのがよいか)、いかがせん」とありしかば、しんとく、この由きこしめし、「余人の稚児とあらんより(を頼むより)、それがし参り勤めん」と、二月二十二日になりしかば、稚児を語らひ(仲間にし)、みな役々を指したまひ(当てられ)、[一二]稚児の舞と聞えける。

児の舞は、左方は鳥舞（迦陵頻(かりようびん)）、右方は蝶舞（胡蝶(こちよう)）の番舞(つがいまい)で、それぞれ稚児四人が舞う（左右の称は六時堂から南に向っての左右）。

八 大阪市の四天王寺。聖徳太子の建立。荒陵山敬田院。天台宗。本篇では最も重要な場所で、当時は逢坂山・清水寺とともに乞食の群集した所であろう。特に西門の外にある石の鳥居は、極楽浄土の東門と言われ、西門と鳥居との間にあった引声(いんぜい)堂・短声堂は称名念仏の道場であって、乞食を含めて庶民が等しく親しみを持った、念仏信仰の聖地であった。一八八頁注二、「さんせう太夫」一三四頁注四参照。

九 六時堂（一九八頁注五参照）の前にあり、「大寺の池」と題して歌枕になっている。池上の石橋に舞台があり、ここで聖霊会のほか、二月十五日の涅槃(ねはん)会、九月十五日の念仏会にも、伶人(れいじん)の舞楽が行われた（『摂陽群談』、『上方』一巻三号）。

一〇 お楽しみはいかがです。

一一 底本「たうおや」。一〇行目は「とおをや」、江戸版「たうや」。一一行目に「やとおをふ（雇ふ）」の例があり、ここはトウヤを以上のように表記したと思われ、正しくは江戸版の如く「たうや」であろう。「当屋」は「頭屋」に同じく、神事の宿、またはその家の主人。ここは稚児舞を主催する当番の者。

一二 稚児の舞が行われることになった。

さすが稚児は美人なり、扇の手はよし（手ぶりはいいし）、人間な（人間は）中すに及ばず、もろもろの諸菩薩、江河のうろくづ（大きな川の魚類）に至るまで浮かみ出で、貴賤群集は満ち満ちて、この舞ほめぬ者はなし。七日の舞三日あり（七日間の舞が三日終って）、四日目のことなるに、扇の手の透き間より、いぬゐの座敷には（北西の座敷にいる）、和泉の国[一]陰山長者の[二]乙姫を、しんとく一目御覧じて、さて浮き世が思ふやう（思うようになって）になるならば、あの姫君と一夜の[三]最愛なすならば、今生の思ひよもあらじ（に思い残すことはない〔と思うと〕）。これが恋路となり、その日の舞を舞ひさいて（途中でやめて）、仲光を御供にて、高安指いてお下向ある。[四]一間所に取りこもり、[五]籐の枕を引き寄せ、恋路の床にお伏しある。

〔コトバ〕仲光、この由見るよりも、若君の一間所に参り、「なう、いかに若君様。大事の御身の、なにとて打ち伏したまふぞや。御手を賜れ。御脈取り（お脈を見て診察し）、御悩やめて参らすべし（御病気を直して差し上げましょう）」。若君、両の御手を仲光に賜る。取りも取つたり仲光や。「[六]上のお脈はなどやかで（おだやかで）、底のお脈の[七]乱文は、これは[八]四百四病の病より外れ、[九]恋路の脈」と取りたれ

一　底本「かけ山」。「陰山」「蔭山」等を当てる。陰山長者の屋敷は和泉の国日根郡近木庄畠中村（貝塚市畠中）にあった（『貝塚市史』等）。

二　年若い姫。ここは兄（太郎）があってその妹。

三　契りが結べるなら。底本「さいない」。「さいあい」の転か。男女が睦み合うこと。

四　柱と柱との間を仕切った小部屋。一室。

五　当時「藤」とも書き、南蛮（東南アジア）産。竹に似て蔓竹ともいった（『書言』）。「細小ノ片木五寸バカリナルヲモツテ、縦横四角ニ枕ノ形ヲ造ル、コレヲ枕ヲ指ストイフ。シカシテ後、縦ニ藤蔓ヲ纏ヒ、両端ニ板ヲ貼シ、黒漆ヲ塗ル、コレヲ藤ノ枕トイフ。良賤嫁娶ノ夜必ズコレヲ用ユ。故ニ新婦一双ヲ携ヘテ行ク。コレ又婚礼ノ一端ナリ。アルヒハ殿枕トイフ。倭俗男子ヲ崇メテ殿ト称ス、故ニシカリ。コレヲ造ル者ノタダ一家、室町ノ南ニアリ」（『雍州府志』）。「片木」は「堅木」か。

六　「脈は二十四脈あり、七表は陽脈、八裏は陰脈、九動は陰陽を兼ね合せる脈」（『脈法手引草』）。ここはその陽と陰の脈をいったか。

七　底本「らんもん」。「乱文」は乱れ散った模様であるが、ここは単に乱れの意か。

八 人間がかかるすべての病気。人に四大（地水火風）があり、一つの大に百一の病があって四百四病を作る（『修行本起経』等）など諸説がある。
九 「恋路の病」とあるべきであろう。
一〇 ことわざ。心に思っていることは、自然その人の言動に表れる。出典「中(うち)ニ誠アレバ、外ニ形(あら)ハル」（『大学』）。「思ひ内にあれば、色外(ほか)に現れさむらふぞや」（謡曲「松風」）。
一一 「丁」は駕輿(がよ)（乗物）を数えるのにいう語（『書言』）。
一二 「近義(こぎ)の郷」ともいい、畠中・地蔵堂など十二村を含む（『泉州志』等）。現在貝塚市の西北部。

や。「人恋ひさせたまふぞ。お包みなくお語りあれ。恋をなび(かなえ)けて参らすべし（て差し上げましょう）」。

若君、この由きこしめし、

聖霊会の舞楽

フシ 重き頭軽(からべかろ)く上げ、「[一〇]思ひ内にあれば色外(ほか)に現るる、恥づかしや。今は何をか包むべき（何を隠そうか）。児(こ)の舞を申せし時（いたした時）、いぬゐの座敷に、輿(こし)が三[一一]丁立つたりしが、中なる輿の姫君はいづくの姫にてある、仲光よ」。仲光承つて、「それを恋ひさせたまふかや。それは和泉の国近木(こぎ)[一二]の荘(しやう)にて、陰山長者の乙姫にておはします。陰山長者と（陰山長者と比べて）信吉殿も、位（地位）も氏（家柄も）、劣るべきか。殊更主(ぬし)ない姫なれば（夫のない姫なので）、一筆あそばしたまへ。恋をなびけて参らすべし」。

コトバしんとくなのめに（一方ならずお喜びになり）おぼしめし、硯・料紙取り寄せ、墨すり流し、筆を染め、おぼしめす御心事（お思いになること）・申しごと（願いごとを）、懇ろに書きとどめ、一山形やうに押し畳み、まつがわ結びひん結び、仲光に「頼み申す」とて、仲光御文受け取り、「やがて参らん（すぐに参りましょう）、さらば」とて、高安を立ち出で、二堺の浜にも着きしかば、数の（たくさんの）薬、十二の手具足買ひ取りて、商人と様を変へ、急げば程なく、和泉の国近木の荘にも着きしかば、陰山長者の三堀の四船橋打ち渡り、五平地門につつと入り、大広庭にずつと（ぬっくと）立ち、商ふこそ面白や。フシ「六紅や白粉・七畳紙、御たしなみの道具には、八沈・九麝香召されい」と至りもどりて（行きつもどりつして）商ふたり。

女房たちはきこしめし、「あら珍しの商人や。なにかある」とお問ひある。仲光承りて、一〇広縁に連尺降ろし、その身は一一落間に腰を掛け、唐の薬、日本の薬、十二の手具足、一二葛籠の一三掛子に包み分けて、〔女房らは〕あれかこれかと評定ある。

〔結び状〕

〔平地門〕

一 古く恋文に用いられた結び状（結び文）であろう。これは書状を細長く巻き畳み、端または中央を折り結び、結び目に一筋墨を引いた。ここは書状を畳んで端を折った形が山形であるのをいうか。底本「まつがわ」（一七五頁三行目は「まつかわ」）は未詳。書状を結んだ形が「松皮（松皮菱）」に似ているのをいうか。「をぐり」二二〇頁六行目参照。
二 当時貿易港であった。
三 屋形の周りの堀。
四 船を並べつないで、その上に板を敷き渡して作った橋。
五 屏中門。中門として母屋に近く開いた門。屋根がなく、左右に柱が立ち、冠木がなく、扉は二枚開き。
六 商人の売り言葉に型があって（「をぐり」二一六頁一〇行目以下参照）、それを面白く語ったのであろう。当時の行商人は各地を回り、珍しい品物と新しい情報をもたらし、重宝がられたと見える。
七 渋や漆を塗った厚紙を折り畳むようにしたもの。

フシツメ仲光、時分なよきと心得て、玉章(たまづさ)〔手紙を〕を取り出だし、「なう、いかに女房たち。さてそれがしはこの三日先に、河内(かはち)の国高安、信吉長者殿にて、商ひ申してござあるが、信吉長者の裏辻にて、さも美しくしたためたる、文(ふみ)を拾うてござあるが、拾ひ所の床しさに[一四]、これまで惜(たば)ひ持つてござあるが〔大切に持っておりますが〕、よくはお手本(てほん)[一五]にあそばせや。あしくは当座〔この場の〕の笑ひ草にもなされい」と女房たちに奉(たてまつ)る。

女房たちは受け取り、たばかる文とは存じなく、さつと広げて拝見ある。「なに、上(かみ)[一六]なるは月や星、中は春の花、下(しも)は雨・霰(あられ)とも書かれたり。それは〔この手紙は〕狂気人(じん)が、文字ない〔教養のない〕ことを書き、路中に捨てたは〔旅の途中で捨てたに〕治定(ちぢやう)〔違いない〕なり」と、一字もわきまへず〔分らず〕、一度にどつとぞお笑ひある。[一七]

[一八]あらいたはしや乙姫は、[一九]七重(ななへ)八重九重の幔(まん)の内にて、そよ吹く風まで、人かとおぼしめさるる身〔お感じになる方が〕の、揺るぎ出でさせたまひて〔ゆったりとお出になって〕、フシ女房たちを近付けて、「なう、いかに女房たち。なにを笑はせたまふ

「女ノ仮粧(ケシヤウ)ノ具」(『文明』)、「畳んである紙で、金箔(きんぱく)をつけ、あるいは絵で装飾してあり、女性がこれに紅・おしろいやいろいろの物を入れておく」(『日仏』)。

八 沈香。ジンチョウゲ科の常緑喬木(きようぼく)から採った天然香料。優良品は伽羅(きやら)という。

九 麝香鹿(じやこうじか)の雄の腹部の香嚢(こうのう)から製した香料。

一〇 当時の行商人が用いたもの。二枚の板に縄をかけて背につけ、それで物を負う。

一一 床の一段低くなっている室。

一二 藺(い)あるいは柳で作った籠(かご)(『日仏』)。元は葛(つづら)(ツヅラフジすなわちアオツヅラ)の蔓(つる)で作った。

一三 葛籠の縁に引っ掛けて、内側に作った小箱。

一四 拾った場所に好奇心がそそられて。

一五 手紙のお手本。

一六 手紙の冒頭で、以下一七二頁一一行目の「富士の高嶺(たかね)」に続くのであろう。謎(なぞ)言葉であるが、文意不明。

一七 以上、底本上の巻。巻末に「正保五年伐(「戊」の誤り)子三月吉日 二条通 九兵衛」の刊記がある。

一八 慣用句。ここは深窓の姫に対して、痛々しくふびんに思う心持。

一九 いく重も幔幕(まんまく)に仕切られた部屋。「おぼしめさるる身」まで深窓に住み、そよ吹く風にも驚かれる様をいう貫用句(「をぐり」二二二頁一行目参照)。「七重の屏風、八重の几帳(きちやう)、みす、九重の幔、かき分け押し分け」(奈良絵本『十二段草子』)。

ぞや。珍しきことあらば、自らにも夢ばかり(ほんの少し)お語りあり、姫が心の内も慰めてたびたまへ(下さい)」。女房たちはきこしめし、「いやこれなる商(あき)人が、文(ふみ)を得させてありける(くれたのですが)が、何とも読みがくだらいで(わけが分らないので)、これを笑ひ申す」とて、〔文を〕元の如くにしたためて(整えて)、乙姫に奉る。

乙姫玉章(たまづさ)受け取り、さつと広げて拝見ある。「筆の立てど[一]のけだかさよ。墨つき文字の尋常さよ(上品なこと)。文主(ふみぬし)たれとは知らねども、文(ふみ)にて人を死なすとは、かやうのことを言ふべきか。いかに女房たち、百(ひやく)[二]様(やう)知つて一様知らずは、争ふことなかれ。いかに女房たち。なんぼこの文は、訓[三]の読みがあるべきに(あるはずですが)、姫が文章くだき(文章を平易にし)、大和言葉[四]で読むべきか、又は義にて読むべきか。

まづ一番の筆立て(書き出し)に、富士の高嶺(たかね)[五]と書かれたは、上(うは)の空の月ながむにとこれを読む。三(み)[六]つのお山とたとへたは、中さばかなへ(お願いしたら成就させよ)とこれを読む。峰に立つ鹿とは、秋の鹿[七]ではなけれども、妻恋ひかぬる(妻が恋しくてたまらない)とこれを読む。薄紅葉(うすもみぢ)とは、色に(顔色に)出だすな。野中の清水[八]のたとへとは、

一 筆の立てどころ。ここは筆づかい。

二 ことわざ。いろんなことを知っていても、大切な一事を知らなければ、強いて主張してはいけない。「百様は知つたりとも一様を知らずは争ふことなかれと申すたとへのあるぞとよ」(舞曲「烏帽子折(えぼしおり)」)。

三 訓読。漢字を国語に当てて読む読み方。ここは分りやすい読み方の意であろう。

四 雅語で読んだらよいか、又は意味をとって読んだらよいか、読んでみましょう。「大和言葉」は日本の雅語、特に平安時代の文学語。『女重宝記(おんなちょうほうき)』は「御所方のことばづかひ」としている。近世初期から『大和言葉』という辞書がさかんに出たが、ここはその中の恋の謎(なぞ)言葉である。

五 「富士の高嶺」が手紙の本文、「上の空の月ながむに」がその解釈で、恋のためにうわの空でうっとり月をながめているが、の意。

六 熊野三山(本宮・新宮・那智)。

七 秋の鹿じゃないが。秋は雄鹿が雌鹿を呼んで鳴く。「奥山に紅葉(もみぢ)ふみわけ鳴く鹿の声きく時ぞ秋はかなしき」(『古今集』秋)。

八 昔播磨(はりま)の国印南野(いなみの)にあったという清水で、歌枕。「いにしへの野中の清水ぬるけれどもとの心を知る人ぞくむ」(『古今集』雑)。ここは野中にわく清水の意で、それは「独り澄」んでいるところから「独り済ませ」とした。「済ませ」は承知しておけ、の意。

九 舟を「着けい」に、心を落ち着かせる意を掛ける。
一〇 伊勢の浜辺に生える荻。「知らずやは伊勢の浜荻風ふけば折節ごとに恋ひ渡るとは」（『続古今集』）。
一一 塩焼き小屋。「塩」は辛いところから、下に同音の「空」を出す。
一二 雨・雪を含まない強い風。
一三 「限りあれば昨日にまさる露もなし軒のしのぶの秋の初風」（『続古今集』）、「薄霧のそらはほのかに明けそめて軒の忍に露ぞ見えゆく」（『風雅集』）。「軒の忍」と「露」は縁語。
一四 「道中」で、ここは「忍」通い路の意か。「をぐり」二二三頁一三行目は「たうちう」。
一五 「弦なき弓に羽抜け鳥の思ひとは、立つに立たれず、居（射）るに居られぬとの仰せかや」（赤木文庫『浄瑠璃御前物語』）のほうが意味がよく通じる。

仲光、乙姫に文をもたらす

このこと人に他言すな、心の内で独り済ませとこれを読む。沖こぐ舟のたとへとは、浮から心（落ち着かない）で思ふ身を（気持で思う身を）、急いで着けい[九]とこれを読む。[一〇]伊勢の浜荻・[一一]塩屋のたとへとは、[一二]空風吹かば一夜なびけとこれを読む。池の真菰のたとへとは、引かばなびけとこれを読む。根笹のあられと書かれたは、触らば落ちよ（私のものになれ）とこれを読む。[一三]軒の忍と書かれたは、[一四]とうちうの暮れほどの、露待ちかぬる（しばらくも待ち遠しい）とこれを読む。尺ない帯（文の足りない帯）と書かれたは、いつかこの恋成就して、巡り合はうとこれを読む。[一五]羽抜けの鳥に、弦ない空弓のたとへは、立つも立たれず（立とうとしても立たれず）、

〔心が〕燃え立つばかりとこれを読む。〔末尾に〕奥に一首の歌のあり。[一]恋ひる人は、河内(かはち)高安、信吉長者の独り子(ご)しんとく丸、恋ひられ者は乙姫なり。

今までは、たれやの人ぞと思うて、読うだることの恥づかしや。[二]兄殿原(とのばら)や、父御の耳に入るならば、乙姫何となるべき」と、〔文を〕二つ三つに食ひ裂き、[三]雨落際(あまおちぎは)へふはと捨て、[四]簾中(れんちゆう)指(さ)いてお忍びある。

乙姫の返事

コトバ 御前(まへ)近き女房たち、この由をきこしめし、「これはいつも参る商(あき)人かと思へば、[五]人かどはかしにてあるよな。御前(まへ)にたれかある。あれ計らへ〔なんとかしなさい〕」と口々に申さるる。仲光、この由聞くよりも、[六]由(よし)ない君に頼まれ、すは、[七]し出(だ)いたるとは思へども、それ[八]夫(をつと)の心と大仏の柱は、〔大きい上に〕大きても太かれと申す。[九]女人は胸に知恵あり、心に知恵ないと承る。脅(おど)いてみばやと思ひ、〔仲光〕「いかに女房たち。〔姫が〕今の文(ふみ)お破りあつてござあるぞ。こなたへおもどしあれ」、〔女房たち〕「いや、もどすまじ」との互ひの論。

陰山長者きこしめし、「承れば、河内の高安、信吉長者の独り子、

一 「をぐり」の同様の場面（二二四頁一一行目）では「恋ゆる人は常陸(ひたち)の国の小栗なり　恋ひられ者は照手なりけり」と、歌の形をなしている。江戸版は「ここに一首の奥書あり。恋する人は、河内の国高安の、しんとく丸にておはします。恋ひられ人は自らなり」とあり、さらに歌らしくないが、本来は歌の形をとったのであろう。

二 底本「とのはら」。トノバラと読む。男子（ここは「兄」）に対する敬称。

三 屋根の雨だれを落す所。

四 すだれの内。ここは奥の間であろう。

五 人をかどわかすことを仕事とする者。人かどい。人さらい。

六 つまらない方に。「由ない」は「筋違いの、そして不都合なこと」（『日仏』）。

七 とんだことをしたとは思ったが。

八 ことわざ。「男の心と大黒柱とは太くても太かれ」「大仏の柱で気が太い」（以上『譬喩尽(ひゆづくし)』）。「夫」は男の意。

九 当時のことわざで、女の知恵は胸先にあって、心の中にない。「女の知恵は鼻の先」の意か。

しんとく丸かたよりも、乙姫かたへ、玉章（たまづさ）の由承る。急ぎ玉章御返事申せ」とありければ、「承る」とて乙姫は、硯（すずり）・料紙取り寄せ、おぼし言の葉（お思いになることを）を、こまごまと書きとどめ、山形[一〇]やうに押し畳み、まつかわ結びにひん結び、女房たちにお出しある。女房たち受け取り、商人（あき）に渡されける。

フシ 仲光、玉章受け取り、葛籠（つづら）の掛子（かけご）にどうど入れ、又連尺した（整え）ため、肩に掛け、平地門（へいぢ）（平地門を）のつつと出で、吐息ほつとつき、虎（とら）[一一]の尾を踏み、毒蛇（どくじや）[一二]の口を逃れたる心にて、急げば程なく、河内高安に着きしかば、若君の一間所（ひとまどころ）に参り、玉章の御返事〔を差し上げる〕。若君なのめにおぼしめし（若君はたいそう喜ばれ）、さつと広げ拝見あり、御喜びは限りなし。仲光は、信吉夫婦にこの由申しける。

御台所の急死

コトバ 御台所（みだいどころ）は聞きたまひ、御一門に申さるる。「あのしんとく丸を、清水（きよみづ）の御本尊（ほぞん）に申し降ろすその時に（申し子をしたその時に）、あの子三歳[一三]になるならば、父[一四]か母かな、命（めい）の恐れのあるべきと仏勅[一五]なるに、三歳五歳過ぎ、十

一〇 一七〇頁注一参照。

一一 ことわざ。非常に危険なこと。

一二 ことわざ。危機一髪を脱すること。

＊しんとく丸の恋。相手の乙姫も長者の娘で、深窓に育った人。特に教養が高く、難解な恋文を読みこなすことができる。この謎（なぞ）言葉を解く部分の語りがハイライトで、「をぐり」（二二三頁一一行目以下）『浄瑠璃物語』『横笛草紙』にも例がある。当時人気があったと見える。

一三 一六三頁一二行目には「七歳」とある。いずれか誤りであろう。

一四 父か母かは、の意。「な」は主題提示の助詞「は」に相当。「父か母かに」（江戸版）。

一五 底本「ふつちよく」。「仏勅」（『落葉集』）。「仏勅なるに」は、仏の仰せであったが、の意。

三になるまで、父にも母にも難もなし。かほどはやらせたまふ、清水の御本尊さへ、うそをつかせたまふなり。当代の人間もうそをつき、世を渡り候へや」。上を学ぶ下なれば、一度にどつとお笑ひある。

河内高安より都清水へは、程遠いとは申せども、仏方便とてこのことききこしめし、憎い御台が楽言ひや。氏子不便と存ずれば、長者が屋のみねに立ち、よきことは祝ひ入れ、あしきことをば千里が外へ払ひのけ、守る丸を、偽り仏となすよ。ただあれをそのまま置くならば、神を神、仏を仏と、安置申す者あらじ。御台が命、夕べに取らんとおぼしめし、御先の綱を切り、「いかに御先、河内の高安、信吉長者御内に、人多いとは申せども、御台が命、夕べに取つて参れ」との仏勅なり。御先ども承り、路次は旋風に誘はれ、長者の屋形に吹き込うで、人多いと申せども、御台の五体に取り付いて、離れてのけと責むるなり。座敷中ばのことなるに、御台、一

一 災難もなく無事である。「父にも母にも相違なく」（江戸版）。

二 仏の手立てをもってお聞きになり。「神神通にてきこしめし」（江戸版）と同意。

三 のんきな物言い。江戸版「らくいひ」。

四 氏子をいとしいと思えばこそ。

五 江戸版「屋の棟（屋根の意）」。「みね」は「むね」の転か、あるいは「峰」か。

六 千里のかなたへ払いのけ。

七 底本「あんし」。「安持」（『運歩』）、「安置」（『饅頭』等）。

八 御先をつないだ綱。「御先」は、本来先払い・前駆の意であるが、ここは神の使いで、人の命を奪う。現在も主として西日本の民間信仰に、不慮の死を遂げた人の怨霊をミサキといい、人にとり憑くとして恐れられている。また狐や烏をミサキという所もある。

九 底本「みうち」。邸内。「身内（親族の意）」と解することもできる。

一〇 道すがら。

一一 つむじ風。

門にいとま請ひて、一間所(ひとまどころ)にござありて、籐(とう)の枕(まくら)に、万死(ばんし)[一二]の床(ゆか)にお伏しある。

フシ〔御台は〕その時信吉殿・しんとく丸を、弓手馬手(ゆんでめて)（左右のわきに）のわきに置き、「なう、いかに信吉殿。いつ吹く風の身にしまぬに（いつもは吹く風が身にしむこともないのに）、今吹く風の身にしむやう（しむようで）、番々(つがひつがひ)[一三]や折節(をりふし)[一四]に、離れてのけとしむ時は、さて自らはけふの日を、え過すまい（過すことはできまいと）と覚悟あり。自らむなしくなるならば、一人のしんとくに、よきに目掛けてたびたまへ。やあ、いかにしんとく丸。自らむなしくなるならば、若う、[一五]みさかりの信吉殿に、御台なうてかなふまじ（奥方がなくては困るでしょう）。後(のち)の親を親とし、仲ようしてあるならば、草葉の陰にて（墓の下で）、〔自らは〕それうれしいと思ふべし。それがさなうてあるならば（それがそうでなかったら）、母がためとて、〔お経を〕千部万部読うだるとも、受け取るまいぞしんとく丸。やあ、いかに仲光よ。自らむなしくなるならば、あのしんとく丸に、よきに宮づきたびたまへ（仕えて下さい）。万事は頼む仲光。お名残(なごり)惜しの御一門。名残惜しの信吉殿。なほも名残惜しいは、しんとく丸にてとどめたり。

一二 とても助かる見込みのない床につかれた。江戸版「ばんじのゆか」とあるのは、万事限りの、助からない床の意か。
一三 関節。
一四 底本「おりふし」。これも関節をいうか。
一五 ちょうど盛りの。「方身(ミサカリ)」(『温故』)、「方(ミサカリ)」(『文明』等)。

たまたま子ひとりまうけてに[一]、先立つ母こそ物憂(ものう)けれ」と、これが最期の言葉にて、土(ど)[二]おんそうとて土の色、草(さう)おんざうとて草の色、無人声(むにんじやう)[三]とて音もせず。朝(あした)の露とぞ消(け)[四]えたまふ。

信吉、この由御覧じて、御台(みだい)の死骸(しがい)にいだきつき、「これは夢かや現(うつつ)かや、現(うつつ)の今の別れかや。今一度(ひとたび)、物憂き世にあつてたびたま（この世に生きていて下さい）へ」と嘆きたまふ。しんとく丸も母の死骸にいだきつき、「これは夢かや現(うつつ)かや。現(うつつ)の今のなにとてか、年にも足らぬ（年少の）それがしを、たれ(だれ)やの人に預けおき（に預けおいて）、母は先立ちたまふぞや。ゆかでかなはぬ道な（どうしても行かねばならぬ道）らば（なら）、我をも連れてゆきたまへ」と、いだきついて、わつと泣き、押し動かし、顔と顔と面(おも)添へて、流涕(りうてい)焦がれて嘆かるる。

今は嘆いてかなはじと、時合(じあひ)[五]がなれば、六方龕(がん)[六]に打ち載せて、あまたの御僧供養して、野辺の送りと聞えたり。いたはしや若君も、野辺まで御供なされしが、野辺すがら、口説きごとこそ哀れなり。「幼少で母に離れ、なにとならうぞ我が身や」と、泣く泣く野辺に

一 「……てに」は説経独特の語法。「に」は現代語の「ね」に近い間投助詞。
二 次の「おんざう」とともに未詳。「御相(おんざう)」か。
三 人声のないこと。「無人声とて音もせず」(狂言「聟入自然居士」)。
四 底本「けへたまふ」。「きえたまふ」の転。
五 葬礼の時となったので。「時合」はころあい。ここは葬礼の時刻。「時際(ジアイ)」(『天正』)。
六 「龕」は死人をおさめる輿(こし)(『文明』)。これには四方・六方・八方の別があり、四方龕が屋根をささえる四方の柱だけでできているのに対し、六方龕・八方龕は観音開きなどの付いた立派なもの。

送りつけ、栴檀薪積[七]みくべて、諸行無常、[八]三つの炎と火葬して、煙も過ぐれば、かの死骨拾ひ取り、灰かき寄せて、墓を築き、塚のしるしに、卒塔婆を書いてお立てある。各々屋形におもどりあり。いたはしやしんとく丸、持仏堂に御経読うでおはします。若君の心[九]の内、哀れともなかなか、なににたとへんかたもなし。

新御台の呪咀

コトバ これはさておき御一門な、一つ所に集まり、[一〇]内議評定とりどりなり。若う、みさかりの信吉殿に、御台無うてかなふまい。ここに都、三十六人の公家たちのその中に、六条殿の乙の姫（妹姫）、生年十八におなりある。これはさて、信吉殿に迎へんと、吉日選み、御前迎[一一]ひと聞えたり。[一二]左右なく迎ひ取りたまひ、〔姫は〕信吉殿に対面あり、歌う[一三]つ舞うつ、御喜びは限りなし。

フシ これはさておき申しつつ、持仏堂におはしますしんとく丸は、この由をきこしめし、「さて情けなの父御やな。母上様の百か日たつやたたぬに、御台所は何事ぞ。情けなの父御や。何につけても草

七 白檀の薪。「かるかや」七二頁注三参照。
八 未詳。「かるかや」七二頁注五参照。
九 以下、慣用句。心の内を、哀れと言うにしても、それを何かにたとえる方法は、到底ないのである、の意。次頁四行目参照。
一〇 慣用句。いろいろ相談する意。
一一 妻迎え。「御前」は妻または婦人に対する称。
一二 ためらうことなく。「左右」はソウと読む。
一三 ウトウツモウツ。歌ったり舞ったり。

葉の陰なる、母上様が恋しや」と、泣くよりほかのことはなし。あまたの経を見たまへど、女人[一]ほめたる経もなし。七日が間持仏堂に、女人結界の高札書いてお立てあり、母上様の御ために、御経読うでおはします。若君の心の内、哀れともなかなか、なにたとへんかたもなし。

コトバ 当[二]御台所は、御果報の瑞相[三]か、若君の出でたまふ。すなはち弟の次郎とお名付けある。フシ 御台、この由きこしめし、たまたま子ひとりまうけてに、総領となしもせで、弟の次郎と呼ばすることの腹立ちや。かなはぬまでもしんとくを呪ひ、弟の次郎を総領[四]になすべしと、これが謀反[五]となり、信吉殿に近付いて、「なう、いかに夫の信吉殿。さて自らは都の者にて[六]ましませば、清水の御本尊に立てたる願のさふらへば、清水まうで申すべし」。

信吉殿きこしめし、「その儀にてあるならば、輿か馬か」とありければ、御台、この由聞きたまひ、「馬よ輿よとありければ、他郷[七]

一 よく知られている『法華経』提婆達多品に「女身は垢穢にして、これ法器（仏の教えを受けるに足る能力のある人）に非ず。いかんぞよく無上菩提を得ん」とあり、また女人は五つの障りがあって、梵天王・帝釈・魔王・転輪聖王・仏身となることができないとしている。こういう例があるところから、そう言ったのであろう。

二 新御台所。

三 めでたいしるし。

四 総領にしなければならないと思い。

五 ひそかに計って事を起すことで、ここは次の呪咀を指す。

六 いらっしゃいますので。ここは江戸版「さふらへば」がよい。地の文では登場人物、特に貴人に対して丁寧な言葉を使っているが、ここは御台所の言葉であるにもかかわらず、地の文としての敬語が混入したか。

七 他の村里への聞え、の意であろう。「きけい」は「亀鏡」（『文明』等、外聞の意とする）を当てるか。

のきけいも殊なやな。弟の次郎を女房たちにいだかせ、忍びやかに参らん」と御意あつて（仰せになって）、旅の用意なされ、旅の道者と打ち連れ、高安を立ち出で、お通りあるはどこどこ。植付畷・さくらがうり・洞が峠打ち過ぎ、伏見の里はや過ぎ、お急ぎあれば程もなく、清水坂にお着きある。

コトバ 鍛冶を頼み、宿を取り、六寸釘、夜の間にあつらへ、夜だに（夜が明け）明くれば（るやいなや）、清水にお参りあり、鰐口ちやうど打ち鳴らし、「南無や大悲の観世音、自らこれまで参ること、別の子細（事情）で更になし。承ればしんとくは、御本尊様の氏子の由を承る。さて今日よりも、弟の次郎を氏子に参らする。その上は、しんとくが命を取つてたまはれ」と、「それがさなうて（さもなければ）ひ、〔しんとくに〕人のきらひし違例（人がきらう病気を）を授けてたまへ」と、深く祈誓奉り、フシ「これはしんとくが、四つのよそくに打つぞ」とて、縁日をかたどりて、御前の生き木に十八本の釘を打つ。下に下がりて祇園殿、月の七日が縁日なれば、御前の格子に、七

八 ことのほか（格別）でしょう。
九 巡礼。「かるかや」一二二頁注一参照。
一〇 以下、道行（高安～清水坂）。一五六頁六行目以下参照。

一一 鍛冶屋。ここは釘鍛冶。

一二 底本の印刷の具合からいって、「に」の誤りと思われる。一七八頁注一参照。
一三 「四足」か。江戸版「番（関節の意）」。
一四 「仏陀神明の有縁の日にして、すなわち人の寺社に参詣し、又は仏神を追念して各々縁を結び、功徳を生ずる日をいう。毎月各一回、もしくは数回あり。又香期とも称す」（『仏教大辞典』）。観音の縁日は十八日。
一五 生木の意で、ここは生きている立ち木。
一六 祇園の社。八坂神社。素戔嗚尊・八王子・稲田姫の三社。六月七日は祇園会で牛頭天王祭が行われる（『日次紀事』）。

本の釘を打つ。御霊殿[一]に八本打つ。七の社[二]に七本打ち、今宮殿[三]に十四本。北野殿[四]に参り、二十五本の釘を打つ。下に下がりて東寺の夜叉神[五]、二十一本お打ちある。因幡堂[六]に参りては、「これはしんとくが両眼に打ち申す」とて、十二本お打ちある。余つたる釘を「賀茂川・桂川の水神、蹴立て〔荒れよ〕」とお打ちある。都の神社社に打つたる釘の、数へてみたまへば、百三十六本とぞ聞えたり。コトバまた清水に参りつつ、御前三度伏し拝み、「自ら下向申さぬ間に、〔しんとくに〕違例を授けてたまはれ」と、深く祈誓を奉り、高安へとお下向ある。

フシいたはしやしんとく丸は、母上の御ために、御経読うでましますが、〔継母の〕祈るしるしの現れ、その上呪ひ強ければ、百三十六本の釘の打ちどより[七]、人のきらひし違例となり、にはかに両眼つぶれ、病者とおなりある。いたはしや若君は、こは情けなの次第とて、一間所に取りこもり、籐の枕にお伏しある。若君の心の内、哀れともなかなか、何にたとへんかたもなし。

一 御霊の宮（上京区の上御霊）。早良親王（崇道天皇）・伊予親王（早良親王の御子）・藤原夫人（早良親王の后）・文大夫（文屋宮田麻呂）・橘逸勢・藤原広嗣・吉備大臣（吉備真備）・火雷神の八社（祭神については異説がある）。祭りは八月十八日。

二 船岡山の東南、上京区社横町の櫟谷七野神社。春日明神を勧請し、内野・北野・萩野・蓮台野・紫野・上野・平野の七野の総社といい、春日のほか伊勢・八幡・賀茂・松尾・平野・稲荷の六社を祭るとも、山王七社を勧請したともいう（『雍州府志』等）。

三 北区紫野今宮町の今宮神社。疫神を祭り、その御霊会は五月十五日。天王社・稲荷社等十四社を合祀するので「十四本」としたか。

四 北野天満宮（上京区馬喰町）。縁日は二十五日。

五 教王護国寺（南区九条町）の夜叉神。堂は食堂の中門左右の間にあり、慶長元年（一五九六）倒壊、承応四年（一六五五）食堂の前に再建（『京都坊目誌』）。二十一日は弘法大師の縁日。

六 下京区松原通烏丸東入の平等寺（真言宗）。因幡薬師といっている。因幡の国（鳥取県東部）の海底より上がり、中納言行平の目を直したと伝える（『京童』等）。十二日が薬師如来の縁日。

七 底本「うちと」。ウチド（『日葡』）。（釘を）打った所。

信吉、しんとく丸を捨てさせる

＊母の死によってしんとく丸の運命は一転する。父は再婚し、継母は自分の子に家を相続させようと、しんとく丸を呪咀（じゅそ）する。清水をはじめ有力寺社に釘を打ちつけて呪（のろ）う様はすさまじい。

八 弓矢に対する神仏の加護。

九 「人待つ（松）本」で、人が待つ松の木の本の意か。道行「右近源左衛門海道下り」にも「関山三里打ち過ぎて、人松本に着くとなう」（「松本」は大津市内の地名）とある。子供を丈夫にするまじないにその子を捨てるという風習があり、瘡（かさ）のできた子を捨てたのが神になったという話もある（柳田国男『神を助けた話』等）。下がり松の捨て子もこれと関係があろう（「かるかや」四六頁注七参照）。

一〇 いやになって別れるのではない、不本意な別れ。名残の尽きない別れ。

（上）当御台、清水観音に祈誓（下）同じく、鍛冶より釘を受け取る

コトバ これはさておき、御台所（みだいどころ）は高安にお下向あり、間（あひ）の障子の透き間より、若君の違例の由を御覧じて、な〔一方ならずお喜びになり〕のめならずにおぼしめし、都の方（はう）を伏し拝み、御喜びは限りなし。フシ それよりも信吉殿に近付いて、「なう、いかに信吉殿。それ都辻〔都の辻々で〕すがら、人の沙汰〔人がうわさして〕なすは〔おりますのは〕、それ弓取り〔武士〕の御内（みうち）〔一族〕に、病者（やまふじや）のありければ、弓矢冥加（みやうが）[八]七代〔七代の間〕尽くると〔絶えるとうわさしているとか〕沙汰をなすと。承ればしんとくは、人のきらひし違例の由承る。いたはしうは存ずれども、いづくへなりと、ひとまつ本[九]へお捨てあれ。それがさなうてあるならば〔できないのでしたら〕、自らには飽かぬ[一〇]いとま賜れや」。

信吉、この由きこしめし、「長者の身にて、あれほどの病者が、五人十人あればとて、育みかねべきか。一つ内にいやならば、別に屋形を建てさせ、育み申さう、しんとくを」。御台、この由きこしめし、「ただとにかくに、弟の次郎と自らは、飽かぬいとまを賜れや」。

信吉、この由きこしめし、あの妻送り、余人の妻を頼むとも、姿こそ変るとも、心邪見は同じこと。捨てばやとおぼしめし、コトバ郎等仲光お前に召され、「やあ、いかに仲光よ。承ればしんとくは、違例の由を承る。いたはしうは存ずれども、いづくへなりとも捨てて参れ」。仲光承つて、「仰せにては候へども、[一]乳房の母御の遺言に、仲光頼むと御意あるに、余の郎等に仰せつけられ、仲光においては御許しあれ」。

信吉きこしめし、「先立ちたる乳房の母は、なんぢが主にて、浮き世にありし信吉、主にてはなきぞとよ。捨てていといふに捨てぬ

一　実の母親。

ものならば、（しんとくだけでなく）仲光共に浮き世の対面かなふまじ」とありければ、

フシクドキ 仲光[二]承つて、御前をまかり立ち、一間所にたたずみて、口説きごとこそ哀れなり。「[三]かき送りて藻塩草、[四]進退ここに窮まりて、是非をも更にわきまへず（どうしたらよいか全く分からない）。身かき分けたる親の身で（血を分けた親の身でも）、心変りのある時は、捨ていと御意ある。いはんや仲光他門にて（他人であるから）、（若君を）思ひ切らうはやすいこと」。

間の障子のこなたより、「なう、いかに若君様。違例はなにとましますぞ（ご病気はいかがですか）。仲光にてござあるが」。若君、この由きこしめし、「仲光かや珍しや。何たる因果の巡り来て、かやうの違例を受け、[五]目が見えぬは、いつも長夜の如くなり。違例を受けたるは、見舞ひも受けぬ。仲光よ珍しや」。仲光涙の下よりも、「いかに申さん若君様。承れば、いつぞやの稚児の舞をなされたる天王寺には、都より尊き知識（名僧が）のお下りあり、七日の御説法お述べあると承る。お参りなきか（御参詣になりませんか）」と申しけり。

二 このクドキの部分、江戸版は「哀れなるかな仲光は、御前をまかり立ち、とある所に立ちしのび、口説きごとこそ哀れなれ。世の中にすまじきものは宮仕なり。我奉公の身ならずは、かかる憂き目を見もやせん。仰せらるるは御主なり。又手にかくるも御子なり。進退ここに窮まつたりと、是非をもさらにわきまへず。思へば弱き心かな。身かき分けたる親子だに、思ひ切れば切りたまふに、まして仲光他門なり。思ひ切らうはやすけれど」とある。

三 「かき送りて藻塩草」は「進退」以下の序詞的修辞。「かき送りて」は「かき集めて」の誤りであろう（「をぐり」二九三頁一三～一四行目参照）。「藻塩草」は塩をとる材料にする海藻で、かき集めて潮水を注ぎ、塩分を含ませ、これを焼いて水に入れ、その上澄みを釜で煮つめて塩をとるところから、歌では「書き集む」に掛けて用いる。ここはかき集めた藻塩草が足手まといになって、進退が自由にならない意としたか。「かき集めたる藻塩草、進退ここに窮まりて、是非をもさらにわきまへず」（舞曲「満仲」）。

四 底本「しんだいこゝにきはまりて」。「進退惟谷」（『伊京集』『易林』）。出典は『詩経』大雅「進退維谷」。「進退」は立ち居振舞。

五 目が見えなくなって。この場合の「は」は、接続助詞「ので」に近い。すぐ下の「受けたるは」、一八六頁一二行目の「受けたは」も同じ。

若君、この由きこしめし、「忌日命日多けれど、さて明日は、乳房の母の第三年にまかりなる。参り申さう」とありければ、仲光「お供」と申しつつ、雑駄[一]の駒に鞍置き、コトバあたに[二]に付くるは何何ぞ。金桶[三]・小御器[四]・細杖・円座[五]・蓑・笠これ付くる。中にしんとく丸をいだき乗せ、表の門は人目繁いとて、裏の御門を引き出だす。

仲光、しんとく丸を天王寺へ送る

フシいたはしや信吉殿も、今が別れのことなれば、門まで出でさせたまひて、「いかにしんとく丸、天王寺へ参るかや。やがて下向〔間もなく帰って〕申せとよ〔来なさいよ〕」。若君、この由きこしめし、「父御様にてましますか。馬の上より御返り言[六]、御許したまへ父御様。やがて下向申すべし」。信吉、この由御覧じて、「和泉・河内・津〔摂津〕の国、三か国にては、見目よき稚児と沙汰なしたるに〔評判だったのに〕、違例を受けたは、馬乗り姿も見苦しや」と、さしもにたけき〔気丈な〕信吉も、はんらはらとぞ嘆かるる。

若君仰せけるやうは、「やあ、いかに仲光よ。目が見えぬは、い

一 底本「さうた」。「ザウダ（荷物を載せる馬）」（『日仏』）、「雑馬」（『落葉集』）と同意か。
二 「徒荷」で、主な荷物（ここは人）のほかに、一緒に付ける軽い荷の意か。
三 金属製の桶。江戸版「花桶」。以下乞食の道具。
四 小さな御器。「御器」は食物を盛る椀。
五 わらなどを渦状に円く平たく編んだ敷物。
六 底本「御かへり事」。「カエリコト」（『日葡』）。お返事。
七 河内の国高安郡水越村（八尾市水越）の松の馬場か。「西方高野街道に向ひて玉祖神社（高安明神といい神立村にある）の鳥居あり、それより東方四、五町（『中河内郡史』は約六、七町とする）の間なる松の並木は、これを松の馬場といひ、一に高安の馬場と呼べり」（『大阪府全志』）。以下、道行（高安〜天王寺）。
八 「こひの松」（江戸版）の誤りか。在原業平の高安通いの恋物語で、「業平夜半に通ひ給ひて、かの女と合図の笛を、松の根もとにて吹き給ふ故に、笛吹松と申し伝へ侍る」（『河内国名所鑑』）。その松（玉祖神社の境外地字宮山）を指すか。
九 未詳。江戸版「玉こし」。「水越」の誤りか。
一〇 未詳。江戸版「みしま」。若江郡三島新田（東大阪市三島）は遠く離れている。

つも長夜の如くなり。路次物語を申さい」。仲光承つて、「ここは高安馬場の先、向ひに見ゆるはこわの松」、たまこし・みし・上の島・さいべの橋引き渡す。

(上)信吉、仲光を招いて意向を告げる(下)仲光、違例のしんとく丸を訪れる

きずるを出で蛇草の露にすそ濡れて
　　いかが渡らん中川の橋

〔若君は〕と、かやうに詠じたまひ、小橋・木の村・つかわしやま・にしてを打ち過ぎて、〔天王寺の〕天王寺と、南の門にお着きある。

仲光申しけるやうは、「なう、いかに若君様。今日の説法は、は

一一 河内郡上ノ嶋村(八尾市上之島町)。

一二 未詳。

一三「きずる」は河内の国渋川郡衣摺村(東大阪市衣摺)であろう。「衣摺」は当時も今もキズリ。「蛇草」は渋川郡南・北蛇草村(東大阪市南・北蛇草)。衣摺の北。現在の俊徳町はさらにその北。「蛇草」は同音で「葉草(草の葉)」に掛ける。「中川の橋」は摂津の国東成郡中川村にあった橋であろう。現在生野区に中川橋があるが、関係はなかろう。中川から四天王寺への直線経路としては現在の俊徳橋・生野俊徳橋が順路になる。江戸版「鶴が橋」。

一四 東成郡小橋村。現在の天王寺区小橋町の辺り。ここは平野川を渡り、東小橋村(下おばせ)・小橋村(上おばせ)を通り、南下したか。

一五 小橋の南。「木野村」とも書く。猪飼野村の川向い。

一六 未詳。道順からいえば、木の村の南の岡山(御勝山)らしく思われる。

一七「西寺」で、現在の天王寺区勝山通一丁目の内か。

一八 南大門(一九〇頁注三参照)。「俊徳街道といへるは、南大門の外一丁(約一〇九メートル)ばかり南に、東へ通ずる小路あり。これ俊徳丸河内国高安より、当山へ詣でし道なりといへり」(『浪華百事談』)。「俊徳街道を西へ突き当った裏側が万代池、道はそれから斜めに、土塔塚を左に見て南門へ行く」(佐谷孫二郎説)。

や過ぎてござある（終りましたが）が、町屋[一]にお宿召されうか。又は宿坊（僧坊）に召されうか。お好みあれ若君様」。しんとく丸はきこしめし、「世が世の折の（栄えている折の）宿坊よ。[二]町屋の宿と申せしは、皆人の御覧じて、笑はれうことの恥づかしや。今夜は[三]念仏堂にて[四]通夜申さう」。

仲光承つて、[五]願ふ所に幸ひと、（念仏堂の）縁まで駒を引き寄せて、とある所（さる場所）に、若君どうど降ろし、あらいたはしや若君は、旅は[六]今が初めなり。馬に揺られて（疲れたため）、前後も知らずお伏しある。

いたはしや仲光は、宵の間は物語り（雑談をし）、はや夜も更け候へば、若君を捨てうと思へば、夜も寝られず。若君の枕元に立ち寄り、後れの髪をかきなでて、今は若君起しつつ、いとまごひを申さうか、いや起して悪しからん、心でいとま申さんと、消え入るやうに嘆きける。「いとま申してさらば」とて、立ち返らん（帰ろう）としけれども、余りのことの悲しさに、又立ち返りて（引っ返して）、若君にすがりつき、これが別れか悲しやと、心強くも仲光は、名残のそでを振り切つて、駒の手綱に手

一 商家。あるいは商家の集まっている町。

二 町屋の宿というのは、人々がご覧になって、笑われるのが恥ずかしいのです。

三 四天王寺西門の外、鳥居の内南寄りの引声堂（北寄りに短声堂がある）（『和漢三才図会』）。阿弥陀如来のほか阿閦・法勝・釈迦・大日の五仏を置く（短声堂は釈迦・文殊・普賢）。引声念仏（ゆるやかな節を付けて弥陀の名を唱えること）を修する堂の意であるが、念仏堂としては歴史が古く、久安五年（一一四九）十一月（一説十二月）に鳥羽法皇の御幸があり、十二日に落慶供養が行われた（『仏教大辞典』等）。引短二声の両堂は称名念仏の道場として、毎年春秋彼岸の中日に融通念仏が行われ、平野の大念仏寺の上人が導師となる（『摂陽群談』）。

四 夜を明かしましょう。「通夜」は徹夜で祈願すること。

五 幸い願う所と。ひそかに捨てるのに好都合だからであろう。

六 実際は、しぎの寺へも行き、四天王寺の稚児の舞にも出て、旅を経験している。しかしこういう苦痛に満ちた惨めな旅は初めてで、その感懐が前の道行にも出ている。

を掛けて、帰らんとせしけれど、駒[七]も心のあればこそ、引かんとすれど五月雨、涙にむせて帰られず。

あらいたはしや仲光は、口説きごとこそ哀れなり。「昔が今に至るまで、主[八]ない駒の口引くは、よそのことかと思ひしに、身の上なりける悲しや」と、口説きごとこそ哀れなり。いたはしや仲光は、若君を床[九]しさうに打ちながめ、河内の国高安指してぞ帰りける。急ぐに程のあらばこそ、高安になりぬれば、しんとく丸を捨てたる由、信吉殿に対面し、この由かくと申しける。仲光が心の内、哀れともなかなか、なににたとへんかたもなし[一〇]。

しんとく丸の袖乞

あらいたはしや若君は、御目を覚まさせたまひてに、「やあ、いかに仲光よ。夜が明くるやら、群烏が告げ渡る。手水くれさい仲光よ」とお呼びあれども、何が（何分にも）はや、宵に捨てたる仲光なれば、〔戸を〕開けて訪る者はなし。

七 馬も情けあればこそ、手綱を引こうとするが動かず、仲光は五月雨のように落ちる涙にむせて。

八 主人の乗っていない馬の口を引くのは、よそのことかと思っていたが、今は我が身のことになってしまった。

九 後ろ髪を引かれる思いでつくづくながめ。

一〇 以上、底本中の巻。巻末に「正保五年戌（「戊」の誤り）子三月吉日　二条通　九兵衛」の刊記がある。

* しんとく丸は、人がきらう病人となって両眼がつぶれ、後妻に屈した父の命令で捨てられる。いわゆる俊徳道を仲光に馬を引かれて、天王寺念仏堂にたどり着く。ここは家臣として苦悩する仲光の嘆きと、知らない間に転落して行くしんとく丸の哀れを語って、説経得意の場面であろう。

いたはしや若君は、不思議さよとおぼしめし、枕を探り御覧ずれば、不思議の物をこれ探る。金桶・小御器・細杖・円座・蓑・笠、これ探る。さてはたばかり、お捨てあつたは治定なり。例へばお捨てあろとも、捨てる所の多いに、天王寺[一]にお捨てあつたよ、曲もなや。蓑と笠とは、雨・露しのげと、これは父御のお情けか。杖は道のしるべなり。円座は、馬場先に出で、花殻請[二]へと、これは仲光が教へかな。この小御器では、天王寺七村[三]をそでごひせよと、これは継母の教へかな。たとひ干死を申せばとて、そでごひとて申すまいと、聖[四]きつておはします。

清水の御本尊は、氏子不便とおぼしめし、しんとく丸の枕上にお立ちある。コトバ「いかにしんとくよ。御身が違例、しんから[五]起りし違例でなし。人の呪ひのことなれば、町屋へそでごひし、命を継げ」とお告げあり、消すがやうに失せたまふ。

フシしんとく夢さめ、「あら有り難の御夢想や。違例も受けず、

一 天王寺に捨てることは、乞食をせよということになるからであろう。

二 施しの銭。仏に供えた花の用済みになって捨てるもの。お下がりの意から、施しの金品の意となったか。

三 上之宮・小儀・久保・河堀・土塔・堀越・北の七部落。特に四天王寺南門を出て東寄りの土塔塚は、俗称乞食山といって乞食が多かったという。

四 すっかり高僧になっていらっしゃる。「聖」は高徳の僧。「ヒジリキツタヒト（純潔に関することでは用心深く細心な人）」（『日仏』）。

五 「真から」あるいは「心から」。ここは本体から起った、本当の、の意。

父にぞんき申し〔わがままを言って〕て、〔その上〕そでごひを申すにこそ、我が身の恥であら〔ありま〕うけれ〔しょう〕。違例を受けたに、親の身として育(はご)みかね、お捨てあり、

(上)清水の本尊しんとく丸にお告げ(下)仲光駒を引きながら別れを惜しむ

〔そのため〕そでごひを申すこそ、父御[六]の御面目にてあるべきに。〔御本尊の〕さらば教へに任せ、そでごひを申さん」と、蓑(みの)・笠(かさ)を肩に掛け、天王寺七村をそでごひなされば、町屋の人は御覧じて、「これなる乞丐人(こつがいにん)[七]な、物を食はぬか、よろめくは。いざや異名(いみやう)[八]を付けん」とて、弱法師(よろぼふし)[九]と名を付け、一日(ひとひ)[一〇]二日は育(はご)めど、次いで育む者はなし。

清水御本尊のお告げ

又清水(きよみづ)の御本尊(ほぞん)な、虚空(こくう)よりお告げある。「やあ、いかにしんと

六 お父さんのご名誉にかかわることでしょう。言外にわが身の恥ではないといったもの。
七 乞食。
八 別名。あだ名。
九 よろよろする法師。「法師」は男の子、あるいは人の意(例えば一寸法師)。
一〇 底本「ひとい二日」。「ひとひ(一日)」をヒトイと読む。

く丸。御身がやうなる違例は、これより熊野の湯に入れ。病本復中すぞや。急ぎ入れや」と教へあり、消すがやうに御見えなし。しんとく、この由きこしめし、今のは我が氏神、清水の観世音にてあるやらんと、虚空を三度伏し拝み、さらば教へに任せつつ、湯に入らばやとおぼしめし、天王寺を立ち出で、熊野を問うて（尋ねて）お急ぎある。

[1]通らせたまふはどこどこぞ。[2]安倍野五十町はや過ぎて、先をいづくとお問ひある。[3]住吉四社明神伏し拝み、[4]先をいづくと。堺の浜はこれとかや。[5]石津畷通る時、西をはるかにながむれば、〔海に〕大網下ろす音がする、[6]目ごとに物や思ふらん。[7]大鳥・[8]信太はや過ぎて、[9]ゆのくち千軒これとかや。近木の荘に聞えたる、[10]地蔵堂に休らひたまへば、

コトバ 又清水御本尊な、[11]旅の道者と身を[12]変化、しんとく丸に近付いて、「いかにこれなる病者。この所の有徳人が、御身がやうなる乞食に、[13]施行を[14]たいてお通しある。参りて施行を受け、命を継げ」と教へ、さらぬ体にて（さりげなく）お通りある。

一 以下一〇行目まで道行（天王寺〜地蔵堂）。

二 摂津の国東成郡。後に阿部野とする（現在大阪市阿倍野区）。安倍野村より住吉郡住吉村に至る間をいい（この間五十町）、「往来人家遠して道冷たし。世俗貪狼の輩をさして阿部野街道と異名す」（『摂陽群談』）。

三 大阪市の住吉大社。四社明神は底筒男命・中筒男命・表筒男命・息長足姫命（神功皇后）。

四 「先をいづくとお問ひある」とあるべきところ。

五 和泉の国大鳥郡石津郷上石津村・下石津村（堺市）。

六 見る度に思い煩うことだろう。「網」の目の縁で「目ごとに」とした。「目」は見ること。会うこと。

七 和泉の国大鳥郡大鳥郷大鳥村。ここの大鳥神社（堺市鳳北町）は和泉の国一の宮。大鳥大明神・爾波比社・鍬靫社・井瀬社・浜社の五社。

八 和泉の国和泉郡信太郷（和泉市北部）。信太の森（和泉市葛之葉町）・信太大明神すなわち聖神社（和泉市王子町）は安倍晴明（平安中期の陰陽家）の伝説等で有名。

九 「井の口」（和泉の国和泉郡井ノ口村、現在和泉市）の誤りか。井の口王子がある。

一〇 和泉の国日根郡近義郷地蔵堂村（貝塚市）の勝軍寺（後に正福寺）。本尊勝軍地蔵。宝塔・涅槃堂・薬師堂・鐘楼・浴室・四門および六坊があったが、永禄年中の兵火で焼失（『泉州志』）。

一一 連れ立って寺社を遍歴する修行者。「モノマイリ

しんとく、この由きこしめし、「さあらば施行受けん」とてお急ぎあるが、いにしへ文の契約なされたる、乙姫の屋形と、夢にも御存じなうて、堀の船橋打ち渡り、大広庭につつと立ち、「熊野へ通る病者に、斎料[15]たべ」とお請ひある。いにしへ知りた人あり、「なう、いかに面々。あれはいにしへ、屋形の乙姫のかたへ、文の通ひなされたる、河内の国高安[16]長者のしんとくなるが、何たる因果回り来て、あのやうなる違例受けたるぞ」と、人が沙汰なせば、しんとく丸は、目こそ見えね、耳の早さよ。面目とおぼしめし、門外指いてお出である。

口説きごとぞ哀れさよ。「病さまざま多けれど、目の見えぬこそ物憂けれ。目が見えねばこそ、かくまい恥をかくことよ。たとひ熊野の湯に入りて、病本復したればとて、この恥をいづくの浦にてすすぐべし。天王寺へもどり、人の食事を賜るとも、はつたと絶つて、干死[17]にせん」とおぼしめし、近木の荘よりひんもどり、天王寺[18]ぢせ

ノミチユキビト」（『日葡』）。
一二 神仏が仮に人の姿に身を変えること。ここは動詞の連用形として用いられている。
一三 功徳のために、僧や貧者・病人に物を施すこと。ここは食物を非人に施すこと（『文明』）。
一四 未詳。「引いて」の誤りか。江戸版「引き給ふ」。
一五 斎料を下さい。「斎料」は僧の斎（食事）に当てる金品。ここは飯米（『文明』）。
一六 「高安の信吉長者の」とあるべきところ。
一七 飢え死にしよう。
一八 引声堂であろう。一九九頁五行目も江戸版も「いせん堂」。引声堂はインセンドウ・インゼンドウ・インゼイドウなどと読んだ。一八八頁注三参照。

ん堂に、縁の下へ取り入りて、干死にせんとおぼしめす、しんとく丸の心の内、哀れともなかなか、なにたとへんかたもなし。

コトバ三日過ぎて女房たちは、乙姫に近付いてお申しあるは、「いにしへ文の通ひなされたる、河内の国高安、信吉長者のしんとくは、人のきらひし病者となりあり、この屋形へ施行受けにござあった」、有りのままにお申しある。

乙姫、この由きこしめし、「なう、いかに女房たち。まことや承ればしんとく丸、乳房の母御に過ぎ後れ[1]、継母の母の呪ひにて、人のきらひし病者となりあり、〔父御は〕天王寺へお捨てあつたと承る。それは自ら尋ねあつたは治定なり。さて自らも女房たちと一つになつて、笑うたりとおぼしめし、お恨みあらうよ悲しや」と、〔乙姫〕「さて自らは、夢にも我は知らぬなり」と、父・母に近付いて、「なう、いかに父御様。承ればしんとく殿、人のきらひし三病者[2]となりあり、諸国修行と承る。お暇賜れ。夫[3]の行方を尋ねうの。父・母いかに」〔そう言って〕、お

＊しんとく丸はすべて清水観音のお告げで行動する。袖乞も、熊野行きも、陰山長者の施行を受けるのも。しんとく丸自身は干死をいとわず、聖きっているが、観音の申し子であるため、自分の意志どおりにはいかない。観音のお告げは、しんとく丸の行動を正当化し、袖乞も恥ずべきことではないとしている。

乙姫、しんとく丸を追う

一 先立たれ。

二 『日葡』は三病として「ライビヤウ・クツチ・テンガウ」の三つを挙げる。しかし「テンガウ」は「クツチ」と同じで、癲癇をいう。「ライビヤウ」は「癩病」、「クッチ」は「癇」(『運歩』)、「癲」(『文明』)、「癲狂」(『易林』)等を当てている。当時最も嫌われた病気。ここは癩病をいう。

三 恋文を交わしただけで、しかも癩患者と知りながら、しんとく丸を「夫」と呼んでいる。一度約束したことはあくまで貫こうという誠実さが、その恋を異常なまで激しいものにしている。

嘆きある。

フシ 陰山、この由きこしめし、「やあ、いかに乙姫よ。文一つの契約で、尋ねうとは何事ぞ。ただ[四]一時(いつとき)もかなふまい」。乙姫この由きこしめし、「愚かの父の御諚(ごぢやう)かな。それ人の夫婦とて、八十・九十・百まで添うて、死して別るるさへ（死に別れするさえ）、一旦(いつたん)嘆きあるものを、いはんやしんとく・自らは、[五]花のおてなが露ほども、添ひなれ、なじみ（なじむこと）はなきものを（はありませんでした）。よき時は添はうず（連れ添いましょう）、あしき時は添ふまいの契約は申さず。あしき時添うてこそ、夫婦とは申さうに。ただ一時(いつとき)のお暇賜れ、父・母なう」とお嘆きある。

コトバ 母はこの由きこしめし、「その儀にてあるならば、人を仕立（人を用意して）てて尋ねさせうぞ」。乙姫、この由きこしめし、「なう、いかに母御様。我が身に係(かか)らぬことなれば（人に頼んでも）、親身(しんみ)にかけて尋ねまい。お暇を賜れ」と、「夫(つま)の行方が尋ねたや」と、[六]恋しの床(ゆか)にお伏しある。

フシ [七]太郎、この由見るよりも、父・母に近付いて、「なう、いか

四 ほんのしばらくも行ってはならない。

五 ほんのしばらくも。花の萼(がく)に付いた露。「おてな」は「うてな」の転か。

六 恋しさがつのって床(とこ)につかれる。

七 乙姫の兄。

に父御様。乙姫が夫故死すると見えてある。生きて別れたその者に、又もや会ふ[一]と聞いてある。死して別れたその人に、再び会はんと承[二]る。お暇取らせてたまはれや。父・母いかに」と申しける。

母はこの由きこしめし、「その儀にてあるならば、夫に会ふとも会はずとも、こなたへ便宜申さいよ」と、選じたる黄金取り出だし、乙姫に賜れば、姫君受け取り、膚の守り[三]にお掛けあり、尋ね出でんとしたまへど、待てしばし[四]我が心、さて自らは、見目がよいと承る。姿を変へて尋ねんと、後ろに笈摺[五]、前に札[六]、順礼と様を変へ、近木[七]の荘を立ち出で、下和泉[八]に聞えたる、信達[九]の大とりこれとかや[一〇]、山[一一]中三里を、あら夫恋しやとお尋ねあれども、そのゆき方はなかりけり。紀の国へ入りぬれば、川辺[一二]・いちば[一三]をお尋ねあれど、夫のゆき方更になし。

紀の川に便船[一四]請うて、向ひに越して、道ゆき人にお会ひあり、「この海道にて、稚児育ちの病者に、お会ひないか」とお問ひある。

一 底本「おふ」、オウと読む（以下同じ）。
二 「ん」は打ち消しの助動詞で、ここは会うことがない、の意。
三 底本「まふり」。当時「マブル」（『弘治』等）、「マボル」（『文明』等）、「マモル」（『運歩』等）三様の読み方があった。
四 思い直す時の慣用句。
五 順礼が着物の上に着る、単の袖なし羽織。背のすれるのを防いだという。「ヲイズリ」（『日葡』）。
六 順礼が札所参詣の記念に、その柱・壁・扉に貼る紙や木の札。
七 以下、道行風。「ゆき方更になし」を繰り返す。江戸版は、「通らせたまふはどこどこぞ。近木の庄を立ち出でて、下和泉に聞えたる、したちの大鳥これとかや」に始まる。
八 和泉郡に上泉（上条）・下泉（下条）の二郷があるが、ここはその下泉でなく、和泉の国四郡のうち、下（南）の泉南・日根両郡をいうか。
九 信達荘（『五畿内志』では十八村、『泉州志』では十四村、現在のほぼ泉南市の辺り）か。
一〇 未詳。
一一 大阪府泉南郡阪南町にある。紀州（和歌山市）に通ずる山中。以下藤白峠まで、いわゆる小栗街道（「をぐり」二八二頁注二参照）に相当する。
一二 和歌山市の東、紀ノ川の北岸。
一三 未詳。和歌山県那賀郡桃山町の市場と混同か。

一四 都合のよい船を頼んで。

一五 海南市の南、藤白坂を上った所。藤白山ともいう。

一六 「藤白山の半腹にあり。……往古巨勢金岡（こせのかなをか）、熊野参詣の時、この松下にて風景を模さんとするにあたはず、筆をなげうつといへり。旧は古松二株あり、今は朽ちて若木を植ゑたり」（『紀伊続風土記』）。金岡は平安時代、仁和～寛平（八八五～八九七）ごろに在世した高名な絵師。

（上）乙姫、父母に訴える　（下）独り旅に出る乙姫と筆捨て松

「御身が連れか兄弟か、番はせ（見張っては）ぬ（おらん）」と申されける。これは邪見言葉なり。乙姫この由きこしめし、情けなの次第かな。知らねばこそ問ひもすれ。教へぬ人の情けなやと、涙とともに急げば、程なく藤白峠（ふぢしろたうげ）[一五]に着きしかば、とある所に腰を掛け、〔金岡が〕熊野参りのその中（途中で）に、四方（よも）の景色を、筆に写さんとせしけれども、心の絵にも写しかね、筆捨てにより（筆を捨てたので）、筆捨て松[一六]とは申せども、〔松を見ても〕さて自ら夫（つま）に会はねば面白（おもしろ）もなや。あら我が夫（つま）が恋しやな。かほど尋ね巡れども、ゆき方（がた）更に聞えねば（全く分らないのだから）、〔夫は〕さては女房たちの、お笑ひあつたるを、無念におぼ

しめし、いかなる淵川にも、身投げあつたは治定なり。自らも女房たちと一つになつて、笑うたかとおぼしめし、恨みあらうよ。自ら夢にも知らぬなり。熊野へは尋ねまい。近木の荘にもどり、死骸になりとも尋ね会ひ、弔はばやとおぼしめし、自らも友ならばや（夫の道連れになろうと）とおぼしめし、藤白よりもひんもどり、かなたこなたと尋ぬれど、夫のゆき方更になし。

[一]父のかたへもどり、重ねて暇と申すとも、暇においては賜るまじ。とてものついでに、上方を尋ねんと、我が古里をよそに見て、西をはるかにながむれば、〔海に〕大網下ろす音がする。目ごとに物や思ふらん。あら我が夫が恋しやと、尋ねたまへど、そのゆき方はなかりけり。住吉に（住吉大社に）お参りあり、尋ねたまふはどこどこぞ。[二]四社明神に[三]奥の院、[四]反橋の下までお尋ねあれど、夫のゆき方更になし。安倍野五十町はや過ぎて、天王寺にお着きあり、金堂・講堂・[五]六時堂、亀井の水の辺りまで尋ねたまへど、そのゆき方は更になし。

一 この辺り江戸版は「これより堺の浦を尋ねんと父の屋形をよそになし、ころはいつなるらん、卯月の末つ方、山田・下田を見渡せば、さもいつくしき早少女の早苗おつ取り、田歌をこそは歌ひける。植ゑい植ゑい早少女、田を植ゑい早少女、五月農を早むるは、勧農の鳥・山雀・小雀・四十雀。この鳥だにもさ渡れば、五月の農は盛んなり。小草・若草・苗代をうち眺めつつ行くほどに、堺の浦に曇りなき、住吉四社を伏し拝み、浜に下がり、松の隙より、海浦を見渡せば、霧に交はる淡路の島山、漕ぎ来る船の中までも、事ねんごろに尋ぬれど、その行き方はさらになし」とある。いろいろに語られたのであろう。

二 一九二頁注三参照。

三 堺市の開口神社は住吉明神と一体別宮神で、住吉の外宮とも奥の院ともいわれた。しかし距離的に合わない。ここは大社内（回廊の北）の奥天神か。これは本社の西の紅梅殿で、文明十四年（一四八二）天満宮を祭る（『住吉名勝図会』）。

四 住吉大社の太鼓橋であろう。

五 六時（晨朝・日中・日没・初夜・中夜・後夜）に、念仏・読経などの勤めを行う堂。

乙姫、しんとく丸に会う

石の舞台に上がりあり、〔かつて〕この舞台にて、稚児の舞をなされたる、しんとく丸が恋しやな。もはや和泉へもどるまい。この蓮池（はすいけ）に身を投げばや、とおぼしめし、髪高く結ひ上げ、たもとに小石拾ひ入れ、身を投げんとは思へども、待てしばし我が心、尋ね残（のこ）いた堂のあり。六いせん堂を尋ねんと、いせん堂にお参りあつて、鰐口（わにぐち）ちやうど打ち鳴らし、「願はくは夫（つま）のしんとく丸に、尋ね会はせてたまはれ」と、深く祈誓（きせい）をなさるれば、後ろ堂より、弱りたる声音（こわね）にて、「旅の道者〔旅の巡礼か〕か地下人（ぢげにん）七か、花殻たべ〔施しを下さい〕」とお請ひある。乙姫、この由きこしめし、縁より下に跳（と）んで降り、後ろ堂に回り、蓑（みの）と笠（かさ）を奪（うば）ひ取り、差しうつむいて見たまへば、しんとく丸にておはします。

乙姫、この由御覧じて、しんとく丸にいだきつき、「乙姫にてござあるに、お名乗りあれ」とありければ、しんとく丸はきこしめし、「旅の道者か。さのみおなぶりたまひそよ〔そんなにおからかいなさるなよ〕。盲目杖（まうもくづゑ）八にとがはなし。そこのきたまへ」と〔杖で〕払ひある。乙姫、この由きこしめし、「乙姫に

六 一八八頁注三、および一九三頁注一八参照。

七 土地の農民。

八 「さんせう太夫」一四九頁注四参照。

てない者が、御身がやうなるいみじき人[1]いだきつからうぞ。お名乗りあれ」と、流涕(りうてい)焦がれ嘆きたまふ。

コトバ　しんとく、この由きこしめし、名乗るまいとは思へども、今は何をか包むべき〔何を隠そうか〕。「乙姫殿かや恥づかし。乳房の母に過ぎ後(おく)れ、継母(けいぼ)の母の呪(のろ)ひにて、かやうに違例を受けたるぞや。親の慈悲なるに〔親は慈悲深いものですが〕、我が親の邪見やな。天王寺にお捨てあつてござあるが、熊野の湯に入るよいと聞き〔はいると直ると聞き〕、湯に入らばやと思ひ、熊野を問うて参りしに、盲目のあさましや。御身の屋形と知らずして、施行(せぎやう)を受けに参りてあれば、女房たちのお笑ひあつたを聞きしより、面目と思ひ〔面目ないと思い〕、干死(ひじに)にせんと思へども、死なれぬ命のことなれば、巡り合うたよ恥づかしや。これよりもお帰りあれ」。

乙姫、この由きこしめし、「お供申さぬものならば、なにしにこれまで参るべし」と、しんとく取つて、肩に掛け、町屋〔商家に〕に出でさせたまへば、町屋の人は御覧じて、これを哀れと、みな感ぜぬ者はな

一　ひどい病人。江戸版は「違例者」。

清水へ

し。

乙姫は、母の賜りたる黄金(こがね)をば取り出だし、米穀(お米に)と代(しろ)(代えて)ないて、しんとく育(はごく)みたまひつつ、「なう、いかにしんとく丸。承れば、清水(〔あなたは〕)の氏子(うぢこ)の由承る。自ら共に参り申すべし」と、夫婦打ち連れ、都を指(さ)してお上りある。

通[二]らせたまふはどこどこぞ。長柄(ながら)[三]の橋を打ち渡り、先をいづくとお問ひある。太田の宿(しゅく)[四]、ちりかき流す芥川(あくたがは)。先をいづくとお問ひある。まだ夜は深き高槻(月)や。末をいづくとお問ひある。末は山崎宝(たから)寺(でら)、関戸の院[五]を伏し拝み、鳥羽に恋塚・秋の山、お急ぎあれば程もなく、東山清水(きよみづ)にお着きある。

清滝[六]にお下がりあり、三十三度の垢離(こり)[七]をとり、御前(まへ)にお参りあり、鰐口(わにぐち)ちやうど打ち鳴らし、「南無や大悲(だいひ)の観世音。承ればしんとく丸は、氏子の由承る。病平癒(やまふへいゆう)[八]なしてたまはれ」と、深く祈誓(きせい)をなしたまふ。その夜はここにおこもりあり。

二 以下、道行(みちゆき)（天王寺〜清水）。

三 淀川の下流第二の支流長柄川（後に中津川といい現在改修されて新淀川）に架けられた橋。その跡は新淀川の長柄橋の付近という。弘仁三年（八一二）に架けられたことがあるが、仁寿三年（八五三）にはすでにない。説経の当時には長柄川に五つの渡しがあった（『五畿内志』）。ここは人柱伝説で有名な長柄橋を漠然と考えたのであろう。

四 「かるかや」一八頁二行目以下参照。

五 京都府乙訓(おとくに)郡大山崎町。離宮八幡宮の二十間（約三六メートル）ばかり西、古関のあった所で、当時関戸町といった。ここに関戸の明神（大山(だいせん)大智明神を祭る、関戸神社）がある。

六 水の清らかな滝の意で、ここは音羽の滝をいう。

七 ここは水垢離。「さんせう太夫」一二三頁注二五参照。

八 「平愈(ヘイユウ)」（『伊京集』等）。

コトバ 夜半ばかりのことなるに、観世音な揺るぎ出でさせたまひて、乙姫の枕上に御立ちあり、「いかに乙姫。昔が今に至るまで、人の[一]頼むに頼まれより、継母の母が参りつつ、丸〔自らの〕が前に十八本釘を打つ。都の神社社に打つたる釘の数、百三十五本[二]と聞えたり。丸を更に〔決して〕恨むるな。明日下向するならば、一のきざはし[三]に、鳥帚[四]のあるべしぞ。しんとく丸引つ立て、上から下、下から上へ、『善哉[五]あれ平癒なれ』と、〔鳥ぼうきで〕なづるものならば、病平癒あるべき」と御告げあり、消すがやうに御見えなし。

コトバ 乙姫、かつぱと起きたまひ、「あら有り難の御夢想や」と、御前三度伏し拝み、御下向なさるれば、一のきざはしに、鳥帚のありけるを、たばり〔いただいて〕下向申し、埴生[六]の小屋に下向あり、しんとく丸を引つ立て、上から下、下から上へ、「善哉なれ」と、三度なでさせたまへば、百三十五本の釘、はらりと抜け、元のしんとく丸とおなりある。

一 「人の頼むに頼まれ寄られ」で、人が頼む際頼みにされ頼りにされ。人から頼みにされ。
二 一八二頁一〇行目では百三十六本とある。
三 本堂から最も遠い、一番外側の階段。
四 鳥の羽で作ったほうきが置いてあるぞ。
五 開眼のための呪い。「さんせう太夫」一四九頁注六参照。
六 土間にむしろを敷いたような貧しい小屋。ここは非人小屋か。

乙姫、なのめに(たいそうお喜びになり)おぼしめし、しんとく丸に取り付き、さてもめでたの次第とて、御喜びは限りなし。夫婦打ち連れ、(観音の)御前(まへ)にお参りあり、三十三度の礼拝(らいはい)を奉り、「さらば下向申さん」と、(寺の)宿坊[七]に御下向ある。

懲罰と末繁盛

これはさておき申し、河内(かはち)の国におはします、信吉殿にて物の哀れをとどめたり。人を憎めば身を憎む[八]。半分は我が身に報ひてござあるなり。継母の母のかたち(容貌)へは報はいで、信吉殿に報うてあり。両眼ひつしとつぶれてに、これはこれはとばかり(驚くばかり)なり。もはや御内(みうち)の者までも、思ひ思ひに落ちゆけば(逃げたので)、身は貧凍(ひんとう)[九]になりぬれば、河内の国高安にたまられず(居たたまれず)、丹波(たんば)の国へ浪人(浮浪人)とぞ聞えける。

これはさておき申し、このこと和泉の国に漏れ聞え、陰山長者この由をきこしめし、太郎を近付け、「いかに太郎。承ればしんとく丸は、病本復(やまふ)したまひて、都にまします由承る。和泉の国三百町[一〇]に人を回し、急ぎ迎ひに参れ」とありければ、(太郎)「承る」とて、御供の

七 前の「埴生の小屋」とは一転して、高貴の人の宿泊する所。
＊ 乙姫はしんとく丸と反対に、行動は自主的・積極的である。しんとく丸とのかつての約束を履行するため、情熱的に病者のあとを追い続ける。すさまじい恋といえる。しんとく丸は観音の鳥ぼうきで快癒開眼するが、恋もまた観音力によって成就したことになる。
八 他人を憎めば自分を憎むことになる。
九 貧しく凍えること。
一〇 約三〇〇ヘクタール。広いことを漠然(ばくぜん)といったのであろうが、明治十四年の内務省地理局編『大日本府県分轄図』によると、一万七千三百五十二町。

一 「さんせう太夫」一四七頁注一〇参照。

用意して、都を指(さ)してお上りある。

急がせたまへば程もなく、堺の浦にて、しんとく丸に対面なされ、なのめならずにおぼしめし、しんとく丸は御馬に召され、乙姫は網代(あじろ)[一]の輿(こし)に召され、あまたの御供引き具して、ざざめき(がやがやとにぎやかに)わたり、和泉の国へとお急ぎある。

お急ぎあれば程もなく、近木(こぎ)の荘(しやう)にぞお着きある。陰山長者は、

しんとく丸の施行

しんとく丸に対面あり、御喜びは限りなし。母上、乙姫に近付きて、「さてこのほどの憂き旅が、思ひやられて候」と、うれ

し泣きにぞ嘆かるる。母上申されけるは、「昔よりも申せしは、うれしいにも涙なり、また悲しきにも涙なりと、申すことのありけるが、自らがこの涙、[二]それがしに会うたることのうれしやな」と、その時の有様を、なににたとへんかたもなし。

しんとく仰せけるやうは、「それがしが目の見えぬ時に、人の恩[三]恕受けてあり。その主見知りてあるならば、今それとても返さうが（今その恩返しもできようが）、その人知らず、その主見知らで候[四]」にどに、数の（たくさんの）宝をひきみたし、[五]安倍野が原にて、七日の間施行[六]お引かせある。このことが丹波の国

二 他称。乙姫やしんとく丸を漠然と指したのであろう。
三 思いやり。同情。
四 言葉と地の文との区別がしにくいが、仮にここまでを言葉とした。
五 「引き乱し」で、取り散らかし、の意か。
六 ここに貧民に施しの物をお与えになる意（挿絵では施行米を与えている）。

へ漏れ聞え、信吉殿は[一]、我が子の施行をば知ろしめされず、御台・若君[二]引き具して、のせ[三]の里を立ち出でて、安倍野が原に、施行を受けに出でたまふ。
（我が子の行う施行とはご存じなく）

施行の場にもなりしかば、大の声音を差し上げ、（信吉）「疲れ果て、飢ゑに及びしに、施行をたべ」（下さい）と請ひたまふ。御内[四]の者どもこれを見て、「あれこそ河内高安、信吉長者の成れの果てよ」と、一度にどつと笑ひける。

信吉きこしめし、「出づまじものを、出でて物憂き我が身や」（出てこなければよかったのに）と、施行の場を逃げたまふ。若君[五]御覧じて、座敷より跳んで降りさせたまひ、するすると走り寄り、「なう、父御様。しんとく参りて候」と、いだきついてぞ泣きたまふ。

（しんとく丸は）御涙のひまよりも、かの鳥帚を取り出だし、両眼に押し当て、「善哉なれ、平癒[六]」と、三度なでさせたまへば、ひしとつぶれし両眼、明らかになりしかば、御喜びは限りなく、かかるめでたき折か

一 底本は落丁のため「信吉殿は、三歳におなりある、おとの」で終っている。「我が子」以下は江戸版（底本より三十五年ほど後の刊行といわれる）で補う。
二 弟の次郎。
三 一五七頁注一八参照。
四 陰山長者の家来たち。
五 しんとく丸。
六 「平癒なれ」とあるべきところ。
七 この世のいとまを取らせ、すなわち、御台と弟の次郎を殺せ、の意。
八 底本（この部分は江戸版）「御でう有」。「有」は「ある」とも読める。
九 後世の弔い。

ら、こなたへと招じ、「御台・弟(おと)の次郎に、早くいとま」との御諚(ごぢやう)あり、「承る」とて、御白州に引き出だし、首切つて捨てにける。

その後若君、父上もろともに、河内に下向なされつつ、数の屋形建て並べ、母上様の孝養(けうやう)とて、峰には塔を組み、谷には堂を建て、大河(たいが)には舟を浮べ、小川には橋を掛け、数の御僧供養し、よきに御菩提(ぼだい)問ひたまふ。ためし少なき次第とて、感ぜぬ者はなかりけり。

一〇 底本の三年後（慶安四年〔一六五一〕七月）に刊行された、京都の八文字屋版では「父の屋形のその跡に御所を建て、再び長者と栄えたまふ。これはたれゆゑ、しんとく丸親孝行のゆゑなり。親孝行の人あらば、たれもかうぞあるべき。語り納むる、末繁盛の物語」と結んでいる（『南水漫遊』別本による）。以上、底本下の巻に相当するが、落丁のため刊記不明。落丁の部分を補った江戸版は、「大伝馬三町目　うろこがたや孫兵衛新板」の刊記がある。

＊ めでたい結末。父長者がしんとく丸同様盲になって流浪したが、しんとく丸の施行を受け、鳥ぼうきで開眼する。しんとく丸の不幸は父にも責任があり、御台所とともに報いを受けるのは当然である。しかし弟の次郎は無実であろう。乞食(こじき)の出世物語であるが、説経を語る人々もそれと境遇を等しくしていたので、同材の謡曲に比べ、生活に密着しているのが特徴である。乞食と難病から脱するには、清水観音の利益(りやく)と乙姫の愛情が必要になるが、引声堂を中心とした念仏信仰では不可能なものを、乙姫という人間的なもので可能にした点が当時としては新しい。

をぐり

申し子

そもそもこの物語の由来を、詳しく尋ぬるに、国を申さば美濃の[一]国、安八の郡墨俣、[二]たるいおなことの神体は正八幡なり。[三]荒人神の御本地を、詳しく説きたて広め申すに、これも一年は人間にてやわたらせたまふ。

[四]凡夫にての御本地を、詳しく説きたて広め申すに、それ都に、[五]一の大臣、二の大臣、三に相模の左大臣、四位に少将、五位の蔵人、七なむ[六]滝口、八条殿、一条殿や二条殿、近衛関白・花山の院、三十六人の公家・殿上人のおはします。公家・殿上人のその中に、二条の大納言とはそれがし[七]なり。

[八]仮名は[九]兼家の仮名。[一〇]母は常陸の源氏の流れ。氏と位は高けれど、男子にても女子にても、末の世継ぎがござなうて、[一一]鞍馬の毘沙門に

一 岐阜県安八郡墨俣町墨俣に八幡神社がある。
二 未詳。『美濃国古蹟考』によると、墨俣の宿の西、すなわち八幡神社とは別に、西の境に照手の宮という一社があったという。現在は不明。奈良絵本は「ただ今語り申す御物語、二条蔵人の御子息に小栗判官殿、この小栗判官は、美濃の国安八の郡墨俣の、正八幡殿の御子にておはします」とある。二九八頁八行目および解題参照。
三 霊威ある神の元のお姿を。
四 ただの人としての。
五 「一の大臣」は左大臣。「三に相模」は語呂合わせ。次は「四に四位の少将」とあるべきであろう。また「六」が落ちている。
六 蔵人所に所属した皇居警衛の武士。清涼殿の東北御溝水の落ち口（滝口）に近く詰めていたのでそういった。
七 私（自称）。語り手が「二条の大納言」の人形を操り、「それがし」と名乗ったのであろう。本篇の主人公小栗の父としての権威を示したか。
八 「かりな」「男の名」ともいい、実名（名乗り）とともに、男が初めて烏帽子をかぶる元服の時付ける名。「仮名は源九郎、実名は義経と申すなり」（舞曲「烏帽子折」）。ここは単に「名」の意であろう。
九 底本「かねひ」。発音カネイ。カネイエの転か。
一〇 小栗の「母」すなわち兼家の御台所。
一一 洛北鞍馬寺（当時天台宗）の毘沙門天（多聞天）。

御参りあつて、申し子をなされける（子供が授かるよう祈られた）。満ずる（最後の）夜の御夢想に（夢中の御示現に）、三つ成りの有りの実を賜るなり（三つ一緒に実った梨の実を）。あらめでたの御事やと、[一]山海の珍物に国土（土地）の菓子を調へて（の果物を）、御喜び限りなし。

御台所は、[二]おしへけむちくあらたかに、[三]七月の煩ひ、九月の苦しみ、当る十月と申すには、御産のひもをお解きある。女房たちは参り、介錯申し（介抱申し）、いだきとり、「男子か女子か」とお問ひある。[四]玉を磨き瑠璃を延べたる如くなる、御若君にておはします。（女房たち）「あらめでたの御事や。[五]須達、[六]福分に御なり候へ」と、産湯を取りて参らする。[七]肩の上の鳳凰に、手の内の愛子の玉。[八]桑の木の弓に、えもぎの矢、[九]「天地和合」と射払ひ申す。

屋形によはひ久しき（屋敷に久しく仕えている）[一〇]翁の太夫は参りて、「この若君に、御名を付けて参らせん。げにまこと毘沙門の御夢想に、三つ成りの有りの実を賜るなれば、有りの実に事寄せて、すなはち御名をば有若殿」と〔御名を〕奉る。この有若殿には、[一一]お乳が六人、乳母が六人、十二人のお乳や

一「国土の菓子」まで慣用句。最高の馳走をいう。

二「教へけむ慈救」で、不動明王が教えた慈救偈か。不動明王が慈悲をもって衆生を救護する故、その呪文（慈救偈）を唱えると、災難をまぬがれ、願いがかなうという。

三「御産のひもをお解きある」まで懐妊・出産の経過をいう慣用句。「当る十月」は臨月。産み月。

四 慣用句。玉のように美しい赤ん坊にいう。

五 釈尊在世時の中インド舎衛城の長者。ここは須達のように、の意。

六 物質に恵まれ、運のよいこと。

七「肩」は、人間の運命を左右する倶生神が宿るという。「鳳凰」は古来中国で想像上の瑞鳥とし、形は前は麟、後ろは鹿、首は蛇、尾は魚、背は亀、あごは燕、頭・くちばしは鶏に似ている。高さは六尺（約一・八メートル）、五色絢爛、声は五音にあたり、梧桐に住み、竹の実を食い、醴泉を飲み、聖徳の天子の兆しとして現れる。鳳は雄、凰は雌。「愛子」は愛児、「ヲモイゴ」（『日葡』）。ここは誕生を祝う呪文か。

八 男子が生れた時、桑の弓と蓬（「えもぎ」はその転）の矢で四方を射、立身出世を予祝する。

九 天地が和合する意で、射る際の言葉であろう。

一〇 五位の通称であるが、ここは翁に対する敬称か。

一一 慣用句。「しんとく丸」一六五頁注一一参照。

一二 底本「かねいゑ」（二一一頁一〇行目を除きすべて同じ）。豊孝本等に従って「兼家」を当てる。

乳母が預り申し、いだきとり、いつきかしづき奉る（大事にしてお世話申し上げる）。
年日のたつは程もなし。二・三歳はや過ぎて、七歳に御なりある。七歳の御時、父の[一二]兼家殿は有若に、師の恩を付けてとらせん（師の恩恵に浴せしめよう）と、[一三]東山へ学問に御上せあるが、なにか（何といっても）鞍馬の申し子のことなれば、知恵の賢さかくばかり（ざっとこうだった）、一字は二字（一字を聞けば二字）、二字は四字、百字は千字と悟らせたまへば、御山一番の学匠（学者）とぞ聞えたまふ。
[一四]きのふけふとは思へども、御年積りて十八歳に御なりある。父兼家殿は、有若を東山より申し下ろし、位を授けてとらせたうは候へども、〔父の〕氏も位も高ければ、[一五]烏帽子親には、頼むべき人がなきぞとて、ここに[一六]八幡正八幡の御前にて、[一七]瓶子一具取り出だし、[一八]蝶花形に口包み、すなはち御名をば、[一九]常陸小栗殿と参らする。
御台なのめにおぼしめし（非常に喜ばれ）、さあらば小栗に、御台を迎へてとらせんと、御台所をお迎へあるが、小栗[二〇]不調な人なれば（不調ゆえ流人）、いろいろ妻嫌ひをなされける。背の高いを迎ゆれば、深山木の相とて送らるる（返される）。

一三 賀茂川の東に連なる山。ここはそこの一寺で、例えば清水寺や知恩院など。
一四 慣用句。あっという間に時がたって、の意。
一五 元服の時、烏帽子をかぶらせ幼名に代えて烏帽子名を付ける人。ただし一一行目の「常陸小栗」は烏帽子名にふさわしくない。「烏帽子親もなければ、手づから源九郎義経とこそ名乗り侍れ」（『平治物語』巻下）。
一六 京都府綴喜郡八幡町男山の石清水八幡宮。
一七 「ヘイジ」（『日葡』等）。酒器。とくり。
一八 瓶子の口に付けて装飾にする紙の折り方。蝶の形で、蝶は酒の毒を消すという俗信に基づく。
一九 史上の小栗は常陸の国真壁郡小栗邑（茨城県同郡協和町小栗の辺り）から起り、伊勢御厨（内宮領）の地頭であった。小栗満重（孫五郎）は応永二十二年（一四一五）上杉禅秀に与し、足利持氏と争ったが、同三十年大いに敗れて城陥り、子の助重（彦次郎）とともに三河に逃れた。助重はその後旧地に帰ったが、康正元年（一四五五）足利成氏に攻められて城落ち滅亡した。『鎌倉大草紙』では助重は小次郎となっていて、ここの小栗判官に相当する。福田晃氏によると、協和町太陽寺には維新のころまで同名の禅寺があり、同町下小栗に時宗一向派の一向寺があり、それぞれ小栗判官の墓と称するもの等を残している。
二〇 底本「ふてう」。淫乱の意。「フデフ（婬乱）」（『文明』等）。

背の低いを迎ゆれば、[一]人尺に足らぬとて送らるる。髪の長いを迎ゆれば、蛇身の相とて送らるる。面の赤いを迎ゆれば、鬼神の相とて送らるる。色の白いを迎ゆれば、雪女見れば見ざめもする（興ざめもすると言って）とて送らるる。色の黒いを迎ゆれば、下種女卑しき相とて送らるる。送りては又迎へ、迎へては又送り、小栗十八歳のきさらぎ（二月）より、二十一の秋までに、以上御台の数は、七十二人とこそは聞えたまふ。

小栗殿には、つひに定まる御台所のござなければ、ある日の雨中のつれづれに、さて[二]それがしは、鞍馬の申し子と承る。鞍馬へ参り、定まる妻を申さばや（祈願したいと）と思ひ、二条の御所を立ち出でて、[三]市原野辺の辺りにて、[四]漢竹の[五]横笛を取り出だし、[六]八つの歌口露湿し（わずかに湿らし）、翁が[七]嬢を恋ふる楽、[八]とうひらてんに、まいひらてん、しゝひらてんといふ楽を、半時（一時間ほど）がほどぞ遊ばしける。

[九]深泥池の大蛇は、この笛の音を聞き申し、あら面白の笛の音や。この笛の男の子を、一目拝まばや、と思ひつつ、[一〇]十六丈の大蛇は、

一 人の身の丈。「背の小さきをば一寸法師の子孫とて送られけるほどに」（奈良絵本）。
二 わたくし。ここは小栗。
三 京都市左京区静市市原町。鞍馬・貴船へ行く途中の市原町の辺り。「草深き市原野辺の露分けて」（謡曲「鉄輪」）。
四 中国渡来の竹で、笛を作るのに珍重された。
五 横笛のうち龍笛といわれるもの。
六 ここは吹口と指孔（調子口）とをいっている。指孔は七つあり、尾端より次（ジまたはシ）・干・五・丄・夕・中・六という。
七 底本「ちやう」。「娘 ムスメ・ヨキヲンナ」（『倭玉篇』）。
八 「ひらてん」は「団乱旋」の誤りで、「しゝひらてん」は獅子団乱旋（唐から伝来した盤渉調と壱越調の舞楽の二曲）か。他は「唐」「舞」を付けた架空の曲名か。
九 北区。市原の南三・五キロほど離れている。
一〇 四八メートル余。

〔横笛〕

二十丈に伸び上がり、小栗殿を拝み申し、あらいつくし（すばらしく美しい）の男（を）の子や。あの男（を）の子と、一夜の契りをこめばや（一夜夫婦の交わりをしたいと）と思ひつつ、年のよはひ数ふ（〔大蛇は〕年齢を数えると）れば、十六・七の美人の姫と身を変じ、鞍馬の一[11]のきざはしに、由（わけ）有り顔（ありげな顔つきで）にて立ち居たる。

小栗この由御覧じて、これこそ鞍馬の利生（りしやう）[12]とて、玉の輿（こし）に取つて乗せ、二条の屋形にお下向なされ、山海の珍物に国土の菓子を調（ととの）へて、御喜びは限りなし。しかれども好事（かうじ）[13]門を出でず、悪事千里を走る。錐（きり）[14]は袋を通すとて、都わらんべ（都の子供たちが）漏れ聞いて、二条の屋形の小栗と、深泥池（みぞろがいけ）の大蛇（だいじや）と、夜な夜な通ひ、契りをこむるとの風聞なり。

父兼家殿はきこしめし、「いかに我が子の小栗なればとて、心不（心のみ）調な者は（だらな者は）、都の安堵（あんど）にかなふまじ（安住は許されまい）。壱岐（いき）・対馬（つしま）へも流さう」との御（ご）諚（ぢやう）なり（仰せである）。御台この由きこしめし、「壱岐・対馬へ御流しあるものならば、又会ふことは難（かた）いことよ。自らが知行（わたしの領地は）に常陸（ひたち）なり。常陸の国へお流しあつてたまはれの[15]」。兼家げにもとおぼしめし、母の知行に

一一 外側の初めの階段。底本（絵巻）の図では、本堂の階段にたたずんでいる。「しんとく丸」二〇二頁注三参照。

一二 仏が衆生（しゅじょう）に利益（りやく）を与えること。仏の冥加（みょうが）。

一三 ことわざ。よい行いは世間に伝わりにくいが、悪い行いはすぐ知れわたる意。「好事門を出でず、悪事千里を行けども」（謡曲「藤戸」）。

一四 ことわざ。錐が袋の中にあると、先が抜け出るように、物事のあらわれやすいこと。「されば人の善悪は、錐袋を通すとて隠れなし」（『平家物語』巻十二）。

一五 「の」は説経に多い間投助詞。

後藤、照手姫を紹介

相添へて、常陸、東条・玉造の御所の流人とならせたまふなり。

常陸三かの荘の諸侍、とりどりに評定、「あの小栗と申すは、天よりも降り人の子孫なれば、上の都に相変らず、奥の都」とかしづき申し、やがて御司を参らする。小栗の判官ありとせはんと、大将ならせ奉る。夜番・当番厳しうて、毎日の御番は、八十三騎とぞ聞えたまふ。

小栗、大蛇の化身と会う

めでたかりける折節、いづくとも知らぬ商人一人参り、「なに紙か、板の御用。紅や白粉・畳紙、御にほひの道具にとりて

一 東条・玉造を支配する御所へ流人とおなりになった。「東条」は昔の信太郡の東辺で、乗浜・高田・小野・朝夷・稲敷の五郷（旧河内郡阿波・伊崎・古渡・高田・大須賀・太田・根本・柴崎・八原・長戸・龍崎の各町村）（『大日本地名辞書』）、だいたい小野川の南、新利根川の北、竜ケ崎市の東半に当る。「玉造」は行方郡玉造村（現在玉造町）で、「東は原野を帯び、西は霞浦に臨み、北より西に至る間は、浜・谷島・若海三村に隣り、南より東に達する間は、手賀村に接す……常陸大掾の支族に行方六郎宗幹あり、其四子吉幹、玉造四郎と称す、子孫世に此地に居る。其城址今猶存せり」（『新編常陸国誌』）。

* 主人公小栗は鞍馬の申し子、妻ぎらいをして去る者七十二人、しかも大蛇と契りをこめるという異常な人物である。また女主人公照手姫は照る日月の申し子で、絶世の美人である。二人ともただの人ではない。

二 未詳。母の知行と東条・玉造を合わせた領地か。

三 あれこれと評議し。

四 底本「ふり人」。一三一頁七行目に同例。

五 奥の都でも、の意。「奥」は白河以北の奥州をいうが、ここは東の果て常陸。

六 御職務を。

七 検非違使尉。小栗の俗称になっている。

八 「有年」か。延宝版「かねうぢ」、豊孝本「正清」。

思いつきの実名であろう。
九 「判」で、自らの花押（書き判）か。侍が大将になってくれと献じた判物に、小栗が判を押したものか。普通の判物の逆になる。
一〇 大将におなし申す、大将と仰ぎ奉る、の意。天皇が任命したのではなく、常陸の諸侍が、自分たちの大将になってもらったのである。
一一 「板の物」の略。芯に板を入れ、平たく畳んだ絹織物。
一二 「しんとく丸」一七〇頁九行目以下参照。
一三 練香の名。麻香・沈香・白檀を甘葛煎で練り、檳榔子の皮を入れた香。ミクサと読む（『ロ氏文典』『日葡』）。
一四 茶の一種。中国・建州の産という。茶を餅のようにかため、面に蠟を塗ったもの。蠟面茶（『大漢和辞典』）。
一五 商人の名。後藤は利仁流藤原氏の系。左衛門を称する者が非常に多い。
一六 さようでございます。
一七 総称。
一八 小間物を入れる引き出しが、いくつもついた箱。

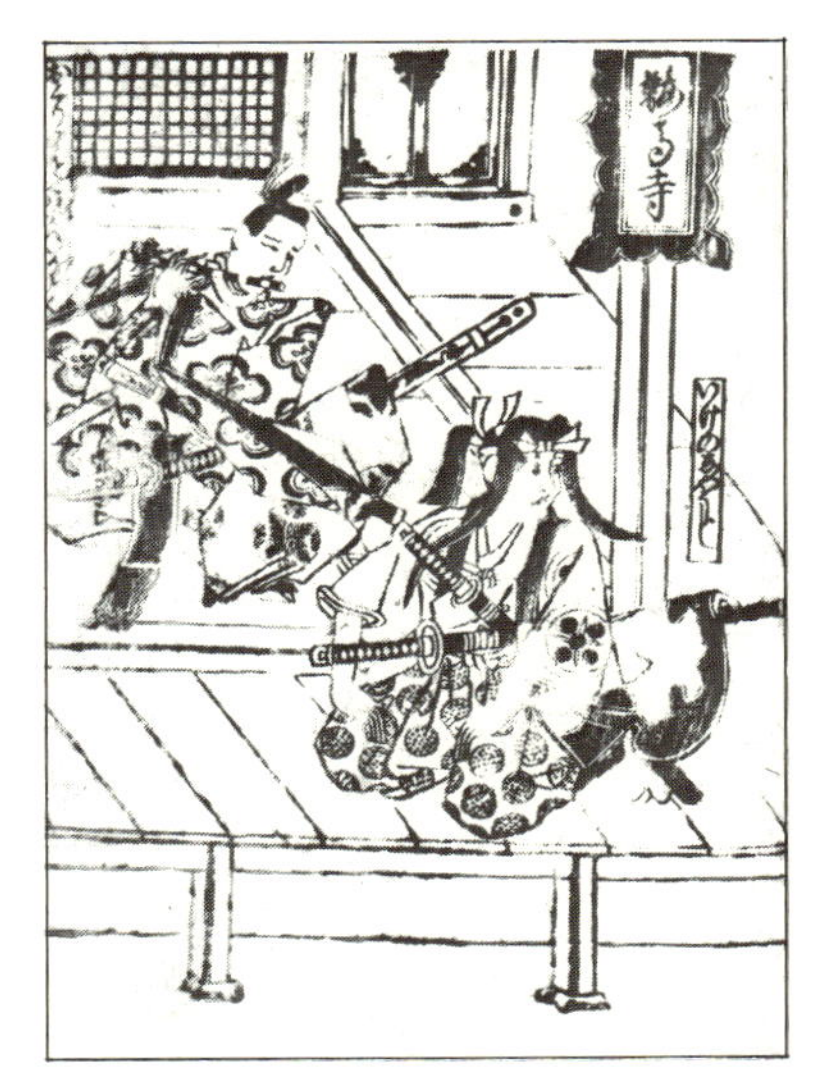

は、沈・麝香・[13]三種・[14]蠟茶と、沈香の御用（ありますが」沈香の御用は）」なんどと売つたりけり。小栗この由きこしめし、「商人が負うたはなんぞ」とお問ひある。

[15]後藤左衛門承り、「[16]さん候。唐の薬が千八品、日本の薬が千八品、二千十六品とは申せども、まづ中へは、千色ほど入れて、負うて歩くにより、[17]総名は[18]千駄櫃と申すなり」。小栗この由きこしめし、「かほどの薬の品々を売るならば、国を巡らでよもあらじ（回らないことは絶対にあるまい）。国をばなんぼう巡つた」とお問ひある。

後藤左衛門は承り、「さん候、きらい・高麗、唐へは二度渡る。日本は旅三度巡つた」と申すなり。小栗この由きこしめし、まづ実名をお問ひある。(後藤)「高麗ではかめかへの後藤、都では三条室町の後藤。相模の後藤とはそれがしなり。後藤名字の付いたる者、三人ならではござない」と、有りのままにぞ申すなり。

小栗この由きこしめし、「姿形は卑しけれども、心は春の花ぞかし。小殿原、酒一つ」との御諚なり。お酌に立つたる小殿原、小声だつて申すやう、「なう、いかに後藤左衛門。これなる君には、いまだ定まる御台所のござなければ、いづくにも見目よきまれ人のあるならば、仲人申せ。よきお引き」との御諚なり。

後藤左衛門、「存ぜぬと申せば、国を巡つたかひもなし。ここに武蔵・相模両国の郡代に、横山殿と申すは、男子の子は五人までござあるが、乙の姫君ござなうて、下野の国日光山に参り、照る日月に申し子をなされたる、なにか六番目の乙の姫のことなれば、御名

一 未詳。「けらい・高麗・百済国」(浄瑠璃「小敦盛」)。
二 朝鮮王朝の一つに高麗(九一八〜一三九二)があるが、ここは朝鮮の意。
三 中国王朝の一つに唐(六一八〜九〇七)があるが、ここは中国の意。
四 未詳。カメガエと読むか。「筑紫においてはさめがゐの後藤」(豊孝本)、「壱岐・対馬にてはさめがいの後藤」(延宝版)。
五 若い殿原。「殿原」は武士など男子の尊称。
六 まれに来る人の意。客人あるいは未知の人(『日仏』)。「まらうと」ともいう。
七 ナコウドと読む(『日葡』)。
八 伝説では横山大膳。横山は武蔵の大族で、南多摩郡横山庄(八王子付近)より起る。小野篁(平安前期の漢学者、歌人)の子孫という義孝(義隆)が武蔵権介となり、初めて横山庄に住んだ。その子資高(資隆)は長保六年(一〇〇四)に別当職に補せられ、横山野別当と号しているので、横山氏は御牧の別当から発展したらしい(『姓氏家系大辞典』)。
九 日光市の男体山(二荒山)、日光大明神(二荒山神社)。「日光」を受けて「照る日月」としたのであろう。「照」は照日の神子(謡曲「葵上」)など、巫女の名に多い。また小栗家の菩提所天照山太陽寺(茨城県真壁郡協和町、曹洞宗)・照天姫の伝説のある日光山専光寺(横浜市金沢区六浦町、浄土宗)と関係があろ

をば照手の姫と申すなり。

この照手の姫の、さて姿形尋常さよ。姿を申さば春の花。形を見れば秋の月。十波羅十の指までも、瑠璃を延べたる如くなり。丹花の唇鮮やかに、笑める歯茎の尋常さよ。翡翠の髪状黒うして長ければ、青黛の立て板に、香炉木の墨を磨り、さつと掛けたる如くなり。太液に比ぶれば、なほも柳は強かりけり。池の蓮の朝露に、露打ち傾くも、及ぶも及ばざりけりや。あつぱれこの姫こそ、この御所中の定まる御御台ぞ」と、言葉に花を咲かせつつ、弁舌達してぞ申すなり。

小栗、恋文を書く

小栗こそこそ、はや見ぬ恋にあこがれて、「仲人申せや、商人」と、黄金十両取り出だし、「これは当座のお引きなり。このことかなうてめでたくは勲功は望みにより御褒美」とこそは仰せける。後藤左衛門は承り、「位の高き御人の、仲人申さうなんどとは、心多

う（福田晃説）。
一〇「申し子をなされたることとなれば、御名をば……」と続くべきであろう。奈良絵本は「この御子は照る日月に申し子なれば、はかせ参りて占ひ申し、照手の姫とぞおつけある」とある。
一一 十本の指。「十波羅」は十波羅蜜。涅槃（悟り）の彼岸に至るため、菩薩が修する十の勝行（すぐれた行、すなわち布施・持戒・忍辱・精進・禅定・智恵・方便・願・力・智）で、印を結ぶ場合、右手の小指は布施というふうに、十指を勝行のそれぞれに配する。
一二 美人の赤く美しい唇。「丹花」は赤い花。
一三 かわせみの羽のようにつややかで長い髪をいう。緑の黒髪。「髪状」は髪。
一四 濃い青色。青黒色。
一五 高貴な香りのする墨。「香炉木」は伽羅の異名。
一六 太液池（漢代の長安城外未央宮の池）の蓮の花のやさしさに比べると、やはり未央宮の柳はごつごつしています。照手の美貌をいう。「太液の芙蓉・未央の柳もげに通ひたりしかたちを」（『源氏物語』桐壺）。
一七 池の蓮の朝露のように、ちょっと首をかしげて、考え深げにしている姿も、の意か。
一八 底本「御みだひ」。オミダイか。

いとは存ずれど、片々(へんぺん)申すくらゐにて、言の葉召され候へ」〔ほんの一筆で結構ですがお書きになって下さい〕と、料紙・硯(すずり)を参らする。

小栗なのめにおぼしめし、〔たいそうお喜びになり〕紅梅檀紙(だんし)[一]の雪の薄様(うすやう)一重ね、引き和らげ、逢坂山[二]の鹿の蒔絵(まきゑ)の筆なるに、紺瑠璃(こんるり)[三]の墨、たぶたぶと含ませ、初寒(しよかん)[四]の窓の明りを受け、思ふ言の葉を、さも尋常やかに〔上品に〕遊ばいて、〔お書きになって〕山形[五]やうではなけれども、また待つ恋[六]のことなれば、まつかは[七]に引き結び、「やあ、いかに後藤左衛門、玉章(たまづさ)頼む」〔手紙を頼む〕との御諚(ごぢやう)なり。

後藤左衛門、「承つてござある」と、葛籠(つづら)[八]の掛子(かけご)にとつくと入れ、連尺(れんじやく)[九]つかんで肩に掛け、天や走る、地やくぐると、お急ぎあれば程もなく、横山の館(たち)に駆け付くる。

その身はしもおち[一〇]に腰を掛け、葛籠の掛子に、薬の品々すつぱと積み、いぬゐのつぼね[一一]に差し掛かり、「なに紙か、板の御用、紅(べに)や白粉(おしろい)・畳紙(たたうがみ)、御にほひの道具にとりては、沈(ぢん)・麝香(じやかう)・三種(みくさ)・蠟茶(らつちや)」と、「沈香の御用」なんどと売つたりける。冷泉殿(れいせん)[一二]に侍従殿、丹後の局(つぼね)

一 紅梅檀紙に雪の薄様を重ねて、の意。「紅梅」は紅梅色。紫がかった赤色。黒紅（『書言』）。「檀紙」は楮(こうぞ)を主材料とし、繭のような生地と光沢を持つ上質の厚紙で、主産地は備中（岡山県）。「薄様」は厚様に対し、鳥の子紙の薄いものをいう。鳥の子は雁皮(がんぴ)を材料とし、卵色であるところからいわれたらしい（寿岳文章『日本の紙』）。ここは両者を重ねたもの。

二 逢坂山の鹿の毛を穂にし、軸に蒔絵のある筆。「逢坂山」は説経を語る人々がなじんでいる山（解説参照）。「蒔」に「巻」を掛け、ここは巻筆（色糸を軸に巻いて飾った筆）か。

三 紫がかった紺色。

四 秋寒(あきさむ)。初めての寒さ。

五 山形様に畳むのではないが。実はあとの「まつかは」結びと同じ形であろう。「しんとく丸」一七〇頁注一参照。

六 逢瀬(おうせ)を待つ恋の意で、歌題になっている。『玉葉集』（鎌倉後期の勅撰集）に「待恋」「待恋の心を」として詠歌が挙がっているのが古い。

七 底本のまま。「松皮」か。「しんとく丸」一七〇頁注一参照。

八 「しんとく丸」一七一頁注一二、一三参照。

九 「しんとく丸」一七一頁注一〇参照。

一〇 「下落」で、下の落間の意か。「しんとく丸」一七一頁注一一参照。

一一 北西の女性たちのお部屋。武家造りあるいは書院

にあかうの前(まい)〔女房たち〕、七・八人ござありて、「あら珍しの商人(あき)や。いづかたから渡ら〔いらっしゃったか〕せたまふぞ。なにも〔何でも〕珍しき商ひ物はないか」とお問ひある。

後藤左衛門承り、「なにも珍しき商ひ物もござあるが、これよりも常陸(ひたち)の国小栗殿の裏辻〔裏の道のまん中で〕にて、さも尋常やかにしたためたる、落し文(ぶみ)一通、拾ひ持つてござあるが、いくらの文を見参らせて候へ〔手紙はいくらも拝見しておりますが〕ども、かやうな上書(うはが)きの尋常やかな文(ふみ)は、いまだ初めなり。承れば上﨟(じやうらふ)[一三]様、[一四]古今・万葉・朗詠の、歌の心で〔歌の心を述べたものですが〕ばしござあるが、よくは御手本にもなされ、あしくは引き破り、[一五]お庭の笑種(わらひぐさ)にもなされよ」とたばかり〔だまし〕、文を参らする。

照手、恋文を読む

女房(にようばう)[一六]たちは、たばかる文とは御存じなうて、さつと広げて拝見ある。「あら面白〔面白く〕と書かれたり。上(かみ)[一七]なるは月か星か、中は花、下(した)には雨・あられと書かれたは、これはただ心狂気、狂乱の者か、筋道にないこと〔合わないことを〕を書いたよ」と、一度にどつとお笑ひある。

造りの屋敷では、北西の方に夫人や娘の部屋があった。二二九頁注二参照。

一二 以下四人は、照手に仕える侍女の名。「あかう」は「かるかや」の「あこう御前」と同音であるが、漢字を当てるとすると、「阿香(あかう)」等が考えられる。

一三 貴婦人を指す。

一四 『古今集』『万葉集』『和漢朗詠集』。

一五 「くさ（草）」の縁で「お庭」としたか。「笑種」は物笑いのたね。「お庭のちり」（奈良絵本）、「当座の笑種」（延宝版・豊孝本）。

一六 底本「によはう」または「にようはう」。

一七 手紙の冒頭であろう。文意ははっきりしない。「しんとく丸」一七一頁八行目以下参照。

七重八重[一]、九の間の幔の内にござある、照手の姫はきこしめし、〔奥から〕中の間まで忍び出でさせたまひ、「なう、いかに女房[二]たち、なにを笑はせたまふぞや。をかしいことのあるならば、自らにも知らせい」との御諚なり。女房たちはきこしめし、「なにもをかしいことはなけれども、これなる商人が、常陸の国小栗殿の裏辻にて、さも尋常やかにしたためたる、落し文一通、拾ひ持つたと申すほどに、拾ひどころ心憎さに（拾った場所に心が引かれて）、広げて拝見申せども、なにとも読みがくだらず[三]（わけが分りません）、これこれ御覧候へ」と、元の如くに押し畳み、御扇にする〵申し、照手の姫にと奉る。

照手この由御覧じて、まづ上書きをおほめある。「天竺[四]にては大[五]聖文殊、唐土（シナでは）にては善導[六]和尚、我が朝にては弘法[七]大師の、御手ば（御筆跡を）し習はせたまうたか、筆の立てど（筆づかいの）の尋常さよ。墨付きなんどのいつくしや（美しいこと）。にほひ（香気は）、心言葉の及ぶも及ばざりけりや（想像も説明も全くできないものです）。文主たれと知らねども、文にて人を死なすよ」と、まづ上書きをおほめある。「な

一 深窓に住む意。「しんとく丸」一七一頁注一九参照。
二 底本「にょはう」。
三 「一字をもわきまへず」（延宝版・豊孝本）。
四 インドの古称。
五 文殊師利菩薩。「かるかや」四九頁注一一参照。
六 中国唐代の僧で、浄土教の大成者。「かるかや」四八頁注七参照。
七 「かるかや」四九頁一〇行目以下参照。

う、いかに女房たち。百様(ひやくやう)[八]を知りたりとも、一様を知らずはの、知つて知らざれ（知って知らぬも同然です）よ。争ふことのありそとよ（言い争ってはいけません）。知らずはそこで聴(ちやう)

照手、恋文を読む

聞(もん)せよ。さてこの文の訓の読み[九]して聞かすべし」。文のひもを御解きあり、さつと広げて拝見ある。

「まづ一番の筆立て（初めの書き出しに）には、細谷川[一〇]の丸木橋とも書かれたは、この文(ふみ)中(ちゆう)にて止めなさで（中途で）、奥へ通(とほ)いてに[一一]、返事申せと読まうかの。軒の忍(しのぶ)[一二]と書かれたは、たうちう[一三]の暮れほどに、露待ちかぬる（しばらくも待ち遠しいと）と読まうかの。野中[一四]の清水と書かれたは、このこと人に知らするな、心の内で独り

八 ことわざ。「しんとく丸」一七二頁注二参照。「千様を知つて万様を知らぬとはこれをいふかよ」（奈良絵本）、「百様を知り一様を知らざれば争ふことなかれ」（延宝版）。

九 分りやすい読み方の意であろう。「しんとく丸」一七二頁注三参照。

＊ 以下恋文は、「しんとく丸」（一七二頁一一行目以下）に非常に似ているが、『浄瑠璃物語』ともよく似ている。一種の謎(なぞ)解きであるが、当時人気のあった語りと見える。

一〇 細谷川の丸木橋が、水の流れを妨げがちであるところから、川の水を手紙に見立てて解釈した。

一一 「……てに」は説経特有の語法。「に」は多く「て」に付く間投助詞。

一二 「しんとく丸」一七三頁注一三参照。

一三 「道中」か。「しんとく丸」一七三頁注一四参照。

一四 「しんとく丸」一七二頁注八参照。

済(澄)ませと読まうかの。沖こぐ舟[一]とも書かれたは、恋ひ焦がるるぞ、急いで着けいと読まうかの。岸打つ波[二]とも書かれたは、崩れて物や思ふらん〔乱れて物思いをするだろう〕。塩屋の煙(けぶり)と書かれたは、さて浦風吹くならば、一夜はなびけと読まうかの。尺ない帯〔丈の足りない帯と〕と書かれたは、いつかこの恋成就して、結び合はうと読まうかの。根笹(ねざさ)にあられと書かれたは、触(さは)らば落ち[三]よと読まうかの。二本薄(ふたもとすすき)と書かれたは、いつかこの恋穂に出でて、乱れ合はうと読まうかの〔乱れになれと〕。三つのお山[四]と書かれたは、中さばかなへ〔祈願したら思いどお〕と読まうかの。羽ない鳥に弦ない弓と書かれたは、さてこの恋を思ひ初(そ)め、立つも立たれず(射)、居るも居られぬ(射)と読まうかの。さて奥までも読むまいの〔読むのはやめましょう〕。ここに一首[五]の奥書[六]あり。

恋ゆる人は常陸(ひたち)の国の小栗なり
恋ひられ者は照手なりけり

[七]あら、見たからずのこの文や」と、二つ三つに引き破り、御簾(みす)より外へ、ふはと捨て、簾中(れんちゅう)深くお忍びある。

一 「こぐ」の音通で「焦がるる」とする。また「舟」の縁で「(港に)着けい」といい、「落ち着け」の意を掛ける。
二 「岸打つ波」の縁で、「(岸が)崩れて」。
三 口説かれて相手のものになる。なびく。
四 熊野三山(本宮・新宮・那智(なち))。
五 底本「一しゅ」。次が歌の形式をとっているので「一首」とした。
六 末尾の文。奥付け。しかしここでは前の「奥までも読むまいの」と矛盾する。
七 あら、見たくもない。『慶長見聞集』に「あなみたもなのむくつけき男の有様や」とある。

八　手紙の使いをするのよ。「は」は詠嘆を表す格助詞。
九　領主や豪族の屋形を警衛する番人。
一〇　ことわざ。男は気が大きいほどよい。「しんとく丸」一七四頁注八参照。「夫」は男。
一一　『観無量寿経』。浄土三部経の一。有名な経典の名を挙げて、以下の言葉を権威づけたのであろう。「ただ今転読し奉るは、かたじけなくも浄土三部妙典の中の、これは観経にてまします」（狂言「泣尼」）。
一二　根源の筆跡。
一三　仏二体を破ることになる。
一四　だから今の手紙をお破りになったのではなく。
一五　後の世の報い。
一六　古代北インドのガンダーラ（インダス河の上流）にある山。須達拏太子が布施の行を全うした地。釈尊修行の山は耆闍崛山（霊鷲山。中インド、摩掲陀国王舎城の東北にある）で、ここは誤り。
一七　「観経を引いて脅いた」後藤の言葉。

女房たちは御覧じて、「さてこそ申さぬか（やっぱり言わぬことじゃない）。これなる商人が、大事の人（大事を）に頼まれて、文[八]の使ひを申すは。番衆[九]はないか。あれ計らへ（処置しなさい）」との御諚なり。後藤左衛門は承り、すは仕出いた（しでかした）、とは思へども、夫[一〇]の心と内裏の柱は大きても太かれ（大きくて太くあれ）、と申すたとへのござあるに、成らぬまでも脅いてみばやと思ひつつ、連尺つかんで、白州に投げ、その身は広縁に踊り上がり、板踏み鳴らし、観経[一一]を引いて脅されたり。

「なうなう、いかに照手の姫。今の文をば、なにとお破りあつてござあるぞ（なぜお破りになったのか）。天竺にては大聖文殊、唐土にては善導和尚、我が朝にては弘法大師の御筆、はじめの筆[一二]の手なれば、一字破れば仏一体、二字破れば仏二体[一三]。今[一四]の文をばお破りなうて、弘法大師の二十の指を、食ひ裂き、引き破つたにさも似たり（と同様です）。あら恐ろしの照手の姫の、後[一五]の業はなにとなるべき」と、板踏み鳴らし、観経を引いて脅いたは、これやこの檀特山[一六]の、釈迦仏の御説法とは申すとも、これ[一七]にはいかで勝るべし。

照手この由きこしめし、はやしをし（悄然とされ）をとおなりあり、「武蔵・相模両国の、殿原たちのかたからの、いくら（いくつも）の玉章の通ひだも（手紙が来ましたが）、これも食ひ裂き、引き破りたが、（これが）照手の姫が後の業となろか、悲しやな。[一]千早振る千早振る、神も鏡で（鏡に写して）御覧ぜよ。知らぬあひだをば（知らぬ間にしたことですから）お許しあつてたまはれの。さてこのことが、あすは父横山殿、兄殿原たちに漏れ聞え、罪科に行はるると申しても（処罰されると申しても）、力及ばぬ次第なり。今の文の返事申さうよの、侍従殿」。侍従この由承り、「その儀にてござあらば、玉章召され候へ（手紙をお書きなさいませ）」と、料紙・硯を参らする。

照手なのめにおぼしめし、紅梅檀紙・雪の薄様、一重ね引き和らげ、逢坂山の鹿の蒔絵の筆なるに、紺瑠璃の墨たぷたぷと含ませて、初寒の窓の明かりを受け、我が思ふ言の葉を、さも尋常やかに遊ばいて、山形やうではなけれども、また待つ恋のことなれば、まつかはやうに引き結び、侍従殿にとお渡しある。

一　「千早振る」は「神」の枕詞。それを繰り返した。

侍従この文受け取つて、「やあ、いかに後藤左衛門。これは先の玉章（たまづさ）の御返事よ」と、後藤左衛門に賜るなり。後藤左衛門は「承つてござある」と、葛籠（つづら）の掛子（かけご）にとつくと入れ、連尺つかんで肩に掛け、天や走る、地やくぐると急がれければ、程もなく常陸小栗殿にと駆け付くる。

小栗、押して婿入り

小栗この由御覧じて、「やあ、いかに後藤左衛門。玉章の御返事は」との御諚（ごぢやう）なり。後藤左衛門は「承つてござある」と、み扇にすゑ申し、小栗殿にと奉る。小栗この由御覧じて、さつと広げて拝見ある。「あら面白」[二]と書かれたり。（小栗）「細谷川に丸木（まろき）橋のその下で、文落ち合ふべき、と書かれたは、これはただ一家（いつか）一門は知らずして、姫一人（姫だけが）の領掌（りやうじやう）と見えてあり（承知したとみえる）。一家一門は知らうと知るまいと、姫の領掌こそ肝要なれ。はや婿入りせん」[三]との僉議（せんぎ）[四]なり。

御一門はきこしめし、「なう、いかに小栗殿。上方（かみがた）[五]に変り、奥方には、一門知らぬその中へ（一門が承知せぬところへ）、婿には取らぬと申するに、今一度一門

二　「これは面白い」と小栗が驚くほどに書いてあった。

三　男が求婚し、女の同意を得て、その家に通い、あるいは居続ける結婚形態で、古代のよばい（「呼ぶ」に継続・繰り返しを意味する「ふ」が付いた語の名詞形）といわれる婚姻に似ている。当事者が自主的に決めた結婚であるから、親たちの同意を要する一門同士の結婚とは異なる。小栗・照手の異常な一面をのぞかせる。

四　……といって、手紙の僉議をする。「僉議」は本来皆で評議する意であるが、ここは小栗独りが手紙を読み、その内容を吟味して、「はや婿入りせん」と決心したのであって、「詮議（せんぎ）」と同義で、物事を吟味し判断する意であろう。

五　二一六頁三行目参照。

一 非常に強い者。「ダイカウ（ヲホキニツヨシ）」（『日葡』）。

の御中へ、使者を御立て候へや」。小栗この由きこしめし、「なに大(だい)一剛(かう)の者が、使者まであるべき(必要ない)」と、屈強の侍(さふらひ)を千人すぐり(選び)、千人のその中を五百人すぐり、五百人のその中を百人すぐり、百人のその中を十人すぐり、我に劣らぬ、異国の魔王のやうなる殿原たちを、十人召し連れて、「やあ、いかに後藤左衛門。とてものことに(いっそのこと)路次(ろし)の案内(途中の案内を)」と仰せける。後藤左衛門は「承つてござある」と、葛籠(つづら)をば我が宿に預け置き、編笠(あみがさ)目深(まぶか)に引つ込うで(かぶって)、路次の案内をつかまつる。

小高い所へ差し上がり、「御覧候へ小栗殿。

小栗の婿入り

二 ここは室町時代の武家造りであろう。屋敷の総囲いは築地、それに大門があり、その内に塀中門があって、この門の内に会所（客殿のことで、後に書院という）と主殿（寝殿ともいい、主人の居間の意か）がある。塀中門の中に番所があって遠侍という（主殿の板敷きの間で、家臣の居る所を内侍という）。会所も主殿も杉皮葺きまたは檜皮葺きで、妻格子（格子に板を張ったもの）のある入母屋（藤田元春『日本民家史』）。以下、主殿についていったのであろう。「棟門」は二本の柱に切妻破風造りの屋根のある門。

三 北西。二二〇頁注一一参照。

四 園城寺光浄院客殿がその代表といわれる。建物は南面し、南に広縁、東南に中門（寝殿造り中門の廊の名残）があって、いずれも板敷き。室内は広い南側と狭い北側の二列になり、南側の奥が上座の間で、正面に床と違い棚が付き、西南隅に付き書院、北側は帳台構えになっていて、その奥は納戸であり、寝室。また上座の間の東は次の間という。

五 底本「御きやくらひ」。「客来」は客（『日仏』）。

六 軸に巻きつけた絹の反物。一疋は約四丈（約一二メートル）の絹（『文明』）。絹二反に相当する。

七 奥州の馬。

八 底本「ひきいてもの」。その下は「ひきてもの」。

あれなる棟門の高い御屋形は、父横山殿の御屋形。これに見えたる棟門の低いは、五人の公達の御屋形。いぬゐの方の主殿造りこそ、照手の姫のつぼねなり。門内に御入りあらうその時に、番衆たそとがむるものならば、いつも参る御客来を存ぜぬかと、御申しあるものならば、さしてとがむる人はござあるまじ。はやこれにて御いとま申す」とありければ、小栗この由きこしめし、かねての御用意のことなれば、砂金百両に、巻絹百疋、奥駒を相添へて、後藤左衛門に引出物賜るなり。後藤左衛門は引出物を賜りて、喜ぶ

ことは限りなし。

十一人の殿原たちは、門内に御入りある。番衆「たそ」ととがむるなり。小栗この由きこしめし、大のまなこに角を立て、「いつも参るお客来を存ぜぬか」とお申しあれば、とがむる人はなし。十一人の殿原たちは、いぬゐのつぼねに移らせたまふ。

小栗殿と姫君を、物によくよくたとふれば、神ならば結ぶの神[一]、仏ならば愛染明王[二]・釈迦大悲[三]、天にあらば比翼の鳥[四]、偕老同穴[五]の語らひも縁浅からじ。鞠[六]・ひようとう・笛・太鼓、七日七夜の吹きはやし、心[七]言葉も及ばれず。

このこと父横山殿に漏れ聞え、五人の公達を御前に召され、「やあ、いかに嫡子の家継[八]。いぬゐのかたの主殿造りへは、初めての御客来の由を申するが、なんぢは存ぜぬか」との御諚なり。家継この由承り、「父御さへ御存じなきことを、それがし存ぜぬ」とぞ申すなり。横山大きに腹を立て、「一門知らぬその中へ、押し入りて婿

一 男女の縁結びの神。舞曲「伏見常盤」に「うらめしや天にすまば比翼の鳥、地にあらば連理の枝、神ならば結ぶの神、仏ならば愛染王、五道輪廻のあなたなる、釈迦大悲の弓手に候ふ涅槃の岸にかはるとも」。

二 大日如来を本地とし、全身赤色、三つの目と六本の腕の忿怒像。愛欲をつかさどり、男女の葛藤を解き家庭の波乱をおさめるという。

三 大悲（衆生をあわれみ救済する意）の釈迦牟尼仏の意であろう。

四 「天ニ在ラバ願ハクハ比翼ノ鳥ト作リ」（白楽天『長恨歌』）による。

五 「カイラウタウケツ」（『日葡』・節用集）。夫婦むつまじいこと。「偕ニ老イ」「死シテハ穴（墓の意）ヲ同ジウス」（『詩経』）。

六 未詳。

七 想像もつかず、口で説明もできないほど華やかであった。

横山殿の怒り

＊ 小栗の異常ぶりは先ずその結婚に現れる。姫の領掌だけで、その一家一門を無視して、強引に婿入りする。そこに都にない田舎の自由と、時代を反映した新しさがあろう。しかし事件はここから起る。

八 底本「いゑつく」。仮に漢字を当てる。

入りしたる大剛（だいかう）の者を、武蔵（むさし）・相模（さがみ）七千余騎を催（もよほ）［集めて］して、小栗討［小栗を］たん」との僉議（せんぎ）なり。

家継この由承り、烏帽子（えぼし）の招き[九]を地に着けて、涙をこぼいて申さるる。「なう、いかに父の横山殿。これはたとへでござないが、鴨（かも）[一〇]は寒（かん）じて水に入る、鶏寒うて木へ登る。人は滅べうとて[一一]、まへなひ[一二]心が猛（たけ）うなる。油火（あぶらひ）は消えんとて、なほも光が増すとかの。あの小栗と申するは、天よりも降（ふ）り人の子孫なれば、力は八十五人の力、[一三]荒馬乗つて名人なれば、それに劣らぬ十人の殿原たちは、さて異国の魔王の如くなり。武蔵・相模七千余騎を催して、小栗討たうとな［なさ］さるると［れても］、たやすう討つべきやうもなし。あはれ父横山殿様は、御[一四]存じない由で、婿にも御取りあれがなの。それをいかにと申するに、父横山殿様の、いづくへなりとも、御陣立ちとあらんその折は、よき弓矢の方人（かとうど）［味方ではありませんか］でござないか。父横山殿」との教訓ある。横山この由きこしめし、「今までは家継が、［小栗を］存ぜぬ由を申したが、悉皆（しつかい）［すっかり］許容と

九 烏帽子の前の上部の突き出た所。

一〇 ことわざ。舞曲「伏見常盤」にも同例がある。物それぞれ性質の違いで通念とは反対の行動をする意。

一一 人は滅びる時は。以下当時行われたことわざであろう。

一二 「まひなひ心」の転。賄賂（わいろ）を贈って利益を得ようとする心。

一三 底本「あらむま」。馬はすべて「むま」と表記している。

一四 ご存知ないということで、婿にもお取りになってほしいですね。豊孝本の「まづこの度は一門知らぬ由にて、むこに御取りあつてたまはれや」が分りやすい。「がなの」は底本「かなの」、願望を表す助詞「がな」に、説経独特の間投助詞「の」がついたもの。

三郎の謀略

見えてある（許したと見えるぞ）。〔家継を〕見ればなかなか（随分）腹も立つ。御前（まへ）を立て」との御諚（ごちやう）なり。

三男の三郎は、父御の目の色を見申し、「道理かなや父御様。それがしがたくみ出だしたことの候。まづあすになるならば、婿と舅（しうと）の見参（げんざう）[一]とて、いぬゐのつぼねへ使者を御立て候へや。大剛（だいかう）の者ならば、怖（お）めず[二]臆（おく）せず、はばからず、御出仕申さう、その折に、一献（いつこん）[三]過ぎ二献過ぎ、五献通りてその後に（五献の膳が行き渡ったその後に）、横山殿の御諚には、『なにか[四]都の御客来（お客人）、芸一つ』とお申しあるものならば、それ小栗が申さうやうは、『なにがしが芸[五]には、弓か鞠（まり）か包丁（料理）か、力業（ちからわざ）か早業（はやわざ）か、盤[六]の上の遊びか、とつく（早く）お好みあれ（注文なされ）』と申さう、その時に横山殿のお申しあらうは、『いやそれがしは、さやうの物には好かずして、奥（奥州）よりも、乗りにも入らぬ（乗りならしてもいない）牧出で[七]の駒を、一匹持つて候（さう）、ただ一馬場（ひとばば）[八]』と御所望あるものならば、〔小栗は〕常の馬よと心得て、引き寄せ乗らう、その折に、かの鬼鹿毛（おにかげ）[九]が、いつもの人秣（ひとまくさ）[一〇]を入るると心得、〔小栗を〕人秣に食（は）むものならば、太刀も刀もいるまいの、父の横山殿」と申すなり。横

一 対面というので。
二 少しも恐れず。
三 「肴（さかな）・盃（さかづき）を出し、三盃（ばい）勧めて、膳もどり入る、これ一献なり」（『四季草』巻六）。一献ごとに新しい吸い物・肴で、銚子（ちょうし）をあらためて出す（『貞丈雑記』巻七）。
四 「なにか」は「芸一つ」に続く。
五 「私」「拙者」に当る自称代名詞。「それがし」よりも、古風で威厳を持った言い方。
六 双六（すごろく）・将棋・碁などをいう。
七 「マキダシ（野生の馬、夏ごろ平原に引き寄せたばかりのもの）」（『日仏』）。
八 ほんの一馬場乗ってみて下さい。「一馬場」は馬場乗りを一回すること。
九 鬼のように荒々しい鹿毛。「鹿毛」は、鹿のように茶褐色で、たてがみ・尾・四肢の下の黒いもの。
一〇 飼料とする人体。「秣」はマクサと読む（『日葡』等）。

山この由きこしめし、「いしうたくんだ三男かな」と、いぬゐのつぼねへ使者が立つ。
小栗この由きこしめし、「上より御使ひを承らずとも、御出仕申さうと思うたに、御使ひを賜りて、めでたや」と、肌には青地の錦をなされ、紅巻の直垂に、刈安やうの水干に、玉の冠をなされ、十人の殿原たちも、都やうにさも尋常やかに出で立ちて、幕つかんで投げ上げ、座敷の体を見てあれば、小栗賞翫と見えてあり。一段高う左座敷にお直りある。横山八十三騎の人々も、千鳥掛けにぞ並ばれたり。一献過ぎ二献過ぎ、五献通りてその後に、横山殿の御諚には、「なにか都のお客来、芸を一つ」との御所望なり。
小栗この由きこしめし、「なにがしが芸には、弓か鞠か包丁か、力業か早業か、盤の上の遊びか、とつくお好みあれ」との御諚なり。
横山この由きこしめし、「いやそれがしは、さやうのものには好かずして、奥よりも乗りにも入らぬ牧出での駒、一匹持つて候。ただ

一一 以下小栗の服装は華麗に見えるが、空想的である。底本（絵巻）が武官の束帯姿に描いているのも空想的で、本文にも合わない。「さんせう太夫」一三六頁一四行目以下参照。

一二 底本「かうまき」。「紅の巻染めなり。布をかたく巻いて、その上を糸にてかたく巻いて、紅にて染めて後、巻きたる糸をとけば、糸の所は白く、外は紅にそまるなり。今紅しぼりといふ類なり」（『貞丈雑記』巻五）。「からまき（絡巻）」の誤りかもしれない。「さんせう太夫」一三七頁注五参照。

一三 「さんせう太夫」一三七頁注六参照。

一四 刈安染め風の。「刈安」は刈安で染めた黄色。「さんせう太夫」一三七頁注七参照。

一五 「さんせう太夫」一三七頁注八参照。

一六 立派なかぶり物。底本（絵巻）等は、束帯の時に用いる冠（巻纓・緌の武官装）を描いている。

一七 底本（絵巻）では、広縁と座敷との間に下ろしてある幕を、勢いよくつかみ上げている。

一八 （小栗を）手あつくもてなす。敬い重んずる。

一九 千鳥が連なり飛ぶ形に似ているところから、斜めに打ち違える様。

〔直垂〕

〔水干〕

小栗、鬼鹿毛を見る

「一馬場」と所望ある。

小栗この由きこしめし、居たる座敷をずんと立ち、馬屋にこそはお移りある。このたびは異国の魔王[一]、蛇に綱を付けたりとも、馬とだにいふならば、一馬場は乗らうものをとおぼしめし、馬屋の別当[二]左近の尉を御前に召され、四十二間[三]の名馬のそのうちを、あれかこれかとお問ひある。いやあれでもなし、これでもなし、さはなくして、井堰隔つて[四]八町[五]の、萱野を指して御供ある。弓手と馬手（左右の）の萱原を見てあれば、かの鬼鹿毛がいつも食み置いたる、死骨・白骨・黒髪は、ただ算[六]の乱いた如くなり。十人の殿原たちは御覧じて、「なう、いかに小栗殿。これは馬屋ではなうて、人を送る野辺（葬る）か」とぞ申さるる。

小栗この由きこしめし、「いや、これは人を送る野辺にてもなし。上方に変り奥方には、鬼鹿毛があると聞く。それがしが、押し入りて、婿入りしたが、とがぞとて（けしからんと）、馬の秣に飼はうとする（食わせようとする）、優しや[七]」

一 異国の魔王（天魔）のように。「乗らうものを」にかかる。
二 「馬屋（廐）の別当」は、院司・家司・国司の下に属した廐の長官であるが、ここは馬丁であろう。
三 四十二の馬房につながれている。
四 底本「いせき」。土で水をせきとめた所（『書言』）。ここは屋敷の囲りの堀を指すか。
五 約八七三メートル。
六 算木を散らしたようであった。「算」は、占いや和算に用いる方柱形の棒。算木。
七 けなげだ。ここは皮肉って言った。

と、沖[八]をきつと御覧ある。かの鬼鹿毛が、いつもの人秣を入るると心得、前掻[九]きし、鼻あらしなど吹いたるは、鳴るいかづちの如くなり。

小栗この由きこしめし、馬屋の体を御覧ある。[一〇]四町飼ひ込め、堀掘らせ、山出[一一]し八十五人ばかりして持ちさうなる、楠柱を左右に八本、たうたうより込ませ、間柱[一二]と見えしには、三抱[一三]ばかりありさうなる栗の木柱を、たうたうより込ませ、根引きにさせてかなはじと、地貫[一四]・かせ[一五]を入れられたり。くろがねの格子を張つて、貫を差し、四方八つの鎖で、駒つないだは、これやこの冥途の道に聞えたる、無間地獄[一六]の構へとやらんも、これにはいかで勝るべし。

小栗この由御覧じて、愚人[一七]夏の虫、飛んで火に入る。笛[一八]に寄る秋の鹿は、妻故にさてその身を果すとは、今こそ思ひは知られたれ。小栗こそ奥方へ、妻故馬の秣にの、飼はれたなんどとあるならば、都のきけい[一九]も恥づかしや。是非をも更にわきまへず。十人の殿原た

八 田畑・原野の開けた遠い所。ここは、遠くを、の意。
九 前脚で地を掻く動作で、空腹のため秣を待ち遠しがる時にする。

一〇 周囲四町の中に飼い込め。

一一 山から木などを運び出す人足。
一二 大柱と大柱との間に立てる小柱。
一三 底本「みかい」。両手を合わせて一抱えの長さをヒトカイ（一囲・一抱）という（『書言』）。
一四 柱を貫いてこれを横に連ねる材を貫といい、柱の根元に通した貫を「地貫」という。
一五 鉄や木で作り、首や手足にはめて自由を束縛する道具。

一六 二七八頁注二、「かるかや」六四頁注二参照。
一七 ことわざ。「飛んで火に入る夏の虫」ともいう。愚人は自ら進んで災いに遭う、の意。
一八 ことわざ。秋、雄鹿が鹿笛（雌鹿の鳴く声に擬した笛）の音を、雌鹿の鳴き声と思って寄って来て捕えられることから、自ら危険な状態に身を投ずる意にいう。
一九 聞え（評判）の意であろう。「しんとく丸」一八〇頁注七参照。

ちは御覧じて、「なう、いかに小栗殿、あの馬に召され候へや〔お乗り下さい〕。あの馬がお主（しゆう）の小栗殿を、少しも服（ぶく）すると見るならば〔少しでも食べようとしたなら〕、畜生とは申すまい〔畜生とて容赦しません〕、鬼鹿毛が[一]平首の辺りを、一刀づつ恨み申し、さてその後は横山の[二]遠侍（とほさぶらひ）へ駆け入りて、[三]目釘（めくぎ）を境に防ぎ戦ひして、三途（さんづ）の大河（たいが）を、敵も味方もざんざめいて〔にぎやかに騒ぎながら〕、[四]手と手と組んで御供申すものならば、なんの子細〔不都合〕のあるべきぞ」。我引き出ださん、人引き出ださんと、[五]ただ一筋に思ひ切つたる矢先には、いかなる天魔鬼神も、たまるべきやうは更になし〔全く支えようがない〕。

小栗、鬼鹿毛を引き出す

小栗この由きこしめし、「あのやうな大剛（だいかう）な馬は、ただ力業（ちからわざ）では乗られぬ」と、十人の殿原たちを、馬屋の外へ押し出だし、馬に[六]宣命（せんみやう）を含めたまふ。「やあ、いかに鬼鹿毛よ。なんぢも生（しやう）ある物ならば、耳を振り立て、よきに聞け。余なる馬と申するは〔ほかの馬というのは〕、常の馬屋につながれて、人の食（は）ます餌を食（は）うで、さて〔そして〕人に従へば、尊（たつと）い[七]思案してらよ、さて〔それから〕門外につながれて、経念仏を〔お経や念仏を〕聴聞（ちやうもん）し、後生大事とた〔常に〕

一　馬の首で、たてがみの下の左右平らな所。
二　底本「とをさふらひ」。「トヲサブライ」（『永禄』）。主殿から遠くに設けられた番所。二二九頁注二参照。
三　刀身が柄（つか）から抜けないように、目釘穴にさす竹釘または銅釘。目貫（めぬき）。「目釘を境に」は、目釘が抜けんばかりに激しく、の意か。
四　底本「ゝとてと」。
五　ただ一途（いちず）に決心した上は。「一筋」「矢先」は縁語。「矢先」は矢の端。
六　因果を含められる。「宣命」は、事の由をよく言い聞かせること。
七　思案をしてだよ、の意。「ら」「よ」共に助詞。「ら」は口調を整え、親愛の情を示す。

しなむに(心掛けるのに)、さてもなんぞや鬼鹿毛は、人秣を食むと聞くからは、それは畜生の中での鬼ぞかし。人も生あるものなれば、なんぢも生あるものぞかし。生あるものが生あるものを服しては、さて後の世をなにと思ふぞ鬼鹿毛よ。それはともあれかくもあれ。よしこの度は[八]一面目に、一馬場乗せてくれよかし。一馬場乗するものならば、鬼鹿毛死してその後に、[九]黄金御堂と寺を建て、さて鬼鹿毛が姿をば、[一〇]真の漆で固めてに、[一一]馬をば[一二]馬頭観音といはふべし(祭るだろう)。[一三]牛は大日如来の化身なり。鬼鹿毛いかに」とお問ひある。

人間は見知り申さねど、鬼鹿毛は小栗殿の額に、[一四]米といふ字が三下りすわり、[一五]両眼に瞳の四体ござあるを、確かに拝み申し、前ひざをかつぱと折り、両眼より[一六]黄なる涙をこぼいたは、人間ならば(人間であったら)乗れと言はぬばかりなり。

小栗この由御覧じて、さては乗れとの志、乗らうものをとおぼしめし、馬屋の別当左近の尉を御前に召され、「鍵くれい」との御諚

八 一面目を施すため。

九 金色の御堂。金箔を塗り、金をちりばめた仏堂。金堂。

一〇 まっ黒の漆。

一一 鬼鹿毛を指す。

一二 六観音の一(他は聖・千手・十一面・准胝あるいは不空羂索・如意輪)。普通頭上に馬頭を頂き、三面二臂・四面八臂等いろいろであるが、筑前観世音寺・能登豊財寺・山城浄瑠璃寺・土佐竹林寺のものは三面八臂。忿怒の相を表し、一切の魔障をくじくという。世俗には馬の守護神として、その除病・息災を祈願する。

〔馬頭観音〕

一三 未詳。牛の守り神として、大日如来や牛神などを祭ることがある。

一四 「米」は菩薩の異称であり、字の形から「八十八」でめでたい文字とされている。「御額にはよねと申す文字、三並び給ひて、めでたき御相好なり」(室町物語『熊野の御本地のさうし』)。「さんせう太夫」一三六頁注二参照。

一五 舞曲「信太」に「将門の御眼に、ひとみが二つましまして、坂東八か国の王とならせたまひしが」とあり、中国では舜や項羽もひとみが二つであったと伝える。「さんせう太夫」一三六頁注三参照。

一六 血涙。悲しみの激しい時に流す涙。

なり。左近はこの由承り、「なう、いかに小栗殿。この馬と申するは、昔つないでその後に、出づることがなければ、鍵とては預からぬ」とこそは申しけれ。

小栗この由きこしめし、さあらば馬に、力のほどを見せばやとおぼしめし、くろがねの格子にすがりつき、「えいやつ」と御引きあれば、錠・肘金[一]はもげにけり。くわんぬき取つてかしこに置き、文をば御唱へあれば、馬に癖はなかりけり。左近の尉を御前に召され、「鞍・鐙[二]」とお請ひある。左近の尉は「承つてござある」と、余なる馬の金覆輪[三]に、手綱二筋より合はせ、たうりやう[四]の鞭を相添へて参らする。

小栗この由御覧じて、「かやうなる大剛の馬には、金覆輪は合はぬ」とて、当座の曲乗りに、肌背[五]に乗りてみせばやとおぼしめし、たうりやうの鞭ばかりお取りあつて、四方八つの鎖をも、一ところへ押し寄せて、「えつやつ」とお引きあれば、鎖もはらりともげに

一 金物を曲げて作り、開き戸のわくに取り付け、肘壺に差し込んで、戸を開閉させるもの。

二 馬具。乗る人が両足を踏み掛けるもの。

三 金覆輪（前輪・後輪の縁を鍍金の銅で飾ったもの）の鞍。キンプクリンと読む。

四 「棟梁」あるいは「統領」（いずれも統率者・頭の意）が持つ鞭か。「鞭」はムチともブチとも読む。

五 肌背馬。はだかうま。「裸馬」（『運歩』等）。

けり。これを手綱により合はせ、まん中（まん中を）駒にかんしとかませ、駒引つ立てて、ほめられ（鬼鹿毛を）たり。

「脾腹[六]三寸に肉余つて、左右のおもか[七]に肉もなく、耳小さう分け入つて（後ろに張って）、八軸[八]の御経を二巻取つて、きりきりと巻きすゑたが如くなり。両眼は、照る日月の燈明の輝くが如くなり。吹嵐[九]は、千年経たる法螺の貝を、二つ合はせた如くなり。[一〇]しめのかみの見事さよ、日本一の山菅を、本を揃へて一鎌刈つて、谷あらしに一もみもませ、ふはとなびいた如くなり。胴の骨の様体[一一]は、筑紫弓[一二]の情張[一三]りが、弦を恨み、一反り反つたが如くなり。尾は山頂の滝の水が、たぎりにたぎつて、たうたうと落つるが如くなり。後ろの別足[一四]は、[一五]たうのしんとほんと、はらりと落し、盤の上に二面並べた如くなり。前足の様体は、日本一のくろがね（鉄で）に、[一六]ありとに節をすら[一七]せつつ、作り付けたる如くなり。この馬と申すは、昔つなぎて、その後に出づることのなければ、爪は厚うて筒高し[一八]。余なる馬が千里を駆くるとも、この馬

六 底本「ひはら」。ヒバラと読む。馬の腹の窩（または竇）（『日仏』）。横っ腹。
七 「おもかほ」（豊孝本）の誤りで、顔骨・頬骨の辺りをいうか。
八 法華経八巻。
九 馬の鼻孔の辺り。高鼻（『運歩』）。
一〇 須弥の髪。取り髪。首から肩に続くたてがみ。
一一 底本「やうたい」。ヨウダイと読む。ありさま。
一二 筑紫産の弓。強いといわれた。
一三 強情を張ること。意地っ張り。
一四 雉の股をいうが、ここは馬の股。「うしろのもゝ」（延宝版・豊孝本）。
一五 未詳。「唐の琵琶の軫と絃と」か。軫は転軫（糸巻）。「日本一の唐の琵琶を二面おつ取り、作り付けたる如くなり」（延宝版・豊孝本）。
一六 「有り所（アリトまたはアリド）」で、あるべき所の意か。「大竹を根引きにして、ありとに節をそろへ」（延宝版）、「有りとの節をさせ」（豊孝本）。
一七 関節をみがき立てて。
一八 筒状の蹄が長く伸びた様。

小栗、鬼鹿毛に乗る

においては、着くべきやうは更になし」。〔さらに駆けて〕全くどこに着けようもない
かやうにおほめあつて、馬屋の出し鞭[一]しつと打ち、堀の船橋[二]とくりとくりと乗り渡し、この馬が進みに進みて出づるやうを、物によくよくたとふるに、龍が雲を引き連れ、猿猴[三]がこずゑを伝ひ、新[四]鷹が鳥屋を破つて、雉に会ふが如くなり。八町の萱原を、さつくと出いては、しつとと止め、しつとと出いては、さつくと止め、馬の性[五]はよかりけり。

十人の殿原たちは、余りのことのうれしさに、五人づつ立ち分れ、や声[六]を上げてぞほめられたり。横山八十三

小栗の曲馬

一 底本「たしふち」。馬を馬屋から出す際の鞭。「出し口」(延宝版・豊孝本)。
二 船を並べてつなぎ、その上に板を渡して作った橋。
三 手長猿。
四 捕えたばかりの若鷹。狩りのための鷹で、「雉に会ふ」は、雉に飛び付く意。
五 騎手に素直なこと。
六 「や」という掛け声。

騎の人々は、今こそ小栗が最期を見むと、我先とせんとは進めども、これはこれはとばかりにて、物言ふ人も更になし。

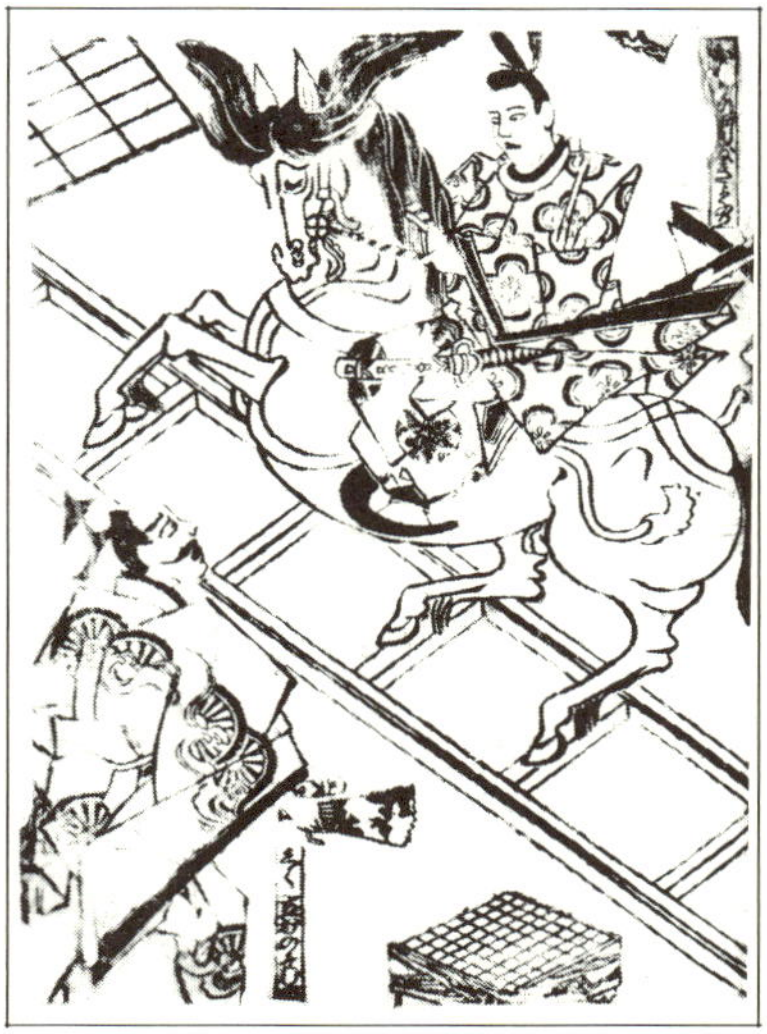

三男の三郎は、余りのことの面白さに、十二格[七]の登り梯を取り出だし、主殿の屋端[八]へ差し掛けて、腰の御扇にて、これへこれへと賞翫[九]ある。小栗この由御覧じて、とても乗る上、乗つてみせばやとおぼしめし、四足を揃へ、十二格の登り梯を、とつくりとつくりと乗り上げて、主殿の屋端を、駆けつ返いつお乗りあつて、真つ逆様に乗り降ろす。岩石降ろし[一〇]の鞭の秘書[一一]。

七 十二段のはしご。
八 屋根のはし。
九 敬い重んずる。もてなす。
一〇 底本「かんせきをろし」、豊孝本「がんぜきおろし」。『大坪流秘伝書』に「岩石落しの事、口伝には、左の手にて手綱を十文字に取つて、前輪をかかへ、腰をそらして、右の手にて組交を取つて、耳二つの間より、むかひを見るべし」とある。
一一 底本「ひしよ」。秘伝の意。「ヒシヨ（秘密の文書あるいは本。秘伝）、モノヲヒシヨスル（あることを隠す）」（『日仏』）。「秘所」を当てる説（『説経節』『日本国語大辞典』）もある。

家継この由見るよりも、四本掛りと好まれたり。四本掛りの松の木へ、とつくりとくりと乗り上げて、真つ逆様に乗り降ろす。岨伝ひの鞭の秘書。障子の上に乗り上げて、骨をも折らさず、紙をも破らぬは、沼渡しの鞭の秘書。

碁盤の上の四つ立てなんども、とつくりとくりとお乗りあつて、鞭の秘書と申するは、輪鼓・そうかう・蹴上げの鞭。あくりう・こくりう・せんたん・ちくるひ・めのふの鞭。

手綱の秘書と申するは、指し合ひ・浮き舟・浦の波・蜻蛉返り・水車・鴫の羽返し・衣被き。ここと思ひし鞭の秘書・手綱の秘書をお尽しあれば、名は鬼鹿毛とは申せども、〔それに〕勝る判官殿に、胴の骨をはさまれて、白泡嚙うでぞ立つたりけり。

小栗、走る鬼鹿毛を止める

小栗殿は、無けれど、すそのちり打ち払ひ、三抱ばかりありさうなる、桜の古木に馬引きつなぎ、元の座敷にお直りある。「なう、いかに横山殿。あのやうな乗り下のよき馬があるならば、五匹も十

一 蹴鞠をする場所に設ける四種の木。東北に桜、東南に柳、西南に楓、西北に松。ここはその松。『大坪流秘伝書』に「かかりを乗る時は鞭をささぬなり、そのいはれは木に鞭をあてしがためなり、殊に花・紅葉・木のまくらの雪などに当りて、散ることあらば、乗り手の大なるけがなり、総じて木に馬をのりかけ、枝などをおらしては恥辱たるべきなり」とある。

二 『小笠原家伝本類従』馬之部に「そばを通る時は、鞍をはさみたて、下の方の手綱を引きたてて持ち、上の方の手綱を早く持ち、少しはやく歩するなり」。

三 同書に「尻懸の組交に手をかけ、手綱をも髪中にかまへ、馬をはさみ立て、鐙を弱く踏み、手綱・しりがいを引き立て、いかにもけたてゝはやし乗るべし」。

四 「四つ乗り」(奈良絵本)で、碁盤の上に四つ足を立てる曲乗り。

五 輪鼓形(∞)に乗り回す際の鞭の使い方(『大坪深秘抄』)。

六 以下未詳。「そうかう」は「葱珩(青色の佩玉)」、「あくりう」以下は「悪龍・黒龍・栴檀・畜類・瑪瑙」を当てるか。

七 以下未詳。

八 「足立ちかへざる、せばき道・橋にて乗る事、左へ廻さんと思はゞ、右の鞍つめに手綱を引き通し、よき程に引き付けて、右の手綱を片手に取つて、身ともにきりりとひねり廻しさまに引く、手縄をよく

引き廻す事肝要なり」（『大坪流三百箇条』）。

九 「しさり馬総別曲馬によし。くる〳〵とまはす事なり」（『大坪流三百箇条』）。『大坪流秘伝書』には「片口つよき馬に用ふべし」として詳しい説明がある。『小笠原流手綱の秘書』にも説明がある。

一〇 以下未詳。

一一 馬から降りた時の動作。裾にちり一つ付けないほど、巧みに乗りこなして平然としている様。

一二 仏知の生きた働き。ここは活力の意か。

一三 底本「三ちやう」。約九メートル。

一四 皆食われて、この世に人がいなくなりましょう。

一五 馬を立ち木のない芝地につなぐこと。『小笠原家伝本類従』馬之部に「左右の手綱をこゝろへて、前足の間より腹帯へとりて、右足の膝に留むるなり」。

匹も、婿引出物に賜れや。朝夕口乗り和らげて参らせう（馬の口を乗り和らげて差し上げましょう）」とお申しあれば、横山八十三騎の人々、なにもをかしいことはなけれども、苦り笑ひ（苦笑い）といふものに、一度にどつとお笑ひある。馬の法命[12]や起るらん、小栗殿の御威勢やらん、（鬼鹿毛は）三抱ばかりありさうなる、桜の古木を、根引きにぐつと引き抜いて、堀三丈[13]を跳び越え、武蔵野に駆け出づれば、小山の動くが如くなり。

横山この由御覧じて、今は都のお客来に、手擦らいではかなはぬ（手を擦って懇願しなくては）ところ（いけないと）とおぼしめし、「なう、いかに都のお客来。あの馬止めてたまはれや。あの馬が、武蔵・相模両国に駆け入るものならば、人種[14]とてはござあるまい」と御諚なり。小栗この由きこしめし、そのやうな手に余つた馬をば、飼はぬが法、と申したうは候へども、それを申せば、なにがし（れっきとした侍の）の恥辱なりとおぼしめし、小高い所へ差し上がり、芝[15]つなぎといふ文をお唱へあれば、雲をかすみに（一目散に）駆くるこの馬が、小栗殿の御前に参り、もろひざ（両ひざ）折つてぞ敬うたり。

小栗この由御覧じて、「なんぢは強義[一]をいたすよ」と、元の御馬[二]屋へ乗り入れて、錠・肘金をとつくと（しっかり）下ろいてに、さてその後、照手の姫を御供なされてに、常陸の国へおもどりあるものならば、末はめでたからうもの。（［ところが］）又いぬゐのつぼねに移らせたまうたは、小栗運命尽きたる次第なり。

小栗毒殺の計画

横山八十三騎の人々は、一つ所へ差し集まらせたまうて（お集まりになって）に、あの小栗と申するを、馬で殺さうとすれど殺されず、とやせんかくやせんとおぼしなさるる（どうしたらよかろうかと思案なさる）が、三男の三郎は、後の功罪は知らずして（あとでどうなるかを考えないで）、「なう、いかに父の横山殿。それがし今一つたくみ出だしたことの候。まづ明日になるならば、きのふの馬の御辛労分と（［小栗殿に］ご慰労と）おぼしめし、蓬莱[三]の山をからくみ（組み立て）、いろいろの毒を集め、毒の酒を造り立て、横山八十三騎の飲む酒は、初めの酒の酔ひがさめ（酔いがさめた後は）、不老不死の薬の酒、小栗十一人に盛る酒は、なにか（ええと）七付子[四]の毒の酒を、お盛りあるものならば、いかに大剛の小栗なればとて、毒の酒にはよも勝つまいの、

一 底本「かうき」。「ガウギ」（節用集等）。

二 底本「みまや」。あるいは「むまや」の誤りか。

＊ 横山は鬼鹿毛を利用して小栗を殺そうと謀る。しかし小栗はこの荒馬を和ませ、高度の曲馬を演じて、大剛振りを遺憾なく発揮する。前半の大きな山で、小栗や横山の家が馬と関係の深いこと、馬に対する宣命やほめ言葉など呪術的語りがあるなど、本作の成立について考えるべきところが多い。

三 蓬莱山をかたどり、台上に松竹梅・鶴亀を配した飾り物。「さんせう太夫」一五一頁注六参照。

四 「七ぶす」（二四九頁一〇行目参照）の転か。「付子」（附子とも書き、ブシともいう）は、トリカブトの根から製した猛毒薬。「七」は未詳。七の付く語、例えば七仏・七神など多いところから、単に添えたものか。「七ぶつどくの酒」（草子）。

父の横山殿」と教訓ある。

横山この由きこしめし、「いしうたくんだ〔見事に〕三男かな」と、いぬゐのつぼねに使者が立つ。小栗殿は、一度のお使ひに領掌（りやうじやう）なし〔承諾せず〕。二度の使ひに御返事なし。以上御使ひは六度立つ。七度〔七度目の〕のお使ひには、三男の三郎殿の御使ひなり。

小栗この由御覧じて、「御出仕申すまいとは思へども、三郎殿のお使ひ、何よりもつて祝着（しうちやく）[五]なり。御出仕申さう」とお申しあつたは、小栗運命尽きたる次第なり。[六]人は運命尽けうとて、知恵の鏡もかき曇り、才覚の花も散りうせて、昔が今に至るまで、親より子より兄弟より、[七]妹背（いもせ）夫婦のその仲に、諸事の哀れをとどめたり〔いろいろ哀れなことがあった〕。

あらいたはしや照手の姫は、夫（つま）の小栗へござありて、「なう、いかに小栗殿。[八]今当代の世の中は、親が子をたばかれば〔あざむけば〕、子はまた親に盾を突く〔反抗する〕。さてもきのふの鬼鹿毛に〔昨日あの鬼鹿毛に〕、御乗りあれとあるからは〔言われたのですから〕、お覚悟〔今度も〕ないかの小栗殿。さて明日の蓬莱（ほうらい）の山の御見物（けんぶつ）、お止まりあ

五 喜ばしい。底本「しうちやく」。シウヂヤクとも読む（『運歩』等）。

六 人は、運が傾こうとする時は、知恵も才覚も消えてしまい。舞曲「鎌田」に「人は運命つきぬれば、知恵の鏡もかきくもり、才覚の花もちりはつる」。「才覚」は才知、工夫。

七 「妹背」も夫婦の意。

照手、小栗をいさめる

八 舞曲「鎌田」に「けふこのごろのならひにて、親は子をたばかれば、子は親にたてをつく」とある。

つてたまはれの。さて自らがお止まりあれと申するに、それに御承引のなきならば、夢物語を申すべし。

さて自らどもに、さて七代伝はつたる、唐の鏡がござあるが、さて自らが身の上に、めでたきことのある折は、表が正体[1]に拝まれて、裏にはの、鶴と亀とが舞ひ遊ぶ、中で千鳥が酌を取る。又自らが身の上に、悪しいことのある折は、表も裏もかき曇り、裏にて汗をおかきある。かやうな鏡でござあるが、さて過ぎし夜のその夢に、天より鷲が舞ひ下がり、宙にて三つに蹴割りてに、半分は奈落[2]を指して沈みゆく。中はみぢんと砕けゆく。さて半分の残りたを、天に鷲が摑うであると夢に見た。

第二度のその夢に、小栗殿様の、常陸の国よりも常に御重宝なされたる、九寸五分の鎧通し[3]がの、はばき[4]元よりずんと折れ、御用に立たぬと夢に見た。第三度のその夢に、小栗殿様の常に御重宝なされたる、村重籐[5]の御弓も、これも鷲が舞ひ下がり、宙にて三つに蹴

一 御神体として。底本「しやうたい」。鏡の表に神像・仏像などを線刻して礼拝した。それを御正体という。「正体」(『日葡』『饅頭』)。奈良絵本は「表に正八幡のお写りある」としている。

二 地獄(『書言』)。

三 反りのない重厚な短刀。敵と組んだ時、刺すのに使う。

四 「はばき(鎺)」は、刀身が抜けないように、鍔の上下にはめこむ金具。

五 弓の幹を籐で繋く巻いた弓を重籐といい、大将の持ち弓とした。弓束から上三十六か所、下二十八か所を巻くのを正式としたが、それを斑に巻いた弓を村重籐という。

六 弓の下の方の筈(上の方は末筈という)。「筈」は、弓の両端の、弦を掛ける所。

七 底本「うはのかはら」。「うわ野が原」(豊孝本)。神奈川県高座郡六会村大字西俣野小字うわの原(現在藤沢市)に高さ五尺(約一・五メートル)ばかりの土

震塚（小栗蘇生の跡）があるという（服部清道説）。『東海道細見記』には、影取村（横浜市戸塚区影取町）の辺りを上野が原としている。

八 卒塔婆として。

九 白の絹または布の狩衣形の服で、神事や祭事に着用。あとの「逆鞍」「逆鐙」「北へ」進む様とともに不吉の前兆としている。

一〇 馬の毛色で、白い毛に黒・赤などのさし毛のあるもの。

一一 千僧供養。千人の僧を招いて読経を請い、斎を設けて供養すること。ここは小栗が千僧に付き添われて行く様。

一二 仏・菩薩の威徳を示すための荘厳具（飾り付ける道具）で、普通は境内や堂内に立てる。

一三 普通、仏像や棺の上にかざす絹蓋。先の曲った柄に下げたり、天井からつったりする。

一四 妨げとなる雲。

一五 豊孝本は「夢にさへ夢にだに」とあり、同意であろう。

一六 れっきとした侍が出てくれと言っている所へ。延宝版の「召さるるは御身の父。侍と侍の一たび契約し、参らぬは無道なり」が分りやすい。

〔幡〕

〔天蓋〕

小栗主従、毒殺される

折りてに、本筈は奈落を指して沈みゆく。中はみぢんと折れてゆく。さて末筈の残りたを、小栗殿のおためにと、上野が原に、卒塔婆に立つと夢に見た。

さて過ぎし夜のその夢に、小栗十一人の殿原たちは、常の衣装を召し替へて、白き浄衣に様を替へ、小栗殿様は葦毛の駒に逆鞍置かせ、逆鐙を掛けさせ、後と先とには、御僧たちを千人ばかり供養して、小栗殿のしるしには、幡・天蓋をなびかせて、北へ北へとござあるを、照手余りの悲しさに、跡を慕うて参るとて、横障の雲に隔てられ、見失うたと夢に見た。

さて夢にだに夢にさよ、心乱れて悲しいに、自然この夢合ふならば、照手はなにとならうぞの。さて明日の蓬萊の山の門出に、悪しき夢ではござなきか。御止まりあつてたまはれの」。

小栗この旨きこしめし、女が夢を見たるとて、なにがしの出で申せとある所へ、参らではかなはぬところとおぼしめし、されども気

もしこの夢が当ったなら

女が悪い夢を見たとしても

参らぬわけにはいかないと

にはかかると、直垂のすそを結び上げ、夢違[一]への文にかくばかり、

　唐国[二]やそのの矢先に鳴く鹿も

　　ちか夢あれば許されぞする

かやうに詠じ、小栗殿は、膚には青地の錦をなされ、紅巻の直垂に、刈安色の水干に、わざと冠は召さずして、十人の殿原たちも、都やうに尋常やかに（上品に）出で立ちて、幕つかんで投げ上げ、元[三]の座敷に御直りある。横山八十三騎の人々も、千鳥掛けにぞ並ばれたり。

一献過ぎ、二献過ぎ、五献通れど、小栗殿は「さてそれがしは、けふは木[四]の宮信仰、酒断酒」と申してに、杯のきようたい[五]は更になし。横山この由御覧じて、居たる座敷をすんと[六]立ち、あの小栗と申するは、馬で殺さうとすれど殺されず。また酒で殺さうとすれば、酒を飲まねば詮もなし（仕方がない）。とやせんかくやせん（どうしたらよかろうかと）と、おぼしなさるるが、ここに「思ひ出だしたることの候」と、身もない[七]法螺の貝を一対取り出だし、碁盤の上に[八]とうと置き、「御覧候へ小栗殿。武蔵と相模

一 夢違えの呪文として次のように。「夢違への文」は凶夢を見た時、災いに遭わないよう唱える呪文。次の歌がそれに当る。「夢違への要文三度唱へ」（草子）。

二 『拾芥抄』諸頌部に夢誦として挙げている「唐国のそののみたけに鳴く鹿もちかひをすればゆるされにけり」が本歌であろう。本歌も歌意がはっきりしないが、この「唐国や」の歌は一層分らない。「唐国」は平安時代では中国を指す。「そのの矢先」「ちか夢」共に未詳。『袋草紙』上巻に、吉備大臣夢違誦文歌として「あらちをのかるやの先に立つ鹿もちがへをすれば違ふとぞ聞く」という歌を挙げている（上の句が全く同じで、下の句「いとわればかりものはおもはじ」という歌が『拾遺集』巻十五に載っていて、『柿本集』では「あらちをのかるやの崎に立つ鹿もいと我が如に物は思はじ」とある）。吉備大臣の歌も同じく夢違えの歌であるが、本文の歌とは直接の関係はなかろう。

三 一段高い左座敷。

四 「来の宮」とも。西相模から伊豆の国全体に多く鎮座する。そのうち静岡県加茂郡河津町の杉鉾別神社（来野宮神社）や熱海市の阿豆佐和気神社（来宮明神）等が著名。現在は五十猛命または句句廼馳命等を祭るが、霊木崇拝から発生した神社と考えられ、あるいは木地屋の神ともいわれる。杉鉾別神社付近では、古来十二月十七日から二十四日まで、飲酒と捕鳥を厳禁し、もし禁を犯せば火難にかかるとされ、これを「酒小鳥精進」または「来の宮精進」といっている

は両輪の如く〔車の両輪のようですが〕、武蔵なりとも相模なりとも、この貝の身に入れて、半分押し分けて参らすべし。これをさかなとなされ、一つきこしめ〔〔お酒を〕〕され候へや。今日の木の宮信仰、酒断酒(さかだんじゅ)は、[九]なにがしが負ひ申す〔引き受けます〕」と、立つて舞をぞ舞はれける。小栗この由御覧じて、なにがしがなにがし〔れっきとした侍が〕に所領を添へて賜る上〔賜る以上は〕、なんの子細〔支障が〕のあるべきと、一(ひと)つたんぶと控へたまへば〔〔杯を〕手もとに置かれると〕、[一〇]下(しも)も次第に通るなり。

横山この由御覧じて、よき透(す)き間〔機会〕よと心得てに、[一一]二口銚子(ふたくちてうし)ぞ出でたりけり。中に隔ての酒を入れ〔その中に別々の酒を入れ〕、横山八十三騎の飲む酒は、初めの酒の酔(ゑ)ひがさめ、不老不死の薬の酒、小栗十一人に盛る酒は、なにか〔なにしろ〕七付子(しちぶす)の毒の酒のことなれば、さてこの酒を飲むよりも、身にしみじみとしむよさて[一二]。九万九千の毛筋穴〔髪の毛穴〕、[一三]四十二双(さう)の折骨(をりぼね)や、八十双の番(つがひ)の骨までも〔関節までも〕、離れてゆけとしむよさて。はや天井も大床(おほゆか)も、ひらりくるりとまふよさて。〔(小栗の従者)〕「これに毒ではあるまいか。お覚悟あれや小栗殿。君の奉公〔君への〕はこれまで」と、これを最期の言葉にし、後

(『神道大辞典』)。

五 杯を差したり受けたりすることか。「盃のけうたい当座の会釈誠におとなしく」(舞曲「岡山」)、「されども盃のけうたい心にいらず」(舞曲「和田宴」)。「交替(けうたい)」を当てるか。

六 不機嫌な様。つんと。あるいは「ずんど(すっくとの意)」かもしれない。

七 舞曲「鎌田」によく似たくだりがある。鎌田兵衛正清が、妻の父長田(おさだ)庄司に、酒で欺かれ斬殺されるが、その酒の場。長田が貝を一つ取り出し、「貝の身にとつては山田郷と申して三百町の所の候を、鎌田殿に奉る」と鎌田に思い差しをし、正清が「舅(しゅうと)の呑うだる杯に、所領を添へて得さする上、いづくに心の置かるべき」と、差し受け差し受け飲む。

八 底本「たうと」。「とうど」かもしれない。

九 「私」に当る自称代名詞であるが、威厳を持った言い方。二三二頁注五参照。

一〇 酒が下座の方にも順次行きわたる。

一一 諸口(もろくち)銚子(注ぎ口が両方にある銚子)の、中に隔てのあるものか。

一二 「さて」は「よ」とともに、文末について感動を表す助詞。

一三 四十二対の腰骨。ここは背骨などたくさんの骨をいったか。

ろの屛風（びやうぶ）を頼りとし、後ろへどうど[一]転ぶもあり、前へかつぱと伏すもあり、小栗殿[二]弓手（ゆんで）と馬手（めて）とは、ただ将棋を倒いた如くなり。

まだも（やはり）小栗殿様は、さて大将と見えてある。刀のつかに手を掛けて、「なう、いかに横山殿。それ憎い弓取り（武士）を、太刀や刀はいらずして（用いずして）、寄せ詰め腹を切らせいで（詰め寄って腹を切らすことなく）、毒で殺すか横山よ。女業（をんなわざ）[三]な、な召されそ。出でさせたまへ。刺し違へて果さん」と、抜かん切らん立たん組まんとはなさるれど、心ばかりは高砂（たかさご）[四]の、松の緑と勇めども、次第に毒が身にしめば、五輪五体[五]が離れ果て、さて今生（こんじやう）[六]へ

小栗主従、毒殺される

一　底本「たうと」。どっと。

二　小栗殿の左と右の殿原は。

三　女がやるようなことはなさるな。「女業な」の「な」は「は」に相当する格助詞。二九一頁二行目参照。「な召されそ」の「な……そ」は禁止を表す。

四　高く（すぐれて）勇めども（奮い立つが）の意。「高砂」は兵庫県高砂市の高砂神社にある相生（あいおい）の松で有名。その縁で「松の緑」。

五　「五輪」は「五輪成身（じようしん）」の略で、人体が地水火風空の五大から成っているとし、「五体」の別名。「五体」は体を構成する五つの部分で、頭・頸（くび）・胸・手・足をいい、転じて全身をいう。

六　この世。

とゆく息は、屋[七]棟を伝ふ[八]小蜘蛛の、糸引き捨つるが如くなり。さて冥途へと引く息は、[九]三羽の征矢を射るよりも、なほも速うぞ覚えたり。冥途の息が強ければ、惜しむべきは年のほど、惜しまるべきは身の盛り、御年積り、小栗明け二十一を一期（一生とされ）となされ、朝の露とおなりある。

横山、姫を沈めにかける

横山この由御覧じて、「今こそ気は散じたれ（気が晴れた）」。これも名ある弓取りなれば（小栗主従も聞えた武士たちなので）、[一〇]博士をもつてお問ひある。博士参り占ふやうは、「十人の殿原たちは、御主にかかり（ご主君に係り合い）、非法の死にのことなれば（法にはずれた死を遂げたのですから）、これをば

七 屋根。

八 底本「さゝくも」。笹蜘蛛という、葉の上に棲んで、網を張らない蜘蛛がある。しかし「屋棟を伝ふ」とあるから、ここは小蜘蛛の意であろう。

九 走り羽・外懸け羽・弓摺り羽の三枚の矢羽を付けた征矢。非常に速いものとされる。「征矢」は狩矢・的矢に対して戦場で用いる矢。

* 小栗主従が毒殺される。照手姫が夢占いをして、小栗の不吉な運命を予見するが、小栗は姫の忠告に従わなかったのが失敗であった。照手姫の巫女的性格が初めて現れる。

一〇 大宝令の制で、陰陽寮に属して、天文・暦数・卜筮のことを教授する陰陽博士。ここは後の民間の陰陽師で、占い・祓いなどを業としたもの。

からだを火葬に召され候へや。小栗一人は名大将のことなれば、これをばからだを土葬[一]に召され候へ」と占うたは、また小栗殿の末（将来の）繁盛とぞ占うたり。（繁栄を占うものであった）

　横山この由きこしめし、「それこそやすき間ぞ[二]」とて、土葬と火葬と、野辺の送りを早めてに、鬼王・鬼次兄弟御前に召されて、「（横山）やあ、いかに兄弟よ。人の子を殺いてに、我が子を殺さねば、都のきけい[三]もあるほどに、不便には思へども、あの照手の姫が命をも、相模川[四]やおりからが淵に、石の沈めにかけて参れ（石を付けて沈めて参れ）、兄弟」との御諚なり。

　あらいたはしや兄弟は、なにとも物は言はずして、中すまいよの[五]宮仕ひ、我ら兄弟は[六]、義理の前（義理の前には）、身かき分けたる親だにも（身を分けた親でさえ）、背き（〔子供に〕背い）なさるる世の中に（て殺そうとされる世の中に）、さあらば沈めにかけばやと思ひつつ（それでは沈めにかけることにしようと思って）、やすく[七]領掌なされてに、照手のつぼねへござありて（部屋へいらっしゃって）、「なう、いかに照手様。さて夫の小栗殿、十人の殿原たちは、蓬莱の山の御座敷で、御生害[八]

一　大将の死骸を尊重して、他と区別したのであろう。

二　それこそたやすいことだ。

三　外聞。「都の聞えもあしかるべしと」（豊孝本）。

「しんとく丸」一八〇頁注七参照。

四　神奈川県。「おりからが淵」は相模川の淵であろうが、未詳。

五　いたすべきでなかったな、宮仕えを。以下草子『おぐり物語』のほうが詳細明快である。「ただ世の中に世の中に、すまじきものは宮仕へ。我奉公の身ならずは、かかる憂き目を見るべきか。仰せらるるはお主にて、又手に掛けんは御子なり。かき集めたる藻塩草、進退ここに窮まりて、是非をもさらにわきまへず。思へば弱き心かな。身を分けたまふ親だにも、思ひ切らせたまひしに、いはんや兄弟他門なり。思ひ切らんはやすけれども、いや待てしばし我が心。まづこのたびはいぬゐに参り、この由かくと申さんと……」。

六　「我ら兄弟は」は次行「さあらば」以下にかかる。

七　あっさり承知なさって。

八　殺すこと。また殺されること。

でござあるぞ。御覚悟[九]あれや照手様」。
照手この由きこしめし、「なにと申すぞ兄弟は。時も時、折も折、間近う寄つて物申せ。さて夫の小栗殿、十人の殿原たちは、蓬萊の山のお座敷で、御生害と申すかよ。さても悲しの次第やな。さて自らが幾瀬のことを申したに（いろんなことを申したが）、つひに御承引ござなうて、今の憂き目の悲しやな。自ら夢ほど（〔それを〕少しでも）知るならば、蓬萊の山の座敷へ参りてに、夫の小栗殿様の、最期に御抜きありたる刀をば、心元（胸もと）へ突き立てて、死出三途の大川を、手と手と組んで、御供申すものならば、今の憂い目（今の辛い）のよもあらじ（思いは決していたしますまい）」。泣いつ口説いつなさるるが、嘆くにかひがあらばこそ（嘆いてもそのかいがないので）、滕[一〇]・村濃の御小袖、さて一重ね取り出だし、「やあ、いかに兄弟よ。これは兄弟に取らするぞ。恩無い（恩を受けぬ）主の形見と見、思ひ出したる折々は、念仏申してたまはれの。唐の鏡やの、十二[一一]の手具足をば、上の寺[一二]へ上げ申し、姫がなき跡、問うてたまはれの（弔って下さいよ）。浮き世にあれば思ひ増す。姫が末期を早めん」と、手づから（自ら）牢輿に召さる

九 お覚悟をなさい。はっきり死の覚悟を勧めたのではないが、照手はすぐ死ぬ決意をする。ここも舞曲「鎌田」に似たところがある（二四九頁注七参照）。鎌田正清の妻郎のお方は、照手の場合と同じく、忠告を聞かなかった夫が、自らの父によって暗殺され、それを知ってすぐに二児を殺して自害している。

一〇 滕（織機の部品の一。縦糸を巻く円柱）の形の紋様のついた、所々濃淡のある小袖。「さんせう太夫」九四頁注九、九五頁注一〇参照。

〔滕〕

一一 十二の手箱に入れる手回りの道具。「しんとく丸」一六二頁注一三参照。

一二 未詳。「上の山寺」（奈良絵本）、「藤沢の上人様」（草子・延宝版・豊孝本）。藤沢の道場（清浄光寺）を指すか。

れば、お乳や乳母やの[一]、下[二]の水仕に至るまで、「我も御供申すべし」「我も御供申さん」と、輿の轅にすがり付き、皆さめざめとお泣きある。

照手この由きこしめし、「道理かなや女房たち。隣国他国の者にまで、慣るれば名残の惜しいもの。ましてやお乳や乳母のことなれば、名残の惜しいも道理かな。〔自らに〕千万の命をくれらうより（下さるより）、沖がかつぱ[三]と鳴るならば、今こそ照手が最期よと、鉦鼓[四]訪れ[五]、念仏申してたまはれの。浮き世にあれば思ひ増す。姫が末期を早めい」と、お急ぎあれば程もなく、相模川にとお着きある。

相模川にも着きしかば、小船一艘押し下ろし、（姫の）この牢輿を乗せ申し、押すや舟、こぐや舟、唐艪[六]の音に驚いて、沖の鷗はばつと[七]立つ。なぎさの千鳥は友を呼ぶ。照手この由きこしめし、「さて千鳥さへ千鳥さよ、恋しき友をば呼ぶものを。さて自らは、たれを頼りにと、[八]をりからが淵へ急ぐよ」と、泣いつ口説いつなさるるが、お急ぎあ

一　説経に多い間投助詞。
二　水仕事（台所の仕事）をする下男・下女。
三　底本「かつはと」。激しい音を立てる様。ぱっと。
四　「シヤウゴ」（『日葡』）。青銅製円形の鉦。
五　底本「をとつれ」。音をたてる、鳴らす意。
六　底本「からろ」。中国風の長い艪。あるいは「空艪（艪を水に浅く入れて漕ぐこと）」か。
七　底本「はつと」。あるいは「ぱつと」かもしれない。
八　「おりからが淵」「をりからが淵」両様に表記されている。

照手、助命される

照手、沈めにかけられようとする

れば程もなく、おりからが淵にとお着きある。

をりからが淵にも着きしかば、あらいたはしや兄弟は、ここにや沈めにかけん、かしこにてや沈めにかけんと、沈めかねたる有様かな。兄の鬼王が、弟の鬼次を近付けて、「やあ、いかに鬼次よ。あの牢輿の内なる、照手の姫の姿を見参らすれば、[九]出づる日につぼむ花の如くなり。また我ら両人が姿を見てあれば、入り日に散る花の如くなり。いざや命を助け参らせん。命を助けたるとがぞとて、罪科に行はるると申しても、力及ばぬ次第なり」。(鬼次)「その儀にてござあらば命を助けて参

九　日の出とともにつぼみになる花のようだ。「出づる日つぼむ花なれや」(舞曲「信太」「伏見常盤」)。

らせん」と、あとと先との沈めの石を切つて離し、牢輿(らうごし)ばかり突き流す。陸(くが)にまします人々は、「今こそ照手の最期よ」と、鉦鼓(しやうご)訪れ、念仏申し、一度にわつと叫ぶ声、六月半ばのことなるに、蚊の鳴く[一]声もこれにはいかで勝るべし。

あらいたはしやな照手の姫は、さて牢輿の内よりも、西に向つて手を合はせ、「観音の要文(えうもん)[二]にかく(こうあります)ばかり、五逆消滅[三]、種々浄罪[四]、一切衆生、即身成仏。よき島に御上げあつてたまはれ」と、この文(もん)(文句を)をお唱へあれば、観音もこれを哀れとおぼしめし、風に任せて吹くほどに、ゆきとせ[五]が浦にぞ吹き着くる。

ゆきとせが浦の漁師(れふし)たちは御覧じて、「いづかた(どこからか)よりも祭りもの(お祭りをして)して流いたは(流したのだ)。見て参れ」とぞ申すなり。若き船頭たちは「承つてござある」と見参らすれば、〔帰っての報告に〕「牢輿に口がない」とぞ申すなり。太夫(たち)(親方)たちはきこしめし、「口がなくは打ち破つてみよ」とぞ申しける。(船頭)「承つてござある」と、艪櫂(ろかい)をもつて打ち破つてみてあれば、中に

一 「蚊の鳴くような声」はかすかな声に比せられるが、ここは相当激しい声をいったのであろう。当時の蚊のひどさがしのばれる。
二 観音経(『法華経』観世音菩薩普門品(ふもんぼん))の要文(経文の中の大切な文句)。しかし観音経には次の文句はない。
三 五逆の大罪は消滅し、いろいろの罪を浄(きよ)め、一切の衆生(しゅじょう)は、現在の身のままに仏となる。近松門左衛門の『傾城島原蛙合戦(けいせいしまばらかえるがっせん)』には「種々重罪五逆消滅自他平等」とある。
四 底本「しやうさい」。「浄罪」を当てた。
五 未詳。「むつらが浦」(奈良絵本)、「直江(なおい)の浦」(草子・延宝版)。「むつらが浦」は武蔵の国久良岐(くらき)郡金沢領(横浜市金沢区)の六浦で、ここに日光山千光寺という浄土宗の寺があり、本尊は千手観音、照天姫(照手姫)の身代り仏という。また近くのイブシ島に照天松という松があり、照天姫をいぶした所という(『新編武蔵風土記稿』)。

は楊柳(やうりう)[六]の風にふけたるやうな姫の一人、涙ぐみておはします。太夫たちはこれを見て、「さて（だから）こそ申さぬか（言わぬことじゃない）。このほどこの浦に漁(れふ)のなかつたは、その女故よ。魔縁（悪魔）・化生(けしやう)の物か（化け物か）、または龍神の物か。申せ申せ」と、艪櫂をもつてぞ打ちける。

村君の太夫、照手を助ける

中にも漁父(むらきみ)[七]の太夫殿と申すは、慈悲第一の人なれば、あの姫泣く声をつくづくと聞き申し、「なう、いかに船頭たち。あの姫の泣く声をつくづくと聞くに、魔縁・化生の物でもなし。または龍神の物でもなし。いづくより（どこからか）も継母(けいぼ)[八]の仲の讒(ざん)により、流され姫（流されてきた姫）と見えてあ

六　なよなよとした若い女の様をいう。「楊」はかわやなぎ、「柳」はしだれやなぎ。「ふけたる」は吹かれたの意。「青柳の風にふけ海棠(かいだう)の眠れる花のよそほひ」（室町物語『あきみち』）。

七　底本・豊孝本「むらきみ」、奈良絵本「うら君」、延宝本「村君」。ムラギミともいう。「村君」「邑君」を当てて、村の長をいうが、ここは「漁父」を当てて漁夫の長をいう。「ムラギミは大勢の漁夫を使用するか、あるいは多くの漁家が金や資材や労力をたがいに出しあって、大型の網漁業をいとなむところだけに、存在してきたことがあきらかである。……古代村落で指導的地位者を意味する語として使われた」（桜田勝徳説）。

八　人と人との間に立っての讒言。事実でないことを言って他人を陥れる中言(なかごと)（中傷）。

り。御存じの如く、それがしは子もない者のことなれば、末の養子と頼むべし。それがしに賜れ」と、太夫は姫を我が宿に御供をなされ、内の姥[一]を近付けて、「やあ、いかに姥。浜路よりも養子の子を求めてあるほどに、よく育んでたまはれ」とぞ申しける。

姥、照手を売る

姥この由を聞くよりも、「なう、いかに太夫殿。それ養子子なんどと申するは、山へゆきては木をこり、浜へゆきては、太夫殿の相[二]艪も押すやうなる、十七・八なわつぱこそ、よき末の養子なれと申せ。あのやうな楊柳の、さて風にふけたるやうな姫をば、もつらが[三]浦の商人に、料足[四]一貫文か二貫文、やすやすと打ち売るものならば、銭をばまうけ、よき末の養子にてあるまいか。太夫いかに」と申すなり。

太夫この由承り、あの姥と申するは、子があればあると申し、なければないと申す。「御身のやうな、邪見な姥と連れ合ひをなし、共に魔道へ落てうよりも、家・財宝は、姥のいとまに参らする」と、

一 老妻。
二 一方の艪も漕ぐような。
三 「むつらが浦」か。二五六頁注五参照。
四 銭。「さんせう太夫」九〇頁注五参照。

太夫と姫は諸国修行と志す。

姥この由を聞くよりも、太夫を取り離いては大事と思ひ、「なう、いかに太夫殿。今のは

観音、姫の身代りとなる

邪興(じやきよう)[五]言葉でござある。御身も子もなし、自らも子もない者のことなれば、末の養子と頼むまいか〔頼みにしましょう〕。おもどりあれや太夫殿」。太夫正直人(びと)なれば、おもどりあつて、我が身の能作(のうさ)[六]とて、沖へつりに御出でありたる、あとのままに、姥がたくむ謀反(むほん)ぞ恐ろしや。

それ夫(をつと)[七]と申すは、〔女の〕色の黒いに飽く〔いやになるという〕と聞く。あの姫の色黒うして、太夫に飽かせうとおぼしめし、〔姫を〕浜路〔浜辺の道へお連れして〕へ御供申しつつ、塩焼くあまへ[八]

五 底本「しやきやう」。「邪興(じやけう)」(『ぎやどぺかどる字集』)。冗談の意。あるいは「左興(シヤキヨウ) 戯ノ義」(『文明』)。

六 底本「のうさ」。「能作」(『落葉集』『易林』)。才能・働き、の意か。

七 男というものは。

八 塩焼き小屋のあまへ。「塩屋のあまて」(奈良絵本)。「あま」はかまどの上につった棚、あるいは天井裏。

追ひ上げて、生(なま)松葉を取り寄せて、その日は一日ふすべ〔いぶされる〕たまふ。

あらいたはしやな照手様。煙(けぶり)の目・口へ入るやうは、なににたとへんかたもなし。なにか〔なにぶん〕照る日月の申し子のことなれば、千手観音の、影身(かげみ)〔身辺を離れず〕に添うて御立ちあれば、そつとも〔ちっとも〕けむうはなかりけり。日も暮れかたになりぬれば、姥(うば)は「姫降りよ」と見てあれば、色の白き花に、薄墨〔薄墨を彩ったように〕さいたるやうな、なほも美人の姫とおなりある。

姥この由を見るよりも、さて自らは、けふはみなし骨折つ[一]たることの腹立ちや。ただ〔すぐに〕売らばやと思ひつつ、もつらが浦の商人(あき)に、料足二貫文に、やすやすと打ち売つて、銭(ぜに)をばまうけ、胸のほむらは〔たぎり立つ胸は〕止(や)うで〔おさまったが〕あるが、〔太夫に対する言い訳に〕太夫の前の言葉に、はつたとことを欠いたよ〔つまってしまったよ〕。げにまこと〔そうそう〕、昔を伝へて聞くからに〔昔からよく聞くからね〕[二]、七尋(ななひろ)[三]の島に八尋(やいろ)の舟をつなぐも、これも女人(にょにん)の知恵、賢い物語申さばや〔上手にお話をしてみましょうと（太夫を）〕と待ちゐたり。

太夫はつりからおもどりあつて、「姫は姫は」とお問ひある。姥この由を聞くよりも、「なう、いかに太夫殿。けさ、姫は御身のあ

一　「むなし骨（むだ骨）」の転か。「むなし骨をぞ折られける」（奈良絵本）。

二　「からに」は「から」（理由を表す助詞）に、説経に多い「に」（感動の助詞）が付いたものであろう。「昔を伝へて聞」いている内容は次のことわざで、「聞くからに」は「賢い物語」以下に掛る。

三　ことわざ。不可能を可能にする意。「尋」はヒロあるいはイロと発音（『文明』等）、普通高低を測るに用い、五尺（『ロ氏文典』）。「七いろの島に八いろの舟を隠すとやらん申すたとへの候ぞや」（舞曲「しづか」）は、「つなぐ」を「隠す」としている。

四　心配も何もしたことのない、苦労知らずの。「恋も」は「思ひも」に添えて強調した語。

五　もとどり。

六　西方浄土の方へ。

七　来世の安楽を請い願っておられたが。

＊　横山は小栗を殺した後、世間体を考えて、娘照手姫も殺そうとする。しかし親の人情からいって不自然であり、動機も十分でない。これは姫に最大の苦難を経験させるための作為であろう。姫は自らの念仏信仰と善意の人の助力と清水（きよみず）観音の霊験によって危機を脱する。

八　以上は。以下「……にて、諸事の哀れをとどめけり」まで、説経独特の慣用句。

九　以下二六三頁二行目まで「買うてゆく」の繰り返しで、道行（みちゆき）風。

とを慕うて参りたが、若き者のことなれば、海上へ身を入れたやら、もつらが浦の商人（あき）が、舟にも乗せて行きたやら、〔今まで〕思ひも恋も[四]せぬ姥に思ひをかくる〔心配をかける〕、太夫や」と、まづ姥は空泣きこそは始めける。

太夫この由承り、「なう、いかに姥。真（しん）から悲しうてこぼるる涙は、九万九千の身の毛の穴が、潤（うるほ）ひわたりてこぼるる。御身の涙のこぼれやうは、もつらが浦の商人（あき）に、料足一貫文か二貫文に、やすやすと打ち売つて、銭をばまうけ、首より空の〔うわべだけの〕、憂ひの涙と見てあるが、やはか太夫が目がすがめか〔どうしてこの太夫が片目なものか〕。御身のやうな邪見な人と連れ合ひをなし、共に魔道へ落てうより、家・財宝は姥のいとまに参らする」と、太夫は元結（もとひ）[五]切り、西[六]へ投げ、濃き墨染に様を変へ、鉦鼓（しやうご）を取りて首に掛け、山里へ閉ぢこもり、後生[七]大事とお願ひあるが、皆人これを御覧じて、漁父（むらきみ）の太夫殿をほめぬ人とて更になし。

[八]これは太夫殿御物語。〔それは〕さておき申し、殊に哀れをとどめたは、もつらが浦にござある、照手の姫にて、諸事の哀れをとどめけり。[九]あ

照手姫の流浪

らいたはしやな照手の姫を、もつらが浦にも買ひとめず、[一]釣竿(つりざを)の島にと買うてゆく。釣竿の島の商人(あき)が、価が増さば売れやとて(値が高くなったら売れよ)、[二]鬼がしほやに買うてゆく。鬼のしほやの商人(あき)が、価が増さば売れやとて、[三]岩瀬・[四]水橋(みづはせ)・[五]六動寺・[六]ひひの町屋(まちや)(商家へ)へ買うてゆく。ひひの町屋の商人(あき)が、〔照手は〕能がない、職がないとてに、能登の国とかや、[七]珠洲(すず)の岬(みさき)へ買うてゆく。

あら面白の里の名や。[八]よしはら・さまたけ・りんかうし・[九]宮の腰にも買うてゆく。宮の腰の商人(あき)が、価が増さば売れよとて、加賀の国とかや、[一〇]本折(もとをり)・小松へ買うてゆく。本折・小松の商人(あき)が、価が増さば売れやとて、越前の国とかや[一一]三国港(みなと)へ買うてゆく。三国港の商人(あき)が、価が増さば売れやとて、[一二]敦賀の津へも買うてゆく。敦賀の津の商人(あき)が、能がない、職がないとてに、[一三]海津(かいづ)の浦へ買うてゆく。海津の浦の商人(あき)が、価が増さば売れやとて、[一四]上り大津へ買うてゆく。上り大津の商人(あき)が、価が増すとて売るほどに、商ひ物の面白や、あ

一 未詳。
二 未詳。新潟県岩船郡神林村塩谷、荒川河口の港(『説経節』)。
三 富山市。神通川の河口。
四 底本「みつはせ」。水橋は富山市の東端で、岩瀬の東。常願寺川の河口に近い。
五 底本「六たうち」。富山県新湊市庄西町の岸辺を六渡寺という。庄川の河口に近く、左岸の伏木(高岡市)からの渡し場。「ろくどうじをこぎ渡し、はうしづ(放生津)を歩み過ぎ、岩瀬の渡りけふもはや、打出の宿とうちながめ」(舞曲「笈(おい)さがし」)。
六 底本「ひひ」は「ひみ(氷見)」の誤りか。
七 石川県珠洲市東北海岸金剛崎の辺り。
八 以下三つの地名は未詳。誤りか。
九 金沢市金石(かないわ)の旧名。
一〇 次の「小松」とともに現在石川県小松市。
一一 福井県坂井郡三国町。
一二 福井県敦賀(つるが)市。
一三 滋賀県高島郡マキノ町。
一四 未詳。「大津の上り大路」(舞曲「笈さがし」)をいうか。

一五 底本「わらはか」。オウハカと読む。現在大垣市。古い宿駅。

一六 遊女を抱えている家の主人。「よろづ屋」はその家の屋号。

一七 代金。

一八 遊女勤めのおなご。「流れ」にも「姫」にも遊女の意がある。

一九 国の名を付けて。

二〇 小栗は常陸、姫自身は相模。

青墓の宿の照手姫（常陸小萩）

とよ先よと売るほどに、美濃(みの)の国青墓(あをはか)[15]の宿(しゆく)、よろづ屋の君の長(ちやう)[16]殿の、代(しろ)[17]を積つて十三貫に買ひ取つたはの、諸事の哀れと聞えたまふ。

君の長は御覧じて、「あらうれしの御事や。百人の流れ[18]の姫を持たずとも、あの姫一人持つならば、君の長夫婦は、楽々と過げう〔暮せて〕ことのうれしや」と、一日二日(ひとひふつか)は、よきに寵愛(ちようあい)をなさるるが、ある日の雨中のことなるに、姫をお前に召され、「なう、いかに姫。これ〔ここの〕の内には〔内では〕、国名(くにな)[19]を呼うで使ふほどに、御身の国を申せ」とぞ申すなり。

照手この由きこしめし、常陸(ひたち)[20]の者とも申したや、相模(さがみ)の者とも申したや。ただ夫(つま)の古里なりとも名に付けて、朝夕(あさゆふ)、さ呼ばれてに〔その名を呼ばれて〕、夫(つま)に添ふ心をせうとおぼしめし、こぼるる涙のひまよりも、「常陸の者」との御諚(ごぢやう)なり。君の長はきこしめし、「その儀にてあるならば、けふより御身の名をば、常陸小萩(ひたちこはぎ)と付くるほどに、明日にもなるならば、これよりも鎌倉・関東の、下(お)り上(のぼ)りの商(あき)人の、そでをも

一 中古の女官の正装（下から白小袖・紅袴・単・五衣・打衣・表衣・唐衣・裳の順で着る）であるが、ここは遊女の盛装を貴族ふうにいった。

二 父横山殿は健在であるから（母は不明）、照手はうそを言っている。

三 道すがら。

四 体内に悪い病気があるからでございまして、それで。

五 先立たれたのではなく。

照手、下の水仕となる

控へ（引きとめ）、御茶の代り（代価）をも御取りありて、君の長夫婦も、よきに育んでたまはれ」と、十二単[一]を参らする。

照手この由きこしめし、さては流れを立ていとよ（遊女勤めをせよというのね）。今流れを立つるものならば、草葉の陰にござあるの（あの世にいらっしゃる）、夫の小栗殿様の、さぞや無念におぼすらん。なにとなりとも申してに（なんとか言い訳をして）、流れをば立てまいとおぼしめし、「なう、いかに長殿様。さて自らは幼少で、二親の親に[二]過ぎおくれ（両親に先立たれ）、善光寺参りを申すとて、路次[三]にて人がかどはかし、あなたこなたと売らるるも、内[四]に悪い病がござあれば、夫の膚（男の）を触ればの、必ず病が起りて（起りますが）、悲しやな病の重るものならば、〔自らの〕値の下がらうは一定なり。値の下がらぬその先に、いづくへなりとも御売りあつてたまはれの」。

君の長はきこしめし、二親の親に後れいで[五]、一人の夫に後れ、賢人（賢女）立つる（ぶる）女と見えてある。なにと賢人立つるとも、手痛いことをあてがふ（手厳しく言い付けたら）ものならば〔いやとは言うまい〕。流れを立てさせうとおぼしめし、「なう、いか

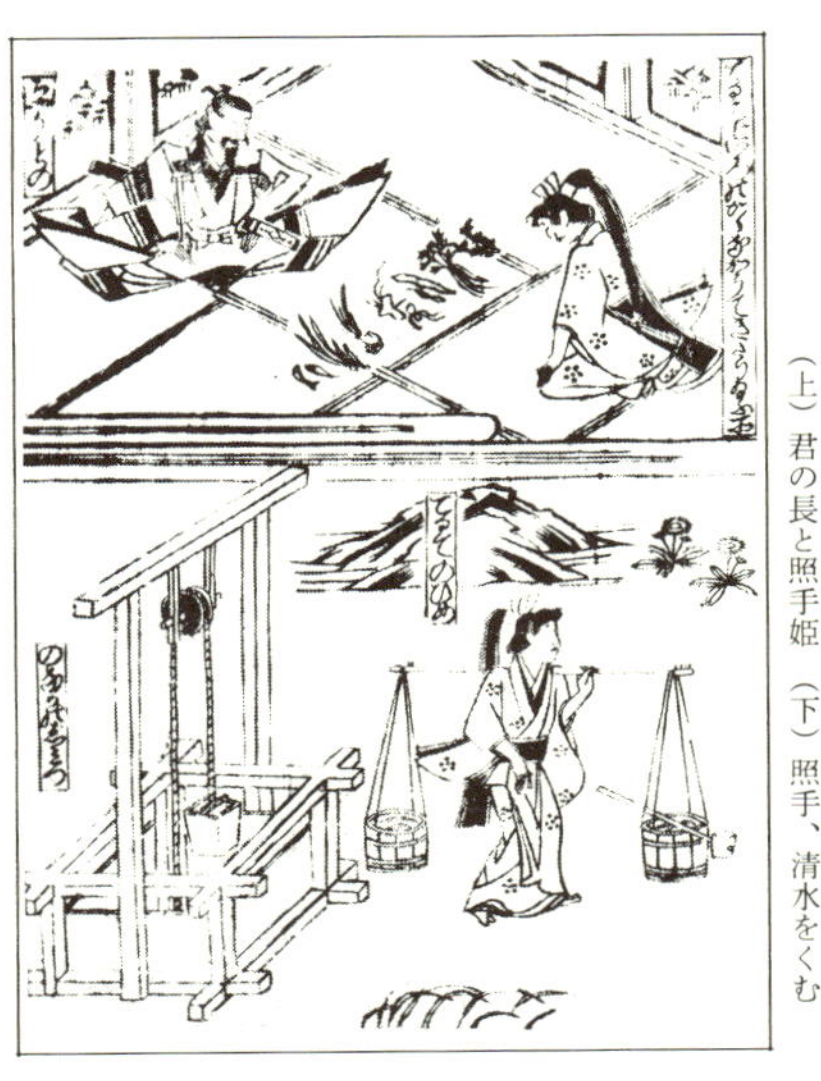

（上）君の長と照手姫　（下）照手、清水をくむ

に常陸小萩殿。さて明日になるならば、これよりも蝦夷[六]・佐渡・松前[七]に売られてに、足の筋を断ち切られ、日にて一合の食を服し、昼は粟の鳥を追ひ、夜は魚・鮫の餌にならうか。〔それとも〕十二単を身に飾り、流れを立てうか、あけすけ好め（遠慮なく選べ）、常陸小萩殿」との御諚なり。照手この由きこしめし、「愚かなる長殿の御諚やな。たとはば明日は蝦夷・佐渡・松前に売られてに、足の筋を断ち切られ、日にて一合の食を服し、昼は粟の鳥を追ひ、夜は魚・鮫の餌になるとも、流れにおいては（遊女勤めだけは）、え立てまいよ（いたしますまいよ）の、長殿様」。

六 底本「ゑぞ」。「毛人国」とも書き、アイヌの住む北海道を指すが、当時大部分は未知の世界であった。

七 底本「まつまい」。「まつまへ」の転。北海道渡島半島の西南端。永正十一年（一五一四）蠣崎氏（後に松前氏）が居館に拠って勢力を振い、城下町となった。

君の長はきこしめし、「憎いことを申すやな。やあ、いかに常陸小萩よ。さてこれの内にはの、さて百人の流れの姫がありけるが、その下の水仕はの、十六人してつかまつる。十六人の下の水仕をば、御身一人して申さうか。十二単で身を飾り、流れを立てうかの。あけすけ好まい、小萩殿」。

照手この由きこしめし、「愚かな長殿の御諚やな。たとはばそれがしに、千手観音の御手ほどあればとて、その十六人の下の水仕がの、自ら一人してなるものか。承ればそれも女人の所職[一]と承る。たとはば十六人の下の水仕は申すとも、流れにおいてはの、え立てまいよの、長殿様」。君の長はきこしめし、「憎いことを申すやの。その儀にてもあるならば、下の水仕をさせい」とて、十六人の下の水仕をば、一度にはらりと追ひ上げて、照手の姫に渡るなり。

「下る雑駄[二]が五十匹、上る雑駄が五十匹、百匹の馬が着いたは。糠を飼へ。百人の馬子どもの、足の湯・手水・飯の用意つかまつれ。

一　底本「しよしよく」。帯びている職務。職業・仕事に比べ固い言い方。

二　底本「さうた」。「雑駄(ザフダ)」(『運歩』)、「ザウダ」(『日葡』)。雑荷を運ぶ駄馬。

三 来世の安楽のために懸命に勤めているが。
四 あだ名。異名。
五 卑しい者がする縄だすきをして、の意。
＊ 照手姫の奴隷的生活。売られ売られて青墓の下水仕となり、名も常陸小萩（「さんせう太夫」にも同じ境遇の同名の女がいた）と改める。小栗に貞節を尽し遊女勤めを拒否する。人が変ったように、強く自己を主張し、激しい労働に立ち向う。

冥途の小栗たち

十八町の野中なる（十八町向うの野中にある）、御茶の清水を上げさい（くみ上げなさい）の。百人の流れの姫の、足の湯・手水、お鬢（びん）に参らい（髪を整えなさい）、小萩殿」。こなたへは常陸小萩、あなたへは常陸小萩と召し使へども、なにか（なにぶん）照る日月の申し子のことなれば、千手観音の影身に添うて御立ちあれば、いにしへの十六人の下の水仕より、〔仕事の〕仕舞は速うおいである。

あらいたはしや照手の姫は、それをも辛苦（しんく）におぼしなされいで（難儀にはお思いなさらず）、立ち居に念仏を御申しあれば、流れの姫はきこしめし、「年にも足らぬ（年若い）女房の、後生大事[三]とたしなむに、いざや醜名（しこな）[四]を付けて呼ばん」とて、常陸小萩を引き換へて、念仏小萩とお付けある。

あなたへは常陸小萩よ、こなたへは念仏小萩と、召し使ふほどに、賤（しづ）[五]が仕業（しわざ）の縄（なは）だすき、人にその身を任すれば（人に言われるままに働くので）、たすきの緩まる（たすきをゆるめて休む）暇もなし。御髪（みぐし）の黒髪に、くしの歯の入るべきやうも更になし。かかる物憂（ものう）き奉公を、三年（みとせ）が間なさるるは、諸事の哀れと聞えたまふ。

これは（以上は）照手の姫の御物語、〔それは〕さておき申し、殊に哀れをとどめたは、冥途黄泉（めいどくわうせん）におはします（あの世にいらっしゃる）、小栗十一人の殿原たちにて、諸事の哀れをとどめたり。閻魔（えんま）大王様は御覧じて、「一さてこそ申さぬか、悪人が参りたは（やって来たぞ）。あの小栗と申するは、二娑婆（しゃば）にありしその時は、善と申せば遠うなり（善といえばそれより遠く）、悪と申せば近うなる、大悪人の者なれば、あれをば、三悪修羅道（あくしゅらだう）へ落すべし。十人の殿原たちは、お主（しゅう）に係り（係り合い）、非法の死にのことなれば、あれをば今一度、娑婆（しゃば）へもどいてとらせう」との御（ご）諚（ぢやう）なり。

閻魔大王の前の小栗主従

十人の殿原たちは承り、閻魔大王様へござありて、「なう、いかに大王様。我ら十人の者どもが、娑婆へも

一 だから言わぬことじゃない。地獄の王閻魔が悪人の到来を待ちかねていたふう。
二 人間界。
三 阿修羅道（阿修羅の住む所）を、音の近似からこういったのであろう。阿修羅は梵天帝釈（ぼんてんたいしゃく）と常に戦う悪神で、阿修羅道では怒りと争いが絶えないという。

どりて、本望遂げうことは難いこと。あのお主の小栗殿を一人、御もどしあつてたまはるものならば、我らが本望までお遂げあらうは一定なり。我ら十人の者どもは、浄土へならば浄土へ、悪修羅道へならば修羅道へ、とがに任せてやりてたまはれの、大王様」とぞ申すなり。

大王この由きこしめし、「さてもなんぢらは、主に孝あるともがらや。その義にてあるならば、さても末代の後記に、十一人ながら、もどいてとらせう」とおぼしめし、見る目とうせん御前に召され、

四 主人を大切にしてよく仕える者どもだな。「孝ある」は、「忠ある」と同意。「孝ある」（草子・延宝版）、「孝行の者」（奈良絵本）、「忠ある」（豊孝本）。

五 底本「こうき」。後まで残る記録。

六 閻魔庁に、見る目・嗅ぐ鼻といって、人頭幢という幢の上に、人間の頭を載せた形のものがあり、亡者の善悪を細かく弁別するという。「とうせん」は「当千（一人で千人に匹敵する意）」か。しかしここは頭だけでなく、胴体もある鬼であろう。「みたほうし・みるめとて二人のもの」（奈良絵本）、「みるめどうし（見る目童子）」（豊孝本）。

「日本にからだがあるか見て参れ」との御諚なり。「承つてござある」と、八葉[1]の峰に上がり、にんは[2]杖といふ杖で、虚空をはつたと打てば、日本は一目に見ゆる。閻魔大王様へ参りつつ、「なう、いかに大王様。十人の殿原たちは、お主に係り、非法の死にのことなれば、これをばからだを火葬につかまつり、からだがござなし。小栗一人は名大将のことなれば、これをばからだを土葬につかまつり、からだがござある、大王様」とぞ申すなり。

大王この由きこしめし、「さても末代の洪基に、十一人ながらもどいてとらせうとは思へども、からだがなければ詮もなし（仕方がない）、なにしに十人の殿原たち、悪修羅道へは落すべし（落すことがあろう）。我らが脇立[3]に頼まん」と、五体づつ両のわきに、十王[4]十体とおいはひあつて（お祭りになって）、今で[5]末世の衆生をお守りあつておはします。

「さあらば小栗一人をもどせ」と、閻魔大王様の自筆の御判をおすゑある。「この者を藤沢[6]のお上人の、めいたう聖の一の御弟子に（弟子として）渡

一 高野山を八葉の峰という（『平家物語』高野巻）が、ここも胎蔵界曼陀羅の八葉九尊に擬したのであろう。「須弥山」（奈良絵本）。

二 未詳。「金剛杖」（奈良絵本）。

三 仏の左右に侍している者。

四 『十王経』で説く、地獄で亡者を裁くという十人の王。秦広王・初江王・宋帝王・五官王・閻魔王・変成王・泰山王（泰山府君）・平等王・都市王・転輪王。閻魔王が重複する。

五 今も後世の衆生を。「末世」は釈迦入滅後遠く隔たった世。末代。

六 藤沢道場（神奈川県藤沢市の時宗総本山清浄光寺）。底本「めいたう」（二七二頁二行目は「めいとう」）は、時宗当麻道場（神奈川県相模原市の無量光寺）二十七世に明堂智光（天文十八年〔一五四九〕寂）があるが、恐らく架空であろう。小栗孫五郎平満重（『鎌倉大草紙』でのその子小次郎が本篇の小栗判官に当る）が謀反を起し敗北したのは応永三十年（一四二三）で、そのころの藤沢の上人は太空である。二一三頁注一九参照。

七 和歌山県東牟婁郡本宮町の湯ノ峰温泉。付近に小栗・照手に関する伝説が多い。

小栗蘇生して熊野の湯へ

し申す。熊野本宮湯の峰に御入れあつてたまはれや。熊野本宮湯の峰に御入れあつてたまはるものならば、浄土よりも薬の湯を上げべき」と、大王様の自筆の御判をおするある。にんは杖といふ杖で、虚空をはつたとお打ちあれば、あら有り難の御事や、築いて三年になる小栗塚が、四方へ割れてのき、卒塔婆は前へかつぱと転び、群烏笑ひける。

藤沢のお上人は、[八]なんとかたへござあるが、上野が原に、無縁の者があるやらん、鳶・烏が笑ふやと、立ち寄り御覧あれば、あらいたはしや小栗殿、髪は[九]はとして、足手は糸より細うして、腹はただ鞠を[一〇]くくたやうなもの、あなたこなたをはひ回る。両の手を押し上げて、物書くまねぞしたりける。[一一]かせにやよひと書かれたは、[一二]六根かたはなど読むべきか。さてはいにしへの小栗なり。このことを横山一門に知らせては大事とおぼしめし、押へて髪を剃り、なりが[一三]餓鬼に似たぞとて、[一四]餓鬼阿弥陀仏とお付けある。

八 未詳。「なんばう方」（延宝版）、「みなみのかた」（草子）。
九 未詳。ふわとして、の意か。
一〇「くく（括）った」の転か。「くくつたる」（奈良絵本・古活字版）、「くくりたる」（草子）。
一一 未詳。「風に弥生」か。意味の通じないことを書いたのであろう。
一二「六根」は人間の迷いの原因となる六つの感官（目・耳・鼻・舌・身・意）。ここは、「六根がかたわ」というふうに理解すべきか、の意。
一三 餓鬼道（六道、あるいは五道、あるいは三悪道の一）に落ちた亡者をいう。『大智度論』第三十に「鬼に二種あり、敝鬼と餓鬼と。敝鬼は天の如く楽を受く。ただし餓鬼と同住し、すなはちその主となる。餓鬼の腹は山谷の如く、咽は針身の如し。ただ三事あり、黒皮と筋と骨と。無数百歳飲食の名を聞かず。何ぞいはんや見ることを得ん」とある。
一四 阿弥陀仏（阿弥）号を称することは寿永二年（一一八三）勧進聖俊乗坊重源に始まるという。法然門流の浄土宗の流布に伴って、鎌倉時代では中央・地方の武士階級に流行したが、弘安（一二七八〜八八）以後は一遍の時宗の影響が特に大きい。南北朝中期以後は次第に下層に普及し、農民・商工業者・医師・芸能者等に及ぶようになった（水上一久『阿弥陀仏号についての一考察』）。

上人、胸札を御覧ずれば、閻魔大王様の自筆の御判をおするゑある。「この者を藤沢のお上人の、めいとう聖の一の御弟子に渡し申す。熊野本宮湯の峰に、御入れありてたまはれや。熊野本宮湯の峰に、お入れありてたまはるものならば、浄土よりも薬の湯を上げべき」と、閻魔大王様の自筆の御判すわりたまふ。「あら有り難やの御事や」と、御上人も胸札に、書き添へこそはなされける。「この者を[一]一引き引いたは千僧供養、二引き引いたは万僧供養」と書き添へをなされ、[二]土車を作り、この餓鬼阿弥を乗せ申し、[三]雌綱雄綱

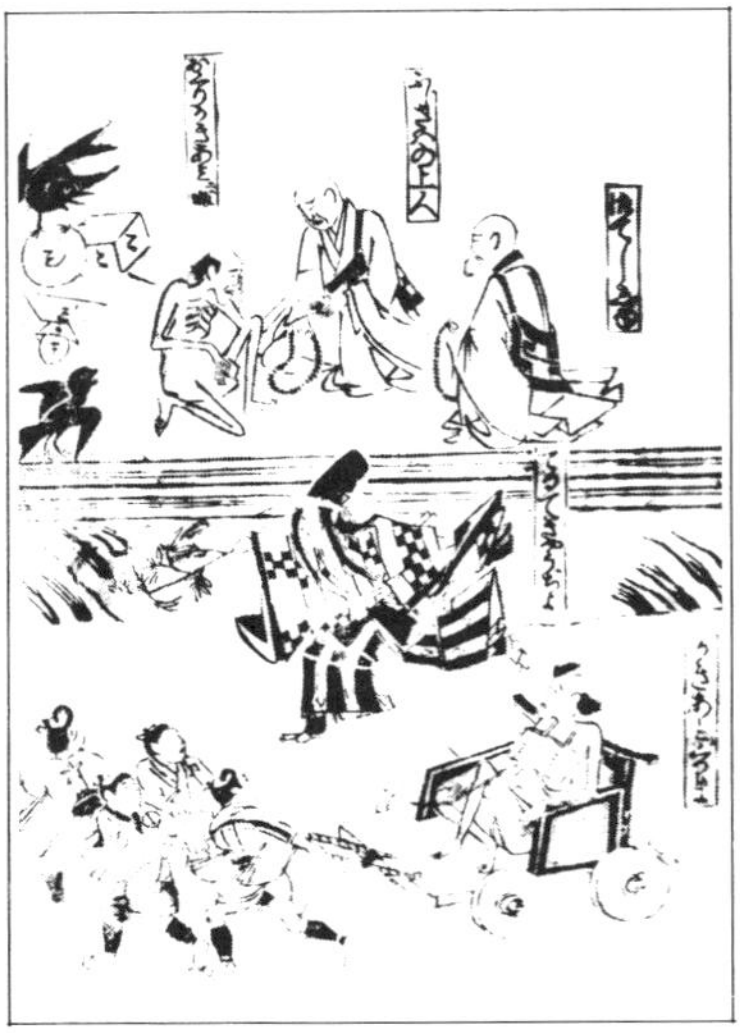

(上) 小栗の蘇生　(下) 土車の小栗

一　一引き引くと、千人の僧を招いて供養するほどの大きな功徳がある。

二　土を運ぶ車。また乞食・病人・不具者を運ぶのに用いられた。

三　二本一対の綱。

を打つて付け、（組んで車に付け）お上人も車の手縄にすがりつき、「えいさらえい」とお引きある。[四]上野が原を引き出だす。[五]相模畷を引く折は、

横山家中の殿原は、（餓鬼阿弥が）かたき小栗をえ知らいで、（敵の小栗とは知らないで）照手のために引けやとて、[六]因果の車にすがりつき、五町切りこそ引かれける。（五町だけ）[七]末をいづくと問ひければ、[八]九日峠はこれかとよ。坂はなけれど[九]酒匂の宿よ。[一〇]をひその森を「えいさらえい」と引き過ぎて、はや小田原に入りぬれば、[一一]せはひ小路にけはの橋、[一二]湯本の地蔵と伏し拝み、[一三]足柄箱根はこれかとよ。[一四]山中三里、[一五]四つの辻、伊豆の三島や[一六]浦島や、[一七]三枚橋を

四 以下二七六頁一行目まで道行（上野が原〜青墓）。
五 相模の畷を漠然といったか。「畷」は「田の直路」（『黒本』）。
六 因果の小車（因果の巡るのを車輪にたとえる）ともいう。ここは不幸な餓鬼阿弥を載せた土車。
七 「末をいづくと問ひければ……はこれかとよ」は説経の道行に多い慣用句。
八 未詳。
九 小田原市内。「坂」「酒」は同音。
一〇 未詳。小田原との間は大松林であった（『東海道細見記』）。歌枕老蘇の森は、滋賀県蒲生郡安土町奥石神社にあるので、地理的に合わない。
一一 未詳。「狭い小路に下馬の橋」か。
一二 神奈川県足柄下郡箱根町湯本。地蔵堂があった。
一三 「まつら長者」三六九頁注二一参照。
一四 箱根峠から山中の宿を経て三島まで三里二十八町（約十五キロ）。
一五 未詳。
一六 未詳。調子をよくするため「三島や」に添えたものか。
一七 沼津の宿の入口にあった（『東海道名所記』）。

「えいさらえい」と引き渡し、流れもやらぬ[一]浮島が原、小島さへづる[二]吉原の、富士の裾野を[三]まん上り、はや[四]富士川で垢離をとり、[五]大宮浅間富士浅間、心静かに伏し拝み、物をも言はぬ餓鬼阿弥に、「さらばさらば」といとまごひ、藤沢指いて下らるる。

[六]檀那が付いて引くほどに、[七]吹上六本松はこれとかよ。[八]清見が関に上がりては、南をはるかにながむれば、[九]三保の松原・[一〇]田子の入り海、[一一]してしが浦の一つ松、あれも名所か面白や。音にも聞いた[一二]清見寺。[一三]江尻の細道引き過ぎて、駿河の府内に入りぬれば、昔はないが[一四]今浅間、君のお出でに冥加なや、蹴上げて通る[一五]丸子の宿。雉が[一六]ほろろを宇津の谷の、宇津の谷峠を引き過ぎて、岡部畷をまん上り、松にからまる藤枝の、四方に海はなけれども、島田の宿を「えいさらえい」と引き過ぎて、七瀬流れて八瀬落ちて、夜の間に変る大井川、鐘をふもとに[一七]菊川の、月さし上す[一八]佐夜の中山。日坂峠を引き過ぎて、雨降り流せば路次悪や。車に情けを掛川の、けふは掛けずの掛川を

一 今の沼津市原から富士市鈴川に至る海岸地帯。
二 富士市。「蘆」を掛ける。延宝八年（一六八〇）の津波以前の吉原を元吉原という。
三 「真ん上り」で、まっすぐに上る意か（『説経節』）。
四 浅間神社参詣には潤井川が適当。富士川は遠い。
五 両者同一で、富士宮市の富士山本宮浅間神社。
六 餓鬼阿弥に供養をする、社寺参詣の道者。
七 静岡県庵原郡蒲原町の海岸。富士川河口付近。
八 平安時代にあった関で、清見寺の地とも興津川東の峠（『一目玉鉾』）ともいう。眺望絶佳の地。
九 清水市の東海岸。羽衣伝説で有名。
一〇 田子の浦は由比・興津の海岸を広く指すが、ここは「入り海」とあり、清水港の辺りをいったか。
一一 「袖師」の転、あるいはその誤りか。袖師が浦は清水市袖師町辺りの海岸。清見潟の一部になる。
一二 清水市。臨済宗。開山教叟。関聖の再興。
一三 清水市。袖師の南にあって宿場。
一四 府中（静岡）の浅間の宮（浅間神社）。富士新宮。
一五 静岡市西部にある。「丸」に「鞠」を掛ける。
一六 「ほろろを打つ」は、雉がほろほろと鳴くこと。
一七 静岡県榛原郡金谷町菊川。「聞く」を掛ける。
一八 以下の「日坂峠」「掛川」とともに静岡県掛川市。
一九 「袋井畷」は袋井市。「見付の郷」は磐田市見付。
二〇 磐田郡豊田町。天竜川の東岸。謡曲「熊野」で有名。
二一 浜名郡舞阪町。浜名湖の湖口。明応七年（一四九八）八月二十五日の地震で浜名湖が外海に通じこの名

ができる。「両浦」は切れた東の舞阪と西の新居(あらい)の両海岸をいうか。
二二 湖西(こさい)市の白須賀東南の小坂。富士見坂とも。
二三 豊橋の旧名。天文（一五三二〜五五）ごろまでは今橋といった。ここは豊川に架る百二十間（約二一八メートル）の吉田橋を指すか。
二四 依田(よだ)橋ともいい、下五井（晴天には富士山が見え、富士見茶屋といった。現在豊橋市）の西、高橋の次に架る（『東海道細見記』）。
二五 糸を繰って引っかける意で「矢作」（岡崎市）の序詞。「矢作」は羽を矢竹につけて矢を作ること。
二六 愛知県知立(ちりゅう)市の古跡。『伊勢物語』第九段で有名。
二七 愛智郡鳴海村（名古屋市緑区）の頭護山如意寺（曹洞宗）の地蔵。正月二十四日に射礼(じゃらい)が行われた。
二八 名古屋市南区本星崎町。
二九 「尾頭(おとう)坂」（名古屋市熱田区尾頭(おとう)町）か。
三〇 名古屋市中区古渡町。
三一 愛知県葉栗郡木曽川町。稲の植え付け前の田の意で「緑の苗を引き植ゑて」を受ける。
三二 大垣旧市の西を流れる。
三三 杭瀬川と次の青墓(おうはか)との間にそれに相当する所がない。前後するが、「小熊河原」で、墨俣(すのまた)の東（羽島市小熊町）長良川の河原であろうか。
三四 底本「せんきやう」。『ぎやどぺかどる字集』の用例によって「善行」を当てる。あるいは「善巧(ぜんぎょう)（衆生を巧みに教え導くこと）」か。

「えいさらえい」と引き過ぎて、袋井畷[19](なはて)を引き過ぎて、花は見付（見付け）の郷(がう)に着く。

あの餓鬼阿弥が、あすの命は知らねども、けふは池田[20]（生け）の宿(しゆく)に着く。昔はないが今切[21](いまぎれ)の、両浦ながむる潮見坂[22]、吉田[23]の今橋引き過ぎて、五井[24]のこた橋これとかや。夜(よ)はほのぼのと赤坂（明か）の、糸繰り[25]かけて矢作(やはぎ)の宿(しゆく)、三河に架けし八橋[26](やつはし)の、蜘蛛手(くもで)（あれこれ思い乱れるなあ）に物や思ふらん。沢辺ににほふかきつばた、花は咲かぬが、実(み)（成る）は鳴海、頭護[27](とうご)の地蔵と伏し拝み、一夜の宿を取りかねて、まだ夜は深き星が崎[28]、熱田(あつた)の宮に車着く。

車の檀那（車を引く施主が）御覧じて、かほど涼しき宮を、たれが熱田と付けたよな。熱田大明神を引き過ぎて、坂はなけれどどうたう坂[29]、新しけれど古渡[30](ふるわたり)、緑の苗を引き植ゑて、黒田[31]と聞けば、いつも頼もしのこの宿(しゆく)や。杭(くん)瀬(ぜ)川[32]の川風が、身に冷やかにしむよさて、おほくま河原[33]を引き過ぎて、お急ぎあれば程もなく、土の車をたれもただ引くとは思はねど（まるで引いているとは思わぬうちに）、善行車[34](ぜんぎやうぐるま)のことなれば、美濃(みの)の国青墓(あをはか)の宿(しゆく)よろづ屋の、君の長(ちやう)殿の

照手、暇を請う

＊小栗は閻魔大王の計らいで蘇生し、藤沢道場の上人に託される。餓鬼阿弥小栗は、乞食(こじき)や難病者並みに土車に乗せられて、熊野の湯まで長い道行(みちゆき)を続ける。鬼鹿毛を乗りこなした時の面影は全くない。藤沢を本拠とする時宗の僧俗がこの作品の成立に深い関係のあることを示唆する。

一 底本「ひとい」。「ひとひ（一日）」をヒトイと読む。以下同じ。

門(かど)となり、なにたる因果の御縁やら(因果による御縁でか)、車が三日すたるなり(三日間動かなかった)。

あらいたはしや照手の姫は、御茶の清水を上げに(くみ上げに)ござあるが、この餓鬼阿弥(がきあみ)を御覧じて、口説きごとこそ哀れなれ。「夫(つま)の小栗殿様の、あのやうな姿をなされてなりともよ、浮き世にござあるものならば、かほど自らが辛苦(しんく)を申すとも(いたしても)、辛苦とは思ふまいものを」と立ち寄り、胸札(むなふだ)を御覧ある。「この者を一引き引いたは(一引き引くと)千僧供養、二引き引いたは万僧供養」と書いてある。

さて一一日(ひとひ)の車道(くるまみち)、夫(つま)の小栗の御ためにも引きたやな。さて一日(ひとひ)の車道、十人の殿原たちの御ためにも引きたやな。〔合わせて〕二日引いたる車道、必ず一日(ひとひ)にもどらうに、三日の暇(ひま)の欲しさよな。よき御機嫌を守りて(見計らって)に、暇請はばや(暇をもらおうと)とおぼしめし、君の長(ちやう)へござあるが、げにやまことに(本当にまあそう)自らは、いにしへ御奉公申しし時に、夫(つま)ない由を申してに、今夫(つま)の御ためと申すものならば、暇を賜るまいとおぼしめし、浮き世にござの(おられる)二親(にしん)の親にもてないて(両親のことにとりつくろい)、暇請はばやとおぼしめし、また長殿へござありて、「なう、いかに長殿様。門(かど)にござある餓鬼阿弥が、さて胸札を見てあれば、『この者を一引き引いたは千僧供養、二引き引いたは万僧供養』と書いてある。さて一日(ひとひ)の車道、父のおために引きたやの。さて一日(ひとひ)の車道、母の御ために引きたやな。二日引いたる車道、必ず一日(ひとひ)にもどらうに〔もどりますから〕、情けに三日の暇を賜れの」。

君の長はきこしめし、「さてもなんぢは憎いことを申すよな。いにしへ流れを立ていと申すその折に〔遊女勤めをせよと言ったその時に〕、流れを立つるものならば、三日のことはさて置いて〔言うまでもなく〕、十日なりとも暇取らせんが、[二]烏(からす)の頭が白くなつて、駒に角(つの)が生ゆるとも、暇においては取らすまいぞ、常陸小(ひたちこ)萩(はぎ)」とぞ申すなり。

照手この由きこしめし、「なう、いかに長殿様。これはたとへでござないが、[三]費長房(ひちやうばう)・丁令威(ていれいい)は、鶴の羽交(はがひ)に〔翼に〕宿を召す。達磨尊者(だるまそんじや)のいにしへは、蘆(あし)の葉に宿を召す。[四]張博望(ちやうはくばう)のいにしへは、浮き木に宿を召すとかや。[五]旅は心、世は情け。さて海船(かいせん)は浦がかり〔湾内に碇泊する〕。捨て子は

二 ことわざ。ありえないことのたとえ。『史記』刺客列伝の注（索隠）に「燕丹(えんたん)（秦(しん)に捕われた、燕の太子丹）帰ランコトヲ求ム。秦王（始皇）曰(いは)ク、烏頭(うとう)白クシテ、馬角ヲ生ズレバ、乃(すなは)チ許ス耳(のみ)ト。丹乃チ天ヲ仰イデ歎ズ。烏頭即(すなは)チ白ク、馬亦(また)角ヲ生ズ」とある。これが出典か。

三 以下「さんせう太夫」八六頁注五〜八参照。

四 前漢、成固の人。張騫(ちようけん)という。西暦前一二三年大将軍衛青(えいせい)の匈奴(きようど)征伐に従い、よく水草の処を知り、軍を利することが多く、博望侯に封ぜられた（『史記』巻百十一、百二十三、『漢書』巻六十一）。また「西域ニ使シ、河ニ泝(さかのぼ)リ、槎(いかだ)ニ乗ジ、天河ニ到リ、牛女ノ二星ニ見(まみ)エテ帰ル」（『書言』）という伝説があり、「浮き木」はこの槎をいう。

五 ことわざ。「さんせう太夫」八六頁注九参照。

村の育（はごく）みよ。木があれば鳥も棲（す）む（巣を作る）。港があれば舟も入る。一時雨（ひとしぐれ）・一村雨（ひとむらさめ）の雨宿り、これも一百生（ひやくしやう）の縁とかや。三日の暇を賜るものならば、自然（もし）後の世に、君の長（ちやう）夫婦御身の上に、大事のあらんその折は、引き代り自らが、身代りになりとも立ち申さうに、情けに三日の暇を賜れの」。

君の長はきこしめし、「さてもなんぢは優しいことを申すやな。暇取らすまいとは思へども、自然後の世に、君の長夫婦が身の上に、大事のあらんその折は、引き代り身代りに立たうと申したる、〔その〕一言（いちごん）の言葉により、慈悲に情けを相添へて、五日の暇を取らするぞ。五日が六日になるものならば、二親（にしん）の親をも、二阿鼻（あび）無間業（むけんごふ）に落すべし。車を引け」とぞ申されける。

照手、土車を引く

照手この由きこしめし、余りのことのうれしさに、徒（かち）やはだしで（はだしのままで）走り出で、車の手縄（てなは）にすがりつき、一引き引いては千僧供養、夫（つま）の小栗の御ためなり、二引き引いては万僧供養、これは十人の殿原た

一 「多生」の誤りか。「さんせう太夫」八七頁注一〇参照。

二 無間（阿鼻）地獄に落し、悪業による苦しみを受けさせよう、の意。「阿鼻」「無間」は同意。大罪を犯した者が落ち、最も苦しい地獄とされる。「かるかや」六四頁注二参照。

三 よくよく霊を弔い。

四 商家の多い所や宿場や関所関所で。

五 未詳。

六 着流しの小袖（こそで）（晴れ着）の裾（すそ）を肩まで上げて、狂気の姿を示したのであろう。

七 物狂いの象徴。天照大神が天石窟（あまのいわや）にお入りになった時、天鈿女命（あめのうずめのみこと）が戸口に立って、笹葉（ささば）を手草（たぐさ）に結い、神懸（かむがか）りしたという。これは巫女（ふじょ）に神が乗り移った姿で、能楽等の物狂いも笹を手にして登場する。「しで」は「垂（し）で」の意で、神に祈る際にささげる幣（ぬさ）。

八 岐阜県不破郡垂井町。「（涙が）垂る」を掛ける。以下二八〇頁三行目まで道行（みちゆき）（青墓～上り大津）。

九 近江の国坂田郡長久寺村（滋賀県坂田郡山東（さんとう）町長

ちのおためとて、[三]よきに回向をなされてに、承れば自らは、なりと形〔姿と顔立ち〕がよいと聞くほどに、[四]町屋・宿屋・関々で、あだ名取られて〔浮き名を立てられては〕かなはじと、また長殿に駆けもどり、古き烏帽子を申し受け〔請い受けて〕、[五]さんての髪に結び付け、丈と等せの黒髪をさつと乱いて、面には油煙の墨をお塗りあり、さて[六]召したる小袖をば、すそを肩へと召しないて、[七]笹の葉にしでを付け、心は物に狂はねど、姿を狂気にもてないて、「引けよ引けよ子供ども、物に狂うて見せうぞ」と、姫が涙は[八]垂井の宿。美濃と近江の境なる、[九]長競・[一〇]二本杉・寝物語を引き過ぎて、[一一]高宮河原に鳴くひばり、姫を問ふかよ〔見舞うか〕優しやな。御代は治まる[一二]武佐の宿、[一三]鏡の宿に車着く。

照手この由きこしめし、人は鏡と[一四]言はば言へ、姫が心はこの程は、あれと申しこれと言ひ、[一五]あの餓鬼阿弥に、心の闇がかき曇り〔心が闇のように〕、鏡の宿をも見も分かず、姫がすそに[一六]露は浮かねど[一七]草津の宿、[一八]野路・篠原を引き過ぎて、三国一の[一九]瀬田の唐橋を「えいさらえい」と引き渡し、

久寺）をいう。長久寺は美濃の国にまたがり、「寝物語」ともいう。長久寺の西、柏原との間を野瀬野ケ原といい、小栗判官が蘇生寺（浄土宗長久寺の一院という）を建て、照手笠地蔵（照手が笠を献じ餓鬼阿弥の平癒を祈った地蔵）を本尊としたといわれ、玉の井（白清水）・狂女谷など照手に関する伝説が残っている（『近江国輿地志略』）。

一〇 未詳。長久寺村を長競とも寝物語ともいうから、これも長久寺村か、あるいはその一部であろう。『説経節』引用の飛鳥井雅世『富士紀行』では地名としている。

一一 彦根市高宮町。犬上川の河原。

一二 近江八幡市武佐町。御代は武者（武士）によって治まる意を掛ける。

一三 蒲生郡竜王町鏡。南に歌枕鏡山がある。

一四 鏡のように明るいと、の意。「鏡の宿」を受けた言いまわし。

一五 あの餓鬼阿弥のことで。

一六 「露」「草」は縁語。

一七 草津市草津町。

一八 草津市野路町。ここは「野路の篠原」の誤りであろう。「野路村　歌人、野路の篠原と詠ずるはこの地のことなり。大篠原・小篠原村を野路の篠原といふ説あれども、非なり。しの原とはささ・しのなど生えたる義なり」（『近江国輿地志略』）。

一九 大津市。「しんとく丸」一五九頁注九参照。

一石山寺の夜の鐘、耳に聳え（響いて厳かである）て殊勝なり。二馬場・松本を引き過ぎて、お急ぎあれば程もなく、西近江に隠れなき、上り大津や三関寺や、たま屋の門に車着く。

照手この由御覧じて、あの餓鬼阿弥に添ひなれ申さうも、今夜ばかりとおぼしめし、別屋に宿をも取るまいの。〔と思い〕この餓鬼阿弥が車の四わだてをまくらとなされ、五八声の鳥はなけれども、夜すがら（一晩中）泣いて（鳴）夜を明かす。

六五更の天も開くれば、たま屋殿へござありて、料紙・すずりをお借りあり、この餓鬼阿弥が胸札に、書き添へこそはなされけり。

七「海道七か国に、車引いたる人は多くとも、美濃の国青墓の宿、よろづ屋の君の長殿の下水仕、常陸小萩と言ひし姫、さて青墓の宿からの、上り大津や関寺まで、車を引いて参らする。熊野本宮湯の峰に御入りあり、病本復するならば、必ず下向には、一夜の宿を参らすべし。八返す返す」と御書きある。

一 大津市石山寺辺町にある。真言宗。良弁の開基。観音の霊所として古くから有名。

二 大津市馬場、同市松本。

三 「今土俗の関寺といふは、往還路の傍なる小寺なり。……阿弥陀堂とて、はるか後代の草堂なり。思ふに往古の関寺は、今の上関寺町・中関寺町・下関寺町より西の山悉くこれ関寺なるべし」（『近江国輿地志略』）。往古の大寺も次第に衰退し、慶長年間兵火のため廃絶したというが、享保ごろにはその跡もはっきりしなかったと見える。時宗長安寺の辺りともいわれる。「たま屋」は未詳。

四 「輪立て」で、轍の意であろう。「車のわだち」（延宝版・草子）。車の輪の過ぎた跡。

五 八声の鳥はいないが、八声の鳥のように。「八声の鳥」は、明け方にしばしば鳴く鶏。

六 東の空が白むころ。「五更」は今の午前三時から五時まで。「かるかや」五八頁注四参照。

七 「海道」は東海道で、「七か国」は相模・伊豆・駿河・遠江・三河・尾張に、東山道の美濃を加えたか。

八 返す返すお名残惜しゅうございます、の意。

* 照手姫は餓鬼阿弥に強く愛着する。供養のために物狂いとなって（巫女の姿で）土車を引く。愛情の極限を示す、後半の大事な場面。

九 土車を引いて餓鬼阿弥に供養する施主。以下二八二頁五行目まで道行（上り大津～こんか坂）。

一〇 逢坂の関。早く廃絶した。ここは逢坂山上か。

なにたる因果の御縁やら、蓬莱の山のお座敷で、夫の小栗に離れたも、この餓鬼阿弥と別るるも、いづれ思ひは同じもの、あはれ身がな二つやれ。さて一つのその身は、君の長殿にもどしたや。さて一つのその身はの、この餓鬼阿弥が車も引いてとらせたや。心は二つ身は一つ。見送りたたずんでござあるが、お急ぎあれば程もなく、君の長殿におもどりあるは、諸事の哀れと聞えける。

小栗、熊野の湯に入る

車の[九]檀那出で来ければ、上り大津を引き出だす。[一〇]関・[一一]山科に車着く。物憂き旅に[一二]粟田口、都の城に車着く。東寺・[一三]三社・[一四]四つの塚、鳥羽に[一五]恋塚・秋の山、[一六]月の宿りはなさねども、桂の川を「えいさらえい」と引き渡し、[一七]山崎千軒引き過ぎて、これほど狭きこの宿を、たれが[一八]広瀬と付けたよな。ちりかき流す[一九]芥川、太田の宿を「えいさらえい」と引き過ぎて、[二〇]中島や三宝寺の渡りを引き渡し、お急ぎあれば程もなく、天王寺に車着く。
[二一]「七不思議の有様を、拝ませたうは候へども、耳も聞えず目も見え

一一 山科の里。宇治郡四の宮村（現在京都市東山区）に属し、「十禅寺の地より東をいふ。人家南北にならんで、中に往還道あり」（『山州名跡志』）。
一二 三条白川橋の東より山際まで（『山城名勝志』）。
一三 東寺の内の八幡宮・武内臣社・八島明神社か。
一四 南区。九条朱雀にあり、羅城門跡がある。
一五 「かるかや」四二頁注一、二参照。
一六 「秋」「月」「桂」は縁語。桂は中国の伝説で月に生えているという樹木。月影が桂川に写っていない意か。「月のやどりか桂川」（舞曲「信太」）。
一七 京都府乙訓郡大山崎町。「つぶさには大山崎と号す。古には繁栄して人家千軒あり」（『山州名跡志』）。
一八 大阪府三島郡島本町。水無瀬ともいう。
一九 「かるかや」一八頁注四参照。
二〇 中島の三宝寺の渡し場。「三宝寺」は摂津の国東成郡西大道村（寛永二十年以前は大道村）に相当し、同名の寺があったため地名となる。現在の大阪市東淀川区大道町の辺り。江口渡りと平田渡りの間にあったか。また三宝寺は北中島（ほぼ今の東・西淀川区で、江口から姫島・野里に至る）の中でも上中島に属する（『大阪府全志』）。
二一 三水四石の七不思議。三水は亀井の水・逢坂の清水（西門の西）・谷間の清水（東門の外）。四石は転法輪石（金堂前）・礼拝石（南門の内）・引導石（石の鳥居の内）・影向石（東門の外）。

ず、ましてや物をも申さねば、下向（帰りに）に静かに拝めよ」と、安倍野[一]五十町引き過ぎて、住吉四社の大明神、堺の浜（を過ぎ）に車着く。[二]松は植ゑね[三]ど小松原、わたなへ・南部引き過ぎて、四十八坂・長井坂、糸我峠や蕪坂、鹿が瀬を引き過ぎて、心を尽す（精魂を傾けるのは）は仏坂、こんか坂[四]にて車着く。

こんか坂にも着きしかば、これから湯の峰へは、車道[五]の険しきにより、これにて餓鬼阿弥をお捨てある。大峰[六]入りの山伏たちは、百人ばかりざんざめいて（にぎやかに声を立てて）お通りある。この餓鬼阿弥を御覧じて、「いざこの者を、熊野本宮湯の峰に入れてとらせん」と、車を捨てて、かごを組み（作り）、この餓鬼阿弥を入れ申し、若先達[七]の背中にむんずと負ひたまひ、上野が原を打つ立ちて（出発して）、日日積りてみてあれば、四百四十四か日と申すには、熊野本宮湯の峰にお入りある。

なにか（なにしろ）愛洲[八]の湯のことなれば、一七日[九]御入りあれば、両眼が明き、二七日御入りあれば、耳が聞え、三七日御入りあれば、はや物をお

一 次の「住吉四社の明神」「堺の浜」とともに「しんとく丸」一九二頁注二、三、同一七〇頁注二参照。

二 このあと次の経路をいわゆる小栗街道としている（『紀伊続風土記』）。山中（大阪府泉南郡阪南町）―滝畑（和歌山市）―雄ノ山峠―湯屋谷―谷―西―上野―楠本―川辺―（紀ノ川）―吐前―布施屋―井ノ口―禰宜―矢田峠―塩ノ谷―平尾―口須佐―奥須佐―夙（吉里か）―境原―松原―薬勝寺―多田（海南市）―且来―井田―中村―鳥居浦―藤白。

三 以下通過する土地が前後しているので、これを順序立てると次のとおりになる（「四十八坂」「こんか坂」は未詳）。蕪坂（和歌山県海草郡下津町沓掛の南、有田市宮原に至る坂）・糸我峠（有田市糸我町）・鹿が瀬（有田郡広川町河瀬より猪谷に至る間）・小松原（御坊市、道成寺に近い）・南部（日高郡南部町）・わたなへ（田辺の誤りか）・仏坂（西牟婁郡日置川町安居よりすさみ町周参見入谷に至る間の坂）・長井坂（すさみ町和深川と見老津の間）。海岸を通る大辺路の経路をとっている（田辺から東上して本宮に至る、中辺路の経路もある）。

四 未詳。「ごんげん坂」（豊孝本）。

五 車を引くには道が険しいので。

六 修行のため吉野の大峰山に登ること。陰暦四月八日に入るのが普通。ここは熊野から入るので、順の峰入りである。

七 若い先達。「先達」は大峰入りの時、修験者たちの先導をする熟練の山伏。
八 底本「あいすのゆ」。薬湯の意であろう。「愛洲」は愛洲薬で、室町後期から用いられ、切り傷・打ち身に効があったという。
九 「一七日」「二七日」「三七日」はそれぞれ、七日間・十四日間・二十一日間。
一〇 以上の経過の後四十九日目に。底本「なゝ七日」。「ナヌカ（七日）」（『ロ氏文典』）。

熊野権現、小栗に金剛杖を賜る

一一 底本「二ぶん」。「分」はブまたはブンと読む（『ロ氏文典』）。
一二 本宮・新宮・那智の三山。「三つのお山」も同じ。ここは本宮湯の峰。
一三 底本「御にうたう」。三つのお山の湯にお入りになるが、の意。
一四 修験者や巡礼者が携える杖。白木を八角又は四角に作り、長さを所持者の身と等しくし、周囲五寸（約一五センチ）。密教用具の金剛杵（こんごうしょ）に擬したという。
一五 仏法の衰えた末の世の人々。
一六 ヤマウドと読む。木こり。

申しあるが、以上七七日（なななぬか）[一〇]と申すには、（身長）六尺二分（ぶん）[一一]、豊かなる元の小栗殿となりある。

餓鬼阿弥、湯の峰へ行く

小栗殿は夢の覚めたる心をなされ、熊野三山[一二]、三つのお山を御入湯なさるるが[一三]、権現（ごんげん）この由御覧じて、「あのやうな大剛（だいかう）の者に、金剛杖[一四]を買はせずは、末世[一五]の衆生に買ふ者はあるまい」と、山人（やまうど）[一六]と身を変化（へんげ）、金剛杖を二本御持ちあり、「なら、いかに修行者。熊野へ参つたる印（しるし）には、何をせうぞの（何をするのか）。この金剛杖を御買ひあれ」との御諚（ごぢやう）なり。

小栗殿は、いにしへの威光が失（う）せずして、「さてそれがしは、海道七か国を、さて餓鬼阿弥と呼ばれてに、車に乗つて引かれただに、世に無念なと思ふに、金剛杖を買へとは、それがしを調伏[1]するか」との御諚なり。

権現[2]この由きこしめし、「いや、さやうではござない。この金剛杖と申するは、天下にありしその折に、弓とも楯ともなつて、天下の運開く杖なれば、料足なければただ取らする」とのたまひて、権現は二本の杖をかしこに捨て、かき消すやうにぞお見えない。小栗この由御覧じて、「今のは権現様を、手に取り拝み申したることの有り難さよ」と、三度の礼拝をなされ、一本は突いて、都に御下向なさるる。

小栗、両親に会う

よそながら父兼家殿の屋形を、見て通らうとおぼしめし、御門の内にお入りあり、「斎料[3]」とお請ひある。時[4]の番は左近の尉がつかまつる。左近はこの由見るよりも、「なう、いかに修行者。御身のやうな修行者は、この御門の内へは禁制なり。とう御出であれ。と

一 呪咀。のろうこと。
二 以下省略あるいは脱落があるように思えるので、奈良絵本のこの部分を挙げる。「権現様はきこしめし、金剛杖を買ふべき価を持たぬか。価がなくは、この杖をなんぢに取らするとお申しあつて、杉杖二本お渡しあつて、一本の杖をひなん川（別本「音無川」）に捨つるならば、舟となるべきぞ。又一本をば帆柱となつて、浄土の舟と名を付くるぞ。この舟に乗るならば、わがままに行きたい所へ行くぞとのたまひて、かき消すやうにうせたまふ。小栗この由御覧じて、たれやの山人と思ひしに、権現様を拝むことのうれしさよとおぼしめし、熊野三所を伏し拝み、二本の杖を頂きて、ふもとを指して下向あり、教への如く一本を、ひなん川へお流しあれば、浄土の舟と浮かみける。又一本をば、帆柱に立ててお乗りあれば、まことに権現様の御計らひかや、漕ぎ手も押し手もなけれども、程なく国へお下向あり」。
三 僧の斎に当てる金品。ここは小栗が金剛杖を突いた修行者として乞食（托鉢）をしたもの。
四 底本「ときのはん」。その時の番人の意か。

う御出でないものならば、この左近の尉が出だすべし」と、持つたる笄（はうき）で打ち出だす。小栗この由御覧じて、憎（にく）の左近が打つよな、打つも道理、知らぬも道理とおぼしめし、八ちやう[五]の原を指（さ）してお出である。

〔屋形では〕折しも東山のをぢ[六]御坊は、はな縁行道（ぎやうだう）[七]をなされてござあるが、今の修行者を御覧じて、兼家殿の御台所（みだいどころ）を近付けて、「いかに御台所。われら一門にばかり、額には米（よね）[八]といふ字が三くだりすわり、両眼にひとみの四体ござあるかと思へば、今の修行者にもござありたる。殊にけふは小栗が命日ではござないか。呼びもどし、斎料（ときれう）参らせ候へや、左近の尉」との御諚（ごぢやう）なり。

左近はこの由「承つてござある」と、ちりちり[九]と走り出で、「なう、いかに修行者、おもどりあれ。斎料参らせう」とぞ申されける。小栗殿は、いにしへの威光が失（う）せずして、「さてそれがしは、一度追ひ出いた所へは参らぬが法（主義）」との御諚なり。

五 未詳。
六 小栗の「をぢ」、母（御台所）の兄であろう。
七 経文や念仏を唱え、堂塔あるいは本尊の周りを巡って供養することを行道といい、仏堂や屋敷の縁側などを行道することを「縁行道」という。「はな」は「花」で、散華（さんげ）しながらの縁行道であろう。
八 二三七頁注一四参照。
九 「活発に、そして軽快に走るさま」（『日仏』）。

左近はこの由承り、「なう、いかに修行者。御身のさうして諸国修行をなさるるも、一つは人をも助けう、または御身も助かりたいと、お申しあることにてはござないか。今御身のおもどりなければ、この左近は生害に及ぶなり。おもどりあつて、斎料も御取りあり、この左近が命も助けてたまはれの、修行者」とぞ申すなり。

小栗この由きこしめし、名乗らばやとおぼしめし、大広庭に差し掛り、間の障子をさらと開け、八分[1]の頭を地に着けて、「なう、いかに母上様。いにしへの小栗にてござあるよ。三年が間の勘当を許いてたまはれの」。御台なのめにおぼしめし、このこと兼家殿にかくと御語りある。

兼家この由きこしめし、「卒爾なことをお申しある御台かな。我が子の小栗と申すは、これよりも相模の国横山の館にて、毒の酒にて責め殺されたと申するが、さりながら修行者、我が子の小栗と申するは、幼い折よりも教へきたる調法[2]あり。御聊爾ながら、受けて

一　丁寧に頭を下げる、平身低頭の意であろう。「十の蓮華をもみ合はせ、八分のかうべを地につけて」（舞曲「伏見常盤」）。ちなみに「八分に見下す（相手を見下す）」の語がある。

二　底本「てうほう」。『明応』等によると「料簡（了簡）」と同義で、思案あるいははかりごとの意となる。ここは兵法のはかりごとか。諸本「へいはうのて」（奈良絵本）、「ひやうほうはやわざ」（豊孝本）、「へうほうのて」（古活字版）、「弓法」（延宝版）、「兵法」（草子）としている。

御覧候へ」と、[三]五人張りに十三[四]束、[五]区(まち)をこぶしに、間(あひ)の障子のあなたから、よつ引き、ひやう[六]ど放す矢を、一の矢をば右で取り、二の矢をば左で取り、三の矢があまり間近く来るぞとて、向歯(むかば)でかちとかみ止めて、三筋の矢を押し握り、間(あひ)の障子をさつと開け、八分(ぶん)の頭(かうべ)を地に着けて、「なう、いかに父の兼家殿。いにしへの小栗にてござあるぞ。三年(みとせ)が間の勘当許いてたまはれ」。

兼家殿も母上も、一度死したる我が子にの、会ふなんどとは、優(う)[七]曇華(どんげ)の花や、[八]たまさかや、ためし少なき次第ぞと、喜びの中にも

小栗、父の矢を食い止める

三 四人で弓を曲げ、一人が弦を掛けるという強弓。
四 矢の長さ。一束は親指以外の指四本の幅。
五 鏃(やじり)を矢篦(の)の先に插した部分。
六 底本「ひようと」。「ヒヤウドまたはヘウド」(『日葡』)。
七 三千年に一度咲くという、インドの想像上の植物。非常にまれなこと。
八 偶然会う意。

一 当直・当番の敬語。

＊ 熊野本宮湯の峰の効験・熊野権現の出現など、熊野信仰（熊野三山を中心とする山岳信仰）の表れで、やや不自然なところもある。小栗が父に息子と認められたのは、弓矢の早業によるのであるが、前の曲馬同様、彼が「大剛の弓取り」と言われるゆえんである。

二 山城・大和（やまと）・河内（かわち）・和泉（いずみ）・摂津。

三 「さんせう太夫」一三八頁注七参照。

四 天皇の御判の付いた文書。ここは「御綸旨」と同意。

五 大国の代りに小国を望むのは。「さんせう太夫」一三九頁注九参照。

六 「所知」も「所領」も知行をいう。

の、花の車を五輌（りやう）飾り立て〔仕立てて〕、親子連れに、みかどの御番[一]にお参りある。

小栗出世して青墓へ

みかど叡覧（えいらん）〔御覧になって〕ましまして、「たれと申すとも、小栗ほどな大剛の者はよもあらじ〔決してあるまい〕。さあらば所知〔所領〕を与へてとらせん」と、五畿内（ごきない）[二]五か国の永代の、薄墨[三]の御綸旨（りんし）御判（ごはん）[四]を賜るなり。小栗この由御覧じて、「五畿内五か国は欲しうもござない。美濃（みの）の国に相換へてたまはれ」とぞ申されける。みかど叡覧ましまして、「大国に小国を換へての望み[五]、思ふ子細のあるらん〔考えるところがあろう〕。その儀にてあるならば、美濃の国を馬〔馬を〕の飼ひ料に取らする〔飼う分として〕」と、重ねての御判を賜るなり。

小栗この由御覧じて、「あら有り難の御事や」と、山海の珍物国土の菓子を調へて、御喜びは限りなし。高札（たかふだ）書いてお立てある。「いにしへの小栗に奉公申す者あらば、所知[六]に所領を取らすべし」と、高札書いてお立てあれば、「我もいにしへの小栗殿の奉公を申さん。判官（はんぐわん）殿〔の家来です〕に手の者」と、中三日〔まる三日の〕がその間に、三千余騎と聞えたる。

三千余騎を催して、美濃の国へ所知入り[七]とぞ触れがなる(出る)。三日先の宿札は、君の長殿にお打ちある。君の長は御覧じて、百人の流れ(遊女勤めの女を)の姫を、一つ所へ押し寄せ申し、「いかに流れの姫に申すべし。この所へ都からして、所知入りとあるほどに、参り、(〔姫たちが〕憂き思いをお慰め申して)憂き慰みを申してに、いかなる所知をも賜つて、君の長夫婦も、よきに育ん[八]でたまはれ」。(〔姫たちは〕)十二単で身を飾り、今よ今よと(今か今かと)お待ちある。

三日と申すには(三日たつと)、犬の鈴[九]、鷹の鈴、くつわの音がざざめいて、上下花やかに、悠々[一〇]と出で立ちて、君の長殿に御着きある。百人の流れの姫は、我一我一(我先にと)と参り、憂き慰みを申せども、小栗殿は少しもお勇みなし。君の長夫婦を御前に召され、「や、いかに夫婦の者どもよ。これの内の下の水仕に、常陸小萩といふ者があるか。御酌に立てい」との御諚なり。君の長は「承つてござある」と、常陸小萩殿へお参りあつて、「なう、いかに常陸小萩殿。御身の見目形(器量)いつ

七 知行を受けた大名が、初めて自分の領地にはいること。
八 底本「はこくむて」。
九 慣用句。華やかな行列の様。「しんとく丸」一五六頁注五参照。
一〇 ゆったりと装って。

くしい（のよいことが）が、都の国司様へ漏れ聞え、御酌に立ていとあるほどに、御酌に参らい」との御諚（ごちやう）なり。

照手この由きこしめし、「愚かな長（ちやう）殿の御諚やな。今御酌に参るほどならば、いにしへの流れ（ずっと前に遊女勤めをしていたでしょう）をこそは立てうずれ。御酌にとては参るまい」とぞ申しける。君の長はきこしめし、「なう、いかに常陸小萩殿。さても御身は、うれしいことと悲しいことは、早う忘るるよな。いにしへ餓鬼阿弥と申して、〔その〕車を引くその折に（〔御身が暇を請うた時〕）、暇取らすまいと申してあれば、自然（もし）後の世に、君の長夫婦が身の上に、大事のあらむその折は、引き代り身代りに立たんと申したる、〔その〕一言（いちごん）の言葉により、慈悲に情けを相添へ、五日の暇を取らしてあるが、今御身が御酌に参らねば、君の長夫婦の者どもは、生害（しやうがい）（殺されてしまう）に及ぶなり。なに（なんと）と（か）なりとも計らひ申せ、常陸小萩」とぞ申しける。

照手この由きこしめし、一句（一言の）の道理に詰められて、なにとも物はのたまはで、げにやまことに（本当にまあそうそう）自らは、いにしへ車を引いたるも、夫（つま）

の小栗のおためなり。また今御酌（しやく）に参るもの、[一]夫（つま）の小栗の御ためなり。〔小栗殿は〕深き恨みな、な[二]召されそ。〔自らは〕変る心のあるにこそ、変る心はない〔心変りはいたしません〕ほどにと、心の内におぼしめし、「なう、いかに長殿様。その儀にてござあらば、御酌に参らう」との御諚なり。

君の長はきこしめし、「さてもうれしの次第やな、その儀にてあるならば、十二単（ひとへ）で身を飾れ」とぞ申すなり。照手この由きこしめし、「愚かな長殿の御諚やな。流れの姫とあるにこそ〔遊女勤めの女であればこそ〕、十二単もいら（いる）うずれ〔でしょう〕。下（しも）の水仕（みづし）とあるからは、あるそのままで〔ふだんのままで〕参らん」と、たすき掛けの風情（ふぜい）にて、前垂（まへだれ）しながら銚子（てうし）を持つて、御酌にこそは御立ちある。

小栗この由御覧じて、「常陸小萩（ひたちこはぎ）とは御身のことでござあるか。常陸の国ではたれの御子ぞよ。お名乗りあれの、小萩殿」。照手この由きこしめし、「さて自らは、主命（しゆうめい）にて御酌にこそは参りたれ。初めて御所様と〔初めてのあなた様と〕懺悔（さんげ）物語には〔身の上話にに〕参らぬよ。酌がいやなら待たうか」と、

一 「参るも」に、説経に多い間投助詞「の」が付いた。
二 なさいますな。「な……そ」は禁止を表す。

銚子を捨てて、御酌をこそはおのきある。

小栗この由御覧じて、「げにも道理や、小萩殿。人の先祖を聞く折は、我が先祖を語るとよ。さて、かう申すそれがしを、いかなる者とやおぼし候らん。さて、かう申すそれがしは、常陸の国の小栗と申す者なるが、相模の国の横山殿のひとり姫、照手の姫を恋にして、押し入つて婿入りしたがとがぞとて、毒の酒にて責め殺されてはござあるが、十人の殿原たちの情けにより、黄泉帰り[一]をつかまつり、さて餓鬼阿弥と呼ばれてに、海道七か国を、車に乗りて引かるるその折に、海道七か国に、車引いたる人は多くとも、美濃の国青墓の宿、よろづ屋の君の長殿の下水仕、常陸小萩といひし姫、『さて青墓の宿からの[二]、上り大津や関寺までの、車を引いて参らする。熊野本宮湯の峰にお入りあり、病本復するならば、下向には、一夜のお宿を参らすべしの、返す返す』とお書きあつたるよ。胸の木札はこれなり」と、照手の姫に参らせて、「この御恩賞の御ために、

一 底本「よみつかへり」。「よみぢ帰り」の転か。冥途から帰ること。蘇り。

二 次の「関寺までの」「参らすべしの」の「の」と同じく間投助詞。

これまで御礼に参りてござあるぞ。常陸の国にては、たれの御子ぞよ。御名乗りあれや、小萩殿」。

照手この由きこしめし、なにとも物はのたまはで、涙にむせておはします。「いつまで物を包むべし（包み隠しましょう）。さてから申す自らも、常陸の者とは申したが、常陸の者ではござないよ。相模の国の横山殿のひとり姫、照手の姫にてござあるが、〔父は〕人の子を殺いてに[三]、我が子を殺さねば、都のきけひ[四]もあるほどにとおぼしめし、〔父が〕鬼王（おにわう）・鬼次（おにつぐ）、さて兄弟の者どもに、『沈めにかけい』とお申しあってはござあるが、さて兄弟の情けによりて、かなたこなたと売られてに、余りのことの悲しさに、静かに数へてみれば、四十五てん[五]に売られてに、この長殿に買ひ取られ、いにしへ流れを立てぬそのとがに、十六人してつかまつる下の水仕を、自ら一人してつかまつる。御身に会うてうれしやな」。[六]かき集めたる藻塩草（もしほぐさ）、進退（しんだい）ここにてに是非をも更にわきまへず（どう振る舞ったらよいか全く分別もつかない）。

三 「に」は「て」に付く、説経独特の間投助詞であるが、以下それが特に多い。
四 キケイで聞え（外聞）の意か。「しんとく丸」一八〇頁注七参照。
五 「てん」は「手」で、ここは四十五の方面の意か。「さんせう太夫」九六頁注二参照。
六 「進退」にかかる序詞。「しんとく丸」一八五頁注三参照。

小栗の賞罰と繁栄

小栗この由〔事情に〕きこしめし、君の長(ちやう)夫婦を御前(まへ)に召され、「やあ、いかに夫婦の者どもよ。人を使ふも由によるぞや。十六人の下(しも)の水仕(みづし)が、一人してなるものか。なんぢらがやうな、邪見な者は生害(しやうがい)[一]」との御諚(ごぢやう)なり。

照手この由きこしめし、「なう、いかに小栗殿。あのやうな慈悲第一の長殿に、いかなる所知をも与へてたまはれ〔どんな領地でも与えて下さい〕の。それをいかにと申するに、御身のいにしへ、餓鬼阿弥と申してに、車を引いたその折に、三日の暇(ひま)を請うたれば、慈悲に情けを相添へて、五日の暇を賜つたる、慈悲第一の長殿に、いかなる所知をも与へてたまはれの、夫(つま)の小栗殿」との御諚なり。

小栗この由きこしめし、「その儀にてあるならば、御恩の妻〔御恩にあずかった妻〕に免ずる〔に免じて許す〕」と、美濃の国十八郡(こほり)[二]を一式[三]進退(しんだい)、総政所(まんどころ)[四]を君の長殿に賜るなり。君の長は承り、「あら有り難(がた)の御事や」と、山海の珍物に国土の菓子を調へて、喜ぶことは限りなし。君の長は、百人の流れの姫

一 殺す、の意。

二 石津・不破・安八(あはち)・池田・大野・本巣(もとす)・席田(むしろだ)・方縣(かたがた)・厚見・各務(かがみ)・山縣・武芸(むげ)・郡上(ぐじよう)・賀茂・可児(かに)・土岐(とき)・恵奈(えな)・多芸(たけ)の十八郡(『書言』)。

三 一切自由に扱わせる意。

四 所領の事務を総括する所、またその長官。「さんせう太夫」一四七頁注八参照。

のその中を、三十二人よりすぐり、玉の輿に取つて乗せ、これは照手の姫の女房たちと参らする。それ女人と申するは、氏な[五]

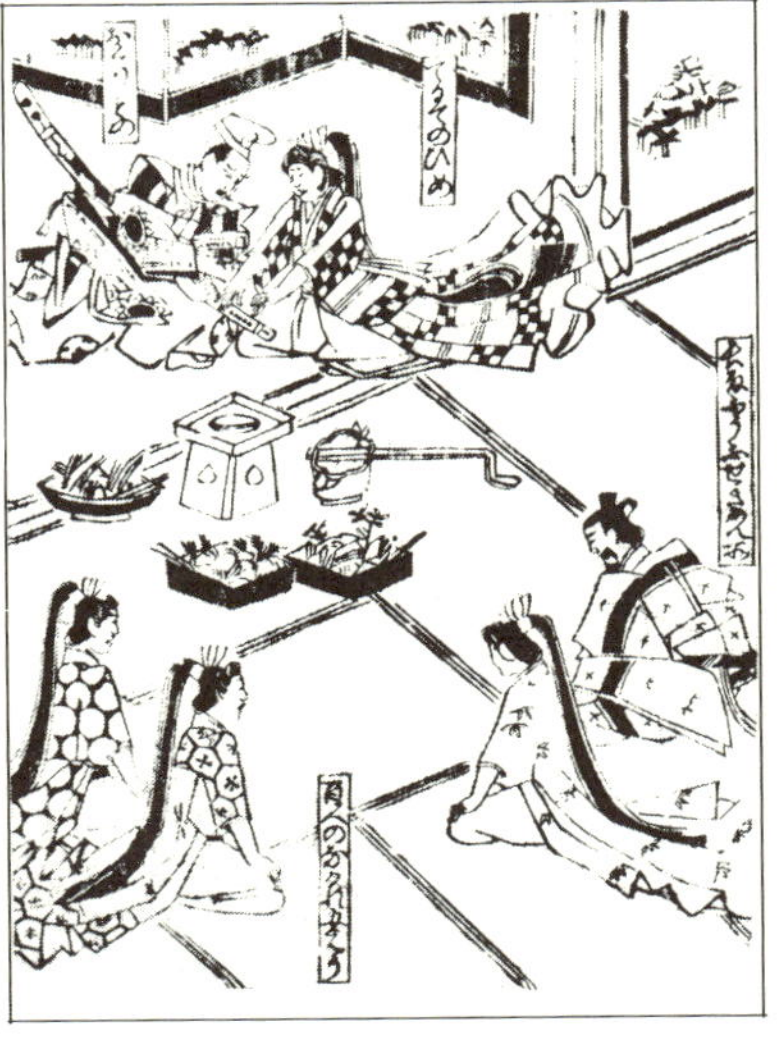

照手、小栗が切ろうとするのを止める

うて玉の輿に乗るとは、ここのたとへを申すなり。

照手の願いをいれ、横山攻めを断念

常陸の国へ所知入りをなされ、七千余騎を催して、横山攻めと触れがなる。横山あつとに肝をつぶし[六]、「いにしへの小栗がよみがへりをつかまつり、横山攻めとあるほどに、さあらば城郭を構へよ」と、空堀に水を入れ、逆虎落[七]引かせてに、用心厳しう待ちゐたり。照手この由きこしめし、夫の小栗へござありて、「なう、いかに

五 女は家柄が卑しくても、富貴の人の愛を得れば、尊い地位に上ることができる意。

六 「に」は説経に多い間投助詞。

七 逆虎落を作って。「逆虎落」は逆茂木。敵の侵入を防ぐため、とげのある枝を逆立てて作った柵。

小栗殿。昔を伝へて聞くからに（昔から伝え聞いておりますが）、[一]父の御恩は七逆罪、母の御恩は五逆罪、十二（［合わせて］）逆罪を得ただにも、それ悲しいと存ずるに、今自らが世に出でたとて、父に弓をばの、え引くまいの（引くことはできますまい）、小栗殿。さて明日の横山攻めをば、お止まりあつてたまはれの。それがさなうて（それがそうでなくて）、いやならば、横山攻めの門出に、さて自らを害召され（殺害され）、さてその後に横山攻めはなされいの」。

小栗この由きこしめし、「その儀にてあるならば、御恩の妻に免ずる」との御諚なり。照手なのめにおぼしめし（たいそう喜ばれ）、「その儀にてあるならば、[二]夫婦の御仲ながら、御腹いせを申さん」と、内証（内意）を書きて、横山殿にお送りある。

横山この由御覧じて、さつと広げて拝見ある。「昔が今に至るまで、[三]七珍万宝の数の（たくさんの）宝より、我が子に増したる宝はないと、今こそ思ひは知られたり。今はなにをか惜しむべし」と、[四]十駄の黄金に、鬼鹿毛の馬を相添へて参らする。

一 「五逆罪」は五つの大罪、すなわち父を殺すこと、母を殺すこと、阿羅漢（聖者）を殺すこと、和合している僧を仲たがいさせること、仏身から血を出すこと。「七逆罪」は七遮罪ともいい、五逆罪に和上（師僧）を殺すこと、阿闍梨を殺すことが加わる。ここの文意は明確でないが、父母の御恩は、それに背くと大罪を得ると聞いただけで、の意か。

二 今までどおり夫婦の間柄のまま、あなたのお怒りが晴れるよう父に申しましょう、の意か。

三 「シッチンマンボウ」（『日葡』）。七宝（一説に金・銀・瑠璃・硨磲・碼碯・珊瑚・琥珀）とあらゆる宝もの。

四 駄馬十頭分の積み荷。目方にして三百六十貫（約一三五〇キロ）を標準とする。

三郎・姥の処罰と小栗・照手の繁栄

[五]これもなに故なれば、三男の三郎がわざぞとて、三郎には七筋の縄（なは）をつけ、小栗殿に御引かせある。小栗この由御覧じて、

小栗の出世と三郎の切腹

「恩な恩（恩は恩）、仇（あたん）[六]は仇（あたん）で報ずべし。十駄の黄金をば、欲にしてもいらぬ（欲心があるにしても）」とて、黄金御堂（みだう）[七]と寺を建て、さて鬼鹿毛が姿をば、真の漆で固めて（まっ黒の漆で）〔その〕に、馬をば馬頭観音とおいはひ（お祭りする）ある。牛は大日如来化身と（大日如来の化身として）おいはひある。これもなに故なれば、三男の三郎がわざぞとて、三郎をば粗（あら）[八]簀（す）に巻いて、西の海にひしづけ[九]にこそなされける。舌三寸の操（あやつ）りで、[一〇]五尺の命を失ふこと、悟らざりけるはかなさよ。

五 過去の苦難を指したのであろう。
六 「あた」の転か。
七 所在は未詳。「富士山の裾野に黄金（こがね）堂を建てさせたまひて」（奈良絵本）。
八 竹・葦（あし）などをあらく編んだもの。ここは簀巻きの刑。
九 「ふしづけ（柴漬）」の転か。「柴漬」は本来、柴（しば）をたばねて冬の間水中に漬けておき、春になってそこに集まった魚を捕る仕掛けであるが、ここは罪人を簀巻きにして水中に投げ入れること。
一〇 その身の命。「五尺」は五尺の身。体一つ。人の体を控え目にいったもの。

それから一ゆきとせに御渡りあり、〔姫を〕初めて売った売り初めたる姥をば、肩から下を掘りうづみ、竹のこぎりで首をこそはおひかせある。太夫殿には所知〔領地〕を与へたまふなり。それよりも小栗殿、常陸の国へ御もどりあり、二棟に棟、門に門を建て、三富貴万福、二代の長者〔二代にわたる金持として〕と栄えたまふ。

その後生者必滅の習ひとて、八十三の御時に、大往生を遂げたまへる。神や仏一緒に集まらせたまひてに、かほどまで真実に大剛の弓取りを、いざや神にいはひこめ〔神として祭り込め〕、末世の衆生に拝ませんがそのために、小栗殿をば、四美濃の国安八の郡墨俣、たるひおなことの神体は正八幡、荒人神とおいはひある。同じく照手の姫をも、十八町下に、五契り結ぶの神とおいはひある。契り結ぶの神の御本地も語り納むる。所も繁盛、御代もめでたう、国も豊かにめでたかりけり。

一 二五六頁注五参照。
二 「むね」の転か。
三 「フッキバンブク」(『日葡』)、バンフクとも読む。
四 豊孝本は、常陸の国鳥羽田村（茨城県東茨城郡茨城町鳥羽田）の正八幡結ぶの神の由来になっている。以前ここに真言宗龍含寺（小栗堂）という寺があり、小栗氏の古墳がたくさんあって、小栗判官および殿原十人の墓といわれた。また奈良絵本では「小栗殿を愛染明王とおいはひある。照手の姫をば結ぶの神とおいはひあつて、都の北野に御堂を建てたまひて、今の世に至るまで、末繁盛といつきかしづき拝み申すばかりなり」と結ぶ。北野に愛染堂のあったことは知られている（『京都坊目誌』）。
五 結村（現在岐阜県安八郡墨俣町）町屋の結大明神（結神社）。『十六夜日記』にも出、歌にも詠まれて、古くから有名であった。大垣から沢渡の渡し（揖斐川の渡し）を経てすぐ左（北）にある。ここから墨俣の渡し場に至るのが当時の経路であった。照天の社（『和漢三才図会』）とも小栗の社（『美濃国古蹟考』）ともいい、照手所持の古鏡を所蔵していたという（同上）。墨俣八幡まで直線で約十八町（約二キロ）ある。
* 照手姫は理想の女性として描かれているが、特に道義に極めて潔癖である。「さんせう太夫」によく似た結末になっているが、信賞必罰、とりわけ自分たちを苦しめた者に対して、厳しい復讐を忘れないのが特徴。

あいごの若

初段[一]

それつらつら[二]おもんみるに、人倫の法儀[三]を本として、君を敬ひ、民を哀れみ、まつりごと内には五戒[四]を保ち、ここに人皇[五]七十三代のみかどをば、嵯峨[六]の天皇と申し奉る。そのころ花の都、二条蔵人前の左大臣清平[七]とて、公卿一人おはします。北の御方は、一条の関白宗次の姫君にて、御姿たとへがたなう聞えける。代々家の御譲り、やいば[八]の太刀・唐鞍[九]、天より降りたる宝にて、ある時、帝王七歳の御時、女院[一〇]に御悩かかりける。かたじけなくも帝王、二歳の馬にこの鞍置かせ、同じく太刀をはかせ、紫宸殿[一一]まで御幸あり、元の内裏へ還幸[一二]あり。第六天[一三]も恐れをなし、女院の御気色平癒あり、たぐひまれなる宝とて、御寵愛は限りなし。その家の郎等に、紀州[一四]

清平の威勢

一 「まつら長者」と同じく浄瑠璃風に六段になっている。元は段別がなかったであろう。
二 冒頭から「かの清平の御威勢を感ぜぬ人こそなかりけれ」まで、浄瑠璃風で説経の特徴は失われている。
三 道義。「人倫」は人間、「法儀」（底本「ほうぎ」。「法儀」を当てたのは『落葉集』による）は掟の意。
四 五戒を保つことが大切で、の意。「五戒」は在家で守るべき五つの禁戒。殺生戒・偸盗戒・邪淫戒・妄語戒・飲酒戒。
五 神代と区別し、神武天皇以降の天皇。
六 嵯峨天皇は五二代、七三代は堀川天皇である。ここは架空の物語である。
七 底本「きよひら」。次行の「宗次」も底本は「宗つぐ」。宝永版によってそれぞれ漢字を当てる。
八 「刃」は焼いてから水に浸して堅くした刃物であるが、ここは鋭く霊力を持つ意であろう。
九 雲珠・杏葉など飾りの付いた唐風の鞍。御禊・行幸供奉の公卿、賀茂祭の使いなどが飾り馬に用いた。
一〇 女院が御病気になった。「女院」は天皇の母に対する尊称。
一一 シシンデンともいう。内裏（皇居）の正殿。
一二 底本「くわんがう有」。「還幸」は普通「クワンカウ」（多くの節用集・『日葡』）、「グワンカウ」（『文明』）とも読んだ。「有」は「ある」と読むこともできる。
一三 第六天の魔王、他化自在天。
一四 和歌山県那賀郡岩出町根来。根来寺で有名。

清平、宝比べに勝つ

根来(ねごろ)の住人、荒木[一]の左衛門近国(ちかくに)とて、君を敬ひ奉る。かの清平の御威勢を、感ぜぬ人こそなかりけれ。

フシ これはさておき、みかどには、孟春(まうしゆん)[二]・如月(きさらぎ)過ぎゆけば、せつとう[三]のつれづれに[四]、紫宸殿(ししいでん)にて宝比べと宣旨(せんじ)[五]あり。供人(ともびと)承りつつ、次第次第に触れにける。三重 関白・右大臣・左大臣を先として、思ひ思ひの宝を持ち、やがて白州(しらす)[六]に積みたまふ。みかど叡覧(えいらん)ましまして（御覧になって）、「やいばの太刀・唐鞍(からくら)、これに過ぎたる宝あらじ」と、御感申(ぎよかん)すばかりはなかりけり（ご賞讃は非常なものであった）。蔵人(くらんど)[七]威勢に余り、「いかに六条[八]殿。

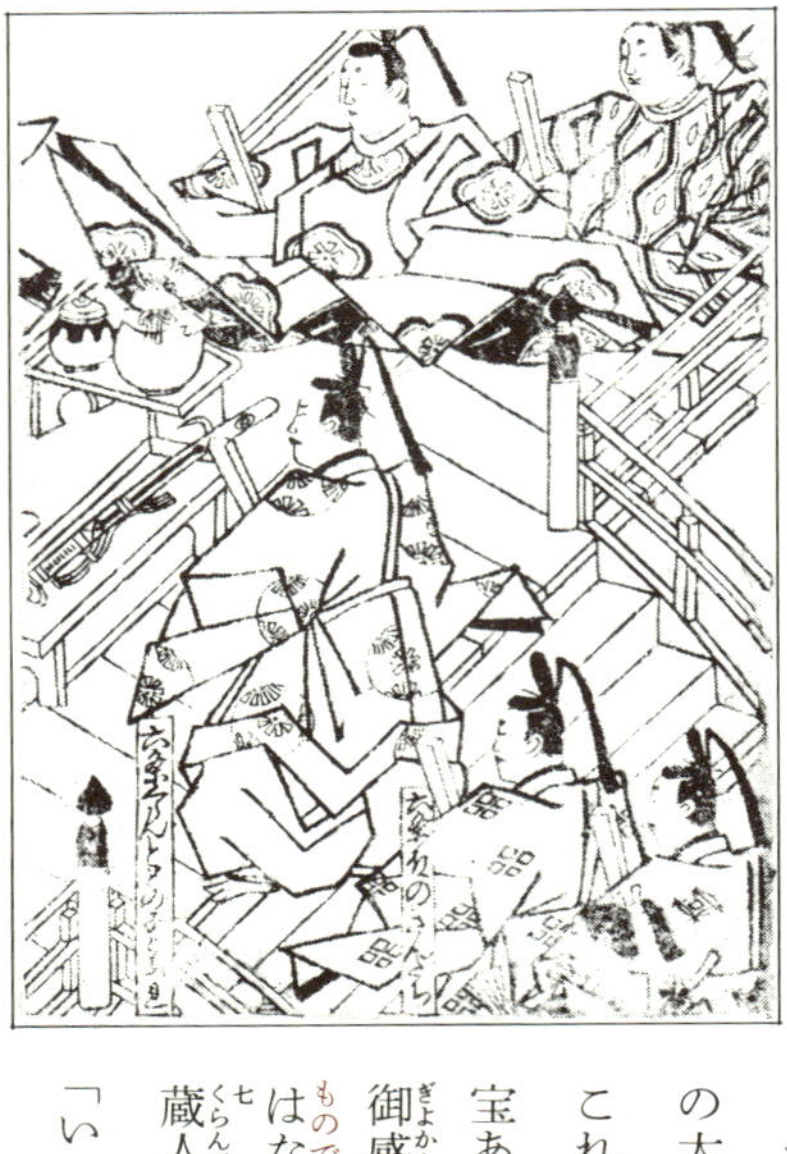

みかど宝比べ

一 底本「あら木の左衛門ちか国」。浄瑠璃に模して新たに作った人物であろう。
二 陰暦正月と二月。
三 未詳。宝永版「せっちう（雪中）」。
四 することもなく退屈して。
五 勅旨を宣(の)べ伝えることで、天皇の命令を記した公文書。ここは天皇の命令。
六 白い砂の敷いてある広庭。
七 二条清平。
八 六条の判官。二条蔵人清平に敵対する人物。三〇九頁一四行目で「行重(ゆきしげ)」と名乗っている。

貧小（貧しくて）に宝なき者は、日ごろの高言（かうげん）いらざるもの。いかにいかに」と申さるる。いたはしや六条殿、とかくの返答あらずして、ただすごすごと御殿を立たせたまへば、列座の公卿（くぎやう）、一度にはらりと立ちたまふ。

なほも無念[九]は六条殿、若君たちを近付けたまひ、「いかになんぢら確かに聞け。今日御殿にて、宝比べのありけるが、われ貧者ゆゑ、二条蔵人清平に、由なきことに（つまらないことで）悪口せられ、彼と組み、死なんほど（死のうとまで）に思へども、御殿[一〇]なれば力なし。押し寄せ、討ち死にせん。夜討ち[一一]

九 無念やるかたない六条殿は。

一〇 殿中なのでやむなく我慢した。「御殿」はふつう天皇が日常住んでおられる清涼殿（せいりようでん）を指すが、ここは紫宸殿であろう。

一一 夜討ちに越したことはあるまい。夜討ちが一番だろう。

にしかじ。嫡子(ちやくし)いかに」と仰せける。

義長(よしなが)[一]きこしめし、「御諚(ごぢやう)もつともにて候へども（仰せはもっともでございますが）、筋なきことに寄せ（つまらないことで押し寄せては）、重ねて（改めて）理非[二]検断のあるべし。清平は子なき者にて、末の栄ふることもなし。〔今度は〕子比べと奏聞(そうもん)[三]し、君に（みかどにおいて）御承引(しよういん)なきならば、清平へ押し寄せ、差し違へ死なんに、何の子細あるべし（差し支えがあろう）。父御様」とぞ申さる。判官(はんぐわん)につこと打ち笑ひ、「さあらば奏聞申さん」と、内裏(だいり)を指(さ)してぞ急ぎたまふ。キリ

清平、子比べに敗れる

御殿になれば（御殿に着かれると）、くだんの旨を（先程のことを）奏聞あり。みかど叡覧(えいらん)ましまして、神無月(かみなづき)、山は錦のもみぢ葉も、あらしに誘ひ（嵐に誘われ）ちりぢり[四]に、楓(かいで)[五]の春を待つばかり。つれづれ[六]の折節(をりふし)なり、子比べ、と宣旨あり。供人承り、一々次第に三重触れにける。洛陽[七]の高家(かうけ)[八]、一人も残らず公達(きんだち)[九]を引き具し、我も我もと伺候あり。中にも六条の判官、弓手(ゆんで)に（左手に）兄弟五人、次第次第に伺候す。

みかど叡覧ましまして、子ほどの宝よもあらじと、君御感限りな

一 底本「よしなか」。六条殿（六条の判官）の嫡子。「よしなが」（宝永版）。仮に「義長」を当てる。
二 理非（是非。罪の有無）を検察し、断罪すること。
三 天皇に申し上げること。
四 底本「ちり〳〵」。「チリヂリ」（『ロ氏文典』）。
五 底本「かいで」。「カイデ」（『日葡』）。カエデ科の落葉喬木(きょうぼく)。
六 することもなく退屈している、ちょうどいい時だから、子比べをしよう。
七 都。京都。
八 家柄のよい家、高貴な家（『日仏』）。
九 貴族の子弟。

清平夫婦、長谷観音に申し子

し。すなはち嫡子義長を越中の守に補せられ、父の判官除目かたじけなく[一〇]、蔵人の前に行き、「いかに清平、子なき者は一代者とて、御殿にはかなふまじ（ふさわしくない）。はや立ちのけ」と引つ立つる。御前なりし公卿・大臣、「こは何事」と押し分けて、一度にはらりと立ちたまふ。中にも六条殿、五人の公達引き具し、「日ごろの無念晴れたり」とて、喜び勇み、屋形を指してぞ帰らるる。

いたはしや蔵人殿、屋形になれば、御台所を近付け、「いかに我が妻聞きたまへ。今日みかどにて（宮中で）、子比べのありけるが、六条の判官子供五人持ちければ、彼に座敷を追つ立てられ、無念たぐひはなかりけり。判官と組まんと思へども、御殿なれば力なし。むなしく帰る、口惜しや。我これにて腹切るべし。御身は長らへ、後世（後世を）問うてたまはれ（弔って下さい）」と、すでに自害と見えけるが、御台は抱き着き、「げに道理なりことわりや（ほんとに道理ですもっともです）。子なき故に、かかる憂きこと聞くや」とて、消え入るやうに（息が絶えるほどに）泣きたまふ。

一〇 嫡子の任官をかたじけなく思い。「除目」は平安時代、諸司・諸国の主典以上の官職を任命した儀式。秋の司召（主に京官）、春の県召（国司など）がそれである。

御涙のひまよりも、「いかに我が夫聞きたまへ。仏神に祈誓[一]かくれば、子種[二]授かると承る。泊瀬山[三]の観世音に祈誓をかけ、それに子種なきならば、自ら共に自害して、三途[四]の大川、手に手を取つて越すべし。なう我が夫」と御そでに取り付き、流涕焦がれ泣きたまふ。君はげにもとおぼしめし、あまたの御供引き具し、泊瀬山詣でと

三重 聞えける。

御前になれば、うがひ・手水で身を清め、鰐口ちやうど[五]打ち鳴らし、「南無や大悲の観世音、願はくは男子にても女子にても、一人の子種を授けたびたまへ」と、深く祈誓をかけたまひ、七日こもらせたまひける。有り難や御本尊は、枕上に立ちたまひ、「いかに清平、人の子種の多きこと、天に星の数よりも、なほも多きことなれど、清平夫婦に子種は更になし。はやはや帰れ」と告げたまひ、夢は覚めてぞ失せにける。

清平夫婦、かつぱ[六]と起きさせたまひつつ、「こは情けなき利生[七]か

一 祈ること。祈念。
二 底本「子たね」。万治版「子だね」。「コダネ」(『日葡』)。
三 奈良県桜井市初瀬の長谷寺。真言宗豊山派の総本山。本尊十一面観音は有名。
四 人が死後七日目に渡る川。三つの瀬があって、生前の業のいかんによって、難易が異なる。川のほとりに奪衣婆と懸衣翁が居て、亡者の衣を奪い、木に懸けて、その罪を量るという。
五 底本「てうど」。物に打ち合って音をたてる様。
六 底本「かつばと」。「カツパト」(『日葡』)。
七 仏の冥加。

な。一人の子種なきならば、わらは[八]夫婦が一命取らせたまへ」とて、又三日ぞこもらるる。有り難や御本尊は、枕上に立ちたまひ、「清平に子種は更にあらねども、生害[九]にかけて嘆くこと、さてもさても不便なり。[一〇]この子三歳になるならば、夫婦の内に一人（夫婦のうちのどちらか一人）、一命を取るべし。清平いかに」と告げたまふ。御台夢の心地にて、「その子こ[一一]よひ生れ、明日なりとも、自らが一命取りたまへ。男子なりとも女子なりとも、一人所望」とのたまへば、御本尊はきこしめし、子種を授け、消すが如くに失せたまふ。清平夫婦かつぱと起き、「あら有り難や」と、御前三度伏し拝み、供人あまた引き具し、都を指してぞ上らるる。清平殿の志、ゆゆしき[一二]ともなかなか、申すばかりは[一三]なかりけれ。

二段目

八 わたしら夫婦の。「わらは」は「妾」を当て、一人称の代名詞で女が使う。

九 命をかけて。「生害」は殺すこと、あるいは自害。

一〇 三一三頁五行目以下の伏線になる。「しんとく丸」一六三頁一二行目以下によく似ている。

一一 今宵生れたならば。

一二 本来は恐れ多いの意であるが、ここはすばらしい、あっぱれである、の意。

一三 「……ともなかなか申すばかりはなかりけれ」は浄瑠璃段末の慣用句。三、四段目末尾参照。

＊ 浄瑠璃風になっているが、宝比べ（子比べ）に敗れて仏神に申し子をし、生れた子供が物語の主人公になるという筋立ては、一時代前の室町時代物語の特色で、説経本来のものであろう。

判官、清平を攻撃

コトバ これはさておき、六条の判官は、郎等の竹田の太郎を召され、「いかに竹田、確かに聞け。二条の蔵人清平、君の御気色よきままに、御殿の恥辱を顧みず、あまつさへ由なきことを企て、我に謀反をたくむとや。彼を浮き世に置くならば、一期の浮沈身の大事。まことや聞けば、〔清平は〕大和の国泊瀬山に、いささかの宿願あり、〔参詣の後〕今日下向すると聞く。折節足手にからまる女を連れて参りければ、これ願ふところの幸ひなり、桂川に待ち受け、清平を討ち取らんに、何の子細のあるべし。いかにいかに」と仰せける。太郎承り、その

判官・清平両軍の戦闘

一 天皇のご寵愛のあついのに任せて。
二 一生の盛衰、この身の大事にかかわる。
三 京都の南西を流れる川。山崎の辺りで宇治川と合流して淀川となる。

勢(せい)は三千余騎、嫡子(ちゃくし)越中の守を引き具し、桂川へぞ三重急ぎける。

これはさておき清平殿、桂川に着きたまふ。

待ちかけたる軍兵(ぐんびゃう)ども、清平を見付け、鬨(とき)[四]の声をぞ三重上げにける。鬨の声も静まれば、荒木の左衛門進み出で[五]、「何者なれば狼藉(らうぜき)や。名乗れ、聞かん」と申しける。寄せ手の陣より、武者一騎進み出で、鐙(あぶみ)[六]踏ん張り、鞍笠(くらかさ)[七]につつ立ち上がり、大音(だいおん)上げて名乗りける。「ただ今ここもとへ寄せたる大将軍を、いかなる者と思ふらん。六条の判官行重(ゆきしげ)なり。いつぞやみかどにて、座敷を押つ立てられ、その

四 合戦の初めに、全軍で発する叫び声。まず大将が「えいえい」と叫ぶと、全軍が「おう」と和し、これを三度繰り返す。

五 底本「すゝみ出」。一一行目の場合も同じ。

六 鞍の両側に下げ、乗る人が両足を踏みかける馬具。

七 鞍坪。鞍の前輪と後輪(しずわ)との間、人がまたがる所。

面目[一]をも顧みず、あまつさへ野心を言ひ立て(不当な望みを)、折々みかどへ讒言し、我に謀反をたくむと聞く。いかに清平、天の網[二]にかかつてあり。人手にはかけまじ、腹を切れ」とぞ申しける。

左衛門聞いて、「さては判官めが、これまで来てありけるか。判官体のやつばら[三]に、かく申すもちんをひやうする[四]。我が主人(主人に)遺恨のあるべきか(あるはずがない)。まことや聞けば、〔判官は〕仏法僧[五]をも供養せず、重ねの衣[六]は薄くして、飢ゑに及びしその時は、盗賊海賊に出る[七]と聞く。この左衛門に向つて悪言を申し、大傷を求めんより、その陣引け」とぞ申しける。判官いよいよ腹を立て、「憎きやつが言ひごとや。あれ討ち取れ」と下知すれば、我も我もと進み出で、ここを最期と三重戦ひける。

かかるところに南都のとつこう坊[八]、あい両陣[九]に駆けふさがつて、弓手(左手を)を見れば寄せ手の旗印、片輪車[一〇]に立つ波は六条の判官、又身方は、丸に二つ引き[一一]、木瓜打つたるは、一条の蔵人清平の紋なり。

一 不名誉をも。「面目」は名誉。ここは名誉にかかわること、の意。
二 天が悪人を捕えるために張った網。「天網恢々疎ニシテ漏ラサズ」(『老子』)。
三 底本「やつはら」。「奴原」等を当てる。複数の相手を卑しめていう語。やつら。
四 「陣を慓する」で、軍陣を軽んずるものだ、の意か。宝永版「むやく(無益)也」。「傍若無人のやつめには、何を仰せ候とも、けん(剣か)をへうすに似たるべし」(浄瑠璃「高館」)。
五 三宝。仏と法(仏の教えを説いた経典)と僧。
六 重ねて着る衣服が薄くて。着る物が不足して。
七 底本「出る」。「出づる」とも読める。
八 底本「こうぼう」(次頁一行目は「とつかう」)。「とつこう」、「とつこうぼう」の誤りであろう。『義経物語』に「南都勧修坊のとくこのもとへ」、舞曲「和泉が城」に「殊更この間は、高雄の文学(文覚)上人・鞍馬の東光坊・奈良のとつこの御坊にて、御兄弟の御仲直し申さんとの御内談」とある「とくこ(とつこ)」であろう。『東鑑』『玉葉』(文治二・九・二二)に「観(勧)修房得業聖弘房」とある「得業(僧の学階)」の転。
九 未詳。「相両陣」か。宝永版は「あい」がない。
一〇 紋所。三〇八頁挿絵参照。
一一 「丸に二つ引き」と「木瓜」の二つを上下に付け

「両陣共に存じのこと（知ってのこと）。かく申すは南都のとつこうにて候。これはみかどよりの宣旨かや、又私(わたくし)の遺恨かや、かく騒動(さうど)[一二]をなしたまふ。承らん」と申さるる。荒木の左衛門進み出で、かやうかやうと申しける。とつかうきこしめし、「愚かなり。方々(かたがた)が騒動をきこしめさるれば、清平も判官も、君の逆鱗(げきりん)[一三]晴れがたし。重ねて御沙汰あるべし（改めてお達しがあろう）。いかにいかに」と申さるれば、互ひ（〔両軍共に〕）[一四]に遺恨はなかりけり。都入りと聞えける。かのとつかうの有様、あつぱれ深き案者(あんじゃ)[一五]とて、感ぜぬ人こそなかりけり。

三段目

コトバ これはさておき北の御方（〔清平の〕）、仏神(ぶつじん)の御納受(なふじゅ)[一六]や現れて、御懐妊と聞えける。七月(ななつき)[一七]の煩ひ、九月(ここのつき)の苦しみ、当る十月(とつき)と申せしに、御産の紐(ひぼ)を解きたまふ。御子取り上げ見たまへば、玉を延べ[一八]たる如くな

たのは。下図参照。

〔丸に二つ引き〕　〔木　瓜〕

一二 底本「そうど」。二行あとでは「そうとう」。

一三 天子の怒りを晴らすことはできない。

一四 両軍互いに戦いをやめて、恨みを残すことはなかった。

一五 思案の深い人（『日仏』）。

＊ この一段は戦闘が主になっているが、説経にはふさわしくない。浄瑠璃の影響で、後に付け加えたのであろう。

一六 願いを聞き入れること。

若の誕生と御台の死

一七「御産の紐を解きたまふ」まで妊娠・出産の経過をいう慣用句。

一八 慣用句。玉を広げたように美しい意。

る、若君様にてましませば、すなはち御名を、[一]愛護の若とぞ申し奉る。[二]お乳や乳母を相添へて、父母の寵愛限りなし。この若君の御成人、物によくよくたとふれば、[三]宵に生えたる筍が、夜中の露に育まれ、尺を延べたる如くなり。五歳十歳はや過ぎて、今十三になりたまふ。

今ははや御心にかかることもなく、[四]八重一重九重の内〔に住み〕、春は[五]まがきに桜花、夏は涼しき山川の、流れを吹き返すほととぎす、初音さだかに卯の花や〔流れを吹きもどすようにほととぎすの初音がはっきりと卯の花の間に聞える〕、秋は色咲く[六]菊水の、花珍しくかはるらん、冬は雪降り白妙の、谷の小川も[七]つらら凍て、四季折々は目の前に〔四季折々の景をま〔見るように〕〕、物の上手が絵に書きて、屛風の興は限りなし。かかる栄華の御身をば、うらやまざるはなかりけり。

あるつれづれに御台仰せけるやうは、「いかに面々聞きたまへ。愛護の若を、泊瀬山の観世音に申し受けしその時、[八]三歳になるならば、父か母かに命の恐れのあるべしと、仏勅受けて[九]侍ふが、今十三

一 底本「あいごの若」。「愛護」は大切に保護する意。
二 慣用句。うば。「しんとく丸」一六五頁注一一参照。
三 「尺を延べたる如くなり」まで成長の速いことをいう慣用句。「筍」は竹の子。「尺を延ぶる」はぐんぐん伸びる意。
四 ここは深窓（奥深い居間）の意。「しんとく丸」一七一頁注一九参照。
五 以下、四季の美景（ここは屛風の絵）を述べるもので、当時の語り物に例が多い。
六 文意不明。「菊水」は「菊」に、語調をよくするため「水」を付けたもの、「かはる」の「は（ハ）」は「ほ（ホ）」の誤りと解すると、美しく咲く菊が、珍しい花を咲かせて薫っている、という意になる。「かほる」は「かをる」が正しいが古くからの慣用。
七 底本「つゝらいて」を訂正。氷が張って、の意。「つらら」は氷。「凍て」は氷って。
八 以下、「しんとく丸」一七五頁一三行目以下によく似ている。
九 底本・万治版「侍が」、宝永版「さふらふが」。サムロウガと読むか。女性の丁寧な言葉遣い。ここはおりますが、の意。

になるまでも、なにの子細(支障)はなかりけり。[一〇]神や仏も偽りたまふ。まして人々も偽り、浮き世を渡らせたまへ、方々(かたがた)いかに」と仰せけるは、御台所の運の尽きとぞ聞えける。

泊瀬山へ程遠きと申せども、観世音はきこしめし、[一一]病の御先(やまふのみさき)を召され、「二条蔵人(くらんど)が御台が一命、取つて参れ」と、やがて綱を切りたまふ。すなはち悪風(あくふう)となつて、二条の屋形に吹き入り、いたはしや御台所の五体に取り付き、「離れてゆけ(命よ)」とぞ責めにける。いたはしや御台所は、もはや座敷にたまられず、[一二]御座(ござ)に移らせたまひ、[一三]万死(ばんし)の床(ゆか)に伏したまふ。清平殿も若君も、いろいろ看病なさるれど、仏神(ぶつじん)のとがめにて、更にそのかひなかりけり。

今を限りの折節、介錯(かいしやく)せられ(介抱されて)起きたまひ、「いかに我が夫(つま)、自らただ今冥途(めいど)へ赴くなり。ただ一人のこの若を、万事は頼み奉る。いかに愛護、自らむなしくなるならば、何といふとも屋形には、御台(御台が)ならではかなふまじ(いなくては困るでしょう)。後の親を親として、よきに宮づき(お仕えなさい)奉れ。名残(なごり)

一〇 人間はいっそうそをついて、この世を渡りなさい。神仏をあざける。

一一 病気を導く御先(みさき)。「御先」は本来は先払いであるが、ここは神の使いで、人の命を奪うもの。「しんとく丸」一七六頁注八参照。ここは神の使いとして鳥・狐・猿などを指し、普段はつないであると見える。

一二 上げ畳。両面に表と縁をつけ、畳の上に別に敷き重ねる畳。貴人の座所・寝所に用いた。

一三 とても助からない病の床に伏される。底本・万治版「ばんし」、宝永版「ばんじ」(三一六頁一〇行目の場合は万治・宝永両版とも「ばんじ」)とあるので「万事」かもしれない。この場合は万事休すような病の床、の意になる。あるいは「半死(ハンジ)」(『永禄』等)の例があるから、「万死」もバンジと読んだか。『日葡』は「バンシ」。

惜しの清平殿。なほも名残の惜しきは、愛護の若にてとどめたり」と、これを最期の言葉として、御年積り三十三と申せしに、つひにはかなくなりたまふ。清平殿も若君も、これはこれはとばかりにて、消え入るやうに泣きたまふ。

今一入の御嘆きは、若君様にてとどめたり。「なう母上様。たれとてもたれとても、無常は逃れがたけれど、今の別れは物憂[一]やな。ゆかでかなはぬ道ならば、我をも連れて行きたまへ」と、流涕焦がれ泣きたまふ。されどもかなはぬことなれば、御台所の御死骸、野辺に送らせたまひける。三重無常の煙となしたまふ。

野辺より帰らせたまひつつ、花をさし香を盛り、自ら御経[二]あそばし、[三]回向の御声差し上げ、「この御経の[四]十羅刹女の[五]功力により、早く成仏なりたまへ。[六]南無三宝南無三宝、物憂かりける浮き世や」と消え入るやうに泣きたまふ。かの若君の御嘆き、申すばかりはなかりけり。

一　やりきれません。

二　御経（ここは『法華経』か）を読誦され。

三　回向文。勤行の終りに、今修した読経の功徳を衆生にふり向けるために読誦する偈文。

四　鬼子母神等とともに、『法華経』を受持する者を護持するという、十人の羅刹女（鬼女）。『法華経』陀羅尼品に、十羅刹女が仏に「世尊よ、われらもまた、法華経を読誦し、受持する者を擁護りて、その衰患を除かんと欲す」と誓ったとある。

五　修行によって得た力。

六　驚き恐れる時に発する語。

新しい御台

これはさておき、御一門は集まりたまひ、「なにといふとも屋形には、御台なうてかなふまじ」と、とりどりの評定(ひやうぢやう)なり。左衛門進み出で、「八条殿の姫君は、いかがあらん」と申しける。七この儀もつとも然(しか)るべしとて、やがて使ひを立てたまふ。〔八条殿に〕使ひ参り、かくと申す。同座の人々〔八条の〕大臣殿に参り、この由かくと申し上ぐる。大臣げにもと(もっともと)おぼしめし、やがてお請(う)けをなされければ、使ひは二条殿へ帰りける。八吉日(きちにち)選むにあらず、〔姫君を〕二条の御城(しろ)に送らるる。屋形になれば、互ひに見えつ見えられつ〔思い思われて〕、九比翼連理も浅からず。

きのふけふの昔になり〔一日また一日と時がたち〕、なほも哀れは若君にてとどめたり。持仏堂(ぢぶつだう)にましますが、このことをきこしめし、「あら情けなや、母上様に過ぎ後(おく)れ、きのふと送りけふも過ぎ、まだいくほどもたたざるに、移れば変る世の習ひ〔時とともに変るのは世の習い〕、一〇梭(さ)を投ぐる間(ま)の世の中に、嘆くまじやれ一一我が心とは思へども、情けなきは父御様。これにつけても母上の、思ひやられて恋しや」と、衣(きぬ)引き被(かつ)き倒れ伏し、流涕(りうてい)焦がれ泣きたまふ。

七 慣用句。それがよかろう、の意。

八 吉日を選ぶひまもなく。宝永版「吉日選み」。

九 「比翼の鳥・連理の枝」の略。男女の契りの深いたとえ。

一〇 底本「さをな車の」。あっという間のはかない。「擲梭間(ナゲルサヲマ) 暫時ノ義」(『書言』)。「梭」は織機の杼(ひ)。舟形に作ったもので、横糸を巻いた管(くだ)を入れて、縦糸の中を通すに用いるもの。「梭を投ぐる」は梭投(さとう)(杼を通わすこと、物事の経過の急なこと)の意。

一一 「やれ」は「や」に相当する間投助詞。宝永版「嘆くまじや我が心」。

すでにその夜も明けければ、涙とともに御座（ござ）を出で、花園山に出（小高い花園に）でたまひ、咲き乱れたる花のもとに立ち寄りたまひ、母上様のこの花を、よきに寵愛（ちょうあい）なされしが、つらき情け（無情なのは）はこの花と、思ひの余りに、一首はかうぞ聞えける（和歌一首を次のように詠まれた）。

一あるじなき庭の桜のいたづらに
　咲きて散るをやたれか惜しまん

と、かやうに詠じたまひつつ、しばし御心を晴らされ、二手白（てじろ）の猿（さる）を寵愛なされ、持仏堂に入りたまふ。

継母の恋

かかる哀れの折節、三雲居の前、愛護の若の御姿を、ちらと見そめしこのかた（初めて見てから後は）は、静心なき思ひ（落ち着かない恋となって）にて、万死（ばんし）の床（ゆか）に伏したまひ、今を限りと見えたまふ。ワキ四月小夜（つきさよ）御枕（まくら）に立ち寄り、「いかに姫君様、御心の内自らに語らせたまへ」と申しける。五局（つぼね）きこしめし、「今はなに（なにを）をか包むべし（隠しましょう）。きのふ花園山にて、猿を寵愛なされたる、人の姿を一目見しより、自ら思ひの種となり、ただ何事もか事も（何もかも）、月小夜頼

一 あるじのいない庭の桜が、空しく咲いて散るのを、だれか惜しむ者があろうか。

二 「こういう動物が、この民譚（みんたん）（「あいごの若」）に現れたのは、勿論日吉の猿部屋に関係があるので、手首ばかり白い猿を、神猿とするなどいう信仰もあったと思われる」（折口信夫『古代研究（民俗学篇1）』所収「愛護若」）。「日吉の猿部屋」は「大宮（大津市坂本町の日吉（ひえ）大社）本殿の左にあり。猿は当社の使者なりといふをもつて、猿一匹づゝこの部屋に入れ置き、参詣の者食物を与ふ」（『近江国輿地志略』）。

＊ 愛護の祝福された誕生。しかし御台所は不用意な発言のため、あとに思いを残しながら死去。愛護は亡き母を慕う毎日を過す。父の再婚で愛護の悲しみは一層募るが、わずかに慰められるのは手白の猿。山王権現の使者の登場である。

三 底本「くもいのまへ」。継母の名。

四 底本「月さよ」。継母の侍女。

五 新御台雲居の前を指す。

六 お考えが足りません。「愚か」は思慮・認識の不十分なこと。
七 少年。子供。
八 もっての外の。不都合な。
九 仰せをどうして背くことがありましょう。
一〇 たとえこの恋がかなわずして。「し」は「……して」の意で、前後の句を接続する助詞。

む」と、伏し沈みておはします。月小夜承り、「愚[六]かなり姫君様。かの小人[七]は、清平様の総領、愛護の若君にておはします。こはもつ[八]たいなき仰せかな。たとへ一命捨つるとも、仰せ[九]をいかで背くべし。さりながらこのことにおいては、思ひとどまりたまへ」と荒けなく（荒々しく）こそ申しけれ。

いたはしや姫君様、思ひのほかに引き替へて（意外にも期待にはずれ）、月小夜は頼りなく、所詮生きてかひあらじと、食事を断たせたまひつつ、今を限りと見えたまふ。月小夜見参らせ、「さてさていたはしや。御命失ひたまはんも恥辱なり。一旦思ひをやめて参らせん（いやして上げましょう）」と、御枕に立ち寄り、「いかに姫君様。さやうにおぼしめすならば、大事（むずかしい）の使ひと存ずれども、一筆召され候へ（お書き下さい）、姫君様」と申しける。

姫君かつぱと起きたまひ、「あられしや、文の便りと申すかや。[一〇]たとへかなはずし、自らむなしくなるとても、ただ今の言葉の末（はし）、いつの世にかは忘るべき」と、硯・料紙を取り寄せて、さもいつく（たいそう美しく）

しく書きたまひ、「月小夜頼む」と仰せける。月小夜承り、御前を立ち、急ぎ若君のおはします、持仏堂に参りつつ、間の障子を[一]ほとほとと訪るる。

若君きこしめし、「たれやたそ。音もせで来るは不思議なり」。月小夜承り、「いや、苦しうも候はず。かく申す自らは、当御台所に召し使はれし、月小夜と申す者にて候が、東山へ[二]七日詣でつかまつりしが、不思議の[三]玉章拾ひ申して候が、御目にかけんためこれまで参り候。ここを開けさせたまへや」。若君間の障子コトバ開けさせたまへば、〔月小夜は〕やがて文を奉る。

[四]さる間若君は、偽り文とは知ろしめされず、まづ上書きを御覧じて、「あら美しのこの筆や。主はたれとも知らねども、文にて人を殺すとは、ここのたとへを申すか」と、まづ文の紐を解き、なになるらんと見たまへば、(若君)「源氏・伊勢物語に言寄せて、さも尋常の文章や。(文)『思ひもよらぬ花を見て、露と消えなん悲しさよ。けふこの

一 とんとんと。戸を軽くたたく音を表す。

二 七日参り。七日間、毎日神仏に参詣して祈願すること。

三 手紙を。

四 以下、「しんとく丸」一七二頁五行目以下、「をぐり」二二三頁一一行目以下に似ているが、簡略になっている。この部分は恋文の謎解きとも言える型にはまった語りで、上書きを見て「主はたれとも知らねども、文にて人を殺す」というのも慣用句の一つである。

五 「郁李(和名にはうめ)の一種。樹葉ともににはむめに似て、春月葉の本より莟を生ず。開くときは数十弁にして、形状菊花の如く、淡紅色にして美し。後実を結ぶといへどもまれなり。もし結ぶときには形状にはうめと同じ」(『本草図譜』)。

六 紫花地丁(和名すみれ)をもいうが、ここは「引けばなびく」とあるので、蕕(和名めひしば)のことか。これは田野や道端に自生する雑草で、相撲取草ともいう(『本草図譜』)。「相撲草もとりどり引けばや、なびくならひあり」(舞曲「大臣」)。「庭桜・相撲草も」は「引けばなびく」にかかる。「相撲」の縁で「とり(どり)」といった。

七 「思ひの増す」に「真澄鏡(よく澄んだ鏡)」を掛ける。「鏡」と「曇り」は縁語。

八 「沖につなぎし舟」は「君は知らねど……はかなけれ」の比喩。

ごろの[五]庭桜・[六]相撲草もとりどりに（それぞれに）、引けばなびくたとへあり。秋の鹿ではなけれども、君故焦がれ身をやつし（恋い慕ってやせる思いをし）、見れば思ひの[七]ます鏡、曇り果てたる浮き世かな。[八]沖につなぎし舟とかや（とかいうが）、君は知らねど我独り、思ひに沈むはかなけれ。浮き世を恨み、身をかこち、つらき涙に、枕ぞ濡るる[九]思ひ寝の、[一〇]錦の床に伽羅のゑん。いつか語らん我が思ひ』。[一一]一本薄と召されしは（書かれたのは）、フシいつかほ（穂）に出でて、乱れ合ふとのことか。[一二]根笹にあられと召されしは、[一三]花のたもとが、触らば[一四]落ちよとこれを読む。恋を七つに分けられたり。[一五]見る恋・聞く恋・語る恋、会うての恋に別るる恋、壁に隔たりて忍び恋、雲に[一六]梯、中絶えて、〔それを〕[一七]及ばぬ恋といふ。思ひもよらぬ[一八]奥書や。恋する人は当御台、恋ひられ人は愛護なり。

さてもさても情けなや。継母の身として、継子に恋慕の思ひ、ためし少なき次第なり。〔このような恋は〕[一九]深淵に臨んで薄氷を履むが如くなりと申す。このこと他所へ[二〇]聞ふるものならば、[二一]ちたるる面目失ひ、何となるべ（どうなることか）

九 人を恋しく思いながら寝ること。

一〇 寝所の立派なことをいったか。「錦」「伽羅」とも極上の物をいう。「ゑん」は「縁（縁側）」、あるいは「筵（敷物）」。

一一 一本だけの薄。「薄」の縁で「穂」。「秀に出づる」は外に現れ、人目につくこと。次は薄の穂のように「乱れ合ふ」意。

一二 山野に自生する小型の竹。

一三 花のように美しいたもと。またそれを着けた人。

一四 その意に従え（相手のものになれ）の意をこめる。

一五「及ばぬ恋といふ」まで御台の手紙の内容か。

一六 かないそうもない望みをいだき、交際も絶えて。

一七 第七の恋に相当し、御台自身の恋はそれである意か。宝永版「及ばぬ恋を恋といふ」。

一八 ここは手紙の終りの部分で、「恋する人は……愛護なり」がそれに相当する。「をぐり」二二四頁一一行目参照。

一九 非常に危険な意。出典『詩経』小雅篇の「戦々兢々トシテ、深淵ニ臨ムガ如ク、薄氷ヲ履ムガ如シ」は、人は自ら戒め慎まねばならぬ意。

二〇 底本「きかふる」。万治版「きこふる」。キコウルと読む。

二一 未詳。万治・宝永両版共にこの語はない。「ち足る（十分満ち足りる）」の転か。

き次第」とて、二つ三つに引き裂き、捨てたまふ。かの若君の志、
物憂かりともなかなか申すばかりはなかりけり。

四段目

(フシ)いたはしや若君は、持仏堂(ぢぶつだう)にござあり、御経読うでおはします。これはさておき、月小夜面目失ひ、急ぎ姫君に参りつつ、一々次第に語りける。御台(みだい)いよいよあこがれ〔思い焦がれられ〕たまひ、「破らば破れ、硯(すずり)・料紙がなきか」とて、書くも書かれたり、日の内に七つ〔七通〕までこそ送らるる。七つ目の玉章(たまづさ)を若君受け取りたまひ、「いかに月小夜、この玉章を父の御目にかけて、拷問(がうもん)に行ふべし、月小夜いかに」と、簾中(れんちゆう)〔奥の間に〕深く入りたまふ。

月小夜大きに驚き、急ぎ姫君に参り、この由かくと申す。姫君きこしめし、あきれ果ててましますが、「このこと清平殿に聞えなば、

一命失はれんは治定なり。こよひ持仏堂に乱れ入り、愛護の若を刺し殺し、自らも自害し、[一]六道・四生にてこの思ひを晴らさん、月小夜いかに」と仰せける。

月小夜承り、「[二]さん候。自ら巧み（工夫があります）の候。やいばの太刀・唐鞍この家の宝なり。自らこよひ盗み出だし、自らが夫を頼み、商人にこしらへ（扮装し）、[三]桜の御門で売るならば、清平殿御尋ねあるべし。その時にこれは二条殿の愛護の若の、売らせたまふと申すものならば、商人とが（罪）を逃るべし。日本に並びなき宝なれば、（愛護の）一命取らせたまはんは治定なり」。御台きこしめし、「[四]一念[五]無量劫、[六]生々世々に至るまで、[七]五百生の苦を受け、[八]蛇道の苦患を受くるとも、思ひかけたるこの恋を、会はで果てなん（契りを結ばないで終るのは）口惜しや。（愛護の）憎き心の振る舞ひ、[九]讒言をたくめ月小夜。（愛護の方から）けさまでは吹き来る風も[一〇]懐かしくおぼしめさるるこの恋が、今は引き替へ、難儀風（苦しみの風というものです）とやいふべし」と、簾中指して入りたまふ。

月小夜夫を呼び出だし、くだんのこと（例のことを）を語りける。夫聞きて二つ

一 いかように生れ変っても、の意。「六道」は一切の衆生が前世の業によって赴き住む六つの迷界で、地獄・餓鬼・畜生・修羅・人間・天上。「四生」は生物の生れ方の四種で、胎生（人・獣）・卵生（鳥類）・湿生（蛙など）・化生（蝶など）。

二 さようでございます。

三 未詳。後文から推測すると、内裏（皇居）の外郭四門（建礼・建春・朔平・宜秋）その他に相当する。建春・宜秋二門の籬に桜などが植えてあったことは知られているが、ここは架空であろう。

四 わずか一度の妄想（愛護に対する恋）によって、の意。ここは「一念五百生繋念無量劫」（『大智度論』。一度悪念を抱くと五百生の間罪は消えず、妄想にとらわれる時は、計り知れない長い間罪を受ける）によったか。「繫念」はケンネンとも読む。

五 限りなく非常に長い間。

六 生れ変り死に変り、永劫に。

七 五百生の長い生死にわたって苦を受け。

八 五百生の一つとして、蛇身に生れ変った時の苦悩。

九 事実を曲げ、偽って悪く言うこと。

一〇 御台所のことばとしては「思ひし」とあるべきで、ここだけは地の文の感じになっている。

の宝を受け取り、二条を出でて、急げば程なく桜の御門(ごもん)に着きしかば、「やいばの太刀・唐鞍(からくら)」と、高らかに売りにける。清平きこしめし、「こなたへ」との御諚(ごちやう)、〔商人は〕承り、御前(まへ)に二つの宝奉る。清平御手を打ちたまひ、「これはいづくより出でけるぞ」。商人(あき)承り、「これ二条愛護の若、飢ゑに及び、疲れ果てさせたまへば、売らせたまふ」と申しける。君きこしめし、「あの商人(あき)打ち出だせ」。「承り候」とさんざんに打ちにける。打たれて商人(あき)、ゆき方(がた)知らずに失(う)せにける。さてその後清平殿、供人引き具し、二条を指してぞ帰らるる。

哀れなるかな若君は、持仏堂にて御経読みてましますが、父御の帰らせたまふをきこしめし、〔父御の〕十日の御番[一]まだ過ぎず、〔恐らく〕千句[二]に百句百句に十句、初連歌(はつ)[三]に賭け(か)〔賭けをして負けられ〕負けたまひ、愛護に問[四]はんとおぼしめし、帰らせたまふは〔お帰りになったに〕治定(ぢちやう)なり〔違いないと〕とて、いつもの車寄せまで出でたまふ。清平御覧じ、いたはしや若君を、さんざんに打ちたまひ、御所[五]に帰らせたまひける。キリ

一 御番はまだ終らないし。「御番」は御所警護の当直・当番。

二 文意がはっきりしない。連歌は百句(百韻)が普通で、それを十巻重ねた千句がある。しかし十句は不完全なもの。

三 宮中における、正月の連歌始めであろう。連歌の点取り(句を批評して勝負を決めること)に懸物(かけもの)(懸賞)をつけることが行われた(『看聞御記(かんもんぎよき)』応永二五・三・三〇等)。

四 連歌について問おうと。

五 宮中ではなく、清平の屋敷。二条の「御所」であろう。

六　後妻雲居の前を指す。

七　後ろ手に首から肘(ひじ)にかけて縛り上げること。「高手」は肩より下、肘より上、「小手」は肘より下、手首まで。

いたはしや若君は、打たれてそこを立ちたまひ、さてもさても情けなや、母に離れし折節、車寄せまで出でければ、〔父は〕同じ車にいだき乗せ、後(おく)れの髪をかきなでて、母に離れて、さぞや物憂く思ふらん、おいとほしのこの若と、連れて涙はせきあへず(一緒に涙をしきりに流されたものだ)。移れば変る世の習ひ、今来る花[六]に目がくれて、愛護死ねとは情けなや。これにつけても母上様が恋しやと、泣く泣く御所に入りたまふ。

清平腹にすゑかね、「いかに愛護、たとひ宝売るとまま(宝を売ってもかまわない)。大和(やまと)・河内(かはち)・伊賀・伊勢にて売るならば、かほど(これほど)恨みはよもあらじ。なんぞや(なんとしたことか)桜の御門にて売ることは、前代未聞(みもん)の曲者(くせもの)。父に恥辱を与ふる」とて、いたはしや若君を、高手小手[七]にいましめ、桜の古木(こぼく)につり上げ、「愛護が縄解(なは)く者あらば、屋形にはかなふまじ(置かないぞ)」と、荒けなく怒(いか)らせたまひ、その身は内裏を指して急がるる。

いたはしや若君は、かすかなる声を上げ、「この屋形には、お乳(ち)や乳母(めのと)はござなきか。愛護がとが(罪)なきことを、父御に語りてたまはれ」と、消え入るやうに泣きたまふ。雲居の局・月小夜は、笑ひこそすれ、縄解く人はなかりける。

いつも寵愛なされける、手白の猿は、主[一]の別れを悲しみて、桜の古木に上りつつ、小手の縄を解きけれど、畜生の悲しさは、高手の縄を解かずして、いよいよ思ひぞ増さりける。いたはしや若君は、眼もくらみ、心茫々となり、口より出づるその血にて、身紅となりたまひ、今を限りと見えにける。

冥途の母、愛護を救う

これは娑婆[二]の物語。ここに哀れをとどめしは、冥途にまします母上様にてとどめたり。閻魔大王の御前にて、涙を流し、蓮[三]の頭を地に着け、十の蓮華をもみ合はせ、「さて自ら娑婆に忘れ形見を一人持ちて候が、継母が讒により、ただ今一命取られ候。少しのいとまたびたまへ。一命助け申さん」と、涙とともに申さるる。

大宮[四]きこしめし、「我が苦しみは悲しまず、子ゆゑ[五]のやみに迷ふとは、御身がことを申すかや。いかに見る目[六]、娑婆に死骸があるか

＊継母雲居の前が愛護を熱っぽく恋慕する。終始弱々しい愛護であるが、この時ばかりはきっぱり拒絶する。継母は一転して愛護を謀略で厳しく迫害するのであるが、これは我が国の昔話に多い、継子話の特殊な型と考えられよう。継母の恋文も「をぐり」や「しんとく丸」のそれによく似ているから、この謎解きに類する恋文を語るために、その場面をわざわざ作ったともいえる。

一　このままでは主人が死んでしまうので、その別れを悲しんで。

二　人間界の。

三　「蓮」「蓮華」は清浄無垢を表し、冥途の母上の頭や指をたとえたのであろう。ここは丁寧に礼拝・祈願している姿。「十の蓮華をもみ合はせ、八分のからべを地につけて」（舞曲「伏見常盤」）。

四　閻魔大王。底本、初め四か所「大くう」、次は「王宮」。『毘沙門天王之本地』は大梵天王宮を「大ぐう」としている。万治版・大東急記念文庫本は「大わう」「わうぐう」、宝永版はすべて「大王」。

五　「人の親の心は闇にあらねども子を思ふ道にまどひぬるかな」（『後撰集』巻十六）。

見て参れ」〔見る目は〕。承つて御前をまかり立ち、八万[七]丈の矛先に上がり、三千大世界[八]を一目に見、やがて大宮に参り、「今日生るる者は多けれど、死する者とてござなく候。死して三日になり候いたちの体ばかり」と申す。

大王の前の母御台

大宮きこしめし、「いたちに生を変へるか」。御台きこしめし、我が子に会はんうれしさに、「それにても苦しからず〔差し支えありません〕。はや御いとま」と申さるる。大宮「善哉[九]」と打たせ[一〇]たまへば、いたちに生が変り、刹那[一一]が間に二条の御所に出で、花園山へぞ参りける。

六 閻魔の庁で、「嗅ぐ鼻」とともに、亡者の娑婆での行いを、大王に報告する役の鬼。

七 非常に長いことをいう。「丈」は尺の十倍。一丈は約三メートル。

八 広い世界。三千大千世界。須弥山を中心にした一世界を千個合わせて小千世界、それが千個で中千世界、それが千個で大千世界、以上を総称して三千大千世界という。三界のこと。

九 よいかな、の意。ここは変身の呪いの言葉であろう。

一〇 手を打つ、あるいは卓を打つ意か。

一一 あっというまに。

山にもなれば、桜の古木に駆け上り、縄ずんずんに食ひ切りたまへば、下にて猿は抱き下ろし、いたち大地に降り、愛護の若の下褄[一]を引き、「いかに愛護、昔が今に至るまで、いたちの物言ふためしなし。我は冥途の母なるが、継母の讒にて、ただ今命取らるる悲しさに、王宮に少しのいとまを請ひ、いたちの姿に生をうけ、これまで来りてありけるぞ。とかく今物を案ずるに、情けなきは蔵人殿。自ら浮き世になきとても、愛護にぞんきは情けなや。今来る花に目がくれて、父には天魔が入り代り、憂き目を見するぞ悲しけれ。この所にあるならば、つひには一命取るべきぞ。これより比叡山西塔[二]北谷、その[三]阿闍梨と申せしは、自らがためには兄御なり。愛護がためには伯父御なり。伯父を頼み、髪を剃り、諸経の一巻も読み上げ、母が孝養[四]問うてたべ。三国[五]世界の者だにも、慣るれば名残惜しきぞよ。いはんや親子のことなれば、いつまで添うても添ひ飽かず。悲しきかなや、冥途の使ひしげければ、もはや帰るぞ愛護」とて、

＊閻魔大王が母の訴えにほろりとして、鼬に蘇らせるところ、「をぐり」の閻魔大王が郎等の訴えに同情して、小栗を餓鬼に蘇らせるのによく似ている。『信太妻』で安倍清明（平安中期の陰陽師）が神降ろしをして、父保名蘇生の行法に成功するが、説経を語る人々も、日常こういう陰陽師の業になじんでいたのではないか。ここは信太の森の狐とその子清明を彷彿させるような、母子愛情の哀切な場面である。

一 着物の裾の左右両下端の部分。

二 比叡山山内は東塔・西塔・横川の三塔に分け、西塔には東・北・南および南尾・北尾の五つの谷があり、北谷に別処黒谷がある。北谷は大黒山の麓の辺り。延暦四年（七八五）最澄（伝教大師）が登山、三年後比叡山寺（後の延暦寺）を建てた。その中心根本中堂は織田信長の焼討ちの後、寛永十九年（一六四二）再建。本尊は薬師如来。

三 底本「その、あじやり」。万治・宝永両版とも「その、あしやり」。三三〇頁一二行目では「その」が「そつ」になっている。いずれかが誤りであろう。「そつ（帥か）」「その（園か）」いずれにしても阿闍梨の名。

四 後世を弔って下さい。

五 「三国」は我が国と唐土・天竺であるが、ここは広く外国を指す。

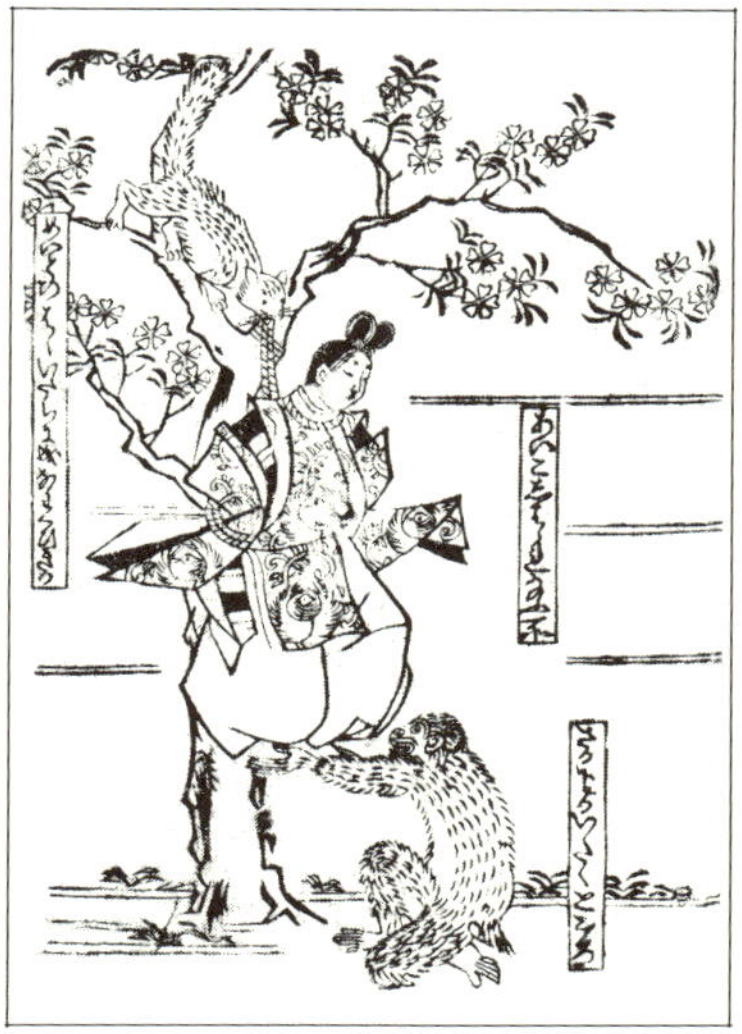

いたちとさるが愛護を助ける

黄なる涙を流し、草むらに入らせたまふと思へば、消えて姿はなかりけり。

いたはしや若君は、草むらを押し分け押し分け、「なう母上様。せめて姿はござなくとも、今一度忘れ形見の愛護と、言葉を交はしたまへ」とて、消え入るやうに泣きたまふ。されどもかなはぬことなれば、羽抜けの鳥のたたずまひ[六]、とかく嘆き（とにかく嘆いて）てかなふまじ（ばかりいられない）、母の教へに任せ、叡山に上（のぼ）らんと、その日の暮るるを待ちたまふ。愛護の若の有様、物憂かりともなかなか申すばかりはなかりけり。

六 羽抜け鳥のようにしょんぼりしていたが。「たたずまひ」は立っている様子。

五段目

愛護、細工の案内で比叡山へ

フシいたはしや若君は、母の教へに任せつつ、二条の屋形を立ち出でて、比叡（ひえ）の山に上らるる。殊にその夜は、暗さは暗し雨は降る。ゆき方（がた）更にわきまへず〔方向がさっぱり分らない〕、南をはるかに見たまへば、ともしびかすかに見ゆる、この燈（ひ）を頼りとなされ、はるばる下り見たまへば、賤（しつ）[一]が庵（いほり）ぞさふらひける[二]。柴（しば）の庵ほとほと訪れ、「我は都の者なるが、ゆき方（がた）更にわきまへず。一夜を貸してたびたまへ」と、流涕（りうてい）焦がれ泣きたまふ。

細工（さいく）[三]聞いて、長刀（なぎなた）ひつさげ、夫婦もろとも切つて出で、「何者やらん」とひしめきける〔騒ぎ立てた〕。いたはしや若君は、涙を流しのたまふは、「方々（かたがた）さのみ驚きたまひそよ〔そんなに驚きなさるな〕。今はなにをか包むべし。二条蔵人（くらんど）清平の総領、愛護の若とはそれがしよ。継母の讒（ざん）により、比叡山（ひえいざん）に上

一 卑しい者の住む小家。

二 底本のまま。サムライと読むか。万治版「さむらいける」、宝永版「さふらいける」。

三 細工人。細工者。手先で細かい物を作る職人。「刀（細工刀）ヲ把（と）ル者ナリ」（『文明』等）。下文に長刀（なぎなた）を持ち、賀茂河原に居住していると見えるので、皮製品を用いる武具の職人らしく思われる。当時は卑しいとされた。伝説では小次郎という名が付いている（『近江国輿地志略』）。

(上)道行

(下)比叡山の禁制

りしが、暗さは暗し雨は降る、ゆき方更にわきまへず。哀れとおぼしめすならば、一夜(いちや)を貸してたまはれ」と、消え消えと(消え入るように)こそ泣きたまふ。

細工承り、長刀からりと捨て、「さては二条の若君様にてましますか、御許し候へ」と、やがて(すぐに)庵に請(しやう)じ(招き入れ)つつ、臼(うす)[四]の上に戸板を敷き、荒薦(あらこも)敷かせ、若君様に奉り、米(よね)取り出だし、賀茂川の流れにて七度清め、かはらけ[五]に入れ、若君に進めける。この御代より、神の前の清めには、荒薦(あらこも)を敷くとなり。[六]

四 臼は古くから神の座として使用され、臼に隠して小さ子(ご)を養育したという話がある。また臼の上に荒薦(神事に用いる新しく清らかな薦)を敷いて祭りをする例がある。ここは愛護に対し、神の子を祭るように奉仕している。愛護が後に山王大権現に祭られる前提となっている。

五 瓦笥(かわらけ)の意で「土器」を当てる。素焼きの陶器で、古くは食器に用いられた。

六 物知りぶったこじつけで、事実ではない。

「夜明けの鐘もはや鳴りぬ。はやはや御出でさう[一]」とて、細工(さいく)御供つかまつり、四条河原[二]を立ち出でて、通らせたまふはどこどこぞ。

三十三間[三]・祇園殿(ぎをんどの)[四]、南をはるかにながむれば、稲荷(いなり)の森とかや、伏見[五]の竹田・淀・鳥羽[六]も見ゆる。恋しき母御に粟田口[七]、いつも[八]絶えせぬ煙(けぶり)なり。上れば下る、心のつらきも山中[九]・大原(おばら)[一〇]・静原[一一]・芹生(せりふ)[一二]の里はや過ぎて、翁も恋せば八瀬[一三]の里、道あしければ先に立ち、〔細工は〕よきに介錯(かいしやく)つかまつり、窮地[一四]をはるばると、しどろもどろと歩まるる、吹上松(ふきあげまつ)[一五]に着きたまふ。

〔細工〕「若君様、あれあれ御覧候へや。一枚は女人禁制(によにんきんぜい)、又一枚は三病者(さんびやうしや)[一六]禁制、今一枚は我ら一族細工(さいく)禁制と書きとどむ。これより御供はかなふまじ。はや御いとま」と申しける。若君きこしめし、「よしよし(まあよろしい)それも苦しからず(禁制も差し支えない)。そつ[一七]の阿闍梨(あじやり)へ参ると言ふならば、さしてとがむる人あらじ。山までは御供つかまつれ、細工いかに」と泣きたまふ。細工承り、「仰せもつともにて候へども、卑(いや)しき者にて候へ

一 「さうらふ」の略。ここは候への意。宝永版「御出で候へ」」。
二 以下、八行目「吹上松に着きたまふ」まで道行(みちゆき)。四条河原、祇園(八坂神社)、粟田口、八瀬の里、吹上松という道筋。
三 三十三間堂ははるか南で、道筋ではない。
四 祇園から伏見稲荷まで直線距離で約四キロある。
五 伏見区竹田・淀。
六 東は竹田、南は横大路、西は桂川、北は四つ塚、小枝(こえだ)橋を隔てて上と下に分れる(『山城名勝志』等)。現在南区上鳥羽・伏見区下鳥羽。
七 「会は」に掛ける。東国から王城(都)に入る入口。近世では三条白川橋の東から山際までをいったが、古くはさらにその北に及ぶ(『山城名勝志』等)。現在東山区・左京区。
八 花頂山(阿弥陀ヶ峰。現在粟田口花頂山町)山腹に火葬場があったので、そのようにいった。
九 「止ま」に掛ける。山中越え(白川から見世村に至る)の途中の村落(『近江国輿地志略』)で、現在大津市山中町。しかし道筋に当らないので中山の誤りかもしれない。中山は岡崎の北、神楽岡の東、黒谷・真如堂を含む地(『山城名跡巡行志』)。左京区。
一〇 底本「おばら」。オハラが正しいか。八村を含む庄名。
一一 大原の西、鞍馬(くらま)との間。左京区静市(しずいち)静原町。
一二 底本「せりやう」。セリョウと読む。大原のうち

の一村、野村の南に、芹生田という字があって、これが「芹生の里」に当る。京都府北桑田郡京北町の芹生ではない（『山城名勝志』『山城名跡巡行志』）。現在左京区大原。山中以下道筋ではない。
一三「瘦せ」に掛ける。「矢背」とも書く。今の左京区八瀬。ここから叡山の方十四、五町（約一・五～一・六キロ）で右に向うと西塔黒谷に至る。この道筋を八瀬陀寺（長谷出）越えという（『山城名跡巡行志』）。
一四 都を遠く離れた不便な地。辺鄙な土地。
一五 未詳。「吹上」は風が吹き上げる所で、各地にその地名がある。ここもそういう所に立っている松をいったか。
一六 癩病等三つの難病。「しんとく丸」一九四頁注二参照。
一七 三二六頁注三参照。
一八 底本「そわ」。ソワと読む。絶壁。
一九「さ」は接頭語。
二〇 雉の鳴き声。また涙のこぼれる様。
二一 助動詞「たり」の変化したもので、完了・過去を表す。急迫した場面に用いられ、大阪の伊藤出羽掾の正本に多い。

ば、ただおいとま」と申しける。

いたはしや若君は「もはや帰るか細工。都に父御のござあれば、恋しきも都なり。又邪見の継母ありければ、恨めしきも都なり。名残惜しの細工」「御名残惜しの若君様」とて、互ひに目と目を見合はせ、ほろと泣いては、さらばさらばのいとまごひ。名残惜しさは限りなし。細工は都へ帰りける。

愛護、阿闍梨に会えず

いたはしや若君は、松のもとに立ち寄りたまひ、口説きごとこそ哀れなり。「たれやの人の筆執りて、細工禁制とは書きけるぞ。あら情けなの次第」とて、泣く泣く山に上らるる。心細さは限りなし。谷川渡り、岨を行き、草葉草葉を分けて行く。峰はさ渡る猿の声、雉も鳴く、我も涙はほろほろと、たもとの乾く暇もなく、急がせたまへば程もなく、やうやうその日も暮れければ、西塔北谷、阿闍梨の御門に立ち寄り、ほとほととたたいた。

「たれやこの夜中に、さいたる御門をたたくぞ」。「いや苦しうも候

はず。我[一]は都二条清平の総領、愛護が参りて候と、上へ申してたま
はれ」と、涙とともにのたまへば、番の者承り、阿闍梨にかくとぞ
申しける。阿闍梨きこしめし、「都の愛護、初めて当山へ参るなら
ば、腰車[二]・騎馬の数見て参れ」。〔番の者が〕承り、表に出で、門押し開け、見
てあれば、十二・三の稚児ただ一人、すごすごと立ちたまひたるを、
番の者阿闍梨に参り、かくと申す。阿闍梨大きに御腹立てたまひ、
「さては北谷の大天狗、南谷の小天狗、阿闍梨が行力[三]引きみんため。
内に入れてはかなふまじ。門より外へ追ひ出だせ」。法師ども承り、
我も我もと表に出で、いたはしや若君を、さんざんに打つたりける。
　いたはしや若君は、打たれてそこを立ちのき、「いかに人々、伯
父でなくはないまでよ。押へて（強いて）甥になるまいぞ。さのみに打たせた
まひそ（そんなにたたきなさるな）」と、消え入るやうに泣きたまふ。落つる涙のひまよりも、
口説きごとこそ哀れなれ。卑しき者の手にかかり、むなしくならん
より（死んでしまうより）、都に帰り、父の御手にかかり、むなしくならんとおぼしめし、

一 私は都二条清平の総領愛護ですが、その愛護が参りました、の意。
二 轅の中央に車をつけ、轅を腰の辺に当てて手で引く車。輦車。てぐるま。勅許を得て用いた。
三 修行によって得た功徳の力。

四「しづが苧環」は、「繰り返し」の序詞。「しづ（倭文）」は古代の織物で、穀・麻などを乱れ模様に織ったもの。「苧環」は倭文布を織るため、つむいだ麻を中が空洞になるよう円く巻いたもの。静御前が鶴岡八幡宮で歌ったという「しづやしづ賤のをだまき繰り返し昔を今になすよしもがな」（『伊勢物語』「古のしづのをだまきくり返し昔を今になすよしもがな」を本歌とする）によったものであろう。

五 ずたずたになって見苦しい様。「おどろ」は草木の乱れ繁っていること。

六 北白川から山中を経て滋賀県に入った所にある峠。東は滋賀の里を経て、唐崎・穴太に至る。

田畑の介兄弟

七 西庄・木下・膳所・中庄の四村、あるいは以上を含む七村をいう。現在大津市内。「天武天皇、大津を出でて吉野に赴きたまふ時、この地を通りたまふに、村民粟飯を供御とす。それより天皇叡感のあまり、粟津庄膳所の名を賜ふと。木下村田畑の字に、天皇といふ処あるは、このいはれなりといふ。又ある説に、愛護の若に田畑兄弟が、粟飯をたてまつりしより粟津・膳所の名はありといふ」。天皇は牛頭天王鎮座の地、田畑の介は大道寺氏。（以上『近江国輿地志略』）

八 迷い出た変化（ばけもの、妖怪）の物。

九 未詳。田畑の介の弟の名か。

又いつの世にこの寺を拝まんと（拝むことかと）、見上げ見下ろし、名残惜しくも、ふもとを指してぞ下らるる。

いたはしや若君、山路に踏み迷ひ、ゆきては帰り、帰りては行き、[四]しづが苧環繰り返し、召したる衣は、いばら・枯木に引つ掛け、[五]おどろの如く見えたまふ。山に三日迷はるる。三日の暮れ方に、[六]志賀の峠に出でたまひ、木の根を枕、苔を御座、岩を屏風となされ、前後も知らず伏したまふ、心の内こそ哀れなり。

これはさておき、[七]粟津の荘、田畑の介が兄弟、都へ商売に上るとて、この若君を見参らせ、「[八]迷ひ変化の物か、名乗れ名乗れ」と申しける。若君かつぱと起きたまひ、「なう、いかに人々たち、我は都の者なるが、継母の讒により、かく迷ひ出でて候」と、涙とともにのたまへば、[九]せんぢよ聞きて、「御先祖」（御先祖は）と問ひかくる。若君きこしめし、「今は何をか包むべし。一条蔵人清平の総領、愛護の若」と、初め終り（一部始終を）を語らせたまひ、消え入るやうに泣きたまふ。兄弟涙を流し、「さてもさてもいたはしや。二条清平様とは、音には聞けど目には見ず。さてはその公達[一]にてましますか。山に三日ましまさば、飢ゑに疲れておはすらん」と、柏の葉に、粟の飯を押し分け、若君に奉る。この御代より、志[二]は木の葉に包めと申すなり。

若君御覧じ、「いかに人々、名をばなにと申すぞや」。せんぢよ承り、「これはきよすのはん[三]とも申すなり」。若君きこしめし、何にてもあらばあれ、今の志生々世々〔未来永劫まで〕まで忘れがたくおぼしめし、〔葉を〕粟津[四]川に流さるる。さて兄弟、「御供申したく候へども、都へ万雑公事[五]に上り候。重ねて御目にかからめ」と、兄弟涙を流し、都を指して上りしは、情け深きと聞えける。

哀れなるかな若君は、子の日[六]の松を取り持ちて、志賀の峠に植ゑたまひ、松に宣命[七]を含めあり。「愛護世に出てめでたくは〔めでたく世に出たなら〕、枝に枝さき、唐崎[八]の千本松と呼ばれよや。愛護むなしくなるならば、松も一本、葉も一つ、志賀唐崎の一つ松[九]と呼ばれよ」と、涙とともに

一 貴族の子弟。

二 ことわざ。贈り物は真心が大切で、外観は粗末でよい。あるいは木の葉に包むほどのわずかな物でも、真心がこもっておればよい。

三 未詳。

四 未詳。粟津の荘の川（例えば現在の兵太川・篠津川等）とすると、志賀峠からは遠く、地理的に合わない。

五 荘園領主が荘園から徴収する税のうち、年貢といって田地から徴収される正税に対し、人別に課せられる雑税を公事といい、公事の中で、夫役（力仕事を課すること）の如き一定のものを除いた雑多な公事を「万雑公事」という。室町時代末では銭貨で代納されることが多かった。

唐崎の松と穴太の桃

六 子の日の遊びに引く松。子の日の遊びは、正月初子の日に、野に出て小松を引いて遊び、千年の栄えを祝福した行事。しかしここは単に小松の意であろう。

七 事の由をよく言い聞かせる。因果を含める。

八 大津市坂本穴太町の志賀の峠を越えた湖畔。

九『近江国輿地志略』引用の『故事因縁集』に「一茎に葉一つあり。昔は一本の松なれども、人世々に一つ松と呼ぶより、葉を減ずといへり」とある。天正九年（一五八一）大風で倒れ、同十九年新たに植えたのが、江戸時代を通じて有名であった。これは二針の普通の松（『唐崎松記』等）。
一〇 大津市坂本穴太町。唐崎の北西。
一一 なつもも、はんげしらず、ともいう。「花は単弁、淡紅、実は五月熟して紅色、肉また紅くして血の如く、味はひ美ならず」（『本草図譜』）。
一二 底本「いれいしや」。万治版「いれいじや」。「違例者の杖」は、三病者(さんびようじや)のような病人がつく杖で、それに打たれることは不吉とされた。
一三 クワ科の一年草。高さ一〜三メートル。茎の皮から繊維をとり、実から油をとるなど用途が多かった。
一四 九行目の「姥」。

一〇穴太(あなふ)の里に出でたまふ。

ころは卯月(うづき)の末つかた〔四 月の末ごろ〕、垣根は一一早桃(さもも)の、今を盛りとなりけるが、若君御覧じて、「さても見事のこの桃」と、一つ寵愛(ちようあい)〔賞美なさった〕なされける。内より姥(うば)が立ち出でて、「我だに〔私でさえ〕取らぬこの桃を。いたづら稚児(ちご)の来る(きたる)」とて、打たんとすれど杖(つゑ)もなし、一二違例者(ゐれいじや)の杖にて打ちにける。いたはしや若君様、恥辱とやおぼしけん、一三麻の中に入りたまふ。時ならぬあらし吹き、若の姿を現はする。桃の一四尼公(にこう)がこれを見て、「桃を取るさへ腹立つに、麻まで破る腹立ちや」と、丁々(ちやうちやう)と打つて、ゆき方(がた)知らず失(う)せにけり。

（上）愛護、老婆に打たれる　（下）愛護、松に宣命を含める

愛護、きりうの滝に投身

いたはしや若君は「穴太(あなふ)の里に桃なるな。麻はまくとも苧(を)になるな。[一]あらし吹くな」と申し置かれし御代よりも、花は咲けども桃ならず、麻はまけども苧にならず、とても浮き世は夢の間(ま)の、[二]ただ幻(まぼろし)の如くなり。

やうやう今ははやきりうが滝に着きたまふ。[三]奥手桜（遅咲きの桜が）の今を盛りと見えけるが、若君は御覧じて、二条の御所の桜花、今を盛りであるらんと、ながめ入りておはします。時ならぬあらし吹き来(きた)り、[四]つぼみし花が一房、若君の御たもとに散りかかりける。「おう、悟りたるこの花や。散りたる花は母上様。咲きたる花は父御様。つぼみし花は愛護なり。恨みのことが書きたやな」。料紙・硯(すずり)があらばこそ（あるでなし）、弓手(ゆんで)（左の指を）の指を食ひ切り、岩のはざま（くぼみに）に血をためて、柳を筆となされつつ、小袖(こそで)を脱ぎ、恨みさまざま書きとめ、一首はかうぞ聞えける。

[五]神蔵(かみくら)やきりうが滝へ身を投ぐる
　語り伝へよ杉(すぎ)の群立ち

一 麻の種はまくとも、苧（麻の古名）になるな。

二 どうせ浮き世は、桃や麻のように、あっというまに変化して、全く夢・幻のようである。

三 「飛龍滝　八王子山南の谷、大宮の前、極楽橋（大宮の前なる板橋）の川上にあり。滝高さ二丈ばかり、一に霧降の滝といふ。土俗は誤つてきりうの滝といふ」（『近江国輿地志略』）。大宮は大比叡明神といい大物主命(おおものぬしのみこと)（奈良県大神(おおみわ)神社の祭神）を祭る。現在大津市坂本本町日吉(ひえ)大社の東本宮。

四 つぼみの花が嵐(あらし)で散ったことで悟りを開き（「かるかや」に似る）、自殺を決意する。

五 神蔵山のきりうが滝に身を投げます、杉の群立ちよ、このことを語り伝えて下さい。神蔵山は二の宮（小比叡明神といい、大山咋命(おおやまくいのみこと)を祭る。現在日吉大社西本宮）の奥山。この神蔵山にあるのは神蔵が滝で、「きりうが滝」ではない。近いので混同したか。「杉の群立ち」は一群の杉の木立。

と、かやうに詠じたまひつつ、西に向ひ手を合はせ、「南無や西方弥陀如来、同じ蓮[六]の蓮台に助けたまへ」と伏し拝み、御年

愛護身投げ

積り[七]十五歳と申せしに、きりうが滝に身を投げ、つひにむなしくなりたまふ。愛護の若の最期の体、世の中の物の哀れはこれなりとて、皆感ぜぬ者こそなかりけれ。

六段目

六　如来と同じ蓮華座（蓮華の形に作った座）に。

七　愛護が十三歳の時母が死去したのであるから、それから二年たったのであろう。

＊　母に言われた伯父の阿闍梨はそっけなかったが、愛護に親切であったのは四条河原の細工と粟津の荘の田畑の介兄弟。いずれも身分の低い者で、特に細工は叡山に入ることも許されない人々であるが、愛護を神の如く敬う。愛護を山王権現に祭るという説話も、こういう下層民の間で醸成されたのであろう。愛護は綿々と恨みごとを残して自殺する。この世で辛酸をなめることが神の要件であり、女性的な稚児に対する尊崇もこの時代の傾向であった。

清平、愛護の小袖に泣く

コトバ これはさておき、辺りに近き法師たち、「さては今の稚児(ちご)こそは身を投げてありけるか」。〔法師たちは〕杉の木にかかりたる御小袖を取り持ちて、急ぎ中堂[一]に上り、鐘・太鼓を打ち鳴らし、やがて〔すぐに〕稚児をぞ[二]揃へける。〔稚児が〕失せたる〔いなくなった〕しるしなかりけり。急ぎ阿闍梨(あじやり)に参りつつ、かの小袖(こそで)を御目にかくる。阿闍梨御覧じて、「これは二条清平が紋にてある。さては以前の稚児こそは、愛護にてありけるか。この小袖二条殿へ持つて参るべし」。〔法師たち〕「承り候」と御前(まへ)をまかり立ち、都を指してぞ急ぎける。

三重 二条の屋形になれば、この由かくと申し上ぐる。侍たち〔小袖を〕受け取り申せば、法師は山へ帰りける。さてその後に御目にかくる。清平小袖を取り上げたまひ、これはこれはとばかりにて、流涕(りうてい)焦がれ泣きたまふ。

御涙のひまよりも、口説きごとこそ哀れなり。「風のそよと吹くまでも、愛護を連れて参るかと、心細くも思ひしに、思ひの外(ほか)〔意外にも〕に引〔逆に〕

一 きりうが滝と阿闍梨が住む西塔北谷との距離を考えると、横川中堂でなく根本中堂であろう。

二 稚児全員を集めて、行方不明のものがいないかどうか点検。

き替へて、形見を見るは何事ぞ。親の憎みしその子をば、侍ども[三]女（女房）房たち（たちまで）、憎みたる由情けなし。我が子返せ」と、流涕焦がれ泣きたまふ。

御涙のひまよりも、小袖の下褄を見給へば、恨みの一筆書きてあり。まづ一番のその筆に（最初に書いてあることは）、「父御様は御存じなきは道理なり。[四]知らで思ひかけたまふ。〔継母は〕その恋がかなはぬとて、筋なき謀反をたくみかけ、〔父に〕いろいろ讒言なさるれば、我が屋形にはたまられず（居ることができず）、叡山に登りしが、情けなきは伯父の御坊、都に甥を持たぬとて、さんざんに打ちたまふ。四条河原の細工夫婦が志、田畑の介兄弟が情けのほど、生々世々に至るまで、いかでか忘れ申すべし。〔兄弟の〕万雑公事を許してたべ、父御様。愛護の若」と書きとどめ、清平御覧じて、「田畑の介兄弟は、いかなる情けをかけたるぞ、こなたへ召せ」との御諚なり。承つて御前に出でにける。コトバ清平対面なされ、「いかに兄弟、愛護が最期語りてたべ、なう兄弟」と、消え消えとぞ泣きたまふ。御

三 雲居の前に追従して、愛護に味方する者のなかったことをいうが、強いて挙げれば、月小夜夫婦を指しているのであろう。

四 私も知らないうちに、継母が私に思いをかけられた、の意か。

涙のひまよりも、万雑公事の、やがて御判賜り（万雑公事を免除するご判物をすぐに賜り）、「（兄弟）かたじけなし」とて御前をまかり立つ。

いたはしや清平殿、「愛護がかたき目の前にありけるを、知らで暮す無念なり。我が子の孝養[一]に、いかにいかに」と仰せける。「（侍たち）承り候」とて、雲居の局を簀巻き[二]にし、月小夜をからめ捕り、やがて（そのまま）車に乗せ、都の内をぞ引きにける。後には（〔雲居を〕）稲瀬[三]が淵に沈めける。月小夜をば切つて捨て、それよりも清平殿、きりうが滝へぞ急ぎける。

滝にも（滝に着くと）なれば、不思議や若君の御死骸、（〔それまで〕）波間に

阿闍梨の祈禱で大蛇と愛護現れる

阿闍梨の祈り

一 死者の後世を弔うこと。供養。

二 体を簀に巻くこと。

三 小枝橋（伏見区中島）の下、鴨川・桂川の落合をいう（『山州名跡志』等）。舞曲「景清」では、景清を裏切った遊女あこおふを「鴨と桂の落合、いなせが淵の深き所を尋ねて」沈めている。

浮んで見えしが、沈みて、もはやなかりけり。清平殿は、叡山へ使ひを立てさせたまひける。阿闍梨大きに驚きたまひ、御弟子

たちを引き具し、きりうが滝に出でたまふ。清平対面なされ、涙とともに語らせたまへば、阿闍梨きこしめし、護摩[四]の壇を取り下し[五]、一座二座まで焚きたまへど、更に験あらざれば、苛高[六]をさらりさらりと押し揉うで、「東方に降三世明王[七]、南方に軍荼利夜叉明王、西方に大威徳、北方金剛、一に矜羯羅[八]、二に制吒迦、三に倶利迦羅、四けいか[九]童子、蘇婆訶[一〇]蘇婆訶」と祈らせたまへば、不思議や池の水

四　ここはあいごの息災を祈禱するのであろう。「さんせう太夫」一二三頁注二六参照。
五　僧坊から滝のそばまで運んで、の意。
六　苛高の数珠。修験者用の、珠が平たく角ばったもので、高い音を立てる。
七　密教の五大尊明王の一。五大尊明王は五大明王・五大尊ともいい、不動・降三世・軍荼利夜叉・大威徳・金剛夜叉の総称で、中央・東・南・西・北の五方に配する。校異参照。
八　以下、「さんせう太夫」一二三頁注二七参照。
九　未詳。
一〇　ソワカと読む。成就等の意の梵語。呪文などの後に唱える語。成就あれ等の意。

一 稲瀬が淵に簀巻きで沈められた雲居の局の生れ変り。継母の変化（へんげ）。

二 執心。愛護をいだき取って、思いを晴らしたことをいう。三二一頁二行目及び一〇～一一行目参照。

清平以下の投身

揺り上げ揺り上げ、黒雲北へ下がり、十六丈の大蛇（だいじゃ）[一]、愛護の死骸（しがい）をかづき〔頭に載せ〕、壇の上にぞ三重置きにける。

「〔大蛇〕あゝ恥づかしや、〔愛護に〕かりそめに思ひをかけ、つひには一念[二]遂げてあり。阿闍梨（あじゃり）の行力（ぎやうりき）強くして、ただ今死骸を返すなり。我が跡問ひて〔弔って下〕たびたまへ〔さいませ〕」と言ふかと思へば、水の底にぞ三重失（う）せにけるは、身の毛もよだつばかりなり。

山王祭り

いたはしや伯（を）父（ぢ）の御坊・清平殿、愛護の死骸にいだきつき、これはこれはとばかりにて、消え入るやうに泣きたまふ。御涙

のひまよりも、「我が子返（かや）させたまへや」「甥（をひ）を返（かや）さい清平」と、消え入りたまふぞ哀れなり。御涙のひまよりも、「いつま（いつまでこ）でありて（うしていても）かひあらじ。我も共にゆかん」とて、死骸をいだき清平殿、かの池に飛び入りたまふ。阿闍梨も共に飛び入りたまふ。御弟子たちも、我も我もと身を投げける。桃惜しみの穴太（あなふ）の姥（うば）も身を投ぐる。[三]田畑の介兄弟も、きりうが滝に参り身を投ぐる。手白（てじろ）の猿（さる）も谷に入る。[四]細工（さいく）夫婦は、「唐崎の松は、若君の御形見なれば、いざやここにて身を投げん」「もつとも」とて、夫婦むなしくなりにける。阿（あ）

三「田中山王社　瓦浜（中庄村）にあり。土俗田畑の宮といふものはこの社の事なり。土俗の説に、愛護の若の家士大道寺田畑の介が霊なり。この処いにしへ粟飯を参らせたる故跡によつて、今に毎年日吉の社の祭礼に、粟飯をこの地よりたてまつる。粟津の名も、膳所の名も、これより起れりといへり」（『近江国輿地志略』）。現在大津市中庄一丁目田端神社。

四「女別当社　これ唐崎大明神なり。土俗に当社を細工の小次郎といふ」（『近江国輿地志略』）。現在唐崎神社。

闍梨を初め上下百八人と聞えける。

山王大権現の祭り

南谷の大僧正はきこしめし、「前代未聞に、ためし少なき次第なり」とて、〔愛護を〕[一]山王大権現といはれける（お祭りになった）。四月申[二]二つあれば後の中、三つあれば中の申に、叡山よりも三千坊、三井寺よりも三千坊、上[三]坂本、中・下坂本、比叡辻村を初め申し、二十一村の氏子ども、祭[四]り事をぞ始めける。神をいさめ奉る。君の恵みは久方[五]の、真木[六]の葛長くして、我が朝にかくれなく（国中にあまねく）、上下万民おしなべて、感ぜぬ者こそなかりけり。[七]

一 現在の日吉大社。
二 十二支の第九、申の日。月に二回あるいは三回ある。
三 大津市坂本本町・下阪本町・下阪本比叡辻町。
四 お祭り。「当社の祭を、日吉山王荒祭といふ。俗に号して坂本法師等甲冑を帯し、剣をとり、出づる者を供人といふ。三百人ばかりなり。みだりに行ひ、人に傷つけ、得たりとし、日吉の神輿血を見ざれば、すなはち渡らずとののしる」（『近江国輿地志略』）。
五 「天（アメ・アマ）」等にかかる枕詞。しかしここは久しい意。
六 定家葛の別名。ここはまさきのかずらのように長い意。
七 末尾の刊記に「右者太夫直之以正本写之者也　新板」とある。
＊ 説経に共通の厳しい賞罰は忘れていない。清平・阿闍梨をはじめ、ことごとく愛護のあとを追って自殺する。殉死であろうか。この作品もまた本来、山王大権現の本地が愛護の若で、権現が人間であった時代のことを語るという、本地物の形式をとっていたのであろう。

まつら長者

＊本篇の主人公はさよ姫であるが、姫は死後竹生島の弁才天として祭られる。弁才天の本地がさよ姫という凡夫（ただの人間）で、物語は弁才天の由来、すなわちさよ姫の一生について説くことになる。

一 「あいごの若」と同じく六段になっている。段別は浄瑠璃化によるものであろう。
二 説経独特の序詞。
三 滋賀県東浅井郡びわ町竹生島。「景行天皇十二年（西暦八二）八月二十四日、一夜湖中に竹生島出現す。この島往古二岐の竹生ず。故に竹生島と名づく。その竹周囲一尺、今切って什物とすといへり」（『近江国輿地志略』）。
四 竹生島神社（別当大神宮寺）に祭る。明治以後本殿は都久夫須麻神社、他は宝厳寺となる。厳島・江ノ島とともに三弁才天の一。
五 壺坂寺で有名な奈良県高市郡高取町壺坂の辺り。
六 底本「松ら」。
七 朝鮮・中国にまで知られていらっしゃる。
八 「香籠め（香りが辺りに満ちること）」か。
九 「朱木（中心の赤い木、赤心木、松・柏の属）」か、あるいは「寿木（長寿を授けるという木）」か。
一〇 金・銀・瑠璃・玻璃（水晶）・硨磲・真珠・瑪瑙。玻璃の代りに玫瑰とする説もある。
一一 寝殿造りの北の対に住むところから、貴人の妻の敬称。ここは長者の妻で、御台所あるいは御台ともいっている。

初段

さよ姫の誕生

ただ今語り申す御本地、国を申せば近江の国、竹生島の弁才天の由来を、詳しく尋ね申すに、これも一度は凡夫にておはします。

国を申せば大和の国、壺坂といふ所に、松浦長者と申して、果報の人おはします。御名をば京極殿と申して、高麗・唐土まで聞えたまふ。四方に黄金の築地をつき、四方のかこめ、しゅぼくの林、門を重ね、甍を並べ、花は草木の数を尽し、おのが色々咲き乱れ、みぎはのまさご、七宝をちりばめ、八万宝の宝に飽き満ちて、極楽浄土もかくやらん。

フシ かかる栄華のめでたきに、男子にても女子にても、御子一人もましまさず。北の御方を召され、「いかに御台。御身とそれがし、いく春・冬を送りても、子といふ字のなきことは、四方の聞えも恥づかしや。いざや御身とそれがしは、初瀬[一]の観音に参り、数の宝を参らせて、嘆きてみばや」と仰せける。北の御方きこしめし、なのめならずにおぼしめし、「それこそ望むところ」とて、夫婦もろとも打ち連れて、泊瀬山まうでと聞えける。

初瀬にもなれば、御前にお参りあり、鰐口[二]ちやうど打ち鳴らし、三十三度の礼拝し、「南無や大悲の観世音、枯[三]れ木に花の咲くべきとの御誓ひ違はずば、男子にても女子にても、子種を授け

長者夫婦、長谷寺にこもる

一 奈良県桜井市初瀬町の泊瀬山長谷寺の十一面観音。古代より壺坂寺（南法華寺）の千手観音とともに、霊験あらたかとして尊崇された。底本「はせ」、奈良絵本「はつせ（初瀬あるいは泊瀬）」。

二 神社・仏閣の堂の前につるす。銅製円形の、下に口のある、中空のもので、長い布製の緒で打ち鳴らす。

三 『千手陀羅尼経』に「彼ノ観音ノ力ヲ念ズレバ、枯木ノ華モ更ニ開ク」とあり、また『梁塵秘抄』巻二に「よろづの仏の願よりも、千手（千手観音）の誓ひぞ頼もしき、枯れたる草木もたちまちに、花咲き実なると説いたまふ」とある。観世音は慈悲救済を本願とする。

てたびたまへ。四この願成就するならば、五花の斗帳を黄金にて、月に三十三枚づつ、六三年かけて参らすべし。七これも不足にましまさば、錦の斗帳を並べつつ、三年はかけて参らすべし。これも不足にましまさば、千部の経を、毎日三年読ませて参らせん。男子なりとも女子なりとも、子種を授けたまはれ」と、八十八願の大願立て、その夜はそこにおこもりある。

コトバ　あら有り難や、夜半ばかりのことなるに、観音は長者夫婦の枕元に立ち寄り、「いかに夫婦、余り嘆く不便さに、子種を一人取

四　以下、江戸版ははるかに丁寧になっている。すなわち観音が夜半に夫婦の枕上に立ち、夫婦に子供のいない因果話をする。これは「しんとく丸」一五七頁以下によく似ている。そのあと次のようになっている。「この願成就するならば、御前の花の斗帳を黄金にて、月に三十三度づつ、三年かけて参らすべし。さて又辺りの斎垣をば、白柄の長刀みがきたて、結ひ替へ結ひ替へ、三年が間参らすべし。さて又お前の鰐口は、銀・黄金をもつて鋳たてさせ、月に三十三かくづつ掛け替へ掛け替へ、三年かけて参らすべし。又御台の御願には、十二単・十二の手箱・唐の鏡・白鑞の鏡相添へて、月々の御縁日に、三年かけて参らすべし。男子にても女子にても、子種を授けてたまはれや。これに承引なきならば、夫婦の者どもが、腹一文字にかき切りて、前なる滝に身を投げて、大蛇と生を変へ、参り下向の者どもを取つては服し、取つては悩ますものならば、なにとはやらせたまふ観音なりとも、三年が間には、鹿のふしどとなすべきと、深く祈誓をかけたまひ、すなはち御堂に通夜申す」。

五　花のように美しい斗帳（観音の像の前にかけるとばり）を黄金で作り、の意か。

六　三年にわたって。

七　祈願の際の慣用句。

八　十八界・十八天・十八地獄・十八羅漢等の連想で「十八願」とし、「大願」を修飾したか。

らする」とて、黄金の釆[一]を賜りて、かき消すやうにうせたまふ。

フシ 松浦夫婦の人々は、夢さめ、かつぱと起き、「あら有り難の御利生[二]や」と、又礼拝を奉り、はやお下向と聞えける。屋形になれば（お屋敷に着くと）、仏の誓ひ（約束）頼もしや、御台程なく御懐妊と聞えける。九月の煩ひ[三]（産み月）、当る十月と申すには、御産の紐を解きたまふ。急ぎ取り上げ見たまへば、玉を延べたる（玉を広げたように美しい）姫君にておはします。やがて御名をば御夢想をかたどり[四]、さよ姫[五]御前とお付けある。あまたの人々相添へて、囲繞[六]渇仰なかなかに、申すばかりはなかりけり[七]。

長者の死とその後

フシ かかるめでたき折節に、定めなきとはこれとかや（定めなきものは人の命とかいうが）、姫君四歳の御時に、いたはしや京極殿、風の心地（風邪気味に）となりたまふ。今を限りと見えし時、御台所を召され、「いかに申さん、聞きたまへ。一人のあの姫を、よきに育ててたまはれ」と、又さめざめと泣きたまふ。北の御方きこしめし、「心やすくおぼしめせ。御身ばかりの（あなただけの）子にてなし。よきに育て申すべし」。長者ななめに[八]おぼしめし、法華経一

一 底本「才」。さいころ。釆配とも考えられる。
二 仏が衆生に与えるご利益。
三 慣用句。十月の妊娠の後出産する意。写本はさらに丁寧で、「三月までは神まうで、六月の仏参り、七月の煩ひ、八月の苦しみ、九月と申すには、御産の屋形を造りたまふ。十月と申すに、七重の屏風・八重の几帳・九重の幔・十重の御簾、十二几帳のその内にて、産の紐をぞ解きたまふ」とある。
四 まねる意。ここは御夢想の釆のサ音をまねて、の意。
五 領巾振山（唐津市鏡山）の松浦佐用姫から、長者と姫の名の暗示を得たか（島津久基）。また写本では、小夜更け方に生れたことを理由にしている。ほかに「佐世」を当てる例もあり（『東山志』）、ここでは底本どおり仮名とする。
六 底本「いにようかつかう」。回りを取り巻き、仰ぎ慕う意。
七 語りを一句切り付ける場合の決り文句。嬉しいという言葉ではとても言い尽せないものであった、の意。三五四頁二行目参照。
八 ひとかたならずお喜びになり。「ななめに」は「なめならず」「なのめに」「なのめならず」と同意。

九 西方浄土に向って。
一〇 一生として。
一一 「天に仰ぎ、地に俯して」ともいう。
一二 涙を流してひどく泣く意の慣用句。
一三 宝がそれぞれいつの間にかなくなる意。

部取り出だし、「これを形見に〔姫に〕見せてたべ。名残惜しの次第や」と、西[九]に向ひ手を合はせ、「南無阿弥陀仏、弥陀仏」と、これを最期の言葉にて、惜しむべきは年の程、三十六を一期[一〇]として、朝の露と消えたまふ。

御台所・御一門の人々、これは夢かや現かやと、天[一一]にあこがれ地に伏して、流涕[一二]焦がれ泣きたまふ。されどもかなはぬことなれば、野辺の送りをなされつつ、無常の煙となし申し、灰かき上げて、塚をつき（墓を作り）、卒塔婆を書いてお立てある。各々屋形へ帰りつつ、七日七日・四十九日・百か日も過ぎけるが、ただ一代の宝なれば（一代で作った財産なので）、蔵の宝[一三]は蔵でうせ、庭の宝は庭でうせ、八万宝の宝物、水のあわと消えうせて、貧者の家となりたまふ。一門親しき人々も、思ひ思ひに散り果てて、皆国々へ帰りけり。

あらいたはしや屋形には、御台・姫君ただ二人ましますが、御台余りの寂しさに、姫君いだき取り、忘れ形見と育て置き、姫に心を慰みて、月日を送りたまへば、〔長者の死は〕きのふけふとは思へども、〔早くも〕姫君七歳になりたまふ。この姫君と申せしは、一を聞いては万と悟り、天人[一]も影向、菩薩も天下りたまふかと、皆人不審（いぶかしく思われる）をなしたまふ。公卿・殿上人に至るまで、〔姫に〕玉章を通はさざらむ人はなし（手紙を送らない人はなかった）。

あらいたはしや御台所、春にもなれば沢辺へ下りて、根芹[二]を摘み、秋にもなれば里田へ出でて、落ち穂を拾ひ、露の命（はかない命を）を送られける。はや姫君十六歳におなりある。いたはしや母上は、姫君を近付けて、「ことしははや父の十三年[三]に当りたり。菩提を問ふべき頼りもなし」（極楽往生を祈るためのお金もありません）、あきれ果てて（すっかり途方にくれて）おはします。法華経を取り出だし、「いかにさよ姫、これは父の形見なり。拝ませたまへ」とのたまひて、又さめざめと泣きたまふ。さよ姫この由きこしめし、「これが父御の形見かや」と、御経を顔に当て、流涕焦がれて泣きたまふ。

落つる涙のひまよりも、げにやまことに世の中の、親の菩提と申せしは、身を売り代換へても（金に換えても）、弔[四]ふと聞いてあり。さて自らも身を

一　天人がこの世に現れ、菩薩が天下りになったかと。

二　せり。主に根に近いところを食用にするのでいう。

三　満十二年過ぎて十三年目。死後七日七日・百か日・一年・三年・七年・十三年・十七年などと、その命日に追善供養の仏事を行う。十三年の場合は十三年忌あるいは十三回忌という。

四　底本「とむろふ」。なお底本「とふらふ」の場合は「弔ふ」としたが、これもトムロウと読んだであろう。

五　春日大社（奈良市春日野町）。藤原氏の氏神。第一殿に武甕槌命（鹿島神宮の祭神）、第二殿に経津主命（香取神宮の祭神）、第三殿に天児屋根命、第四殿に比売神（枚岡神社の祭神）を祭り、春日四所明神という。興福寺の鎮守として盛衰を共にした。

売り、菩提を弔はんと思ひ、〔夜中に〕夜はに紛れて立ち出で、春日[五]の明神へ参り、「南無や春日の大明神。自らを買ふべき人のあるならば、引き合はせたびたまへ」と、深く祈誓をかけて、お下向ある。

そのころ奈良の興福寺[六]には、尊きお僧の、説法を述べたまふ。さよ姫聴聞したまひける。貴賤群集の人々、我も我もと参りける。上人のたまふ。「それ親の菩提を問ふといふは、身を売りてなりとも弔ふを大善[七]」と説かれたり。面々「さても有り難き次第」とて、皆々我が家へ帰らるる。

ごんがの太夫の上京

〔以上は〕これは大和の物語。そのころ又、奥州陸奥の国安達[八]の郡、八郷八村[九]の里には、大なる池あり、その池に大蛇が棲む。その所の氏神にて、さて不思議なる子細候へば、一年に一人づつ、見目よき姫を、[一〇]み御供にこそは供へける。ここにごんがの太夫[一一]と申して、有徳[一二]なる商人ましますが、み御供の当番に当りける。これより都方へ上り、〔再び奥州へ〕身を売らうといふ人あらば買ひ取り、下らばやと思ひ、女房にいと

六 底本「かうぶくじ」。奈良市登大路町。法相宗大本山。藤原氏の氏寺で、和銅三年（七一〇）奈良に遷都の後、不比等は厩坂寺（山階寺）を移して興福寺とした。享保二年（一七一七）正月の火災以前は、現在と違って相当の規模であったことが知られている。

七 「大善根」の誤りか。

＊ 松浦長者のただ一つの悩みは子供のいないこと。初瀬の観音に熱心に申し子して、ようやく得たのがさよ姫である。ここまでは長者物語に多い型で、さよ姫がただの子でないことが紹介される。長者の死によって家は没落し、その十三年忌を弔う資力もない。さよ姫は自分の身を売ろうと買い手の出現を祈るが、その異常な決意を興福寺の尊い僧が大善根と保証したのである。

八 奥州五十四郡の一つ。現在の福島県の中央やや北に当る。二本松がその中心。

九 写本「やかうやむら」。かなり広い里を漠然と指したのであろう。「郷も八、村も八つあるなれば、八郷八村と申すなり」（写本）。

一〇 底本「みごく」。古辞書は「御穀・御供・太御供」等を当てるが、「御御供」であろう。神供（神前への供え物）の意。

一一 『相生集』巻十九では、安積郡片平村（現在郡山市片平町）の権賀太夫とする。柳田国男「人柱と松浦佐用媛」（『妹の力』所収）参照。

一二 富裕な。

まごひし、都を指(さ)して上りける。[一]かの太夫が心の内、うれしきとも〔嬉しいという言葉で〕なかなか、申すばかりはなかりけれ。〔は　とても言い尽せないものであった〕

二段目

[二]さる間太夫は、[三]三十五日と申すには、花の都に着きたまふ。都は[四]一条小川(こがは)にて、きく屋と申す材木屋に宿を取り、京洛中(らくちゆう)の辻々に、[五]高札(たかふだ)書いて立て置き、忍び忍びに巡らるる。都広しと申せども、売るべき人こそなかりけれ。げにまこと〔そうだそうだ〕、これより奈良の都を尋ねてみばやと思ひつつ、都の内を立ち出で、奈良の都へ急がるる。奈良〔奈良に〕にもなれば〔着くと〕、[六]つる屋の五郎太夫と申せしに宿を取り、辻々に札を立てらるる。

諸事の哀れをとどめしは、姫君にてとどめたり。[七]五更(ごかう)の天も明ければ、興福寺(こうぶくじ)へとお参りあり、御門(もん)のわきを見たまへば、高札の

一　ここから二段目の冒頭に直接続く。段別のため無理にここで切って、以下の浄瑠璃式段末慣用句を付けたと考えられる。

二　語り物に多い冒頭の慣用句。さて。

三　三十五日かかって。三六五頁一三行目に「奈良の都より奥州までは、百二十日路(ぢ)の旅」とあり、非常に速く上京したことが分る。江戸時代の宿駅では、京都から江戸まで東海道五十三次(つぎ)（駅）、江戸から宇都宮まで（日光街道）十七宿駅、宇都宮から奥州街道二本松まで十七宿駅、合計八十七宿駅。「百二十日路」の根拠は未詳。

四　上京区一条通と小川通の交差する辺り。「小川」は「小河」とも書き、水源は上賀茂神社。上立売(かみたちうり)の南で小川といい、町を小川通という。一条を出て西に流れ、堀河に入る（『山州名跡志』）。

五　江戸版は「高札書いて立てけるは、夫の膚を触れぬ見目よき姫のあるならば、価を小切らず、買ふべしと札を打つて立て置きて、忍び忍びに参りける」と詳しい。底本に省略があろう。また本文に掲げた插絵は別本によって書かれていることが分る。

姫、身を売って父を弔う

六　奈良絵本は「てんがい（輾磑）あたり」としてい

る。転害門(てがい)に近い、現在の手貝町の辺りか。手貝町には旅籠(はたご)屋が多かった。

七 夜（午後九時から午前五時まで）を初更から五更までに分け、五更は午前三〜五時。ここは東の空がうっすらと明けたころ。

八 思いとどまる場合の慣用句。

九 「ぬ」は推量の意で、「む」あるいは「ん」に当る。ンと読んだか。

一〇 底本「すき行共」。

ありけるが、立ち寄りて見たまへば「見目(みめ)よき姫のあるならば、価をよく買ふべき(高値で買うだろう)」と「所はつる屋五郎太夫」と書いてあり。

さよ姫、高札を見る

さよ姫この由御覧じて、さてもうれしの御事や、これよりすぐに参りつつ、身を売らんとは思へども、[八]待てしばし我が心、母上の嘆きたまはぬ(お嘆きになろう)[九]、いたはしやと、涙とともに帰らるる。

これはさておき、太夫は、心に思ひけるやうは、札を立て、三日過ぎ行けども[一〇]、立てたるかひもあらざれば、とやせんかく(どうしたものかと)と案じ煩(わづら)ふばかりなり。かかりけるところに［春日の］明神は、これを不便(ふびん)とおぼしめし、八十ばかりの老僧と身を変化(へんげ)[一]、「いかに太夫殿、これよりあなたに、松谷(まつだに)[二]といふ所に、松浦(まつら)長者と申して、有徳(うとく)なる人ありしが、余りに慳貪(けんどん)[三]なるにより、万(まん)の宝も水のあわと消え果て、その身もむなしくなりたまふ。今ははや貧者の家となり、屋形の内には、御(み)台(だい)・姫ただ二人。もし〔あるいは〕この人の売らせたまふこともあるべし、太夫殿」とのたまひて、消すがやうにうせたまふ。

太夫由(よし)を聞くよりも、さてもうれしの御事や、これは氏神の御引き合はせと喜び、松谷に参りて見てあれば、長者の住みか〔住まいと〕とおぼしくて、棟門(むねかど)[四]高き屋形あり。瓦(かはら)も軒もこぼれ落ち〔壊れおち〕、ちりちり水は漏り[五]行けども、むすびて止むる〔すくいとめる〕人もなし。大広庭にお立ちあり、「物申さん」と呼ばはれば、さよ姫奥より出でたまひ、「たそ(どなた)よ」とこたへたまへば、「いや苦しうも候はず〔怪しい者ではありません〕。これは都の者なるが、身を売る姫のあるならば、価(あたひ)をよく買はんため、これまで参り候ぞや」。

さよ姫ななめにおぼしめし〔たいそう喜ばれ〕、さては明神の御引き合はせとうれしく

一 神や仏が、仮に人間の姿となって現れること。しかしここは動詞として使われている。「仏と変化給ひて後」（室町物語『朝顔の露の宮』）。

二 壺坂山の下になろうが不明。架空か。奈良絵本「まつらたに（松浦谷）」。八行目以下三か所とも「まつた（だ）」（松田か）としているがこれも不明。訂正してすべて「松谷」とした。

三 おのれの物をむさぼり、人に与えないこと（『書言』）。

四 奈良絵本は「ほり深く掘り回し、棟門高き屋形あり。門はあれどもとびらなし。築地(ついぢ)はあれども覆ひもなし。瓦も軒もこぼれ落ち、ちりちり水は漏りゆけど、むすびて止むる風情(ふぜい)はなし」と説明している。

五 底本「もり行共」。

て、「いかに商人、自ら買ひ取りたまふべし（私を買い取って下さい）。価は太夫任せなり。親[六]の菩提を問はんため、さてこそ身をば売るとかや（そのためには身を売る人もあるとかいうことです）」。

太夫この由承り、「親の菩提と聞くからは、価をよく買はん」とて、砂金[七]五十両参らせけり。いたはしやさよ姫は、やがて金を受け取りて、「いかに商人、五日の暇を賜れ。明日になるならば、父の菩提を弔ひ、五日目の八[八]つのころ、御迎へたまふべし」と、固く契約申しつつ、太夫は宿に帰りける。

哀れなるかな母上は、それを夢とも御存じなく、持仏堂にまします。さよ姫は、母の辺りに近付き、「いかに母上様、これこれ御覧候へ。この黄金を、表の門外にて拾ひ申して候。父御様の御菩提を、懇ろに弔ひてたびたまへ、母上様」とのたまへば、母はななめにおぼしめし、「さてさて御身は、父の菩提を悲しみて（強く願って）、弔ひたく思ひける、（その）志の深き故、天の与へたまふなり。さあらば弔ひ申さん」と、あまたの御僧（御僧に）供養して、よきに（立派に）追善[九]をなしたまふ。

六 三五三頁六〜七行目の、興福寺の上人の言葉を受けていったのであろう。

七 金一両は、天正のころで銭二貫文、米三〜四石の価。「さんせう太夫」九〇頁注五参照。

八 午前・午後とも二時ごろ。ここは午後であろう。

九 ここは父の冥福を祈って、僧に供養したり仏事を営んだり、善事を行うこと。

いたはしやさよ姫は、「いかに母上様。今はなにをか包むべき（何を隠しましょう）。自らは身を売りて候ぞや。商人（あき）の手に渡り、いづくも（どこども）知らぬ国へ参るなり。自らがこととては、いづくの浦ばに[一]ありとても、命永らへあるならば、便りの文を上（のぼ）すべし。返す返すも、〔母上様が〕あとにて嘆きたまふこそ、なによりもつて悲しや」と、流涕（りうてい）焦がれ泣きたまふ。

母上由（よし）をきこしめし、「これは夢かや現（うつつ）かや。さても御身は身を売りたると申すかや。[二]あら情けなき次第」とて、さよ姫にいだき付き、流涕焦がれ泣きたまふ。[三]姫は由を承り、「いかに母上様。仰せはさにて候へども（ごもっともですが）、前世（ぜんぜ）のことと（約束と）おぼしめし、いかなる所に候とも、やがて訪れ申すべし（すぐに便りをいたしましょう）。おいとま申してさらば」とて、名残惜しくも表を指して出でたまふ。

母上余りの悲しさに、「こはいかなる次第ぞや。〔夫の〕長者に離るること、よになきことと嘆きしに、又御身も別れなば、自ら何となるべき」と、「あら恨めしの浮き世や」と、もだえ焦がれ泣きたまふ、

一 片田舎にいても。底本「うらば」。「さんせう太夫」一〇八頁注一参照。

二 このあと奈良絵本の「先立つ父の菩提を弔（とぶら）ふことはさることなれども、この世にいまだ生き残りたる、母が身に思ひを掛け、心を痛ましむること、これ孝行といふべしや。冥途の父は親にてなきかとよ。あら情けなの姫が心や」に相当する言葉があって、次に姫が「仰せはさにて候へども」と受けたのであろう。

三 奈良絵本はこのあと「さて約束のころにもなりしかば、ごんがの太夫は迎ひに来り、門外に立ちたまふ」とあり、太夫が長い間待たされて立腹する。底本は太夫の登場をあとに回したため、三五九頁一二行目の「さても憎き次第かな」以下の言葉が、なぜそんなに腹を立てるのか、道理に合わないものになった。奈良絵本はこの辺り詳細であるが、やや冗漫。底本は簡潔であるが、やや意味の通じないところがある。

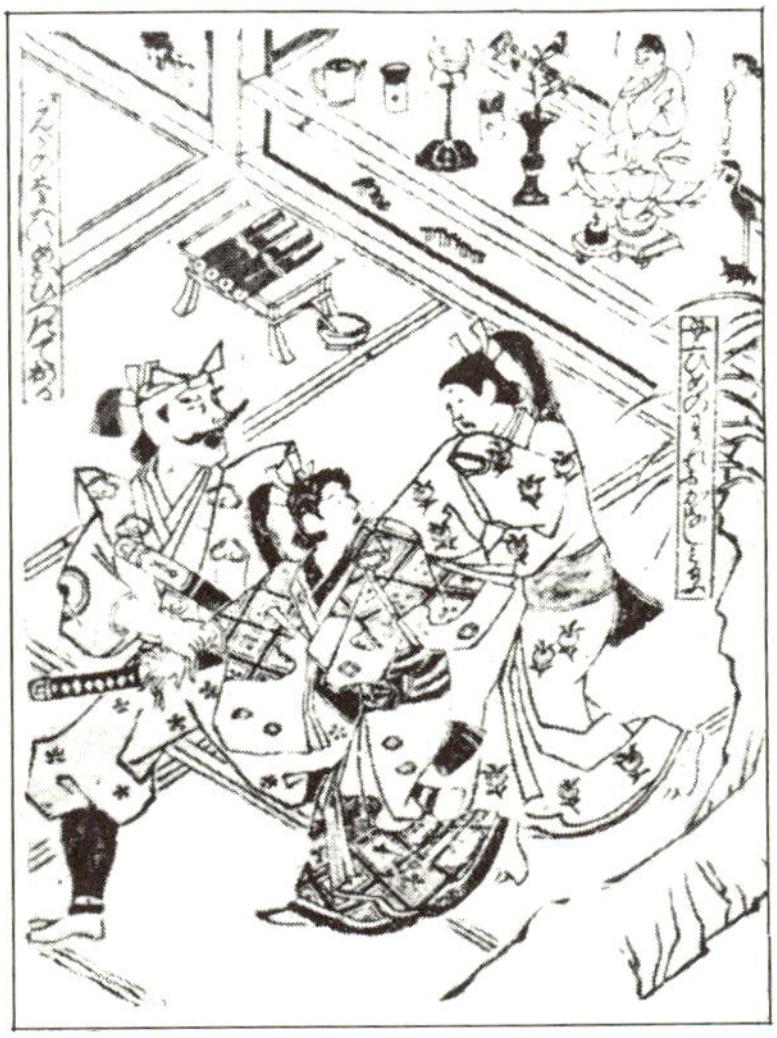

ごんがの太夫、姫を引っ立てる

現[四]なき御風情、よその見る目も哀れなり。母上余りの悲しさに、「いかにさよ姫よ。商人これへ参るまで、しばらく待たい、さよ姫」と、御たもとに取り付き、親子もろとも打ち連れて、又こそ内へ御入りある、心の内の哀れさを、なににたとへんかたもなし。

これはさておき、ごんがの太夫は、五日目の八つのころにもなりしかば、「さても憎き次第かな。固く契約申しつるが、今に参らん[五]腹立ちや」と、急ぎ松谷へ参り、屋形の内へつつと入り、「いかに申さん姫君、何とて遅く出でさせたまふぞや。はやはや出でさせた

四　物狂わしい御様子は。

五　打ち消しの意で「ぬ」に当る。

まへ」と、高らかに呼ばはれども、人音更(さら)にせざりけり。

　太夫なほも腹を立て、持仏堂(ぢぶつだう)へつつと入りて見てあれば、御台(みだい)・姫ただ二人、御経転読[一]召されておはします。太夫大きに怒(いか)り、「いかに姫、なにとて遅く出でさせたまふぞや。はやはや出でよ」と言ふままに、小腕(こがひな)取つて引つ立て、表を指して走り出づる[二]。御台この由御覧じて、「情けなしとよ太夫殿。幼き者のことなれば、お許し[三]ありてたびたまへ」と、流涕(りうてい)焦がれお泣きある。

　太夫耳にも聞き入れず、表を指して出でにけり。なほも御台は悲しみ、跡を慕ひたまへば、太夫これを見て、「いかに上臈(じやうらふ)[四]様。それがしは奥州の者なるが、あの姫を養子にして、いかならん大名へも(どこか適当な大名へ)奉公に出[五]だすものならば、御身(おんみ)様へ迎ひの輿(こし)を参らすべし。はやはや帰り候へ」と、さもあるやうに(もっともらしく)たばかれば、これをまこととおぼしめし、(御台)「その儀にてあるならば、幼き者のことなれば、よきに目掛けてたびたまへ。今が別れか、さらば[六]さらばの、涙の別れぞ哀

一　経文の字句を省略して読むこと。すなわち初めや終りを数行とか、題目や品名(ほんめい)だけを読むこと。
二　底本「はしり出る」。「出る」はデルとも読める。
三　底本「おゆるし有て」。
四　身分の高い婦人をいう。
五　底本「出す物ならは」。
六　言葉と地の文との区別がはっきりしないが、仮に分けておいた。説経には往々同じ例がある。

七 本来はここから第三段の冒頭に直接続く。「とにもかくにも」以下は、段別のために付け加えた段末慣用句。

＊ 買い手ごんが太夫の登場。これは娘の身代りを捜しているのだが、人買いであることはいうまでもない。春日明神（興福寺の鎮守）が売買の仲立ちをしているのは、さよ姫の志に同情したからである。母と子の別れの悲しみ、母はそのため物狂いとなる。大事な語り場であろう。

八 未詳。「さんせう太夫」一一六頁注二参照。

九 慰もうか。「慰まぬ」は「慰まむ（ん）」が正しい。

一〇 「問はぬ」が正しい。ここは見舞う意。

一一 説経独特の慣用句。

れなり。[七]とにもかくにも、御台所の心の内、哀れともなかなか、申すばかりはなかりけれ。

三段目

いたはしやお御台は、泣く泣く屋形に帰らるる、心の内こそ哀れなり。持仏堂に参りたまひて、口説きごとこそ哀れなり。「あら情けなき次第やな。[八]けふはみつ、あすより後（のち）の恋しさを、たれやの者（だれを頼んで）を頼みつつ、さよ姫と名付けつつ慰まぬ[九]」。〔姫との別れは〕ただ世の常のことならねば、心狂気とおなりあり、屋形の内にもたまらずして（じっとしておれず）、狂ひ狂ひもお出である。「あらさよ姫恋しや」と、つひに両眼泣きつぶし、奈良の都を迷ひ出で、かなたこなたと迷はるる、御台所の成れの果て、哀れと問はん[一〇]人もなし。

[一一]これはさておき、物の哀れをとどめしは、さよ姫にてとどめたり。

[一]商人(あきびと)と打ち連れて、恋しき松谷(まつだに)をあとに見て、[二]春日の山を伏し拝み、木津(きづ)川を打ち渡り、げにやまことに山城の、[三]井堤(ゐで)の里も見え渡る。いたはしやさよ姫は、慣らはぬ旅の疲れにも、一首はかうこそ詠じたまふ。

[四]あとを問ふそのたらちねの憂き身とて
　　我が身売り買ふ涙なりける

姫と太夫、奥州に下る

と、かやうに詠じたまひつつ、命めでたき[五]長池や、[六]巨椋堤(おぐらづつみ)の野辺過ぎて、やうやう行けば程もなく、花の都はこれとかや。

一　以下三七〇頁八行目まで道行(みちゆき)（松谷～安達の郡）。
二　春日大社の東にある山。ここは大社そのものを指すのであろう。
三　京都府綴喜(つづき)郡井手町。玉水の東の山下(さんか)二キロ足らずに上井堤があり、それより少し西の山下に昔の井堤の里がある（『山州名跡志』）。『伊勢物語』の「山城のゐでの玉水手にむすび頼みしかひもなき世なりけり」等歌に詠まれる名所。
四　父のあとを弔うその母親のつらい身の上から、我が身を売って買えるのはこの涙でした。
五　「長生け」に掛ける。京都府城陽市長池。「昔この池に悪蛇あつて人を害す。四方の男女これをうれひて諸神に祈る。化人来てつひにこの蛇をきりて泰平をなす。蛇の尾中に剣あり、これをとりて大和国布留(ふる)社に納む」（『山州名跡志』）。
六　宇治市小倉町・京都市伏見区向島。豊後橋（本名桂橋、現在観月橋）の南約五～六キロの間の堤で、巨椋神社の西わきを通る街道。秀吉時代に築かれた。堤のできる以前は、巨椋から東の方宇治橋を渡り、木幡(こはた)を通って京に向った。巨椋の水郷・森・里は歌の名所。

京から山中

[七]道行 哀れなるかなさよ姫は、旅の装束召されつつ、ごんがの太夫と打ち連れ立ち、花の都を出でたまひ、東を指して下らる。

さよ姫申されけるやうは、「いかに申さん太夫殿、道物語を申さいよ」。太夫由を承り、「さあらば語り申すべし。これは四条の河原なり。あれなる林は祇園殿」。[八]祇園林の群烏、[九]浮かれ心か烏羽玉の、はや立ち出づるか峰の雲、御法の花も開くなり。[一〇]経書堂はこれとかや、[一一]車舎・馬止を打ち過ぎて、さて御前に着きしかば、鰐口ちやうど打ち鳴らし、「南無や大悲の観世音。奈良の都におはします、

七「道行」は道行独特の語り方、曲節を指示したもの。

八 八坂神社の森で、社の南（『山城名跡巡行志』等）。

九 以下、（群烏が）ねぐらに落ちつかないで、暗くからはや飛び立ち、東山の峰には早くも雲が立ち出で、仏法の花も開こうとする、の意か。「烏羽玉の」は枕詞（「烏羽玉」あるいは「ぬばたま」はヒオウギの実で、その色が黒いところから「黒」に掛け、さらに「夜・夕べ・夢・月・暗き」等に掛ける）であるが、ここは烏の黒いこと、夜の暗いことを漠然といったのであろう。「鳴くや関路の夕烏、浮かれ心は烏羽玉の、わが黒髪の飽かで行く」（謡曲「蟬丸」）。「御法の花」は「法華」の訓読で、天台宗では法華経をいうが、ここは次の「経書堂」に掛かっていよう。

一〇 清水坂北側の東光院。聖徳太子の草創といい、信者に石を集めて、法華経等の経文を書かせた。

一一 いずれも清水寺の楼門の前北方、地蔵院の東にあり、参拝者はここで下乗した（『山州名跡志』等）。

母上様を安穏に守らせたまへ」と伏し拝み、八声の鳥[一]ともろともに、その夜はそこにこもらるる。[二]

夜明けの鐘がはや鳴れば、名残惜しくも御前を下向あり。さて西門に立ち寄りて、南をはるかに見たまへば、古里恋しき雲の空、晴るる間もなき我が思ひ。秋風吹けば白川[三]や、自らが初めて旅の門出に、なほ憂きことに、粟田口[四]とよ悲しやな。日の岡[五]峠をはや過ぎて、先をいづく[六]とお問ひある。人に会はねど追分[七]や、山科に聞えたる四[八]の宮川原を、たどりたどりと急がるる。

行くも帰るも逢坂[九]の、この[一〇]明神のいにしへは、延喜のみかどの御子に、蝉丸殿にてござある由を承る。両眼[一一]あしきその故に御捨てあり、関の明神とはやらせたまふ。有り難や、そのいにしへをおぼしめし、やつれ果てたる自らを、よきにお守りおはしませと、心細くも伏し拝み、母にはやがて近江[一二]と聞くも懐かしや。大津打出[一三]の浜よりも、志賀唐崎[一四]の一つ松、たぐひなき身を思ふにぞ、憂き身のこと

一 夜明けにしばしば鳴く鶏。

二 都を早朝出発し、早くもここで宿泊するのはおかしい。また「八声の鳥ともろともに」にも合わない。

三 「白河」とも書く。古くは東は山を限り、西は鴨川、北は白河村、南は粟田口の辺をいった（『山城名跡巡行志』）。清水寺から粟田口に出るには、祇園・知恩院を右に見て、鴨川に注ぐ白川の東を通って、青蓮院の北に出る（『山城名勝志付図』等）。ここは能因の「都をばかすみとともに立ちしかど秋風ぞ吹く白河の関」によって「秋風吹けば」としたのであろう。

四 三条白川橋（白川に架る）から、東山際まで（『山城名勝志』）。「粟」に「遭は（ん）」を掛け、「憂きことに」遭う意とする。

五 東山区山科日ノ岡。

六 道行の慣用句。

七 山城と近江の国境で、東は大津、南は伏見、西は京都に至る分岐点。

八 順序としては「追分」の前。四の宮川の河原であるが、古くは諸羽神社（東山区山科安朱）の辺りであったという（『山州名跡志』）。

九 蝉丸の「これやこのゆくもかへるも別れつつ知るも知らぬも逢坂の関」（『後撰集』巻十五）による。

一〇 逢坂山の坂の上と下にあった関の明神（現在大津市の蝉丸神社）。「蝉丸」は敦実親王（康保四年没）の雑色といわれるが、『平家物語』や謡曲では延喜（醍醐天皇）第四の御子としている。後に説経を語る連中

が自分たちの祖神とした。解説参照。
一一 謡曲「蟬丸」にそのことが出ている。
一二 「会ふ」に掛ける。
一三 大津市の松本・石場の辺り。
一四 大津市坂本穴生(あのう)町。
一五 「為(せ)」に掛ける。
一六 滋賀県野洲(やす)郡野洲町大篠原(おおしのはら)。
一七 蒲生(がもう)郡馬淵荘（西村・千僧供(せんぞく)村・岩蔵村・長福寺村）のたんぼ道。現在、近江八幡市馬渕町の辺り。
一八 文徳天皇の皇子（八四四～八九七）。木地屋（轆轤(ろくろ)を使って椀(わん)や盆などの木地を作る人）の祖神とされる。神崎郡永源寺町（古くは愛智郡小倉荘）の蛭谷(ひるたに)・君ケ畑がその本拠（柳田国男『史料としての伝説』）。
一九 武佐寺すなわち長光寺（蒲生郡、現在近江八幡市にある）か。長光寺は真言宗の古寺であるが、惟喬親王の創建ではない。
二〇 武佐の西の御所内か。惟喬親王が住まわれたのでこの名があるという。
二一 蒲生郡東・西老蘇村(現在、安土(あづち)町）の辺り。

山中から八幡・矢作

二二 神崎郡を流れるが、渡ると愛智川の宿（愛知郡）。
二三 坂田郡小野村（現在、彦根市内）。
二四 彦根市下矢倉町と坂田郡米原(まいばら)町番場との間。
二五 以下、坂田郡米原町醒ヶ井。同郡山東町柏原(かしわばら)。
二六 坂田郡山東町長久寺の東。
二七 美濃の国不破郡（現在岐阜県不破郡関ケ原町）。

が思はれて、いとど涙はせきあへず。急ぐ心の程もなく、石山寺(いしやまでら)の鐘の声、耳に触れつつ殊勝(心をうつ)なり。

なほも思ひ(物思い)は瀬田[一五]の橋、時雨(しぐれ)もいたく守山(漏り)や、木(こ)の下露にそでぬれて、風に露散る篠原(しのはら)[一六]や、曇りもやらで鏡山、涙に暮れて見も分かず、馬淵畷(まぶちなはて)[一七]をはや過ぎて、惟喬(これたか)[一八]の憂き世の中を厭(いと)ひつつ、建て置かせたまひける、むしやう寺[一九]よと伏し拝み、入りて久しき五じやう宿(じゆく)[二〇]、年を積るか老蘇(おいそ)[二一]の森、愛智(えち)[二二]川渡れば千鳥立つ、小野[二三]の細道・磨鍼山(すりはり)[二四]、番場(ばんば)・醒井(さめがゐ)[二五]・柏原(かしはばら)、恋しゆかしの母上に、寝物語[二六]を打ち過ぎて、お急ぎあれば程もなく、山中宿(じゆく)[二七]にお着きある。

哀れなるかな姫君は、余りのことの物憂(ものう)さに、「いかに太夫殿、憂き長旅のことなれば、急ぐとすれど歩まれず、この所に二・三日逗留(とうりう)ありてたびたまへ、太夫殿」とお申しある。太夫大きに腹を立て、「奈良の都より奥州までは、百二十日路(ぢ)の旅に、日を定めたることなれば、なにと嘆くとかなふまじ」と言ふままに、杖(つゑ)押つ取り、さんざんに打ちければ、あらいたはしや姫君は、〔太夫の〕打ちたる杖の下よりも、口説きごとこそ哀れなり。

「情けなしとよ太夫殿。打つともたたくとも、太夫の杖と思へばこそ、〔真に恨めしく思うのです〕真の恨みはありぬべし。冥途にまします父御様の、教への杖と存ずれば、恨みと更に思はれず、太夫殿」とのたまひて、消え入るやうにぞお泣きある。太夫この由見参らせ、〔させまいとは〕逗留はせさすまじきとは思へども、余り見る目もいたはしし、三日逗留つかまつり、それより奥へ下りけり。

　哀れなるかなさよ姫は、太夫ともろとも打ち連れて、山中宿をお出であり、先をいづくと問ひければ、あらし木枯らし[一]不破の関、〔ここに〕月の宿るか袖ぬれて、荒れたる〔関屋〕宿の板間より、[二]露も垂井と聞くなれば、絞りかねたるたもとかな。夜はほのぼのと[三]赤坂や、[四]実の成らば花も咲きなん、[五]杭瀬川にぞお着きある。[六]大熊河原の松風に、[七]琴の音をや調むらん、あら[八]むつかしやこの宿と、物憂きことに尾張なる熱

一「吹」に掛ける。岐阜県不破郡関ケ原町にその遺跡がある。「人すまぬ不破の関屋の板びさしあれにしのちはただ秋の風」（『新古今集』巻十七）、「古里にみし面影も宿りけり不破の関屋の板間もる月」（『秋篠月清集』）等の歌がある。

二 露も垂れ（涙もこぼれ）、その垂井（不破郡垂井町垂井）と聞くと、涙のため袂も絞りかねるほど、の意。

三「明か」に掛ける。垂井の東。現在、大垣市赤坂町。

四「美濃」に掛ける。「みのならば花も咲きなんくゐせ河、大熊河原の松風は、きんのねをやしらぶらん」（舞曲「籠破」）。

五 底本「ぐんせがは」。「くんぜ川」（江戸版）の誤りであろう。俗にクゼ川といった（『美濃雑事記』）。この川は赤坂の東にあり、呂久川（揖斐川）に流れ入る。

六 大熊河原の松風に和して。底本「大くまかはら」。江戸版「大くまがはら」。「小熊」の誤りで、現在の羽島市小熊町か。

七 琴をかなでているな。「琴の音にみねの松風通ふらしいづれのをより調べそめけむ」（『拾遺集』巻八）。

八「大熊」を「むつかしや（おそろしや、の意）」といったのであろう。

田の宮を伏し拝み、かほど涼しき宮立ちを、たれか熱田と付けつらん。

三河の国に入りぬれば、足助(あすけ)[九]の山も近くなり、[一〇]妻恋ひかぬる鹿(しか)ぞ鳴く。さよ姫はきこしめし、「奈良の都春日(かすが)の鹿や懐かしや」。ややうゆけば程もなく、矢作(やはぎ)の宿(しゆく)を打ち過ぎて、かの八橋(やつはし)[一一]にお着きある。「いかに姫。親のために身を売る者は、御身ばかりと思はいな(思いなさるな)、[一二]昔もさるためしあり。この八橋と申せしは、六つ子八つ子が身を売りて、親の菩提(ぼだい)のそのために、この橋を架けたるより、さて(それで)八橋と申すなり。御身も心を取り直し、道を急いでくれさいの、姫君いかに」と申しける。

あらいたはしやさよ姫は、この由を承り、「いかに太夫殿、自らばかりと思へども、昔もさやうの人ありて、幼心(をさなごころ)に身を売りて、かほどの名所とおなしある。哀れ自らも、父の菩提のためなれば、か(それ)やうに名をこそ残さめ(と同じように名を残しましょう)」と、涙とともに急がれける。かのさよ姫の

九 愛知県東加茂郡足助町の、知立(ちりゅう)の方から見える山山を指すか。

一〇 妻を恋うて耐えきれない鹿。「いかばかり露けかるらむさを鹿の妻こひかぬる小野の草ぶし」(『千載集』巻五)等の歌がある。

一一 順序が逆で、八橋の次が矢作となる。「矢作」は現在岡崎市に属し、古い宿駅。「八橋」は『伊勢物語』第九段で有名。その遺跡といわれるものは知立市にある。

一二 以下の話は未詳。『参河志』に載せる「八橋略縁起」では、貧しい未亡人が、八歳・五歳の兄弟の子が川で溺死(できし)したため、発心して仏門に入り、その川に橋(八橋)を架けて、子供の菩提を弔ったという。

心の内、哀れともなかなか、申すばかりはなかりけれ。

四段目

浜名湖を経て安達の郡

哀れなるかなさよ姫は、涙とともに急がせたまへば、程もなく、先をいづくと遠江[一]、浜名の端[二]の入り潮に（満ち潮に）、ささねど（竿は）上る海人小舟[三]、焦がれて[四]物をや思ふらん。南をはるかにながむれば、海漫々たる大海[五]に、あまたの（たくさんの）舟ぞ浮べけり。あら面白やと打ちながめ、北にはまた湖水あり。ちんが岸[六]に連なりて、松吹く風や波の音[七]、いづれか法のたぐひぞと（仏の道の仲間であると）、心細くも打ちながめ、あら面白の宿の名や、あすの命は知らねども、池田[八]と聞けば頼もしや。袋井畷[九]はるばると、日坂[一〇]過ぐれば音に聞く、佐夜の中山[一一]これとかや。

急ぐ心の程もなく、名所旧跡はや過ぎて、いかだ流るる大井川、岡部[一二]の前は少し荒れ、物寂しげなる夕暮れに、神に祈りの金谷（叶）とや、

一 「問ふ」に掛ける。
二 底本「はし」。浜名湖は太平洋に通ずる末端が、明応七年（一四九八）八月二十五日地震のため切れた。そのため舟は海から直接潮に乗って入ることができる。
三 小さな漁船。
四 「漕が」に掛ける。ここは、恋い慕って思い悩むことだ、の意。
五 広くて果てしのない大海、の意。
六 「陣（陣屋）」か。奈良絵本「しん」。
七 「松吹く風や波の音、諸法実相と観ずれば、いづれも法のたぐひぞとうちながめ」（奈良絵本）の「諸法実相（宇宙間の一切の事物がそのまま真実の姿であること）と観ずれば」を欠く。
八 「生け」に掛ける。静岡県磐田郡豊田町池田。
九 静岡県袋井市袋井。「畷」は田の間のまっ直ぐな道。
一〇 静岡県掛川市日坂。
一一 日坂から榛原郡金谷町菊川に至るまでの坂道。菊川の次は金谷で、大井川を渡って、島田・藤枝・岡部（志太郡岡部町）の順になる。
一二 岡部に着く前は、天候は少し荒れ、の意か。

四方に神はなけれども、島田[13]と聞けばそで寒や。聞いて優しき宇津の山辺、丸子[14]川。賤機山を馬手に見て、三保[15]の入り海〔波が〕激しくて、物を思ふは我ひとり、ここは駿河の名所とは、いかなる人か由比[16]の宿、蒲原[17]と打ちながめ、心細げにながめ、富士のお山を見上ぐれば、こぞ[18]の雪のむら消えに、ことしの雪が降り積りては、さてもさても絶ゆる間もなき有様なり。南は海上、田子の浦。ふもとには東西円[19]長く、見えわたる沼もあり。蘆[20]分け舟にさをさして、原[21]には塩屋の夕煙立つ。伊豆の三島を打ち過ぎて、足柄[22]箱根にお着きある。

哀れなるかなさよ姫は、慣らはぬ旅のことなれば、足の裏よりあゆる血は、道の真砂も染めわたる。今ははや一足も引かれぬなりと、朽ち木の本を枕として、今を限りと打ち伏したまふ。太夫大きに腹を立て、「これより先へは日日を定めし道なれば、ただいつまでもかなふまじ」と言ふままに、小腕取つて引つ立てて、陸奥の国へとお急ぎある。

一三 シマに「四魔（人を悩ませ修行の妨げとなる四種の魔で、煩悩魔・陰魔・天魔・死魔の称）」を掛けたのであろう。

一四 「丸」に「鞠」を掛け、まりを打つ心から「聞いて優しき宇津（打つ）」といったのであろう。「宇津の山」「丸子」「賤機山」共に現在静岡市内。

一五 静岡県清水市三保。

一六 静岡県庵原郡由比町。「言ひ（けん）」を掛ける。

一七 庵原郡蒲原町。「香ばし」を掛け、以下すばらしいと打ちながめ、の意か。

一八 省略があろう。奈良絵本は「こぞの雪のむら消えに、ことしの雪の降り積り、みな白たへの峰よりも、心細くも立つけふり、我が思ひにもたぐへつつ、絶ゆるまもなき悲しみを、思ひ知られて哀れなり」とある。

一九 楕円形に、の意か。ここの沼は浮島沼（富士沼・須津沼ともいう）であろう。

二〇 茂った蘆の中をこぎ分けて行く小舟。

二一 愛鷹山のすそ、浮島沼の周辺の原野。東辺に沼津市原がある。

二二 足柄の箱根。足柄山は相模・駿河の境となり、南北にわたる諸峰の総名。箱根の山はその南半分を占め、古くは足柄の箱根山といった（『大日本地名辞書』）。箱根宿は元和四年（一六一八）に新設され、葦河宿の旧址といい、また足柄宿ともいったらしい（『新編相模国風土記稿』）。現在、神奈川県足柄下郡箱根町箱根。

急げば程なく相模の国に入りぬれば、大磯[一]・小磯はや過ぎて、めでたきことを菊川[二]や、鎌倉山[三]はあれとかや、行方も知らぬ武蔵野や、隅田川にお着きある。げにやまことに音に聞く、梅若丸[四]の墓標、柳桜を植ゑ置きて、念仏の声の殊勝なれ。我が身の上と思はれて、なにとなりゆく我が身やと、まづ先立つは涙なり。

しののめ早く白河や、二所の関[五]とも申すらん。恋しき人に会津[六]の宿、道のこずゑも見も分かず、お急ぎあれば程もなく、はるかの奥州日の本や、陸奥の国安達の郡に着きたまふ。

不思議なもてなし

太夫は屋形になれば、女房を近付け、由をかくと申しける。女房ななめにおぼしめし、急ぎ立ち出で対面あり、「あらいつくしの姫君や。長々の御旅にて、さぞやくたびれおはすらん」と、奥の座敷へ請じ、よきにいたはり申しける。「浅ましや自らは、一目も見たることもなき、陸奥の国まで買はれ来て、なにとなりゆく我が身や」と、流涕焦がれ泣きたまふ。

一　底本「おいそ」。神奈川県中郡大磯町大磯・東西小磯。

二　静岡県榛原郡金谷町菊川か。その場合は順序を誤っている（三六八頁一一行目「大井川」の手前で通過）。

三　鎌倉、あるいは鎌倉周辺の山、あるいは鶴岡八幡宮付近の山をいう。

四　謡曲「隅田川」で有名（説経にも同名の曲がある）。都北白河の吉田某の子息梅若丸が、人商人にかどわかされ、それを追う母親が、物狂いになって隅田川に着く。しかし梅若丸はすでになく、柳を植えたその塚に、夜中鉦鼓を鳴らし念仏を唱えると、我が子の声が聞え、その幻を見るという物語。梅若塚の辺りには常行念仏の道場、梅若寺が建ち、慶長以後は近衛信尹の命名により木母寺といった。また母は髪を剃り妙亀比丘尼と名乗ったが、鏡が池に身を投げ、その墓は妙亀塚と呼ばれた（『新編武蔵風土記稿』『江戸名所図会』等）。木母寺は梅柳山隅田院といい、天台宗。墨田区堤通三丁目。

五　旗宿（福島県白河市）の南、関山にあり、いわゆる明神祠の辺に当る。足利幕府のころすでに廃れていて、これを「二所の関」といったのは、旗宿村（磐城の国西白河郡）の前後二か所に関門を設けたためであろう（『大日本地名辞書』）。

六　時代により広狭があるが、岩代の国のうち南会

さるほどに太夫は、まづ座敷をこそは飾られたり。まづ一番には、清き物〔清浄な物として〕にはそぐりわら〔葉を取ったわら〕、あらこも[七]こそは敷かれたり。注連(しめ)を七重(ななへ)に張り回し、十二幣(へい)[八]を切り、七十二幣を立て、これこそ姫の御座(ござ)の間なりと飾られたり。姫の身をも清めさせんとて、湯殿へ下ろし、湯(ゆ)[九]垢離(ごり)七度・塩垢離七度・水垢離七度、二十一度の垢離を取りたまふ。いたはしやさよ姫、さやうのことを夢にも知らず、「いかに女房たち、奥方のつぼねには〔奥州地方の部屋では〕、かやうにせねば座らぬか〔座れないのですか〕」と、涙とともにお問ひある。

女房たちは承り、「あらいたはしの姫の心やな。御存じござなくは、いでいで〔それじゃ〕語り申すべし。明日になるならば、これより北へ八町ゆき、さくらのが淵(ふち)[一〇]と申して、回れば三里の池のましますが、その池に築(つ)き島(じま)あり、この島のその上に、三階のたなを飾り、たなの三に注連(しめ)を張り、姫を大蛇(だいじゃ)の餌(ゑ)に供へ申さんがためにてましませば、かやうに身を清め申すなり」と詳しく語り申せば、さよ姫夢ともわ〔呆然と我を〕

津・大沼・河沼・北会津・耶麻(やま)の五郡としても、白河から安達郡までの道筋に当らない。恐らく会津の「会」の語が欲しかったのであろう。「はかなしや尋ね来たれどみちのくの会津の里は名のみなりけり」(『夫木集』藤原宗国)。

＊長い道行(みちゆき)が終る。東海道はかなり詳しく正確であるが、それ以北は至って簡略である。語り手の経験と知識によるのであろう。人買いに伴われ行くさよ姫の、辛苦と哀傷がうたわれている。

七 荒薦(あらこも)。神事に敷き物に使う薦。「新薦(アラコモ)」(『書言』)。「あいごの若」三二九頁注四参照。

八 未詳。十二の四手(しで)(玉串・注連縄(しめなわ)に垂らす紙)をはさんだ御幣を六か所、合わせて七十二の御幣を立てて、の意か。「十二の幣帛(へいはく)切り立て」(奈良絵本)。

九 体の汚れ(けが)を除いて、身心を清浄にするため、湯・塩水・冷水を浴びること。

一〇 未詳。架空か。江戸版「さくらが淵」、奈良絵本「さくら井が淵」、写本「うるまが池」。

一 人を神供とすること。三五三頁注一〇参照。人身御供と同意。

二 底本「ねん比とつけまいらすべし」。「懇ろに、とづ（届）け参らすべし」の意。

きまへず、倒れ伏してぞお泣きある。

こぼるる涙のひまよりも、口説きごとこそ哀れなり。「さて自らを買はせたまふその折は、末の養子となし申さんとの、固く契約申せしが、[一]人み御供に供へんとの約束は申さぬなり。こはいかなることやらん」と、流涕焦がれ泣きたまふ。

太夫の御台は、余りのことのいたはしさに、姫を近付け、「いかに姫。御嘆きはことわりなり。国はいづくにてござあるぞや。都方と聞いてあり。自らも来年の春のころ、京内参りを申すべし。もし父・母の御方へ、便りの文を上せたくおぼしめさば、自らが情けには、[二]懇ろとづけ参らすべし、姫君いかに」とのたまひて、涙を流し申さるる。姫とからの返事もなく、ただ伏し沈みておはします。御台この由きこしめし、「我一人の姫をだに、み御供に供ゆるものならば、なんぼう悲しくあるまいか。あの姫が父・母の心の内、思ひやられていたはしや」と、涙とともに申さるる、女房の心の内、優しきともなかなか、申すばかりはなかりけれ。

五段目

人身御供の日

さる間、太夫は、み御供の用意つかまつり、八郷八村を触ればやと思ひ、葦毛[三]の駒に打ち乗りて、八郷八村を、触るるやうこそ面白けれ。「今度ごんがの太夫こそ、生け贄の当番に当りて候が、都へ上り、姫を一人買ひ取りて下るなり。すなはちみ御供に供へ申すなり。皆々御出でましまし、見物なされ候へ」と、一々に触れければ、所の人々承り、かの池のほとりに、桟敷を作り、小屋を掛け、上下万民ざざめき（騒ぎ立てた）ける。

これはさておき、いたはしやさよ姫は、古里への形見の文を書かんとて、すずりに手を掛け、文を書か[四]ぬとしたまへども、涙に暮れて、筆の立てどもわきまへず（どう書いていいか分らなくなり）、筆をかしこへからと捨て、消え入る

三 馬の毛色をいい、白い毛に黒・茶・赤などのさし毛のあるもの。白馬または葦毛は神馬とされ、神が降臨の際に乗るものとされる（柳田国男『山島民譚集』）。祭礼の時神主が乗るのもこの馬である。

四 書こう。「書かむ（ん）」に同じ。

やうにお泣きある。御台（みだい）を始め奉り、御前中居（まへなかゐ）[一]の女房たち、げに道理なり、哀れやと、皆涙をぞ流さるる。

太夫由（よし）を見るよりも、はや明日（みやうにち）に極まりたり（あしたに迫った）、姫に詳しく語って聞かせばやと思ひ、「いかに姫、御身これまで連れ来（きた）りしこと、余（ほか）の儀にあらず（でもない）。あの山の奥に大きなる池[二]あり。年に一度（たび）み御供（ごく）を供へ申せしが、ことしそれがし当番に当りしが、御身を供へ申すなり。覚悟あれ」とぞ申しける。

あらいたはしの姫君は、この由をきこしめし、「いかに太夫殿、かねてよりいかなる憂き目にもや、遭ふべき覚悟にて候へども、かかることとは夢にも知らず。よしそれとても力なし。父のためと思へば、恨みと更に思はぬなり。国元にまします母上の、さこそ嘆かせたまふらん。これのみ心にかかるなり」と、流涕（りうてい）焦がれ泣きたまふ。

はや時も移れば、いたはしや姫君を、さも花やかに出で立たせ、

一　おそばの腰元とその下の小間使い女か。

二　さくらのが淵。

＊　さよ姫は人身御供のことを知り、特に古里の母を思って悲しみのため絶望的になる。太夫の妻は深く同情するがどうにもならない（「さんせう太夫」の山岡太夫の妻に似ている）。説経にはこういう涙の場面が大切であった。

網代(あじろ)[三]の輿(こし)に乗せ申し、十八町あなたなる〔向うにある〕、池のほとりへ急ぎける。貴賤群集(きせんくんじゅ)満ち満ちて、見物にこそ出でにけり。御輿(こし)を、とある所に〔ちょっとした所に〕かきすゑける。いたはしや姫君、御輿より出でたまひ、それより舟に乗せ申し、築(つ)き島指(さ)してこぎ出だす。

舟は浮き木の物なれば、はや築き島に着きしかば、三段のたなを飾り、四方に注連(しめ)を張らせつつ、上なるたなに姫を供へ、中なるたなに神主(かんぬし)、三番のたなに太夫上がりたまふ。神主やがて礼拝(らいはい)申すやう、「あら有り難の次第やな。これはごんがの太夫の、所繁盛(ところはんじやう)[四]のそのために〔八郷八村を〕。お守りありてたびたまへ」と、数珠(じゅず)[五]さらさらとおしもみ、肝胆(かんたん)砕き祈りける。

同じく太夫も身を清め、肝胆砕き申すやう〔申すことには〕、「ことしはそれがしが、餌(ゑ)の番に当りつつ〔大蛇の餌の当番になって〕、姫を一人買ひ取り、ただ今み御供(ごく)に進ずるなり。国所安穏(あんをん)にお守りありてたびたまへ」と、様々の祈誓(きせい)をかけ、唱へごとを申しける。それより陸(くが)に帰りけり。陸(くが)にもなりしかば、

三 竹・檜皮(ひわだ)などを薄く削り、斜めまたは縦横に編んだ網代を、屋形の表に張り、黒塗りの押し縁(ぶち)を打った輿。諸家の晴れの時用いた。「さんせう太夫」一四七頁注一〇参照。

四 所繁盛のそのために供え申す、の意。

五 当時神仏混交で、ここは数珠をもんでの祈禱(きとう)。舞曲「信太(しだ)」の鹿島の神主も同様である。

我も我もと並(な)み居たり。

　哀れなるかな姫君は、三階たなにただひとり、あきれ果てて〔途方に暮れて〕おはします、心の内こそ哀れなり。無残[一]や、姫の最期は今ぞと、上下(じやうげ)騒ぎ申せども、なにの子細[二]もなかりけり。人々この由を見るよりも、「あら情けなき次第かな。神主の言はれざる〔余計な〕唱へごとをしたまふ故、〔大蛇の〕御きげんを損じたまふか。あら恐ろしの次第」とて、上下皆々屋形に帰り、門・木戸を閉ぢ、妻や子供に至るまで、嘆き悲しむこと限りなし。思ひ思ひの心にて、音する者こそなかりけれ。

大蛇、さよ姫を襲う

一　節用集等古辞書は「無慙(むざん)」。
二　大蛇が出現せず、姫が無事であることをいう。

いたはしやさよ姫は、ただ一人すごすごと、涙に暮れておはします。心細くも御目をふさぎ、念仏唱へておはします。

法華経の功力

恐ろしや、にはかに空かき曇り、雨風激しく、はたた神鳴りしきりにて、さざなみ打つて、その丈十丈[三]ばかりの大蛇、水を巻き揚げ、水を蹴立て、紅の舌を振り、三階のたなの中段に、頭を持たせ、さよ姫をただ一口に飲まんと、火炎の吹きかけ掛かりける。姫は少しも騒ぐけしきもなく、「いかに大蛇、なんぢ生ある物ならば、少しのいとまを得させよ。なんぢもそれにて聴聞せよ」と、かの[四]法華経

激しい雷がしきりに鳴り

火炎を

様子

三 約三十メートル。

四 父長者形見の法華経。「法華経」は『妙法蓮華経』の略で八巻、二十八品に分れる。巻一は序品・方便品、巻二は譬喩品・信解品、巻三は薬草喩品・授記品・化城喩品、巻四は五百弟子受記品・授学無学人記品・法師品・見宝塔品、巻五は提婆達多品・勧持品・安楽行品・従地涌出品（以下略）。

を取り出だし、高らかに読みたまふ。

「一の巻は、冥途にまします父上の御ため、二の巻は、奈良の都におはします母上の御ため、三の巻は、自らが御一門の御ため、四の巻は、太夫夫婦のため」。五の巻を取り出だし、「これは自らがためなり」とて、高らかに読みたまふ。「[一]一者不得作梵天、二者帝釈、三者魔王、四者転輪聖王、五者仏身、云何女身、速得成仏」と回向[二]あり。

「そもこの提婆品と申せしは、八歳の龍女、即身成仏[三]の御ことわりなれば、なんぢも蛇身の苦患を逃れよ」とて、経くるくると引ん巻き、大蛇が頭に投げたまへば、有り難や十二の角が、はらりと落ちけり。なほも「この経頂け」とて、上から下へなでたまへば、[四]一万四千のうろくづが、一度にはらりはらりと落ちにけり。物によくよくたとふれば、三月のころ、門桜[五]、花の散る如く、皆散り散りに落ちにけり。

一 提婆達多品（提婆品）の一部。「梵天」は「梵天王」が正しい。提婆品は、前半は悪人提婆達多の成仏を説き、後半は畜生龍女の成仏を述べる。ここは後半。文殊師利が、八歳の龍女は刹那の間に菩提心を起し悟りを得ることができたとほめたところ、舎利弗が、女身が速やかに悟りを得るとは信じがたい、「女人の身にはなほ五つの障りあり。一には梵天王と作ることを得ず、二には帝釈、三には魔王、四には転輪聖王、五には仏身なり。云何んぞ、速やかに成仏することを得ん」といった。その時人々は、龍女がたちまち変じて男子となり、無垢世界に往って、等正覚を成じ、一切衆生のため、妙法を演説するのを見たという（岩波文庫『法華経』）。

二 自分の修めた善根（ここは読経）を回らし、自分や他人の悟りに差し向け、自他の極楽往生を祈ること。

三 即身成仏の御道理を説くものであるから。「即身成仏」は、現在の肉体のままで仏になること。

四 「一万四千のひれ、九万九千のうろこが、あらしに花の散る如く、はらりはらりと落ちにけり」（奈良絵本）の省略か。

五 門に咲く桜か。

大蛇、姫に玉を贈る

（大蛇）「あら有り難や」とて、そのまま池へ入るかと見えしが、十七・八の上臈（じやうらふ）と様を変へ（貴婦人に変身し）、姫君に近付いて、「[六]いかに姫君、さてそれがしはさる子細（しさい）候て、この池に住むこと九百九十九年に[七]まかりなる。その年月がその間に、人み御供（ひとみごく）を取ること九百九十九人なり。今一人服（ぶく）すれば（食べると）千人に当るなり。御身のやうなる尊（たつと）き人に会ふこと、ためし少なき次第なり。これひとへに御経の功力（くりき）（功徳の力で）により、たちまち大蛇の苦を逃れ、[八]成仏得脱（じやうぶつとくだつ）得ることは、ひとへにこの御経の[九]徳とかや。さてさてこの御恩には、[一〇]なにをか布施に参らせん」、[一一]龍宮世界にまします、如意宝珠（によいほうじゆ）の玉を取り出だし、「いかに姫君、そもこの玉と申せしは、思ふ宿願のかなふ玉にてあり。腹のあしきその時は、これにてなでさせたまふべし。両眼悪（あ）しきものならば、たちまち平癒（へいゆう）あるべし。なんぼう（とても）めでたきこの玉なり。姫君に参らする。よくよく信じなされよ」と、頭（かたべ）を傾け泣きゐたり。とにもかくにもさよ姫心の内、うれしきともなかなか、申すばかりはなかりけれ。

六 写本では大蛇の姫が、村の代表者や神主に「けふよりして、人みごくを供へ申さんより、この八郷八村に御所を建て、都の姫（さよ姫）を、土御門（つちみかど）とあがめ申させや」と言っている。土御門家は陰陽師（おんようじ）・声聞師（しようもんじ）（金鼓（きんこ）を打ち簓（ささら）をすり経文（きようもん）を唱えて門付けをした僧形の乞食（こじき））等を支配し、芸能者と深い関係を持った（柳田国男『物語と語り物』所収「山荘太夫考」等）。

七 底本「罷成」。「まかりなり」とも読める。

八 仏になって煩悩（ぼんのう）を脱すること。

九 おかげとかいうことです。「徳」はここでは恩恵の意。富の意で使われることもある。

一〇 何かお布施として差し上げましょう。「布施」は、仏や僧に施す金品であるが、ここは大蛇が姫を尊んでそう言った。

一一 龍宮世界（深海の底にあって龍人が住んでいる宮殿）におありになる、如意宝珠という玉。「如意宝珠」は、龍王の脳中から出た玉で、この玉を得ると、願いが思うままにかなうという（『大智度論』巻五十九等）。摩尼（まに）ともいう。

六段目

大蛇、姫を助ける

さる間、さよ姫は、夢の覚めたる心地して、あきれ果てておはします。「いかに大蛇(だいじゃ)。自らは父の菩提(ぼだい)を問はんため、身を売り、これまで参りつつ、なんぢが餌(ゑ)に供はるなれば、自らが憂き命取らるると申すとも、露塵(つゆちり)〔少しも〕ほども惜しからじ。はやはや取つて服(ぶく)せよや、大蛇いかに」とのたまへば、大蛇申しけるやうは、「あらもつたいなの仰せやな。今まで人を服せしこと、なんぼう〔ずいぶん〕後悔に存ずるなり。いでいで〔さあさあ〕自らが先祖を、語りて聞かせ申さん。

[一]国を申せば伊勢の国、二見が浦の者なるが、継母(けいぼ)の母に憎まれて、行方(ゆくへ)も知らず迷ひ出で、人商人(ひとあき)にたばかられ、かなたこなたと売られ来て、この所に隠れもなき、十郎左衛門と申す者が買ひ取りて、憂きの思ひをつかまつる。そのころまでこの池は、わづかの小川に

一「さんせう太夫」の小萩に似ている。「さんせう太夫」一〇三頁一二行目以下参照。

て候へしが、在所の人の集まりて、橋を架けんとて、一年に一度づつ、橋を架くれども、この橋つひに成就せざりけり。一つ所に集まりて、いかがせんと内談申す。中にも少年の寄りたる者の申すやう、博士を召し占はせんとて、やがて博士を呼び出だす。

博士参り、一々に占ひける。あら恐ろしの占ひや。これは見目よき女房を、人柱に沈めらるるものならば、橋は成就なるべしと占うたり。それこそやすき次第とて、やがてみくじをこしらへ、取り見れば、自らを買ひ取りし、十郎左衛門が当りしなり。さてこそ自らを沈めしなり。

その折この川端へ参る時、自ら余りの悲しさに、『あら情けなき次第かな、八郷八村の里に、人多きその中に、自らを沈むるものならば、丈十丈の大蛇となりて、この川の主となり、この在所の者どもを取つては服し、取つては悩ますものならば、七浦の里を荒さん』と、かやうに悪口し、つひに沈めにかけられて、かやうの姿と

二 住んでいる所。ここは近辺の村里。

三 陰陽の博士。ここは陰陽師。「ウラナイヲスルモノ」（『日葡』）。占いのほか祓いあるいは加持祈禱を行った。三七九頁注六参照。

四 女。婦人。

五 川に面した多くの村里。「浦」に、海・湖・大川の湾曲して陸地に入り込んだ所。

まかりなる。きのふけふとは思へども、九百九十九年住まひをし、年(とし)に一人づつの人を取り、諸人(しよにん)の嘆きを身に受くる。その報ひにや、うろこの下に、九万九千の虫が棲(す)み、身を責むる苦しみは、なににたとへん方もなし。なんぼう物憂きことぞかし。かやうなる折節に、御身のやうなる尊(たつと)き姫に会ふことは、ひとへに仏の御引き合はせ」と、喜ぶことは限りなし。

さよ姫この由を御覧じて、「いかに大蛇、自らは大和の国の者なるが、恋しきかたは大和なり。奈良の都に母を一人持ちたるが、いまだ浮き世にましますか、これのみ心にかかるなり。あら恋しの母上や」と、もだえ焦がれて泣きたまふ、心の内こそ哀れなり。

大蛇はこの由承り、「さては御身の故郷(こきやう)は、大和にてござあらば、それがし送り届けて参らせん。心やすくおぼしめせ、姫君いかに」と申しける。さよ姫なのめに(この上もなくお喜びになり)おぼしめし、「しばらく待てよ、大蛇」とて、太夫に参りたまへば、太夫も御台(みだい)も、これはこれはとばかり

* いよいよその時になってさよ姫は、人が変ったように凛々(りり)しくなる。姫の念仏と法華経の功力(くりき)によって、大蛇はその苦患(くげん)を免れ、姫を助ける。当時すでに、人身御供あるいは人柱の話は、遠い時代・遠い地方の話として受け取られていたろうが、それに伴う人身売買はなお現実のものであった。東北育ちのこの説話を、奈良や二見が浦に結びつけて再生したのは、大和(やまと)や伊勢地方に縁の深い説経語りの、残虐な弊風を許せないとする正義感と、さよ姫に対する敬慕の念によるのであろう。

一 頭上に。大蛇の頭を龍の頭に見立てたのであろう。

にて、更にまことと思はれず、「いかなることにて逃れ、これまでは来(きた)りたまふぞや、いかにいかに」と申しける。

姫は由(よし)を承り、始め終りを語らせたまへば、太夫夫婦は、喜ぶことは限りなし。「いかに姫君。かくて都へ帰りたきか。ただただこれにとどまりたまふべし。いかなる大名の、縁頼りともなすべし。いかにいかに」とお申しある。

さよ姫はきこしめし、「こは有り難き次第かな。この度(たび)の御情け、いつの世にかは忘るべし。自らは大和の者にて候へば、まづまづ国に帰り、母に対面申しつつ、またこそ参り候べし。いとま申してさらば」とて、物憂き陸奥(むつ)の国を出づるこそ、なによりもつてうれしやと、まづまづ浜に下りたまひ、「いかに大蛇、故郷へ送りてたべ」と申さるる。

大蛇承り、「さあらば送り参らせん」と、姫君を一龍頭(たつがしら)に打ち乗せて、池の底へ入るかと見えしが、刹那(せつな)の内に、大和の国に聞えたる、

姫、母に再会

奈良の都猿沢の池の[一]、みぎは（水際へ）へかづき上げ（水中をもぐって引き上げ）、池のほとりに、姫君を降ろし置き、「いとま申してさらば」とて、それよりも大蛇は、龍（りよう）龍（たつ）となつて、天へ上がらせたまひける。あとへ返らぬことなれば、猿[二]沢の池と申せしは、その御代（みよ）よりも申すなり。

さよ姫この由を御覧じて、今はまた大蛇に名残が惜しまれて、心細くなりたまふ。それよりやがて大蛇の神体、壺坂の観音といははせたまひて（祭られて）、衆（しゆ）[三]生（じやう）済度したまへば、さてその後にさよ姫は、奈良の都をたど[四]りたどりと御出であり、松谷へ立ち越え、いに

さよ姫、母に再会

一　奈良市奈良公園内。釆女（うねめ）の投身伝説で有名である（『大和物語』等）。龍神池ともいった（『興福寺流記』）。

二　「猿」に「去る」を掛ける。

三　仏が迷っている衆生（人間その他一切の生物）を救って悟りの境地に導くこと。

四　辿（たど）り辿りと。道に迷いながら。

しへの屋形へ入りて、かなたこなたと見てあれば、築地(ついぢ)も軒もこぼり果て(すっかり壊れ)、母上様はましまさず、こだまの響きばかりなり。

姫君由(よし)を御覧じて、あら情けなき次第やと、屋形の内をお出であり、在所の人を近付け、母上の行方(ゆくへ)を尋ねあり。在所の者申すやう、「いかに姫君、母御は御身失(う)せさせたまひて後、明くれば姫が恋し、暮るればさよ姫恋しやと、お嘆きありて、程なく両眼泣きつぶし、いづくも知らず、迷ひ出でさせたまひ、行き方(がた)知らずおなりたまふ」。

さよ姫由をきこしめし、これは夢かや現(うつつ)かと、かなたこなたと尋ねたまへども、その行き方はなかりける。親と子の機縁かや[一]、いたはしや母上は、そでごひ[二]召されておはします。わらんべの口々に、「松浦物狂ひ、こなたへ来れ、あなたへ参れ」と、子供になぶられおはします。

さよ姫夢[三]ともわきまへず、するすると走り寄り、母にひしといだき付き、「いかに母上様。さよ姫参りて候」とて、涙とともにお申しある。御台由をきこしめし、「さよ姫とはたがことぞ。いかに子供、自らがいにしへ、松浦[四]谷とてありしが、さよ姫とて娘を

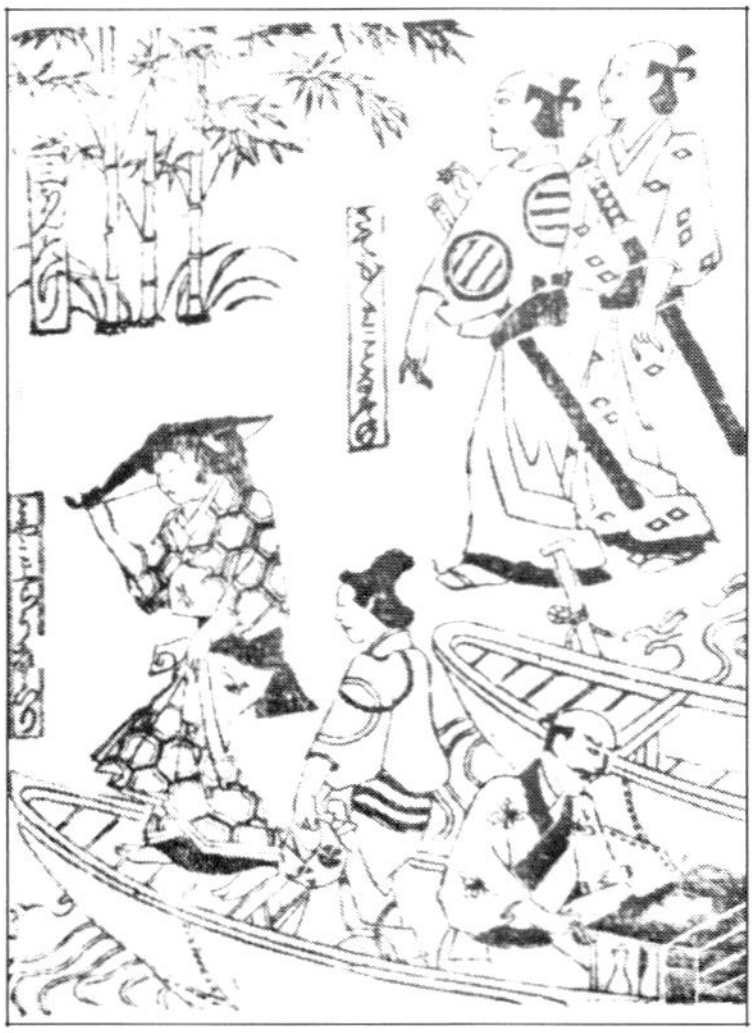

竹生島弁才天

一 ところが親子の因縁だろうか、偶然再会したが、の意。
二 乞食をなさっていらっしゃる。底本「そでこひ」。「ソデゴイ」（『日葡』）。袖乞い。
三 夢とも現ともわきまえず。夢を見たような心持で。
四 松浦谷に住んでいた時。「松浦谷」は「松谷」の誤りか。

一人持ちたるが、人商人がたばかり、行方も知らずなりにけるが、今この世になき者なり。盲目に打たれて、我を恨むな」と、杖振り上げ、辺りを払ひたまへば、さよ姫なほも悲しみて、かの玉を取り出だし、両眼に押し当て、「善哉なれや明らかに、平癒なれ」と、二、三度なでたまへば、両眼はつしと明きければ、これはこれはとばかりにて、御喜びは限りなし。

さてその後に、さよ姫は、母上[五]を伴ひて、松谷指してお帰りあれば、いにしへ付き従ひし者ども、かしこより参りつつ、我奉公申さ

五 写本（赤木文庫）では、さよ姫の母および大蛇となった姫を、次のように薬師と観音の本地としている。「母の長者、その後八十三と申すに、三河の国鳳来寺の峰の薬師と現れたまひ、衆生をまぼり、殊に子のなき人曰せば、かなはずといふことなし。……大蛇の姫は、大和の国壺坂と申す所に、観音と現れたまふ」。

ん、人奉公せんとて、あまた下人付き従ふ。棟に棟を建て並べ、富貴の家となりたまふ。奥州へ使ひを立て、太夫を召され、数の（たくさんの）宝を賜りける。さて又太夫夫婦を、家の臣下に頼み（家臣として信頼し）たまひ、月に重なり日に増さり、末繁盛と聞えけれ。再び松浦長者の跡を継がせたまひける。これひとへに親孝行の志を、諸天[一]哀れみたまひける。

やうやう年月過ぎ行けば、さよ姫八十五歳にして、大往生を遂げたまふ。花降り音楽聞えつつ、三世[二]の諸仏の御供にて、西に紫雲のたなびきて、異香薫じ、西のかたへゆきたまふ。人々は御覧じて、かやうのことはためし少なき次第とて、談合評定とりどりなり。

竹生島の弁才天

さてこそ（姫は）近江の国竹生島の弁才天[三]とおいはひ（お祭りし）あり、かの島にて[四]、大蛇に縁を結ばせたまふ故に、頭に大蛇を頂きたまふなり。この島[五]と申せしは、四方の欠けたる[六]島なれば、十方山とも申すなり。夜の間にできたる島なれば、明けずが島と伝へたり。竹の三本生え出でたり。さてこそ今の当代まで、竹生島とも申すなり。

一 天上界の神々が、共感された故である。

二 以下「かるかや」七七頁注八、七六頁注三、七七頁注九参照。

三 謡曲「竹生島」は、本地を九生如来とし、「あるひは天女（弁財天）の形を現じ、有縁の衆生の諸願をかなへ、または下界の龍神となつて、国土を静め誓ひを現し」とある。

四 「かの島にて」は直接「頭に」以下に続き、「大蛇に縁を結ばせたまふ故に」は挿入句。

五 次のような異説もある。「この島と申すは、八方大地を離れたる、浮き島なるがゆゑに、地離宝山と申すなり」（奈良絵本）。

六 四方が、満たすものなく開けている意であろう。

昔も今も、親に孝ある人は、[七]このこと夢々疑ふまじ（決して疑うべきでない）。不孝のともがらは、諸天（天上界の神仏までも）までも加護なし。生きたる親には申すに及ばず、なきあとまでも孝行を尽すべし。又女人を[八]守らせたまふ故、我も我もと竹生島へ[九]参らん人はなかりけれ。身を売り姫の物語、上古も今も末代も、ためし少なき次第とて、感ぜぬ人はなかりけれ。[一〇]

七 さよ姫のように、末に繁盛すること。
八 弁才天は。謡曲「竹生島」にもそのことを強調している。
九 「参らぬ」に当る。
一〇 末尾の刊記に「寛文元年五月吉日　山本九兵衛板」とある。
＊ さよ姫は古里の母と再会し、めでたい結末である。「さんせう太夫」の、つし王と母との再会の場面に非常に似ている。「さんせう太夫」同様、これも説経与七郎が語ったのではないかと思われる。終りに親孝行の大切なことを強調しているが、身を売って親の菩提を弔った話としては、浄瑠璃「阿弥陀の胸割」が有名であり、主人公の親孝行を礼讃し、教訓としているものには、室町物語『蛤の草紙』『唐糸草紙』等があって、この作品が特に珍しいわけではない。

解説

説経と説教

ここに収めた六篇は、「説経」と呼ばれる語り物（文字の力を借りずに、口から耳に伝えられる、口承文芸――昔話・伝説・民謡・ことわざ等を含む――の一つ）である。「説経節」「説経浄瑠璃（じょうるり）」ともいわれる。近世（江戸時代）では多く「説経」の字を当てるが、同音の「説教」を当てることもある。またそれを語る専門の芸人も、「説経」あるいは「説教」といい、セッキョウの一語で、語られる内容とその語り手を指す。『せつきやうかるかや』といった場合は前者、「説経与七郎」といった場合は後者に当る。語り手はまた「説経説（と）き」（『日葡辞書』）とも「説教者」（蟬丸（せみまる）神社文書）ともいうことがある。ここでは便宜上「説経」に統一し、お坊さんの説教といった場合の「説教」と区別することにする。

　今日知られている資料によると、説経が盛んに行われたのは江戸時代の初期、すなわち十七世紀である。説経は浄瑠璃にやや後れて、劇場に進出し、その正本（しょうほん）（テキスト）も刊行されて、いっそう著名になった。都市の発展に伴い、大勢の人を一度に収容し、その入場料で経営する芝居（劇場）が生れた。また劇場にふさわしい芸能が工夫されるようになった。歌舞伎や浄瑠璃がそれである。説経も浄瑠璃をまねたのであろうが、伴奏に三味線を用い、その語りを操り人形で演出する。また初段・二段・三段というふうに、六段ぐらいに分け、各段の間に余興を入れて、お客を退屈させないようにした。いずれも劇場芸能としての改革である。こうして説経は、江戸の天満八太夫（石見掾）の時代が一番華やかであった。信多純一氏によると、八太夫が活躍したのは、元禄四、五年（一六九一～九二）までと考えられる。

しかし説経が説経らしくその特色を発揮したのは、むしろ劇場に現れる以前の、野外芸能の時代であったといえる。それは少なくとも十五世紀の末、安土桃山時代（一五六八～一六〇〇）までさかのぼることができよう。だが残念なことに、この時期の説経を確かめる資料がほとんどないので、ここではごく控え目に、一六〇〇年（慶長五年）前後を説経の時代と考えることにしよう。一部の説経が劇場に進出した後も、寛永・正保（一六二四～四八）までは、相当旧態を維持し、その正本も一六〇〇年ごろの面影を十分残しているように思える。

本書の六篇のうち、『あいごの若』と『まつら長者』の二篇は、浄瑠璃風に六段になっていて、新しい説経である。しかし他の四篇は段別がなく、古風である。説経は浄瑠璃との競争で、その独自性を発揮するため、古体を残す必要があった。しかし大勢に順応して、浄瑠璃風に新味を出そうと努めるとともに没落していった。説経はやはり中世の芸能だといえる。

本書の『をぐり』（底本は絵巻物）の冒頭をみると、

> そもそもこの物語の由来を、詳しく尋ぬるに、国を申さば美濃の国、安八の郡墨俣、たるいおなことの神体は正八幡なり。荒人神の御本地を、詳しく説きたて広め申すに、これも一年は人間にてやわたらせたまふ。凡夫にての御本地を、詳しく説きたて広め申すに……

とある。また末尾は、

小栗殿をば、美濃の国安八の郡墨俣、たるひおなことの神体は正八幡、荒人神とおいはひある。同じく照手の姫をも、十八町下に、契り結ぶの神とおいはひある。契り結ぶの神の御本地も語り納むる。所も繁盛、御代もめでたう、国も豊かにめでたかりけり。

となっている。つまりこの作品の二人の主人公、小栗と照手姫は、それぞれ墨俣（岐阜県安八郡墨俣町）の正八幡（現在の八幡神社）と契り結ぶの神（現在の結神社）として祭られているが、ここではその二人が神となる以前の姿、神の本源、すなわち本地である人間について語られる。二つの神の縁起を語るという、いわゆる本地物の形式をとっている。これが説経の特色である。

同じ『をぐり』の別本（奈良絵本）では、小栗は墨俣の正八幡の御子であって、後に都の北野に、愛染明王として祭られ、同じ場所に、照手の姫も結ぶの神として祭られたとしている（『山城名勝志』によると、北野神社の近くの法花堂に、愛染明王が祭られていたことが知られている）。またそれより後に出た別本（佐渡七太夫豊孝本）では、小栗は常陸の国鳥羽田村の正八幡結ぶの神として祭られたという。

以上『をぐり』の三つの本は、共通して二人の主人公が、正八幡大菩薩や結ぶの神に結びついている。結ぶの神は男女の縁をとり結ぶ神で、愛染明王も愛欲をつかさどり、恋愛を助ける神である。小栗の剛勇、照手の恋愛は、いずれも超人的なものであって、右の神々に結びつくのは不自然ではない。しかも墨俣とか北野とか鳥羽田とか、作品の内容に直接関係がないにもかかわらず、はっきりとした地名を残している点が注目される。

『かるかや』は、親子地蔵の縁起として語られるのであるが、この地蔵は、冒頭では信濃の国善光寺如来堂の右手の脇にあるといい、末尾では善光寺奥の御堂にあるといっている。前後やや矛盾するのは、底本である正本の語り手（与七郎か）が現地を知らず、先輩の語りを踏襲しているうちに語り誤ったせいであろう。また『さんせう太夫』は、丹後の国金焼地蔵の本地を説くという形式をとっている。地蔵という点で『かるかや』と共通しているのが面白い。

これらの例から考えると、本来は善光寺の近くの親子地蔵（長野市往生寺の親子地蔵か）や丹後の金焼地蔵（宮津市由良町如意寺の身代り地蔵か）のお堂の近辺で、『かるかや』や『さんせう太夫』が語られた名残のように思える。『をぐり』の場合も、それが実際に語られた場所によって、地名を異にしたのではなかろうか。また一般庶民があつく信仰した神仏を引き合いに出して、その物語が真実であることを信頼させ、それだけに聞き手の感動を誘う有効な手段になったに違いない。

しかしそれがすべて説経の語りであったかどうかには、なお疑問が残る。説経が取材し脚色した、前の語り物を考えねばならない。解題の項で述べるように、例えば『かるかや』は高野聖かも知れず、『さんせう太夫』『をぐり』は、日本海と太平洋の沿岸を歩く巫女（みこ）であったかも知れない。いずれにしても各地を放浪して、人の集まる寺社の傍ら等で語っていた時代の、宗教味を漂わせた語りの形式である。しかし都市の劇場に出入りするようになって、旅の必要がなくなり、寺社や仏神が、都市の観客・聴衆に無縁のものになると、この本地物の形式は次第に消えて行く。

延宝三年（一六七五）刊行の『おぐり判官』の冒頭では、「それつらつらおもんみるに、天神七代地神五代より、かく人皇に至るまで、君君たれば臣臣たり、四海波風静かにて、国土豊かに治まれば、なびかぬ草木はなかりけり」と、すっかり浄瑠璃風になって、正八幡も結ぶの神も出て来ない。寛文（一六六一～七三）初年の刊行といわれる『かるかや道心』では「中昔の事かとよ、筑紫筑前六か国の大将をば、繁氏殿と申しける」に始まり、寛文七年刊行の『さんせう太夫』では「それ親子兄弟のわりなき事は、滄海よりも深し。ここに奥州五十四郡の主をば、岩城の判官正氏殿とぞ申しける」で始まる。いずれも地蔵菩薩は消え、『をぐり』同様、本地物の形式をとらなくなる（ただ佐渡七太夫豊孝は、説経復興の志があったためか、その正本は古体を残しているところがある）。その代り浄瑠璃同様、重々しい教訓的な言葉で始まり、それで語り手の威厳を示すようになった。

説経の時代、一六〇〇年ごろの、説経の人々は、どういう姿で語り歩いたのであろうか。京都国立博物館編『洛中洛外図』所載の八坂神社所蔵図（下図はその模写）は、その解説によると、元和（一六一五〜一六二四）のころの制作であるが、そこに描かれている説経の者は、広いむしろの上に立ち、長い柄の大傘を肩に寄せてかざし、両手で簓をすりながら語っている。三十三間堂境内の人通りの多い処で、周りに座っている数人の中には、泣いている者もあり、座ったままひしゃくで金を集めている者もあり、聞き手が投げたと思われる銭が、辺りに散らばっている。

徳川美術館蔵、『釆女歌舞伎草紙』といわれる絵巻物は、初期の女歌舞伎に説経を取り合わせているが、右の図と大体同じである。ただこちらはもっと堂々としていて、羽織を着ている。ササラ・大傘・羽織が説経の特徴ある姿であったらしい。後には傘を捨てて菅笠をかぶり、ササラの代りに胡弓あるいは三味線を持って門付けをするようになる（元禄三年刊『人倫訓蒙図彙』）。しかし前記『洛中洛外図』所載の西村啓一郎氏所蔵図（下図はその模写）では、本来の姿で門付けしているが、それは時代が比較的古いからであろう。こういう門付けを、当時門説経といった。乞食同様の者である。

説経が大傘を持つというのは、何か理由があって古くからのことであろう。雨や日をよけることもできようが、そのための物ではない。田楽法師が傘を持った伝統であろうが、傘の形をした松を神様松という地方もあって、恐らく神のよりましといった、権威を示すシンボルであろう。説経は神仏の縁起を重々しく語るが、それにふさわしい威厳を示したのであろう。

説経と比べる意味で、説教について触れておこう。今日では改良されて、法話・法談ともいっている。しかし最近は、古風な、節を付けて語る、節談説教が見直されている。それは説教の芸能的側面、つまり語りの面白さに、得がたいものがあるからである。その歴史は当然古いのであるが、中でも安居院（京都市北区紫野にあり、比叡山東塔竹林院の里坊）に住み、説教の名手といわれた、澄憲（一一二五〜一二〇三）、聖覚（一一六七〜一二三五）父子が最も有名である。関山和夫氏によると、説経と同時代では、安居院の流れをくむ、真宗の説教が代表的なもので、特に覚如（一二七〇〜一三五一）が撰述した『本願寺聖人親鸞伝絵（御伝鈔）』が、説教の基本的テキストであった。

井原西鶴の『世間胸算用』に「平太郎殿」という一篇があるが、『御伝鈔』の一部を潤色した平太郎（聖人の弟子真仏上人）の話は、節分の夜の真宗寺院（高田専修寺派を除く）で必ず行われた。この『御伝鈔』と同材のものを、浄瑠璃の方でも、『親鸞記』等の題名で度々上演し、その正本も刊行された。しかしそのつど本願寺側の働きかけで、町奉行から禁止されている。本願寺は「土民下臈の類」が、親鸞聖人の御伝記を、平仮名で気安く読んだり、御開山を操り芝居に掛けて楽しむのを厳しく非難している。それは芸能の徒を卑しむだけでなく、本願寺の立場に『御伝鈔』やそれに関する説教を独占し、末寺の生活権を擁護するという責任があったからであろう。

当時の説教は節談であるから、浄瑠璃や説経とは、語りという点で相互に影響するところがあり、語り方曲節に案外似通ったところがあったかも知れない。しかし寺院説教は本願寺の権威に寄りかかっていて、本願寺がさげすんだ「土民下臈の類」を、唯一の支持者としている説経とは、同じセッキョウでも、その依って立つ基盤に、大きな違いのあったことは当然である。

現代は文字と印刷の時代で、毎日その氾濫の中を泳いでいるようなものであるが、こうなったのも比較的最近のことである。説経の時代として、一六〇〇年（慶長五年）ごろを考えてみると、一部の人は別として、一般には文字や本になじまない生活を送っていた。しかし文字を知らないと不便であり、また知らないことを恥として、文字の学習が熱心になった。当時の洛中洛外図を見ても、京都の商家や芝居に、文字を記した看板が次第に増えていくのが分る。宝永三年（一七〇六）の『碁盤太平記』という近松門左衛門の浄瑠璃には、大星力弥が文盲の岡平を笑って、「世には無筆も多けれども、一文字引く事も読む事もならぬとは、子供に劣つた奉公人」といっている。百年の変化が察せられる。

本についていえば、慶長のころ、写本はもちろん行われたし、絵巻は引き続き制作され、特にこのころは絵巻より手軽な、奈良絵本が盛んに作られた。しかしその部数は限られたものであり、しょせん庶民の物ではない。一方印刷は、豊臣秀吉の軍が、朝鮮から優れた機具を持って来たこともあって、機運が急速に高まった。従来写本で行われた、国語辞書の『節用集』が、天正十八年（一五九〇）に、また後陽成天皇によって『古文孝経』が、文禄二年（一五九三）に印刷され、宣教師による吉利支丹版も刊行された。特に慶長・元和のころ、木の活字による印刷が盛んに行われ、美術的にも価値の高い嵯峨本（角倉素庵と本阿弥光悦が印行した本）等が刊行された。しかしまだまだ一般向きとはいえなかった。

ところが寛永（一六二四〜四四）に入って、従来の木活字の代りに、整版印刷をやるようになって、出版の大衆化が大いに進んだ。整版は、原稿をそのまま木の板に彫って印刷するのである。木活字に比べると、漢字を自由に使い、読み仮名も付けて、いっそう読みやすくし、しかもはるかに安価にできるのが利点である。整版印刷によって出版は完全に商業ルートに乗り、版元が企業として安定することになった。これが出版大衆化を促し、口承文芸、特に語り物に対して、文字の文芸の重みが、次第に増していくのである。説経の正本も、絵入りの読み物として刊行されたのはこの時で、寛永八年（一六三一）の『かるかや』が最も早いとされている。

しかし慶長のころでは、一般の人はまだまだ、文字の文芸から遠い世界にいたのであって、それだけに語り物の大衆化、国民文学的な普及は当然なことであった。中世で語り物の主流であった平曲（『平家物語』を琵琶の伴奏で節を付けて語るもので、平家琵琶とも平家ともいった）は、盲僧の専業であって、当時の絵巻物等では、盲僧やその従者が、琵琶を背にして歩く姿がよく描かれている。またこの盲僧は、中世も末になると、平曲の人気が落ちたせいもあって、いろんな芸能をやっている。『言継卿記』天正二十年（一五九二）八月十五日の条では、福仁という座頭が、平家のほか、浄瑠璃・小歌・三味線・早物語をやっている（この時三味線をひきながら浄瑠璃を語ったかどうかは分らない）。座頭が浄瑠璃を語ったのは、享禄四年（一五三一）以前からであることは、柳亭種彦がすでに指摘しているが、このころの浄瑠璃は、まだ一地方の語り物であった。矢作の宿（現在愛知県岡崎市）の遊女浄瑠璃御前と源義経の恋物語、すなわち『浄瑠璃御前物語』を語ったのである。

しかし天正（一五七三〜九二）ごろには、「尼君物語の浄瑠璃」が行われたことが知られている（『奥羽永慶軍記』）。これは舞曲の『屋嶋軍』と同材らしく、『浄瑠璃御前物語』を語ると同じ節回しで、他の作品も語ったことが分る。平曲に代って浄瑠璃が徐々に台頭していた。

中世の語り物は平曲だけでない。『曾我物語』や『義経記』も、語り物を素材にしたと考えられている。義経とか曾我兄弟といった、悲壮な運命をたどった人物は、取り分け人気があって、死去間もなくから、熱心に繰り返し語られたのであろう。その人間像も時代の好みに沿って変るということがあった。そういう語り物は、いずれも当初は地方に生れ、全国に伝播(でんぱ)したとみてよい。

語り手は、平曲における盲僧のほかに、現在も残る青森県のイタコ、新潟県のゴゼのような盲女も、もちろんいたろうし、当時は盲人だけでなく、一般に唱導(説法)を専門とする、比較的身分の低い僧尼が多数いた。そういう日常旅を暮す人々によって、語り運ばれたのであるが、交通の便がよくなり、農村が豊かになった中世の末期、特に戦国時代以降に最も活況を呈し、その中から浄瑠璃が、一際抜きんでたものと想像される。群雄割拠の中で、東海道の勇者が勝利を得たのとよく似ていて、浄瑠璃の台頭も地の利を得たということがあろう。

しかし浄瑠璃が近世の語り物として成功したのは、もちろんそれだけではなく、現在では分らないことであるが、内容だけでなく、その語り、節回しが、平曲などに比べて、余程新鮮であったからであろう。また三味線という新しい楽器を伴奏に使った点も忘れられないし、さらに操り人形を利用して、劇場芸能にふさわしい演出を試みたということがあろう。そういう企画をやった人として、目貫屋長三郎とか、監物(けんもつ)・次郎兵衛といった人の名が伝えられているが、いずれも盲僧ではない。芸能の家の出身でなく、素人のように思われる。後の竹本義太夫や近松門左衛門はもちろんであるが、浄瑠璃がこういう素人によって開発されたということは重要である。説経や次に触れる舞曲は、素人が飛び込んでくる余地がなく、その殻を破りえなかったのと大きな違いがある。

語り物の主流が、中世の平曲から近世の浄瑠璃に移る間に、いろんな語り物の競争があったが、その中で舞曲と説経が最も顕著な存在であった。舞曲は本来曲舞（くせまい）とも舞ともいって、その歴史は古く、能楽にもとり入れられたが、長篇の語り物をやるようになったのは、一五〇〇年ごろと思われる（舞のある語りはもちろん、舞のない語りをも舞という）。先に触れた『屋嶋軍』はその代表曲の一つであるが、織田信長が桶狭間（おけはざま）に出陣する時、「人間五十年、下天（げ）の内を比ぶれば、夢幻（ゆめまぼろし）の如くなり。一度生（しやう）をうけ、滅せぬ者のあるべきか」と謡ったのは、舞曲『敦盛（あつもり）』の一節である。現在福岡県山門（やまと）郡瀬高町大江に残る舞は、大頭（だいがしら）系の名残である。

信長は舞の幸若八郎九郎をひいきにしたが、幸若は大頭とともに舞の一派で、八郎九郎家のほかに、小八郎・弥次郎家があった。この一派は現在の福井県丹生（にゆう）郡朝日町西田中の出身であるが、早くから都に出て、他地方出身を圧倒して人気を得、権門勢家にも出入りした。しかし信長をはじめとする戦国武将が、幸若の各家に対して、百石・二百石・三百石という禄を給して厚遇してから、彼らの態度は一変した。江戸時代では、自らを芸侍（げいざむらい）といって侍を強調し、本来の芸能に不熱心になったばかりでなく、他の芸能者、特に仲間の舞々（舞を専門にやる人）をも見下すようになった。舞は幕府の式楽ということで、能役者の上席に座ることを誇り、一家の先祖を尊くするために、虚偽の系図や由緒書を作った。本来の芸能を支える大衆を忘れ、彼らの出身地の人々が、たまたま一曲を請うても、応じなかったといわれる。こうして幸若は没落した。

しかし同じ舞でも、幸若の一派（正確にいえばその一部）を除いては、舞そのものの衰退で、こじき同然に転落したものが多く、幸若が、せっかくつかんだ幸運を取り逃がすまいと、懸命になったのは当然である。芸能人は昔も今も人気に支配されて生活が不安定であり、当時は社会的地位も低く、転業もままならぬ状態であった。だから京都土着の大頭派その他が、背水の陣を敷くように、当時流行の歌舞伎に刺戟されて、新しい舞座の興行を試みたが、永続的な成功を収めることはできなかった。

以上のように転換期の舞には、大ざっぱにいって幸若と非幸若という二つの行き方があった。説経は同じく語り物を本業としながら、幸若とは全く違って、むしろ非幸若に近い経過をたどった。しかし幸若・非幸若いずれも語り物を捨てるか、かろうじてそれを維持する程度であったが、説経は語り物の新しい転換に積極的であり、浄瑠璃と対抗して、あるいは妥協して、相当長く生きのびた。説経は幸若のように権力に結びつく機会がなく、宮中に出入りするとか、武将に招かれることもなかった。また中世では幸若のように、農村に基盤がなく、定住地を持たず、各地を放浪していたのではないかと思われるふしがある。身分的にも経済的にも底辺に沈淪しながら、大衆の支持でかろうじてその芸能に生きることができた。それが近世になっても柔軟に対応し、最後の活力を発揮したゆえんであろう。次第に浄瑠璃に吸収されていくが、後の芸能・文芸に及ぼした影響は、舞曲を超えるものがあった。

ササラこじき

説経を語る人々は当時簓乞食ともいわれた。簓は茶筅を長くしたような形で、竹の先を細かに割って作る。それで、刻みをつけた細い棒（簓子）を擦ると、さらさらと音を立てる。それでササラといった。楽器というほどの物ではないが、説経はこれを伴奏にした。後には胡弓や三味線に替えたが、本来の説経はササラである。都に歌念仏の日暮一派があり、説経を語って、万治・寛文（一六五八〜七三）ごろの日暮小太夫は特に聞えたが、この一派は鉦鼓を用いた。しかし劇場で説経を語った時は、三味線を用いたであろう。

説経を語る人々は、人がよく集まる所、例えば逢坂山のふもと、京都の三十三間堂や北野神社、大阪の四天王寺、江戸では増上寺といった、広々とした寺社の境内などで、先に述べたような姿で語ったのである。本書に載せたような作品は、一篇を語るのにも相当時間がかかり、相当の力量を要したであろう。中でも後に述べる与七郎とか七太夫といった人々は、第一級の芸能者であって、ただの乞食ではない。

江戸時代の記録によると、説経の人々は蟬丸を祖神とした。蟬丸は百人一首の「これやこの行くも帰るも別れては知るも知らぬもあふ坂の関」で知られている人である。彼らは逢坂山の下と上にあった蟬丸の宮（大津市蟬丸神社）の祭礼に、各地から集まって神事に奉仕した。この社は本来道祖神を祭り、旅人の守護神であったが、いつのころか蟬丸を合祀した。蟬丸は、右の歌を載せた『後撰和歌集』の当時、すなわち天暦五年（九五一）のころ、あるいはそれ以前の人であるが、その伝記はほとんど分っていない。伝説あるいは作り話として、延喜（醍醐天皇）第四の皇子といわれ、琵琶の名手でありながら、盲目のため逢坂山に捨てられ、姉君は逆髪といって狂人であったという（謡曲「蟬丸」）。蟬丸の宮では、この悲惨な伝説に尾ひれを付けた、「御巻物抄」というものを作り、説経の人々に金と交換に下付した。これが彼らの身分証明書で、これを所持しないと説経が語れなかったらしい。それには蟬丸は妙音菩薩の化身であって、衆生済度を願い、逢坂山を上下する旅人に乞食をするが、それは利益方便のためで、心中少しも卑劣なところはないと記している。

江戸時代では説経の人々は、東は滋賀・三重・岐阜・愛知・静岡・長野、西は京都・大阪・兵庫・岡山・香川の各府県に散在しているが、相互の交流は距離的にいってもあまり行われなかったようである。しかし右の蟬丸の宮を中心に結び付いていたといえる。彼らのうち与七郎らのように、劇場に進出して成功した者もあるが、中には賤業（死人の取り扱いなど）を強いられるなど、ほとんどが貧困にあえいでいた。正徳元年（一七一一）以降は、三井寺の別所近松寺が、彼らを直接支配するようになったが、寺の権威にすがらねばならぬほど、弱い存在であった。

能楽に「自然居士」「華自然居士」「聟入自然居士」あるいは「東岸居士」「西岸居士」という曲があり、いずれも古い説経者を主人公とした作品である。特に「自然居士」（観阿弥の作といわれるが、現行のものは世阿弥の改作であろう）は有名で、ここに登場する説経者自然居士は、人買いの男から娘を救うため、ササラを擦り、羯鼓を打ちながら舞を舞う。説法もさることながら、そういう芸能も得意であったことが分る。これは鎌倉時代末（十三世紀末）に同名の芸能者があって、それをモデルにし、美化した作品である。自然居士はその当時からこじきといわれた。久松家の絵巻『天狗草紙』によると、「放下（一切の執着を捨てること）の禅師と号して、髪をそらずして、烏帽子をき、坐禅の床を忘れて、南北のちまたにササラすり、工夫（考えめぐらすこと）の窓をいでて、東西の路に狂言す（気違いじみたことをいう）」とあり、絵にはその通りの人物が、ササラを持って踊り歌っているように見える。また『尾張志』では、自然居士の弟子東岸居士を祭る者があり、それはササラすりという戸籍の外の遊民であるとしている。従ってササラこじき——説経というのも、この系譜を引くと見て間違いないだろう。少なくとも十三世紀末より約三百年間、ちらりとその姿を見せるだけであるが、ササラで象徴される、下層の芸能者である。

説経の世界

説経の人々のこうした系譜は、作品と深く関連している。例えば『しんとく丸』の主人公は盲目のこじきであり、『さんせう太夫』のつし王丸も、都の権現堂から四天王寺までは、こじき同様であった。『をぐり』の小栗判官は餓鬼阿弥といわれて土車に載せられるが、餓鬼阿弥が癩患者の別名になるほど、それは醜悪なこじきの姿である。それだけではない、『さんせう太夫』の親子は人買いに買われるが、姉と弟は「さんせう太夫」のもとで塩造りの、母は北の島で鳥追いの、奴隷生活を送る。『をぐり』の照手姫も転々と売られ、小萩の名で下水仕となる。これも奴隷である。『まつら長者』のさよ姫は奥州に売られて行き、いけにえにされようとする。『あいごの若』の場合も、孤独な愛護をいたわる重要人物として、賀茂河原の細工という人々の存在を無視できない。『かるかや』の道心は、蓮華谷に住む聖という下級の僧であって、九州の大領主の出身には、そぐわない面がいろいろある。

奥州・九州あるいは関東の大領主、都の公家、河内や大和の長者といった、それぞれの出身のきらびやかさは、表面だけのもので、中身はこじきや奴隷といった下層民の世界である。そこに説経の、他の文学には見られない、暗黒・悲惨の一面がある。『平家物語』や舞曲に見るような、華々しい戦闘の場面はないが、仇敵に対する峻烈極まる処刑は忘れない。その登場人物はやや思考性に欠けるが、極めて行動的であって、強情一徹に自分の意志を貫くというたくましさがある。

『かるかや』は石童丸の哀話として、年配の人には懐かしい物語であり、今も高野山を訪れると、苅萱堂で坊さんの絵解きに感じ、因みのみやげ品を手にすることができる。九州の大領主加藤左衛門重氏が、花の散るのを見て、老少不定・諸行無常を感得して家を出る。法然上人について髪をそり苅萱道心と名乗る。彼は執拗に妻子を拒否し、そのために女人禁制の高野山に登り、子の石童丸に会っても父とは名乗らない。厭離穢土・欣求浄土という高い理念を求めているかのようで、実はそういう宗教的な思索・修練よりも、法然上人に立てた誓文を守ろうと、頑固に非情に行動する。

しかし道心は決して無情の人ではない。彼はいつも心を鬼にして妻子を拒否するが、それは本心ではない。自分が妻子への強い愛情を絶ちえないことをよく知っていて、いつ崩れるか分らない弱い自分を懸命にむち打つのである。だから御台所に対しても石童丸に対しても、心の内ではいつも言い訳をし、ひそかに精一杯の愛情を傾ける。来世で一家団欒の幸せを得るという結末で、道心の現世の行為は是認されているが――そこに家を持たない漂泊芸能者の願いがこめられているのだろうが――こういう道心の独善的行為は、当然家の破滅をもたらす。親子・夫婦・姉弟という一家の生別・死別、つまり愛別離苦がこの物語の悲劇性を特徴づけている。

またこの悲劇性という点で、作者の巧みな作為も見逃せない。いわゆるすれ違いが何度か起る。一足違いで母と子が道心に会えない、父と子が御台所の死に目に会えない、また石童丸が姉の死に目に会えないといったふうに、運命のいたずらがいく度も重なる。さらに御台所や姉娘があくまで優しく、自分を捨てて夫や息子、父や弟に奉仕し、しかも一片の幸せも得ずして落命するというはかなさである。これは後の浄瑠璃や歌舞伎に見る日本的悲劇の祖型を示すものであろう。

決断が早く、まっしぐらに行動するというのが、説経の主人公に共通した特色である。『さんせう太夫』の安寿姫、『しんとく丸』の乙姫、『をぐり』の照手姫、『まつら長者』のさよ姫はいずれも女性であるが、そういった積極的な人物である。『さんせう太夫』は森鷗外の小説『山椒大夫』によって広く知られている。この小説は原作の説経に比較的忠実で、作者が「歴史其儘と歴史離れ」（大正四年一月『心の花』）の中で懸念したほどではなく、伝説らしく歴史離れしているところが、その魅力であろう。『さんせう太夫』の姉娘（安寿）は、弟つし王を世に出すため、奴隷部落を脱走させ、その嫌疑によって拷問の末殺されるという、献身の物語である。さよ姫は父の菩提を弔う資金を得るため、自ら身を売るという献身。また乙姫や照手姫はやや違って、恋に猛進あるいは盲進するのであって、誠実そのものの女性である。しかし乙姫の場合は、癩を病む盲目のこじきに対し、それが美少年であったころの約束を忘れず、妻として添いとげようと苦闘するのであり、照手姫の場合は、毒殺された夫がよみがえり、見る影もない餓鬼の姿になっているのに、夫と知らず愛着し、貞節を尽す。いずれもありえないような極限の、異常な恋愛であって、これも愛への献身といってよい。

　ここには神仏の霊験・利益が現れたり、誓文の神降ろしといった独特の語りがあったり、中世的な宗教性が作品の特徴になっているが、それ以上に登場する人物の強い意志が、真っすぐに貫かれて、神や仏がそれを助けるというのが特色である。それはまたその当時の進取の気風を反映したものであろうし、新しい時代に迎えられ、芸能・文学に繰り返し再生されて、今日に及んだ理由の第一であろう。特に女性たちの、まなじりを決して苦痛に耐え抜くその行動性は、説経の大きな魅力で、後の近松門左衛門の作品にも、そういう女性が、装いを新たにして登場している。

　本書に載せた説経は、すべて説経の人々の完全な創作ではないと考える。彼らにはそれだけの才能やゆとりがなかったというより、語り物あるいは芸能の、長い伝統と習慣といってよい。従来よく行われた、つまり大衆になじみの多い作品を、脚色・改作するのが、確かな人気を得る、最良のやり方である。国民文学はそういう過程で生れている。

京都府宮津市由良は由良川の河口の町であるが、この近辺に「さんせう太夫」の屋敷跡があり、姉弟が所持した金焼地蔵を安置する小寺がある。そのほかこの物語に関連する遺跡が実に多い。遠く青森県の岩木山は、津軽富士ともいわれるが、この山の神は安寿姫と伝えられている。ふもとの弘前市長勝寺には、姉と弟の彩色像が堂内にひっそりたたずんでいる。今はすっかり忘れられていようが、江戸時代では、安寿を祭る岩木山に、丹後(たんご)の人が登ると、必ずたたりがあり、丹後の船が寄港すると必ず天気が悪くなるなどといわれ、丹後の人は津軽に近付きにくいものがあった。

大阪府八尾市山畑(やまたけ)の長者屋敷から、大阪市の四天王寺まで、「しんとく丸」が通ったという俊徳道がある。近鉄の駅名にそれがあり、近くの俊徳町は東大阪市の西端に属する。また大阪市生野区には二つの俊徳橋がある。説経とその後の改作（『摂州合邦辻(がっぽうがつじ)』等）、それに謡曲の『弱法師(よろぼし)』が手伝った記念碑であろう。またこれによく似たものに小栗街道がある。小栗が四天王寺から熊野湯の峰へ土車で運ばれた、その通り筋をいう。湯の峰には今も小栗湯の名が残っている。小栗ゆかりの藤沢市清浄光寺(しょうじょうこうじ)内には、小栗・照手のささやかな墓がある。この辺りも記念碑がいくつかある。

『まつら長者』のさよ姫の話は、東北地方の数か所にその伝承がある。これは説経とは関係なく、それ以前からの伝承であることは、柳田国男氏の「人柱と松浦佐用媛」によって察しがつく。また『あいごの若』も、その後半は近江(おうみ)地方の伝説によっていることは、折口信夫氏の指摘した通りである（『愛護若』）。このことは他の作品についてもいえることで、説経以前にすでに同材の作品（語り物）があって、それを改作し脚色したのであろう。

説経の時代

本書に収めた六篇の底本は、『をぐり』が絵巻物であるほかはすべて刊本である。そのうち寛永八年（一六三一）四月に刊行された『せつきやうかるかや』が最も古い。同じ『かるかや』に絵入りの写本があって、これは横山重氏によると室町時代末期のものであるが、仮に慶長の少し前とすれば、刊本の四十年ほど前になる。両者を比較すると、内容のいろんな点で大きな相違はない。刊本は写本にない高野の巻があるから、かえって古体を残しているともいえる。それで刊本の『かるかや』と大体同じものが、安土桃山時代にすでに語られていたと考えられる。

『さんせう太夫』『しんとく丸』の底本はそれぞれ寛永十六年（一六三九）ごろ、正保五年（一六四八）三月の刊行。絵巻『をぐり』も同じころにできたであろう。これら三篇も『かるかや』同様、江戸時代以前からよく似たものが行われたに相違なく、説経の中の説経といってよい作品である。

初期の説経は刊本では『せつきやうかるかや』というふうに、わざわざ「せつきやう」何々として、浄瑠璃ではないということを示している。また語り手も「説経与七郎」というふうに、「説経」何々と名前を出している。例えば右の『さんせう太夫』は説経与七郎の正本（しょうほん）、同じ『さんせう太夫』の明暦二年（一六五六）版や右の『しんとく丸』は説経佐渡七太夫の正本である。あるいは寛永八年版『かるかや』も与七郎の、絵巻『をぐり』も両人いずれかの語り物かも知れない。しかもいろんな点から与七郎・七太夫は師弟か、それに近い関係の人で、写本『かるかや』も、与七郎でないだろうが、同系の人であることは間違いない。

説経には、主に助詞の「て」に付く「に」という間投詞をはじめ、独特の用語がある。かつて高野辰之氏はこれを「伊勢の特殊用語」としたが、果してこれが当時の伊勢方言かどうか確かめることはできない。しかし蟬丸神社文書等の資料から考えて、右の与七郎と佐渡七太夫の出身は、伊勢あるいはその近辺と思われる。

『さんせう太夫』与七郎正本に「摂州東成郡生玉庄大坂天下一説経与七郎」とある。水谷不倒氏の解釈の通り、生玉（現在天王寺区の生国魂（いくたま）神社）の境内で、説経の芝居を興行したのであろう。『色道大鏡』に「説経の操りは大坂与七郎といふ者よりはじまる」とある大坂与七郎である。大坂与七郎がそうであるように、佐渡七太夫も、佐渡で興行に成功したといった因縁によるのではないか。佐渡は金山でにぎわい、芸能者がこぞって渡島したようで、歌舞伎の創始者といわれるお国も、ここを訪れたと伝える。

説経は本来野外の芸能であるが、与七郎が人形操りと結んで初めて劇場に進出した。画期的なことである。さらに本屋（板元（はんもと））は正本（テキスト）を、絵入りの読み物として刊行した。おかげで語り物説経は、文字になって固定し今日に残ったのである。都市と劇場と出版が説経を中世からよみがえらせた。

ササラを捨てて、三味線を使うようになったのは、三味線の流行によるが、恐らく劇場進出がきっかけで、寛永八年（一六三一）より少し前のことであろう。また段別のない従来の説経が、浄瑠璃と同じく六段になったのは、遅くも万治元年（一六五八）からである。このころから急速に旧作品の改作、それに新作、浄瑠璃の改作も手掛けて、新しい説経の時代を迎える。その代表者は、前述した江戸の天満八太夫である。『あいごの若』『まつら長者』はこの時期の刊本を底本にしたが、いずれも古い正本がないためやむをえない。古い説経の面影をよく残しているにしても、段分け、段初段末の慣用句、戦闘場面の増補など、説経浄瑠璃の名がふさわしい作品である。

説経らしい説経、あるいは古体を残した説経は、本書の六篇以外にどういうものがあるか。本書に収めた『あいごの若』『まつら長者』の底本は、いずれも万治四年すなわち寛文元年（一六六一）の刊行であるが、そのころまでに実際に語られ、正本として刊行されたものを挙げると、

『熊野之権現記ごすいでん』（『熊野の本地』）　万治元年十月刊

『目蓮記』　万治ごろ刊

『梵天国』（写本）

などがある。また『松平大和守日記』万治四年二月十三日の条に、説経の草紙（正本）として『かるかや』『さんせう太夫』『しんとく丸』『をぐり』『あいごの若』『目蓮記』のほかに『隅田川』『阿弥陀の本地』（『法蔵比丘』）『釈迦の本地』『殺生石』『といだ』を挙げている。『法蔵比丘』『釈迦の本地』は後に出た正本が残っているが、『殺生石』『といだ』は不明である。『殺生石』は謡曲『殺生石』の玉藻の前の伝説を素材にしたものか。また『といだ』は浄瑠璃の方で五部の本節の一とする『戸井田』と同じものかどうか。

正徳・享保（一七一一〜三六）のころに、佐渡七太夫豊孝という説経が居て、説経の伝統を守ろうと努力した。当時すでに衰微していて、彼が刊行したものに説経の古典といっていいものがある。『さんせう太夫』『をぐりの判官』『法蔵比丘』『ごすいでん』（『熊野の本地』）のほかに『伏見常盤』『志田の小太郎』『くまがえ』（『熊谷先陣問答』）を刊行している。しかし『伏見常盤』『志田の小太郎』

は、日暮小太夫の『百合若大臣』(寛文二年刊)や石見掾(天満八太夫)の『兵庫の築島』(寛文ごろ刊)などとともに、元は舞曲であろう。

また「……てに」の語法を含む次の刊本は、右の『くまがえ』や『信田妻』などとともに、古い説経かも知れない。一考を要するところである。

『小敦盛』 正保二年八月刊
『吹上秀衡入』 伊勢嶋宮内正本 慶安四年九月刊
『毘沙門天王之本地』 承応三年十一月刊

新作と思われるものを除き、説経の古典を手探りしたのであるが、右に挙げた説経の中には、浄瑠璃の方で語られているものもあり、純粋の説経とは言い切れない作品がある。著作権も上演権もない時代であるから、一つの語り物を説経の方でも浄瑠璃の方でも、随意に脚色し、随意の曲節で語ったのである。そういう意味で本来の説経でないものが相当あるはずである。そういう中でこれが説経の代表と言えるものを選ぶとすれば、躊躇なく『かるかや』『さんせう太夫』『しんとく丸』『をぐり』の四つを挙げることができる。

説経の節

太宰春台の『独語』に説経の節について「その声もただ悲しきのみなれば、婦女これをききては、そぞろに涙を流して泣くばかりにて」と言い、「はなはだしき淫声にはあらず、言はば哀みて傷るといふ声なり」と言っている。前に挙げた歌舞伎草紙や洛中洛外図でも、聞き手の男女が泣いている姿が描かれている。「あらいたはしや」や「流涕（りうてい）焦がれ泣きにける」といった句をしきりに用い、ササラを擦りながら、ゆるやかなテンポで語ったのであろう。

絵巻物や奈良絵本には節付けがないが、従って本書の『をぐり』も底本が絵巻であるため節が付いていないが、ほかの底本は絵入り刊本であるため、わずかな節付けがある。コトバ・フシ・クドキ・フシクドキ・ツメ・フシツメといったところである。比較的几帳面（きちようめん）に記している『しんとく丸』を見ると、次のような順序で記されている（カッコの数字は『説経正本集』第一による行数）。

コトバ（6）、フシ（8）、コトバ（7）、フシ（18）、フシクドキ（5）、コトバ（15）、フシ（29）、コトバ（13）、フシ（27）、ツメ（17）、コトバ（10）、フシ（11）、コトバ（11）、フシ（27）、フシ（20）、コトバ（9）、フシ（9）、コトバ（11）、フシ（7）、フシツメ（18）、フシ（36）、コトバ（17）、フシ（7）、コトバ（8）、フシ（6）、ツメ（8）、フシ（40）、コトバ（7）、フシ（10）、コトバ（1）、フシ（16）、コトバ（8）、フシ（12）、コトバ（3）、フシ（7）、コトバ（3）、フシ（15）、コトバ（10）、フシクドキ（19）、コトバ（3）、フシ（65）、コトバ（3）、フシ（25）、コトバ（4）、フシ（20）、コトバ（16）、フシ（10）、コトバ（4）、フシ（66）、コトバ（32）、コトバ（11）、コトバ（49、以下欠丁）

他の本と併せ考えると、コトバ（詞）・フシ（節）・コトバ・フシと交互に語るのが基本になっていたようである。右の『しんとく丸』の場合、フシあるいはコトバが重複している部分が三か所あるが、それは底本の表記に誤りか杜撰（ずさん）なところがあるように思われる。

さてコトバとフシの別であるが、前者は日常の会話に比較的近く、あっさりとした語り方であったに対し、後者は説経独特の節回しがあって、情緒的に語ったのであろう。右の『しんとく丸』の例で分るように、コトバとフシとが交替してリズムを作っていく間に、クドキ（口説）やツメ（詰）を適度に交えて、全体的に起伏・変化を与えているように思える。

しかし曲節についての表記はどの本も不完全で、『かるかや』の如きも、中の巻からようやく丁寧になり、語りの句切りを示す〽の下に、コトバとフシを大体交互に記している。この本の場合はそれ以外の曲節の名称は出て来ない。しかしクドキやツメは古い伝統があるから、『かるかや』にもそういう語りがあったに違いない。

『さんせう太夫』では「きやうだいの口説きごとこそ哀れなり」の次に、フシクドキ（フシの部分のクドキであろう）として「あらいたはしやなきやうだいは、さてこぞの正月までは、御浪人とは申したが……」と続いている。恐らく物悲しい沈んだ調子の語り方がなされたのであろう。聞く人を泣かせたのはこういう部分であったと想像される。またツメは急迫した場面に用いられたようで、『さんせう太夫』の場合、邪見な三郎が安寿に焼き金を当てたり、拷問したりする時とか、お聖が進退極まって、誓文を立てる時に行われる語り方である。

『あいごの若』にはキリ（切）と三重がある。これは場面の終りに一句切りつける際に使われるが、どういう語り方で、三味線との関係はどうかということは全く分らない。この二つの曲節は、明らかに区別があるが、その違いも分らない。

またワキという符号の付いたところがあるが、これは太夫に次ぐ者としての脇である。本来は太夫が一人で語ったのであろうが、ワキが太夫を助けて一部を語ることが行われ、寛文七年版の『さんせう太夫』の例では、コトバの相当部分を語り、フシの一部を太夫と「つれぶし」で語る場合もあった。

解題

次に各篇について簡単な解題を施す。

『かるかや』

同名の謡曲『苅萱』があり、『自家伝抄』に世阿弥の作としているが、能勢朝次氏はそれを疑っている。和辻哲郎氏は、この謡曲が説経の基礎になっているというが、謡曲の松若に相当する人物が説経では石童丸になっているなど疑問がある。石童丸は高野山に縁の深い名で、平維盛が高野山で出家した時の従者も石童丸であった（『平家物語』巻十等）。恐らく謡曲も説経も、高野聖（こうやひじり）の間で行われた語り物に、材を取っているのであろう。高野聖は高野山の谷々に住む称名（しょうみょう）念仏を修（しゅ）する衆で、諸国を遍歴して無縁の遺骨を拾い、霊所に納骨して弔ったが、中世末期ではほとんど時宗に属したという。作中の道心に高野聖の姿があり、高野の巻といわれる大師伝からもそういうふうに推測される。後に及ぼした影響は大きく、浄瑠璃『苅萱桑門筑紫𨏍（かるかやどうしんつくしのいえづと）』は特に有名である。

底本　『せつきやうかるかや』（寛永八年卯月刊、しやうるりや喜衛門版）

校合　仮題『せつきやうかるかや』（室町時代末絵入り写本）　略称「写本」・『かるかや道心』（寛文初年刊、江戸板木屋彦右衛門版）――略称「江戸版」

挿絵　底本の挿絵

『さんせう太夫』

先ず題名に疑問がわく。柳田国男氏は、この物語を語り歩いた者の通称で、山荘あるいは算所の太夫であるとした（「山荘太夫考」）。その後喜田貞吉・森末義彰・林屋辰三郎の各氏は、散所について研究を進め、林屋氏は「さんせう太夫」を散所太夫、つまり散所（領主に対して全身的に隷属し、労務を提供する人々の居住地、およびその住民）の長者と推定した。「さんせう」という仮名づかいからいえば、「山椒」が適当であるが、その仮名づかいも正確ではない。青森県のイタコの語り物に『お岩木様一代記』というのがあって、岩木山の山の神安寿姫の身の上話になっている。これは説経と大筋では似通っているが、説経によったものではない。むしろ説経以前の、説経の素材となった語り物に近いのであろう。ここでは「さんそう太夫」としているのは東北訛りであろうが、これによって本来「さんせう」と清音であったことが分る。「さんじょ」の転訛かどうか、なお研究の余地があろう。説経にはほかに山岡の太夫（『さんせう太夫』）や権賀の太夫（『まつら長者』）のような人買いも登場している。これらと併せ考えねばならないが、今のところ定説はない。

『かるかや』同様後に多くの作品を生んだが、浄瑠璃では竹田出雲作『三荘太夫五人嬢』・近松半二ら作『由良湊千軒長者』が有名。

底本　説経与七郎正本『さんせう太夫』（寛永末年ごろ刊、さうしや長兵衛版）。この本は落丁があるので、その部分は次の明暦版及び草子を底本とした。

校合　説経佐渡七太夫正本『せつきやうさんせう太夫』（明暦二年六月刊、さうしや九兵衛版）―略称「明暦版」・『さんせう太夫』（寛文七年五月刊、山本九兵衛版）――略称「寛文版」・佐渡七太夫豊孝正本『山庄太輔（外題さんせう太夫）』（正徳三年九月刊、三右衛門版）――略称「正徳版」・草子『さんせう太夫物語』（寛文中・末期刊、江戸鶴屋喜右衛門版）――略称「草子」

挿絵　底本の挿絵

『しんとく丸』

謡曲『弱法師』（観世元雅作）と同材であるが、謡曲によったのではあるまい。四天王寺の弱法師というこじき夫婦と河内高安長者が絡まる物語があって、謡曲も説経もそれによったのであろう。しんとく丸も俊徳丸が転訛したとは一概には言えない。四天王寺、特に引声堂の周辺が生んだ乞食文学と言えよう。近松門左衛門の『弱法師』にも影響を与えたが、最も有名なのはその改作『摂州合邦辻』（菅専助・若竹笛躬作）である。

底本　佐渡七太夫正本『せつきやうしんとく丸』（正保五年刊、京二条通九兵衛版）

校合　七太夫正本『しんとく丸』（天和～貞享ごろ刊、うろこがたや孫兵衛版）――略称「江戸版」

挿絵　底本の挿絵（第九・十図のみ江戸版）

『をぐり』

解説にも述べたが、藤沢市の清浄光寺（時宗）と深い関係がある。この寺には照姫（照手姫）が永享元年（一四二九）に建てたというお堂があって、照手姫・小栗ゆかりの品を蔵していた。照手は永享十二年に死去し、長生院寿仏尼といったという（『新編相模国風土記稿』）。史実として信を置けないところがあるが、ここが照手と小栗について語り歩く、巫女あるいは比丘尼といった女性たちの根拠になっていたことは確かである。また本文に出てくる墨俣の宿には八幡宮があり、その境内であろうが、すぐ西に照手の社というものがあった（私見であるが、この宮は「足日女子〈満ち足りた日の女〉殿」ともいったのではないか）。そのさらに西方揖斐川の渡し場に近い、結村の結大明神も、照手の社とも小栗の社ともいい、照手の鏡を置くといわれる（以上『和漢三才図会』『美濃国古跡考』『美濃明細記』による）。これらも女性の語り手の遺跡のように思える。福田晃氏によると、小栗の荒馬乗りなど馬の部分は、常陸の国小栗郷で醸成されたものである。また小栗と敵対する横山も馬と関係の深い家である。小栗・照手・横山・鬼鹿毛、毒殺と蘇生、観音の身代り等、清浄光寺及びその近辺に、伝説としてその跡を残していることを思うと、『をぐり』の大部分はこの寺と関係の深い人々、特に女性によって語り物としてまとめられ、説経はそれを素材にしたと考えられる。従って小栗謀反の一件を伝える『鎌倉大草紙』によったものではなく、『鎌倉大草紙』も説経が素材にしたと同種のものを、エピソードとして記載したのではなかろうか。

美濃の国には数か所に説経の人々が居て、寛文九年（一六六九）の記録では、墨俣に近い竹が鼻（現在羽島市内）に、庄太夫という説経の居たことが知られている。しかし本書の『をぐり』が彼ら美濃の説経によって作られ語られたとするのは無理であろう。もっと複雑な経過をたどって説経の大事な曲目に成長したのであろう。

本作も後に多くの作品を生んだが、近松の『当流小栗判官』、その改作『小栗判官車街道』（文耕堂・千前軒作）が聞えている。

底本　絵巻『をくり』（寛永後期〜明暦ごろ写）

校合　奈良絵本『おくり』（近世初期写）—略称「奈良絵本」・仮題『をぐり』（寛永初年刊、古活字版丹緑本、上中下三巻のうち下巻残存）—略称「古活字版」・草子『おぐり物語』（寛文末延宝初年刊、鶴屋喜右衛門版、三巻のうち中・下巻残存）—略称「草子」・『おぐり判官』（延宝三年孟夏刊、正本屋五兵衛版）—略称「延宝版」・佐渡七太夫豊孝正本『をくりの判官』（正徳・享保ごろ刊、江戸惣兵衛版）—略称「豊孝本」

挿絵　第一・二図は寛文六年九月山本九兵衛版『おぐり判官』の挿絵、他は草子『おぐり物語』の挿絵

『あいごの若』

継母が継子（ままこ）を恋するという珍しい話。しかし継母は失恋すると、継子を激しく憎悪するので、継子いじめの変形といってよい。全体的には山王大権現縁起である。説経の人々が尊崇する蟬丸の宮の近辺が舞台になり、その地方の伝説を素材にしている。蟬丸の従者の一人が、志賀の里に住み着いたという伝説もあって、この地方は説経と縁が深い。この作品も愛護若物として浄瑠璃・歌舞伎の改作が多い。

底本『あいこの若』（寛文十年ごろ刊、江戸版、天満八太夫正本か）

校合『あいごの若』（万治四年正月刊、山本九兵衛版、日暮小太夫正本か）—略称「万治版」・天満八太夫正本『あいこのわか』（宝永五年正月刊、鱗形屋（うろこがた）三左衛門版）—略称「宝永版」

挿絵　底本の挿絵

『まつら長者』

説経のほかに、奈良絵本『さよひめ』をはじめ同材のものが六つ知られている。奥浄瑠璃もある。説経以前に、さよ姫を主人公とする語り物のあったことは明らかである。浄瑠璃『阿弥陀胸割(あみだのむねわり)』を説経で語ったように、右の『さよひめ』のような語り物を説経風に語ったのが本作であろう。父の菩提を弔うため、自分を犠牲にするというのも、『阿弥陀胸割』と共通していて、説経向きである。

底本『まつら長じや』(寛文元年五月刊、山本九兵衛版)。原本が見当らないので、『説経正本集』第一の翻刻によった。

校合『まつら長者』(宝永初年刊、うろこかたや孫兵衛版)—略称「江戸版」

插絵　底本の插絵

〔刊行時等の推定はすべて『説経正本集』の横山重氏の解題に従った〕

参考文献

○作品を翻刻した基礎資料

横山重編『説経正本集』第一〜第三(昭四三　角川書店)　解題のほか「第三」に信多純一氏の論文二篇を収める

○単行本に収められ比較的まとまっているもの

黒木勘蔵『近世日本芸能記』(昭一八　青磁社)のうち「説経の研究」

佐々木八郎『語り物の系譜』（昭二二　講談社）のうち「八　説経」
和辻哲郎『日本芸術史 第一巻（歌舞伎と操浄瑠璃）』（昭三〇　岩波書店）のうち「第三編　説経節とその正本」
室木弥太郎『語り物（舞・説経・古浄瑠璃）の研究』（昭四五　風間書房）のうち「第三篇　説経」
岩崎武夫『さんせう太夫考—中世の説経語り—』（昭四八　平凡社）
荒木繁・山本吉左右『説経節』〔東洋文庫〕（昭四八　平凡社）「山椒太夫」ほか五篇を載せ、注釈・解説を付す
○論文として古典的価値を持つもの
柳田国男「山荘太夫考」（『物語と語り物』所収『柳田国男集』第七巻）
折口信夫「身毒丸」（『折口信夫全集』第十七巻）
同「餓鬼阿弥蘇生譚」「小栗外伝」（以上『古代研究（民俗学篇一）』所収『全集』第二巻）
同「小栗判官論の計画（「餓鬼阿弥蘇生譚」終篇）」（『古代研究（民俗学篇二）』所収『全集』第三巻）
同「愛護若」（『古代研究（民俗学篇一）』所収『全集』第二巻）
島津久基『近古小説新纂初輯』（昭三　中興館）の「さよひめ」の項

ほかに研究者必読の論文が多数あるが、本書の性質上省略した。

（室木弥太郎）

付録

地名・寺社名一覧

一、地名・寺社名等について検索の便宜のために作成した（地名・寺社名等は初出のものによる）。また頭注に載せることのできなかったものについて簡単な説明を施した。

一、「か」「さ」「し」「を」「あ」「ま」は、それぞれ「かるかや」「さんせう太夫」「しんとく丸」「をぐり」「あいごの若」「まつら長者」の略称で、例えば「ま三六八―注六」は「まつら長者」三六八頁注六に、「を二七三―8行」は「をぐり」二七三頁8行目に出ていることを示す。なお後者の場合は、各篇初出の頁数・行数を示した。

あ

会津　ま三七〇―注六

赤坂（三河）　愛知県宝飯郡音羽町赤坂。　を二七五―5行

赤坂（美濃）　ま三六六―注三

明石　か一七―13行

赤間が関　か一七―注一一

あかりか明神　か二五―注一七

秋の山　か四二―注二・を二八一―注一五

芥川（あくたがは）　か一八―注四・を二八一―11行

足柄（あしがら）箱根　を二七三―注一三・ま三六九―注二二

蘆屋（あしや）の山崎　か一七―注八

足助（あすけ）の山　ま三六七―注九

あすみが小浜（こばま）　さ九九―注七

阿蘇の御岳　熊本県の阿蘇山。阿蘇郡阿蘇町に阿蘇神社がある。　か二五―13行

愛宕（あたご）のお山　愛宕（あたご）山。京都市の西北、山城・丹波の国境にそびえる。愛宕権現は本地勝軍地蔵。　か一九―2行・さ一二五―注二二

熱田の大明神　名古屋市の熱田神宮。　か二四―12行・さ一二五―13行・を二七五―10行・ま三六六―14行

穴太（あなう）（丹波）　さ一四一―注六

穴太（あなふ）の里（近江）　あ三三五―注一〇

安倍野（あべの）五十町　し一九二―注二・を二八二―注一

尼が崎大物（だいもつ）の浦　か三八―注四

阿弥陀（あみだ）が宿（しゅく）　か一七―注二〇

あるく峠　さ一一九　注三

淡島権現　和歌山市加太（かだ）の淡島神社。

か二五―9行
粟田口　か二〇―6行・を二八一―注一二・あ三三〇―注七・ま三六四―注四
粟津川　あ三三四―注四
粟津の荘　あ三三三―注七
安八の郡墨俣　を二一一―注一
安楽寺　さ八一―注四

い

池田　を二七四―注二〇・ま三六八―注八
石津畷　し一九二―注五
石山寺　を二八〇―注一・ま三六五―1行
論鶴羽の大明神　→ゆづりはの大明神。
一条小川　ま三五四―注四
一の宮の大明神（但馬）　兵庫県朝来郡山東町の粟鹿神社。　か二五―5行
いちば　し一九六―注一三
市原　を二一四―注三
一宮（伊予）　愛媛県越智郡大三島町宮浦の大山祇神社。　さ一二六―10行
一宮大明神（伊賀）　か二四―注一
一宮の大明神（甲斐）　山梨県東八代郡一宮町の浅間神社。　か二四―14行
厳島　か一七―注一三
井堤　ま三六二―注三
糸我峠　を二八二―注三
糸田　か四三―注六
稲瀬が淵　あ三四〇―注三
因幡堂　し一八二―注六
稲荷　か四一―注五・さ一二五―1行・あ三三〇―3行
いばら　さ一三〇―注四
今切　を二七四―注二一
新熊六社の大明神　京都市東山区今熊野の新熊野神社。祭神伊弉冉命、摂社は四宇若宮（天照大神）、中之社（結之社・速玉社）、下之社。六社は未詳。　か一九―3行
今浅間　を二七四―注一四
今宮三社の御神　さ一二五―5行・し一八二―注三
石清水　さ一二五―注一八
岩瀬　を二六二―注三
伊部　か一七―注一五

う

植付畷　し一五六―注七
浮島が原　を二七四―注一
浮洲の大明神　か二五―注一四・さ一二五―14行
宇佐八幡　大分県宇佐市の宇佐神宮。　か二三―8行
宇治に神明　京都府宇治市神明宮西の神明神社。か二四―6行・さ一二四―14行
太秦寺（太秦寺）　京都市右京区太秦蜂岡町の広隆寺。真言宗。　か一九―3行
打下に白髭の大明神　滋賀県高島郡高島町打下の白髭神社。　か二四―10行・さ一二五―11行
宇津の谷峠　静岡市西端、丸子の西。　を二七四―10行
宇津の山　ま三六九―注一四
うたう坂　を二七五―注二九
宇陀の郡　さ一二二―注一
打出の浜　ま三六五―注一三
鵜戸　宮崎県日南市宮浦の鵜戸神宮。　か二五―14行・さ一二六―9行
宇野辺　か一八―注二
馬止　ま三六三―注一一
梅の宮　京都市右京区梅津フケノ川町の梅宮神社。　か二四―8行・さ一二五―8行

上野(うはの)が原　を二四六―注七

え

江尻　を二七四―注一三
蝦夷(えぞ)が島　さ九五―注一二・を二六五―注六
愛智(えち)川　ま三六五―注二二
ゑど　さ九〇―注二

お

をひその森　を二七三―注一〇
老蘇(おいそ)の森　ま三六五―注二一
追分　ま三六四―注七
大井川　を二七四―12行・ま三六八―注一一
大磯・小磯　ま三七〇―注一
逢岐(あふぎ)の橋　さ八四―注一
おほくま河原　を二七五―注三三・ま三六六―注六
逢坂の関の明神　ま三六四―注一〇
大島五社の大明神　か二五―8行・さ一二六―5行・し一九二―注七
太田　か一八―注二・を二八一―11行
大野の芝　か二九―注八
青墓(あをはか)　を二六三―注一五
大峰(おほみね)に八大(はつたい)金剛　か二四―注五・注六
大宮浅間(せんげん)富士浅間　を二七四―注五
大社(おほやしろ)（出雲）　島根県簸(ひ)川(かわ)郡の出雲大社。　か二六―3行・さ一二六―11行
岡部　を二七四―10行・ま三六八―注一二
奥の院（高野）　か三〇―注二
奥の院（住吉）　し一九八―注三
奥の御堂(みだう)　か七六―注五
巨椋堤(おぐらづつみ)　ま三六二―注六
おさらかに四こくほてん　さ一二六―注八
お多賀の明神　滋賀県犬上郡多賀町の多賀大社。　か二四―11行・さ一二五―注二三
小田原　を二七三―12行
音羽(おとは)が滝　清水寺本堂の南にある滝。　か一八―9行・し一五六―10行
鬼がしほや　を二六二―注二
小野　ま三六五―注二三
小橋(をばせ)　し一八七―注一四
小浜(をばま)の八幡　福井県小浜市小浜男山の八幡神社。か二五―4行・さ一二六―2行
大原(おばら)　あ三三〇―注一〇
大原(おはら)の里　か二〇―1行
大原(おばら)の八王子　か二五―注一八・さ一二六―3行
御室(おむろ)　か四七―注一〇
おもひの山　さ一三一―注一一
親子地蔵菩薩(ぼさつ)　か一一―注三
恩地(おんぢ)の大明神　大阪府八尾市恩地神社。　か二五―6行・さ一二六―4行

か

海津(かいづ)　を二六二―注一三
鏡　を二七九―注一三
鏡山(かがみつくり)の大明神　さ一二四―注一一
かけかは　か一七―注一九
掛川　を二七四―注一八
鹿島(かしま)　茨城県鹿島郡の鹿島神宮。　か二五―1行・さ一二五―14行
柏原(かしはばら)　ま三六五―注二五
春日の山　ま三六二―注二
春日(かすが)は四社の大明神　春日大社。武甕槌(たけみかづち)命・伊波比主(いはいぬし)命・天児屋根(あまつこやね)命・比売(ひめ)神の四社。　か二四―6行・さ一二四―11行
交野(かたの)の原　か四二―注五
勝手　吉野山の勝手（山口）神社。　か二四―4行・さ一二四―10行
桂川（桂の川）

さ一三一—12行・し一八二—5行・
を二八一—9行・あ三〇八—注三
金谷（かなや） ま三六八—注一一
金焼地蔵（かなやき） さ八一—1行
蕪坂（かぶらざか） を二八二—注三
鎌倉海道 し一五九—注八
鎌倉山 ま三七〇—注三
鎌谷（かまだに） さ一三〇—注五
神蔵（かみくら） あ三三六—注五
上坂本・中下坂本・比叡（へい）辻村（つじむら）。
あ三四四—注三
学文路（かむろ） か四三—注八
上の島（かみのしま） し一八七—注一一
亀井の水 か二九—注六
亀山 さ一三一—注一〇
賀茂川（かもがは） し一八二—4行
かもつ河原（がはら） さ一二五—注一五
賀茂御手洗（みたらし）
か一九—注二二・さ一二五—10行
唐崎 あ三三四—注八
苅萱の荘（かるかやのしやう） か一六—注七
川辺（かはなべ） し一九六—注一二
かんこ か一八—注一
官省符（くわんしやうふ） か五五—注一四

香取（かんどり） 千葉県佐原市の香取神宮。
か二五—1行・さ一二五—14行
神の倉（かんのくら） 和歌山県新宮市西隅権現山。現在
神倉神社がある。
か二四—2行・さ一二四—9行
蒲原（かんばら） ま三六九—注一七
神戸（かんべ） 兵庫県宍粟（しそう）郡神戸村（現在一宮町）
の伊和神社。播磨の国一の宮。
か二五—14行

き

祇園（ぎをん） か一九—7行・さ一二五—2行・
し一八一—注一六・あ三三〇—注四・
ま三六三—11行
祇園林（ぎをんばやし） か二〇—注三・ま三六三—注八
菊川（きくがは） を二七四—注一七・ま三七〇—注二
衣摺（きずる） し一八七—注一三
北野（きたの） か一九—4行・さ一二五—6行・
し一八二—注四
木津川（きづ） ま三六二—2行
木津の天神（きづ） 京都府相楽郡精華町蔵岡山上
の天神宮か。 か二四—6行
紀の川 か二九—13行・し一九六—13行
吉備津宮（きびつみや）（備前）
か二六—注五・さ一二六—6行
吉備津宮（備中）
か二六—注四・さ一二六—6行
吉備津宮（備後）
か二六—注六・さ一二六—7行
貴船の明神（きぶね） 京都市左京区鞍馬貴船町の貴
船神社。
か一九—6行・さ一二五—10行
経書堂（きやうかくだう）
か一九—注二四・ま三六三—注一〇
清見が関 を二七四—注八
清水（清水寺）（きよみづ）（せいすいじ）
か一九—7行・し一五六—注一
清水坂（きよみづざか） か二〇—9行・し一八一—4行
霧島 鹿児島県姶良（あいら）郡霧島町の霧島神宮。
か二五—14行・さ一二六—9行
きりうが滝 あ三三六—注五
切戸の文殊（きれと）（もんじゅ）
か二五—注一六・さ一二六—3行
禁野（きんや） か四二—注五

く

草津 を二七九—注一七
沓掛峠（くつかけ） さ一三一—注一一

くない
窪津の明神　さ一三〇—注六
熊野に三つのお山　か四三—注七
　和歌山県新宮市の熊野速玉大社・東牟婁郡本宮町の熊野本宮大社（熊野坐神社）・同郡那智勝浦町の熊野那智大社。
熊野の湯　→湯の峰　か二四—注二・さ一二四—注八
くもひくひほ天王　か二五—注二九
車舎　ま三六三—注一一
鞍馬　か一九—5行・さ一二五—10行・を二一一—注一一
黒田　を二七五—注三一
黒谷　→新黒谷
くろもと　か一七—注一七
桑田　さ一三〇—注七
杭瀬川　を二七五—注三二・ま三六六—注五

け

けはの橋　を二七三—注一一

こ

恋塚　か四二—注一・を二八一—注一五
五井のこた橋　を二七五—注二四
国府　か一七—注一二
かうか　か一七—注一六
高野　か二四—3行・さ一二六—5行
久我畷　か一八—注七
近木の荘　し一六九—注一二
国分寺　さ一一九—注一〇
御香の宮　さ一二五—注二〇
九日峠　を二七三—注八
五じやう宿　ま三六五—注二〇
五条の橋　古くは松原通に架っていたが、天正のころ秀吉が下流の六条坊門通（現在の五条通）に移した。　か一八—6行
御着　か一七—注一八
五町が浜　か三六—注二
このみ峠　か二九—注一〇
木の村　し一八七—注一五
子守　吉野山の水分神社。　か二四—4行・さ一二四—10行
小松　を二六二—注一〇
小松が浦　か一七—注一〇
小松原　を二八二—注三
御霊の宮　福井県武生市蛭子町の御霊神社。　か二五—4行・さ一二六—2行
御霊八社の大明神　か一九—4行・し一八二—注一
こわの松　し一八六—注八
こんか坂　を二八二—注四
権現堂　さ一三一—14行
誉田の八幡　大阪府羽曳野市誉田八幡宮。　か二五—7行・さ一二六—4行
金堂　か三〇—注一

さ

宰府　福岡県の太宰府（宰府）天満宮。　か二五—13行
さいべの橋　し一八七—注一二
蔵王権現（越後）　新潟県長岡市蔵王町の金峰神社。　か二五—3行
蔵王権現（吉野）　か二四—注七・さ一二四—10行
堺の浦　し二〇四—2行
堺の浜　か二九—11行・し一七〇—注二・を二八二—注一
嵯峨　京都市右京区の一部。小倉山の東麓より太秦・常盤西に至る一帯。　か一九—3行
坂の清水　か一八—注一一

相模川やお（を）りからが淵　を二五二—注四
相模畷　を二七三—注五
酒匂　を二七三—注九
さくらこ（が）うり　し一五六—注八
佐陀の宮　島根県八束郡鹿島町佐陀宮内の佐陀神社。　さ一二六—11行
佐渡　を二六五—4行
さまたけ　を二六二—注八
醒井　ま三六五—注二五
佐夜の中山　を二七四—注一八・ま三六八—注一一
猿沢の池　ま三八四—注一
山王二十一社　大津市坂本本町の日吉大社。　か二四—10行・さ一二五—11行
三国一の釈迦如来　京都市右京区嵯峨、清涼寺（釈迦堂）の本尊。　か二四—8行・さ一二五—9行
三社　を二八一—注一三
三十三間　京都市東山区三十三間堂廻り町の蓮華王院、三十三間堂。天台宗。　か一九—7行・し一五六—8行・あ三三〇—注三
三条室町　を二一八—3行
三枚橋　を二七三—注一七

し

塩竈六社の大明神　宮城県塩釜市の塩釜神社。　か二五—2行
潮見坂　を二七五—注二二
志賀　福岡市志賀島の志賀海神社。　か二五—13行
志賀唐崎　ま三六五—注一四
志賀の峠　あ三三三—注六
敷地の天神　石川県加賀市大聖寺敷地の菅生石部神社。　さ一二六—1行
しぎの寺　し一六六—注一
鹿が瀬　を二八二—注三
四社明神　か三〇—注一
四十八坂　を二八二—注三
四条河原（四条の河原）　あ三三〇—注二・ま三六三—10行
四条の橋　か四一—11行
賤機山　ま三六九—注一四
静原　あ三三〇—注一一
ぢせん堂　し一九三—注一八
慈尊院　か五五—注一三
地蔵堂　し一九二—注一〇
志太　さ九三—注三
信達の大とり　し一九六—注九・注一〇
してしが浦　を二七四—注一一
志度の道場　か二五—12行・四六—注五
信太　し一九二—注八
篠原　を二七九—注一八・ま三六五—注一六
四の宮川原　ま三六四—注八
島田　を二七四—11行・ま三六九—注一三
清水の町　か二九—注一一
下つ河原　さ一二五—注一五
十五社の大明神　か二五—注二〇
書写　さ一二二—注二
白方の屛風が浦　か四四—注四
白川　ま三六四—注三
白河　ま三七〇—注五
白山権現　石川県白山山頂の白山神社。　か二五—4行・さ一二六—1行
新黒谷（黒谷）　か二〇—注二
神明天照皇大神宮　伊勢皇大神宮。　か二三—12行・さ一二四—7行

す

珠洲の岬　を二六二—注七
雀が松原　か一七—注二二

須磨の浦　神戸市須磨区。　か一七―13行
隅田川　ま三七〇―3行
住吉四社の大明神　か二五―7行・さ一二六―4行・
し一九二―注三・を二八二―注一
磨鍼山(すりはり)　ま三六五―注二四
駿河(するが)の府内　静岡市。　を二七四―8行
諏訪(すは)の明神　長野県諏訪市の諏訪大社。
か二四―14行

せ

誓願寺　京都市中京区桜之町。浄土宗。天
正十九年二月、元誓願寺通小川の西よ
り移転。　か一九―6行
清見寺(せいけんじ)　を二七四―注一二
清水寺　→清水(きよみづ)
関　を二八〇―注一〇
関寺　を二八〇―注三
関戸の院　し二〇一―注五
瀬田　し一五九―注九・を二七九―注一九・
ま三六五―3行
せはひ小路(こうぢ)　を二七三―注一一
芹生(せりふ)の里　あ三三〇―注一二
千光寺　か二五―注二二
善光寺　か一一―注二・を二六四―7行
川勝寺(せんじようじ)　さ一三一―注一二

た

大山(だいせん)地蔵権現　か二六―注七
大塔　か三〇―注一
高来(たかく)の温泉(うんぜん)　長崎県南高来(たかき)郡の温泉が嶽
(雲仙岳)。同郡小浜町雲仙に温泉(うんぜん)神社
がある。　か二五―14行
高槻　か一八―3行
高宮河原　を二七九―注一一
高安(たかやす)の郡(こほり)　し一五五―注一
高安馬場の先　し一八六―注七
滝本　か二四―注三・さ一二四―9行
長競(たけくらべ)　を二七八―注九
たけの宮の大明神　さ一二六―注一〇
田子　を二七四―注一〇・ま三六九―6行
たちうち　さ一二五―注一六
伊達(だて)の郡信夫(こほりしのぶ)の荘(しやう)　さ八一―注六・注七
立山(たてやま)権現　富山県立山山頂の雄山神社。
か二五―3行・さ一二六―1行
田中の御前　か二六―注八・さ一二六―11行
たまこし　し一八六―注九
玉造(たまつくり)(奥州)　さ九三―注四
玉造(たまつくり)(常陸)　を二一六―注一
垂井　を二七八―注八・ま三六六―注二
檀特山(だんどくせん)　を二二五―注一六

ち

竹生島(ちくぶしま)の弁才天　か二四―11行・さ一二五―11行・
ま三四七―注三・注四
筑羅(ちくら)が沖　か四四―注五

つ

つかわしやま　し一八七―注一六
津島の祇園　愛知県津島市の津島神社。牛
頭天王社といわれ、毎年六月祇園会。
か二四―12行・さ一二五―12行
つばきの森の大明神　か二五―注二七
壺坂(つぼさか)　ま三四七―注五
敦賀　を二六二―注一二
つるが峰の大明神　か二五―注二五
釣竿(つりざを)の島　を二六二―注一

て

天王寺(てんわうじ)　か二五―7行・さ一二六―4行・
し一六六―14行・を二八一―13行

天王寺七村　し一九〇—注三
転害牛頭天王　さ一二四—注一三
天の川に弁才天　奈良県吉野郡天川村坪ノ内、白飯寺の本尊。現在天川神社がある。　か二四—3行

と

頭護の地蔵　を二七五—注二七
東寺　か一八—注八・を二八一—8行
東寺の夜叉神　し一八二—注五
東条　を二一六—注一
遠江に牛頭天王　か二四—注一三
多武の峰に大織冠　奈良県桜井市多武峯の談山神社。　か二四—注九
東福寺　京都市東山区本町。臨済宗。　か一九—7行
戸隠の大明神　長野県上水内郡の戸隠神社。　か二四—14行・さ一二六—2行
轟　か二〇—注四
鳥羽　あ三三〇—注六

な

直江の浦　さ八三—注八
長井坂　を二八二—注三
長池　ま三六二—注五
なかへの天王　か二四—注一二・さ一二五—注二四
中川の橋　し一八七—注一三
中島や三宝寺　を二八一—注二〇
中の谷　か二九—注九
長柄の橋　し二〇一—注三
七の社　し一八二—注二
奈良　か二四—6行・さ一二四—11行・ま三五四—7行
鳴海　名古屋市緑区鳴海町。　を二七五—7行

に

にして　し一八七—注一七
西の七条朱雀権現堂　さ一三一—注一四
西宮　か一七—14行
西宮の若夷　西宮市の西宮神社（西宮戎社）。　か二五—6行
二所の関　ま三七〇—注五
日坂峠　を二七四—注一八・ま三六八—注一〇
二本杉　を二七九—注一〇

ね

根来　さ一二六—注五・あ三〇一—注一四
寝物語　を二七九—注一〇・ま三六五—8行
念仏堂　し一八八—注三

の

野路　を二七九—注一八
のせの郡　し一五七—注一八
上り大津　を二六二—注一四

は

博多　か一七—注九
蛇草　し一八七—注一三
羽黒の権現　山形県東田川郡羽黒町の出羽神社（羽黒山神社）。　か二五—2行・さ一二五—14行
箱根の権現　神奈川県足柄下郡の箱根神社。　か二五—1行
初瀬（泊瀬山）　か二四—5行・さ一二四—10行・あ三〇六—注三・ま三四八・注一
八町畷　さ一三一—注一三
八ちやうの原　を二八五—注五

馬場(ばば)　を二八〇—注二
浜名　ま三六八—注二
原　ま三六九—注二一
番場(ばんば)　ま三六五—注二四

ひ

比叡の山西塔北谷(さいたふきただに)　か一九—14行・さ一二五—10行・あ三二六—注二
東山(ひがしやま)　京都市東部の低い連峰。大文字山・花山山・清水山・稲荷山など。　か一八—7行・し一五六—1行・を二一三—8行
日の岡峠　ま三六四—注五
ひひ　を二六二—注六
兵庫　か一七—注二一
枚岡の大明神　東大阪市枚岡神社。　か二五—6行・さ一二六—4行
ひるかみの天神　か二五—注一九
広瀬　を二八一—注一八

ふ

笛吹の大明神　さ一二四—注一二
吹上(ふきあげ)六本松　を二七四—注七
袋井畷(なはて)　を二七四—注一九・ま三六八—注九
藤枝　静岡県藤枝市。　を二七四—11行
富士川　を二七四—2行
富士権現　富士浅間(せんげん)大権現は富士山頂にあって本宮とし、ふもとの三所（吉田・大宮・須走(すばしり)）に勧請して新宮という。　か二四—13行
藤沢　を二七〇—注六
藤白峠(ふぢしろたうげ)　し一九七—注一五
藤の森の牛頭天王　京都市伏見区深草藤森(ふじのもり)町の藤森神社（藤森天王社）。　か二四—7行・さ一二四—14行
伏見の里　し一五六—8行・一八一—4行
伏見の竹田　あ三三〇—注五
二見が浦　さ一〇三—注一二・ま三八〇—9行
筆捨て松　し一九七—注一六
不動坂　か二九—注一二
府内（駿河(するが)）　を二七四—8行
降り神(ふりがみ)の天神　さ一二六—注二
古渡(ふるわたり)　を二七五—注三〇
布留(ふる)は六社の牛頭(ごづ)天王　奈良県天理市布留(ふる)町の石上(いそのかみ)神宮。「六社」は未詳。『牛頭天王」は、祭神の一天津羽羽斬(あめつははきり)が、八岐大蛇(やまたのおろち)を斬った素戔嗚命(すさのおの)の十握剣であるためか。　か二四—5行
不破の関　ま三六六—注一

へ

べつつい　さ一二五—注一七

ほ

北条寺(ほうでうじ)　か二六—注二
ほうみ　さ一三〇—注四
法輪寺　京都市右京区嵐山中尾下町の嵯峨虚空蔵。真言宗。　か一九—3行
星が崎　を二七五—注二八
ぼだいさん　さ一二六—注九
仏坂　を二八二—注三
洞(ほら)が峠　し一五六—注九

ま

槙(まき)の尾　か四六—注三
松谷(まつだに)　ま三五六—注二
松の尾七社の大明神　京都市右京区嵐山宮ノ前町の松尾大社。七社は、松尾社・月読(つきよみ)ノ社・櫟谷(いちいだに)ノ社・三ノ宮・宗像(むなかた)ノ社・衣手社・四大神。

か一九—3行・さ一二五—9行
松前　を二六五—注七
松本　を二八〇—注二
松浦谷　ま三八六—注四
馬淵畷　ま三六五—注一七
丸子　を二七四—注一五
丸子川　ま三六九—注一四

み

御影堂　か三〇—注一
御影の森　か一七—注二三
三国港　を二六二—注一一
みし　し一八六—注一〇
三島　を二七三—14行・ま三六九—8行
三島の権現　静岡県三島市の三島大社。　か二五—1行
みぢり　さ一三〇—注五
水橋　を二六二—注四
深泥池　を二一四—注九
見付の郷　を二七四—注一九
三の村の大明神　か二五—注二一・さ一二六—5行
南部　を二八二—注三
南の門（天王寺）　し一八七—注一八
みふねの大明神　か二五—注二六
三保の入り海　ま三六九—注一五
三保の松原　を二七四—注九
宮崎　さ九〇—注三
宮の腰　を二六二—注九
三輪の明神　奈良県桜井市三輪の大神神社。　か二四—5行

む

向日の明神　さ一二五—注一九
武佐　を二七九—注一二
武蔵野　ま三七〇—2行
室の大明神　か二六—注三

も

もつらが浦　を二五八—注三
本折　を二六二—注一〇
守山　ま三六五—3行

や

やすみが小浜　さ九九—注七
八瀬　あ三三一—注一三
矢立　か五三—注一一
八橋　を二七五—注二六・ま三六七—注一一
矢作　を二七五—注二五・ま三六七—5行
矢作の天王　岡崎市矢作町宝珠庵の矢作神社。天王様という。　か二四—13行
山崎千軒　を二八一—注一七
山崎に宝寺　か一八—注五・さ一二四—14行
山科　を二八一—注一一・ま三六四—7行
山中　あ三三〇—注九・ま三六五—注二七
山中三里　し一九六—注一一・を二七三—注一四
やはた（播磨）　か二六—注一
八幡正八幡　か一八—注六・さ一二四—13行・を二一三—注一六
八幡の山　し一五六—注一〇

ゆ

由比の宿　ま三六九—注一六
ゆきとせが浦　を二五六—注五
伊須流岐（またはユスルギ）の大明神　か二五—注一五・さ一二六—1行
諭鶴羽の大明神　か二五—注二四・さ一二六—注六
ゆのくち　し一九二—注九

湯の峰（熊野の湯）　か二四―3行・し一九二―1行・を二七〇―注七
湯本の地蔵　を二七三―注一二
由良（ゆら）　さ九五―注一五

よ

ようし川　か一八―注三
吉田の今橋　を二七五―注二三
吉田は四社の大明神　京都市左京区吉田神楽岡（かぐらおか）町の吉田神社。春日大社と同じ四社。　さ一二五―3行
よしはら　を二六二―注八
吉原　を二七四―注二
四つの塚　を二八一―注一四
四つの辻　を二七三―注一五
淀　か四二―注三・あ三三〇―4行
淀（よど）の小橋（こばし）　し一五六―注一一

ら

羅漢（らかん）　大分県下毛郡本耶馬渓（ほんやばけい）町の羅漢寺。　か二五―13行
羅生門　京都市南区唐橋羅城門（らじょうもん）町。　か一八―5行

り

流沙（りうしゃ）川　か四九―注一〇
りんかうし　を二六二―注八

れ

れいせん寺　か五三―注七
蓮華谷（れんげだに）　か三〇―注三

ろ

六動寺　を二六二―注五
六波羅（ろくはら）　京都市東山区轆轤（ろくろ）町の六波羅蜜寺。真言宗。　か一九―6行

わ

若宮八幡大菩薩（はちまんだいぼさつ）　さ一二四―注一四
わたなへ　を二八二―注三

校異等一覧

〔かるかや〕

頁	行	本文	底本	諸本	摘要
一二	10	身過ぎ世過ぎ	みすぎよすみ	身すきよすぎ（写本）	訂正
一六	7	出家	しゆけ	しゆつけ（写本）	
一八	5	久我畷	こりなはて	こかなはて（江戸版）	訂正
一八	10	ちやうど	ちやうと	てうど（写本）	チヤウドウツ（『日葡』）
一九	3	法輪寺	ほうりうち		訂正
一九	3	太秦寺	うちまさてら		ウズマサデラの転か
二〇	5	とてものことに	とてもものことに		訂正
二〇	6	祇園林	きをんとやし		訂正
二一	5	洛中洛外	らつくわらくくわい	らくちうらつくわい（写本）	訂正
二三	11	下は四大天王	したいてんわう	下はしだい天わう（写本）	訂正
二三	13	内宮が八十末社、両宮合はせ百二十末社	百廿まつしや	内宮か八十まつしや、両宮合、百弐十まつしや（写本）	訂正
二三	14	降ろし奉る	おろしたてたてまつる		訂正
二五	7	天王寺	てんはうし		訂正
二五	8	大鳥	おふとりい		訂正
二五	12	志度	して		訂正
二五	13	阿蘇	あさ		訂正

頁	行	本文	底本	諸本	摘要
二六	1	備中に吉備津宮、備前に吉備津宮、備後にも……	ひせんにきひつみや、ひんこにも……	ひつちうにきみつみや、ひんごにもきみつみや、ひせんにも……（写本）	訂正
二六	10	出家	しゅけ		
二七	13	頂き	いたき		訂正
三三	9	止止不須説、	しゝふしゆせ		訂正
		我法	つかかほう		
三八	9	宇野辺の宿	うのゝへしゅく		訂正
三九	5	筑前の国	ちくせんくに		訂正
四一	13	法輪寺	ほうれんし		訂正
四三	1	七里結界	一りけつかい		訂正
四五	14	その数	その□す		
四八	2	十字と	十じ□		
四八	12	さらば	□らは		
四八	14	流沙川	り□しやかは		
五四	14	二十村	二十ひら		訂正
七三	1	小名	しよみやう		訂正
七三	9	母上様	はゝ□へさま		
七五	13	後生大事	□しやゝ大し		
七六	11	八十三と	八十三□		
七六	13	道念坊も	と□□□ほうも		
七六	13	同じ刻に大往生を	おなしこく□□□□しやうを		
七六	14	西に紫雲の雲	にしに□□□□くも		
七七	1	たなびき合ふこそ	たなひきあ□□□		
七七	2	もろもろの	もろ〳〵□		
七七	2	兄弟	きや□□い		
七七	4	薫じて	□□して		
七七	5	衆生に	しゆしやうと		訂正

〔さんせう太夫〕

頁	行	本文	底本	諸本	摘要
八二	1	〔冒頭〕……母御この由きこしめし（八二頁14行目）	欠		明暦版で補う
八二	14	さほどに思ひ立つならば……旅の用意をなされけり（八三頁1行目）	欠	明暦版欠	寛文版で補う

頁	行	本文	異文		処置
八三	1	うわたき	(寛文版)うは竹	草子「うはたき」、正徳版「うは竹」	与七郎本・明暦版「うわたき」による(以下同じ)
八三	2	国を二月十七日に……つらいとおぼしめし(八四頁6行目)	欠		明暦版で補う
八四	6	うわたきに	欠	明暦版欠	寛文版を訂正して補う
八四	6	風を防がせたまふなり……春過(八四頁11行目)	欠		明暦版で補う
八四	12	ゆくべきか	ゆくつきか		訂正
八五	5	橋	は□		
八五	6	池から	欠		寛文版で補う
八六	3	太夫	大□		
八六	10	これは	□れは		
八六	13	一通り一時雨・一村雨の雨宿り	ひととをり(以下欠)		舞曲「屋嶋軍」によって補う
八六	14	これも多生の縁と聞く……	欠		明暦版で補う
		お宿を申してあるぞ(八七頁7行目)			
八七	8	飯を結構にもてなせ	欠	明暦版欠	寛文版で補う
八七	8	女房聞いて	欠		明暦版で補う
八七	8	御身若き時のことをいまだ忘れたまはず、お宿とのたまふか	欠	明暦版欠	寛文版で補う
八七	9	あの上臈に……七つの時よりも(八八頁4行目)	欠		明暦版で補う
八七	14	ござあれば	(明暦版)御さあはれば		訂正
八八	3	参りたよ	(明暦版)参たよ		
八八	4	人買ひ船の相櫓を押し	欠	明暦版欠	寛文版で補う
八八	4	人売りの名人なり……立ち聞きをつかまつり(八八頁10	欠		明暦版で補う

	行目）			
八八 10	姥が何やうに申すとも……中の出居に参り（八八頁11行目）	欠	明暦版欠	寛文版で補う
八八 12	いかに上臈様に申すべし……と問ひければ（八八頁13行目）	欠		明暦版で補う
八八 12	太夫	（明暦版）太		訂正
八八 13	御台運命尽きぬれば	欠	明暦版欠	寛文版で補う
八八 14	今が初め……しすまいたと思ひ（八九頁1行目）	欠		明暦版で補う
八九 1	いかに上臈様	欠	明暦版欠	寛文版で補う
八九 2	船路を召され……太夫この由聞くよりも（八九頁5行目）	欠		明暦版で補う
八九 6	沖	□き		

八九 14	心の内に	心の内うちに		訂正
九一 5	港	□なと		
九二 5	悲しやな	かなしや□		
九二 5	宮崎	□やざき		
九三 1	身の上	□のうへ		
九四 1	習ひあり	ならいあ□		
九四 1	いかに船頭殿	い□にせんとう殿	いかに舟人殿（明暦版）	
九四 2	舟こぎもどいて	□ねこぎも□いて	舟こぎもどいて（明暦版）	
九四 2	させてたまはれの	□□てたまはれの	させて給れの（明暦版）	
九四 4	出いたる舟を	たいたる□を	だいたる舟を（明暦版）	
九四 5	うわたき	□わたき		
九四 6	貞女	てんちよ		訂正
九五 2	投げうよ	なぎやうよ		
九七 5	弟が名をば	□と丶がなをは		
九七 9	柄杓	ひやく		訂正
九七 10	とある所に	□□るところに	と有所に（明暦版）	
九八 1	つし王殿も	つしわうと□も		
一〇一 5	行ふべき	おこふへき		訂正

頁	行	本文	底本	備考
一〇三	1	投げう	なきよふ	一〇三頁7行目も同じ
一〇三	3	投げう	なけきやう	訂正
一〇三	3	岩鼻	いはは□	
一〇三	4	御身は自らを	おん身をはみつから□	訂正
一〇三	5	直江の浦	なをゐのうら	訂正
一〇三	9	捨つる	□つる	
一〇七	8	御祝ひ	御い□ゐ	
一〇九	12	傷によれ	きずになれ	訂正
一一〇	2	よいか	よひ□	
一一〇	10	夏越の祓ひ	なごしのはいら	訂正
一一一	6	三郎を	二郎を	訂正
一一三	5	お守り	□まふり	
一一三	7	さても	さて□	
一一四	7	なにしに焼き金をば	なにし□□きかねをば	
一一四	8	けふよりも	けふよ□も	
一一四	13	いとまごひ	□とまこひ	
一一四	14	あらばこそ	あ□ばこそ	
一一六	5	いたはしや	い□はしや	
一一六	6	弟と定めてに	おとゝ□□ためてに	
一一六	7	こぼるる涙	こぼ□□なみた	
一一六	8	柴	□は	
一一六	11	弟	おとをと	
一一七	10	膝の皿	ひざの□ら	
一一七	11	言はせてたまはれの	いわせ□□はれの	□□は「てゐ」か
一一七	14	今にも	いま□も	
一一八	5	ツメ	ツメ	訂正
一一八	12	それは	それば	訂正
一一九	3	おぼしめし	おほし□し	
一二一	5	法師	ほんし	訂正
一二三	14	制吒迦	せい□か	訂正
一二四	9	新宮・本宮	しんくうくわうくう	訂正
一二五	10	伝教大師	れんけう大し	訂正
一二六	6	権現……神の総政所（一二六頁10行目）	欠	物語で補う
一二六	11	出雲の大社……わつぱにおいては知らんなり（一二七頁4行目）	欠	明暦版で補う
一二八	12	地蔵菩薩	ぢぞうぼざつ	訂正
一三〇	8	論訴	ろんそん	訂正

一三一	9	立ち出でて	たち出て		
一三三	4	ならぬこと	いのらぬ事		訂正
一三五	9	さあらば	□あらば		
一三五	10	飾られたり	□さられたり		
一三五	10	高麗縁の畳	かうらいへり□たゝみ		
一三五	11	そのころ	そ□□□		
一三五	12	達磨、三幅一対	た□□□ふく一つい	だるま三ぶく一つい（物語）	
一三五	13	天上天下唯我独尊	てんじやう□□□□いかとくそん	天上天下ゆいがどくそん（物語）	
一三五	14	花の如くに飾り立て	花のこと□□□□りたて		
一三六	1	南北天王寺	な□□□□□うし		
一三六	3	御覧ずれども	□らんつれ共		
一三六	5	はるかの	は□かの		
一三六	6	三下り	三□り		
一三六	7	それがし	そ□かし		
一三六	9	百人	百□		
一三六	9	目も利かぬ	めもき□ぬ		
一三六	1[illegible]	お申しある	お曰あ□		
一三六	13	それがしが	それかし□		
一三七	6	左	□だり		
一三八	10	叡覧	ゑい□ん		
一三八	11	判官	はんくわ□		
一三九	13	語りたや	かたり□や		
一四〇	1	尋ね会ひ	□つねあひ		
一四〇	2	みかどへ	みかと□		
一四〇	9	本打ちかたげ……〔末尾〕（一五二頁8行目）	欠		物語で補う
一四三	8	伊達の郡信夫の荘の者とて	（物語）い□□□□□□□□□□のものとて	たてのこほりしのふの庄の物にて（明暦版）	
一四三	9	忘れ草とて、きやうだいありたるが、姉のしのぶは、見目も形もよかりたものを、殺さいでおくならば、都の国司を従座婿に取りて	（物語）わすれ□□□□□□□□□□□□□□□□□□□□□□□□□□□□□□□□りしも□□□□□□□□□□□□□□□□□□□□□□□□□こにとりて	わすれくさとて兄弟有たるかあねのしのふはみめもかたちもよかりた物をころさいておくならは都のこくしをぢうさむこに取て（明暦版）	

頁	行	本文	底本	諸本	摘要
一四五	3	引き立て	(物語) 引立て		
一四七	4	報じがたくぞ覚えたる	(物語) ほうじがた□ぞおほえたる		
一四八	4	うわたき	(物語) うはたき		一四八頁10行目・一五〇頁11行目も同じ
一五〇	11	渡りたまひ	(物語) □□り給ひ		
一五〇	12	菩提を問はせたまひけり	(物語) □□□をとはせ給ひけり		
一五〇	13	さてそれよりも	(物語) さてよりも		訂正

〔しんとく丸〕

頁	行	本文	底本	諸本	摘要
一五八	3	手近う	てかふ		訂正
一五八	4	強ければ	つよければど		訂正
一五八	5	せしけれど	せしけれ		訂正
一五八	8	立てよ	だてよ		訂正
一五九	10	燕	つはさ		訂正
一五九	12	立つて	たつ		訂正
一六〇	5	餌食	ゑぢ		訂正
一六〇	12	臓腑	そう		訂正
一六一	1	鹿	しが		訂正
一六一	1	思ひ切つて	おもきつて		訂正
一六一	8	お上がりあり	おかり有		訂正
一六二	5	三千振り	三千ふり		訂正
一六二	12	唐	から		訂正
一六二	12	七面	七日おもて		訂正
一六三	2	千の	干の		訂正
一六三	5	織り付け	ほりつけ		訂正
一六三	5	たまひて	たまいひて		タマイイテと発音か
一六三	13	間	間た		訂正
一六四	13	かたもなし	かたもし		訂正
一六五	13	けふ	きよ		訂正
一六六	3	たまはれ	たまはれとて		訂正
一六六	10	聞けば	ひけば		訂正
一六七	8	対面	にいめん		訂正
一六七	9	これまで	是にて		訂正
一六七	14	語らひ	かたうい		訂正
一六八	2	江河の	かうがら		訂正
一六八	5	乙姫を	おとひめの		訂正
一六八	5	浮き世が	うきよに		訂正
一六九	2	お包みなく	おつゝみな□		
一六九	7	若君	わがぎみ		訂正
一六九	12	仲光承つて	長光うけたま		訂正

			はつて		
一七二	3	商ひ申してござあるが	あきない申□□ざあるか		
一七二	6	当座	とうたうさ		訂正
一七二	10	一字も	一ども		訂正
一七三	1	自らにも	みつからも		訂正
一七三	6	文主	ぬしふみ		訂正
一七三	9	大和言葉	ぶんやまと		訂正
一七三	14	空弓のたとへ	うつ弓のたと		訂正
一七四	4	何と	阿と		訂正
一七四	9	心と	心は		訂正
一七四	10	知恵あり	ちちゑ有		訂正
一七四	11	みばやと思ひ	みはやくおもい		訂正
一七四	11	女房たち	女は□たち		
一七四	12	こなたへおもどしあれ	こなへおもしあれ		訂正
一七五	1	玉章の由	たまづさよし		訂正
一七五	5	渡されける	わたれける		訂正
一七五	6	連尺	れん中く		訂正
一七五	12	御一門に	御一もん		訂正
一七六	1	はやらせたまふ	はらせ給ふ	はやらせ給ふ（江戸版）	訂正
一七六	5	遠い	とおふい		
一七六	8	そのまま	そのま□		
一七六	14	御台	たい		訂正
一七七	1	万死の床	はんしおゆか	ばんじのゆか（江戸版）	訂正
一七七	4	今吹く	いとふく		訂正
一七七	13	仲光	長光		訂正
一七八	1	子ひとり	こひこり		訂正
一七八	5	世にあつて	よいあつて		訂正
一七八	8	預けおき	□つけおき		
一七八	14	幼少	よせう		訂正
一七八	14	泣く泣く	なんなく		訂正
一七九	1	諸行無常	しやうきやうむつやう		訂正
一七九	1	煙	けむに		訂正
一七九	2	墓	□か		
一七九	8	乙の姫	おくのひめ		訂正
一七九	9	これはさて	これはたて		訂正
一七九	11	御喜び	御□ろこひ		
一七九	14	父御	ち御		訂正
一八〇	2	持仏堂	ちふつ		訂正
一八〇	4	おはします	おします		訂正
一八〇	4	たとへんかたもなし	たとへんかたもし		訂正
一八〇	8	次郎	二郎		先例に従い統一
一八一	2	御意	きつ		訂正

頁	行	本文	底本	備考	処置
一八一	8	観世音	くわせおん		訂正
一八四	14	捨てぬものならば	すて物ならは		訂正
一八五	10	受けたるは	うけだるは		訂正
一八五	12	都	みや□		
一八六	1	忌日	きちにち		訂正
一八六	4	細杖	ほそちへ	つへ（江戸版）	訂正
一八六	12	沙汰なしたるに	さたなしたる□		底本「よ」
一八七	3	仲光	なるみつ		訂正
一八八	3	町屋の宿	まちやのまちやのやと		訂正
一八八	6	どうど	どうどう		訂正
一八八	11	起して	お□して		
一八九	4	思ひしに	おもいし□		
一八九	6	高安	たかや		訂正
一八九	8	かくと	なくと		訂正
一九二	2	教へ	おし		訂正
一九二	6	通らせ	とおふらせ		
一九二	10	たまへば	たまへ□		
一九三	3	船橋	ふなははし		訂正
一九四	1	おぼしめす	おほしめし		訂正
一九四	10	一つになつて	ひとつになつ		訂正
一九五	4	夫婦	ふう		訂正
一九六	1	死する	しす□		
一九六	2	再び	ふたび		訂正
一九六	9	信達	ひたち	したち（江戸版）	訂正
一九八	4	おぼしめし	ほしめし		訂正
一九八	5	藤白よりもひんもどり	ふしろよりもびんもどり		訂正
一九八	5	かなたこなた	かなたなた		訂正
一九八	7	父のかたへ	ちゝのかたべ		訂正
一九八	13	六時堂	ろぐしだう		訂正
一九九	5	尋ねん	たつねねん		訂正
二〇〇	12	乙姫	おとひあ		訂正
二〇一	7	太田	大由		訂正
二〇一	13	平癒	へいやう		訂正
二〇二	13	はらり	はり		訂正
二〇三	10	たまられず	たまうれす		訂正
二〇三	10	聞えける	きこ人ける		訂正
二〇三	13	承る	うけたまつる		訂正
二〇四	1	用意	にうひ		訂正
二〇四	2	堺の浦	さかいけうら		訂正
二〇四	14	うれし泣きにぞ嘆かるる	うれしなきそなけなるゝ		訂正
二〇五	6	悲しき	めなしき		訂正
二〇六	1	我が子の……〔末尾〕（二〇七頁6行目）	欠		江戸版で補う

〔をぐり〕

頁	行	本文	底本	諸本	摘要
二二四	3	浦風	うらか		訂正
二二四	5	結び合はう	むすひああふ		
二二六	11	紺瑠璃	こんるい		訂正
二三一	5	滅べう	ほろひよう		
二三三	1	御諚なり	御ちやうなん		訂正
二三三	3	舅	しゆと		
二三三	13	人秣を	人まくさゝに		訂正
二三四	7	指して	きして		訂正
二四二	12	ありさうなる	ありうさうなる		訂正
二五二	11	我ら兄弟	われきやうたい		訂正
二五三	14	召さるれば	なさるれは		訂正
二五六	12	見参らすれば	みまらひらすれは		訂正
二六三	4	過げう	すきやう		
二六四	12	賢人立つる女	けいしんたつるおんな		訂正
二六八	4	遠う	とをう		
二七〇	10	落すべし	おおとすへし		訂正
二八二	11	上野が原	うはかのはら		訂正
二八二	12	と申すには	申には		訂正
二八五	11	承つてござある	うけたはつて御さある		訂正
二八八	6	五か国は	五かこくに		訂正
二八九	7	今よ今よと	いまよいらよと		訂正
二九〇	5	とぞ申しける	とて申ける		訂正
二九三	13	進退	したひ		訂正
二九六	2	十二逆罪	十二きやくおん		訂正
二九七	14	命を	いのを		訂正

〔あいごの若〕

頁	行	本文	底本	諸本	摘要
三〇一	3	民	だみ	たみ（万治版）	訂正
三〇八	2	よきままに	よにまゝに	よきまゝに（万治版）	訂正
三一〇	8	悪言	罷言	あくごん（万治版）	訂正
三一〇	12	とつこう坊	こうぼう		訂正
三一一	1	かく申すは	がく申は	かく申は（万治版）	訂正
三一二	3	筍	たかへな	たかんな（万治版）	訂正

三一二	9	つらら凍て	つゝらいて	つらゝいて（万治版）	訂正
三一二	14	仏勅受けて	ふつちよくかけて	仏ちよくうけて（宝永版）	訂正
三一三	7	五体	御体	ごたい（万治版）	
三一三	14	宮づき奉れ	みやづき奉る	みやつき奉れ（万治版）	訂正
三一五	2	評定なり	びやうてう也	ひやうでう也（万治版）	訂正
三一五	6	なされければ	なきれけれは	なされけれは（万治版）	訂正
三一五	11	いくほどもたたざるに	いく程もたゝさおに	いく程もたゝさるに（万治版）	訂正
三一七	12	便りと申すかや	たよりたうかや	たよりと申かや（万治版）	訂正
三一八	6	つかまつりしが	仕りし□	仕りしが（万治・宝永版）	
三一九	13	如くなりと申す	ことく也申	ことく也申（万治版）、ことく也（宝永版）	訂正
三二二	5	疲れ果てさせたまへば	つかれはせさせたまへは	つかれはてさせ給へは（万治版）	訂正

三二五	10	体	からと	からだ（万治版）	訂正
三二八	6	訪れ	おとくれ	おとづれ（万治版）	訂正
三二九	6	貸してたまはれ」と	かして給はれく	かしてたび給へと（万治版）	訂正
三三〇	6	恋せば	こいせみ	恋せば（宝永版）	訂正
三三〇	6	先に立ち	さきにたて	さきにたち（宝永版）	訂正
三三一	14	苦しうも候はず	くるしうも候らす	くるしうも候はず（宝永版）	訂正
三三二	10	そこを立ちのき	てこを立のき	そこを立のき（宝永版）	訂正
三三三	8	田畑の介	にはたの介	たはたの介（宝永版）	訂正　三三九頁9行目「たばたの介」
三三四	6	何にてもあらばあれ	何にてもあらははれ	なにてもあらばあれ（万治版）	訂正
三三八	5	御目にかくる	御めにかつる	御めにかくる（万治版）	訂正
三三八	10	その後に御目にかくる	其後にかつる	其後に御めにかくる（万治版）	訂正

頁	行	本文	底本	諸本	摘要
三四一	12	降三世	御ざんせ	ござんせ（万治版）、ごうざんぜ（宝永版）	降三世(ガウザンゼ)（書言）
三四一	12	軍茶利夜叉	くたりやしや	くんだりやしや（万治版）、ぐんだりやしや（宝永版）	軍茶利(グダリ)（書言）
三四三	12	滝に参り	たきてまいり	たきに参て（宝永版）	訂正
三四四	2	南谷	みなみたい	みなみだに（宝永版）	訂正
三四四	2	次第なり」とて	次第也	したい也とて（宝永版）	訂正

〔まつら長者〕

頁	行	本文	底本	諸本	摘要
三四九	13	観音	くわん		訂正
三五六	8	松谷に	まつたに		訂正
三五七	8	哀れなるかな	あわれ成か		訂正
三五八	7	情けなき	なさけき		訂正
三五八	7	さよ姫に	さよひめ		訂正
三五八	9	前世	ぜん／＼	ぜん世（江戸版）	訂正
三五九	13	松谷	まつた		訂正
三六二	1	松谷	まつだ		訂正
三六三	12	御法の花	みのりのみな		訂正
三六四	5	門出(かどいで)	門出		カドイデ・カドデ（日葡）
三六五	8	お急ぎあれば	おいそあれは		訂正
三六八	7	連なりて	つゝなりて		訂正
三七〇	4	殊勝なれ	しゆなれ		訂正
三七三	10	のたまひて	のた給ひて		訂正
三七七	12	火炎	くわん		訂正
三七八	5	高らかに	たからに		訂正
三七八	10	頭	から□		
三八二	9	恋しの母上や	こひのはゝ上や		訂正
三八二	12	送り届けて	おくりとづけて		訂正
三八三	10	物憂き陸奥の国	物むつの国		訂正
三八六	5	いだき付き	いだきつき付		訂正
三八八	2	使ひを立て	つかひを		訂正
三八八	5	ひとへに	ひとへ		訂正

本文挿絵一覧

一、本文挿絵について検索の便宜のために作成した。
一、また絵の中に人名その他説明等のあるものは、そのまま現行の文字で示し、括弧の中に漢字あるいは仮名を当てて、読みやすくした。
一、なお必要に応じて、簡単な解説を加えた。

〔かるかや〕

第一図　花見の宴　一三頁
第二図（上）御台所、持仏堂の重氏に話しかける　一七
第二図（下）重氏、家を出る　一七
第三図（上）重氏、勧進聖の説明を聞く　二一
第三図（下）重氏、法然上人に会う　二一
第四図（上）重氏、湯殿で垢離をとる　二七
第四図（下）法然上人、重氏の髪を剃る　二七
第五図（上）石童丸の誕生　三三
第五図（下）上の巻の本文末尾　三三
第六図　石童丸、つばめを見て母に問う　三五
第七図（上）本文　三七
第七図（下）千代鶴、母と石童丸を追う　三七
第八図（上）石童丸、上人に会う　四一
第八図（下）お寺の前の御台所と石童丸　四一
第九図（上）あこう御前、屋根の上で申し子　四七
第九図（下）本文　四七
第十図（上）与次、御台所と石童丸に語る　五五
第十図（下）本文　五五
第十一図（上）石童丸、不動坂で聖に会う　五七
第十一図（下）石童丸、大橋で父に会う　五七

第十二図（上）父、石童丸を庵室に案内する　六三
第十二図（下）父、石童丸に卒塔婆を示す　六三
第十三図（上）石童丸、不動坂で与次に会う　六七
第十三図（下）与次ら、御台所の急病に驚く　六七
第十四図（上）父子・与次夫婦、御台所を野辺送り　七一
第十四図（下）本文　七一
第十五図（上）本文　七三
第十五図（下）石童丸、姉の死を嘆く　七三

〔さんせう太夫〕

第一・二図　御台所、扇で子供たちの舟を招く　九二・九三頁
第三図（上）三郎、二人の話を立ち聞きする　一〇七
第三図（下）太夫の前で姉に焼き金を当てる　一〇七
第四図（上）姉と弟、柏の葉で水杯　一一五
第四図（下）姉、拷問を受ける　一一五
第五図　お聖の大誓文　一二五
第六図　三郎、皮籠を見ようとする　一二九
第七図（上）つし王とお聖の別れ　一三三
第七図（下）つし王、天王寺でおしゃり大師に会う　一三三
第八図　梅津の院、つし王を養子に望む　一三七

〔しんとく丸〕

第一図　本尊の告げ　一五七頁
第二図　しんとく丸の誕生　一六五
第三図　聖霊会の舞楽　一六九
第四図　仲光、乙姫に文をもたらす　一七三
第五図（上）当御台、清水観音に祈誓　一八三
第五図（下）同じく、鍛冶より釘を受け取る　一八三
第六図（上）信吉、仲光を招いて意向を告げる　一八七
第六図（下）仲光、違例のしんとく丸を訪れる　一八七
第七図（上）清水の本尊、しんとく丸にお告げ　一九一
第七図（下）仲光、駒を引きながら別れを惜しむ　一九一
第八図（上）乙姫、父母に訴える　一九七

第八図（下）　独り旅に出る乙姫と筆捨て松　一九七

第九・十図（江戸版）　しんとく丸の施行　二〇四・二〇五

をとのひめ（姫）
しんとく丸
お（を）との次郎
のぶよし（信吉）殿

〔をぐり〕

頁

第一・二図　小栗、大蛇の化身と会う　二一六・二一七

同（同じく）下女のりう（〔りゆう〕龍）女
みそ（ぞ）ろ池の大じや（蛇）
いけ（池）のしやうじ（荘司）
お（を）くり（小栗）のはんくは（わ）ん（判官）かねうぢ

以下第七図まで、寛文六年京都山本版の挿絵。「かねうぢ」は「兼氏」か。「池の荘司」は小栗判官に従う家の子、「下女の龍女」はみぞろ池の大蛇に従う小蛇。いずれも本書には登場せず、後に作られた人物。

第三図　照手、恋文を読む　二二三

後藤左衛門使（使ひ）
にう（にやう）ばう（女房）立（立ち）きゝ（聞き）給ふ
てるて（照手）のひめ（姫）君

第四・五図　小栗の婿入り　二二八・二二九

いけ（池）のしやうじ（荘司）
十人のとのはら（殿原）立（たち）
お（を）くり（小栗）の判官
にう（にやう）ほ（は）う（女房）たち
てるて（照手）のひめ（姫）

第六・七図　小栗の曲馬　二四〇・二四一

十人の殿原立（たち）
よこ（横）山けんぶつ（見物）
次なん（男）二郎
いけ（池）のしやうし（荘司）
お（を）くり（小栗）の判官きよくのり（曲乗り）
三郎立出（立ち出で）のそ（望）む所

以下江戸鶴屋版の挿絵。

第八・九図　小栗主従、毒殺される　二五〇・二五一

よこ（横）山一もん（門）けんぶつ（見物）する
十人のとのはら（殿原）し（死）す
お（を）くり（小栗）どく（毒）にてし（死）する

第十図　照手、沈めにかけられようとする　二五五

おにわう（鬼王）おにつぐ（鬼次）しつ（沈）めにかける
御そは（ば）の女はう（房）なけ（嘆）く所
てるて（照手）のひめ（姫）

第十一図　村君の太夫、照手を助ける　二五七

ゑちこ（越後）の国なを（ほ）い（直江）浦
　てるて（照手）に（逃）け（げ）給ふ
むらきみ（村君）の太夫
さけ（酒）お（を）もらふそ（ぞ）
　たす（助）けたまへ
　　うら（浦）の物（者）打（打ち）ころ（殺）さん

本書「ゆきとせが浦」は、草子では「直江の浦」となっている。この部分「太夫きこしめし、（姫を）我に得さするものならば、酒をもらふとのたまへば、浦の者ども、酒といふ声聞くよりも、下戸も上戸もおしなべて、ろかいを捨ててのきにける」とある。

第十二図　観音、姫の身代りとなる　二五九

しやけん（邪見）ならば（姥）くすべる所
くは（わ）んを（お）ん（観音）みがは（身代）り
てるて（照手）のひめ（姫）

第十三図（上）　君の長と照手姫　二六五

てるて（照手）七いろ（色）のからな（唐名）か（買）うてきたり給ふ所
ちやうとの（長殿）

この部分は、「よろづ屋」の長が、料足七文を取り出だし、「いかに小萩、この料足にて、とうなん・せいなん・うごもり・かごもり・海老・一字、さて、やみの夜の連れ男の子、買うて参れ、一色違ふものならば、流れを立つると思ふべし」と難題を言う。それに対し照手の姫は、一々に買いそろえ、「これこれ御覧候へ。まづ一番に、とうなんとは、春の初めのつくづくし、せいなんとは、せりの事、うごもりとは山のいも、かごもりとは野老なり。海老とは蝦の事、一字と書いては一文字なり、さてやみの夜の連れ男の子とは、小殿原にてござないか。流れを許して給はれや」と言う。そのため照手は下の水仕をさせられる。「一文字」はねぎ、「小殿原」はごまめ。

第十三図（下）　照手、清水をくむ　二六五

てるて（照手）のひめ（姫）
のなか（野中）のしみつ（清水）

第十四・十五図　閻魔大王の前の小栗主従　二六八・二六九

こくそつ（獄卒）
十人のとのはら（殿原）ゑ（え）んま（閻魔）の帳（庁）につく
それ〳〵み（見）よあら（現）わ（は）れたり
あはう（阿防）らせつ（羅刹）
ゑ（え）んま大わう（王）
お（を）くり（小栗）せんあく（善悪）見る
□（「へん「変」」カ）しやうしん（成神）

第十六・十七図（上）　小栗の蘇生　二七二・二七三

御てししゆ（弟子衆）
ふしさは（藤沢）の上人
お（を）くり（小栗）かきあみ（餓鬼阿弥）ニ成（なる）

第十六・十七図（下）　土車の小栗　二七二・二七三
かきあみ（餓鬼阿弥）くるま（車）
てるて（照手）きやうぢよ（狂女）
ことも（子供）よろこ（喜）ひ（び）くるま（車）ひく所

第十八図　餓鬼阿弥、湯の峰へ行く　二八三
かきあみ（餓鬼阿弥）かこ（籠）にの（載）せゆ（湯）のみね（峰）へゆく所
かきあみ

第十九図　小栗、父の矢を食い止める　二八七
おち（をぢ）の御はう（坊）
お（を）くり（小栗）や（矢）をと（取）りたまふ所
みたいところ（御台所）
ちゝ（父）のかねいへ（兼家）殿
さこん（左近）のせう（〔じょう〕尉）

第二十図　照手、小栗が切ろうとするのを止める　二九五
長殿ふうふ（夫婦）せきめん（赤面）所
てるて（照手）のひめ（姫）
百人のなか（流）れ女はう（房）
お（を）くりとの（小栗殿）

第二十一図　小栗の出世と三郎の切腹　二九七
よこやま（横山）□
てるてひめ（照手姫）
三郎はら（腹）き（切）る所
おにつく（鬼次）
お（を）くり（小栗）よ（世）に出（出づ）
おにわう（鬼王）

〔あいごの若〕

第一・二図　みかど宝比べ　三〇二・三〇三頁
六条殿のきんたち（公達）
六条くらんとどの（蔵人殿）子とも（供）つれ（連れ）
やいは（刃）のたち（太刀）　からくら（唐鞍）
二条くらんととの（蔵人殿）
みかと（ど）ゑ（え）いらん（叡覧）
「六条蔵人」は「六条判官」の誤り。

第三・四図　判官・清平両軍の戦闘　三〇八・三〇九
たけ（竹）田の太郎
僧正両方あつか（扱）い（ひ）ノ所
あらき（荒木）の左衛門

第五図　大王の前の母御台　三一五
めいと（冥途）のはゝうへ（母上）
ゑ（え）んま（閻魔）大わう（王）

第六図　いたちとさるが愛護を助ける　三一七
　さる下よりいた(抱)くところ
　あいこ(愛護)しは(縛)られ給ふ所
　めいと(冥途)のはゝ(母)いたちに成(なり)なわ(〔は〕縄)
　く(食)ひき(切)る
第七図(上)　道行　三一九
　あわ(は)たくち(粟田口)
　おはら(大原)しつはら(静原)
　あいこ(愛護)のわか(若)道行
　ふきあけ(吹上)のまつ(松)
第七図(下)　比叡山の禁制　三一九
　さいく(細工)おいとまの所
　さいくきんせい(禁制)
　女きんせ(ぜ)い
　さんひやう(三病)きんせ(ぜ)い
第八図(上)　愛護、老婆に打たれる　三三五
　うは(姥)う(打)ってかゝる
　あいこ(愛護)のわか(若)あさ(麻)の中にかく(隠)れ給ふ
第八図(下)　愛護、松に宣命を含める　三三五
　あいこ(愛護)の若松にせめう(〔みやう〕宣命)をふく(含)め
　う(植)へ(ゑ)給ふ
第九図　愛護身投げ　三三七
　あいこ(愛護)身をな(投)け(げ)給ふ
　ほ(ば)うす(坊主)共さわ(騒)く(ぐ)所
第十・十一図　阿闍梨の祈禱で大蛇と愛護現れる　三四〇・三四一
　らうとう(郎等)
　たはた(田畑)の介
　さいくふうふ(細工夫婦)
　もゝ(桃)のうは(姥)
　二条殿なけ(嘆)き
　てしろ(手白)のさる
　あしやり(阿闍梨)いの(祈)り
　あいこ(愛護)のわか(若)
　どうしゆく(同宿)
第十二・十三図　山王祭り　三四二・三四三
　からさき(唐崎)よりみこく(御供)舟出る
　山王まつり(祭)みこし(御輿)

〔まつら長者〕

第一・二図　長者夫婦、長谷寺にこもる　三四八・三四九 頁
　御とも(供)あまた
　長者ふうふ(夫婦)こもり給ふ也
　此寺のぢうじ(住持)
　はせ(長谷)のくわんおん(観音)

第三図　さよ姫、高札を見る　三五五

〈男にはだ(膚)をふ(触)れぬひめ(姫)あらは(ば)あたい(〔ひ〕価)お(を)よきにか(買)う(ふ)べし所わ(は)つるや五郎太夫と御たつ(尋)ね可有(あるべく)候〉

さよひめを此わか(若)き物(者)共見てほのじ(字)

第四図　ごんがの太夫、姫を引っ立てる　三五九

母上ひめ(姫)のわか(別)れお(を)かな(悲)しみ給ふ

ごんがの太夫ひめ(姫)お(を)ひ(引)つた(立)て出る

第五・六図　姫と太夫、奥州に下る　三六二・三六三

さ介に(荷)も(持)ち

太夫ひめ(姫)お(を)ともな(伴)い(ひ)お(あ)うしう(奥州)へ下る

あゝ〳〵(あゝ)かいよい御上らう(〔ふ〕臈)にちくこんばい

ほのし(字)だんへ(べ)いちよい〳〵(ちよい)

くわんと(関東)べいみやこ(都)へ上る

しんすけ

第五図の「さ介」及び第六図の三人物は本文に出て来ない。絵師の創作か。「かいよい」は「顔(かほ)よい」の転か、「ちくこん」は「昵懇(ちつこん)」か。

第七・八図　大蛇、さよ姫を襲う　三七六・三七七

ごんがの大夫もかんぬし(神主)も舟お(を)いそ(急)いて(で)に(逃)げる

さよひめお(を)大じや(蛇)か(が)ふ(ぶ)く(服)せんとす

第九・十図　さよ姫、母に再会　三八四・三八五

さよひめ母上たつ(尋)ねあ(会)い(ひ)給ふ

□わらんべ共松ら(浦)物くる(狂)い(ひ)とてなふ(ぶ)る

母上きよちよ也物ニくる(狂)い(ひ)給ふ

「きよちよ也」は「狂女(きやうぢよ)となり」か。

第十一・十二図　竹生島弁才天　三八六・三八七

さても〳〵みこと(見事)なたけ(竹)

三ほん(本)たけ(竹)

みやこ(都)上らう(〔ふ〕臈)衆まい(〔ゐ〕参)りあんお(を)んそく才(安穏息災)ち(じゆ)みやう(寿命)

上お(ちやうを)ん(長遠)あらと□〳〵

「と□」は「とふと」(尊(たふと))か。

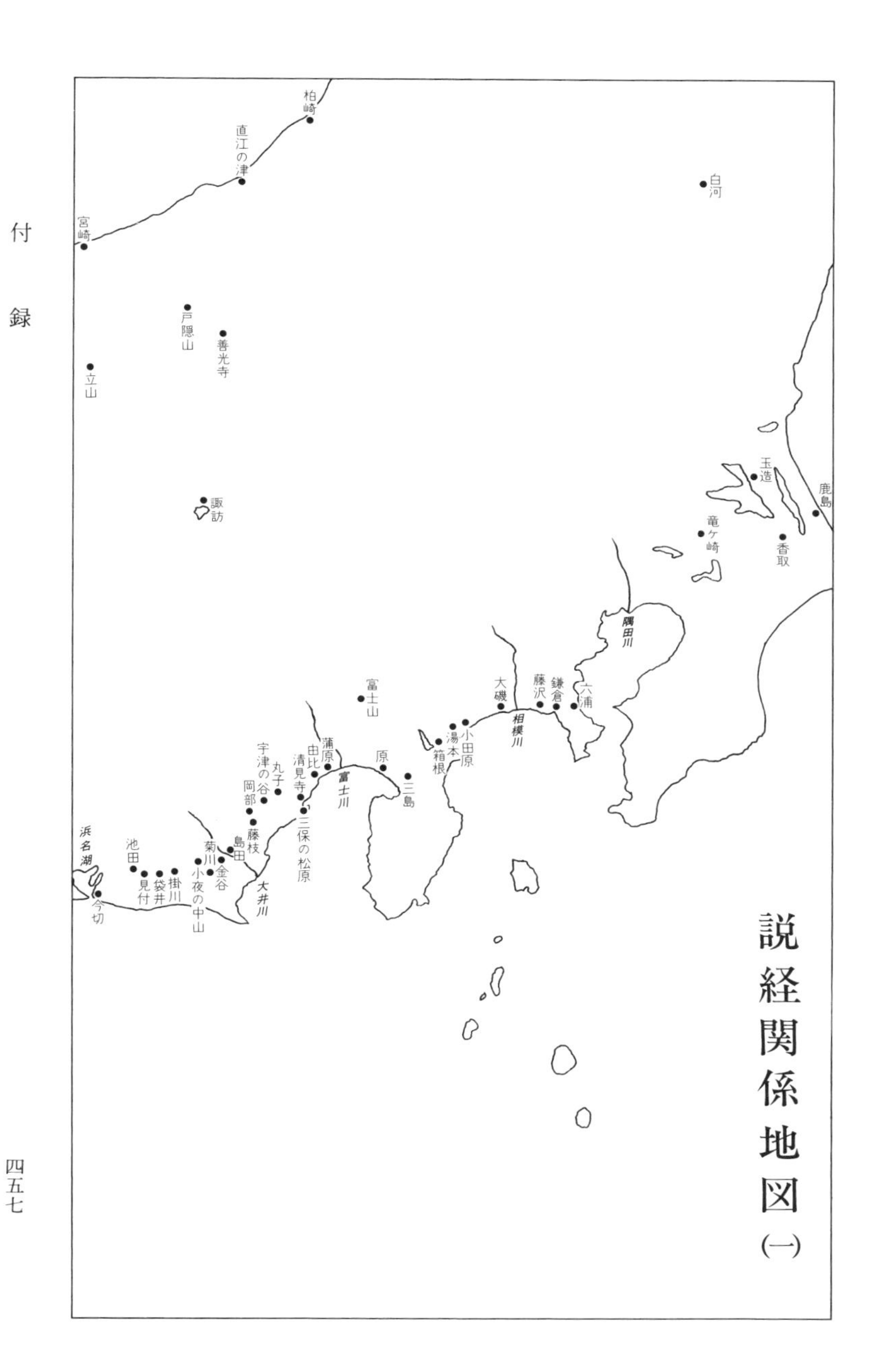
柏崎
直江の津
宮崎
白河
戸隠山
善光寺
立山
諏訪
玉造
鹿島
竜ケ崎
香取
隅田川
大磯
藤沢
鎌倉
六浦
相模川
富士山
小田原
湯本
箱根
蒲原
由比
清見寺
原
三島
宇津の谷
丸子
岡部
富士川
三保の松原
藤枝
島田
浜名湖
池田
見付
袋井
掛川
菊川
小夜の中山
金谷
大井川
今切
説経関係地図
(一)

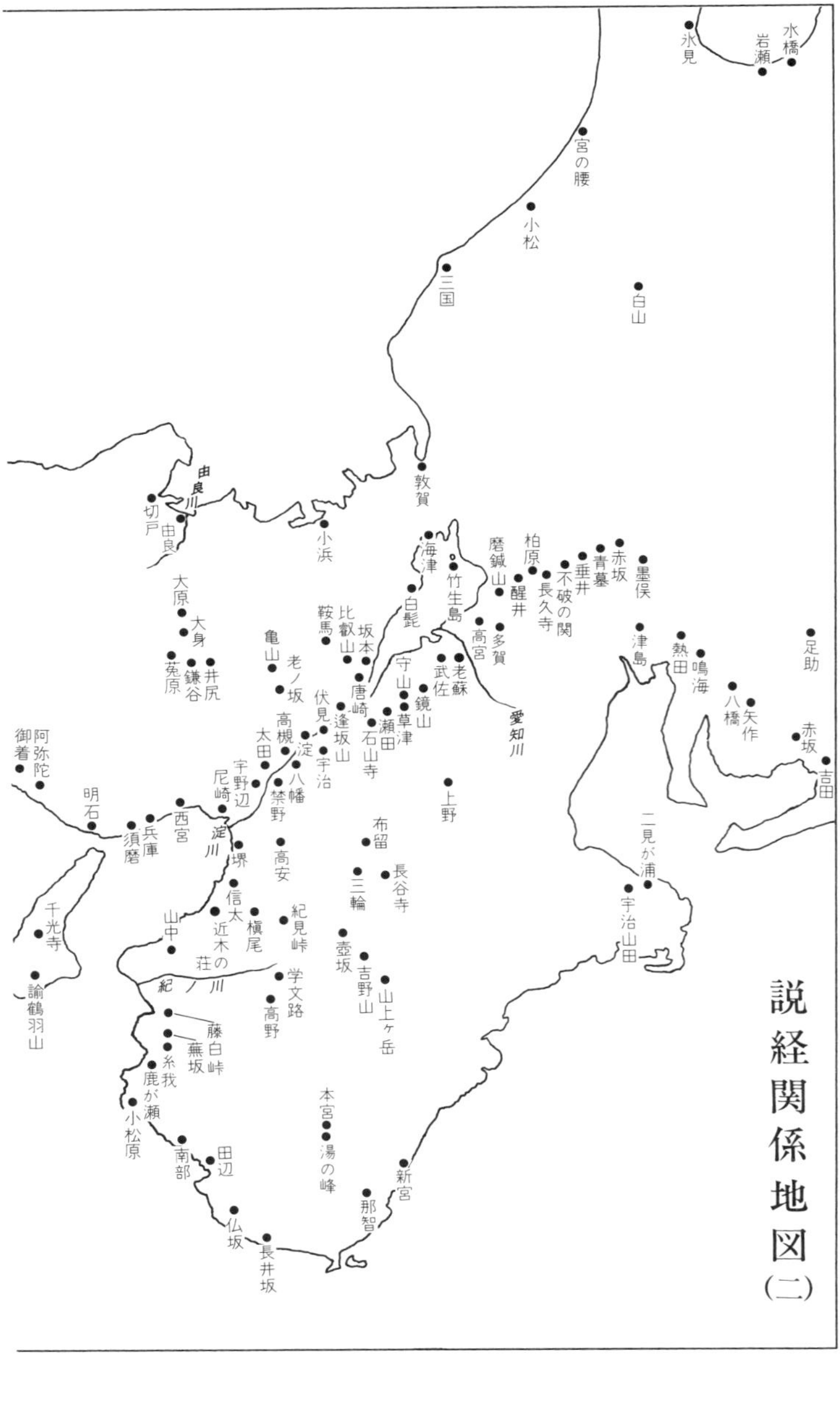

説経関係地図(二)

氷見 岩瀬 水橋
宮の腰
小松
三国
白山
敦賀
由良川 切戸 由良
小浜
海津 竹生島 白髭
磨鍼山 醒井 柏原 長久寺 不破の関 垂井 青墓 赤坂 墨俣
大原 大身 莬原 鎌谷 井尻
鞍馬 比叡山 坂本
高宮 多賀
亀山 老ノ坂
守山 武佐 老蘇 愛知川
唐崎 鏡山
伏見 逢坂山 瀬田 草津 石山寺
高槻 太田 淀 宇治 八幡
宇野辺 尼崎 禁野
御着 阿弥陀 明石 須磨 兵庫 西宮 淀川
堺 高安
上野
布留 長谷寺 三輪
信太 山中 近木の荘 槇尾 紀見峠
千光寺
壺坂 吉野山 山上ヶ岳
紀ノ川 学文路 高野
論鶴羽山
藤白峠 蕪坂 糸我 鹿が瀬 小松原
南部 田辺
本宮 湯の峰
新宮 那智
仏坂 長井坂
津島 熱田 鳴海 八橋 矢作 足助 赤坂 吉田
二見が浦 宇治山田

赤間が関
国府
芦屋
博多
太宰府
英彦山
羅漢寺
宇佐

佐陀
大社
大山

姫路
伊部
吉備津
厳島
宮浦
白方
志度

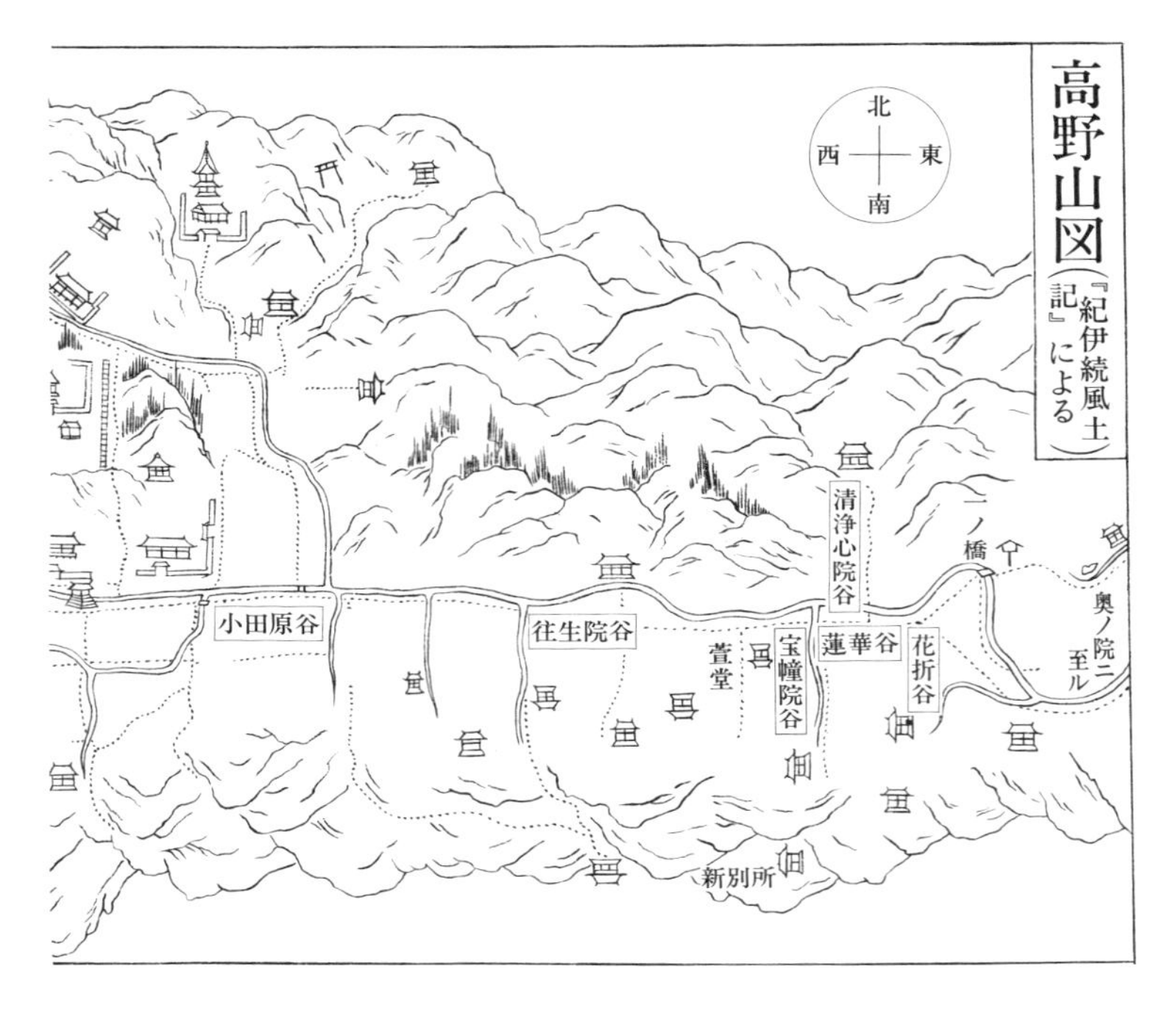
高野山図（『紀伊続風土記』による）
北
西
東
南
清浄心院谷
一ノ橋
奥ノ院ニ至ル
小田原谷
往生院谷
萱堂
宝幢院谷
蓮華谷
花折谷
新別所

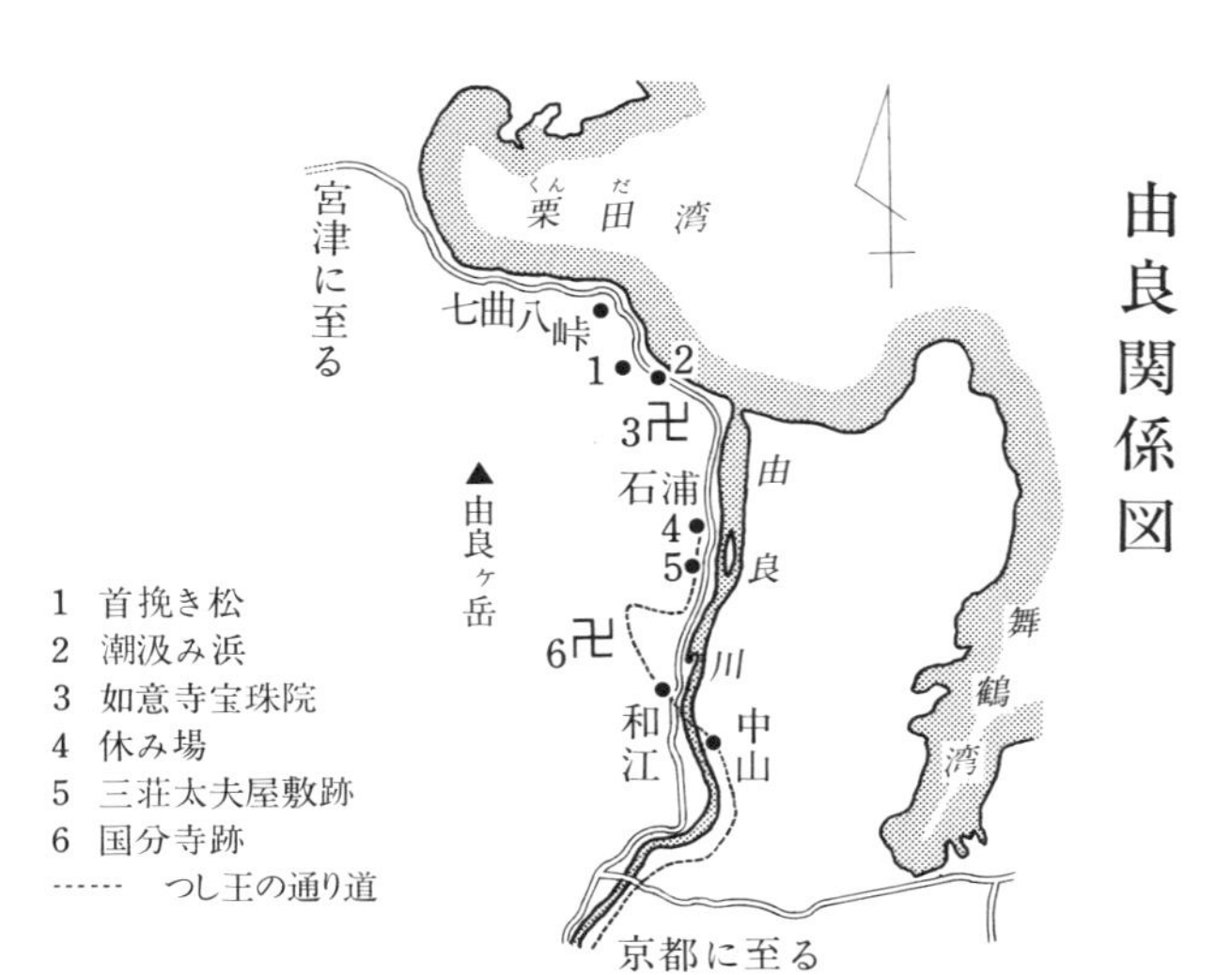
由良関係図
栗田湾
宮津に至る
七曲八峠
1
2
3
石浦
4
5
由良ヶ岳
6
和江
中山
由良川
舞鶴湾
京都に至る
1 首挽き松
2 潮汲み浜
3 如意寺宝珠院
4 休み場
5 三荘太夫屋敷跡
6 国分寺跡
------ つし王の通り道

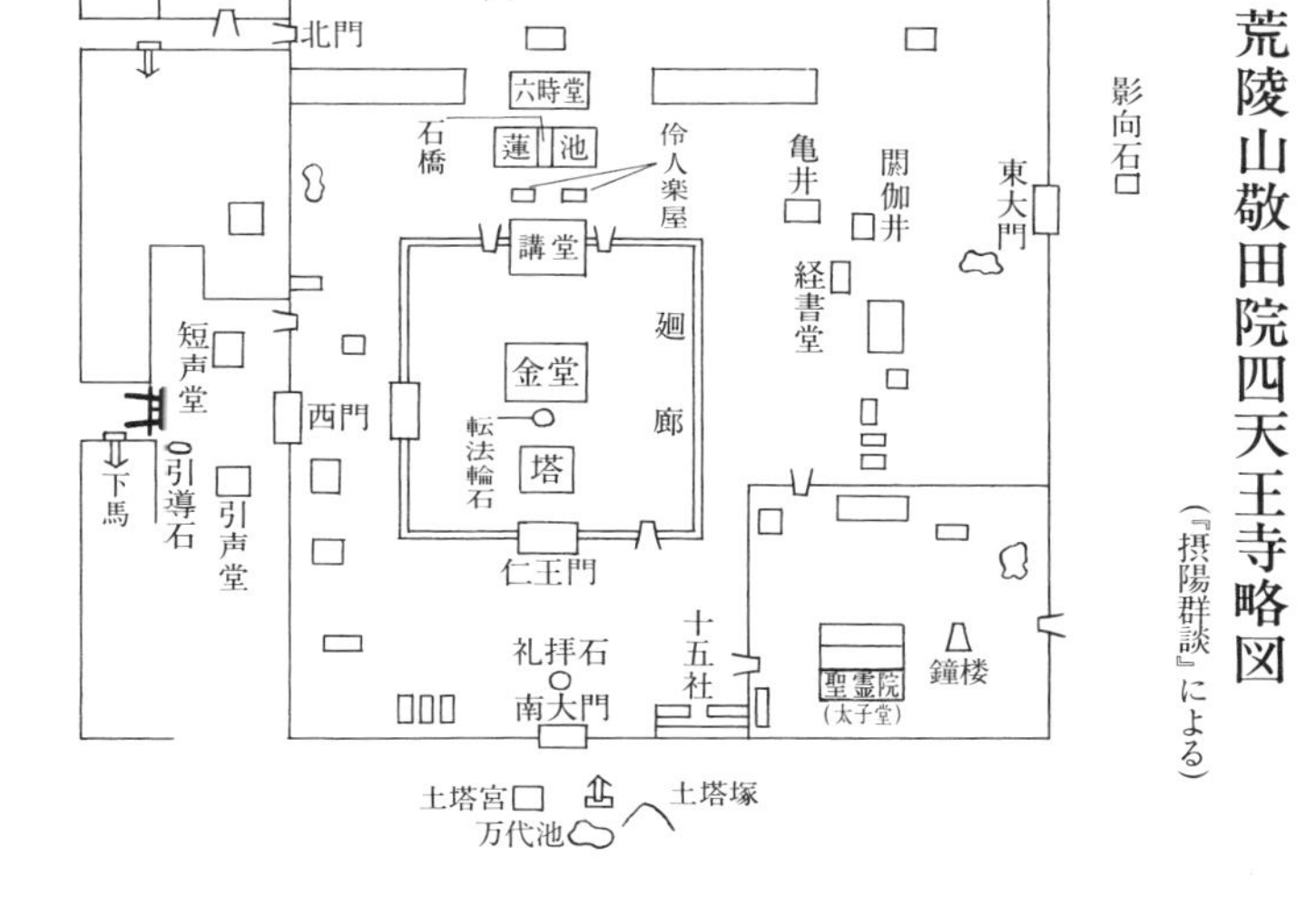

荒陵山敬田院四天王寺略図
（『摂陽群談』による）

新潮日本古典集成〈新装版〉

説経集（せっきょうしゅう）

平成二十九年一月三十日　発行

校注者　室木弥太郎（むろきやたろう）

発行者　佐藤隆信

発行所　株式会社　新潮社

〒一六二―八七一一　東京都新宿区矢来町七一
電話　〇三―三二六六―五四一一（編集部）
　　　〇三―三二六六―五一一一（読者係）
http://www.shinchosha.co.jp

印刷所　大日本印刷株式会社

製本所　加藤製本株式会社

装画　佐多芳郎／装幀　新潮社装幀室

組版　株式会社ＤＮＰメディア・アート

乱丁・落丁本は、ご面倒ですが小社読者係宛お送り下さい。
送料小社負担にてお取替えいたします。
価格はカバーに表示してあります。

ISBN978-4-10-620866-9　C0393

新潮日本古典集成

古事記　西宮一民
萬葉集 一〜五　青木生子 井手至 伊藤博 清水克彦 橋本四郎
日本霊異記　小泉道
竹取物語　野口元大
伊勢物語　渡辺実
古今和歌集　奥村恆哉
土佐日記 貫之集　木村正中
蜻蛉日記　犬養廉
落窪物語　稲賀敬二
枕草子 上・下　萩谷朴
和泉式部日記 和泉式部集　野村精一
紫式部日記 紫式部集　山本利達
源氏物語 一〜八　石田穣二 清水好子
和漢朗詠集　大曽根章介 堀内秀晃
更級日記　秋山虔
狭衣物語 上・下　鈴木一雄
堤中納言物語　塚原鉄雄
大鏡　石川徹
今昔物語集 本朝世俗部 一〜四　阪倉篤義 本田義憲 川端善明
梁塵秘抄　榎克朗
山家集　後藤重郎
無名草子　桑原博史
宇治拾遺物語　大島建彦
新古今和歌集 上・下　久保田淳
方丈記 発心集　三木紀人
平家物語 上・中・下　水原一
金槐和歌集　樋口芳麻呂
建礼門院右京大夫集　糸賀きみ江
古今著聞集 上・下　西尾光一 小林保治
歎異抄 三帖和讃　伊藤博之
とはずがたり　福田秀一
徒然草　木藤才蔵
太平記 一〜五　山下宏明
謡曲集 上・中・下　伊藤正義
世阿弥芸術論集　田中裕
連歌集　島津忠夫
竹馬狂吟集 新撰犬筑波集　木村三四吾 井口壽
閑吟集 宗安小歌集　北川忠彦
御伽草子集　松本隆信
説経集　室木弥太郎
好色一代男　松田修
好色一代女　村田穆
日本永代蔵　村田穆
世間胸算用　金井寅之助 松原秀江
芭蕉句集　今栄蔵
芭蕉文集　富山奏
近松門左衛門集　信多純一
浄瑠璃集　土田衞
雨月物語 癇癖談　浅野三平
春雨物語 書初機嫌海　美山靖
與謝蕪村集　清水孝之
本居宣長集　日野龍夫
誹風柳多留　宮田正信
浮世床 四十八癖　本田康雄
東海道四谷怪談　郡司正勝
三人吉三廓初買　今尾哲也